後六十種曲

第四册

朱恒夫 主編

復旦大學出版社

目　　錄

風箏誤（傳奇） ……………………………… 清·李　漁　1
敘 ……………………………………………………………… 5
第一齣　巓末 ………………………………………………… 6
第二齣　賀歲 ………………………………………………… 6
第三齣　閨哄 ………………………………………………… 9
第四齣　郊餞 ………………………………………………… 13
第五齣　習戰 ………………………………………………… 14
第六齣　糊鷂 ………………………………………………… 15
第七齣　題鷂 ………………………………………………… 16
第八齣　和鷂 ………………………………………………… 18
第九齣　囑鷂 ………………………………………………… 22
第十齣　請兵 ………………………………………………… 25
第十一齣　鷂誤 ……………………………………………… 27
第十二齣　冒美 ……………………………………………… 30
第十三齣　驚醜 ……………………………………………… 32
第十四齣　遣試 ……………………………………………… 36
第十五齣　堅壘 ……………………………………………… 37
第十六齣　夢駭 ……………………………………………… 41
第十七齣　媒爭 ……………………………………………… 44
第十八齣　艱配 ……………………………………………… 46
第十九齣　議婚 ……………………………………………… 48
第二十齣　蠻征 ……………………………………………… 50
第二十一齣　婚鬧 …………………………………………… 51

第二十二齣　運籌 …………………………………… 54
第二十三齣　敗象 …………………………………… 55
第二十四齣　導淫 …………………………………… 58
第二十五齣　凱宴 …………………………………… 60
第二十六齣　拒奸 …………………………………… 62
第二十七齣　聞捷 …………………………………… 65
第二十八齣　逼婚 …………………………………… 66
第二十九齣　詫美 …………………………………… 69
第三十齣　釋疑 ……………………………………… 76

比目魚（傳奇） ………………………… 清・李　漁 83
敘 …………………………………………………… 86
第一齣　發端 ………………………………………… 87
第二齣　耳熱 ………………………………………… 87
第三齣　聯班 ………………………………………… 90
第四齣　別賞 ………………………………………… 93
第五齣　辦賊 ………………………………………… 95
第六齣　決計 ………………………………………… 97
第七齣　入班 ………………………………………… 98
第八齣　寇發 ………………………………………… 101
第九齣　草剳 ………………………………………… 103
第十齣　改生 ………………………………………… 104
第十一齣　虎威 ……………………………………… 110
第十二齣　肥遁 ……………………………………… 114
第十三齣　揮金 ……………………………………… 118
第十四齣　利逼 ……………………………………… 121
第十五齣　偕亡 ……………………………………… 125
第十六齣　神護 ……………………………………… 128
第十七齣　徵利 ……………………………………… 132

第十八齣　回生	139
第十九齣　村岙	142
第二十齣　竊發	146
第二十一齣　贈行	147
第二十二齣　譎計	148
第二十三齣　偽隱	150
第二十四齣　榮發	152
第二十五齣　假神	154
第二十六齣　貽冊	156
第二十七齣　定優	158
第二十八齣　巧會	160
第二十九齣　攀轅	164
第三十齣　奏捷	165
第三十一齣　誤擒	168
第三十二齣　駭聚	171

秣陵春（傳奇）　　　　　清・吴偉業　179
序　183
第一齣　塵引　184
第二齣　話玉　184
第三齣　閨授　186
第四齣　恨嘲　188
第五齣　攬鏡　192
第六齣　賞音　194
第七齣　惜杯　197
第八齣　仙媒　200
第九齣　杯影　203
第十齣　示耍　205
第十一齣　廟市　207

第十二齣　誤謁 …… 210
第十三齣　決婿 …… 212
第十四齣　鏡影 …… 215
第十五齣　思鏡 …… 217
第十六齣　艫怒 …… 220
第十七齣　影現 …… 221
第十八齣　見姑 …… 224
第十九齣　醉逐 …… 226
第二十齣　遇獵 …… 229
第二十一齣　虔劉 …… 232
第二十二齣　仙婚 …… 233
第二十三齣　影釁 …… 235
第二十四齣　詣獻 …… 239
第二十五齣　婢俠 …… 241
第二十六齣　宮餞 …… 244
第二十七齣　敘影 …… 246
第二十八齣　魂飄 …… 251
第二十九齣　特試 …… 251
第三十齣　冥拒 …… 255
第三十一齣　辭元 …… 258
第三十二齣　影歸 …… 262
第三十三齣　閽訨 …… 266
第三十四齣　杯圓 …… 267
第三十五齣　詰病 …… 271
第三十六齣　縣聾 …… 273
第三十七齣　獄傲 …… 276
第三十八齣　箋恨 …… 278
第三十九齣　使訪 …… 282
第四十齣　真婚 …… 283

第四十一齣　仙祠 …………………………… 286

魚籃記（傳奇） ………………… 清·范希哲　293
前序 ………………………………………… 297
第一齣　開場 ……………………………… 298
第二齣　御朝 ……………………………… 298
第三齣　遊郊 ……………………………… 301
第四齣　操演 ……………………………… 305
第五齣　代敕 ……………………………… 307
第六齣　美憎 ……………………………… 310
第七齣　忠謀 ……………………………… 312
第八齣　雙戀 ……………………………… 316
第九齣　宮差 ……………………………… 318
第十齣　改粧 ……………………………… 321
第十一齣　打圍 …………………………… 323
第十二齣　春嘯 …………………………… 323
第十三齣　憐斷 …………………………… 325
第十四齣　奸論 …………………………… 330
第十五齣　潛訪 …………………………… 334
第十六齣　回天 …………………………… 337
第十七齣　夜課 …………………………… 341
第十八齣　鑾歸 …………………………… 342
第十九齣　神想 …………………………… 344
第二十齣　之任 …………………………… 346
第二十一齣　錯氹 ………………………… 347
第二十二齣　羣策 ………………………… 351
第二十三齣　棄奔 ………………………… 353
第二十四齣　投檄 ………………………… 355
第二十五齣　議降 ………………………… 359

第二十六齣　忠憤	362
第二十七齣　出師	364
第二十八齣　野報	368
第二十九齣　赦別	369
第三十齣　擬封	371
第三十一齣　望塵	374
第三十二齣　設陷	375
第三十三齣　馳劫	377
第三十四齣　入穽	379
第三十五齣　摘伏	382
第三十六齣　餞圓	386

虎口餘生（傳奇）　　　　　清·遺民外史　393

虎口餘生序	397
第一齣　家門	398
第二齣　詢墓	398
第三齣　寇釁	403
第四齣　伐塚	407
第五齣　朝議	411
第六齣　囑別	416
第七齣　去官	419
第八齣　夜覘	420
第九齣　營哄	424
第十齣　大戰	428
第十一齣　敗回	433
第十二齣　墮計	437
第十三齣　挽留	439
第十四齣　演陣	442
第十五齣　賺城	443

第十六齣　盡節	446
第十七齣　燒宮	451
第十八齣　借餉	451
第十九齣　觀圖	454
第二十齣　上朝	456
第二十一齣　出師	459
第二十二齣　步戰	462
第二十三齣　拜懇	466
第二十四齣　別母	470
第二十五齣　自刎	474
第二十六齣　設計	476
第二十七齣　通寇	479
第二十八齣　獻城	482
第二十九齣　守門	483
第三十齣　清宮	488
第三十一齣　刺賊	492
第三十二齣　刑拷	496
第三十三齣　被逮	502
第三十四齣　魂遊（有目无文）	504
第三十五齣　頒詔	504
第三十六齣　起兵	506
第三十七齣　夜樂	507
第三十八齣　上路	510
第三十九齣　追剿	512
第四十齣　脫逃	513
第四十一齣　滅寇	516
第四十二齣　復官	521
第四十三齣　錄忠	521
第四十四齣　昇天	522

黨人碑(傳奇) ……………………… 清·邱 園 525

第三齣 □□ …………………………………… 529
第四齣 □□ …………………………………… 532
第五齣 □□ …………………………………… 537
第六齣 □□ …………………………………… 542
第七齣 □□ …………………………………… 544
第八齣 □□ …………………………………… 546
第九齣 □□ …………………………………… 548
第十齣 □□ …………………………………… 556
第十一齣 □□ ………………………………… 560
第十二齣 □□ ………………………………… 564
第十三齣 □□ ………………………………… 565
第十四齣 □□ ………………………………… 568
第十五齣 □□ ………………………………… 571
第十六齣 □□ ………………………………… 575
第十七齣 □□ ………………………………… 577
第十八齣 □□ ………………………………… 580
第十九齣 □□ ………………………………… 583
第二十齣 □□ ………………………………… 584
第二十一齣 □□ ……………………………… 585
第二十二齣 □□ ……………………………… 589
第二十三齣 □□ ……………………………… 591
第二十四齣 □□ ……………………………… 594
第二十五齣 □□ ……………………………… 596
第二十六齣 □□ ……………………………… 598
第二十七齣 □□ ……………………………… 601
第二十八齣 □□ ……………………………… 603

風箏誤

（傳奇）

清·李漁

解 答 用

【作者簡介】李漁（1611—1680），字笠鴻，後字笠翁，一字謫凡，別署笠道人、隨庵主人、新亭樵客、湖上笠翁等。浙江蘭溪下李村人。自幼聰明，有才學。科場多次失利後，興趣轉向文學與藝術。他曾自蓄家班，帶到各處獻藝，積累了豐富的戲曲演出經驗。他作有劇本十八種，其中《奈何天》、《比目魚》、《蜃中樓》、《美人香》、《風箏誤》、《慎鸞交》、《凰求凰》、《巧團圓》、《意中緣》、《玉搔頭》等十個劇本的合輯本稱為《笠翁十種曲》，較為有名。這些劇本的共同特色是情節新奇、結構緊湊、排場熱鬧、曲文淺顯易懂，適合舞臺演出。近人吳梅說李漁的創作"其科白排場之工，為當世詞人所共認，惟詞曲則間有市井謔浪之習而已"（《顧曲塵談》下）。日本戲曲學者青木正兒則云："李漁之作，以平易易入於俗，故十種曲之書，遍行坊間，即流入我邦者亦多。"（《中國近世戲曲史》）據《毗梨耶室雜記》載："笠翁詞曲，有盛名於清初，十曲初出，紙貴一時。"李漁還是一位傑出的戲曲理論家。他的《閒情偶寄》中的"詞曲"、"演習"二部，是一部比較系統全面的戲曲理論著作，對自元朝以來的戲劇文學和舞臺演出作了總結，并介紹自己的實踐經驗，為我國戲曲理論的發展作出了貢獻。他的著作還有小說《十二樓》、《無聲戲》；另編有《名詞選勝》、《尺牘選》、《詩韻》、《資治新書》三集與《芥子園畫譜》初集等。

【劇情概要】韓琦仲早年父母俱亡，寄居父友戚補臣家中，與補臣之子友先同在書館讀書。琦仲人品俊逸，才華出衆，友先卻是個紈絝子弟。戚家鄰居詹烈侯有梅、柳二妾，各生一女。二夫人梅氏生長女愛娟，貌陋而性頑。三夫人柳氏生次女淑娟，聰穎、美貌而端莊。因二妾終年吵鬧不休，詹烈侯離家出任四川招討使時，將家宅用高牆隔成東、西兩院，梅、柳二妾各居一院，互不往來，詹臨行前又將二女的婚事託付於戚補臣。時近清明，春光爛漫，戚友先放風箏取樂，風箏上有韓琦仲所題之詩。忽然斷線風箏落入詹家西院。淑娟見風箏上的詩清新可喜，和了一首，續在風箏原詩之後。風箏被戚家僕人討回，韓生見到和詩後，驚喜不已，就又寫了一首詩，用風箏放出。誰知這次風箏落在東院，被愛娟所得。愛娟以為此詩為戚生所題，就在奶娘的策劃下，假冒二小姐之名，私約戚生相會。當夜，韓生則假冒戚生摸黑赴約。屋内的假二小姐拉着韓生就要親熱，韓生要她再和一首詩，她就背誦一首千家詩來蒙混。韓生見其輕狂，不免生疑。待及奶娘送上燈火來，韓生驚其醜陋，便託詞脱逃。韓生入京應試，得中狀元。此時戚補臣為了約束戚友先，娶了詹家大小姐愛娟為妻。洞房中，戚友先看到新娘竟如此醜陋，大失所望。愛娟以為新郎就是去年赴約之人，向他傾訴了思戀之苦，這無疑是醜行自供，友先拍案大罵其失德。韓琦仲奉詔赴四川會同詹烈侯征討而立功。榮歸之日，驚悉戚伯父已為他聘了詹府二小姐。他以為此女就是當年見到的醜婦，欲辭婚却無正當理由，只得屈從，然洞房之中拒不同房。經過一番波折，纔消除誤會。後詹烈侯到家，全家共慶團圓。

【版本流傳】《風箏誤》的刻本較多。本書以清康熙間刻本為底本，以民國初年上海朝記書莊的石印本為校本。兩本字句偶有出入，擇善而從。今日刊本易見的有齊魯書社1991年出版的由王季思主編的《中國十大古典喜劇集》本與浙江古籍出版社2010年出版的《李漁全集》本。

【演出情況】在李漁的"十種曲"中，《風箏誤》演出最多。其中《題鷂》、《鷂誤》、《驚醜》、《前親》（即《婚鬧》）、《逼婚》、《後親》（即《詫美》）、《茶園》諸齣，今天昆曲舞臺上仍在搬演。民國初年，梅蘭芳將此劇改編成同名京劇。之後，尚小雲亦作改編，名為《詹淑娟》。川劇、評劇、婺劇等劇種也對此劇作了改編。在江南，評彈藝人據李漁的劇本編寫成彈詞本《風箏誤傳》，在聽衆中有着廣泛的影響。

（崔　寧）

敘

屈子曰："衆人嫉余之蛾眉，謠諑謂余以善淫。"憂讒畏譏，《離騷》所由作也。然三閭、九畹，並馨千載。貞者不得誤為淫，亦猶好者不得誤為醜，所從來久矣。我笠鴻行惇曾、史，才妙機、雲，芳體錦心，幾於遺世獨立，顧以負俗之累，悴遊澤畔。嗟乎！天地間黑白固無殊觀，妍媸殆將奪面乎？因思極媸冒妍，極妍混媸者，往事有二：里婦顰偷越艷、畫工態掩漢娃是也。既而思浣紗溪上，瓊姿孤映清漪；響屧廊邊，珊韻只聞獨步。顰者自顰，效終誰效？況乎紅顏雖薄，白璧難淄。平日按圖索瘢，棄予如遺者，一旦和親辭陛，光動左右，乍轉秋水之眸，始識春風之面。慷慨兮胡塞晨征，懊喪兮漢宮秋思。美人塵土何代無，惟青冢黃昏，至今咏焉！則知丹青黝黑，不能有誤王嬙，而反以不朽王嬙。凡為嬙者，俱可浩然自信於天地之間。此笠鴻《風箏誤》一編寫照寓言，或在有意無意間乎？讀是編，而知媸冒妍者，徒工刻畫；妍混媸者，必表清揚。同此一人之身，昔駭無鹽、宿瘤，如鬼如魅；今稱玉環、飛燕，胡帝胡天。人顧蛾眉信否耳，謠諑誰能誤之？笠鴻之才，妖冶已極，余不才，亦妒婦也，今且與老奴爭憐之矣！

勾吳社小弟虞鍾以嗣氏題

第一齣 巔末

【蝶戀花】(末上)好事從來由錯誤。劉、阮非差,怎入天臺路?若要認真纔下步,反因穩極成顛僕。　　更是婚姻拿不住。欲得嬌娃,偏娶強顏婦。橫豎總是由定數,迷人何用求全悟。

【漢宮春】才士韓生,偶向風箏題句,線斷飄零。巧被佳人拾着,彤管相賡;重題再放,落牆東、別惹風情。私會處,忽逢奇醜,抽身跳出淫坑。　　赴試高登榜首,統王師靖蜀,一戰功成。聞說前姻締就,悔恨難勝。良宵獨宿,棄新人、坐守長更。相勸處,銀燈高照,方纔喜得娉婷。

　　　　放風箏,放出一本簇新的奇傳,
　　　　相佳人,相着一副絕精的花面,
　　　　贅快婿,贅着一個使性的冤家,
　　　　照醜妻,照出一位傾城的嬌豔。

第二齣 賀歲

【鵲橋仙】(生巾服上)乾坤寂寞,貌懷焉寄?自負情鍾我輩。良緣未許便相遭,知造物定非無意。烏帽鶉衣犢鼻褌,風流猶自傲王孫。《三都賦》後才名重,百尺樓頭氣岸尊。手不太真休捧硯,眉非號國敢承恩?佳人端的書中有,老大梁鴻且莫婚。小生韓世勳,字琦仲,茂陵人也。囊饑學飽,體瘦才肥。人推今世安仁,自擬當年張緒。雖然好色,心還恥作登徒;亦自多情,緣獨慳於宋玉。不幸二親早背,家道淩夷,四壁蕭然,未圖婚媾。賴有鄉達戚補臣,係先君同盟好友,自幼撫養成人,與他令郎戚友先同窗肄業。今乃元旦之日,須要整肅衣冠,候他出來賀歲。

【小蓬萊】(小生三髻、冠帶,末隨上)最喜門清似水,譜東山幾局閑棋。(副淨巾服上)家聲盡舊,橋名朱雀,巷名烏衣。

(見介)(生)老伯請臺坐!容小姪拜賀新正。

（小生）賢侄是客，老夫是主，怎敢受禮？同拜就是。（同拜介）
（生）改歲之餘，願老伯蒲徵早就，霖雨蒼生。
（小生）交春以後，望賢侄聯掇科名，早諧花燭。
（生、副淨揖畢，同坐介）
（生）老伯，小侄異姓孤兒，蒙老伯扶持教誨，勝似天倫，感激之私，一言難盡。

【宜春令】蒙垂念，辱俯攜，恨不得挽青雲扶人上梯。近世的交情，生前尚且翻雲覆雨，何況朋友死後，還肯念及子孫？歎人亡交廢，路逢羊舌誰彈淚！老伯真古人也。此德此恩，不知何年可報？愧無能報德銜環，只有個感恩流涕。莫說老伯，就是世兄與小侄呵，一樣的、壎篪奏雅，與同胞何異？

（小生）老夫與令先尊，有車笠之盟，又受妻孥之託，怎敢以生死變交！

【前腔】承交子，受託妻，顧黃泉常愁負伊。你只管用心讀書，莫說紙筆之資、燈火之費老夫不惜；就是婚姻一事，少不得也在老夫身上。你休憂聘禮，難道我向平只為婚男計？令先尊易簀之時，以此事諄諄見託，老夫也曾力任不辭。防備他死者重生，須使我前言無愧。（副淨）老世兄，自古道：四海之內皆兄弟也。何況我和你兩世通家。說甚麼、同胞異姓，都是一般昆季。

（末持貼上）稟老爺：方纔詹老爺來拜年，說新正事冗，不敢請見，留下貼子去了。

（小生看貼介）原來是詹烈侯，是老夫極相好的同年。他既來了，老夫就要去答拜。分付打轎。暫別了。人情重來往，友誼愧先施。

（末隨下）

（副淨）老世兄，我和你終日閉在書館，成年不見婦人，這些時睡臥不安，未免有些亢陽之意。如今解館過年，正好及時尋樂，和你到姊妹人家去走走何如？

（生）聞得近來名妓甚少，只怕也不消去得。

（末上）稟相公：外面有許多妓女上門來拜年。（副淨大笑介）

"我欲仁,斯仁至矣。"妙,妙,妙!快喚進來!(末喚介)

(老旦、小旦、淨、丑扮妓上)居鄰桃葉渡,竪效苧蘿村。鶯語同招客,梅花伴倚門。二位相公在上,賤妾們拜年!

(副淨)不消,來到就是了。

(生背面,遠立介)

(眾)哪一位是戚大爺?

(副淨)小子。

(眾)那邊一位呢?

(副淨)是敝友韓琦仲。

(眾)好兩位風流相公!

【玉抱鶯】【玉抱肚】堪稱雙美,乍相逢教人目迷。(指生介)那壁廂器宇從容。(指副淨介)這壁廂裘馬輕肥。二位相公不棄,幾時到敝寓來光顧一光顧何如?(副淨)明日就來相訪。【黃鶯兒】(眾)望栽培,倘文車見枉,便不宿也增輝。今日各位老爺家都要走一走,不得久陪,告別了!

(副淨)怎麼忍得就去?(拉住諢介)

(眾)已登七貴府,再過五侯家。(齊下)

(副淨)老世兄,你為何這等道學,那些女客們來,也和他說說笑笑,纔像個風流子弟。為何手也不動,口也不開,反背面立着,却像怕羞的一般?你也煞老實了。

(生)小弟平日也不十分老實,只是見了這些醜婦,不由你不老實起來。

(副淨)怎麼?方纔這幾個妖妖嬈嬈,也盡看得過了。(生微笑介)

【解三酲】嗅着他脂腥粉氣,怎教人翠倚紅偎?(副淨)畢竟怎麼樣的,方纔中得你的意?(生)但凡婦人家,天姿與風韻,兩件都少不得。有天姿沒風韻,却像個泥塑美人;有風韻沒天姿,又像個花面女旦。須是天姿風韻都相配,才值得稍低徊。就是天姿風韻都有了,也只算得半個,那半個還要看他的內才。倘若是蓬心不稱如花貌,也教我金屋難藏沒字碑。(副淨笑介)你也忒煞迂闊,世上那有這樣婦人？方纔家父說要替你定親，這等看起來，你的頭巾是極難漿洗的了。（生）若要議親，須待小弟親自試過他的才，相過他的貌，纔可下聘。不然，寧可遲些，決不肯草草定配。甘淹滯，怎肯把山精野怪，引入房幃！

（副淨）一發說得好笑，只有揚州人家養的瘦馬，肯與人相，那有宦家兒女，容易使人見面的？

【前腔】何曾見侯門嬌麗，肯容人較瘦量肥。就作外貌見了，那內才怎麼知道？難道好出個題目考他不成？就是朝廷也不開女科第，幾曾見窮措大考蛾眉？老世兄，我勸你將就些也罷了。須知道河清難俟韶光迅，只怕你覓得嬌娃日已西。休拘泥，只要門當戶對，早效于飛！

（末上）老爺回來了，年酒擺在中堂，請相公上席。

【尾聲】（合）我和你意空馳，神虛費，婚姻自有個暗中媒。倒不如現在的屠蘇且去飲數杯！

　　　瑞靄環凝綠野堂，歲朝風景異尋常。
　　　尊前有酒春方好，眉上無愁日自長。

第三齣　閨　哄

【海棠春】（外蒼髯、冠帶，末隨上）林居偏繫蒼生望，絲鬢老，丹心猶壯。術祇愧齊家，閫內多強項。雄心勃勃鬢蕭蕭，功在邊陲望在朝；尚有倒懸民未解，難將生計學漁樵。下官詹武承，字烈侯，進士出身，官拜西川招討使。只因朝中宦寺專權，怪下官不肯依附，唆人彈劾，罷職家居。近日聞得川廣之間蠻兵作亂，勢甚披猖，朝議紛紛，要起下官復還原職，未知確否？這倒不在話下。只是下官之命，易在功名，難在子息；下官之才，長於治國，短於齊家。正夫人早喪，子嗣杳然，止留二妾，各生一女。他們一歲之內，倒有三百個日子相爭。下官一日之中，吃得八九個時辰和事。虧了一雙頑皮的耳朵，煉出一副忍耐的心胸，習得吵鬧為常，反覺平安可詫。二夫人梅氏，生女愛娟；三夫人柳氏，生女淑娟。愛娟居長，淑娟居次，年俱二八，未定朱陳。昨日是元旦之期，下官在梅夫人房裏度歲。今日輪該柳夫人當夕了。且喜應酬已畢，不免早些過去，同他吃幾杯歲酒，不要去遲了，又道我冷落他。（歎介）這叫做：陰氣費和陽易變，鹽梅好劑醋難調。（暫下）

【前腔】（小旦扮夫人上）衾裯同抱甘誰讓？寵盛處，後來居上。（旦扮小姐，副淨扮梅香隨上）二母費調停，敢為慈親黨。

（小旦）妾身柳氏，招討公第三房夫人。女兒淑娟，招討公第二位小姐。二娘梅氏，嫉妒成風，咆哮作性。妾身初來，也曾讓他幾次，怎奈越高越上，勢不相容。如今只得與他旗鼓相當，纔能夠畫疆自守。（對旦介）我兒，你爹爹昨日在那邊過年，今日這樣時候，還不見過來，想是又被那老妖精纏住了。

（旦）新正為一歲之首，決不使我母子向隅，想必也就來了。

（外便服上）老梅雖占春光早，嫩柳還承雨露多。（見介）夫人，下官昨日拘於次序，只得勉強住在那邊。你母子二人度歲，未免冷靜了。

（小旦）也不十分熱鬧。

（旦）孩兒備有春酒，替爹爹母親介眉。

（外）如此甚好。（旦送酒介）

【惜奴嬌】（合）琥珀浮光，喜紅顏華髮，共映霞觴。一樣的辛盤菜果，今夜倍覺生香。徜徉，對景開懷增歡暢，案齊眉，珠擎掌。（合）祝壽康，但願年年今日，共醉千場。

（老旦扮夫人，丑扮小姐上）女子心腸曲，男兒寵愛偏。只愁情意假，空占昨宵先。妾身梅氏，詹家署事的正夫人是也。老爺在柳氏房中飲酒，不免同着女兒潛步走去，聽他說些甚麼？（行介）正是：但聽私下語，便識枕邊言。

（丑）來此已是三娘門首了。母親，我和你躲在一邊，好聽他們說話。

（老旦）正是。（共躲聽介）

（外）夫人，我年逼桑榆，止生二女。你生的這一個，聰慧端莊，還替下官爭氣。只是二娘生的那一個，貌既不揚，性又頑劣，我終日替他擔憂,怎麼樣到人家去做媳婦?

（小旦）有那樣的娘,自有那樣的女兒。莫怪女兒不成器,只怪那老東西的教法不好。

（旦）爹爹、母親,且自飲酒,不要多話。萬一下人聽見,傳與二娘知道,又是一番嫌隙了。

（外）我兒說得是。

【前腔】（合）須防。耳屬於牆,休向新年佳節,又起爭場。且把金樽傾倒,休負眼底春光。芬芳,幾樹梅花相依傍,暗香來,神增爽。（合前）

（老旦、丑闖入介）

（老旦）小妖精,你同家主公吃酒,把我娘兒兩個當小菜,怎見得我的教法不如你的教法?怎見得你的女兒強似我的女兒?（指小旦介）

【錦衣香】罵你那淫婦腔,妖精樣,逞自強,將人謗。不分個後到先來,恁般無狀!（小旦）我倒不是小妖精,你是個老妖精。為甚麼別人在房裏吃酒,要你沿牆摸壁來聽?（指老旦介）笑你那狐狸越老越猖狂,迷人技癢,到處尋郎。（老旦）好罵好罵!（欲打介）（小旦）你來你來!（外各勸介）勸娘行息忿,甚冤仇動輒相傷?（對老旦介）夫人,你比他年長,怎與他一般較量!（老旦）是他的年紀小,我的年紀老,你到年紀小的身邊去。（推外介）（外對小旦介）夫人,若論于歸次第,你也略該相讓。

（小旦）是他比我先來,我比他後到,你到先來的身邊去。（推外介）

（外笑介）他又推來,你又推去,我只當在這裏打秋千。

（丑對小旦介）三娘,我的母親教法不好,你的教法好,以後勞你教教罷了。（對旦介）妹子,你聰明似我,我醜陋似你,你明日做了夫人、皇后,帶挈我些就是了。

【漿水令】你這俏儀容是夫人嬌樣,好規模是皇后尊腔。我呵,只好做農家媳婦販家娘。全仗你提攜帶挈,做個貴戚椒房。（旦背對老旦介）二娘,是我母親不是了,看孩兒面上,不要氣罷。

勸你千金體,莫氣傷,且看兒面恢宏量。(對丑介)姐姐,你與妹子原是和氣的,不要為這幾句閑話,就成了嫌疑。好姊妹、好姊妹,影形相傍;休因這小嫌隙、小嫌隙,中道參商。

(老旦指小旦介)若不看你女兒面上,今日和你不得開交。我兒去罷!不意頑嚚輩,翻生賢慧兒。

(丑同下)

(外指內介)老潑婦,老無恥,新年新歲,就來尋是非!

(小旦)起先為甚麼不罵?如今見他去了,弄這假威風與那個看?

(外)當面不罵,是替你省氣;背後罵他,是替你出氣,總是愛惜你的意思。(笑介)

(淨扮報人上)三邊傳檄至,九闕賜環來。報報報!

(末傳介)(小旦、旦避下)

(外)喚他進來。

(淨見介)恭喜老爺,起復原官。聖旨已下,道地方多事,就要催老爺上任。

(外)知道了,外面領賞。

(淨下)

(外)既然起官,就要上任。那干戈擾攘的地方,不好帶得家小。我如今在家,他們還終日吵鬧,明日出去之後,沒有個和事老人,他兩下的冤家,做到何年是了?(想介)我有道理。叫院子。

(末應介)趁我在家,叫幾個泥水匠來,將這宅子中間築起一座高牆,把一宅分為兩院:梅夫人住在東邊,柳夫人住在西邊。他兩個成年不見,自然沒氣淘了。

(末)老爺說得是。

【尾聲】(外)把長城築起三千丈,省得干戈擾攘。(歎介)我怕他攻倒堤防。

不會齊家會做官,只因情法有嚴寬。
勸君莫笑烏紗弱,十個公卿九這般。

第四齣　郊　餞

【菊花新】（小生帶末上）衰年情愈篤嚶鳴，聞道良朋賦遠征。恰遇柳條青，好折取一枝相贈。下官戚天袞，字補臣，與詹烈侯是同榜弟兄，最相契厚。聞得他有賜環之詔，今日起身，因此備下祖餞的筵席，來在郵亭相等，想此時已出門了，叫家僮，拿了貼子，立在道旁伺候。（末應介）

【望吾鄉】（外冠帶，引眾上）銜命長征，風霜久慣經。殘軀一向離鞭鐙，不生髀肉真天幸，餘力猶堪騁。君恩重，家室輕，成敗由天命。

（末跪迎介）戚老爺有酒擺在驛亭，候老爺餞別。（投貼介）

（外）快住轎！（進見介）欽限甚嚴，匆匆就道，小弟未曾拜別，反辱年翁郊祖。

（小生）魯酒一巵，不敢稱餞，為年翁壯行色耳。看酒來。（送酒介）

【傾杯玉芙蓉】（合）載酒攜觴祖驛亭，暫息旌旗影。俺兩人意氣相投，科第同登，休戚相關，車笠同盟。風雲泉石非殊命，只為朝市山林各有情。杯須罄，休教唱渭城；怕唱來時，曲聲悽楚不堪聽。

（外）老年翁，小弟正有一事奉託，今日若不相遇，竟自忘了。小弟衰年乏嗣，只得兩個小女，如今都已長成。小弟此行，歸期未卜，求老年翁念同譜之情，替小弟擇兩個佳婿。若路遠期促，不及相聞，就便宜行事也罷了。

（小生）領命。

【玉芙蓉】（外）辭家老向平，婚嫁將誰倩？幸良朋可代，然諾無輕。只要擇婿得人，聘禮分毫不受。訂盟不受千金聘，擇吉何須百兩迎？（小生）承臺命，我中心敬領，定搜尋、一雙潤玉配清冰。

（外）告別了！（起介）

（外）束髮投交鬢已絲，那堪蹤跡又參差。

（小生）若逢驛使南來便，好寄梅花第一枝。（帶末先下）

（外）分付各役，及早趲行。

（眾應，行介）

【朱奴兒犯】一來為生靈待拯，二來為天語催征，因此上沐雨梳風曉夜行，原不為利名爭競。既許為蒼生，干城早到，瘡痍早住疼。因此上任不得寬閑性，此時呵，有多少難民屈指算來程。

【尾聲】三軍共詫鞭梢影，為甚的平白地指揮號令？誰知俺是操演胸中的舊甲兵。

第五齣　習　戰

【北粉蝶兒】（淨蠻裝，引眾上）七尺昂藏，不枉了七尺昂藏。蓋乾坤氣雄心壯，天鑄就鐵膽銅腸。眼重瞳，眉八彩，帝王奇相。割中原幾處強梁，都隨咱一聲雄唱。據地稱雄積有年，那堪久藏洞中天。時人莫笑蠻靴弱，一踢能教萬國穿。自家洞蠻雄長，掀天大王的便是。咱們各踞洞天，自成部落，就是朝廷有道，不過暫受羈縻；若還國勢凌夷，豈肯自為囚虜？孤家生來相貌雄奇，性格驍勇，素有席捲中原之志，只因海宇承平，難於竊發。如今聞得朝中羣小肆奸，各處貪官佈虐，人民嗟怨，國勢傾危。若不乘此興兵，可不自貽後悔！只是一件，我聞得官兵所用的器械，件件犀利。俺這裏刀槍雖快，弓弩雖多，只可為應敵之資，不可為制勝之具。我想中國所少的，只有一個象戰。孤家已曾蓄有猛象數百，鐵騎三千。象陣前驅，騎兵繼進，以此制敵，何愁不奄有中原？已曾着人訓練多時，只不曾親自檢閱。今日天氣晴明，不免登壇演習一番。（登壇介）傳諭人、象兩營，各自披堅執銳，聽候操演！

（眾）禀問大王，還是先演象戰，先演人戰？

（淨）先人，後象。

（眾應，傳令介）（眾持軍器，各舞一回下）

【石榴花】（淨）一件件繞身隨手現鋒鋩，俺只見電色閃毫光。可喜的是弓彎夜月，劍倚秋霜；槍能貫甲，箭擬穿楊。又只見那猛驟驟，又只見那猛驟驟，馬蹄兒踏破了桃花浪，一道紅塵，人間天

上。氣昂昂的猛貔貅，氣昂昂的猛貔貅，好似天神樣。舞罷了各返彩雲鄉。（扮象上，舞一回下）

【撲燈蛾犯】（淨）蠢生生如犀增跳踉，威凜凜如虎增肥胖，脊巍巍如山復如堵，鼻層層如風捲浪。雄糾糾千夫失勇，木虪虪萬弩不能傷。潑凶凶長驅直擁；伏貼貼，敵騎百萬一齊僵。分付人、象合戰一回。

（衆應，傳令介）

（人、象同上，合戰畢，擺齊，聽令介）

（淨）人有人威，象有象勇。好戰法，好戰法！

【上小樓犯】憑着你烈轟轟人馬強，矯騰騰牙爪張。扶佐俺掠了金珠，踞了城池，做了君王。那時節封你做食祿千鍾、封侯萬戶的功人功象，須記咱綸言非誑！擺隊回營！

（衆應，行介）

【疊字兒犯】對對旌旗明亮，個個戎裝鮮朗。更有那煌煌的司命旛，離離的護纛幢，五彩飄揚，助的軍容壯。喜孜孜歸來帳房，笑吟吟自捧霞觴。歌舞徜徉，洞中蠻都增歡暢。佇看把錦江山，打疊寘空囊。分付大小蠻軍，點齊人馬，就是明日起兵。

（衆應介）

【尾聲】取中原，如反掌；看長驅，誰能攔擋？一任那不知命的螳螂將臂攘。

　　　　　　計就何難拉朽枯，猙獰一獸抵千夫；
　　　　　　蕩平擬建功臣閣，不畫麒麟畫象圖。

第六齣　糊　鷂

【吳小四】（副淨帶末上）跨金鞍，佩玉環，豪華第一班。擲色鬥牌贏不慣，每日輸錢常論萬，當家後一總還。小子名喚戚施，家君原任藩司。做官不清不濁，掙個本等家私。只養區區一個，並無同氣連枝。没揣煞受人妻子之託，甚來由養個趙氏孤兒，與我同眠同坐，稱他半友半師。誰知是個四方鴨蛋，老大有些不合時宜。有趣的事不見他做,沒興的事,偏強人為。良人犯何罪孽?動不動要捉我會文做詩;清客有何受用?是不是便教人燒香著棋。好衣袖被香爐擦破,破物事當古董收回;好髭鬚被吟詩拈斷,斷紙筋當秘笈攜歸。更有一般可笑,命中該受孤淒。說起女色,也自垂涎咽唾;見了婦人,偏要做勢裝威。學生連日去嫖姊妹,把他做個俊友相攜;又不要他花錢費鈔,他偏會得揀精擇肥。難道為你那沒口福的要持齋把素,教我這有食祿的也忍餓熬饑?我從今誓不與他同遊妓館,犯戒的是個萬世烏龜。自家戚公子,字友先的便是。一向坐在書房,被老韓磨滅不過,連日同幾個幫閒在外面賭錢嫖妓,打雙陸,蹴氣球,何等快樂!如今清明近了,那些富家子弟個個在城上放風箏,使我看了一發技癢不過。叫家僮也去糊一個風箏來,我就要上城去放。

(末應下)

(副淨)我想古來製作的聖人最是有趣,到一個時節,就製一件東西與人頑耍。不像文周孔孟那一班道學先生,做這幾部經書下來,把人活活的磨死。

【大迓鼓】聰明讓魯班,隨時逐節,把巧製新翻。不像那詩書庸腐文章板,平鋪直敍沒波瀾。照我看來,那十分之中,竟有九分該刪。

(末持風箏上)大爺,風箏有了。

(副淨看介)糊便糊得好,只是忒素淨些。

(末)大爺自己畫一畫就是了。

(副淨)那個耐煩畫他。也罷,我先到郊外去等,你拿到書房裏,央韓相公畫一畫了來。

　　　　楊柳風高春已分,紙鳶頭上亂紛紛。
　　　　賽人全仗丹青力,放作天邊五色雲。

第七齣　題　鷂

【翠華引】(生上)拾翠佳人遍野,王孫盡束雕鞍;只為傾城色少，潘車懶出柴關。小生韓琦仲，與戚友先同學攻書。怎奈他是個膏粱子弟，只喜鬥雞走狗、蹴鞠呼盧，不但文章一道，絕不留心，就是那焚香揮麈、種竹栽花之事，也非其所好。可惜他令尊造下這座園亭，何等幽雅，他也不會領略。你看花瘦草肥，蛛多蝶少，也不叫園丁茸理茸理。今日閒暇無事，不免叫抱琴出來，替他收拾一會，有何不可。抱琴那裏？

（丑上）已落地花猶慢掃，未經霜草莫教鋤。相公，叫抱琴何用？

（生）替他把園中花竹，茸理一番。

（丑應，茸理介）

【太師引】（生）洗藥欄，將蓬蒿剗。飼紅魚開籠放鵬，把蛛網捲廬妨蝴蝶，雀羅收好聽綿蠻。你看，略修茸修茸，眼前就清楚了許多。如今添些香在爐裏，再去烹一壺茶來。（丑應，取到介）（生）清香一炷茶一盞，代地主享用清閒。且待我抽幾種書來看一看。（翻書介）憑書案，把牙籤細翻。（歎介）這樣異書，貧士們不得見面。如今却堆在這邊飽蠹魚，豈不可惜！堪歎息，人饑蠹飽書遭難。我這幾日，同戚公子在郊外閒遊，也看過許多仕女，並不見有一個佳人。又不知是我的眼睛忒高，又不知是世上的絕色原少？

【前腔】似這等國色難，天香罕，難道教我渴相如把情思遽刪？我也曉得，那傾國佳人原不易得，只是要個將就看得的也沒有，如之奈何？我只要個不裝點的真姿本色，無脂粉的綠鬢紅顏。就是那胸中的才思，也不必太高。又不要他文章應舉詩刻板，只求他免貽笑與那鄭氏丫鬟。天那，若是我命裏有這等一個，就婚姻遲幾年也不妨。只要有紅絲絆，我甘心守鰥。終不然竟使我，終身做了孤漢！獨坐無聊，忽生愁悶，不免信手拈個韻來，做首詩兒遣興便了。（拈韻介）原來是"一先"韻。（研墨做介）"謾道風流似謫仙，傷心徒賦《四愁》篇。未經春色過眉際，但覺秋聲到耳邊。好夢阿誰堪入夢？欲眠竟夕又忘眠。"

（末持風箏沖上）未到中秋休詠月，正逢寒食且吟風。韓相公，大爺有個風箏求你畫一畫。

（生怒介）別人好好在這邊做詩，被你打斷了我的吟興。

【三學士】好一似雄唱忽然逢截板，頓教字咽喉間。就是要畫，也沒有顏料，難道好用黑墨塗寫不成？我尚沒個硃研露水點《周易》，那得個錢買胭脂畫牡丹？你去對大爺說，裱風箏既有裱匠，畫風箏自有畫師。我韓相公畫不慣，就是會畫也須存氣岸，怎肯將如椽筆，做了繞指環。

（末）韓相公，屈你畫一畫罷！大爺在城上等，若去遲了，又要難為小人。他不曾買得顏料，教你也沒奈何，就是黑墨塗幾筆也罷了。只求快些，小人去吃碗飯了來取。（下）

（生）這也是活磨了，誰耐煩去畫他！也罷，就將方纔的詩，續上兩句，寫在上面，與他拿去便了。（寫介）"人間無復埋憂地，題向風箏寄與天。"

【前腔】幸有風箏為折柬，寄愁天上何難？但看我憂貧慮賤的心如擣，試問你造物生才的意可安？便道是大器從來成就晚，難道婚姻事，也教人鬢鬢斑？

（末上）相公，風箏畫完了？（看介）原來是首詩，一字千金，更好，更好！

（生）書成莫怪景蕭條，摩詰詩中畫自饒。

（末）一字千金知太重，只愁放不上青霄。

第八齣　和　鷂

【青哥兒】（副淨上）清明近，遊人鬧，好風光大家歡笑。風箏糊就到春郊，高高放去，又有一場脾燥。我戚友先到郊外遊春，教家人拿風箏去畫，此時還不見來。你看，放風箏的好不多！萬一來遲，天上放滿了，挨擠不上，却怎麽處？

（末持風箏上）催急既愁尊客惱，來遲又怕主人嗔。大爺，風箏來了！

（副淨看見，怒介）我教你拿去畫的，為甚麽教他寫起字來？

（末）小人央韓相公畫，他說沒有顏料，故此題了一首詩。

（副淨）他做出來的事，就是惹厭的。橫也是一首詩，豎也是一首詩，他就打死了人，少不得也把詩來償命。沒奈何，只得將就放放罷了。（放介）妙，妙，妙！你看，一放就放上去了。如今着實放線，比別人家的分外高些纔妙。（倒行放線介）

【剔銀燈】紙鳶兒又輕又巧，纔放手上天去了。只怕臭詩熏得天公惱，遣天兵把詩人盡剿。我將那代筆的名兒直報，念區區生平不作孽，望乞恕饒。

（末隨下）

【一剪梅】（小旦上）最是春光易得消，纔過元宵，又過花朝。（旦上）芳菲時至不相饒，纔放山桃，又放庭蕉。

（小旦）妾身自從老爺去後，與二娘分作兩院而居，雖然眼界略窄了些，倒喜得耳根清淨。（對旦介）我兒，春天日子最易得過，記得新年和你爹爹飲酒，被那老東西闖來廝鬧一場，如今又不覺清明到了。你不可虛負時光，勤勤做些針指，就是筆硯也不可荒疏。如今春光明媚，你可隨意做首詩來我看。

（旦）這等，求母親命一個題，限一個韻。

（小旦想介）（內扯風箏，落下介）

（小旦、旦驚介）呀！什麼東西，從天上掉下來？

【啄木兒】（合）如星隕，似雪飄，百尺游絲旋又繞。（拾看介）却原來是半空中線斷風箏，為甚的數行兒、墨染雲濤？莫不是玉樓墜下修文的草，莫不是楚歌吹散軍人的稿，為甚的郢曲傳來萬丈高？

（共讀前詩介）

（小旦）我兒，這是才人憂憤之詞，偶然題在風箏上的。你方纔問我索題、索韻，不如就將這拾得的風箏為題，和他一首，寫在後面與我看。

（旦）別人家的詩和他做什麼？

（小旦）會做詩的隨眼看見都是題，隨手拈來便是韻。你不見常有和"壁間韻"、"扇頭韻"的？不過是借他題目，寫我襟懷，又不與那做詩的人看見，這有何妨？只是如今人和詩，板板的依那幾個字,没有一毫生趣。我如今另創一種和法,要從尾韻和起,和到首韻止,倒將轉來,叫做"回文韻",你就照式和來。(旦背手閒步,尋詩介)

【前腔】睛斜盼,手背抄,繞徑尋詩蓮步小。只因這拾風箏題目偏新,好教我和陽春想路難超。不知母親為甚麼緣故,見了風箏上的詩句,就生出這種和法來?他不過龍蛇幾筆真連草,又不是"鴛鴦"兩字顛還倒,為甚的把織錦回文和法教?

(淨沖上)南阮無心邀北阮,東施有意拉西施。二小姐,大小姐説,多時不相見,請你過去談一談。

(旦)這等,你立一立,待我做完了詩,就同你去。(捏筆寫介)

(淨向小旦介)這是那裏來的風箏,寫他做什麼?

(小旦)不知是那家的放斷了線,落將下來。上面有一首詩,我教他和韻。

(淨)原來如此。

(旦寫完,付小旦介)詩已和完,求母親改削,孩兒去一去就來。才和飛來句,旋為拉去人。(同淨下)

(小旦念詩介)"何處金聲擲自天,投階作意醒幽眠。紙鳶只合飛雲外,彩線何緣斷日邊?未必有心傳雁字,可能無尾續貂篇。愁多莫向穹窿訴,只為愁多謫却仙。"好詩,好詩!我想人家女子,有才的未必有貌;有貌的未必有才;就當才貌都有了,那舉止未必端莊,德性未必貞靜。我的女兒,件件俱全,真個難得!

【三段子】他情嬌態嬌,筆姿兒比容更嬌;識高智高,德性兒比才更高。老成不覺年輕小,端莊增却容顏好。不枉了人喚千金,我掌擎珠寶!

(末沖上)紙鳶不是銜泥燕,何事飛來王謝家。門上有人麼?

(丑上)是那個?

(末)我是戚衙的管家。方纔我家公子放風箏,偶然斷了線,落在你府上,煩你尋一尋。

(丑)千家萬家,知他落在誰家,怎麼偏到我家來取?

(末)城上有人看見,説落在西角高牆裏面。西角只有你家的牆高,故此來問。

（丑）這等,待我進去查來。（行介）不知在梅夫人牆裏,在柳夫人牆裏?我且從二房問起。（問內介）你們可曾收著一個風箏?

（內）我這邊沒有,柳夫人家倒拾着一個。

（丑）這等,一定是了!（見小旦介）稟夫人,戚老爺的公子有一個風箏落在我家,着人來取。

（小旦）既是戚老爺家的,把他拿去。

（丑取出,付末介）

（末）多承了!完全歸趙璧,功不愧相如。（下）

（小旦）原來戚公子有這樣高才,不愧是將門之子。

（旦急上）拂衣歸去疾,因有事關心。母親,方纔的風箏,可曾與他取去?

（小旦）是戚年伯家的,怎好不付還他。

（旦）孩兒有詩在上面,閨中的筆跡,怎好付與外人?

（小旦驚介）呀!倒是我失檢點了。叫家僮。

（丑應介）

（小旦）方纔的風箏,若去不遠,快替我趕轉來!

（丑）不知走到那一方去了,怎麼趕得着?

（小旦）我兒,有心趕去取討,反覺得着跡,由他拿去罷了。

【前腔】（旦）母親,你年高識高,為甚的偶遺忘差池這遭?非是我撒癡撒嬌,做孩兒敢把慈親絮叨?一來呵,荒疏恐被男兒笑,二來呵,短長怕有旁人道。做不得個內外森嚴,不通飛鳥。

（小旦）又不是淫詞邪句,外人見了也不妨。

【歸朝歡】又非是,又非是,琴挑句挑,怕甚麼旁人恥笑?（旦）非真有,旁人見嘲,這都是孩兒逆料。（小旦）我兒,我和你在此閒談,你爹爹此時不知可曾到任?風霜刺骨,烽火驚心,老人家怎麼經受得起!（合）征鼙聒耳鄉音杳,瘡痍滿目親人少。不似我和你母子相依伴寂寥。

　　　　和詩非顯內家才,寄與旁人莫浪猜。
　　　　線斷風箏尋複去,槁亡詩句憶還來。

第九齣　囑　鷂

【步蟾宮】（生帶丑上）日長似歲休閒過，勸好友將勤補惰。（副淨上）春郊遊客亂如梭，這屋裏針氈怎坐？

（生）老世兄，你今日去放風箏，為何這等回來得早？

（副淨）來得早，來得早，都是你一首詩兒將興掃！不曾放得幾多高，線斷風箏吹去了。

（生）原來如此。

（副淨）城上有人看見，說落在詹年伯家，我教人去尋了。

（生）這也不必。老世兄，你連日在外面閒遊，不曾親近筆硯，萬一老伯來查功課，只說小弟不效切磋。如今屈在這邊，陪小弟看幾篇文字，再不要出去了。（扯副淨同坐，看書介）

【黃鶯兒】（生）開卷益偏多，古和今，任搜羅，消磨歲月惟書可。（副淨睡着介）（生）你看，纔開得卷就睡着了。抱琴，搖他醒來！（丑搖介）戚相公，戚相公！一任你橫推豎挪，輕呼重踮，怎奈他睡鄉城壘堅難破。不要怪戚相公一個，近來的人都有這樁毛病，見了書本，就要睡覺。只怕書裏的蠹魚，就是瞌睡蟲變的，也不可知？（生笑介）書既做了睡蟲窠，難道先賢古聖，也做了睡中魔？

（末持風箏上）苧線無筋聯復斷，風箏有腳去還來。呀，大爺睡着了！韓相公，這風箏替大爺收着，小人要去服事老爺。（下）

（生看介）呀！是那個續一首在後面？（念旦詩介）好詩，好詩！居然強似我的。（想介）那詹老先生又不在家，這詩是何人所作？

（丑）外面人說，他家有個二小姐，詩才最高。只怕是他做的？

（生又看介）是！口氣也像女人口氣，筆跡也像女人筆跡。不消說，是他做的了。既然如此，不可與戚大爺看見，趁他睡着，揭將下來，另把一張白紙補上，待他醒來好看。

（丑）也說得是。（揭補介）

（副淨醒介）

（生）老世兄醒了。

（副淨）妙，妙，妙！這一覺，倒睡得安穩。

【前腔】晝寢樂偏多，孔先師，教法苟，宰予得趣真知我。（生）老世兄，可曾聽見小弟說些甚麼？（副淨）你低吟似歌，狂吟似呵，不過是"詩云"、"子曰"聲煩瑣。（生背介）還喜得不曾聽見。（轉介）老世兄，你的風箏取回來了。（副淨喜介）風箏既取回來，小弟就不得奉陪了。如今天色尚早，還有半日好放，且去盡盡餘興了來。莫蹉跎，寸陰尚在，遊子肯閑過。且離苦海，適彼樂郊。（持風箏下）

（生）如今待我取出詩來，細細的玩味一番。（出詩看介）

【簇御林】焚香看，漱齒哦！這是佛名經，出普陀，能開一切眉間鎖。他詩中只贊我才高，不露一些情意，但將他細味起來，那"未必有心，可能無尾"這八個虛字眼呵，有無限情包裹。就是這韻也和得異樣，又不從頭和起，倒從後面和將轉來，或者寓個"顛鸞倒鳳"的意想在裏面也不可知。分明是有意擲情梭，却像把"鴛鴦"兩字，顛倒示諧和。

（丑）人又說他，不但才高，容貌也十分標緻。

（生）這樣的詩，料想不是醜婦做得出的。

【前腔】我把他容思想，貌揣摩，畢竟少鉛華，本色多。（丑）這等說，是個不喜裝扮的了。相公不曾看見，怎麼知道？（生）但看他毫端不受纖塵呵，怎肯把脂共粉將容涴。我若得與他結絲蘿，便朝同枕簟，夕死待如何！前日那首詩，是無心做的，並沒有挑情的意思。如今怎麼再做一首，竟說婚姻之事，央人寄去，看他怎生發付我？只是沒有這樣一個人。

（丑）相公，抱琴倒有個計較。

（生）你有什麼計較？

（丑）他家侯門似海，飛鳥不通，料想沒有人寄得詩去。只除非也學戚大爺，去放風箏。

（生）那風箏怎麼放得進去？

（丑）他家的宅子，極是寬大，又靠在城邊。你如今做一首詩，寫在風箏上。我和你到城上去放，不要太放高了，只要放進他的牆頭,就把線一丟,你説不落在他家,落在那裏?

(生大喜介)妙!妙!妙!妙得極!只是那回音怎得出來?

(丑)這個一發不難,待我依舊去詩,討得風箏出來,回音一定在上面了。只是一件,切不可説出你的名字,只説是戚大爺做的,直待事成之後,纔可露出真情。

(生)怎麼?我做了詩,倒假他的名字!

(丑)一來如今的人情,只喜勢利,不重孤寒。説戚大爺的名字,還掀動得他;説是相公,他若訪問你的家私,連詩的成色都要看低了。二來風箏放進去,萬一惹出事來,他還礙着戚老爺的體面,不敢放肆,若曉得是你,行起鄉宦勢來,就是吃他的虧了。

(生)有理!有理!不但聰明,又且周匝,這等我做詩,你去糊風箏,預備停當了,明日絕早去放!

(丑應下)

(生)我想這一首詩,比前日那一首更有關係,不是草草下筆的。

【琥珀貓兒墜】我凝神靜想,逐字苦吟哦。這一次是有意班門弄斧柯,不比那彈琴偶遇子期過。敲磨,休教他綻破櫻桃,笑我才少情多。

(丑持風箏上)不貪醉飽為頑僕,願效昆侖作俠奴。相公,風箏有了!

(生題介)"飛去殘詩不值錢,索來錦句太垂憐;若非彩線風前落,那得紅絲月下牽。"(擱筆介)詩做完了,待我叮囑他一番。風箏,風箏!我這樁好事,全仗你扶持。若得成交,你就是我的月老!

【前腔】我把風神絮禱,却便似合掌念彌陀。休教那妒雨愁雲把我字句磨,好待他清清楚楚入秋波。休訛,須認取我那嫡嫡親親,和韻的嬌娥。

【尾聲】你從前既把媒人做,還仗你把姻親訂妥,切莫要有始無終把我的好事磨。

新詩為我逗琴心，　　更仗新詩索好音。
無意栽花猶發蕊，難道有心插柳倒不成陰？

第十齣　請　兵

　　【夜行船引】（外冠帶，小生扮中軍，各役引上）昔日甘棠今在否？再來人慚愧幷州。皂蓋猶新，烏紗尚好，只有白髮數莖異舊。五彩前旌八座車，重來猶佩舊金魚；愛棠父老衰同我，騎竹兒童大似初。下官受命以來，兼程到任，聞得蠻兵甚是猖獗，已曾差人偵探去了，還不曾回報。今日先把將士檢閱一番，好待臨時調發。分付中軍官，傳諭各營將領，聽候過堂！（小生傳介）
　　（末、丑、淨、老旦，扮衰老將上）戲箱盔甲儘塲戈，取笑行頭奈戰何？力少按鞍難顧盼，只因飯不善廉頗。（進見介）各營將官參見。
　　（小生唱名，外執筆點介）水營總兵錢有用，
　　（末應，過堂介）
　　（小生）陸營總兵武不消。
　　（老旦過堂介）
　　（小生）左營副將聞風怕，
　　（丑過堂介）
　　（小生）右營副將俞敵跑。
　　（副淨過堂介）
　　（外）你們這些將官，都不是我的舊人了。
　　（衆）將官們都是京營小校，因為助餉有功，不次陞來的。
　　（外）你們這樣衰老，又且都是病軀，將來怎麼樣去殺賊？
　　（衆）不敢瞞老爺，將官們原是不曾殺過賊的。聞得人說，這邊地方承平，武官好做，故此在兵部乞恩，補了這邊的缺。原只說來坐鎮雅俗的，不想一到地方，就多事起來。年紀原大了幾歲，近來為憂國憂民，不覺愈加老邁了。如今求老爺題疏，請朝廷另選精壯的來代職，將官們情願降級調用。

（外怒介）你們既受朝廷爵祿，就該不辭衰老，捐軀報國纔是，怎麼說這等萎靡的話？速速去料理器械，抖擻精神，伺候征剿。若誤事機，軍法未便。

（眾應介）只知錢有用，都言武不消；今日聞風怕，明朝俞敵跑。（下）

（外歎介）你說這樣的武備，這樣的將才，怎麼教洞蠻不思作反？

【駐馬聽】軍氣休囚，武備多年偃不修。怎禁那禍生倉卒，變起蕭牆，利失遄陬。似這般人人告老把生偷，教我單騎遇敵憑誰救？（歎介）拼一個馬革屍收，還只怕亂軍中，孤死難丘首。再傳諭：各營兵士，聽候唱名。

（小生傳介）

（生、小旦、淨、丑，扮老弱兵丁，破衣舊帽上）三餐冷粥菜全無，庚癸於今倦不呼。年少金瘡老來發，不堪秋氣入肌膚。

（小生唱名介）趙龍。

（生應介）

（小生）錢虎。

（小旦應介）

（小生）孫彪。

（淨應介）

（小生）李豹。

（丑應介）

（外）叫那些兵丁上來。

（眾上，跪介）

（外）你們這些兵丁，我老爺都還認得，只是為何這等黃瘦了？

（眾）當初老爺在這邊，號令嚴明，紀綱整肅，軍糧按時給發，將領不敢扣除。自從老爺去後，紀律不嚴，錢糧缺少，卯年支不著寅年的糧，一錢受不得五分的惠，個個都饑餓壞了麼，老爺！（哭介）

（外）你們放心，我老爺一到，決不使你們再受饑寒，快去調養精神，聽候征剿，不可有誤軍機！

（眾應下）（外歎介）

【前腔】一樣貔貅,今日雞皮昔虎頭。可憐他金風刺骨,全沒個玉粒充腸,只有些珠淚凝眸。（歎介）地方的事,被前人壞到這個地步,教我怎麼補救得來？他人決海我防溝,將來淹没誰之咎？蒿目空憂,只好燒一炷志誠香,袖手祈天祐。

【不是路】（丑扮探子上）偵探回頭,蠢動情形一望收。（見介）（外）賊情虛實何如？（丑）稟老爺：他是真蠻寇,不比尋常蜂蠆小羅嘍。（外）有多少人馬？（丑）人馬雖多,還不足慮,只怕他一件,最堪憂,他衝鋒不用人如蟻,擋衆全憑象似彪。（外）原來用的象戰,這等,他攻城用甚麼器械？可曾破了幾處城池？（丑）他用的是雲梯、大炮與掘地的器械。那沿山一帶城池,都已失守了。只為無兵救,沿山幾處城如斗,盡行失守,盡行失守!

（外）知道了!你再去打探。（丑應下）（外歎介）賊強我弱,戰守兩難,如何是好？

【解三酲】雨下處正當屋漏,半江中怎把船修？俺待要戰呵,殘兵羸將誰堪鬥？分明是驅羣莘,赴長溝；俺待要守呵,這饑民不火難增竈,赤地無沙怎唱籌？說便是這等說,難道就束手待斃不成？休僝僽,少不得要運籌借箸,勉護神州。叫中軍官,一面寫下出師牌面,一面刻下招安榜文,候我相機遣用。這不過是虛示軍威,使賊難料我的虛實,若要滅賊,須是請兵會剿。我連夜修下告急的表章,差你星馳進京,求朝廷速發大兵,遣重臣監督前來。不可躭誤時刻!

（小生）得令!

羽書飛上九重天,佇望旌旗白日邊。
掃蕩蠻氛靖蠻穴,不留蠻種肆遺羶。

第十一齣　鷂　誤

【出隊滴溜子】【出隊子】（生帶丑攜風箏上）風箏偸放,也学頑皮戚大郞,從今不敢笑伊行。【滴溜子】還慮他將言詞讓,雖然別有情,都是一般呆況:他為遊癡,我為色狂。來此已是城頭了。抱琴,那裏是他家的宅子?

(丑指介)從這座高牆起,直到那座高牆止,方圓一二里,都是他家院落。

(生)這等,是丟得進的。趁沒人在此,快些放上去。(放介)

(副淨內云)城上有人放風箏,我們也到城上去放。

(生望內,驚介)呀!那是戚大爺,他也上來了,怎麼處?

(丑)相公,你在這裏放線,我飛跑下城,引他到郊外去。(急下)

(生)有這等湊巧的事,他若畢竟要來,怎麼了得?(望內喜介)好了,出城去了,如今寬心放線。(放線介)

【降黃龍】休短休長,酌量高低,莫差尋丈。線呵,你是條牽情血縷,繫足紅絲,不但把風箏收放。過牆,待我新詩落地,你先做情絲縈繞紗窗。好待他舉纖指輕收慢曳,抽出我的情腸。如今放到宅子中間了,丟了線罷!(丟介)原來今日是西風,吹落在東首了!

【前腔】東牆鳥語花香,你看那屏掩簾垂,分明是深閨模樣。我想那風箏此時呵,雖未經他秋波凝注,纖指輕拈,也早與溫柔相傍。就是他丫鬟、保母拾到了,少不得要送與小姐看的;只怕被管家拾着,拿去送與夫人,就有些不妥了。堤防,不怕他通文保母,與那識字梅香,怕只怕捕巡狠僕,獻與高堂!我如今也愁不得許多,且回到書房,靜聽消息。魂逐風飄今日下,線牽情去幾時來?(下)

(丑帶淨上)纔起牙床寶髻偏,惱人春色困人天。梧桐不落春間葉,何處秋聲到枕邊。奶娘!方纔窗子外面,是甚麼東西響了一下?

(淨)待我看來。(尋着風箏看介)呀,原來也是一個風箏,也有一首詩在上面。

(丑)風箏便是風箏,詩便是詩,為何加上兩個"也"字,你莫非學二小姐通文麼?

(淨)不是,我前日過去請二小姐,他正拾到一個風箏,上面有詩,他和了一首。今日我們又拾到一個,又有一首詩,故此下兩個

"也"字。

（丑）原來如此！這等，他的風箏還在麼？

（淨）聞得是戚公子的，當日就討去了。

（丑）他那一個是七公子的，我這一個自然是八公子的了。

（淨）不是那個"七"字，是老爺的同學，戚布政的公子。

（丑）這等說起來，那公子又會做詩，又喜放風箏，一定是個妙人了！

【黃龍袞】風流知趣郎，風流知趣郎，詩逐風箏放，可惜落在他那裏，他不過回你一首吃不得用不得的歪詩；若還落在我這邊，定要陪幾件東西答你。少不得把玉扣金簪，酬你多情況。（看風箏介）這個放風箏的人兒也不差，我雖然不識字，不曉得詩的好歹，只是寫得這幾行字出的，也不是個村夫俗子了。怎能勾出張招榜，教他親投認狀，你若要尋詩句，贖風箏，先還了我房租帳。

（淨）小姐！你這等說起來，心上想着男子了。

（丑）奶娘，怎麼瞞得你。自古道，男大當婚，女大當嫁。我今年齊頭十八歲了，你不見東邊的張小姐，小我一歲，前日做了親；西邊的李小姐，與我同年，昨日生了子。如今老爺纔去上任，不知那一年纔得回來。等得他回來許人家，我的臉皮熬得金黃色了。如今莫說見了書生的面孔、聽了男子的聲音，心上難過；就是聞見些方巾香、護領氣，這渾身也像跎蚤叮的一般。

（淨笑介）小姐，你也忒煞心急了。我如今和你商議：二小姐收着的，既有人來討去，難道我們收着的，就沒有人來討？待他來討的時節，我替你做個媒人何如？

【前腔】見了那尋詩覓句郎，尋詩覓句郎，我把他引到藍橋上。你兩個先效于飛，後把朱陳講。只是你怎麼樣謝媒？先要與我斷過；媒錢幾兩，媒紅幾丈？這叫做後君子，先小人，也須明講。

（丑）奶娘，你若有這樣的盛情，我一見面就是兩套衣服、一對金簪謝你！

（淨）我想今日這個風箏，不是沒緣故的。前日一個，落在那邊；今日一個，落在這邊，恰好都有詩在上面。難道天下事有這等巧合的?這一定就是戚公子見了二小姐的詩,只説有心到他,故此又放這一個進來討回話的。我如今立在門首去等,他若來討,我只説,二小姐為他害了相思,約他來會,不要説出你來。

(丑)怎麼不要説我?

(淨)一來二小姐的詩名人人曉得,若説大小姐,他就不信了;二來恐怕事做不成,露出些風聲,內外的人,只談論二小姐,再不談論你。直待有了瓜葛,然後説出真情,教他央人來説親,成了百年夫婦,豈不是萬全之計?

(丑喜介)有理。這等,你快些去等,不要又被二小姐兜了過去。

【尾聲】就是麻姑也撓不着我心頭癢,全仗你一手招來魂蕩。(淨)我自有海上傳來的救急方。小姐你如今還是花間蕊,只怕頃刻翻為葉底花。

(丑)蜂蝶莫教過牆去,又疑春色在鄰家。

第十二齣　冒　美

(末上)祖父當年不積德,投靠宦家充使役。只因一代做功臣,子子孫孫成世襲。自家詹府管家的便是。自從老爺出門,將我派作司閽人役,不論有事無事,要在門前伺候。今日等了許久,不見有甚麼差使出來,且在懶凳上睡他一覺,再做道理。(睡介)

(淨上)良媒不怕姻緣少,私語還防耳目多。自家只為奉承小姐,出來等那討風箏的情郎。只是門上有管家,不好説話,須要生個法子,打發他開去纔好。原來睡在這裏,不免搖他醒來。(搖介)

(末驚醒介)原來是老阿媽,出來做甚麼?

(淨)大小姐有事差你!

(末)差我做甚麼?

(淨)叫你去買一袋京香、兩柄官扇、三朶珠花、四枝翠燕、五兩綿繩、六錢絲線、七寸花綾、八尺光絹、九幅裙拖、十尺鞋面,樣樣要揀十全,不可少了一件。去到管帳手裏支銀,都在買辦簿上銷算。

（末）這許多東西，一日也買不完，這門上叫那個看守？
（淨）你自去買，我替你看門就是。
（末）這等難為你了。蒼頭充辦吏，老婦代司閽。
（淨笑介）好了，被我遣去了。遠遠望見一個小廝走來，或者就是討風箏的，也不可知。
（丑上）不怕侯門深似海，能令消息快如風。門上有人麼？
（淨）你是那家的大叔，到這裏做甚麼？
（丑）我是戚家的管家。奉公子之命，特來拜領風箏。
（淨）前日來取風箏，今日又來取風箏，難道我家是個風箱，憑你扯進扯出的麼？
（丑）不知為甚麼，那風箏就像有脚的一般，偏要鑽在你家來。
（淨）我且問你，你家公子見了小姐的詩，可說好麼？
（丑）不要說起，我家公子呵，

【四邊靜】他朝咀暮嚼多滋味，焚香日相對。廢寢又忘餐，如癡復如醉。我笑他憂煎沒濟，精神枉費，只怕才子害相思，才女少情意。你家小姐見了公子的詩，可也略有些意思麼？
（淨）我家小姐的相思，比你家公子還害得凶哩！
（丑）怎見得？

【前腔】（淨）他停針罷線長吁氣，梳頭忘珠翠；口裏念新詩，眼中吊珠淚。他兩個的才思呵，分開兩位，合來一對。恨只恨彼此隔人天，咫尺阻佳會。
（丑）原來你家小姐也想着我家相公？既然如此，何不把後來的詩再和一首，露些情意在上面？待我家公子央人來說親就是了。
（淨）詩倒和了，我家小姐要親手交付與他，還有許多心腹話要講，故此叫我出來相等。
（丑）這等極好！只是你家屋宇深沉，我家公子的膽小，怎麼走得進來？
（淨）不妨，教他今晚一更之後，大膽走來，我在這裏等他就是。
（丑）這等，我就去講。只是要做得好，不可弄出事來。高才成好事，捷足報佳音。（先下）

（淨）約便約停當了，只是門上有人守宿，怎麼處？

（想介）我有道理，他如今去買辦了，少刻待他買來，好的只嫌不好，説小姐立等要用，教他連夜去換，怕他不去！正是：

風流別有鑽心計，不在陳平六齣中！

第十三齣　驚　醜

（末持香扇等物上）滿手持來滿袖裝，清晨買到日昏黃；手中只少播鼗鼓，竟是街頭賣貨郎。自家奉小姐之命，去買辦東西，整整走了一日。且喜得件件俱全，樣樣都好，不免叫奶娘交付進去。（向內喚介）老阿媽！

（淨上）阿媽、阿媽，計較堪誇；簸弄老子，只當娃娃。東西買來了，待我交進去。（持各物，向鬼門立介）

（末）小姐看見這些東西買得好，或者賞我一壺酒吃，也不可知？且在此間候一候。

（淨轉身喚介）門公在那裏？小姐説，這香味不清，扇骨不密，珠不圓，翠不碧，紗又粗，線又嗇，綾上起毛，絹上有跡，裙拖不時興，鞋面無足尺。空費細絲銀，一件用不得。快去換將來，省得討棒吃！（丟還介）

（末）怎麼？這樣東西還嫌不好！就是要換，也只得明日了，今晚要守宿，煩你回復一聲。

（淨內云）小姐説，心上似油煎，下身熬出汁；若等到明朝，爬床搔破席。門上不須愁，奶娘代承值。只要換得好，來遲些也不妨得。

（末）有這樣淘氣的事！沒奈何，只得連夜去換。（歎介）養成嬌小姐，磨殺老蒼頭！（下）

（內發擂介）

【漁家傲】（生潛步上）俯首潛將鶴步移，心上蹀躞，常愁路低。小生蒙詹家二小姐多情眷戀，約我一更之後，潛入香閨，面訂百年之約。如今譙樓上已發過擂了，只得悄步行來，躲在他門首伺候。

我藏形不惜身如鬼,端的是邪人多畏。為甚的保母還不出來?萬一巡更的走過,把我當做犯夜的拿住,怎麼了得!他若問貪夜何為,把甚麼言詞答對?我若認做賊盜,還只累得自己;若還認做奸情,可不玷了小姐的名節。小姐,小姐!我寧可認做穿窬,也不累伊。

（淨上）月當七夕偏遲上,牛女多從暗裏逢。如今已是一更之後,戚公子必定來了,不免到門外引他進來。（做出門望介）偏是今夜又沒有月色,黑魆魆的不知他立在哪裏。不免待我咳嗽一聲。（嗽介）

（生驚,倒退介）不好了,有人來了!（躲介）

（淨）難道還不曾來?不免低低叫他幾聲,戚公子,戚相公!

（生喜介）那邊分明叫我,不免摸將前去。（一面摸,一面行,與淨撞頭,各叫"阿呀!"介）

（淨）你可是戚公子?

（生）正是。

（淨）這等,隨我進來。（牽生手下）

【剔銀燈】（丑上）慌慌的梳頭畫眉,早早的鋪床疊被。只有天公不體人心意,繫紅輪不教西墜。惱既惱那斜曦當疾不疾,怕又怕這忙更漏當遲不遲。奴家約定戚公子,在此時相會,奶娘到門首接他去了,又沒人點個燈來,獨自一個,坐在房中,好不怕鬼。

（淨牽生手上）

（生）身隨月老空中度,

（淨）手作紅絲暗裏牽。小姐,放風箏的人來了。

（丑）在那裏?

（淨）在這裏。

（將生手付丑介）你兩個在這裏坐着,待我去點燈來。反將嬌婿纖纖手,付與村姬捏捏看。（下）

（丑扯生同坐介）戚郎,戚郎!這兩日幾乎想殺我也!（摟生介）

（生）小姐,小生一介書生,得近千金之體,喜出望外。只是我兩人原以文字締交,不從色欲起見,望小姐略從容些,恐傷雅道。

（丑）寧可以後從容些,這一次倒從容不得。

（生）小姐,小生後來一首拙作,可曾賜和麼?

（丑）你那首拙作,我已賜和過了。

（生驚介）這等,小姐的佳篇,請念一念!

（丑）我的佳篇,一時忘了。

（生又驚介）自己做的詩,只隔得半日,怎麼就忘了?還求記一記。

（丑）一心想着你,把詩都忘了,待我想來。（想介）記着了!

（生）請教。

（丑）"雲淡風輕近午天,傍花隨柳過前川,時人不識予心樂,將謂偷閒學少年。"

（生大驚介）這是一首千家詩,怎麼說是小姐做的?

（丑慌介）這、這、這果然是千家詩,我故意念來試你學問的,你畢竟記得。這等,是個真才子了!

（生）小姐的真本,畢竟要領教。

（丑）這是一刻千金的時節,那有工夫念詩?我和你且把正經事做完了,再念也未遲。（扯生上床,生立住不走介）

（淨持燈上）只恐夜深花睡去,故燒高燭照紅妝。

（丑放生手介）

（淨）燈來了,你們大家脫略些,不要裝模作樣,耽擱工夫。我到門前去立一立,就來接你。閉門不管窗前月,分付梅花自主張。（下）

（生看丑大驚,背介）呀!怎麼是這樣一個醜婦!難道我見了鬼怪不成?方纔那些說話,一毫文理不通,前日的詩,那裏是他做的?

【攤破錦地花】驚疑,多應是醜魑魅,將咱魘迷。憑何計,賺出重圍?（丑背,指生介）覷着他俊臉嬌容,頓使我興兒加倍!不知他為甚麼緣故,再不肯近身?是了,他從來不曾見過婦人,故此這般醜脾。頭一次見蛾眉,難怪他忒靦腆把頭低。

（生）小姐,小生聞命而來,忘了舍下一樁大事,方纔忽然想起,如坐針氈。今晚且告別，改日再來領教。

【麻婆子】勸娘行且放、且放劉郎去，重來尚有期。（丑）來不來由你，放不放由我。除了這一樁，還有甚麼大事？我笑你未識、未識瓊漿味。若還嘗着呵，愁伊不肯歸。（扯生介）夜深了，請安置罷。（生變色介）小姐，婚姻乃人道之始，若無父母之命，媒妁之言，就是苟合了，這個怎麼使得？**主婚作伐兩憑誰，如何擅把鳳鸞締？**（丑）我今晚難道請你來講道學麼？你既是個道學先生，就不該到這個所在來了。你說要父母之命，媒妁之言，如今都有了。（生）在那裏？（丑）人有三父八母，那乳母難道不是八母裏算的？如今有乳母主婚，就是父母之命了。（生）這等，媒人呢？（丑取出風箏介）這不是個媒人？若不是他，我和你怎得見面？我自有乳母司婚禮，風箏當老媒。如今沒得說了，請睡。（扯生介）

（淨沖上）千金一刻春將半，九轉三回樂未央。如今已是三更時分，料想他們的事一定做完了，早些打發他去，不可弄出事來。

（生望見淨，故作慌介）不好了，夫人來了。

（丑放生介）

（生急走，撞着淨介）

（淨）你們的事做完了麼？

（生）做完了。

（淨）這等，待我送你出去。

（復牽生手，行介）公子，我家小姐是個救苦救難的觀音菩薩。

（生）保母，是個急急如律令的太上老君。（急下）

（淨）如今進去討他的謝禮。小姐，如今好謝媒人了麼？

（丑怒介）呸！你不是媒人，是個冤魂。

（淨）怎麼倒罵起我來？

（丑）剛剛有些意思，還不曾上床，被你走來，他只說是夫人，灑脫袖子，跑出去了。

（淨驚介）這等，你們在這裏半夜，做些甚麼？

（丑）不要說起，外貌卻像風流，肚裏一發老實不過。說了一更天的詩，講了一更天的道學，不但風流事不會做，連風情話也說不出一句來。如今倒弄得我上不上,下不下,看你怎麼處?

　　(淨)不妨。我另有個救急之法,權且矇過一宵,再做道理。

　　　　做媒須帶本錢行,莫待無聊聽怨聲。

　　　　佳婿脫逃誰代職?床頭別有一先生。

第十四齣　遣　試

　　【憶秦娥】(小生便服上)槐黃了,紛紛舉子忙時到。忙時到,祖生休息,着鞭須早。下官替韓盟兄撫養孤子成人,且喜得他天姿英邁,品格離奇,定不是個池中之物。今當大比之年,要打發他上京取應。衣囊資斧,俱已齊備,不免親到書房,送他去來。老年最忌名心熱,壯歲還愁宦念疏。(下)

　　【前腔】〔換頭〕(生帶丑上)一朝被鬼迷心竅,神情三日猶昏耗。猶昏耗,合睛便見,夜叉奇貌!小生為詹家女子,誤起情腸。聽了外面人的訛傳,只說有其名者,必有其實;看了風箏上的贋筆,又道有斯貌者,方有斯才。誰知耳內千聞,不如眼中一見,被他乳母作祟,黑夜引入房中,全無半點嬌羞,備極千般醜態。佳篇誤稱拙作,通文處滿口胡柴;舊句冒作新篇,識破時通身馬腳。小生方在驚疑之際,彼婦正在饑渴之時,千虧萬虧,虧那一盞銀燈,做了照妖神鏡;難逢難遇,遇着一尊保母,做了辟鬼鍾馗。方纔得脫網羅,庶免一宵纏縛。不然,竟似蘇合遇了蜣螂,雖使濯魄冰壺,洗不盡通身穢氣;又如荀令嫖了俗妓,縱不留情枕席,也辜負三日餘香。(笑介)這樣詫異的事,教我也解說不來,只好付之一笑而已。

　　【金梧桐】且把相思孼賬銷,悔極翻成笑。我想他那樣的醜貌,那樣的蠢才,也勾得緊了,那裏再經得那樣一副厚臉,湊成三絕。也虧他才貌風情,件件都奇到。畢竟是伊家地氣靈,產出驚人寶。我想那個乳母,竟是我的恩人。若不是他引我進去相見呵,萬一謬采虛聲,聘定了把鸞凰效,兀的不是神仙魑魅同偕老!我吃過這一次虛驚,以後的婚姻,切記要仔細! 一不可聽風聞的言語,二不可信流傳的筆劄,三不可拘泥要娶閥閱名門。從來絕代佳人,都出在荒村小户,總之要以目擊為主。古人三十而娶,不是故意要遲,想來也是不肯草草的緣故。

【浣溪紗】經這遭,才知覺,休信那毛延壽畫裏的妖嬈,苧蘿不掩西施貌,閥閱難增媒姆嬌。休草草,便等到鬢婆婆遇佳人,也做個有福溫嶠。今乃大比之年,戚仁伯催我入京赴試。此去若得僥倖,大小登科,都在一處,也不可知。等他出來,拜別前行便了。

【東甌令】(小生、副淨帶末,攜酒上)燒尾宴,祖兒曹,催送蛟龍上碧霄。(見介)賢侄,你春風得意須乘早,我專聽取泥金報。(副淨)老世兄,你身榮須念舊同袍,休得要富貴把人驕。

(小生送銀介)朱提百兩,備舟車薪水之資,賢侄請收了。

(生收介)

(小生)看酒過來,立飲三杯,然後上馬。(立飲介)

【金蓮子】(小生)我自斟醪,須恕我杖履不出郊。(副淨)小弟也奉一杯。(斟介)三杯少,還有一杯奉饒。(合)風霜須愛護,冷暖自均調。

(生)老伯之恩,天高地厚,就是銜環結草,也難效區區。就此拜別!

(同拜介)

【尾聲】(小生)你也莫銜環,休結草。那有個飯韓漂母望酬勞。只求你勉慰黃泉,不使我愧久要。

玉光劍氣久沉埋,好把文星耀上臺。
老耳十年無世事,龍鍾洗却待春雷。

第十五齣　堅　壘

【北醉太平】(淨騎象,引衆上)刀鋒劍鋩,盔甲煌煌,渾如秋水接天光。笑官兵,戰幾場,馬如齏粉人如醬。使俺象蹄血濺桃花浪,且先憑一箭定西方,取中原,似探囊!自家掀天大王是也。自從起兵出洞以來,攻州州破,過縣縣殘。雖有幾個官兵,莫說不勾俺斧砍刀剿,還經不得象鼻一卷。如今已到西川地方,聞得新來的招討，就是當初詹烈侯。這廝年紀雖老，倒還有些智略，不可輕覷了他。分付大小蠻軍，須要用心攻打！將我新製的雲梯、大炮，與那掘地道的傢伙，都載在軍前，聽候取用。

（衆應介）（同唱"先憑一箭"二句下）

（外戎裝，末扮中軍，引衆上）掘鼠羅禽作糗糧，張巡今日守睢陽。只愁無妾堪充餉，難結軍中死士腸。下官詹武承，到任未幾，時事多艱。前日上疏請兵，今日賊臨城下，急病難仗緩醫，遠水不澆近火。如今只得堅城固壘，以老賊軍，待天兵到日，好議征剿。叫中軍官！

（末應介）賊兵破竹而來，機鋒正銳，我軍不可輕戰，只可固守；不可鬥力，只可用謀。你與我到營中選三個壯士，一個畫了紅臉，扮做關帝君；一個披了火焰，扮做火德星君；一個湊了三頭六臂，扮做太歲星君，前來聽用。

（末稟問老爺：那一處用着他？

（外）你不要管，裝扮完了，聽我調度。

（末應下）

【前腔】（外）説甚麼晁生智囊，陳平計良，耿恭神箭不穿楊。射胡人，起異瘡，且看俺師心別把陰符創。管教那五行列宿天神將，不須符水紹陰陽，一齊來，且守疆！

（副淨扮關聖，丑扮太歲，小生扮火德，隨末上）裝就奇形怪狀，且看妙算神機。稟老爺：裝扮齊備了。

（外對副淨介）我聞得賊兵慣用雲梯，窺視城中虛實。我這東角近山，易於登眺，料他必先窺視東門。我今日東門城上，不用一人防守，只差你一個，藏在城垜之下。賊見沒人守城，畢竟用軟梯爬上。你伺候先上來的一個，拿住他砍了首級，提在手中，立在城上，現一現形，就來領賞。

（副淨應介）

（外對丑介）我聞得賊兵慣掘地道。我這西門地虛，他畢竟從西門進。你到西門城裏，先掘一個地洞，伏在洞中，等他掘穿的時節，你將前面一個砍了首級，提在手中，走出洞外，現一現形，就來領賞。

（丑應下）

（外對小生介）賊攻東西不利，畢竟從南北二門用炮攻打。北門近水，難用火攻，他必定只攻南門。我城唯南角最堅，料打不破。你先到南門，支下一個小炮等他。他炮不響，我炮莫動；待他用炮之時，一齊點火，鉛彈打去，他不疑我用炮，只說自己彈子激轉去打着自己。你立在城上，現一現形，就來領賞。

（小生應下）

（外）旗鼓司傳諭守城兵士，俱要寂然無聲，如有說話一句，咳嗽一聲者，立刻梟首！

（末應介）（眾同唱"不須符水"二句下）

（淨、眾唱"先憑一箭"二句上）叫蠻軍，這東門近山，好看虛實。你與我搭起雲梯，待我親自看來。（眾搭雲梯，淨登望介）

【南普天樂】（淨）駕雲梯，高千丈，炯雙眸，遙瞻望。虛和實，何計遮藏？管靴尖踢倒金湯！（下介）（眾）大王，城中虛實如何？（淨大笑介）城上半個人也沒有。這等看起來，不消攻打，只須搭了軟梯，爬將上去就是。（眾搭軟梯，一人先爬入介）（副淨提人頭立城上，眾見驚倒介）不好了，不好了！關爺顯聖了！（淨）大家跪了磕頭！（同拜介）呀！把尊神拜仰，威靈庇遠方；恕蠻人愚蠢，免降災殃。

（副淨下）

（淨）這一門有關爺把守，不要惹他，到西門去罷！東門攻不進，且去打西門。（同下）

（外眾唱"不須符水"二句上）

（副淨提人頭上，見介）稟老爺，獻首級。

（外）賞銀牌一面！

（副淨謝介）

【北朝天子】（眾）笑癡蠻蠢羌，羨靈心巧腸，壽亭侯那裏從天降？都只為神威鎮遠，赫名兒久揚。因此上不問假和真魂都喪。貌雖然假裝，神多應真降。渺茫渺茫渺渺茫！附人身非同影響，非同影響。備牲醪酬天將,備牲醪酬天將!

（俱下）（淨、衆唱"先憑一箭"二句上）

（淨）叫蠻軍：這西門地虛,好掘地道,快與我掘進去!

（衆）稟大王：不知今日可動得土？

（淨）胡說,那有攻城掘地,揀日子動土的？（衆掘介）

【南普天樂】（淨）荷秋鋤,開虛壤,闊如溝,深如巷。兵魚貫,直抵中央,看他們何計支當？（一人先掘進城介）（丑提人頭,出洞現形介）（衆）不好了,撞着太歲了！我說今日動不得土。（淨）大家再跪了磕頭！（同拜介）呀,把尊神拜仰,威靈庇遠方；恕蠻人愚蠢,免降災殃。（俱下）

（淨）這西門太歲星利害,不要惹他,且到北門去用炮。

（衆）稟大王：北門近水,不好用炮。

（淨）這等,往南門去罷。西門攻不進,又去打南門。（俱下）

（外衆唱"不須符水"二句上）

（丑提人頭上,見介）稟老爺：獻首級。

（外）賞銀牌一面。

（丑謝介）

【北朝天子】（衆）笑癡蠻蠢羌,羨靈心巧腸。太歲星哪裏真相撞？想不曾選期動土,自疑心有妨。因此上不問假和真魂都喪。這是聖朝的土疆,皇家的寸壤。彼蒼彼蒼彼彼蒼,隱相扶誰能據攘,誰能據攘！守疆臣還依仗,守疆臣還依仗。

（俱下）（淨、衆唱"先憑一箭"二句上）叫蠻軍：快支起大炮來打!

（衆支炮介）

【南普天樂】（淨）大將軍,威名壯,佛郎機,功難量；全憑你,全憑你辟土開疆,待功成釁汝牛羊。（衆放炮介）（城上放炮,衆打倒介）（小生立城上介）（衆）不好了,火德星君又出現了！（淨）快些磕頭,快些磕頭！（衆亂磕頭介）呀,把尊神拜仰,威靈庇遠方,恕蠻人愚蠢,免降災殃。

（淨）罷,罷,罷！有這許多神兵助他,料想攻他不破,收兵去攻

別處地方。只道象兵無敵，誰知又有神兵；若遇文殊菩薩，連象也要吃驚。(俱下)

(外、衆唱"不須符水"二句上)

(小生上)稟老爺：賊兵放炮攻城，城攻不破，反被我炮打死許多，如今撤營走了。

(外)賞銀牌一面。

(小生謝介)

(外對末介)你如今領一隊人馬，沿路鳴金擂鼓，趕將前去，假作追兵，只可嚇他走，不可與他戰，約去三十里，即便收兵。

(末應下)

【北朝天子】(衆)笑癡蠻蠢羌，羨靈心巧腸，火德星哪裏從空降？都只為兵多戢少，自焚來可傷。因此上受虛驚，魂增喪。俺這木牛兒有光，火牛兒無像，怎擋、怎擋、怎怎擋？休殺那蠢堆堆無功戰象，無功戰象。請回家，休癡想，請回家，休癡想。

　　　　戲場不比戰場真，耳目何妨暫一新。
　　　　自古奇兵難再試，慮將險法悞他人。

第十六齣　夢　駭

【香柳娘】(生衣巾，末持筆硯隨上)對天人策來，對天人策來。十年摩揣，今朝嘔出心頭塊。小生來京赴試，叨捷禮闈。今日聖主臨軒策士，出的題目是，問洞蠻犯順，該撫該剿的機宜。小生痛述養癰之患，備陳靖亂之方，議論倒有些實際。但不知皇上注意在那一邊。且回到寓中，靜聽消息便了。任蒼天措排，任蒼天措排，只怕命好不須才，數奇志空大。(末)來此已是寓所了。相公，還是要用酒，要用飯？待長班去取來。(生)酒飯都不用。我身子倦了，快收拾床鋪，待我睡罷。(末)床鋪是收拾好的。這等，相公請安置，長班也去歇息了。(下)(生歎介)想我韓琦仲一生，莫說眼睛不曾看見佳人，就是夢也不曾夢見一個，難道於"女色"二字，就這等無緣？歎紅鸞命乖，歎紅鸞命乖！老天，老天！你便舍我個夢裏陽

臺,也暫把相如渴解。(睡介)
(內發擂介)
【前腔】(丑扮詹小姐,淨扮乳母隨上)看書生去來,看書生去來。這是他家門外,為甚的閉關不把人相待?奴家詹小姐。前日戚公子到我家來,被奶娘沖散,不曾成就姻緣。今晚夜深人靜,同著奶娘來看他。此間已是他書房了,快敲門。(淨敲門介)(生起介)是誰人扣齋,是誰人扣齋?欲待把門開,夜深慮逢歹!(淨)相公,快開門!你心上的人來了。(生想介)我心上沒有甚麼人,且把門開了,看是那一個?(開門見丑,驚背介)呀!這是詹家醜婦,他為甚麼到這裏來?(對丑介)請問小姐,到此何幹?(丑)你那一晚吃了虛驚,不曾成得好事,我今夜特來就你。(淨)戚相公,今日這就口饅頭,也吃得過了。你心中快哉,你心中快哉!肆意和諧,不擔驚駭。

(生)這等說起來,前日是苟合,今日又是私奔了。怎麼使得?

(淨)戚相公請老實些,上門的生意,不要錯過。

(生)我姓韓,不姓戚。戚相公在那邊房裏,你自去尋他。

(淨)我們與開典鋪的一樣,是認票不認人的。前日風箏上是你的筆跡,我只來尋你,不管你姓戚姓韓。

(生背介)前日還有奶娘救我,今日連他也助紂為虐了!這怎麼好?

(丑)前日我一個人扯你不過,今日有了幫手,就擡也擡你上床。

(丑、淨同扯,生喊介)婦人強奸男子,千古奇變。地方鄰里,大家來救一救!

(副淨、小生扮更夫,巡更唱歌上)裏面有人叫喊,我們進去看來。(進見介)你們夜半三更,在這裏做得好事!

(生)婦人強奸男子!

(丑)男子強奸婦人!

(副淨、小生)只有男子強奸婦人,那有婦人強奸男子?鎖去見老爺!(對鎖、帶出,生一路叫"冤枉"介)

（副淨）來此已是衙門了，待我擊鼓！（擊鼓介）
（內敲雲板，開門介）
【前腔】（末冠帶，引衆上）甚生涯到來，甚生涯到來。忙加冠帶，金收暮夜無妨礙。甚麼人擊鼓？（副淨、小生帶見介）巡夜的更夫，捉到一起奸情，請老爺發落。（末）是強奸，是和奸？（丑）是強奸，老爺。（末）他怎麼樣奸你？照直講來。（丑）把裙襠扯開，把裙襠扯開，我奇創苦難捱，喊聲似雷大。（生）好冤枉的事！是他淫奔到書館中來強奸生員，怎麼反說生員奸他？夜奔來敞齋，夜奔來敞齋，硬坐中懷，破我魯男淫戒。

（末）世上那有這樣歹事？既是他來奸你，可有甚麼人見證麼？
（生）黑夜之中，那有見證！
（末）這等何所憑據？

【前腔】有誰人見來，有誰人見來？你無憑難賴，倒推逆說多尷尬。（對丑介）你黑夜到他書房，還是自己去私奔他的，還是他引誘你去的？（丑）是他引誘小婦人去的。（末）有甚麼憑據？（丑）有風箏為證，上面的詩句是他親筆寫的。（取出風箏，末看，對生介）你如今還有甚麼賴得？好風流秀才，好風流秀才！是你引婦人中懷，還說魯男破淫戒！叫左右，扯下去打！把裙襠扯開，把裙襠扯開。（生叫冤枉介）（末）也教你奇創難捱！不怕你喊聲雷大！

（衆扯生欲打，外、老旦扮報人，敲鑼沖上）報！報！報！
（末、丑、淨、衆俱下；生仍睡介）（外、老旦喧鬧，敲門介）
（末急上）夜深聞剝啄，知是好音來。（開門介）
（外、老旦）韓相公中了，特來報喜！
（末）中在第幾甲？
（外、老旦）第一甲第一名！
（末）這等是狀元了！待我喚他醒來。相公，相公！
（生朦朧，叫冤枉介）
（末搖生介）相公，快醒來，你中了狀元了！
（生拭目介）
（外、老旦）報老爺高中狀元！

（生）只怕還是做夢？

（外、老旦）是真的，不是做夢，快請老爺去赴御宴。

【尾聲】（生）無端惡夢將人駭，虧得捷音驚敗。這又是第二個乳母無心巧撞來！

　　　　詳夢從來貴反詳，夢凶得吉理之常。
　　　　奇冤既得聞奇捷，醜婦還應得麗娘。

第十七齣　媒　　爭

【字字雙】（淨扮媒婆上）要做媒婆莫説真，欺隱。説真十處九關門，難進。東施形醜冒西村，騙允。若要親眼相佳人，搽粉。自家京師第一個出名的媒婆，綽號"張鐵腳"的便是。新科狀元不曾娶親，今早有人來呼喚，要我做媒，特地走來伺候。門上有人麼？

（内）是那一個？

（淨）當值的媒婆，蒙老爺呼喚，特來服事的。

（内）門外候着。

【前腔】（老旦扮媒婆，持書上）個個媒婆賣腳跟，空奔。也難單靠嘴皮唇，誰信。做媒須學做山人，書引。大膽來説狀元親，把穩。自家京師第一個鑽刺的媒婆，綽號"李鑽天"的便是。聞得新科狀元不曾娶親，一定要用着我們的。只是同行的多，恐怕輪我不着，故此到他座師處討了一封薦書。如今放心去做，難道還怕哪個搶去不成？來此已是，門上有人麼？

（淨見驚介）

（内）甚麼人？

（老旦）在下是官媒，一向服事老爺座師的。今早叫我去分付，説老爺不曾娶夫人，教我來服事。有封書在這裏，煩大叔傳一傳。

（末上，接書下）

（淨）李鑽天，你好没意思。狀元老爺聞我的名，親自差人請我來做媒，誰要你東鑽西刺來搶人的生意？

（老旦）張鐵腳，你好没廉耻。狀元的座師，平日見我老實，特地寫書送我來做媒，誰要你捕風捉影，奪人的主顧？

（淨）老騷貨，不知搭着那一個管家，騙個没圖書的名貼，在這裏嚇鬼。你前日替王翰林的夫人兌金，七成當了十成；替朱錦衣的奶奶兌珍珠，十換算了十五換。他如今查問出來，正要和你講話。還虧你自己説個老實。惶恐、惶恐！

【撲燈蛾】你騙財真絕倫，有胸没方寸。只圖第一遭，不顧後來對問也，言而寡信。還虧你夜郎動輒自稱尊，面皮不厚才三寸。只怕你，名輕難説狀元親。

（老旦）老娼根！你不知同那個孤老吃了幾杯膿血，在這裏發騷風。你前日替吳總兵娶小，把寡婦當了女兒，被他叫兵丁撏去了兩邊的鬢髮；又替孫百户續弦，把梅香當了小姐，被他叫軍牢撥去了下面的鬍鬚。那一個不知，那一處不曉？還説狀元老爺聞你的名，羞死、羞死！

【前腔】你把賤奴充作尊，破罏冒為整。慣做脱空媒，更有一遭奇詫也，新人帶孕。到如今二毛拔去兩頭髡，還虧你自稱名下無謙遜！只怕你，力綿難説狀元親。

（互嚷介）

（末上）兩口不須閑聒絮，一心自有妙安排。老爺説，你們兩個不消在此爭爭鬧鬧，我家老爺的媒不是容易做的，要親眼相過，十分中意纔肯下聘。你們説的親事，若肯容相的，便來講；不肯容相的，竟不消説得。

（淨、老旦）都是千金小姐，怎麽肯把人相？（各想介）有了，不妨，可以相得。老爺明日遊街，我們與小姐立在一處觀看。大叔，你如今認得我們了，只看見與我們同立的就是小姐。若老爺中意，你把頭點一點；不中意，你把手摇一摇，待我們又好趕到別家去看。

（末）也説得是，待我去稟老爺。

　　　　（末）力大名高總不收，　主司法眼異時流。
　　（老旦、淨）我文章自有趨時法，不怕你朱衣不點頭。

第十八齣　覯　配

【北新水令】(生簪花、冠帶，末執鞭，衆鼓吹引上)天街徐着看花鞭，馬蹄兒休教逐電。嬋娟爭覷我，我也覷嬋娟。把帝里名媛，趕一日批評遍！

【南步步嬌】(副淨扮醜女，淨扮媒婆隨上)鉛精鑄就芙蓉面，血點脂唇豔。金盆搗鳳仙，染成這玉甲如花，好持紈扇。行到鏡臺邊，幾回自訝觀音現！

(淨)小姐，狀元好來了，我和你先到樓上去等。(同上樓介)

(淨)小姐，我替你燒些香在爐裏，待狀元來聞見，就知道你是喜清趣的了。(燒香介)

【北折桂令】(生、衆上)才離了鳳闕龍軒，早來到燕子樓頭，朱雀橋邊。(末)是哪裏這等香？(生)可惜了香氣氤氳，篆煙縹緲，只多些膏沐腥膻。(末指樓上介)老爺，那樓上與張媒婆同立的，想必是小姐了。(生看介)試看那假西施，賣弄他香溫玉軟，盡有那蠢登徒，為着他意惹情牽。怎當俺冰鏡雙懸，能別媸妍。多謝你轉秋波，臨別多情；休怪俺懶回頭，似弩箭離弦！

(末向淨搖手，隨生、衆下)

(淨)這等是不中意了。東家相不中，快去趕西家。(同副淨下)

【南江兒水】(老旦扮老女上)鼓吹聲難近，旌旗眼望穿。為甚的綠衣郎不許紅裙見？紫金鞍騎到誰家院？畫欄杆倚得纖腰倦。想像仙郎不遠，更上層樓，把十里杏花瞻遍！

(內鼓吹介)

(淨急上)小姐，狀元來了，快些上樓去看。(同上樓介)

【北雁兒落帶得勝令】(生、衆上)(末指樓上介)老爺，這位小姐生得好！(生看介)覷着他瘦腰肢似可憐，好容貌如堪羨。為甚的兩桃腮褪却鮮，雙柳黛堆着怨？多管是待庶士把韶光變，詠摽梅的期久怨。休怕俺輕薄子無情面，辜負你老嫦娥愛少年。傳言，賢孟光休得要嗟偃蹇；你且歸也麼眠，少不得有個老梁鴻來締好緣。

（末向淨搖手，隨生、衆下）

（淨）這等說起來，又不中意了。掃興，掃興！

（老旦）落花空有意，流水太無情。（同淨下）

【南僥僥令】（丑扮醜女，泡頭，闊鬢上）旋賣街頭髢，妝成頭上鬈，時興寶髻人人羨！預梳個鳳冠頭好嫁狀元。

（老旦上）媒灼趕來身似箭，狀元騎出馬如飛。小姐梳妝完了，這是近來新興的牡丹頭，好看！好看！一定相得中了。快上樓去等。（同上樓介）

【北收江南】（生、衆上）（末指樓上介）老爺：這個小姐面貌雖然有限，頭却梳得時興。（生）呀！都似這般樣的時興寶髻呵，倒不如那鬅鬙頭短髮如氈！似這等愈奇愈出不如前。那些個食蔗後來鮮，好教人嘔涎。馬蹄兒怎前，只得把絨韁帶急狠加鞭。（加鞭，急下）

（末向老旦搖手，同衆下）

（老旦）北家相不中，快去趕南家！（同丑急下）

【南園林好】（小旦扮小姐上）滿皇都娥眉幾千，少甚麼胡然帝天。空教人賣些醜腆，怎乞得那人憐？

（內鼓吹介）

（老旦急上）小姐，狀元來了，快些上樓。（同上樓介）

【北沽美酒帶太平歌】（生、衆上）（末指樓上介）老爺，這一位小姐果然標緻，再沒得嫌了。（生）相了一日，只這個還上得眼。這是俺解憂慮的草似萱，醒瞌睡的豔異編，地少朱砂赤土先。（末）老爺既然中意，待小人點頭許了他罷。（生搖手介）他只好抱衾裯備媵員，怎好正閫位把中宮權擅？七分妝三分顏面，四分真六分強勉。覆霓裳銀紅雖淺，襯羅衫榴裙太艷。小姐，你望得俺心穿，眼穿，休得要怨天，恨天。你若是三生少緣，怎受得俺猛停驂一回繾綣！

（末向老旦搖手下）

（老旦）怎麼，這樣的佳人還相不中？你也無緣做他的眷屬，我也没福趁他的媒錢。回去罷！

（小旦）承恩不在貌，教妾若為容。（同老旦下）

（生）叫左右，帶馬回去。

【北清江引】上林春色看將遍，仍似河陽縣。天香並未聞，國色何曾見，或者那御溝内的人兒還有幾個上得選。

看花自古說長安，誰料花多不耐看。

金榜已登金屋缺，色難更不比才難。

第十九齣　議　　婚

【玉女步瑞雲】【傳言玉女】（小生帶末上）底事縈懷，未了向平婚債。【瑞雲濃】怎禁不肖子胡行亂蹚。下官戚補臣，夫人早喪，只生一子。當初只因後嗣艱難，未免失之驕縱。怎奈他不思上進，只習下流，不但不能承紹箕裘，將來還恐玷辱門戶。當初還有韓家侄兒同窗砥礪，雖然心如野馬，也還身似羈猿。自從韓生赴試之後，日間在賭博場上輸錢，夜間在妓婦人家輸髓。輸錢還是家產之累，輸髓將有性命之憂。我如今没奈何，只得娶房媳婦與他。他縱然不怕堂上的威嚴，或者還受些枕邊的教訓。向日詹年兄上任之時，曾將兩個女兒託我擇婿，不如將一個聘與自家兒子，一個聘與韓家侄兒，何等不妙。只有一件，我聞得他大令愛是個尋常女子，第二個令愛才貌俱全。若把別個，一定將好的盡了自己，剩下的纔與別人。下官一來有些克己的功夫，二來也知兒子的分量。如今定下主意，將大的配與兒子，小的配與韓生。本待一齊下聘，只是他在京中赴試，萬一得中，受了別人的絲鞭，恐怕兩相耽誤。我如今先說就了兒子的親事，那一個待他回來下聘未遲。叫院子，喚媒婆伺候！

（末應下）

【賞宮花】（小生）婚姻要諧，須憑貌與才。強把姿容慕，反是厲之階。此日先偕鴻鸂侶，他時另配鳳鸞儕。

（丑扮媒婆隨末上）朱、陳有約還須我，孔、李成親也要媒。戚老爺,喚媒婆來有何分付?

（小生）當初詹老爺上任之時,託我替他小姐擇婿。我一向留心體訪,再沒有個門當户對的人家。我家大爺與他家大小姐年齒相當,要你去説親,故此差人喚你。

（丑）這等説起來,是順風吹火,下水行船,極省力的事了！媒婆就去講來。現成媒易做,安樂福難當。（下）

【不是路】（淨扮報人上）千里馳來,渡却黄河又渡淮。（向内介）借問一聲,這邊有個韓世勳相公,家住那裏?（内）他是没有家的,一向住在戚布政衙裏。（淨）真奇怪！芝蘭玉樹反生在别人階。（敲鑼,進介）報,報,報！韓相公中了狀元！他步天垓,狀頭身占人間福,榜首名魁天下才。（小生）只怕是假的。（淨）休疑怪,逼真喜信無尷尬,紙條現在,紙條現在。

（付紙條,小生看介）先取花紅送他,改日再來領賞。

（淨謝下）

（小生）謝天謝地！

【大勝樂】蒼天不負奇才,拔英雄,自草萊。我當初受朋友託孤之命,到如今這個日子,也將就可以塞責了。亡朋責備求寬貸,難道你九泉下,眼還開?我自幼撫養他,原為故友交情,不圖後來報效。他如今富貴了,我的兒子雖然不才,他難道日後不把一隻眼睛看顧我兒子不成?希圖結草酬難必,不望銜環報自來。可見人生在世,好事也該做幾椿。這"仁義"二字呵,原非有害。為甚的認做了非常厭物,舉世相戒?

（丑上）無福千謀不遂,有緣一説便成。戚老爺,詹夫人見説老爺求親,不勝之喜,滿口應承。只有一件,他説詹老爺不在家,不曾辦得嫁妝,先在他府上成親,直待詹老爺回來,備下妝奩,然後遣嫁。

（小生）這等更妙！待我揀選吉日,一面下聘,一面送去成親便了。

（淨）年家正好結姻家,門户相當自不差。
（小生）先把荆釵定阿姊,且遲妹聘待宫花。

第二十齣　蠻　征

【卜算子】（生冠帶，引衆上）俗煞上林春，欲閉看花眼。如玉人兒畢竟難，誰道書中産？下官來京赴試，只道洞房與金榜相鄰。昨日賜飲遊街，曾將選豔與看花並舉。誰知令人掩鼻而過的，十中倒有八九；經得下官垂青一盼的，百里還無二三。我聞得人說，揚州是出瓊花的地土，女色頗佳。正要告假還鄉，到揚州擇配，不料蜀中告急，大座師薦我督師征剿，好立邊功，以為不次登庸之地。（歎介）雖然早我十年宰相，却又遲我一歲婚姻，如何是好？

【八聲甘州】功名早晚，這都是身外事，於我有甚相干？不似婚姻遲暮，便愁蒼却朱顏。新郎怎教豪興删，宰相何妨鬢稍斑，等得我師還，便是未凋零也春意闌珊！

（末冠帶捧詔，引衆上）口銜天憲出，身帶御香來。

（生跪接介）

（末）聖旨下，跪聽宣讀。詔曰：請纓繫虜，昔年曾有終軍；投筆封侯，今日詎無定遠？緯武即經文之驗，出將乃入相之基。茲者蜀警頻聞，朕心赫怒，用修天討，爰整王師。惟長子之得人，斯膚功之克奏。今據閣臣所薦，翰林院修撰韓世勳，韜鈐素諳，才略兼優，是用委爾督師，星馳會剿。尚方有賜，誤聞令者，不妨先斬後聞；軍政所關，利國家者，任爾便宜行事。捷音一至，顯級三加，速展奇猷，以需大召。謝恩！

（生呼嵩畢，與末相見介）

（末）老先生既膺天簡，榮發定在幾時？

（生）蜀報既急，欽限又嚴，小弟即日就道。

（末）這等，不及奉送，告別了！情恕免歌三疊曲，詔宣歸覆九重天。（下）

（生）分付大小三軍，擺齊隊伍，就此起行。

（衆應，行介）

【馱環着】（合）把盤根寇鏟，把盤根寇鏟，念國步艱難。當寧殷憂,生靈塗炭,鞍馬辛勤敢憚?雖然是初出茅廬,這戎事與軍機,似曾經慣。想夙世軍中韓、範,重現出前生公案。鼙聲肅,劍氣寒。是四國金湯,萬邦屏翰。

【尾聲】旌旗動處龍蛇幻,劍戟光、電輝星燦。見了我這赫濯濯的軍容也魂魄散!

　　　　三春花柳拂旌旗,萬里風煙待鼓鼙。
　　　　臨去慢誇新皂蓋,重來不踏舊沙堤。

第二十一齣　婚　　鬧

【女冠子前】(老旦上)一官飽繫人難到,兒未嫁,婿先招。老身梅氏。自從老爺上任,已經一載,烽煙阻隔,音信杳然。女兒年已十八,正當婚嫁之時。前日戚家來議婚,老身已經許諾,今乃成親吉日,花燭酒筵俱已齊備,戚家女婿也該到門了。

【臨江仙尾】(副淨帶末上)嫖經收拾賦桃夭,且嘗新淡菜,莫厭舊鯹鰷。

(淨扮掌禮,請介)

(丑紗巾罩面上,行禮照常介)

【山花子】(合)雙雙拜罷笙歌鬧,滿堂賀客如螬。兩親翁金榜共標,戴烏紗舊日同僚;女和男青春並韶,衡才絜貌差不遙。蒼天配就雞鶩交,八兩半斤,不錯分毫。

(老旦)你們移燈送入洞房,早些回避。養兒方識為娘苦,嫁女翻增阿母羞。(先下)

【大和佛】(合)撒帳繁言休絮叨,聽鼓譙,移燈送鵲入鳩巢。好良宵,閏年閏月更難閏,饒雲饒雨漏難饒。你每人人盡識新婚好,當初也曾年少。不聽見夫人語,他也曾做過新人,因此上厭煩囂。

【隔尾】行行不覺珠圍到,繞室多將寶炬燒。(進房介)(副淨)你們都回避,好待我揭去紗籠看阿嬌。

(眾)雙雙入室調新瑟,各各歸家理舊弦。(下)

（副淨揭紗巾，看丑，驚背介）呀！我只道詹家小姐，不知怎麼樣一位佳人？原來是這樣一個醜貨！

【粉孩兒】相逢處，頓將人佳興掃。甚新婚燕爾，惱人懷抱。怎教我翩翩公子裘馬豪，配伊行野鬼山魈！我戚友先一向嫖婦人，美惡兼收，精粗不擇。醜的也曾看見幾個，不曾像他醜得這樣絕頂。你看那鼻凸睛凹，說不盡他顏面的奇巧！（悶坐介）

（丑）戚郎，我只得一年不見你，你怎麼就這等老蒼了？

（副淨驚介）

【福馬郎】（丑）為甚的一載分離人便老，全不似舊日的蓮花貌？莫不是擔愁悶，害相思，因此上把容焦。那一夜呵，我們好好的說話，被奶娘撞將來，你只說是夫人，跑了出去。我自那一夜直到如今，好不苦也！（副淨大驚介）（丑）我終日把伊瞧，流盡了千行淚，纔等得到今朝。

（副淨拍案，大怒介）哎！醜淫婦！你難道瞎了眼，人也不認得？我何曾到你家來？我何曾見你的面？我何曾撞著甚麼奶娘？你不知被哪個奸夫淫欲了去。如今天網不漏，在我面前敗露出來！

【紅芍藥】聽說罷，怒氣沖霄，斬伊頭恨無佩刀。我只道玄霜未經搗，又誰知被他人掘開情竅。到如今錯認新郎作舊交，剛擡頭便把玉郎頻叫。這供詞是你賊口親招！難道說我玷清名，把奇謗私造！

【耍孩兒】（老旦持燈上）為甚洞房頻廝鬧？莫不是兒女嬌羞甚，激起那鹵莽兒曹！女兒女婿成親，為甚麼爭鬧起來？我想沒有別事，一定是為女兒裝模作樣，不肯解帶寬衣。做公子的粗豪心性，不會溫存，故此撒起性來。如今教我做娘的又不好去勸得，怎麼處？推敲，怎教我羞答答阿母，把溫柔教？（副淨）叫家人，快些打轎，我要回去。（老旦）呀！為甚的學杜宇聲聲叫？便是要定省也天還早。

（進見介）賢婿，為何這等焦躁？

（副淨）我不是你女婿，你的女婿，去年就有人做去了！

（老旦驚背介）這話說得奇怪，難道我女兒有了破綻不成？（想介)就是有甚麼破綻，也到上床睡了纔驗得出，如今怎麼曉得？待我問來。(對副淨介)女婿，方纔的話老身不懂，還求明白賜教。

（副淨）賜教賜教，還是不說的妙；若還要我說來，只愁你要上吊。都是你治家不嚴，黑夜開門揖盜，預先被別人梳櫳了宅上的粉頭，如今教我來承受這烏龜的名號！

（老旦大驚介）怎麼？我家門禁森嚴，三尺之童不得擅入，那有這等的事？請問賢婿這話是那個講的？焉知那說話的人，不是誹謗小女的麼？

（副淨）請問，別人誹謗令愛，令愛可肯自家誹謗自家麼？
（老旦）他怎麼肯誹謗自家？
（副淨）這等，不消辯了。

【會河陽】供狀分明，不須駁招。（指丑介）是這從奸婦女親來告。道是去年，某夜三更，有人赴招。被乳母親撞着，分鴛好。那人，曾把我尊名冒，那人，更比我尊容好。

（老旦大驚，對丑介）怎麼？你既做了不肖的事，為甚麼又對他講？好好，從直說來，省得我做娘的發惱，被隔壁娘兒兩個聽見，笑也被他笑死。

（丑）去年清明時節，有個戚公子的風箏，落在我家。他黑夜進來取討，我與他說了幾句閒話，其實不曾有甚麼相干。我那一晚在燈下，不曾看得明白，如今只道是他，說起去年的舊話來，那曉得不是那個戚公子。

（老旦捶胸氣介）生出你這樣東西，壞爹娘的體面。如今怎麼好？

【縷縷金】真冤孽，怎開交？難怪新郎怒，發咆哮。教我有口難相勸，理窮詞拗。醜名兒終被外人嘲，先愁隔牆笑，先愁隔牆笑！

（對副淨介）賢婿，是我女兒不爭氣，怪不得你發惱。只是你今晚若不成親，走了回去，寒家的體面，固然壞了；就是府上的名聲，也有些不雅。待老身替小女陪罪，求賢婿包涵，暫為夫婦；小女若不中意，三妻四妾，任憑你娶就是了。

【越恁好】我勸你暫時歡好，暫時歡好，再覓鳳鸞交。我小女呵,只圖個中宮假號,那專房寵,任你去別塗椒。我只要這名兒不向金榜標,便是你封妻的蔭誥。不瞞賢婿說,你丈人第三個小,與老身最不相投,就在隔牆居住,若還與他知道,老身這一世,怎麼被他批評得了?外人笑,還在那背後把便宜討;內人笑,怎經他對面的譏彈巧?

　　(副淨)這等與他說過,我成親之後,就要娶小的。世上的婦人,偏是醜而且淫的分外會吃醋。不要等我娶小的時節,他又放肆起來。

　　(老旦)有老身在這裏,賢婿不要多慮。女兒過來。(扯丑近副淨介)

　　(副淨)說便是這等說,我只好饒你個初犯,以後若再如此,我要連前件一齊發落的!

　　【紅繡鞋】(合)蒙朧且暫成交,成交;休教辜負良宵,良宵。看月影,上花梢,譙鼓歇,鳥聲嘈。急乘鸞,休待明朝,明朝。

　　(老旦)老身去了。你兩個好好的成親,再不要多話。養女不爭氣,累娘陪小心。(先下)

　　【尾聲】(丑)戚郎,戚郎!我原封不動還伊好。你不信只驗取葳蕤鎖匙牢。(副淨)便做道危城尚保,你這召寇的官評也難書上考。

　　　　(丑)前度劉郎不再來,　　教人錯對阮郎猜。
　　(副淨)我已知誤入天臺路,你且看玉洞桃花開未開。

第二十二齣　運　籌

　　【風入松慢】(外冠帶,引眾上)孤城雖得保無虞,屬境丘墟。妖氛未靖勞宸慮,一年守土功虛。下官受事之日,已曾上疏請兵,至今一載,王師未下。前日蠻寇薄城,虧我用奇兵退去。如今蒙聖上調京營鐵騎,命新科狀元監督前來,與下官協同征剿。我聞得韓狀元是個弱冠書生,他那裏諳練兵事?且待他來拜謁之時,試他經濟若何,再作道理。叫左右,狀元到門,即便通報。(眾應介)

【前腔】（生冠帶，引衆上）休將民命試軍謨，肝腦空塗。誰能一戰功成處，不令萬骨同枯？（見畢，坐介）

（外）老先生，纔觀上苑之花，便司北門之鑰。真是九重重任，千古奇榮。

（生）晚生科場學步，濫占鼇頭，受命觀兵，得叨驥尾。還求老先生開愚振懦，才能共濟時艱。

（外）如今寇勢披猖，人民騷動。老先生受命而來，畢竟有奇謀秘策。請問何計足以靖之？

（生）晚生初到地方，不知蠻人作何蠢動，先求老先生開示情形，好待晚生略陳蒭菲。

【惜奴嬌】（外）賊勢堪虞，肆蠻軍野戰，不用兵書。衝鋒辟路，惟仗那猛象前驅。披靡，就是那檮杌貔貅也難相禦。使不着馬如龍，人如虎。（合）倚壯圖，幸得同舟共濟，智力相扶。

（生）原來用的象戰。竊聞象不可以人敵，唯獅子足以拒之。速令軍中，做幾個假獅子伺候。待與賊兵對壘之時，不意中推將出去，那象見了，自然喪魄。待他反奔之際，乘勝趕殺，可以一鼓就擒。

【前腔】賊勢休虞，既蠻軍野戰，不用兵書。俺這裏衝鋒辟路，也用個獅子前驅。披靡，管教他猛象貔貅難相禦。使不着馬如龍，人如虎。（合）倚壯圖，幸得同舟共濟，智力相扶。

（外）此計甚妙！明日會剿，就當依此而行。

　　　　制獅拒象莫稱奇，宗愨當年已用之。
　　　　欲向戲場娛耳目，何妨暫效古人為。

第二十三齣　敗　　象

【水底魚】（淨引衆上）象猛人豪，機鋒陣上交。他來尋咱，教咱怎相饒？俺掀天大王，自從起兵以來，殺人如割草，攻城似破竹，不曾有一處官兵，敢與咱們打仗。只有西川地方，是詹烈侯那廝鎮守，雖然將老兵殘，還虧幾個神兵相助，故此饒他那條性命再過幾年。誰料他倒上疏請兵,如今差了新科狀元督兵前來,與他會剿。我想詹烈侯是個龍鍾老漢,新狀元是個乳臭孩兒,料他有甚麽本事,敢來與咱交鋒！難道那幾個神兵,還跟來替你廝殺不成？分付大小蠻軍：餵飽了象,備好了馬,迎上前去,和他廝殺。

（衆應畢,同唱前曲下）

（外、生戎裝,副淨、末扮將官,引衆上）同舟共濟矢澄清,戮力捐軀奏蕩平。特使終軍陪尚父,老成英鋭互相成。

（外）下官西川招討詹武承是也。

（生）下官督師翰林韓世勳是也。老先生一路行來,此處山高地廣,好做戰場。不如就在此處扎營,待探子回來,看賊兵遠近何如,再議遷徙。

（外）正合愚意。叫左右,嶺上搭起將臺,待我與韓老爺看山川形勢,好伏奇兵。

（衆）搭齊備了,請兩位老爺登臺。

（生、外登臺,望介）

【醉花陰】（生、外合）俯水憑山共登眺,黑沉沉峰巒窈窕。滿山木葉未經燒,迷進路,似遠非遥。猛可的人聲低叫,怪空谷,應偏高。分明是回復軍中,此處藏兵好。

（丑急上）報！報！報！

（生、外）賊兵遠近何如？

（丑）起先還在十里之外扎營,聞得官兵到了,倒反趕來迎戰。如今只差一二里了。

（生、外）這等更好。

（生、外）京營將官,聽俺分付。

（衆應介）

【喜遷鶯】（生）等待那賊兵來到,乍交鋒且將鋭氣潛韜,假敗佯逃。一任他喜揚揚爭先鼓噪,猛忽地現出神獅,將象勢撓。他那裏戈爭倒。你聽俺鼜鼓震,炮聲高,一個個奮全威,追斬鯨妖。

（副淨應介）（領兵下）

（外）本營將官,聽俺分付：

（衆應介）

【出隊子】（外）你與俺帶領着精兵幾哨，伏山隈，語莫高。只待那假獅王，驅象過山腰；你與俺齊擁出，截咽喉，休放逃。鼓噪，合天兵，爭戮力，長驅直搗！

（末應介，領兵下）

（淨、衆引象，唱前曲上）

（淨）前面就是官兵了。把象做了先鋒，人馬緊隨着象，一齊殺上前去！

（副淨領衆上，戰敗介）（淨、衆趕殺介）（内扮獅子舞出，象見驚退介）（内擊鼓，放炮）（副淨領衆，趕殺下）

【刮地風】（生）製就獅王勢轉驍，張默口風助咆哮。說甚麽矯騰騰赤虎斑文豹，跆踢，跳將來，猛象魂消。堪笑那蠢蠻子，腹内詩書少，舊兵法不曉分毫。（内呐喊，作戰聲介）這壁廂，那壁廂，聲沸如濤；山如動，地欲搖，斬鯨鯢血染林臯。中軍帳，號令忒奇妙，不枉掌三軍，展六韜。

【水底魚】（淨、衆敗走上）獅子咆哮，象如鼠見貓；人慌馬亂，有命也難逃。了不得，了不得！他那獅子跳將出來，我這象的威風，竟不知那裏去了？如今被他趕得人疲馬倦，歇又歇不得。那大路怕有伏兵，打從小路快走。

（末領衆喊殺上，戰介）（淨、衆敗走；末、衆趕下）

【四門子】（外）伏奇兵，擁出如山倒。馬騰舞，人讙噪，猿嘯聲低，虎嘯聲高，都與俺天兵下處增聲號。這的是風鶴皆兵，草木皆刀，把蠻軍魂收魄掃。

（副淨、末領衆，驅象，持首級上）禀老爺，賊兵大敗，殺了數千，走去的不上三分之一，象都奪過來了。

（生、外）出征過的，聽候賞賜；不曾出征的，速速領兵追剿。

【古水仙子】出征的，解戰袍；出征的，解戰袍。坐營的，領兵須及早。去去去，入深山，搜僻寨，誅剩賊，掃蕩塵嚣。趕趕趕，趕渠魁，莫放逃。赦赦赦，赦無辜，歸種歸樵。惜惜惜，惜民房，休得肆焚燒。戒戒戒，戒擄掠，一寸民間草。犯犯犯，犯軍令，有明條！

【尾聲】掩把那十載妖氛如電掃,你們一個個都有汗馬功勞。休妨俺兩文臣搦三寸管,坐軍中,把名標!

　　僥倖成功覺厚顏,制獅攻象等兒頑;
　　書生莫恃韜鈐富,古法難欺識字蠻。

第二十四齣　導　淫

【普賢歌】(丑上)新婚弄出醜名聲,悔煞當初沒正經。羊肉吃不成,惹得一身腥,幾時洗得餘膻盡?奴家自與戚郎成親,露出風箏馬腳,淘了半夜臭氣,壞了一世清名。如今還不曾滿月,那個天殺的就要思量娶小。我若有一字不肯,他就要喊出前件來。我想世上的小,可是娶得的東西?娶進門來,若還三夜臨着他一夜,我半年要守兩個月空房;若還兩宵輪着我一宵,就百歲也守五十年活寡。想到這個地步,教人毛骨竦然!我仔細思量起來,自家既有了那些小過,這一世要他循規蹈矩替我守節,料想是不能够的了。若是容他娶小,不如許他嫖妓;許他嫖妓,又不如容他偷情。怎見得娶小不如嫖妓?妓婦迎新送舊,不靠一人終身,少不得有個開交的日子,不像小老婆是個貼骨疔瘡。怎見得嫖妓不如偷情?娼婦人家,要去就去,要來就來,容得他放肆;若偷良家女子,有信沒人傳,有話沒處說。他心上想着佳人,或者還借醜妻來發洩,所以寧可開這條門路,還不十分虧本。戚郎前日,撞着我家妹子,見他生得標緻,睡裏夢裏想着他。我不如將計就計,使他兩個勾搭上手,也等戚郎做樁虧心事兒,省得他喊我的前件。況且二娘平日慣要誇嘴,說他的教法,強似我家母親,也等他女兒弄些把戲出來,待我拿住筋節,省得他欺負別人。我把一樁事箝了三個人的口,又免了娶妾的後患,何等不妙!戚郎這半日不見,一定又往牆洞邊張他去了。且待我去撞一撞。吃醋先為釀醋計,賣奸且做捉奸人!(下)

【前腔】(副淨上)楊家妹子貌傾城,虢國蛾眉畫得精。襟丈目睜睜,姨娘眼不青,相思害殺誰償命?我戚友先娶了詹家醜婦,弄得情興索然。誰料他的妹子倒生得十分標緻,前日偶然遇見,真是仙子臨凡,嫦娥出月。可惜他住在隔牆,不能够日親月近,勾搭上手。如今被我把那牆上鑽了一個小洞,只容得一隻眼睛,且待張些意思出來,漸漸擴充大了,也未為遲。如今喜得無人在此,待我仔細看來!(張介)

(丑潛上,躲副淨背後介)

(副淨)你看他倚欄而坐,若有所思。不免待我叫他幾聲,低低喚起,漸漸高來,且看他應不應?(連叫二小姐介)

(丑高應介)大姨夫!

(副淨回看驚介)

(丑)你這樣叫得親熱,我若不替他應一聲,可不辜負了你。

(副淨笑介)娘子,你怎麼這樣知趣?我正有話和你商量,請到房中去細説。(攜手行介)

【水紅花】伊家妹子太娉婷,我也太多情,欲把二喬相並。(丑)花街柳巷,少甚麼標緻娼家?去選幾個嫖嫖就是。章臺楊柳盡輕盈,為甚的惜花心,偏想着隔牆紅杏?(副淨)采盡牆花路草,都是泛蕚常英,爭如這瓊蕊檀奇馨也囉!娘子若肯做媒,我終身感激你不盡!

(丑)你今日也要娶小,明日也要娶小,去娶個標緻的小來,受用就是了。我詹家只有這樣風水,生不出甚麼好婦人來。

【前腔】苧蘿風水只平平,料我這醜東村,有甚麼佳人同姓?(副淨)重華倘得並皇英,我情願守堅貞,不收他媵。(丑)你如今花言巧語,騙我做牽頭,只怕牽上了手,又不是這等説了。(副淨)待我對天發下誓來:老天!戚友先與詹家二小姐有了私情,若再思量娶小,教我生個碗大的疔瘡,爛去了娶小的物件。(丑慌介)這怎麼使得?別樣災祲易受,這段奇禍難經。但願他比你更長生也囉。這等,我有個法子,明日叫奶娘去請他來看花。你預先躲在房裏,我假意尋些事故,走將出去,將門反帶上了。你然後走將出來,任憑下手就是。只有一件,他的性子,比不得我,你須要軟款些。那晚與我做親的氣質,一毫也使不着的。

(副淨)不消分付,你若不放心,今晚權當了他,待我操演就是了。

柔枝嫩蕊未經傷，蝶采蜂偷忌太狂。
暫借深房為淺蒂，今宵預試採花方。

第二十五齣　凱　宴

【菊花新】（外冠帶，引眾上）雁書來自故鄉天，聞道嬌雛尚待年。同事有高賢，恰好是雀屏佳選。下官得勝班師，正接着平安家報。大的女兒已許了戚家，二女尚無着落。我想韓狀元年方弱冠，聞得他未有姻親，舍了此人，哪裏去尋快婿？今日同赴太平公宴，按君也在席中。下官先來相等，待他來時，央煩作伐，此時也該到了。

【前腔】（末冠帶，引眾上）欃槍掃盡睹堯天，文治於今始得宣。鞍馬未相聯，慚愧赴太平公宴。（見介）老先生為何來得恁早？

（外）學生有一事相煩，故此先來拱候。

（末）有何見委？

（外）學生年老無兒，止得兩個小女，大的已曾贅有門婿，第二個小女，尚在閨中待年。聞得韓狀元青春未娶，竊思贅作東床，借重老先生作伐，未知可否？

（末）佳人才子，正該作合。待他到來，學生就講。

（外）這等，小弟在此，倒不好面談，且在後廳少坐，恭候回音。暫從閒處立，靜聽好音來。（下）

【前腔】（生冠帶，引眾上）功成休使勒燕然，不敢還因仰恃天。鞍馬浴腥膻，好歸去木天清院。（見介）

（末）學生先來恭候，有一椿喜事奉聞。

（生）有甚佳音？敢煩賜教。

（末）聞得老先生金榜雖登，洞房有待；學生不揣，敢以執柯自薦，不知可肯相容？

（生）既蒙垂念，請問是那一家？

（末）就是詹老先生第二位令愛。聞得他有傾城之貌，詠雪之才，正是老先生的佳偶。

（生冷笑介）

【榴花泣】【石榴花】（末）瓊花玉筍兩嫣然，前身同是玉京仙；況有那清才豔思兩無前，正好歌春詠雪把句相聯。詹老先生正在此間躊躇擇婿，老先生恰好奉詔而來，豈非是天作之合？【泣顏回】三生有緣，喜同舟共濟成姻眷。那一封請兵書，先做了萬里絲鞭，這一封敘功書，又做了百年婚券。

（生）蒙臺翁高誼，辱詹公錯愛，自當依命。只是一件，學生因先君早喪，蒙戚補臣老伯撫養成人，如今婚姻一事，不能自主。現有戚老伯在家擇配，一來不敢不告而娶，二來恐怕事有兩歧，故此未敢輕諾。

（末）原來如此。這等，學生暫別，即刻就來奉陪。只道媒堪做，誰知事不諧。（下）

（生大笑介）好笑這位按君，不知聽了那個的誑言，在這邊道聽塗說。那裏知道他傾城之貌，詠雪之才，下官已都領教過了。

【駐馬泣】【駐馬聽】花面嫣然，雲淡風輕是他詠雪篇。若不是我親覘奇貌，面試真才，又幾乎耳信訛傳。似這等烏紗作伐少真言，怎怪那媒婆巧語將人騙。【泣顏回】從今後愈教人慮詐防欺，見了那做媒的也腦悶頭懸。（外、末上，相見畢，各坐飲酒介）

【古輪臺】（合）靖烽煙，今朝撐住杞人天，荊棘銅駝免。想前日東征西怨，都道是奚後奚先。到今朝四境謳歌聲遍，簞食迎來，壺漿送轉，家家奠酒祭豚肩。從今後願一人垂冕，萬姓高眠樂豐年。田無水旱，民無夭劄，境無烽燹，臣等樂無邊。遂卻良臣願，胸中韜略不須展。

【餘文】歌頻度，酒浪傳，拚酩酊交酬互勸。這叫做痛飲黃龍的得意筵。

　　　　干戈動處擾生民，莫謂功高罪亦均。
　　　　曲突徙薪無上策，焦頭爛額愧嘉賓。

（外吊場）方纔按君回復，說韓狀元幼年喪父，虧戚補臣撫養成人，所以婚姻不能自主。我想戚補臣是我極相好的同年，我去年赴任之時,曾將女兒託他擇婿。這等看起來,兩家的權柄都在他一人手裏了。何須央別個做媒,我如今修書一封,連夜差人趕去,不要說韓狀元不曾應允,竟說與我面訂過了。只因不曾稟命於他,不好行聘,教他在家成了這椿好事,何等不妙!

若用奇謀招快婿,先憑巧語賺良媒。

第二十六齣　拒　姦

【搗練子】(旦上)長夏靜,小庭空,扇小羅輕却受風。一枕早涼初睡起,簟痕猶印海棠紅。淑娟與母親同居西院,雖然冷靜,倒喜清閒。奴家心存貞淑,讀詩嘗廢淫風;性善嬌羞,掩耳怕聞情事。但想婦人一世,既靠男子為天,得失所關,莫如婚姻作戲。好笑我家姐姐新贅的丈夫,就是那放風箏的戚公子。我當初見了那首詩句,不知是怎麼樣一個俊雅才人?前日在二娘房中偶然撞見,相貌甚是不揚;又見他替二娘寫信寄與爹爹,十個字中倒有兩三個別字。這等看起來,風箏上的詩,那裏是他所作?不知何處襲來一張殘稿,偶然糊在上面的。還虧得他求親求着姐姐,萬一求着別個,豈不誤盡終身。(笑介)奴家因早涼好睡,起遲了些。如今盥櫛完了,不免做些針指則個。(做針指介)

(淨介)做定風流計,來迎窈窕娘。二小姐,大小姐說,花缸裏開了一朵並頭蓮,請你去一同賞玩?

(旦)他如今不比當初了,有姐夫在家,混雜不雅,我不好去得。

(淨)戚公子回去看父親,有好兩日不來了。故此請你去消閒做伴。

(旦)既然如此,待我收拾了針線,同你去來。既少嫌疑跡,難孤姊妹情。(同下)

(副淨、丑攜手上)阿妹娉婷阿姐賢,姨夫興趣更翩翩;擬將銅雀深深鎖,不怕東風吹上天。

(副淨)娘子,奶娘去請小姨,如今將要來了。我和你商議,還是躲在那一處好?

（丑）那馬桶旁邊，衣架背後，黑魆魆的，最好藏身。

（副淨）馬桶旁邊，雖然有些穢氣，要做風流事，也顧不得許多，只得要躲進去。要同香作伴，先與臭為鄰。（下）

（淨隨旦上）未見芙蓉色，先聞菡萏香。

（丑）妹子來了！我一向因姐夫在家，不好來請你，心上好不記掛。

（旦）多蒙垂念。姐姐，你這床頭邊，為何掛着一口寶劍？

（丑）我自小兒有些怕鬼。母親說寶劍可以辟邪，故此叫我掛在床頭，好辟邪氣。

（旦）原來如此。為人不作虧心事，鬼神何足懼哉！

（丑）奶娘，我們在此看花，你快去取茶來吃。

（淨應下）

（丑）妹子，你看這兩朵荷花，開在一枝梗上，好看不好看？

（旦）果然有趣。

【風入松】逼真開出並頭芳，不似那枕上繡來的花樣。（丑）妹子，我年年種荷花，再不見開朵並頭的；今年有了你的姐夫，他就裝妖作怪，學人做起風流事來。（旦微笑介）姐姐，你**休將褻語將花謗**，可憐他不解語難伸奇枉。不過是**根蒂好生來偶雙**，那裏是因所見，故聯房。

（丑連叫"茶來"，內不應介）

（丑）怎麼，奶娘和這些丫鬟都到那裏去了？妹子，你坐坐，待我去看來。（出介）無心伴笑談，有意相回避。立在戲臺邊，看做《西廂記》。（虛下）

（副淨潛上）法聰頭擦褲，鶯鶯手托腮。紅娘走開去，張生爬出來。娘子去了，小姨坐在那邊。若論正理，該走過去溫存一番，然後下手纔是。只怕他見了我，定要驚慌做作；不若攻其不意，打從後面走去，一把摟住，使他脫不得身，才是個萬全之計。

（潛走近旦，欲摟；旦回顧驚避介）呀！你從那裏走將出來？為何這等放肆！姐姐快來！

（副淨）小姐不須叫喊，這是令姐的美情，要我兩個成就姻緣，他故此出去回避的。

【急三槍】只為要成就我,風流願。因此上安排着,牢籠計,賺鴛鴦。小姐若不信,只看這房門都是扣上的。如今没得説,只求你大捨慈悲。

(旦背介)我今日墮了奸人之計,急切不能脱身。難得他有寶劍掛在床頭,且待我拿來捏在手裏,做一個護身符。(取劍介)你好好放我出去就罷,若不放我出動呵,

【風入松】借伊寶劍斬伊行,也只當辟除魍魎。(副浄背介)他是嚇我的意思,我不如將機就計,也去嚇他。(轉介)小姐,我為你害不盡的相思,你若不肯搭救,我少不得要死,倒求你斷送了罷!(跪介)請殺!(旦)你休得要假拼一死將人誆,欺負我螳臂軟料難終攘。要曉得貞烈性不嫌太剛,便把伊頭斷有何妨!

(揮劍砍殺介)(副浄驚避介)

【急三槍】我只為求好事,故意把頭來換。誰知他真動手,拼得把命來償。(旦趕殺介)(副浄喊介)娘子快來救命!

(丑上)想因女子貪無厭,惹得男兒叫有聲。呀!妹子為何動起粗來?

(旦)我和你嫡親姊妹,有甚麽冤仇,你做成這樣圈套來捉弄我?同你到母親面前,去説個明白!(扯丑欲行介)

(丑)妹子,自古道,將酒勸人,終無惡意。你不從就罷了,何須告訴母親?待我陪個不是,求你寬容了罷。(跪介)

【尾聲】(旦)縱然不向慈親控,姊妹情今朝斷送。交還你辟鬼驅邪的三尺銅。(擲劍下)(丑)他便不從,我的情却盡了;"娶小"二字,以後休提!你這樣才子,只好配我這樣佳人,勸你斷了想罷。(副浄)都是這把寶劍誤事,終日掛在床頭,辟甚麽邪?邪到不曾辟得,幾乎劈碎了我的天靈蓋。我如今恨他不過,有個法子處他。(丑)甚麽法子?

(副浄)寶劍不該誤事,　　將來鑄作尿壺。
　　　　夜夜拿他出氣,(丑)只愁妨却工夫。

第二十七齣 聞 捷

【生查子】（小生便服，帶末上）兒媳已成雙，猶子遲鴛侶。聞道遠從征，添却兵凶慮。下官自與孩兒畢姻之後，終日望韓家侄兒到來，好定那頭親事。不想他又有西蜀之行，一向音信杳然。這些報人，曉得下官厭聞時事，不送邸抄來看，未知他勝負若何，好生放心不下。

（丑持書上）千里賫書來此地，百年訂好在今朝。門上有人麼？西川招討詹老爺差人下書。

（末傳介）

（小生喜介）詹年兄與韓家侄兒同事，他有書來，就曉得韓生的消息了。快叫進來。

（末引丑見介）家老爺拜上戚老爺，有書呈上。

（小生看書，喜介）好了！蠻寇剿平，韓生覆命去了。

（又看書，大喜介）你說有這等同心的事？我正要把詹家小姐，配與韓家侄兒，不想他翁婿二人，已訂了婚姻之約。只因不曾稟命於我，不敢下聘。如今倒託詹年兄寫書回來，教我替他行禮，豈不是天從人願！

（歎介）他如今中了狀元，還是這等小心，把我做了父親看待，不枉我當初撫養他一場。

【三學士】不枉呱呱從幼撫，也同孝順慈烏。你便做了重華不告婚堯女，我豈學那瞽瞍無情怪舜徒？到如今奠雁通名還要我親做主，不枉了知書輩，學道儒。

（對丑介）既然如此，待我遣媒婆過來，知會你家夫人，揀個好日子行禮就是。

（丑）夫人那邊，家老爺另有家書，已曾知會過了。只求早些下聘，待小人去回覆老爺。

（小生）這等，就是明日行聘，待狀元一到，即便成親。我先寫回書打發你去。

故人千里有同心，迢遞馳書訂好音。
師捷婚成都足喜，豈徒安樂值千金！

第二十八齣　逼　婚

【天下樂】（生冠帶，引衆上）乘傳歸來萬馬迎，漫誇前是一書生。紗籠不自人間定，多少鴻儒倒未能。下官班師覆命，蒙聖主不次加升。又見下官未曾婚娶，要把當朝宰相之女，欽賜完姻。下官因爲不曾看見，恐怕做了詹家小姐的故事，所以只說家中已定了婚姻，連上三疏，纔辭得脫。如今告假還鄉，要往揚州擇配。來此已是戚府門首了。左右快通報！

（小生冠帶上）景昇後裔真豚犬，養子當如孫仲謀。（見介）

（生）老伯請上，容小侄拜謝教養之恩。

（小生）賢侄榮歸，老夫也該拜賀。（同拜介）

（生）小侄煢煢弱息，委棄塵埃，蒙老伯鞠養扶持，得有今日，恩同覆載，德配君親。

（小生）賢侄芝蘭玉樹，分種移根。老夫偶爾栽培，即成偉器，清光幸庇，末路增榮。（坐介）

（小生）賢侄，老夫起先得你的大魁之信，不勝狂喜；後來又聞得你督師征剿，心上未免擔憂。不想你去到那裏，立了奇功，又且成了好事，可稱雙喜！

（生驚聽介）

【桂枝香】（小生）功成婚定，皆堪稱慶。婚定處天遂人謀，功成處人僥天幸。把《關雎》笑詠，《關雎》笑詠。賢侄與令岳呵，才名相稱，家聲相並，互相成。婿潤雖如玉，翁清也似冰。（生背介）他說來的話，好生奇怪！教人摸不着頭腦。我何曾定甚麼婚姻？何曾做甚麼好事？

【前腔】我低頭延頸，將他傾聽。先當個啞謎相猜，後認做微言思省。莫不是南柯未醒，南柯未醒？試問他良媒誰倩？良緣誰聘？是了，我猜着他的意思了。從來督兵征剿的人，再沒有不擄掠民間婦女的。他疑我在西川帶甚麼女子回來，做了宅眷，故此把這巧話試我。他話分明，慮我強娶民間婦，行師欠老成。（轉介）老伯，小侄行兵之際，紀律森嚴，不擄民間一婦，並不曾有甚麼婚姻之事。老伯休要見疑。

（小生）那個說你擄掠民間婦女？我講的是詹家那頭親事，你怎麼自己多心起來？

（生）小侄也不曾與甚麼詹家做甚麼親事？

（小生）怎麼？你與詹烈侯面訂過了，要娶他第二位令愛，説不曾稟命於我，不好下聘，央他寫書回來，教我行禮。你難道忘了不成？

（生大驚介）小侄並不曾有這句話！

（小生）你若不曾有這句話，他為甚麼寫書回來？

（生）只有那一日，與詹老爺同赴太平公宴，他央按院做媒，説起這頭親事。小侄回道，自幼蒙戚老伯撫養成人，婚姻不能自主。這是辭婚的話，怎麼認做許親的話來？

（小生大笑介）何如，我説詹年兄是何等之人，肯寫假書來騙我？據你自己説來的話，與他書上的話一字也不差。況且這椿親事，也不曾待他書來，我一向原有此意。只因你在京中，恐怕別有所聘，故此遲遲待你回來。

（生）這等還好，既不曾下聘，且再商量。

（小生）怎麼不曾下聘？他書到之後，我隨即行禮過了。

（生大驚，呆視介）

（小生）賢侄，你為何這等張惶？這頭親事也聘得不差。他第二位令愛才貌俱全，正該做你的配偶。

【賺】他體態輕盈，姑射仙姿畫不成。況與你才相稱，正好把彩毫彤筆互相賡。（生）請問老伯，這"才貌俱全"四個字，還是老伯眼見的，耳聞的？（小生）耳聞的。（生）自古道，耳聞是虛，眼見是實。小侄聞得此女竟是奇醜難堪，一字不識的。貌堪驚，生平不曉題紅字，日後還須嫁白丁。（小生）自古道，娶妻娶德，娶妾娶色。娶進門來，若果然容貌不濟，你做狀元的人，三妻四妾，任憑再娶，誰人敢來阻擋！（生）就依老伯講罷，色可以不要，德可是要的麼？（小生）婦人以德為主，怎麼好不要？（生）這等，小侄又聞得此女不但惡狀可憎，更有醜聲難聽。他風如鄭，牆頭有茨多邪行，不堪尊聽，不堪尊聽！

　（小生）我且問你，他家就有隱事，你怎麼知道？還是眼見的，耳聞的呢？

　（生）眼……（急住，思量介）是，是耳聞的。

　（小生大笑介）你方纔說我耳聞是虛，眼見是實。難道我耳聞的就是虛，你耳聞的就是實？做狀元的人，耳朵也比別人異樣些。

　（生）小侄是個多疑的人，無論虛實，總來不要此女。

　【前腔】便做道既美還貞，我與他夙世無緣也強作成？（小生）我的聘又下過了，回書又寫去了，他是何等樣的人家，難道好悔親不成？（生）小侄寧可終身不娶，斷不要他過門。便做道難重聘，我情願無妻白髮守伶仃。（小生大怒介）咦！小畜生，你自幼喪了父母，若不是我戚補臣，你莫說妻子，連身子也不知在何處了。如今養你成人，僥倖得中，就這等放肆起來，婚姻都不容我做主！哦！你說我不是你的父母，不該越職管事麼？問狂生，你婚姻不許旁觀主，為甚的不緇褋無人自去行？我明日竟備了花燭、酒筵，送你到詹家入贅，且看你去不去？你若當真不去，待下官上個小疏，同你到聖上面前去講一講。我一面把佳期定，一面把封章寫就和衣等！請試我桂薑心性，桂薑心性！（徑下）

　（生呆介）你說世間有這等的冤孽？先人既曾託孤與他，他的言語就是我的父命了。況且，我前日上表辭婚，又說家中已曾定了原配，他萬一果然動起疏來，我不但犯了抗父之條，又且冒了欺君之罪。這怎麼了？

　【長拍】孽障相遭，孽障相遭，冤魂纏縛。這奇難倩誰援拯？我前世與詹家有甚麼冤仇，他今生只管死纏着我！有甚麼**冤深難洗，仇深難解**，故變個女妖魔，苦纏我今生？想我遊街那一日，不知相過多少女子，內中也有看得的，便將就娶一個也罷了。只管求全責備，要想甚麼絕世佳人，誰想依舊弄着這個怪物！都是我把刻眼相娉婷,致紅顏詛咒,上干天聽。因此上故把醜妻來塞口,問可敢再嫌憎? 老天,我如今悔過了,再不敢求全責備,只求饒了這場奇難,將就些的任憑打發一個罷了!須念反躬罪己,望穿蒼大赦,改禍為禎。就是當朝宰相之女,縱然醜陋,也料想醜不至此。聖上賜婚的時節,我為甚麼不依?

【短拍】辭却甜桃,辭却甜桃,來尋苦李。教我這啞黃連向何處開聲? 我待要從了呵,鬼魅伴今生,眼見得斷送了這條性命; 我待要不從呵,怕犯了欺君逆父,不忠孝的萬世不祥名!也罷!我有個兩全的法子,他明日送我去入贅,我就依他去。雖然做親,只不與他同床共枕。成親之後,即往揚州娶幾個美妾,帶至京中,一世不回來與他相見便了。

【尾聲】準備着獨眠衾,孤棲枕,聽他噥噥唧唧數長更。醜婦,醜婦!我教你做個臥看牽牛的織女星。

第二十九齣　詫　美

【傳言玉女前】(小旦帶副淨上)兒女溫柔,佳婿少年衣繡,問鄰家娘兒妒否?妾身柳氏,前日老爺寄書回來,教我贅韓狀元為婿。我想梅夫人與我各生一女,他的女婿是個白衣白丁,我的女婿是個狀元才子。我往常不理他,今日成親,偏要請過來同拜,活活氣死那個老東西!叫梅香去請二夫人過來,好等狀元拜見。

(副淨應下)

【傳言玉女後】(生冠帶,末隨上)姻緣強就,這惡況怎生經受?冤家未見,已先眉皺。(見介)

(副淨上)夫人,二夫人説他曉得你的女婿是個狀元,他命輕福薄,受不得起拜,他不過來。

(生)既是二夫人不來,今日免了拜堂罷。

(小旦)説的甚麼話?小女原不是他所生,敬他一聲,不來就罷!叫儐相贊禮。

(淨扮掌禮上,請介)(副淨、老旦扶旦上,照常行禮畢,共坐飲

酒介）

【畫眉序】（生悶坐不開口，衆唱）配鸞儔，新婦新郎共含羞。喜兩心相照，各自低頭。合巹酒未易沾脣，合巹杯常思放手。狀元相度該如此端莊，不輕開口。

【滴溜子】笙歌沸，笙歌沸，歡情似酒；看銀燭，看銀燭，花開似斗。冬冬鼓聲傳漏，早些撤華筵，停玉盞，好待他一雙雙歸房聚首。

（小旦）掌燈，送入洞房。（行介）

【雙聲子】新人幼，新人幼，看一撚腰肢瘦；才郎秀，才郎秀，看雅稱宮袍繡。神祜祐，神祜祐；天輻輳，天輻輳，問仙郎仙女，幾世同修？

【隔尾】這夫妻豈是人間偶？是一對蓬萊小友，謫向人間作好逑。

（衆下）（生、旦對坐，旦用扇遮面介）（内發擂畢，打一更介）

（生背介）他今日一般也良心發動，無顏見我，把扇子遮住了臉。（歎介）你這把小小扇子，怎遮得那許多惡狀來？

【園林好】（生）我笑你背銀燈難遮昨羞，隔紈扇怎藏舊醜？他當初露出那些輕狂舉止，見我厭惡他，故此今日假裝這個端莊模樣。（歎介）你就端莊起來也遲了。一任你把嬌澀態千般裝扭，怎當我愁見怪，閉雙眸，愁見怪，閉雙眸！我若再一會不動，他就要手舞足蹈起來了，趁此時拿燈去睡。雙炬臺留孤燭影，合歡人睡獨眠床。（持燈下）

（旦靜坐介）（内打三更介）

（旦覷生不見介）咶！我只説他坐在那邊，只管遮住了臉，方纔打從扇骨裏面張了一張，纔曉得是空空的一把椅子。（向内偷覷，大驚介）呀！他獨自一個竟去睡了，這是甚麼緣故？

【嘉慶子】莫不是醉似泥，多飲了幾杯堂上酒？莫不是善病的相如體態柔？莫不是昨夜酣眠花柳？因此上神倦怠，氣休囚，神倦怠，氣休囚！他如今把我丟在這里，不瞅不睬，難道我好自己去睡不成？獨自個冷冷清清，又坐不過這一夜，不免拿燈到母親房裏去睡。檀郎不屑松金釧，阿母還堪卸翠翹。（敲門介）母親開門。

（小旦持燈上）眼前增快婿，脚後失嬌兒。（開門見旦，驚介）呀！我兒，你們良時吉日，正好成親，要甚麼東西，只該叫丫鬟來取，為甚麼自己走出來？

（旦）孩兒要甚麼東西，來與母親同睡。

（小旦大驚介）怎麼不與女婿成親，反來與我同睡？

【伊令】你緣何黛痕淺皺？緣何擅離佳偶？緣何把母閣重叩？莫不是嬌癡怕羞？因此上抱泣含愁把阿母投。

（旦）他不知為甚麼緣故，進房之後，身也不動，口也不開，獨自一個竟去睡了。孩兒獨坐不過，故此來與母親同睡。

（小旦呆介）怎麼有這等詫異的事？我看他一進門來，滿臉都是怨氣，後來拜堂飲酒，總是勉強支持。這等看起來，畢竟有甚麼不慊意處？我兒，你且坐一坐，待我去問個明白，再來喚你。叫梅香掌燈。

（旦下）（副淨上，持燈行介）

（小旦）只道歡娛嫌夜短，誰知寂寞恨更長。來此已是，梅香，請他起來。

（副淨向內介）韓老爺，請起來，夫人在這裏看你。

（生上）令愛不堪偕伉儷，老堂空自費調停。夫人到此何幹？

（小旦）賢婿請坐了，有話要求教。（坐介）賢婿，舍下雖則貧寒，小女縱然醜陋，既蒙賢婿不棄，結了朱陳之好，就該俯就姻盟。為甚的愁眉怨氣，全沒些燕爾之容？獨宿孤眠，成甚麼新婚之體？賢婿自有緣故，畢竟為着何來？

（生）下官不與令愛同床，自然有些緣故。明人不須細說，岳母請自參詳。

（小旦）莫非為寒家門戶不對麼？

（生）都是仕宦人家，門戶有甚麼不對？

（小旦）這等，為小女容貌不佳？

（生）容貌還是小事。

（小旦）哦，我知道了。是怪舍下妝奩不齊整？老身曾與戚年伯說過，家主不在家，無人料理，待老爺回來，從頭辦起未遲。難道這句話,賢婿不曾聽見?

（生微笑介）妝奩甚麼大事,也拿來講起?

【品令】便是荊釵布裙,只要德配也相投;況如今珠圍翠繞,還堪度春秋。（小旦）這等為甚麼?（生）只為伊家令愛,有聲揚中冓。我笑你府上呵,妝奩都備,只少個掃茨除牆的佳帚。我只怕荊棘牽衣,因此上刻刻堤防不舉頭!

（小旦大驚介）照賢婿這等說起來,我家有甚麼閨門不謹的事了?自古道,眼見是實,耳聞是虛。賢婿所聞的話,焉知不出於仇口?

（生）別人的話,那裏信得,是我親眼見的。

（小旦大驚介）我家閨閫的事,賢婿怎麼看見?是何年何月?那一椿事?快請講來!

（生）事到如今,也就不得不說了。去年清明,戚公子拿個風箏,來央我畫。我題一首詩在上面,不想他放斷了線,落在貴府之中。

（小旦）這是真的。老身與小女同拾到的。

（生）後來着人來取去,令愛和一首詩在後面。

（小旦）這也是真的,是老身教他和的。

（生）後來,我自己也放風箏,不想也落在府上。及至着小價來取,誰知令愛教個老嫗,約我說起話來。

（小旦驚介）這就是他瞞我做的事了。或者是他憐才的意思,也不可知?這等,賢婿來了不曾?

（生）我當晚進來,只說面訂婚姻之約,待央媒說合過了,然後明媒正娶的。不想走進來的時節,我手還不曾動,口還不曾開,多蒙令愛的盛情,不待仰攀,竟來俯就。如今在夫人面前不便細述,只好言其大概而已。我心上思量,婦人家所重在德,所戒在淫;況且是個處子,怎麼"廉恥"二字全然不顧!彼時被我灑脫袖子跑了出去,方纔保得自己的名節,不曾敢污令愛的尊軀。

【豆葉黃】虧得我把衣衫灑脫,才得干休。險些做了個輕薄兒郎,險些做了個輕薄兒郎,到如今這個清規也難守。（小旦）既然如此，賢婿就該別選高門，另偕伉儷了，為甚麼又來聘這個不肖的東西？（生）我在京中那裏知道，是戚老伯背後聘的。如今悔又悔不得，只得勉強應承。不敢瞞夫人説，這一世與令愛只好做個名色夫妻，若要同牀共枕，只怕不能够了。名為夫婦，實為寇仇！若要做實在夫妻，若要做實在夫妻，縱掘到黃泉，也相見還羞。

（小旦）這等説起來，是我家的孽障不是了，怪不得賢婿見絕。賢婿請便，待老身去拷問他。

（生）慈母尚難含忍，怎教夫婿相容？（下）

（小旦）他方纔説的話，字字頂真，一毫也不假。後面那一段事，他瞞了我做，我那裏知道？千不是、萬不是，是我自家的不是！當初教他做甚麼詩，怎麼該把外人拿去？不但治家不嚴，又且誘人犯法了。日後老爺回來知道，怎麼了得！（行到介）不爭氣的東西在那裏？（悶坐，氣介）

（內打四更介）

【玉交枝】（旦上）呼聲何驟？好教人驚疑費籌。（見小旦介）母親為何這等惱？（小旦）你瞞了我，做得好事！（旦驚介）孩兒不曾瞞母親做甚麼事？（小旦）去年風箏的事，你忘了？（旦背想介）是了，去年風箏上的詩，拿了出去，或者韓郎看見，説我與戚公子唱和，疑我有甚麼私情，方纔對母親説了。（對小旦介）去年風箏上的詩，是母親教孩兒做的；後來戚家來取，又是母親把還他的，干孩兒甚麼事？（小旦）我把他拿去，難道教你約他來相會的？（旦大驚介）怎麼？我幾時把人約黃昏後？向母親求個分剖。（小旦）你還要賴！起先戚家風箏上的詩，是韓郎做的；後來韓郎也放一個風箏進來，你教人約他相會，做出許多醜態，被他看破。他如今怎麼肯要你？（旦大驚，呆視介）這些話是那裏來的？莫非是他見了鬼！（高聲哭介）天！我和他有甚麼冤仇，平空造這樣的謗言來玷污我！今生與伊無甚仇，為甚的擅開含血噴人口！（小旦掩旦口介）你還要高聲，不怕隔壁娘兒兩個聽見？今日喜得那老東西不曾過來，若過來看見，我今晚就要吊死。我細思量如何蓋羞，細思量如何蓋羞！

（內打五更介）料想今晚做不成親了。你且去睡，待明日再做道理。糞缸越攪越臭，

（旦）奇冤不雪不明。（下）

（小旦）這椿事好不明白。照女婿說來，千真萬真；照他說來，一些影響也沒有。就是真的，他自己怎麼肯承認？我有道理，只拷問是那個丫鬟約他進來的就是了。

（對副淨介）是你引進來的麼？

（副淨）阿彌陀佛，我若引他進來，教我明日嫁個男子，也像這樣不肯成親！

（小旦）掌燈，我再去問。（行介）

（副淨請介）

（生上）說明分散去，何事又來纏？

（小旦）方纔的事，據賢婿說，確然不假；據小女說，影響全無。這"莫須有"三字，也難定案。請問賢婿：去年進來，可曾看見小女麼？

（生）怎麼不曾見！

（小旦）這等，還記得小女的面貌麼？

（生）怎麼不記得？世上那裏還有第二個像令愛的尊容？

（小旦）這等，方纔進房的時節，可曾看看小女不曾？

（生）也不消看得，看了倒要難過起來。

（小旦）這等，待我教小女出來，請賢婿認一認！若果然是他，莫說賢婿不要他為妻，連老身也不要他為女了。恐怕事有差訛，也不見得。

（生）這等，就叫出來認一認。

（小旦）叫丫鬟：多點幾枝蠟燭，去照小姐出來。

（丑應下）

（生）只怕認也是這樣，不認也是這樣。

（小旦背介）天那！保祐他眼睛花一花，認不出也好。

（老旦、副淨持燈，照旦上）請將見鬼疑神眼，來認冰清玉潔人。

（小旦）小女出來了，賢婿請認！

（老旦、副淨掌燈高照，生遙認，驚背介）呀！怎麼變做一個絕世佳人？難道是我眼睛花了？（拭目介）

【六么令】把雙睛重揉。（近身細認，又驚背介）逼真是一個絕世佳人！哪裏是幻影空花眩我昏眸。誰知今日醉溫柔，真嬌豔，果風流！不枉我鐵鞋踏破尋佳偶，鐵鞋踏破尋佳偶！

（小旦）賢婿，可是去年那一個麼？
（生搖手介）不是，不是，一些也不是。
（小旦）這等看起來，與我小女無干，是賢婿認錯了人了。
（生）豈但認錯了人，竟是活見了鬼。小婿該死一千年了！
（小旦）這等，老身且去，你們成了親罷！
（生）岳母快請回，小婿且告罪，明日還要負荊。
（小旦笑介）不是一番疑徹骨，怎得千重喜上眉。
（老旦、副淨隨下）
（生急閉門，向旦溫存介）小姐！夜深了，請安置罷。
（旦不理介）
（生）是下官認錯了人，冒犯小姐，告罪了！（長揖介）
（旦背立，不理介）

【江兒水】（生）雖則是長揖難辭譴，須念我低頭便識羞。我勸你層層展却眉間皺，盈盈拭却腮邊溜，纖纖鬆却胸前扣。請聽耳邊更漏，已是丑末寅初，休猜做夜半三更時候。

（內做雞鳴介）
（生慌介）小姐，雞都鳴了，還不快睡。下官沒奈何，只得下全禮了！（跪介）
（旦扶起介）

【川撥棹】（生）蒙慈宥，把前情一筆勾；霽紅顏漸展眉頭，霽紅顏漸展眉頭。也虧我屈黃金先陪膝頭。請寬衣，莫怕羞，急吹燈，休逗留。

【尾聲】良宵空把長更守，那曉得佳人非舊，被一個作孽的風箏誤到頭！

　　　　　　鴛鴦對面不相親，好事從來磨殺人。

臨到手時猶費口,最傷情處忽迷神。

第三十齣　釋　疑

【憶鶯兒】(外冠帶,引衆行唱上)兵燹稀,甘雨肥,未及瓜期詔已催。帶便還鄉晝錦衣,新花拂旂,新沙築堤。宦囊不重肩夫喜,鶴相隨,破琴猶在,依舊載將歸!下官詹烈侯,復任西川,未及一載,蒙聖上俯鑒微勞,加升大司馬之職,欽召回京,帶便從故鄉一過。左右的:此處到家還有多少路?

(衆)只得一站了。

(外)這等,快些趲行,今日定要趕到!(齊唱"宦囊"二句下)

【燕歸梁】(老旦上)先到華堂等客歸,羞老鬢,更蓬飛。(副淨衣巾,同丑上)阿姨新做狀元妻,重見面,愧前非。

(老旦)老爺今日回來,老身一家先到公廳等候。柳夫人與他女兒、女婿,想必也就來了。

【前腔】(小旦上)膏沐新添媚遠歸,重學畫,少年眉。(生冠帶,同旦上)逼成婚媾轉相宜,虧阿丈,賺良媒。

(老旦、小旦先見介)

(小旦)女兒女婿成親之後,還不曾見你。如今請坐了,待他們拜見。

(老旦)等老爺回來,一齊拜罷!

(生)這等,先見常禮。

(生、旦見老旦介)(副淨、丑見小旦介)(生、副淨相見介)(旦、丑相見介)

(老旦)你們今日順便相見,只當會親。大小姨夫、大小姨娘,都見一見,省得東躲西躲。

(副淨見旦,旦作惱容,回禮介)

(生見丑,丑作笑容,回禮畢。各驚介)(生背介)這位大姨好像在那裏會過一次的?待我想來。(想介)

(丑背介)小姨夫的面貌,與去年進來的人,生得一模一樣,這一個更覺得標緻些。

（生）好奇怪，我恍恍惚惚記得在京中那個所在，相會一次，為甚麼再想不起來？

【漁燈兒】真怪異！既是上林花，為甚的向此處栽移？是了，我記得初報狀元的那一晚，曾做個惡夢，夢中的人就是這副嘴臉。記在惡夢裏，受伊行無限淩虐。且住，夢中的人就是去年相會的詹小姐了。難道去年見鬼，如今又見鬼不成？待我問夫人。（對旦指丑介）夫人，那邊立的是人還是鬼？（旦）是我家姐姐，你怎麼說起鬼話來？（生）這等，我去年不曾見鬼，就是見了這個像鬼的人。分明是這個似鬼人兒把我迷，冒神女把夜叉相替，到今日鬼和神相對難欺。

（旦）你仔細看一看，又不要認錯了人。

（生）一毫也不錯。

（老旦對小旦介）前日女兒女婿成親，不曾送得喜酒，今日有一杯清茶奉獻。叫丫鬟拿茶來！

（淨捧茶上）和氣人家無大小，不防乳母代梅香。（見生，各驚介）（對丑介）小姐，那分明是去年進來的人，你可認得？

（丑）面貌雖是一般，覺得去年的還沒有這等標緻。

（淨）去年是戴方巾，今年換了紗帽，自然一發標緻了。

（丑）有理。

【錦漁燈】天生就他嬌面孔，原先美麗，況戴着俏烏紗，更長風姿。去年若不是你沖散了好事，今日這個誥命夫人，一定是我做了。都是你奪去花封送阿姨，致今日，教我睜白眼妒人妻。

（生背對旦介）夫人，如今不但假鶯鶯認出來，連假紅娘都認出來了。

（旦）在那裏？

（生）方纔捧茶的那一個就是。

（旦）原來是他們串通詭計，冒我名頭，做出這般醜事，累我受此奇冤。我如今說與母親知道，當面對他講個明白，肉也咬他幾口下來！（欲行，生扯住衣袖介）夫人，這個斷使不得。你若與他爭論起來,戚公子聽見說我調戲他的妻子,這場怨恨怎得開交?

(旦)這也顧他不得。(灑脫衣袖,對小旦介)母親,有一句新聞,說與你知道。

(扯小旦,附耳說話;生慌介)他母親知道,一定要做出來了。這椿事怎麼樣處?

(副淨背介)你看他娘兒兩個唧唧噥噥,把手指着我家娘子,只怕是看荷花的事情發作了。他若與我娘子面質起來,老韓聽見說我調戲他妻子,這場怨恨怎得開交?

(小旦聽畢,高聲介)原來有這等奇事,好沒廉恥的女兒!

(生、副淨各慌介)

(副淨背介)我説不停當,如今怎麼了?須要生個法子,騙老韓出去,不等他聽見纔好。

(生背介)我説不停當,如今怎麼了?須要生個法子,騙老戚出去,不等他聽見纔好。我有道理。

(對副淨介)老襟丈,如今岳父快到了,我們同到郊外去接他一接何如?

(副淨大喜介)妙,妙,妙!小弟正有此意。我們兩位新嬌客,莫管他家閒是非。(同下)

(小旦對老旦介)虧你有本事,養得這樣好令愛出來。

(老旦驚聽介)

【錦上花】(小旦)一羨你肚皮,二羨你教法奇,生這風流令愛倒會討便宜。(老旦)我曉得你的女婿是個狀元,如今要壓制我麼?(小旦)一愧我命運低,二愧我福分微,招得個狀元女婿又有了前妻,把封誥送還伊。

(老旦)有話明講,不要語中帶刺,討人的便宜。

(小旦)我正要和你明講。去年清明時節,你家女婿拿一個風箏,央我家女婿畫。我家女婿懶得畫,題了一首詩在上面。你家女婿放斷了線,落在我家。我見上面有詩,教女兒和了一首,不想被你家女婿討了出去。後來我家女婿也放風箏,也斷了線,又落在你家,你的好令愛,就想做起風流事來。你做風流事也罷了,為甚麼假冒我家女兒的名頭，約他進來相會？我家女婿，想是見他忒標緻了些，嚇得不敢動手。誰想你家令愛，做湖州船倒撐起來，做出許多怕人的光景，弄得我家女婿抱頭鼠竄。今年他在京中，戚公替他聘了我家女兒。他前日回來做親，只說還是那一個，怒氣衝衝，不肯與女兒同睡。及至我去細問緣由，把女兒與他細認，知道不是，纔肯成親。雖成了親，究竟不得明白，方纔在這邊三頭六面認將出來，方纔曉得是這本新戲。

（老旦呆介）

（旦對丑介）你當初說我做了夫人，須要帶挈你帶挈。誰想我還不曾做夫人，你倒先做了夫人；我還不曾帶挈你，你倒帶挈我淘了那一夜好氣。

【錦中拍】多謝你，椒房寵把内家蔭庇，這封誥忒離奇。我如今情願把夫人讓你，只要陪還我那一場嘔氣。為甚的你圖歡樂教別人皺眉？為甚的把我名兒巧替？好好的獻出原贓，自口供罪，不須得緊緊的把牙關閉。

（老旦對小旦介）這等說起來，是我這個不成器的壞事了。你娘兒兩個，如今要怎麼樣？

（小旦）我沒有甚麼講，只等老爺到家，攔馬頭就是一狀，聽憑他審就是了。

（老旦）若審起來，你也未必全贏，我也未必全輸。

（小旦）怎見得？

（老旦）莫說壞事的不好，還怪起禍的不是。雖是我家女兒冶容誨淫，也是你家女兒多才惹事；雖是我家閨範不嚴，不該放男子進來，也是你家門縫忒寬，不該讓風箏出去。我要吃場大虧，你也要忍些小氣，我的女兒若問充軍，你的女兒也要問個徒罪。不如同你兩下私和，還省了一場當官的沒趣。

【錦後拍】笑世上，打官司的没便宜，枉自兩下費心機。縱有十分道理，有十分道理，原告的腳膝頭預先落地。便全贏，也有一分紙錢陪；倒不如三杯酒，化做一團和氣，還落得，冤家少，狹路省防堤。

（丑對小旦介）你若和了就罷，若不肯和，我拼得做一個下水拖人。

（小旦）怎麼樣的拖法？

（丑）我說是妹子做詩在風箏上，約他進來，他認不得路，錯走到我房裏來的。

（小旦呆介）

（旦）不妨，有引他的人在這裏。他走錯了路，難道奶娘也走錯了路不成？

（淨驚背介）這怎麼了得？老爺到家，若還審起來，少不得拷問我。女兒是他親生的，料想不置於死地，弄來弄去，只苦得我。沒奈何跪將過去，替他求和罷了。（跪小旦介）夫人饒了我這條狗命，和了罷。

（小旦不理介）

（淨跪旦介）小姐，你一向是賢慧的，勸聲夫人和了罷！

（旦不理介）

（淨起介）夫人不肯和，小姐不肯和，這張狀子是一定要告的了。告起來我少不得是死。這堂前有一口古井，不如跳下去，預先淹死了，省得明日零星受苦。（跳介）

（旦扯住介）不要如此，待我勸夫人和了就是。

（旦向小旦介）母親和了罷。

（小旦）我若與他和了，他娘兒兩個倒翻起招來怎麼處？

（老旦起，拜小旦介）柳夫人，是我女兒該死了。你若肯和，我終身不敢忘你大德！

（小旦）這等說，只得和了。（同拜介）

（淨磕頭，謝介）

【隔尾】（合）半生妒恨今朝釋，把往事付之流水。（老旦）你就有萬頃恩波，也難將我這羞洗。

（內鼓吹介）

（老旦）老爺回來了！三娘，千萬不要提起。

（小旦應介）（丑又叮囑旦介）

【點絳唇】(外冠帶,引衆,生、副淨隨上)重到門楣,鬱蔥瑞靄增佳氣。只因家内,添個乘龍婿。(各見介)

【前腔】(小生冠帶上)宦客新歸,舊時年友新姻戚。芝顏重對,兩鬢添霜未?

(各見介)

(老旦、小旦)你們兩個女婿,都不曾拜丈人,兩個媳婦,都不曾拜公公,今日在此,不如同拜了罷。

(同拜介)

【畫眉序】(外、小生)兒媳已齊眉,婚嫁從心向平喜。幸雙親猶健,杖不須攜。既有子瓜瓞能綿,便無兒桑榆堪慰。(合)朱顏白髮同偕老,舉世共誇榮貴。

【前腔】(老旦、小旦)門户有光輝,兩樹兼葭得同倚。喜枯梅衰柳,不怕霜威。雖不是桃李春榮,還學得枇杷晚翠。(合前)

【前腔】(生、旦)何處謝良媒,一陣狂風似神鬼?怪風箏一片,東走西飛。論賞罰罪不酬功,量恩私功能贖罪。(合前)

【前腔】(副淨、丑)一對醜夫妻,空費百般巧心計。豈從來神器,不許人窺。男偷女寶劍成精,女偷男燈光作祟。(合前)

【滴溜子】(合)團圓處,團圓處,歡聲如沸;相逢處,相逢處,歡容如醉。評才貌,真無愧。總虧堂上翁,平心見己,公道無私,合成雙配。

【尾聲】無心演出風箏戲,怕世上兒童學會,也須要囑語東風向好處吹。

　　　　　　傳奇原為消愁設,費盡杖頭歌一闋。
　　　　　　何事將錢買哭聲?反令變喜成悲咽。
　　　　　　惟我填詞不賣愁,一夫不笑是吾憂。
　　　　　　舉世盡成彌勒佛,度人秃筆始堪投。

比 目 魚

(傳奇)

清·李 漁

【作者簡介】作者生平見《風箏誤》。

【劇情概要】該劇改編自劇作者自己的小說《譚楚玉戲裏傳情，劉藐姑曲終死節》，講述了一個發生在梨園行裏的愛情故事。劇寫寒士譚楚玉落魄他鄉，聞舞霓班坤角劉絳仙名甚噪，乃往觀。見絳仙之女藐姑，心羨之。絳仙擬另組玉筍班，以藐姑為臺柱。譚生為謀得婚姻，屈身入班。先習淨角，後改習生角，得與藐姑同臺。藐姑亦愛譚生，他們借曲言情，互通心意。從此以後，藐姑矢志不移，不肯再笑面對人。土豪錢萬貫交結官府，魚肉鄉里，見藐姑貌美，以千金許絳仙，欲納為妾。藐姑堅決不從，絳仙為利而逼之。藐姑萬般無奈，佯應之。乃求母演最後一劇《荊釵記》，自飾錢玉蓮。舞臺搭在水邊，觀者甚衆。演至最後，藐姑當衆揭露錢萬貫之惡行，然後投江。楚玉見之，亦入水相隨。後二人幸得晏公神護佑，將他們變作一對比目魚，逐浪至嚴陵，為隱居此鄉者所救。救者詢知情由，為之完婚，並贈楚玉金，令赴試。楚玉中試，鄉、會連捷，選為汀州推官。赴任時，又經過絳仙演戲處，點《王十朋祭江》齣。劉絳仙扮正生，演至觸情處，痛哭失聲。譚生夫婦乃出見，於是闔家團圓。錢萬貫被山寇擄去，留充軍師，危害地方。譚生率兵平寇，斬錢萬貫。

【版本流傳】該劇刻本較多：一、清康熙間翼聖堂刻《笠翁傳奇十五種》所收本；二、清康熙間刻《笠翁傳奇十種》所收本；三、清康熙間刻《笠翁十種曲》所收本；四、清大知堂刻《笠翁傳奇十二種》所收本；五、上海朝記書莊石印《李笠翁十種曲》所收本；六、今日易見的是浙江古籍出版社2010年出版的《李漁全集》所收本。本書以清康熙間刻《笠翁十種曲》所收本為底本，以他本參校。

【演出情況】此劇像李漁的其他劇目一樣，伶人樂於搬上舞臺。近代李壽民據此編為京劇，由尚小雲主演。川劇、粵劇亦有此劇目。

（宋希芝）

敘

有萬物然後有男女,此有天地來第一義也。君臣朋友,從夫婦中以續以似。笠翁以忠臣信友之志,寄之男女夫婦之間,而更以貞夫烈婦之思,寄之優伶雜伎之流,稱名也。小事肆而隱。《老子》曰:"聖人為腹不為目。"旨哉。宋督見孔父之妻,目逆而送之,曰:"美而豔!"王使史巫監謗者,而道路以目。譚楚玉、劉藐姑初以目成,繼以目語,而終以目比。目之足以生死人如此其甚也。《莊子》曰:"子非魚,安知魚之樂?"安知魚之足以寄人死生如此其神也!考諸物化,自無情而之有情,老楓為羽人,朽麥為蝴蝶也。自有情而之無情,賢女為貞石,山蚯為百合也。兩人情至此,忽然忘窈窕之儀,而得囝囝之質,彼倏然失儒雅之規,而適悠然之逝。"中孚。豚魚吉",《易》辭豈欺我哉!笠翁以神道設教歸之慕容介,其實皆自道也。說者謂文章至元曲而亡,笠翁獨以聲音之道與性情通,情之至即性之至。藐姑生長於伶人,楚玉不羞為鄙事,不過男女私情。然情至而性見,造夫婦之端,定朋友之交,至以國事滅恩,漪蘭招隱,事君信友,直當作典謨訓誥觀,吾鄉徐文長先哲為《四聲猿》,千古絕唱,《比目魚》其後先於嚄也哉!

辛丑閏秋山陰映然女史王端淑題

第一齣 發　　端

【戀秦娥】【蝶戀花】（末上）無事年來操不律，考古商今，到處搜奇跡。戲在戲中尋不出，教人枉費探求力。【憶秦娥】梨園故事梨園習，本來面目何曾失。何曾失，一生一旦，天然佳匹。

【秦樓夢】【憶秦娥】檀板輕敲，霓裳緩舞，此劇不同他劇。生爲情種，旦作貞妻，代我輩梨園生色。【如夢令】感激，感激，各把音容報德。

【雙魚比目游春水】【漁家傲】劉旦生來饒豔質，譚生一見鍾情極。默訂鸞凰人不識。遭母逼，婪金別許偕鴛匹。【摸魚兒】演《荊釵》，雙雙沉溺，神威靈顯難測。護持投入高人網，不但完全家室。【魚游春水】身榮幾使恩成怨，國法伸時私情抑。經危歷險，才終斯劇。

　　　　　譚楚玉鍾情鍾入髓，
　　　　　劉藐姑從良從下水。
　　　　　平浪侯救難救成雙，
　　　　　莫漁翁扶人扶到底。

第二齣 耳　　熱

【滿庭芳】（生巾服上）天上逋仙，人間蕩子，不知何處爲家？士當貧賤，只合在天涯。寧飽他鄉風雪，勝親朋、炎熱相加。傷情處，索居無偶，虛度好年華。【畫堂春】新花開遍向陽枝，幽居獨訝春遲。天公也有附炎時，莫道無私。　　富貴由他遲早，姻緣不合參差。緣何偏向有情癡，吝惜芳姿。譚楚玉，諱士珩，襄陽人也。萬有在胸，一貧徹骨。雖叨世胄，恥說華宗；盡有高親，羞爲仰附。緼袴識之無，曾噪神童之譽；髫齡遊泮水，便騰國瑞之名。夙慧未忘，讀異書如逢故物；天才獨擅，操弱管似運神機。不幸早喪二親，終鮮兄弟。只因世態炎涼，那些故鄉的親友，見小生一貧如洗，未免把肉眼相看,不能知重。故此離了故土,遨遊四方,要學太史公讀書之法,借名山大川,做良師益友。使筆底無局促之形,胸中有瀰瀚之氣。一向擔箱負笈,往來吳、越之間,替坊間選些時藝,又帶便賣些詩文,那些潤筆之資,也盡堪糊口。只是年已弱冠,還不曾聘有室家,未免伶仃孤寂。盡有那不解事的,只說我手內無錢,不能婚娶。那裏知道我譚楚玉的妻子,也不是有了錢鈔,就容易娶得來。不是我誇口說,若非兩間之尤物,怎配一代之奇人。這段姻緣正好難逢難遇也呵!

【鶯聲學畫眉】【黃鶯兒】玉樹待兼葭,非是我倚空欄,想異葩,嬌藤必向這瓊枝掛。要曉得費了大注錢財娶來的女子,一定不是真正佳人。若是真正佳人,遇了真正才子,莫說金珠財寶用不著,連那一絲為聘,也覺得可有可無。所以世間難得的物件,就叫無價之寶;天下的至寶,那一件是有價的?若要把家私作伐,錢財聘他,就是千金也止值得千金價!【畫眉序】非誇,憑着我才名大,定有個戀孤寒的俠女為家。我近日為探柯山九龍之勝,來到三衢地方。聞得這邊女旦極多,演的都是臺戲。今早有幾個朋友約我一同去看,我有些筆債未完,叫他先去,如今文字完了,不免也去走一遭。(行介)

【鶯足帶封書】【黃鶯兒】扃戶掩窗紗,我這寓處呵,不過是些硯頭雲,筆上花,家私止得些兒大。料想那偷兒不拿,便開門聽他,我臨行可也無牽掛。(內衆齊贊"好戲"介)【一封書】聽波喳,卻便似鬧蜂衙,為甚的讚歎聲中起噪嘩?原來戲做完了,那些看戲的人都轉來了。我且立在一邊,待他們過去。(旁立介)

【不是路】(外、副淨扮男子,老旦、丑扮婦人,小旦扮幼童,淨扮和尚,一齊挨擠嘩噪上)(合)挨擠喧嘩,貴賤雌雄沒賬查。(外偷覷老旦介)(老旦)路又不走,只管瞧我做甚麼?休招罵。(外)不是我有心看你,都只為挨肩擦背起情芽。(副淨跟小旦背後,挖臀嬉笑介)(小旦)離開些走,不要挨挨擦擦,討人的便宜,莫搔爬。(副淨)我見你挨擠不上,就像推車的一般推你上去,倒說我不好,行遲只為車無把,全虧我這陸路艄公把舵拿。(淨低頭拾得長大女鞋一隻，背看大喜，藏袖內介）（丑）被他們挨挨擠擠，把鞋子都踏倒了，待我拔一拔了再走。（低頭拔鞋，忽驚喊介）不好了，我的鞋子不見了，你們列位都替我尋一尋。（衆代尋介）（淨對丑笑介）（衆）這個禿驢，鬼頭鬼腦，一定是你拾到了，快拿出來！（淨）我並不曾拾得。（衆）既不曾拾得，待我們搜一搜。（搜出鞋介）這不是鞋子？你這個禿驢，青天白日在人堆裏調戲婦人，這等可惡！大家一齊動手，捶死這個禿驢。（揪倒打介）（淨喊介）列位不要羅唣，這只鞋子我有用處，所以不肯還他。（衆）有甚麼用處，放他起來講。（放介）要他何用？（淨）別無用處，要待我"面壁九年"之後，將來掛在杖上，做一個"隻履西歸"。（急走下）（丑穿鞋起介）（衆）這只鞋子若不虧我們搜出來，你如何走得回去？（丑）那倒不怕。若還尋不出，我不怕這個禿驢不背我回去着哩！精神乏，安心要把驢兒跨，又誰知塞翁得馬，塞翁得馬！（齊下）

（生笑介）這些男子、婦人好没要緊，那戲有甚麼好處？就這等挨挨擠擠，弄出許多醜態來。（內又贊"好戲"介）

（生）又有兩個朋友來了，就是約我同去的人。且待我問他一聲，看有甚麼好處？

【鶯花集御林】【黄鶯兒】（末、小生巾服上）極口羨嬌娃，繞梁音，委實佳，嬌姿端的難描畫。（生用扇撲背介）就好到這般地步？（衆回頭見生笑介）原來是譚兄。我且問你，這般好戲，為甚麼不看，到這時候纔來？（生）有些筆債未了，故此來遲。請問這班梨園有甚麼好處？二兄這等贊他。（末）一班之中個個都好，最難得的又是那個女旦。（生）是那一班？女旦叫甚麼名字？（小生）是舞霓班，女旦叫做劉絳仙。（生）做女旦的人自然會唱幾句曲子，那聲音不必說了，只問他容貌何如？【水紅花】（末）我便墜天花，也說不出他渾身的嬌法，有幾句現成批語足相加。（生）那幾句批語？（末）施粉則太白，施朱則太紅；加之一寸則太長，損之一寸則太短。（生）只怕形容太過了。如今世上那有這般的女子？【集賢賓】（小生）妝點風姿愁是假，羨伊行絕少鉛華，兼饒韻雅。兄若不信，遲一兩日還有臺戲要演，何不早來一看！【簇御林】（末、小生）辦只眼，評高下,息爭嘩。只怕你饞人見食,分外口兒爹。(生)也説得是。這等到演戲的日子,煩你二位再來相約一聲。(小生)小弟有事,只怕不得奉陪。(末)小弟是個閒人,與兄同來就是。

(生)國色從來不易逢,休將花眼辨花容。
(衆)饒伊此際施高論,只怕眼到花前自解庸。

第三齣　聯　班

【紫蘇丸】(小旦上)聲容兩擅當場美,賺纏頭復多長技。撞煙樓有女更娉婷,只愁未識家傳秘。奴家劉絳仙,舞霓班中的女旦是也。丈夫劉文卿也在班中做戲,自從得了奴家,替他盡心竭力,掙起一分大家私。如今世上做女旦的極多,都不能勾致富,為甚的獨我一個偏會掙錢?只因我的姿色原好,又虧二郎神保佑,走上臺去就像仙女臨凡一般,另是一種體態。又兼我記性極高,當初學戲的時節,把生、旦的脚本都念熟了。一到登場,不拘做甚麼脚色,要我妝男就做生,要我妝女就做旦。做來的戲又與別人不同,老實的看了,也要風流起來;慳吝的遇了,也會撒漫起來。我揀那極肯破鈔的人相處幾個,多則分他半股家私,極少也要了他數年的積蓄。所以不上十年,掙起許多家產,也勾得緊了。誰想生個女兒出來,叫做藐姑,年方一十四歲。他的容貌、記性,又在奴家之上。只教他讀書,還不曾學戲,那些文詞翰墨之事,早已件件精通,將來做起戲來,還不知怎麼樣得利。我今日閑在家裏,不免喚將出來,把掙錢財的秘訣,傳授他一番,多少是好。藐姑在那裏?快些出來。

(內)來了。

【前腔】(旦上)家聲鄙賤真堪恥,遍思量出身無計。只除非借戲演貞操,面慚可使心無愧。(見介)

(小旦)我兒,你今年十四歲,也不小了。爹爹要另合小班,同你一齊學戲。那些歌容舞態,不愁你演習不來;只是做女旦的人,另有個掙錢的法子,不在戲文裏面,須要自小兒學會纔好。

(旦)母親,做婦人的只該學些女工針指,也盡可度日。這演戲的事不是婦人的本等,孩兒不願學他。

【桂枝香】術將心毀,貌將淫誨。似這等混濁豐饒,倒不若清高饑餒。就要孩兒學戲,也只好在戲文裏面,趁些本分錢財罷了。若要我喪了廉恥,壞了名節,去做別樣的事,那是斷斷不能的。若要兒追芳軌,兒追芳軌,只怕前徽難繼,心思枉費!我自有內家規。慢説是面厚家才厚,却不道名虧實也虧!

(小旦)做爺娘的要在你身上掙起一分大家私,你倒這等迂闊起來。我們這樣婦人,顧甚麼名節?惜甚麼廉恥?只要把主意拿定了,與男子相交的時節,只當也是做戲一般。他便認真,我只當假,把雲雨綢繆之事,看得淡些,這就是守節了,何須恁般拘執!

【前腔】煙花門第,怎容拘泥。拚着些假意虛情,去換他真財實惠。況有這生涯可比,生涯可比,把鳳衾鴛被,都認做戲場餘地。會佳期,張珙雖留戀,鶯鶯不姓崔。我做娘的也不叫你十分濫觴,逢人就接。有三句秘訣傳授與你,你若肯依計而行,還你名實兼收,賢愚共賞,一生受用不盡。

(旦)那三句秘訣?

(小旦)叫做許看不許吃,許名不許實,許謀不許得。

(旦)怎麼叫做許看不許吃?

(小旦)做戲的時節,渾身上下,没有一件不被人看到,就是不做戲的時節,也一般與人玩耍 一般與人調情,獨有香噴噴的這鐘美酒,再没得把他沾唇。這叫做許看不許吃。(旦)這還有些道理。那許名不許實呢?

(小旦)若有富商大賈、公子王孫,要與我做實事的,我口便許他,只是託故延捱,不使他到手。這叫做許名不許實。

(旦)這也還有些志氣。那許謀不許得呢?

(小旦)有那些癡心子弟與我相處厚了,要出大塊銀子買我從良,我便極口應允,使他終日圖謀,不惜納交之費;圖到後來,只當做場春夢,決不肯把身子嫁他。這叫做許謀不許得。

(旦)既捨不得身子,為甚麼不直捷回他,定要做這許多圈套?

(小旦)但凡男子相與婦人,那種真情實意,不在粘皮靠肉之後，却在眉來眼去之時，就像饞人遇酒食，只可使他聞香，不可容他下箸；一下了箸，他的心事就完了。那有這種垂涎咽唾的光景來得鬧熱？（旦冷笑介）

【長拍】疊疊機關，疊疊機關，重重坑阱，好教我謀主代人驚畏。似這等虛張情網，空攝迷魂，他犯何辜受此覊縲？便做道全節不曾虧，把零香碎玉，也無端糜費。母親，照你這等說來，一生一世只把虛話哄人，那喪名敗節的事，竟是沒有的了？（小旦笑介）這孩子又來癡氣了。那三句秘訣，總是在未曾着手之先，生發他小注錢財的意思；若要大塊銀子，不與他做些實事，他如何有得送你？只是要揀那絕頂的大户，揮金如土的方纔結識他。那些用小錢的主子，只還他些口角風情罷了。（旦搖頭介）這個如何使得？風影虛名猶吝惜，況實在，喪便宜。入耳先教慚悔。把口頭名節，失去難追。

（副淨上）遍訪梨園態，來充窈窕班。還愁天上曲，不屑配人間。

（旦）爹爹回來了。（見介）

（小旦）父親，哪裏去了半日，這早晚纔來？

（副淨）為合小班，聚集些少年子弟，往各處走了一遭。

（小旦）這等有了不曾？

（副淨）樣樣脚色都有了，只少一個大花面。

（旦）男脚色裏面最難合的是正生，花面有甚麼難學處？

（副淨）大花面比小花面不同，做的都是武藝，要有些英雄氣概才好。

【短拍】（副淨）花面雖填，花面雖填，英風務肖，氣昂昂全要威儀。（小旦）這等，一時尋不出却怎麼處？（副淨）容易，待我寫個招帖，貼在門首，自然有人來做。只是一件，要取個班名纔好。我兒，你是極聰明的，想出兩個字來。（旦想介）既是小班，取個方生未艾的意思，叫做玉筍班罷。（小旦）好個玉筍班！這名已逗財幾，看活潑潑方生無已。但願竿竿成竹，幽密處、引得鳳來棲！

（副淨寫介）"本家新合玉筍班，各色俱備，只少淨脚一名，願入

班者,速來賜教。"待我貼他起來。(貼介)

(旦)爹爹、母親,既要孩兒學戲,孩兒不敢不依。只是一件,但凡忠孝節義、有關名教的戲文,孩兒便學;那些淫詞豔曲,做來要壞廉恥、喪名節的,孩兒斷斷不肯學他!

(副淨)那也易處。

(旦背介)是便是了,那個做正生的,不知是怎生一個人物?萬一狀貌粗蠢,性情鄙劣,與奴家搭配不來,却怎麼處?

【尾聲】雖則是虛名也顧着綱常體,怕的是男淫女渭,盡有人忽略虛名致把實行虧。

(副淨)玉筍佳名確不移,(小旦)小班更比大班奇。
(旦)饒伊擅盡當場巧,　　究竟原非婦所宜。

第四齣　別　賞

【懶畫眉】(生同末上)(末)呼朋來聽繞梁音,撇却荒齋書與琴。(生)一自前番耳熱到如今,教人獨宿難安枕。(合)一見能消契慕深!

(末)此間已是戲場了。臺上還不曾有人,想是梨園未到。我們且在這總路頭上,站立一會,等劉絳仙走過的時節,先把那凌波俏步領略一番,然後跟他去看戲,有何不可。

(生)極說得是。那些做戲的婦人,臺上的風姿與臺下的顏色,判然不同。我和你立在此處,到可以識別真才。

(末)同是一個人,怎麼有兩樣姿色?

(生)這種道理也有些難解。戲場上那條氍毺,最是一件作怪的東西,極會欺淩醜婦,幫襯佳人。醜陋的走上去,愈加醜陋起來;標緻的走上去,分外標緻起來。兄若不信,請驗一驗就是了。

(末)也說得是。

【前腔】(外、小生、淨、丑,各穿本等服色,同小旦、旦上)(外、小生)行來寂靜口如瘖,(淨、丑)要歇息喉嚨養妙音。(生覷小旦,復覷旦介)(旦作羞容流盼介)檀郎瞥遇愧難禁,(小旦)休教誤却纏頭錦。(合)及早登場各用心。

(旦回顧生,隨衆下)(末)何如?小弟的説話,可也贊得不差。

(生)所謂劉絳仙者,就是前面那一位麼?

(末)正是。

(生搖頭介)也不過如此。

(末)婦人的姿色到這般地步,也勾得緊了,難道還有好似他的?

(生)有有有!

(末)這等,在那裏?

(生)就在眼前。

(末)既在眼前,何不指引小弟同去看一看?

(生)方纔在後面走的那個垂髫女子,難道不是天香國色?為甚麼對了人間至寶,全不賞鑒,倒把尋常的姿色,那般擡舉起來?

(末)那是他親生的女兒,叫做蒻姑,帶在身邊學戲的。據小弟看來,好便好了,也未必在母親之上。

【前腔】從來好美有同心,獨有你這識寶的雙眸不類今。(生)要從別調見知音。這位女子就像胎裏的明珠,璞中的美玉,全然不曾雕琢的。非具別眼的人,那裏識認得出!(末)便道是含苞異日開如錦,怎似這現在的名花得氣深!

(生背介)這種道理,不但他們不知道,也不可使他們知道。若使見知於人,則天下之寶必與天下共之,小生不能獨得矣!我且依他説個不好,自己肚裏明白就是。是便是了,既要結識他,須是在未曾破瓜的時節,相與起頭才好。我且隨衆人看戲,待他戲完之後,回去的時節,尾在後面,看他家住那裏?然後想個進身之法,有何不可。(轉介)畢竟是兄識貨,方纔那個女子初見便好,過後想來也沒有甚麼回味。還去看戲的是,不要耽擱工夫。

【前腔】當場一刻勝千金,莫把閑詞誤寸陰。(內打鑼鼓鬧場介)(末)聽了這鬧場鑼鼓好不癢人心。(生背介)我這醉翁之意非貪飲,反不若打鼓終場的樂事深。

(末)拉友觀場破寂寥,評聲論色興偏饒。

（生）非關舉世無明眼，天與忽然秘阿嬌。

第五齣　辦　賊

【破陣子】（小生三髯、冠帶，引衆上）志在長林豐草，身在皁蓋華軒。自歎衣冠同桎梏，枉向愁中老歲年，何時擔卸肩？海上孤臣歎沉淪，年華未邁鬢先凋。雄心不遂身難隱，朝市山林兩見嘲。下官慕容介，字石公，西川人也。由進士出身，歷官史職諫垣，外補漳南兵憲之職。有才不屈，無欲能剛。半世迂儒，屢犯士林之忌；十年傲吏，頻生宦海之波。貴澹泊而賤浮華，無奈造物不仁，奪所貴而予所賤；苦應酬而甘寂寞，不幸生辰欠好，多所苦而少所甘。屢疏乞骸，未蒙允放。今日從野外練兵而回，不免退食衙齋，與夫人小飲一會，有何不可。（對衆介）各役回避。叫院子，請夫人出來。

【前腔】（老旦引淨上）鳳詔榮身滋懼，鹿門矢意同堅。自信此時招隱志，更比當時勸駕虔，何時疊枕眠？

（見介）相公，你往野外練兵，未免勞心費力。不知自你任事以來，軍威將力強弱何如？求你細說一番。叫梅香，備酒伺候。

（淨）備下了。（送酒介）

（小生）夫人請坐，聽下官道來。

【玉芙蓉】軍威頗勝前，羸弱都強健。更嚴遵紀律，熟說機權。（老旦）這等說來，兵勢比前強盛了。那山間的盜賊，近來不見竊發，想是解散了麼？（生搖頭介）他藏機不發心非善，塞水須防竇忽穿。防奇變，預圖謀萬全；笑庸臣，每到臨危藏拙把軀捐。

（老旦）相公，你仕途的甘苦都已盡嘗，宦海的風波甚是難測。既有高尚之心，何不早些決策，只管因仍苟且。試想到那吏議掛身、彈章塞口的時節，還能勾飄然而去麼？

【前腔】休輸一着先，及早圖長便。念風波似海，少底無邊。一絲既少扶危纖，萬櫓偏多下石船。休縈戀，戀些兒俸錢；也須知、俸錢多處惹蠅膻！

（小生）賢哉夫人！你這些話，都是下官知道的。只是屢次乞身,怎奈朝廷不許。前日又去哀求撫按,蒙他題了病疏,或者僥倖得允,也未可知。只是一件,這些山賊未除,終是地方的隱患。有下官在此,還肯替朝廷做些事業,終日練兵講武,措餉整戈。雖不曾建得軍功,也還使他知我有備。只怕下官去後,那些地方官兒只說烽煙不起,桴鼓不鳴,就是太平氣象。殊不知不亂之亂才是大亂。一旦有起事來,只怕山川社稷祈禱不靈,沒有措手的去處,這地方纔是苦也!倒不如趁下官在此,等山間的盜賊舉動一舉動,待我把生平謀略展佈一番,替地方除了大害,然後掛冠而去,纔叫得身世兩全。怎奈那些妖魔小蠢不肯竊發,叫我也沒奈何!

【前腔】焚香默告天,早遂愚臣願。怕潛身去國,留下餘愆。只道我是秀才慮試忙拋卷,酒力難勝巧避筵。教我何詞辯?要身名共全,只除非、先除國難後歸田。

(內擊鼓介)(外上)稟老爺:外面有人擊鼓,說有緊急塘報要傳。

(小生)取進來。(外下,取報上)

(小生看介)呀!正要立功,不想就有警報,山間的盜賊要想出來了。叫院子,取一枝令箭,傳與中軍,叫他點齊人馬,備辦行糧,候本道即時調發。(外應下)

(小生)夫人,我生平的謀略,如今要展佈出來了。

(老旦)請問相公,當用甚麼計策?

(小生)下官畫有二計久矣,藏在胸中。用了第一計,可以出奇制勝,殺死一半賊兵,使他抱頭鼠竄,不致塗炭生靈。用了第二計,可以焚巢搗穴,削草除根,不留一個餘賊。

(老旦)這等,是那二計?請相公說來,待奴家也參些末議。

(小生)行兵大事,豈可謀之婦人?況且機密重情,雖是妻子面前,也洩漏不得。你不必問他罷了。

(老旦)也說得是。這等,別樣事不敢多口,只是行兵之事,最忌殺戮。奉勸相公,只用前計保全地方,護持生命,積些陰德罷了。那焚巢搗穴之事,不但自家冒險,損傷的性命也多,不若留些餘地罷!

【前腔】勸你把屯田當福田，力戰輸心戰。記行軍要語，降志為先。那些將領呵，但知道攜來首級增功券，全不想失去頭顱也費本錢。全靠你行方便，把人心合下；念從來，好生兩字豈徒然！

行兵事事有先籌，慷慨臨戎自不憂。

非是熱中求媚主，纓冠只為掛冠謀。

第六齣　決　計

【破陣子】（生上）訪着藍橋仙宅，多方欲丐瓊漿。怪殺雲中多犬吠，只許裴生在路旁，教人渴怎當？小生自遇劉藐姑，不覺神魂飛越。此等尤物，不但近來罕有，只怕從古及今，也不曾生得幾個。譚楚玉是個情種，怎肯交臂而失之？那一日尾他回去，認了所住的地方；又訪問他的鄰人，知道此女出身雖賤，志願頗高。學戲之事，也非其本念，若還遇了小生，不怕不是個夫人之料。只是一件，聞得他的父母，雖然要他學戲，又防閑得極嚴。不是顧名節，單為蓄錢財。韞櫝而藏之心，正為待價而沽之地。我也曾千方百計，要想個進身之階，再沒有一條門路。止得一計可以進身，又嫌他是條下策，非士君子所為。他門上貼着紙條，要招一名淨脚。若肯投入班中，與他一同學戲，那姻緣之事就可以拿定九分。只是這椿營業，豈是我輩做得的？

【錦纏道】猛思量，做情癡，顧不得名傷義傷。才要赴優場，又不合轉癡腸、被先賢古聖留將。正待要却情魔改從義方，耨心田滅却愁秧。當不得意馬信偏韁，離正轡把頭兒別向。好教我難分聖與狂，一霎時心兒幾樣，還只怕魔盛佛難降！學戲之事，雖有妨於名教；鍾情之語，曾見諒於前人。我如今説不得了，捨却這條門路，料想不能近身。我且投入班去，或者戲還不曾學成，把好事先弄上手，得了把柄，即便抽身，連花臉都不消塗得，也未可知。竟收拾前去便了。

【朱奴兒】意纔定心兒便癢，暫抛撇琴劍書箱。非是我去故趨新脚太忙，怕的是稍留滯又轉他腸。魂落在，伊家那廂，便强住也生魔障!

枳棘原非鳳所棲,求凰因使路途迷。

只為美人甘屈節,藉口賢人賦《簡兮》。

第七齣　入　班

【水底魚兒】(副淨上)發積難當,妻扶女又幫。止求家富,不願姓名香。自家劉文卿是也。一向要合小班,只少一名淨脚。前日貼了招帖,也不見有人進來。我已聘了一位名師,約定今日來開館。等不得脚色齊備,先把有的教習起來,等做淨的到了,補上也未遲。叫孩子們,把三牲祭禮備辦起來,等先生與衆人一到,就好燒紙。(內應介)

【金蕉葉】(生上)心忙步忙,赴溫柔如歸故鄉。遥盼着優師伽牆,比龍門還加嚮往。來此已是,不免徑入。(進介)此位就是劉師父麼?

(副淨)正是。相公尊姓大名,有何賜教?

(生)小生叫做譚楚玉。聞得府上新合小班,少一名淨脚,特來相投。

(副淨驚介)怎麼?你是一位斯文朋友,竟肯來學戲?這等說起來,是小班之福也。既然如此,等衆人到了,一同開館就是。

【水底魚兒】(外、末、淨、丑齊上)喜戴冠裳,從師入戲堂;做官極快,不用守寒窗。

(見副淨揖介)此位是誰?

(副淨)新來的淨脚。

(衆)這等說,是敝同窗了。大家見禮。(共揖介)

(衆)請問:教戲的師父,還是你自己,還是另請別人?

(副淨)我自家沒有工夫,別請一位名師,即刻就到。

【繞紅樓】(小生上)絲竹歌喉總擅長,名子弟盡出門牆。一字無訛,千人共賞,肯遺顧周郎。

(副淨)師父來了。(向內介)叫孩子們一面請姑娘出來拜見師父,一面取三牲祭禮,好燒請二郎神。

（生）請問師父:甚麼叫做二郎神？

（小生）凡有一教,就有一教的宗主。二郎神是做戲的祖宗,就像儒家的孔夫子,釋家的如來佛,道家的李老君。我們這位先師極是靈顯,又極是操切,不像儒釋道的教主,都有涵養,不記人的小過。凡是同班裏面有些暗昧不明之事,他就會覺察出來,大則降災降禍,小則生病生瘡。你們都要緊記在心,切不可犯他的忌諱。

（生）這等,忌的是甚麼事？求師父略道幾樁。

（小生）最忌的是同班之人不守規矩,做那褻瀆神明之事:或是以長戲幼,或是以男謔女。這是他極計較的。

（生背介）這等説起來,我的門路又走錯了。如今來到這邊又轉去不得,却怎麼處？

【金蕉葉】（旦上）男疆女疆,自今朝毁堤滅防。這羞澀教人怎當,那窺覷如何阻擋？

（副淨）我兒,這是師父,這是同班弟兄,都過來見了。（齊見介）

（旦見生驚,背介）呀！這是一位書生,前日在路上遇見的,他怎麼也來學戲？（生做流連、示意介）

（旦）哦！我知道了。

（副淨對生介）譚兄弟,你既要入班,就該穿我們的服色。這頂尊巾須要換去了。

（生）如今還是學戲,不曾做戲,到做戲的時節,換去也未遲。

（副淨）也説得是。（內送祭禮上,副淨燒紙畢,率眾拜介）

【駐雲飛】護法金湯,俛首虔誠拜二郎。默把吾徒相,暗使聰明長。嗏！開口便成腔,不須摹仿；身段規模,做出都成樣。一出聲名播四方。

（副淨）師父請坐了,等他們好拜。

（小生）教戲雖是我,扶持照拂全靠主人,該與你一同受拜。（拉副淨並立介）

（眾齊拜介）（生、旦並立,一面拜,一面覷介）

【前腔】（合）拜入門牆，願你在陽間做二郎。顯把吾儕相，漸使聰明長。嗏！不教不成腔，用心摹仿。求你把身段規模，做出程文樣。好使聲名播四方。（末）這些脚色可曾派定了麼？（副淨）派定了。（小生）這等，請散脚本。（副淨散脚本介）我從今日起，把他們的坐位也派定了，各人坐在一處，不許交頭接耳。若有犯規的，要求先生責治。（生、旦各背介）老天，保佑我和他兩個坐在一處也好。（副淨）衆脚色裏面獨有生旦的戲多，又不時要登答問對，須要坐在一處。其餘的脚色，任意坐定就罷了。（對丑介）你是正生，該與我女兒並坐。（扯丑與旦並坐介）（生、旦各慌介）（副淨分派外、末、淨、生各坐一處介）如今坐定了，我進裏面去罷。有一杯薄酒備在中堂，求師父略教幾句，應一應好日就請進來。安排開學酒，飲宴授徒人。（下）（小生）大家隨着我，唱一隻同場曲子。（隨意拈曲一隻，衆取箸作板，同唱介）（唱完内請介）（小生）你們也一同進來，大家吃杯喜酒。同班兄弟似天倫，男女何嘗隔不親。須識戲房無内外，關防自有二郎神。（同下）

（旦吊場）我看這位書生，不但儀容俊雅，又且氣度從容，豈是個尋常人物？決沒有無故入班，肯來學戲之理。那日在途間相遇，他十分顧盼奴家；今日此來，一定是為我。（歎介）檀郎，檀郎！你但知香脆之可親，不覺倡優之為賤；欲得同堂以肄業，甘為花面而不辭。這等看來，竟是從古及今，第一個情種了。我如何辜負得你？奴家遇了這等的爺娘，又做了這般的營業，料想不能出頭，不如認定了他，做個終身之靠，有何不可。

【駐馬泣】【駐馬聽】天付鸞凰，今日這一拜呵！只當是暗締姻親預拜堂。那些衆人呵！權當做催妝姻戚，伴嫁媒婆，扶拜的梅香。我那爹爹呵！若不是他私心認做丈人行，怎肯無端屈膝將伊讓！是便是了，你既有心學戲，就該做個正生，我與你夫婦相稱。這些口角的便宜，也不被別人討去，為甚麼做起花面來？【泣顏回】怎能勾扮虞姬常演《千金》，博一個嫁重瞳淨旦成雙。莫怪姻緣多錯配，戲場生旦也參差。

第八齣　寇　發

【杏花天】（副淨扮山大王，虎面奇形，引丑類上）萬山深處開王業，問家邦，雲迷霧遮。從來議戰先圖守，早占定龍巢鳳穴。狀類天魔性類熊，拔山脊力少人同。休言蠢類無長技，猿臂從來善引弓。孤家山大王是也。賦形怪異，秉性狰獰。生於虎豹叢中，長在狐狸隊裏。茹毛飲血，令人竊太古之風；枕石眠雲，山鬼享神仙之福。孤家少無父母，不知生自何人。只聽得乳養的老嫗說：俺未生之先，這深山裏面出了一個異人，不但有伏虎降魔之術，又慣與牝獸交歡。忽然一日，只見深林裏面，有個帶血的孩子，就是孤家，生得十分怪異。這位老嫗知道是異人之子，猛獸所生，將來畢竟有些好處，就抱回來撫養。及至長大之後，官骸舉動，件件都帶些獸形。遇了豺狼虎豹，就像至親骨肉一般；不但不害俺，都有個溫存顧盼之意。聞得數十年前，曾有幾句童謠，道是人面獸心，世界荊榛；人心獸面，太平立見。這幾句讖語，分明應在區區身上，故此就在萬山之中，招兵買馬，積草屯糧，訓養二十餘年，方纔成了氣候。孤家生在山中，就把"山"字做了國號，上應天心，下從人願，暫就大王之位，徐圖天子之尊。一向要舉兵出山，只因有個司道官兒，複姓慕容，精通武略，終日價練兵措餉，雖不知他實際何如，却使俺這赫赫軍威，也被他虛聲所奪。近來聞得他宦興漸衰，歸心頗急，不如乘此舉事，好逼此老辭官，省得他猶豫不果。只是一件，從來兵法貴奇。若只靠幾個兵丁，那裏成得大事？喜得孤家原是獸類，平日蓄有幾隊奇兵，都是山間的猛獸，把他做了先鋒，殺上前去，還怕誰來攔擋？叫將校，吹起號筒來，好待那虎、熊、犀、象四隊獸兵，前來開路。（眾應，吹號筒介）

（副淨登臺，執令旗指揮介）（扮虎、熊、犀、象次第上，舞介）（每舞一回，副淨用令旗一揮即下）

（副淨）擺齊隊伍，就此起兵。

（眾應介）（副淨下臺，率眾行介）

【馱環着】（合）把龍旗扯拽，把龍旗扯拽！虎豹衝鋒，犀象張威，豺狼肆鬻，麑鹿狐狸遍野。都是俺決勝的奇兵，不似仗人威，有時虛怯。問軍餉、山薇野蕨，問軍仗、桃弓柳弰。真難惹，莫怨嗟，勸你把錦繡江山，權時相借！（齊下）

【杏花天】（小生戎裝，引外、末二將，各帶兵士上）金甌難使纖毫缺，小瘡痍能成大癤。運籌自覺成功穩，慎國步猶防蹉跌。棄官將去復臨戎，踴躍難禁奏凱衷。非是老成猶喜事，此功成後更無功。下官率兵禦寇，晝夜兼行，來到此間，已與賊兵相近了。聞得賊頭是個異類，性子慓悍異常，所用的先鋒都是猛獸。想來只可智擒，料難力取。衆將官近前，聽我分付。（衆應介）

（小生）我聞得賊兵有限，止靠幾個猛獸做了護身符。獸兵得勝，勢便披猖；獸類傷殘，自然敗北。敗獸之法，莫妙於火攻。我已曾在總路頭上掘了深坑，埋下地雷飛焰，使他踏動機關，地雷自響。一響之後，彌天遍野都是火星，毛蟲遇火，渾身都着。燒得他疼痛，自然反奔。你們伏在要害之處，聽見炮聲，合兵追斬；待得勝之後，再議搜山。都要小心奉行，不得違吾軍令！

（衆應，行介）

【馱環着】（合）把機關巧設，把機關巧設！伏虎奇謀，逐鹿高蹤，降龍妙訣。火不燒身自惹，管教你盡脫毛衣，赤精精渾身變赭。逃不過、池魚大劫，請不了、焦頭上客！（合）丟長鋏，棄鏌鋣，看掃盡妖氛，不持寸鐵。

（齊下）（衆獸同上，跳舞介）（忽作炮聲，滿場俱發火焰，衆獸奔潰，下場介）

【水底魚兒】（副淨引衆驚走上）烈火難遮，燒來好怨嗟。獸驚馬散，連人走破靴。

不好了，不好了！被他用了火攻，把我的獸兵盡皆燒死。前鋒既失，後隊難行，不如收兵轉去。（外、末領兵追上，對殺介）

（賊衆敗下）

（小生）賊兵大敗，本該乘勝搜山，只是屢戰之後，馬倦人疲，恐怕有些折挫。記得臨行時節，夫人再三叮嚀，只勸我保全生命。如今也殺得勾了,就留些餘地罷。(轉介)賊勢已窮,我軍力竭。分付將校,就此班師。

(衆應,行介)

【馱環著】把天兵盡撐,把天兵盡撐!烽火全消,桴鼓收藏,妖星頓滅。箪食壺漿遍野,萬姓歌呼,盡喜仗軍威,得安生業。看日影才移桑柘,紀勝勳早安民社!(合前)

(齊下)

第九齣 草劄

【蔔算】(生上)為做有情癡,屈盡吾儒體。隋珠拋去雀難求,到底心無悔! 小生為着劉藐姑,不但把功名富貴丢過一邊,連終身的名節也不顧。只道入班之後,就與至親骨肉一般,內外也可以不分,嫌疑也可以不避。誰想戲房裏面的規矩,更比人家不同,極混雜之中,又有極分別的去處。但凡做女旦的,普天下之人,都可以調戲得,獨有同班弟兄,倒調戲不得。這個陋規不知甚麼人創起? 又説有個二郎神,單管這些閒事,一發荒唐可笑。所以這學堂裏面,不但有先生拘束,父母提防,連那同班的人,都要互相覺察。小生入班一月,莫説別樣的事難行,就是寒暄也不曾敍得一句,只好借眉眼傳情,規模示意罷了。(歎介)這刻刻相見的相思,更比那不見面的難害,眼見得要斷送了也!

【一江風】病難醫,怕的是影即形偏離,眼熱心難遂。似這等,對食流涎,就是粗糲也難當,況是瓊漿味。小生為他消瘦,還經得起他那裏呵,腰肢本欠肥,新來又減肌,這都是我赦不去的風流罪! 我如今没奈何,只得把入班的苦心,求婚的私意,寫下一封密剳,搓作一個紙團,等到念脚本的時節,張得衆人不見,丢在他懷裏面,他看見了自然有個回音。只是一件,萬一被衆人拾到,却怎麼處? (想介)我有道理。這一班蠢才,字便識得幾個,都是不通文理的。我如今把書中的詞意放深奥些,多寫幾個難字在裏面,莫説衆人看見全然不解,就是拿住真贓,送與他的父母,只怕也尋不出破綻來。

有理有理！（寫介）

【前腔】訴心期，筆法多奇詭，詞意偏深邃。却便似，石鼓奇文，就是一字千金，也解不出其中意。我想有心學戲，自然該學個正生，一來衣冠齊楚，還有些儒者的氣象；二者就使前世無緣，不能勾與他配合，也在戲臺上面借題説法，兩下裏訴訴衷腸，我叫一聲"妻"，他叫一聲"夫"，應破了這場春夢也是好的。只可恨脚色定了，改換不得。我如今把這個意思，也要寫在書中，求他在令尊面前説個方便，把我改做正生，或者僥天之幸，依了也不可知。（又寫介）求他速具題，將人早量移，只當是由散職登高位！

書已寫完，待我搓作紙團，到戲堂裏面去伺候。

　　　　將書縮做丸，不但傳幽秘。
　　　　聊當結同心，稍示團圓意。

第十齣　改　　生

（外、末、淨、丑齊上）（外）詩書不讀學為優，
（末）止為偷安喜浪遊。
（淨）誰料一般遭夏楚，
（丑）戒方終日不離頭。
（外）我們這一班兄弟學了個把月戲文，還不曾會得一兩本。誰想做旦的劉藐姑與做淨的譚楚玉，他兩個記性極好，如今念熟了許多。我們只是趕他不上，却怎麼處？
（末）師父昨日説了，今日要考較我們，大家都要仔細。
（丑）都是淨、旦兩脚不好，他兩個要賣弄聰明，故此顯得我們不濟。藐姑是師父的女兒，不好難為他；小譚那個畜生，斷然放他不過。我今日不打就罷，若還吃打，定要拿他出氣。
（淨）別樣也還可恕，最惱他戴了方巾，要充個斯文的模樣。我和你一齊動手，定要扯他的下來。
（外）師父要出來了，我們各人上位。
（生上）費盡百般計策，只因要避疑猜。不怕青鸞信杳，只求黃

犬音乖。列位請了。(外、末拱手,淨、丑不理介)

【生查子】(小生上)徒弟不成材,枉費先生力。(旦上)位置不相宜,難怪愚蒙輩。

(各坐原位介)(小生)你們把念過的腳本都拿上來,待我信口提一句,就要背到底。背得出就罷,背不出的都要重打。

(生)學生念熟了十本,昨日都背過了,沒有一句生的。

(旦)學生也念熟了十本,昨日都是背過的。

(小生)你們兩個又記得多,又念得熟,不消再背了,只考他們就是。(外送腳本介)學生只念得兩本,雖不叫做熟,也還勉強背得來。(小生看介)"風塵暗四郊",這是那一本上的?叫做甚麼曲牌名?

(外)這是《紅拂記》上的,牌名叫做《節節高》。

(小生)背來。(外照舊曲唱介)

(小生)去罷。

(末)學生也只得兩本。(送腳本小生看介)"國破山河在"。

(末)這是《浣紗記》上的,牌名叫做《江兒水》。

(小生)背來。(末照舊曲唱介)

(小生)去罷。(對淨介)你的拿來。

(淨)學生只念得一本。

(小生)他們極不濟的也有兩本,你只得一本,這等且拿來。

(淨)是極熟的,不消背得。

(小生)胡說!快拿來。

(淨慌介)這怎麼處?(扯生背介)我若背不出,煩你提一提。

(生)師父要聽見,如何使得?

(淨)我有酬謝你的去處。(指丑介)他方纔說,都是你賣弄聰明,顯得他不濟,要拿你出氣哩。你若肯提我,我就幫你打他;若還不肯,我就幫他打你。

(生)這等,放心去背,我提你就是。

(淨送腳本,小生看介)"寄命託孤經史載"。

(淨對生做眼色介)(生低聲說介)這是《金丸記》上的,牌名叫做《三學士》。

（淨照前話，高聲應介）（小生）這等背來。

（生照舊曲低唱，淨依生高唱介）（小生）去罷。

（丑背介）他央人提得，我難道央人提不得？藐姑與我坐在一處，不免央他。（對旦介）好姐姐，央你提一提，我明日買汗巾送你。

（旦笑點頭介）使得。

（丑送脚本，小生看介）"歎雙親把兒指望"。

（丑對旦做眼色介）（旦背笑介）我恨不得打死這個蠢才，好把譚郎來頂替。為甚麽肯提他？（端坐不理介）

（小生）怎麽全不則聲？

（丑）曲子是爛熟的，只有牌名記不得。

（小生）這等免説牌名，只背曲子罷。

（丑高唱"歎雙親"句，唱完住介）

（小生）怎麽？我提一句，你也只背一句。難道有七個字的曲子麽？

（丑）原是爛熟的，只因説了幾句話，就打斷了。

（小生）這等，再提你一句："教兒讀古聖文章。"

（丑高唱前句，又住介）

（小生怒介）有這樣蠢才！做正生的人，一句曲子也記不得？（指生介）他是個花面，這等聰明，只怕連你的曲子，他也記得哩！（對生介）這隻曲子你記得麽？

（生）記得。

（小生）這等，你好生唱來，待我羞他的臉。（對丑介）你跪了，聽他唱。

（丑跪介）（生照舊曲高聲唱介）

（小生）好！記又記得清，唱又唱得好。（對丑介）你聽了羞也不羞？如今起來領打。（丑哭討饒，小生不理打介）且饒你幾板，以後再背不出，活活的打死。快去坐了念。

（丑上位，做鬼臉，暗罵旦，復罵生介）（生、旦各笑介）

（小生）我出門去會個朋友，你們各人用心，不可交頭接耳，説甚麼閒話。

（衆）曉得。

（小生）奉勸汝曹休碌碌，舉頭便有二郎神。（下）（丑出位，見淨附耳私語介）

（淨）待我商量回話。（背介）他要打小譚，叫我做個幫手。我想小譚提我的曲子，怎麼好打他？也罷，口便幫他罵幾句，待他交手的時節，我把拳頭幫着小譚，着實捶他一頓，豈不是個兩全之法？有理有理！

（轉對丑私語，丑大喜對生介）小譚，請出位來，同你講話。

（生出位介）有甚麼話講？

（丑）你學你的戲，我學我的戲，為甚麼在師父面前，弄這樣的聰明？帶累我吃打。

（生）師父要我唱，與我何干！

（淨）就是師父要你唱，你回他不記得罷了，為甚麼當真唱起來？原是你不是。

（對生做手勢，生會意介）

（丑）你既然學戲，自然該像我們，也戴一頂帽子，為甚麼頂了這個龜殼？（用扇打生頭上介）難道你識得幾個字，就比我們異樣些？（伸手扯巾，生回避介）（丑對衆介）我是動的公憤，列位兄長快起義兵！

（淨）正是。大家捶這狗頭。

（丑扭住生，外、末勸不住介）（生揪丑，按倒在地介）（淨口罵生手打丑介）

（旦背介）我假意去扯勸，一來捏住譚郎的手，與他粘一粘皮肉也是好的；二來幫着譚郎，也捶他幾下，替譚郎出口氣兒。（一面捏住生手，彼此調情；一面叫淨重打介）

（外）勸他們不住。待我走將出去，假裝師父的聲口，吆喝幾聲，他們自然驚散了。（暗立場後咳嗽介）是哪幾個畜生，在裏面胡吵？快些開門，待我進來。

（末）師父來了，還不快些放手。（生、旦、淨、丑驚散，各坐原位

念脚本介)

（外假裝師父搖擺上）方纔囉唣的是那幾個？都跪上來。（生、旦、丑、淨，見外各笑介）

（末）師父當真要來了，大家念幾句罷。

（各念脚本，旦背介）方纔扯勸的時節，譚郎遞一件東西與我，不知甚麽物件，待我看來。（看介）原來是個紙團子，畢竟有字在上面。（展看，點頭介）原來如此。我如今要寫個回字，又没處遞與他，却怎麽處？（想介）我有道理，這一班蠢才都是没竅的，待我把回他的話編做一隻曲子，高聲唱與他聽。衆人只説念脚本，他那裏知道。有理有理！（轉坐看脚本介）這兩隻曲子，倒有些意味，待我唱他一遍。

【金絡索】來緘意太微，知是防奸宄。兩下裏似鎖鑰相投，有甚難猜的謎？心兒早屬伊，暗相期，不怕天人不肯依。你為我無端屈志增憔悴，吃盡摧殘受盡虧。好教我難為意，恨不得乘鸞此際逐君飛。怎奈這羽弱毛虧，去路猶迷。還須要静待風雲會。

【前腔】將他改作伊，正合奴心意。欲勸爹行，又怕生疑忌。我潛思有妙計，告君知：會合的機關在别離。這成羣鷙鳥無清唳，單靠你一鶴鳴皋震九逵；故意把同儕背，只道是高人不屑就低微。把職守辭推，案卷抛遺，管教你立致清華位！

（生背喜介）有這等聰明女子，竟把回書對了衆人，高聲朗誦起來。只有小生明白，那些愚夫蠢子一毫也不懂。這等看來，他的聰明還在小生之上。前面那一隻，是許我的婚姻；後面那一隻，教我個改淨為生之法，説這一班之中，只有我好，其餘都是没干的。叫我在他父親面前，只説不肯做淨，要辭他回去，不怕不留我做生。果然是個妙法。等師父回來，依計而行便了。

（小生上）出訪戲朋友，歸教戲門人。般般都是戲，只有攢錢真。你們的功課都做完了麽？

（衆）做完了。

（小生）這等，天色已晚，都回去罷。（外、末、淨、丑、旦俱下）

（小生）你為甚麽不去？

（生）有話要講，所以不去。求師父喚東家出來。

（小生喚介）（副淨上）西席呼聲急，東家愁悶深。不因催節禮，便是索修金。先生有何賜教？

（小生）這個學生子有甚麼話講，要請你出來。

（生）學生拜別師父，叩謝主人，明日要回家去。

（副淨）如今學會了戲文，正要出門做生意了，怎麼倒要回去？

（生）學生是個讀書人，要去溫習詩書，好圖上進。這學戲的事，不是我做的！

（小生）既然如此，當初為甚麼入班？

（生）我初來之意，只說做大淨的，不是扮關雲長，就是扮楚霸王，雖塗幾筆臉，做到慷慨激烈之處，還不失英雄本色。誰想十本戲裏面，止有一兩本做君子，其餘都做小人，一毫體面也沒有，豈是人做的事？

【三換頭】終日價包着忍恥，做的是丫鬟奴婢；便有時加冠束帶，也不過替佞奸長面皮。又不是品低行低，沒來由把好面孔，忽變做橫鬚豎眉！終不然倒為我面似蓮花也，特將花面題。（合）這兩字佳名，讓與那賴學書生却最宜！

（小生）你既不肯做花面，就該明講，為甚麼要走動起來？

（副淨）既然如此，任你揀一個脚色做就是了。正旦是我女兒，移動不得，老旦、貼旦裏面，你認了一脚罷。

（生）把個鬚眉男子，扮做巾幗婦人，豈不失了丈夫之體？

（副淨）這等，外、末裏面認了一脚罷。

（生）把個青年後生，扮做白鬚老子，豈不銷了英銳之氣？

（小生）既然如此，你做了小生罷。

（生）這個脚色還將就做得。只是一件，那戲文裏面的小生，不是因人成事，就是助人成名，再不見他自立門戶，也不像我做的。

（小生）這等說起來，他的意思明明要做正生了。我看他的喉嚨身段倒是做生的材料，不如依了他罷。

（副淨）衆脚色裏面惟有生旦最苦，上場時節多，下場時節少，沒有一隻大曲子不是他唱。只怕你讀書之人，受不得這般勞碌。

（生）不將辛苦藝，難取世間財。只要令愛受得，學生也受得，我和他有苦同受，有福同享就是了。

【前腔】身相表裏，同歡均瘁。幾曾見魚勞水逸，兩般分唱隨？（背介）我羨伊還笑伊，會生兒倒不如能擇偶，羞殺我溫嶠自媒。終不然教我面似蓮花也，反陪那花面妻。

（副淨）既然如此，把那做生的與你調換過來。你做正生，他做花面，再沒得講了。

【東甌令】休掉臂，莫攢眉，改淨為生件件依，你和他調繁調簡也均無愧。我這班中呵，全仗你爭些氣，從今後蒼蠅不怕路途迷，驥尾自相攜。

（生）既然如此，只得勉強住下。我老實對你說，起先入班還是個假意，如今倒要弄假成真了。

【前腔】稱鳳隱，學鶯棲，枳棘叢中也見奇。只是一件，我文人須演文人戲。要脫盡梨園習，從今須是假便宜，掣肘便思歸。

【劉潑帽】（小生）卑師強不過高徒弟，說將來件件堪依。一任你使乖弄巧妝奇異，只要我門牆價不低，又何妨倒受門人誨！

（生）還有一件要說過，我譚楚玉的聲名，那一個不曉得？譚楚玉的面貌，那一個不認得？今日入班做戲，就像楚相國吹簫，韓王孫乞食，不過是為貧所使。況且古來賢士，原有隱在伶工的，觀者自然見諒。這頂方巾還要留在頭上，存一線儒家之體，却是去不得的。

【前腔】青衫暫別儒生體，只有這楚囚冠尚戀頭皮。要他預占烏紗地，形骸任不羈，把元首全名義。（副淨）樣樣都依了，何在這一件，索性隨你就是。

　　　　從來淨脚由生改，今日生由淨脚升。
　　　　欲借戲場風仕局，莫將資格限才能。

第十一齣　虎　威

【梨花兒】（淨巾服，帶末上）財主威名冠一方，肚皮頂起如膨脹，不讀詩書也做郎。嗏！只因蓄得財兒旺。自家非別，乃埠鎮上,第一個財主鄉宦,叫做錢萬貫的就是。金銀堆積如山,穀米因陳似土。良田散滿在各邑,納不盡東西南北的錢糧;資財放遍在人頭,收不了春夏秋冬的利息。用豪奴,使狠僕,非是我不知收斂,只因佩服着古語兩句,叫做:畫虎未成君莫笑,安排牙爪始驚人。娶美妾,蓄妖姬,也知道耗損精神,只因竊記得《孟子》一篇,道是乞食齊人尚有家,富翁怎不驕妻妾。這也還是小事,自古道:財旺生官。就是中了舉人、進士,也要破幾分小鈔;做紗帽的鋪户,不曾見他白送與人。又聽得官高必險,反不若我異路前程,做不到十分顯職;卷地皮的典史,不曾見有特本參他。這等説起來,我這一位大大的財主,小小的鄉紳,也盡做得過。難道不叫我頂其肚而摇擺,高其聲而吆喝者乎?(笑介)我錢萬貫自從納粟之後,選在極富庶的地方,做了一任縣佐,趁了無數的銀子。做不上三年,就被我急流勇退,告了個終身假,急急的衣錦還鄉。如今凡拜縣官,都用治生帖子,他一般也來回拜。那些租户、債户見了,嚇得毛骨悚然,欠了一升一合、一錢一分,就要寫帖子送他,誰敢不來還納?總來不虧别樣,虧我這個住處住得好,不在城而在鄉;若還住在城市之中,那舉人、進士多不過,我這個異路前程,那裏在百姓眼裏?只是住在鄉間,也有一椿不好,那些公祖父母,無故不肯下鄉,我這些虎威,一年之中妝不上一兩次,把紗帽、圓領都藏舊了。今日聞得本縣的三衙,要巡歷各鄉,編查保甲,少不得一到本處就要來拜我,地方上辦酒少不得請我去陪他。這場威風使得着了。叫家僮,你乘此機會,把一應田租賬目清理一番,有拖欠的就要開送三衙,求他當面追比。

(末)曉得。

【四邊靜】(淨)乘機急急追逋錙,分毫莫教讓。開口便拘拿,誰人敢來抗!(末)由他嘴强,自然膽喪。變産賣妻孥,只要勾前賬。

(外、副淨、老旦同上)衙官忽地來,查點十家牌。雖然行故事,却要斂資財。(見介)

(淨)你們是些甚麽人?到此何幹?

（衆）我們是地方總甲。只因本縣三爺要來編查保甲,這是往年的舊規,不過要得些常例,少不得出在這裏中。如今都斂齊了,只是我們送他,恐怕爭多嫌少,不肯就接。要求錢爺發個名帖,然後送去,覺得有體面些。從來官府下鄉,定有一桌下馬飯,我們也備下了,要請錢爺做個陪客。凡有不到之處,官府計較起來,都要求錢爺方便一聲。

（淨）我的帖子是從來不肯輕發的,況且身子有病陪不得酒,你們去另央別個。

（衆）我們這個鎮上,只有你一位鄉紳,那裏還有第二個？

（淨）就是你們自己罷了,何必定要鄉紳。

（衆笑介）錢爺又來取笑。我們做百姓的,如何敢用帖子？如何敢做陪客？

（淨）哦！原來"官民"二字,也有些分辨麽？既然如此,你們平日為何大模大樣,全不放我在眼裏？

（衆）我們並不敢放肆,極是尊敬錢爺的！

（末）稟老爺：他們這些人不是租戶,就是債戶,個個都有些賬目,不曾清楚的。

（淨）何如？你既然尊敬我,為甚麽不肯還賬？我如今正要開送三衙,叫他當面追比,恨不得打斷你的狗筋,還肯管這樣閒事？

【前腔】看你這窟豚養得肥肥胖胖,正好吃官棒。打過要還錢,休思便輕放。（衆）不消送官,待我們還就是了。望你權恢海量,自然了賬。縱使没銀錢,妻子也寫來當。

（淨）既然如此,我看地方面上,替你們妝個體面,把斂來的銀子都放在這邊,待我替送。請官的筵席要整齊些,我懶得出門赴席,也擡到這邊來。地方上面就有些不到之處,我也替你們方便,只是以後知事些。你們這些人,莫說別樣放肆,就是稱呼裏面,也有些不通。難道"錢爺"兩個字,是生漆粘牢的？那"錢"字下面,"爺"字上面,就夾不得個字眼進去麽？

（衆）是我們不知事。從今以後加上一個字眼,叫"錢老爺"就是。

（淨）既然如此，你們多叫幾聲，補了以前的數。

（衆連叫，淨連應介）這纔是個正理。你們的話都說完了麼？我如今身子困倦，要進去睡了。你們有事者奏，無事者退班。

（衆）還有一件大事，要稟告錢老爺：那平浪侯晏公，是本境的香火。這位神道極有靈驗的，每年十月初三，是他的聖誕，一定要演戲上壽。請問錢老爺：該定那一班戲子？

（淨）往年的戲都是舞霓班做，那女旦劉絳仙又與我相厚，待我差人去接他便了。

（衆應介）從來不識鄉官好，今日方知財主尊。（齊下）

（淨笑介）妙妙妙！我錢萬貫的威勢，不拿來恐嚇鄉民，叫我到那裏去使？明日官到的時節，拿他們的銀子、酒席，妝自家的體面威風，何等不妙！還有一件，上門的生意不可錯過，等他拿了銀子來，待我取下一半，只拿一半送官，且打過小小抽豐，再做道理。

【大迓鼓】又不是完官的正額糧，民間私覿，染指何妨。這例規不自區區創，衙門此法極平常，過手均分不算贓。叫家僮。

（末應介）

（淨）你打聽舞霓班的戲子，在那裏做戲？好着人去喚他。

（末）稟老爺：舞霓班雖好，還不如玉筍班更有名聲，近來的臺戲都是他做。

（淨）我不單為做戲，要借這個名色與絳仙敘敘舊情。你那裏知道。

（末）玉筍班也有女旦，就是絳仙的女兒，叫做藐姑。他的姿色比母親更強。況且絳仙為照管女兒，近日離了大班，也在小班裏面。

【前腔】兒嬌勝似娘，天然嫵媚，不用喬妝。登場易使人心蕩，更有那椿美味惹思量，多少饞人不得嘗。

（淨）是。他有個絕標緻的女兒，我一向見過的，如今也出來做戲了？既然如此，你速速去接，待我央他母親做牽頭，也和他相與相與，有甚麼不妙！

（末）但聞姊妹同歸，不見娘兒並嫁。

（淨）阿婿就是阿爹，一身兼充二大。

第十二齣　肥　遁

　　（小生冠帶，引末上）鳳誥頒來許乞身，勞臣今喜作閒人。憑君莫説成功事，最怕恩綸下紫宸。下官慕容介，前日出奇禦賊，僥倖成功。又喜得未曾出師以前，蒙朝廷准了病疏，容下官回籍調理。我想這個旨意，虧得在捷書未到之先，若還聖上見了捷書，知道這番功勳，方且慰留不暇，豈肯放假還鄉？我如今若不早行，只怕又有別旨下來，就脱身不得了。叫院子，快請夫人出來，商議起身的話。

　　（末應，請介）

　　（老旦帶五上）夫子成功日，妻兒放膽時。兩般非足喜，最喜把官辭。相公，諭旨既下，就該速速抽身，為甚麼還要遲疑觀望？難道苦了十年，全不害怕，還要等苦吃麼？

　　（小生）夫人，不是我遲疑觀望，只因有心辭官，要辭個斷絕，不要辭了官頭，又留個官尾。待我回去的時節，這蓑衣箬笠纔穿得上身，那紗帽、圓領又要爭起坐位來，就使不得了。

　　（老旦）這等，你的意思要怎麼樣？

　　（小生）據我看來，皇上見了捷書，一定要起我復任。我若回去，那些父母公祖，如何放得我過？一定要催促起身。不如丟了故鄉，駕着一葉扁舟，隨風逐水而去，到了那山深水曲之處，構幾間茅屋住在中間，消受些松風蘿月，享用些蕨食菰羹，終你我的天年，何等不妙！

　　（老旦笑介）正該如此。這等説，連歸裝都不須料理，只帶幾件便服隨身罷了。

　　（小生）正是。叫院子過來，你先取十兩銀子，到境外去等候，買下一隻小小漁船，備下一副蓑衣箬笠，我一到就要用的。

　　（末）理會得。

　　（小生）快出去，就催夫馬進來。

（末應下，衆扮各役人夫上）（小生、老旦、丑上，車馬行介）

【北新水令】（小生）非是俺一鞭行色太匆忙，要急拋離這烏紗業障。我戴殘的方叫苦，那未戴的尚思量。到如今脫鎖離韁，還愁他放不過要忙追上。

（內高叫介）鄉紳士民保留老爺久任，已到上司遞了公呈，上司就要題請了，勸老爺不要起身。

（小生）我聽見"保留"二字，頭腦都是疼的。你對他說，從來保留官府，不過是個虛文，留者自留，去者自去。多謝他們的美意了。

（衆回介）（內）這等，請住人馬，待地方父老替老爺脫靴。

（小生）脫靴是從來的惡套，原不必行。況且人去靴留，恐怕去而不去，做了復任的先機，不是甚麼吉兆。你對他講，這番美意，本道心領了，不消行得。

（衆回介）（小生）快些趲行！

【南步步嬌】（衆）把實意真情都認做虛喬樣，一概相回抗。你道是留靴兆不祥，有多少官想重來，民心不向。狼藉好風光，不教點綴征途上。

（末搖船上）稟老爺：小船備下了。

（衆）這船忒小，不像官府坐的。稟老爺：前面另有座船伺候。

（小生）座船太大，不像我去任官兒坐的，倒是小船便益。你們都轉去罷。（衆應下）

（小生）取蓑衣箬笠過來，待我換了。

（老旦）我也換了綢衣布裙，纔像漁家的打扮。（各換介）

（小生對末介）我如今替你改了名字，不叫院子，叫做漁童了。漁童快些開船。

（末開船，同丑搖櫓介）

（小生）夫人，這頂紗帽如今用他不着了。待我做篇祭文，祭他一祭，然後付之流水。（手持紗帽，且看且唱介）

【北折桂令】祭烏紗少酒無漿，只憑着幾句空言，做玉醴金觴。多謝你飾貴裝榮，驅貧逐賤，却便也釀苦生忙。並不曾仗君威斂得些黃金白鑷，辜負你排雙翅却便似爪舞牙張。今日呵，非是俺義背情忘,怨把恩償,只為你性兒中原帶風波,因此上任飄蓬付與蒼茫!
　　(老旦)你的紗帽既然付東流,我這頂鳳冠也要隨去做伴了。待我也贈他幾句。(手持鳳冠,且看且唱介)
　　【南江兒水】身已盟鷗鷺,頭難頂鳳凰。有多少女彈冠盼不得伊來上,有多少懶下機恨不得伊來降,有多少水傾盆等不得伊來放!非是我沒福將伊承享,都只為慮禍防危,奪取不如丟向。
　　(小生)取釣竿來,待我發一個利市。(末付釣竿介)
　　(小生)老天,若還慕容介保得無榮無辱,穩做一世漁翁,待我放下鈎去就釣起一個魚來。(垂綸介)
　　(末對丑介)我買得一副罾在這裏,也和你張他起來。
　　(丑幫末張罾介)老天,我夫妻兩個還不曾生子,若還有後,保佑張下去就罾起一個魚來。(張罾介)
　　(小生起釣,得魚介)呀!果然有了。
　　(老旦取看介)原來是個鱸魚。昔人思蓴鱸而歸隱,鱸魚乃隱逸之兆。這等看來,我和你一世安閒了。
　　(末起罾喜介)呀!我也有了。
　　(丑取看介)原來是個鱉。
　　(末)魚倒沒有,罾起一個鱉來,這彩頭欠好。
　　(丑)彩頭倒好,只是你解他不出。這是個生兒子的訣竅,你還不知道麼?
　　(末)怎見得?
　　(丑)天公老爺教導你,他說若要生兒,除非錯鱉。你不會錯鱉,那有兒子生出來!
　　(小生)叫漁童,把船攏了岸,去沽一壺酒來,待我夫妻兩口,消受了這尾鱸魚。
　　(末攏船,對丑介)你煮魚的時節,把鱉也安排出來,待我另沽一壺,與你同享。(取瓶下)
　　(老旦)相公,你既然棄職逃名,就該取個別號,怕有人問你姓字,好答應他。
　　(小生)從來第一流人,不但姓名不傳,連別號也沒有,所以書籍上面，載無名氏者盡多。我如今只在慕字下面去了幾筆，改姓為莫；有人呼喚，只叫莫漁翁便了。

（老旦）也説得是。既然如此，連奴家的稱呼也要改過，從今以後不得再喚夫人了。

（小生）只叫娘子就是。（末取酒上）村酒偏多味，鱸魚別樣鮮。酒來了，原是熱的，不消暖得。

（老旦）這等，快取魚來。（丑送魚，斟酒，小生、老旦席地飲介）

（小生）風兒順了。叫漁童，掛起帆來。（末掛帆介）

（老旦對丑介）酒放在這邊，待我們自斟自飲，你夫妻兩個也去吃一杯兒。（末、丑另坐飲介）

（小生）娘子，我和你兩位神仙，就從今日做起了。

（老旦）正是。

【北雁兒落帶得勝令】（生）非是俺做神仙自讚揚，都只為離苦海心初放。若不是猛開懷浪舉觴，怎覺得昨日苦今宵暢！這酒歸喉便落腸，不似那咽入口難離吭。往常間愁不解，還要將愁釀；今日呵，未三杯就百事忘。誇張，這福分真難量；倡狂，便做個夜郎王也不妨。

（老旦）相公，寬飲幾杯。

【南僥僥令】今夜無簽押，明朝不坐堂；勸君恢復當時量，也使我伴伊家醉一場。

（末作醉狀，起介）好酒好酒！我如今吃不得了，恐怕外面有人傳事。我且到轉斗旁邊去立他一會了來。

（丑）這是船上，不是衙裏，少説些酒話。（末做欲倒，丑扶介）

（老旦）他往常是不吃酒的，今日為甚麼緣故，吃得這般爛醉？

（丑）他在衙裏的時節，時時防稟事，刻刻聽傳梆，有事關心，所以不敢吃酒。今日丢了擔子，寬心不過，忽然放起量來，所以醉得這般模樣。

（小生大笑介）妙妙妙！莫説我做官的人，離了職守，無拘無束，竟與神仙一般；就是做官家的，離了轉斗，也便放心樂意，做起醉漢來，可見這頂紗帽累人不小。我如今一發得意了，再斟酒來！

【北收江南】呀！都似這般樣的快樂呵，為甚不早離官醉幾場？把有名無實的假風光，帶累這家人奴僕也奔忙。説將來慘傷，聽將來愧惶，只落得舉杯自罰蓋羞龐。

（老旦）相公，你看一路行來，山青水綠，鳥語花香，真個好風景也。

【南園林好】漾漁舟山光水光，觸風帆花香蕊香，更有那和啼猿的山鳴谷響。勝鼓樂賽笙簧，勝鼓樂賽笙簧！

（小生）叫漁童，問那岸上的人，這是甚麼地方了？（末做醉態，問介）

（內）這是嚴陵地方，去七里溪不遠了。

（小生）這等説起來，嚴子陵的釣臺就在前面，我今日遇了知己也。不如就在此處蓋幾間茅屋棲身，有何不可。

【北沽美酒帶太平令】繫漁舟綠水旁，蓋茅茨碧山上，與那釣台隱士共行藏。俺不是硬追蹤，到此方要畫葫蘆依模照樣；又誰想古和今無心合掌，隔千年忽然相撞。非是俺入山林猶然結黨，樹聲名遙相倚仗。只為着山高水長，呀！把古今來的兩閒人一同安放。

【南尾】（合）十年愁擔須臾放，只怕今夜的神情猶欠爽，少不得有舊夢回頭去索苦嘗。

第十三齣　揮　　金

【七娘子】（小旦上）生兒枉有如花貌，矢堅貞願為不肖。失去錢財，招來煩惱。教人終日縈懷抱。我劉絳仙苦了半世，只生得一個女兒。指望他强宗勝祖，挈帶爺娘，誰想戲便做得極好，當不得性子異樣，動不動要惜廉耻顧名節。見了男子，莫説別樣事不肯做，就是一颦一笑，也不肯假借與人。如今來在這鄉鎮之間搬演神戲，那為首的是個財主，別處雖然慳吝，在我們身上，倒肯撒漫使錢，是我一個舊相識。見了女兒十分愛慕，要培植他一番，當不得這個冤家不肯招接。如今沒奈何，只得做我不着，走去替代他。（歎介）正是：養女不像娘，養兒不像父。縱然孝養類慈烏，反來也

儘是違心哺。（暫下）

【普賢歌】（淨上）區區性子本來騷，遇着佳人又忒煞嬌。心兒火樣焦，錢財當糞拋，怎奈冤家全不要。我錢萬貫嫖了一世婊子，見過多少婦人，只説劉絳仙的姿色，也是豔麗不去的了，誰想生個女兒出來，比他又強幾倍。看了他幾本戲文，送去我半條性命。也曾千方百計去勾搭他，他竟全然不理。想來没有别意，一定是不肯零賣，要揀個有錢的主子，成蠆發兑的意思。我如今拼費一注大鈔，要取他回來做小。他母親是極喜我的，也未必十分拒絶。自古道見錢眼開，我兑下一千兩銀子，與他説話的時節，就拿來擺在面前。他見了自然動火，我又有許多好話説他，不怕他不允。叫梅香，暖起酒來伺候。

（小旦上）養力搬新戲，偷閒訪舊人。

（淨）你來了麽？（見介）

（小旦）來了。你請我過來有甚麼見教？

（淨）許久不見，要和你叙叙舊情，没有别話。叫梅香，看酒來。

【梁州新郎】（淨）花香芳馥，爐煙旋繞，雅助歡娱材料。要生佳興，還須滿酌醇醪。怪年年似玉，歲歲如花，不見佳人老。久離初會也，趣偏饒，一刻私情當一宵。（合）玉罍罄，金樽倒，好鸞凰得空頻須效。人聚散，恐難料。

（淨）我前日把令愛的事，再三託你，爲甚麽不見回音？

（小旦）不要説起，都是我前世不修，生出這個怪物來，終日價淘氣。我幾次要對他講，他張見我要動口，就走了開去。料想那没福的東西，受你培植不起，如今還做娘不着，來替了他罷。

【前腔】兒辭佳會，娘陪歡笑，蒲柳權充花貌。勸你身陪枯梗，把心兒想着柔條。况不是無根芝草，没本瓊花，姿韻難摹肖。要看珠貝也，問胎胞，老嫩雖殊質不遥。（合前）

（淨）絳仙，我有句好話和你商議，不知你肯不肯？若還肯了，不但送你一場富貴，還替你省了許多是非，只怕你没有這般造化。

（小旦）這等，是極妙的了，有甚麽不肯，但不知是甚麼事？

（淨）你令愛不肯接人，也是有志氣的所在，無非是立意從良，要嫁個好丈夫的意思,你何不依了他,多接些銀子打發他去,把銀子買了婦人教起戲來,一般好做生意。

(小旦)我費千辛萬苦教他,學會了許多好戲,要想在他身上,掙起一分家私,怎麼就肯丟了?

(淨)你莫怪我說,做女旦的人,若單靠做戲,那掙來的家私也看得見。只除非像你一般,真戲也做,假戲也做;臺上的戲也做,臺下的戲也做,方纔趁得些銀子。像你令愛那樣心性,要想他做人家,只怕也是樁難事!

(小旦點頭介)倒也說得不差。

(淨)他趁不得銀子來,也還是小事,只怕連你趁來的銀子,還要被他送了去,把人家敗得精光,然後賣到他身上。那賣來的銀子,又沒得買人,只勾還債,這樁生意就要做不成了。

【節節高】人家守不牢,似冰消,少不得把珍珠當米尋人糶。那時節呵,年非少,價不高,親難靠。可憐辜負椒房料,止令跨過無煙竈。(合)早向神前卜去留,休教坐失千金鈔。

(小旦)雖則如此,也還不到這般地步。

(淨)你還不知道哩,有多少王孫公子,都是有勢有力的人,說他大模大樣,不理人也罷了,又故意殺人的風景,弄得人有面皮沒放處。都要送你到官,出他的醜,不到散班的地步,不肯住手着哩。

(小旦背介)他這些言語,句句是有來歷的,不要認做假話。(轉介)這等說來,是一定該嫁的了。但不知甚麼樣人家,纔好打發他去?

(淨)"富貴"二字是決要的了。只是一件,富也不要大富,貴也不要大貴。富貴到極處,一來怕有禍,不能勾享福到頭;二來怕他做起官勢來,得意便好,若還不得意,就苦了令愛一生。須是不大不小的財主,半高半低的鄉宦,像我這樣人家,纔是他的主顧。

(小旦)這等說起來,是你要娶他了。

(淨打恭介)不敢!頗有此意,只是不敢自專。你若肯見允,少也不好出手,竟是一千兩聘金。叫梅香,把我兌下的財禮,擡將出來。

（副淨、丑擡銀箱上）

（淨）請看五十兩一封，共二十封，都是粉邊細絲，一厘搭頭也沒有。

（小旦細看，背介）他起先那些話，説得一字不差。我若有了這注銀子，極少也買他十個婦人，就教得一班女戲，個個趁起錢來，我這分人家那裏發跡不了。為甚麼留下這個東西，終日為他淘氣？（轉介）罷！就依了你。只是嫁過門來，須要好生看待。

（淨）頂在頭上過日子，決不敢輕慢他。

【前腔】（小旦）將他割愛拋，數難逃，嬌娃合與財郎抱。你的錢雖好，命亦高，人難學。這花星獨向伊行照，不知妒殺人多少？（合前）

（淨）這等，幾時過門？

（小旦）晏公的壽戲，只得明日一本了。等做完之後，就送他過來，我如今且別了。

（淨）既然如此，叫兩個家僮出來，擡了銀子，送劉大娘回去。

【尾聲】（小旦）片言已定終身約，豈待這黃金到手始成交？
（淨）怕的是婚券無線釘不牢。

第十四齣　利　　逼

【奉時春前】（旦上）私盟締就，一對鴛鴦如繡。刻刻相看，只少貼身時候。奴家自與譚郎訂約之後，且喜委身得人，將來料無失所。又喜得他改淨為生，合着奴家的私願。別的戲子怕的是上場，喜的是下場；上場要費力，下場好躲懶的緣故。我和他兩個却與別人相反，喜的是上場，怕的是下場；下場要避嫌疑，上場好做夫妻的緣故。一到登場的時節，他把我認做真妻子，我把他當了真丈夫，沒有一句話兒不説得鑽心刺骨。別人看了是戲文，我和他做的是實事。戲文當了實事做，又且樂此不疲，焉有不登峰造極之理？所以這玉筍班的名頭，一日香似一日。是便是了，戲場上的夫妻，究竟當不得實事，須要生個計策即真了纔好。幾次要對母親説，只是不好開口。如今也顧不得了,早晚之間,就要把真情吐露出來,拼做一場死冤家,結果了這椿心事!

【奉時春後】(小旦引外、末,擡銀箱上)驟增家事千金,拼失親人一口。只慮着一番僝僽。(到介)

(外、末)劉大娘,把箱子裏面的東西查點一查點,我們要轉去了。

(小旦)列位請回,不消查點。有個薄禮送你們的,明日補過來罷。

(外、末)多謝!送來銀子極多,換去人兒甚少。

(小旦)多的終是呆錢,少的却是活寶。

(外、末下)

(旦)母親,你往那裏去了半日?這皮箱裏面是甚麼東西?

(小旦)我兒,你是極聰明的,且猜一猜看?

【紅衲襖】(旦)莫不是改霓裳的舊紺緅?(小旦)不是。(旦)莫不是助衣冠的閑組綬?(小旦)也不是。(旦)莫不是你清歌換得的詩千首?(小旦)一發不是。(旦)莫不是你妙舞贏來的錦纏頭?(小旦)總來都不是。(旦)這等孩兒猜着了,這話兒在舌上留,說將來愁礙口!(小旦)既然猜着了,有甚麼說不得?(旦)莫不是你一刻千金,將白日當了春宵也,因此上把值千金的美利收?

(小旦)究竟猜不着。這皮箱裏面的物件,是你一個替身。做娘的有了他,就可以不用你了。

(旦)怎麼,不用孩兒做戲了?這等謝天謝地。

(小旦)你做娘的呵,

【前腔】指望你噪芳名做置富郵,指望你秉霜毫做除利帚。指望你把千金賣笑春風口,配合着一顧留人秋水眸。誰知你未逢人早害羞,見錢財先縮手,弄得那些怨蝶愁蜂,一個個仇恨着花枝也,直待把豔陽天攪做秋。

(旦)母親說的話,孩兒一些也不懂,倒求你明白講來罷。

(小旦)我老實對你說,你這樣的心性,料想不是個掙錢的,將來還要招災惹禍,不如做個良家婦人,吃幾碗現成飯罷。這邊有個錢鄉宦，家私極富，做人又慷慨，他一眼看上了你，定要娶做偏房，做娘的已許了他。這就是他的財禮，明日戲完，就要送你過去了。

（旦大驚介）呀！怎麼有這等奇事？孩兒是有了丈夫的人，烈女不更二夫，怎麼又好改嫁？

（小旦驚介）你有甚麼丈夫？難道做爺娘的不曾許人，你竟自家做主，許了哪一個不成？

（旦）孩兒怎麼敢做主！這頭親事是爹爹與母親一同許下的，難道因他沒有財禮，就悔了親事不成？

（小旦大驚介）我何曾許甚麼人家，只怕你見鬼了，既然如此，許的是那一個？你且講來。

（旦）就是做生的譚楚玉。你難道忘了麼？

（小旦）這一發奇了，我何曾許他？

（旦）他是個宦門之子，讀書之人，負了蓋世奇才，取功名易如反掌，為甚麼肯來學戲？只因看上了孩兒，不能勾親近，所以借"學戲"二字，做個進身之階。又怕花面與正旦配合不來，故此要改做正生。這明明白白是句求親的話，不好直講，做一個啞謎兒與人猜的意思。爹爹與母親都曾做過生、旦，也是兩位個中人，豈有解不出的道理？既然不許婚姻，就不該留他學戲，就留他學戲，也不該許他改淨為生；既然兩件都依，分明是允從之意了，為甚麼到了如今，忽然改變起來？這也覺得没理。

（小旦）嘖嘖嘖！好一個賴法。這等說起來，只消這幾句巧話，就把你的身子，替他賴去了？

【前腔】（旦）我和他誓和盟早共修，我和他苦和甘曾並守。我和他當場吃盡交杯酒，我和他對衆拋殘贅婿球。（小旦）這等，媒人是那一個？（旦）都是你把署高門的錦字鉤，却不道這紙媒人也可自有。（小旦）就是告到官司，也要一個乾證，誰與他做證見來？（旦）那些看戲的萬目同睜，誰不道是天配的鸞凰也，少甚麼證婚姻的硬對頭。

（小旦）你這個孩子癡又不癡，乖又不乖，說的都是夢話。那有戲場上的夫妻，是做得准的？

【前腔】又不是欠聰明拙似鳩，又不是假朦朧開笑口。為甚的對了眼前鸞鳳羞攜手？硬學那畫裏鴛鴦想並頭。有幾個做生的與旦作儔，有幾個做旦的把生來守？只有那山伯、英臺，做一對同學的夫妻也，也須是到來生做蝶夢幽。

（旦）天下的事樣樣戲得，只有婚姻戲不得，既然弄假就要成真。別的女旦不惜廉恥，不顧名節，可以不消認真；孩兒是個惜廉恥、顧名節的人，不敢把戲場上的婚姻，當作假事。這個丈夫是一定要嫁的！

（小旦）好罵！好罵！這等說起來，你的母親是不惜廉恥、不顧名節的了。我既然不惜廉恥，不顧名節，有甚麼母子之情？就逼你嫁了人，也不是甚麼奇事！我且進去睡了，待明日戲完，再同你講話。饒伊百口撓婚約，還我千金作枕頭。（取銀箱下）

（旦掩淚，長歎介）譚郎！譚郎！我和你同心苦守，指望守個日子出來，誰想半途而廢。我母親見了這注錢財，就如饞猿遇果，饑犬聞腥，既然吞下喉嚨，那裏還肯吐將出去，這場劫數斷不能逃了。譚郎為我費了無限苦心，我難道好負他不成？不如尋個自盡便了。（解帶系頸欲縊，忽止介）且住！做烈婦的人，既然拼着一條性命，就該對了衆人，把不肯改節的心事，明明白白訴説一番，一來使情人見了，也好當面招魂；二來使文人、墨士聞之，也好做幾首詩文，圖個不朽。為甚麼死得不明不白，做起啞節婦來？

【江頭金桂】【五馬江兒水】非是要旁人相故，當場赴急流。耻做那溝渠匹婦，飲恨吞憂，又不是啞搖鈴舌似鉤！【柳搖金】為甚的把烈膽貞肝，埋掩塵垢？及至死到黃泉，哀悔欲訴又無由，風流尚傳作話頭。【桂枝香】況我把綱常拯救，把綱常拯救，光前耀後，又怎肯扼咽喉。莫消倡優賤，我這家風也不盡偷。用個甚麼死法纔好？（想介）有了，我們這段姻緣，是在戲場上做起的，既在場上成親，就該在場上死節。那晏公的廟宇，恰好對着大溪，後半個戲臺雖在岸上，前半個却在水裏。不如揀一出死節的戲，認真做將起來；做到其間，忽然跳下水去，豈不是從古及今，烈婦死難之中第一椿奇事！有理，有理！

阿母親操逐女戈，人倫欲變待如何？
一宵緩死非無見，留取芳名利益多。

第十五齣　偕　亡

（先搭戲臺）

【憶秦娥】（生上）空留戀，一場好事遭奇變。遭奇變，戲場夫婦，也難如願。小生為着劉藐姑，受盡千般恥辱，指望守些機會出來，成就了這樁心事。誰想他的母親，竟受了千金聘禮，要賣與錢家為妾。聞得今日戲完之後，就要過門。難道我和他這段姻緣，就是這等罷了不成？豈有此理，他當初念脚本的時節，親口對我唱道："心兒早屬伊，暗相期，不怕天人不肯依。"這三句話何等決烈？難道天也不怕，單單怕起人來？他畢竟有個主意，莫説親事不允，連今日這本戲文，只怕還不肯就做，定要費許多淩逼，纔得他上臺。我且先到戲房伺候，看他走到的時節，是個甚麽面容就知道了。正是：入門休問榮枯事，觀着容顏便得知。（暫下）

【前腔】〔換頭〕（旦上）惡聲一至生奇怨，肝腸裂盡皆成片。皆成片，對人提出，死而無怨！奴家昨日要尋短計，只因不曾別得譚郎，還要見他一面；二來要把滿腔心事，對衆人暴白一番，所以挨到今日。被我一夜不睡，把一齣舊戲文改了新關目。先到戲房等候，待衆人一到，就好搬演。只是一件，我在衆人面前，若露出一點愁容，要被人識破，要死也死不成了。須要舉動如常，倒妝個歡喜的模樣，才是萬全之策。正是：忠臣視死無難色，烈婦臨危有笑容。

（生、外、末、丑齊上）財主都貪色，佳人只愛錢。千金纔到手，恩義總徒然。劉大姐，聞得你有了人家，今日就要恭喜了。

（旦笑介）正是。我學了一場戲，只得今日一本，明日要做就不能勾了。全仗列位扶持，大家用心做一做。

（衆）盡我們的力量，幫襯你就是。

（生背氣介）怎麽，天地之間竟有這樣寡情的女子？有這樣無恥的婦人？一些不煩惱，去也就去得了；還虧他有那張厚臉，説出這樣的話來。

【大迓鼓】我心兒火樣煎。待與他同聲交口,吁屈呼冤,誰料他歡情溢出芙蓉面,更從檀口露真言。始信倡優、難與作緣!他或者心上煩惱,怕人看出破綻來,故意是這等,也不可知。遠遠望見那姓錢的來了,自古道:仇人相見,分外眼明。且看他如何相待?

【梨花兒】(淨鮮巾豔服,搖擺上)拼却千金買麗娟,風流獨讓區區擅。萬目同睜妒好緣,嗏!不愁樂事無人見。

(旦作笑容,拱手介)

(淨指旦,對生介)他如今比往常不同,是我的渾家了。你們都要立開些。不要挨挨擠擠不像體面。

(生做氣介)

(旦)我今日戲完之後,就要到你家來了。我的意思還要盡心竭力做幾齣好戲,別別眾人的眼睛,你肯容我做麼?

(淨)正要如此,有甚麼不容?

(旦)這等,有兩件事却要依我。

(淨)莫説兩件,就是十件也要依你的。

(旦)第一件,不演全本,要做零齣。第二件,不許點戲,要隨我自做,纔得盡其所長。

(淨)原該如此。這等,你的意思要做那幾齣?

(旦)只有頭一齣要緊,那《荊釵記》上有一出《抱石投江》,是我簇新改造的,與舊本不同,要開手就演,其餘的戲,隨意做幾出罷了。

(淨打恭介)領教就是。只求你早些上臺。

(生背介)這等看來,竟安心樂意嫁他了。是我這瞎眼的不是,當初認錯了人,如今悔不及了,任他去罷。

(旦)列位快敲鑼鼓,好待我上臺。

(眾應,先下)

(旦對生介)譚大哥,你不要憂愁,用心看我做戲!

(生怒介)我是瞎眼的人,看你不見。

(虛下,內敲鑼鼓,旦上臺介)(眾扮看戲人挨擠上)(淨取交椅

坐看，做得意狀介）

【梧葉兒】（旦）遭折挫，受禁持，不由人不淚垂！無由洗恨，無由遠恥，事到臨危，拼死在黃泉作怨鬼！奴家錢玉蓮是也。只因孫汝權那個賊子，暗施鬼計，套寫休書；又遇着狠心的繼母，把假事當做真情，逼奴改嫁。我想忠臣不事二君，烈女不更二夫，焉有再事他人之理？千休，萬休，不如死休！只得潛往江邊，投水而死。此時已是黃昏，只索離了生門去尋死路。我錢玉蓮好命苦也！

【五更轉】心痛苦，難分訴。（向生哭介）我那夫呵！一從往帝都，終朝望你諧夫婦。誰想今朝，拆散中途。我母親，信讒言，將奴誤。娘呵，你一心貪戀，貪戀他豪富。把禮義綱常，全然不顧！來此已是江邊，喜得有石塊在此，不免抱在懷中，跳下水去。（抱石欲跳介）且住。我既然拼了一死，也該把胸中不平之氣，發洩一場！逼我改嫁的人，是天倫父母不好傷，獨他那套寫休書的賊子，與我有不共戴天之仇，為甚麼不罵他一頓，出出氣了好死！（指淨介）待我把這江邊的頑石，權當了他，指他一指，罵他一句，直罵到頑石點頭的時節，我方纔住口。（權放石介）

【前腔】（旦）真切齒，難容恕！（指淨介）壞心的賊子，你是個不讀詩書、不通道理的人。不與你講綱常節義，只勸你到江水旁邊照一照面孔，看是何等的模樣，要配我這絕世佳人？幾曾見鷗鷀做了夫，把嬌鸞彩鳳強為婦？（又指介）狠心的強盜，你只圖自己快樂，拆散別個的夫妻。譬如你的妻子，被人強娶了去，你心下何如？勸你自發良心，將胸比肚。為甚的騁淫蕩，恃驕奢，將人誤？（又指介）無恥的烏龜，自古道我不淫人妻，人不淫我婦。你在明中奪人的妻子，焉知你的妻子，不在暗中被人奪去？別人的妻子，不肯為你失節，情願投江而死，只怕你的妻子沒有這般烈性哩！勸伊家回首，回首把閨門顧。只怕你前去尋狼，後邊失兔，

（淨點頭，高叫介）罵得好！罵得好！這些關目都是從來沒有的，果然改得妙！

（旦）既然頑石點頭，我只得要住口了。如今抱了石頭，自尋去路罷！（抱石，回頭對生介）我那夫呵！你妻子不忘昔日之言，一心

要嫁你；今日不能如願，只得投江而死。你須要自家保重，不必思念奴家了！(號咷痛哭介)(生亦哭介)

【胡搗練】(旦)傷風化，亂綱常，萱親逼嫁富家郎。若把身名辱污了，不如一命喪長江。

(急跳下臺介，潛下)(淨驚喊"撈人"，眾嘩噪介)

(生立臺前高叫介)你們不消喧嚷，劉蘂姑不是別人，是我譚楚玉的妻子。今日之死不是誤傷，是他有心死節。這樣急水之中，料想打撈不着；他既做了烈婦，我不得不做義夫了。(向下招手介)我那妻呵！你慢些去，等我一等。

【前腔】維風化，救綱常，(指淨介)害人都是這富家郎。他守節捐軀都為我，也拼一命喪長江！

(急跳下臺介)(潛下，眾驚喊介)錢萬貫倚勢奪親，一連逼死兩命。看戲的，大家動手，先打一個臭死，然後拿去送官。

(淨慌介)這怎麼處？三十六計，走為上計。禍不單行，福無雙至。

(急走下)(一人高喊介)凶人走了，喜得本縣三衙為編查保甲，來在鄉間。大家寫了公呈，一齊去出首。

(眾)說得有理。大家同去。

【大迓鼓】(合)鳴官代雪冤。把義夫節婦，奇跡昭宣。戲文當做真情演，投江委實把軀捐。這本《荊釵》、後來更傳。

(齊下)

第十六齣　神　護

【北點絳唇】(外扮平浪侯，副淨扮判官，引神從上)力鎮波濤，地窮溫渺，威靈到。靖世功高，奏不盡的澄清效。平浪雄威實副名，如山巨浪我能平。波濤只有人心險，神力難施見也驚。小聖平浪侯晏公是也。分封水國，總理玄陰。代天司振盪之權，御世有澄清之效。萬國九州之大，據吾法鑒衡來，止不過坳堂杯水。當不得那些螻蟻蒼生，既誇水遠，又說堤長，分別出五湖四海。桑田滄海之翻,照俺神眼看去,總是這勺水微塵。止不住那些蜉蝣小子,翻做深陵,疊成高谷,變盡了萬古千今。今日乃十月初三,是小聖的誕日。無論京師郡邑,不分城郭鄉村,都有俺的廟宇,到了今日定要祭奠一番。要曉得廟宇雖多,神靈總是一位,到了祭奠的時節,少不得要乘風馭電,往各處去受享一回。叫判官,點齊神從,隨俺巡幸去者。

（眾應,擺隊行介）

【混江龍】（外）雲師清道,風姨電母助神鑣。遊遍了九州八極,止限在此日今朝。非是俺到處歆香圖口腹,沿途受紙斂錢刀。都只為虔誠所感,願力相招。真情可享,實意須叨。又不是殘盤剩席,帶便相邀。慢神褻祀,跛倚相遭!他若是不敬呵,太牢雖設俺步慵挪,他若是虔誠呵,清香未炷俺車先到。請不來,靈符枉寫,送不去,紙馬空燒。

（內吹鼓角介）（副淨）稟千歲:已到一處行宮了。

（外）暫停車馬。

（淨扮土地上）本廟土地參見。

（外）那邊來的是些甚麼人?口裏吹的是甚麼樂器?

（淨）本處的鄉風,但是祭奠神靈,都吹這件樂器,叫做"鼓角"。今日是千歲的誕辰,這些檀越特來上壽,已到門首了,請千歲登壇受享。

（外登壇介）（淨下）（小生、老旦扮檀越,捧祭禮;末、丑扮道士,吹鼓角上）（末、丑每唱舞一回,小生、老旦即進酒一回）【賽神曲】殺羔絮酒,的都的,多都的,賽神靈,的都的,多都的,多都的,都多都的。（一面吹,一面舞介）男婦兒童,的都的,多都的,總志誠,的都的,多都的,多都的,都多都的。（吹舞介）但願神靈,的都的,多都的,施保佑,的都的,多都的,多都的,都多都的。家家快樂,的都的,多都的,享昇平,的都的,多都的,多都的,都多都的!（吹舞介）殺羔絮酒謝神靈,男婦兒童總志誠。但願神靈施保佑,家家快樂享升平!賽神已畢,祭禮請收。

（小生、老旦收祭禮,末、丑吹鼓角同下,外下,引眾行介）

【油葫蘆】土曲蠻音難盡曉,雖不似舞翩躚,聲縹緲,辦一片誠心奏出也類《簫韶》。但聽他昇平以外無奢禱,知不是將蝦暗把神魚釣。喜土俗,近黃虞;樸誠多,機變少。俺這裏一般也有豐腴報,不因他恬澹減分毫。

(內敲鑼擊鼓,唱"哩羅來、羅哩來"介)

(副淨)禀千歲:又到一處行官了。

(外)暫停車馬。

(丑扮土地上)本廟土地參見。

(外)那些敲鑼擊鼓的是甚麼人?口裏唱的是甚麼曲子?

(丑)本處的鄉風,凡有災難,在神前許了願心,過後來還,就唱這些曲子,叫做"了茶筵"。如今趁千歲的誕日,都來還願,已到門首了,請千歲登壇受享。

(外登壇介)(丑下,生、小旦扮還願人,捧祭禮,淨、末扮陰陽,敲鑼鼓上;淨、末每敲鑼鼓一回,生、小旦即進酒一回)【茶筵曲】有靈有感,哩羅來、羅哩來,是神祇,哩羅來、羅哩來、哩來羅來羅哩來。(敲鑼鼓介)起死回生,哩羅來、羅哩來,不用醫,哩羅來、羅哩來、哩來羅來羅哩來。(敲鑼鼓介)但把藥資,哩羅來、羅哩來,來了願,哩羅來、羅哩來、哩來羅來羅哩來。不曾破費,哩羅來、羅哩來,甚東西,哩羅來、羅哩來、哩來羅來羅哩來。(敲鑼鼓介)有靈有感是神祇,起死回生不用醫。但把藥資來了願,不曾破費甚東西。茶筵禮畢,祭事請收。

(生、小旦收祭禮,淨、末敲鑼鼓,同下;外下,引眾行介)

【天下樂】他那裏費酒賠牲不任勞,轉教俺難也麼叨。直恁無功把祿邀。死和生總在天,便祈神也難盡保。愧殺俺學庸醫討謝包!

(內鳴鑼喊介)知會地方:土豪逼死人命,大家出來報官。

(副淨)禀千歲:又到一處行官了。

(外)暫停車馬。

(末扮土地上)本廟土地參見。

(外)那叫喊的是甚麼人?逼死人命是真是假?你從直講來。

（末）千歲聽稟：劉旦冰霜作操，譚生義烈為腸；曾將片語訂鸞鳳，不肯朱陳再講。財虜揮金逼娶，兩人矢節當場；似真似假最難防，忽地身投巨浪。

（外）這等說來，是一對義夫節婦了。孤家乃正直之神，見此賢人遇難，豈有不救之理！分付神從，一齊駕霧騰雲，隨孤家趕上前去。

（眾應行介）（生、旦暗上，摟抱臥地，下介）

【那吒令】（外）馭飛龍，駕怒蛟，叱狂風，卷迅濤，歷盡煙波窮浩淼。他若是浮的呵在水上撈，他若是沉的呵在底下掏，諒隨波去不遙。便做道跳龍門的腳勢兒忙，當不得步香塵的底樣兒小。這雙魂端的堪招。

（眾見生、旦介）稟千歲：有兩口屍骸抱在一處的，想必就是了。

（外）分付判官，快與我追魂取魄，救他醒來。一面傳諭水兵，叫他火速前來，聽吾號令。

（副淨用旗幟招魂，向內傳介）平浪侯有旨：傳諭各部水兵，火速前來聽令。

（眾扮蝦、螺、蟹、鱉四將上）蝦體曲成精，黿頭老不伸，螺輕猶帶殼，蟹變尚橫行。（見介）水兵聽令。

（外指生、旦介）這兩個男女是一對義夫節婦，投水死難的。孤家顯個小小神通，將他那分拆不開的身子，變做一對比目魚兒，渾在你們隊伍之中，隨波逐浪而去。到了嚴陵地方，有一位致仕的高人，隱在漁樵之內，將此魚好生呵護，送入他魚網之中，待他起網之後，即變原形。不但婚姻得遂，志願能酬，連將來的富貴功名，都在那漁翁身上。小心奉令，不得有違。

（眾）得令。（生、旦暗下，一人扮比目魚暗上，入隊同行介）

【金盞兒】非是俺助佳祥，總把事兒包；只為他任綱常，肯把擔兒挑。似這等後捐軀先赴難，尋得着，緊把屍來抱。可見他，心堅渾似鐵，總死也不開交！

（副淨）稟千歲：這一對男女已變做魚形了。

（外指魚介）比目魚，比目魚！你夫妻有幸得逢予；不向生前遭坎坷，焉能死後得歡娛。欲將分樹成連理，先把雙形並一軀。若使有情皆似汝，阿誰不願喪溝渠。叫神從們，興風鼓浪，待俺親自送他一程。

（衆）嗄！（同行介）

【寄生草】說甚麼鴛鴦侶，再休誇鸞鳳交。怎似這珠聯璧合的形相靠，合歡行樂的身相抱，又不是如魚似水的虛名號。讓從來第一對有情癡，享人間未睹的真歡樂！

【煞尾】不爇返魂香，不用回生藥。留得住雙靈縹緲，非是俺越俎離樽强代庖，硬司婚權侵月老。試問這白茫茫誰的波濤，漫道是在封疆管的着，就使他陸地起風潮，睛眸飛雨瀑，也是俺玷官箴的平浪欠功勞。

第十七齣　徵　　利

【趙皮靴】（丑扮衙官，小生、旦扮皂隸隨上）我做縣捕衙，三載清官只做得半萬的家。堂尊比我更堪誇，卷盡地皮只消得年半把。自家非別，本縣主簿是也。由吏員出身，做了六年巡檢，纔陞到這堂堂縣佐之職。到任三年，地方上的財主，不論大小都曾擾過。我的吏才可謂極妙的了，誰想新來一位堂尊，比我更強十倍。地方上有利的事，沒有一件瞞得他。我們纔要下手，不想那銀子錢財，已到他靴桶裏面了。如今城裏的事，件件都是他自行，輪我們衙官不着。沒奈何，只得借個題目，下鄉走走。往年下鄉，定要收幾張呈子，弄些朱價用用，獨有這次冷靜，紙頭也不見一條。（對衆介）你們做衙役的人，也該把放告牌掛在口上，往各處兜攬兜攬，弄得呈狀來，也好把票子差你。

（衆）呈狀倒有，只怕被犯的勢頭大，老爺的衙門小，弄他銀子不來。

（丑）是樁甚麼事？你且講一講看。

（衆）這邊有個財主，叫做錢萬貫，為强娶女旦的事，逼死兩條人命。地方就要來出首了。

（丑）那姓錢的財主，就是陪我吃下馬飯的麼？

（衆）正是。

（丑）這個狗頭，我恨他不過。地方斂銀子送我，他竟落了一半。正要尋事擺佈他，不想有這個大題目！你們快去兜攬，不可等太爺知道，又弄到堂上去。

（衆）老爺放心，太爺不在家，往省城見上司去了。

（丑）這等還好。雖然如此，也怕地方得了錢財，不來遞狀，畢竟要去兜攬。

（衆）小的們就去。

【四邊靜】（丑）見他莫把威嚴嚇，鄉民易驚怕。騙得狀詞來，殺人有刀把。狀題要大，虛詞要架；只說要求申，又莫作真話。

（齊下）

【趙皮靴】（小旦持狀上）休把德性誇，有欲無情是慣家。要錢便把面來花，管甚麼當年曾共榻！我劉絳仙的心性只愛銀子，不顧恩情。女兒不肯嫁人，活活的逼死。雖然是我做娘的不該，也是錢萬貫的晦氣，顧不得甚麼舊情，也要詐他一詐。前日賣女兒也是為銀子，今日告情人也是為銀子；他若還說我寡情，我就把古語二句念來作證，叫做：自家骨肉尚如此，何況區區陌路人。遠遠望見地方來了，不免等他同去。

【前腔】（外持狀，同老旦上）仇敵遇怨家，狹路相逢果不差。一朝權在怎饒他，可記得當初說大話？

（小旦遇見介）列位也來了，莫非去首人命麼？

（衆）正是。

（小旦）這等，攜帶同行。

【前腔】（淨帶末，持箱急走上）只為一着差，要做《荊釵》聽了他。兩頭人命一齊加，弄得這鄉官不如百姓大！我錢萬貫為着些些小事，惹出天大的禍來。聞得地方、苦主都去告狀了，只得帶了銀子，趕上去留他。（急走，趕着，一手扯小旦，一手扯外介）列位高親賢表，快不要如此，是我老錢不是，不該為色傷人。如今一面請罪,一面送禮,只求免動紙筆。

（小生、旦暗上窺聽介）

（外背對老旦介）見了三衙,這銀子就是他得,没得到我們了。不如拖繩放了罷。

（老旦）只怕苦主不肯。（對小旦介）劉大娘,你的意思何如？

（小旦）列位就不首,我是決要告的。

（淨）絳仙絳仙！你就不念舊情,也看一千兩銀子面上,不問你退也罷了,還要告起來？這大路頭上,不是行財的去處,後面有個酒館,請進去吃上三杯,然後講話。（扯衆同下）

（小生）他們進去私和,這狀子遞不成了。

（旦）不妨,我們立在這邊,他出來的時節,一把拿住,説他私和人命,鎖去見了老爺。料想他狀子也在身邊,銀子也在身邊,有贓有據,用起刑來,不怕他不認！

（小生）有理有理！

【四邊靜】（合）由他自去把錢撒,我拘拿自有法。獲着證和贓,何須費詳察。入官免罰,要分也二八；只是官府忒便宜,竟有一注好財發！

（淨内云）列位先行,我要會鈔,不得遠送了。

（衆）多謝。言語衝撞,莫怪莫怪！（外、老旦、小旦同上）

（小旦）這樣處了,還是便宜他。

（外、老旦）銀子是小事,被我們出了氣來,也覺得快活。

（小生、旦暗立背後,用索鎖住介）快活快活,須防天奪。得了不義之財,請你到衙門去出脱。

（衆驚介）呀！這是甚麽説話？

（小生、旦）你們私和人命,詐得好銀子。老爺請你去講話。

（衆）我們並無此事,不要拿錯了人。

（小生、旦帶走介）錯與不錯,自有着落。奉了官法拿人,不敢私自解索。

（帶到,喊介）犯人拿到了,老爺出來。

（丑上）呈狀未來,犯人先到；見官不用拘拿,送禮自然識竅。

（小生先進，見丑附耳私語，丑大喜介）妙絕，妙絕！快些帶進來。（旦帶見介）

（丑）我老爺出巡下鄉，單訪民間私弊。你們這些狗男女，得了人的銀子，竟把人命重情隱匿不報，是何道理？

（小旦）小婦人的女兒投水是實，原為母子之間有幾句口過，所以自尋短計，並不曾有人逼他。

（外、老旦）小的是地方總甲，一向守法，並不曾私和人命。這話是那裏來的？

（丑）這等說起來，是我老爺拿錯了？（對小旦介）我且問你，你有幾個月身孕了？

（小旦）小婦人沒有身孕。

（丑）既沒有身孕，為何頂了這個大肚子？（對外、老旦介）你們兩個都是有臌脹病的麼？

（外、老旦）小的沒有臌脹病。

（丑）既然沒有臌脹病，為甚麼胸腹之間，都覺得有些飽悶？做我老爺不着，替你們醫一醫。叫皂隸，快替他們摩肚。

（眾要摩肚，小旦、外、老旦不肯，丑怒介）哦！你這些狗男女，人也不識，見了我這樣青天，還要弄鬼？莫說帶在身上的贓，沒得教你藏過；就是吃下肚的，也要用糞青灌下去，定要嘔你的出來！叫左右，快搜！（眾搜出銀、狀介）禀老爺：這婦人身邊搜出狀子一張，銀子二百兩；地方身邊也搜出狀子一張，每人銀子五十兩。

（丑）何如？我這三名訪犯，拿得不錯麼？

（小生、旦）拿得不錯，真個是青天！

【前腔】（丑）真贓拿住休驚訝，這是神仙教來的法。任你巧遮瞞，我清官會詳察。雖然覺發，不須驚怕；只要認原詞，丟你去尋那。

（丑）如今沒得賴了，可從直講來。

（眾）人命是真，小的們不敢胡賴。情願把兩張狀子孝敬老爺，只求給賞原銀，待小的們領去。

（丑）你們也忒煞欺心，不要你拿出來也勾得緊了，連追出的贜,還要領了去？這等,叫左右,把那婦人拶起來,男子夾起來,問他還有餘贜藏在那裏？

（眾慌介）不領不領,一毫也不領。

（丑）這等,押出去討保。一面拘拿被犯,說我連人連卷,立刻就要呈堂。（標籤,付眾介）三注橫財先到手,一場發積又開頭。（取銀先下）

（外、老旦）東手奪來西手去,白替瘟官作馬牛。（同下）

（小生行介）我們費了許多心血,弄得這張票子,須要放出手段來,趁得一注大錢纔好。

（旦）人命是真,不愁他不出。轉彎抹角,來此已是。錢爺在家麼？

（淨上）失却威和勢,蛟龍變作蛇。稱呼去"老"字,依舊叫錢爺。是那一個？

（小生）我們是捕衙的差人。老爺請你講話。（淨）好放肆的聲口,老爺不叫,竟"你"將起來。我錢老爺是"你"得的？

（旦）起先"你"不得,如今"你"得了。

（淨）怎見得？

（小生）豈不聞皇親犯法,庶民同罪！

【前腔】勸你從今莫說威風話,無人受伊嚇！向戴井中天,蝦蟆果然大。到如今呵,尊軀犯法,尊名減價；喚你做凶因,"爺"字請高掛。

（出票介）請看。

（淨看背介）怎麼,難道處明白了,又去遞狀不成？我有道理。（轉介）這椿事全要你們扶持。我有個借花獻佛之法,只要你老爺肯做,有一千兩銀子現在那邊,立刻就可以到手。

（旦）甚麼法子？

（淨）那告狀的婦人,得我一皮箱銀子,原是做財禮的,現在寓處,一毫也不曾動。女兒是他逼死,與我無干,只消一根火簽,立刻就起出來。我一毫不領,都送與老爺。你們二位,各人二十兩,我如今就送。

【前腔】千金美利登時發，何須用刑罰；只要免申堂，將來做酬答。就是上司知道也不妨，既非枉法，又非嚇詐。我這贓主不招扳，那個說閒話！

（取銀付介）（衆）既然如此，就同你去回官，依計而行便是。（同行介）

（淨）好漢從來不吃虧，借花獻佛討便宜。

（小生）羊毛出在羊身上，

（旦）但要燒湯泡肚皮。（到介）

（衆）你立在外面，待我進去回官。（同下，即上）老爺知道了，如今標了朱簽，煩你同去起贓。

（淨）正該如此。完事仍差生事手，

（衆）起贓還用報贓人。（同下）

（丑笑上）做官莫愁小，做吏莫愁窮。只消三日運，便做富家翁。我為錢萬貫這椿事情，不曾費一毫氣力，三百兩真紋弄上了手，也勾得緊了。誰想還有一千在那婦人的寓處，已曾差人去取。取到的時節，不怕不拿來入官。你說這場富貴從那裏說起？（衆取銀箱，帶小旦上）

（小旦）聘禮認做贓私，原告翻為被告。

（淨）笑你反面無情，該受這般惡報。（小旦跪見，淨旁立，丑上立不坐介）

（衆）稟老爺：果然有一皮箱銀子，原封不動，取來在這邊。

（小旦）青天老爺：女兒雖不曾過門，活活的被他逼死，這注財禮原該是小婦人得的。

（丑）你的女兒偶然失脚掉下水去，與他何干？既沒有女兒嫁他，如何受得聘禮？

（小旦）請問老爺：女兒是失脚，難道那個男子也是失脚不成？

（丑）他見你女兒下水，要想去撈救，立脚不穩，故此也溜將下去。與別人何干？

（淨）好明白的父母官，真個是片言折獄！

（丑對淨拱手介）老先生請回，快寫領狀，叫尊使來領去。恕不送了。

（淨打恭介）多謝老父母！領狀一張，少刻送進，上寫着：謹具千金，奉申微敬。（先下）（小旦撞頭叫屈，衆趕出介）

（小旦歎介）性命既失，錢財又無。早知今日，悔不當初。（下）

（丑開箱看銀喜介）

（衆跪介）恭喜老爺！

（丑）恭喜我甚麽？

（衆）恭喜老爺發財！這宗銀子呵，

【皂羅袍】不比尋常朱價，若將來置産，有一世豪華。小的們呵，無功不敢擅爭嘩，但憑恩主全收納！（丑笑介）這些狗才，説得好巧話。我不全納，難道分些與你不成？我這生財妙手，從來會抓；豈仗你犬牙鷹爪，纔能做家？不須占得求財卦。説便這等説，也虧了你們。取些出來賞勞一賞勞。（取銀介）

（衆背喜介）好了，每人一個元寶是穩有的。

（丑取一錠咬介）

（衆）老爺，看仔細牙齒。

（丑咬銀邊二塊，各付介）每人一塊飛邊，有一錢多重，拿去買煙吃，準準要醉一二百遭。

（衆）忒重了，小的們受不起，繳還老爺。（還介）

（丑）我這一次出手原重了些。只是難為你們，過意不去，故此破了常格。也罷，取下一塊，拿一塊賞你，使受者不致傷廉，與者也不致傷惠，這叫做君子愛人以德。

（衆）無功不敢受祿，繳還老爺。（又還介）

（丑）這等説，不好再強了。待我歸入原封，取了進去。

（取箱欲下，末持公文急上）奉票提人犯，心忙脚似飛；若還遲一刻，違限又來催。三爺在裏面麽？

（丑）是那一個？

（末）我是大爺差來的，説本地方有一起人命，呈在三爺手裏，叫連人連贓一齊解上堂去。

（衆背喜介）阿彌陀佛！天報，天報。

（丑驚介）。大爺到省上去了，他難道有千里眼、順風耳不成？

（末）老爺從省上回來，在這邊經過，訪得有這件事，所以來提。

（丑背氣介）只當替狗奪食，白白的歡喜一場。（轉介）這等，你先去回話，待我備了申文，連這一千兩銀子解來就是。

（末）不止一千，老爺分付說：還有兩封，一封二百兩，二封五十兩，是當堂搜出來的。

（丑吐舌介）真可謂明見萬里，智察秋毫。這等說起來，連那兩塊飛邊，都隱漏不得的了。叫書辦，快寫申文，連贓銀解上堂去。

（丑）只許堂官征利，（末）不容佐貳生財。

（小生）虧得不曾受賞，（旦）幾乎吐出煙來。

第十八齣　回　　生

（末蓑笠，持罾負竹竿上）主人高隱僕清閒，自號神仙第二班。渾跡漁樵無上下，一同濯足看青山。自家非別，慕老爺的漁童便是。今日這等晴天，忽然起起風浪來，竟像久雨初晴，春漲驟發的光景。或者在渾水裏面，罾着幾個大魚，也不可知。（向內介）家婆，暖起酒來，待我吃上幾碗，好用力扳罾。

（內應介）（末理罾上竿介）

【桃紅菊】坐漁磯把罾兒上竿，倩波濤趕魚兒下灘。好待我截橫流將他羈絆，截橫流將他羈絆！今夜呵，肴共酒全憑這番。

（內）酒燙熱了，快來吃了去。

（末下罾介）（暫下）

（內鳴金鼓，蝦、螺、蟹、鱉各執旗幟，暗放比目魚入罾，旋舞一回即下）

（末上）捕魚學會便貪酒，世上漁翁即醉翁。去了這一會，定有幾個在裏面了，待我扳將起來。（做扳罾扳不動介）呀！為甚麼這等沉重？家婆快來。

（丑）酒後興兒正濃，聞呼不肯裝聾；去到溪邊作樂，畫一幅山水春宮。你為何叫我，莫非酒興發作麼？

（末）不要多講，快來幫我起罾。（同起罾，見魚喜介）

（末）妙！妙！妙！罾着這個大魚，竟有擔把多重。和你擡他上岸，看是個甚麼魚？（擡上岸，看介）原來是一對比目魚。

（丑）嘻！兩個並在一處，正好幹那把戲，你看頭兒同搖，尾兒同擺，在人面前賣弄風流。叫奴家看了，好不眼熱也呵！

【惜奴嬌】眼熱難堪，妒雌雄凹凸，巧合機關。我看他不得，偏要拆他開來。（做用力拆不開介）呀！難道你終朝相並，竟沒有片刻孤單？（指魚對末介）没用的王八，你看看樣子！羞顏，誰似你合被同衾相河漢，還要避歡娛故意把身兒翻。（末）這一種魚也是難得見面的，我和你把蓑衣蓋了，去請老爺、夫人同出來看一看。（脫蓑蓋介）（合）見面難，好把奇形遮護，莫令摧殘！

（同下）内鳴金、擂鼓、蝦、螺、蟹、鱉復執旗幟，引生、旦上，換去前魚，仍用蓑衣蓋好，旋舞一回即下）（小生、老旦、末、丑同上）

（小生、老旦）在那裏？

（末、丑）在這裏。

（取去蓑衣見生、旦，大驚退介）呀！明明一對比目魚，怎麼變做兩個屍首？又是一男一女摟在一處的，竟要嚇死我也。

（小生、老旦）怎麼有這等奇事？

【前腔】（小生）驚看，毛悚心寒。甚奇冤難雪，現此波瀾？這一對男女，畢竟是夫妻兩個，被人謀害死的。（對生、旦介）男子、婦人，你若果有冤情，露些意思出來，待我替你伸理。把蒙恩情節，須教露向朱顏。（生、旦翻身歎氣，衆驚介）呀！活轉來了。（老旦）身翻，共氣同聲相悲歎，眼見得命重蘇，精靈返！（合前）

（老旦）快取熱湯來，灌他一灌。

（末灌生，丑灌旦介）好了好了！眼睛都開了。

（生、旦）呀！你們是甚麼人？這是甚麼所在？我兩個跳在水裏，為甚麼又到岸上來？

【黑麻序】（生、旦）已葬潺湲，倩誰人撈救，得離狂瀾？（小生）你們兩口是何等之人，為甚麼死在一處？立起來慢慢的講。（生、旦起介）我們兩口都是做戲的人。為良緣不偶，共罹憂患。逢奸，慈親把勢扳，因財破面顏。（合）没遮攔，拼一個完名全節，兩命俱刪！

（小生）這等説起來，是一對義夫節婦了。可敬！可敬！

【前腔】〔換頭〕堪贊，義膽貞肝。肯雙雙赴死，絕少留絆！（老旦對旦介）你們兩個既然先後赴水，就該死在兩處，為甚麼兩副尊軀合而為一？這也罷了，方纔冒起的時節，分明是兩個大魚；起罷半晌，忽然變做人形，難道你夫妻兩口，是有神仙法術的麼？好生見教，不得隱瞞。授藏身妙術，休隱奇幻。驚翻，若不是神仙第一班，怎能勾捐軀命不殘？（合前）

（旦）這些緣故，連我們自己也不知道。我死的時節，未必等得着他；他死的時節，也未必尋得着我。不知為甚麼原故，忽然抱在一處？又不知為甚麼原故，竟像這兩個身子，原在水中養大的一般，悠悠洋洋，絕無沉溺之苦，不知幾時入冒，幾時上岸？到了此時，竟像大夢初醒，連投水的光景，都在依稀恍惚之間，竟不像我們的實事了。

（小生）一定有神靈呵護，纔得如此。但不知甚麼神靈來得這般顯赫？

（生點頭介）是了，是了，我們演的是晏公壽戲。晏公稱為平浪侯，單管水中之事，這番顯應，一定是他無疑了。我們兩口須要望空拜謝。

【錦衣香】（生、旦）入死關，登生岸；仗法壇，施奇幻。慢道把孤魂救得成雙，補齼完綻。就使我魚形不變住波瀾，常為比目，也勝入仙班！二位請上，待愚夫婦拜謝活命之恩！（同拜介）救人離苦難，這恩情高似丘山。念區區非是無情漢，敬鏤心版；千金報德，豈同酬飯。

（小生）這番功勞倒與老夫無涉，是小價夫妻冒着的。

（生、旦）這等也要拜謝。

（末）不敢當，止領一揖罷了。（生、末同揖，丑、旦同萬福介）

（小生）取我們的衣服，與他二位換了。一面煮魚、沽酒，又當壓驚，又當賀喜。快去辦來！（末、丑應介）

（生）活命之恩，尚且感激不盡，怎麼又好取擾？
（小生）說那裏話。這等，你夫婦兩口曾完配了麼？
（生）雖有此心，還不曾完配。
（小生）既然如此，待我揀個好日，就在此處替你二位完姻。若還不怪簡褻，權住幾時，再尋去路便了。
（生）多謝！

【漿水令】（小生）愧家風飲瓢食簞。（老旦）笑村容風姿雪鬢。（小生）既無肴核可加餐，（老旦）又無粉黛，可伴紅顏。（合）休譏誚，莫厭煩，禮數不周容疏懶。消長日，消長日，同伊看山；陪清話，陪清話，為爾停竿！

【尾聲】（生、旦）雙魂不料能重返，追想處令人驚汗。（小生、老旦）羨只羨那巧神靈善作波瀾。

第十九齣　村　叟

【縷縷金】（外扮樵叟，攜薪上）丟樵擔，賀婚姻。份資無別樣，半挑薪。勾暖交杯酒，看諧秦晉。借題好去擾東君，知他決不吝！知他決不吝！

【前腔】（淨扮老農，攜酒上）拋犁耙，賀婚姻。份資無別樣，酒三斤。勾飲新郎醉，看諧秦晉。借題好去擾東君，知他決不吝！知他決不吝！

【前腔】（副淨扮老圃，攜菜上）停澆灌，賀婚姻。份資無別樣，一筐芹。勾下新人酒，看諧秦晉。借題好去擾東君，知他決不吝！知他決不吝！

（外）自家深山裏面，一個樵叟的便是。
（淨）自家深山裏面，一個老農的便是。
（副淨）自家深山裏面，一個老圃的便是。
（外）我們三個，與新到的莫漁翁結為山村四友，最相契厚。聞得他備了花燭，替譚生夫婦成親。我們各帶份資前來賀喜，借此為名好博一場大醉。來此已是，莫大哥在家麼？

（內）來了。

【前腔】（小生上）停竿餌，助婚姻。盤餐皆水族，少山珍。勸得新郎醉，好諧秦晉。邀朋來作半東君，知他決不吝！知他決不吝！（見介）呀！正要奉邀，三位來得恰好。

（眾）聞得你罾起兩個大魚，忽然變做一對男女。今日賠了花燭，替他成親，可是真的麼？

（小生）真的。

（外）小弟是砍柴的人，沒有別樣賀禮，松柴一束，權當份資，請收了。

（淨）小弟是種田的人，沒有別樣賀禮，薄酒一壺，是家田糯米做的，權當份資，請收了。

（副淨）小弟是灌園的人，沒有別樣賀禮，芹菜一束，是自家種出來的，正合着野人獻芹之意，請收了。

（小生）小弟做主人，怎麼好擾列位？既然如此，只得收下了。

（眾）成親的事都完備了麼？

（小生）草草備下了。只是這山村之中沒有吹手，也沒有儐相，覺得冷靜些。

（眾）成親是大事，定要熱鬧些才好。也罷，我們有賽社的鑼鼓，大家敲將起來，也當得吹手過。只是這個儐相倒沒人替得，却怎麼處？

【前腔】（丑扮牧童，吹笛上）吹短笛，賀婚姻。份資無別樣，口和唇。引得新人笑，好諧秦晉。借題走去嚼東君，知他決不吝！知他決不吝！自家是深山裏面，一個牧童的便是。聞得莫漁翁家裏，有一對夫婦成親。那些砍柴的、種田的、灌園的，都借賀喜為名，走去騙酒吃了。我雖然年紀幼小，也是同村合社的人，不免闖將進去，只説賀喜，難道好趕我出來不成？來此已是，不免徑入。（進介）莫老伯，聞得你家做好事，特來賀喜！（見眾介）列位來赴席，也不通知一聲，難道今日的酒，只該是你們吃的？

（眾）我且問你，你既來賀喜，就該出個份資。我們雖沒有銀子，也有出柴的，也有出酒的，也有出菜的，請問你出那一件？

（丑）我出的東西，還比你們強些。只不曾寫得禮帖，待我親口念來。（指口介）謹具壽口一張，奉申賀敬。晚生牧童頓首拜。

（衆）那張臭口要他何用？難道別人出了東西，你出一張口，走來嚼作不成？

（丑）豈有無功受祿之理，自有用着他的所在。這深山裏面，料想沒有吹手，待我把牛背上的笛子吹將起來，權當做親的鼓樂。這件賀禮，難道不比你們強些？

（衆）笛子我們也會吹，有甚麼難處？今日成親，只少一個儐相，你做得來麼？

（丑）這有何難，我是學過戲的，唱班贊禮之事，是我花面的本等。就做就做！

（衆）這等還好，快請新郎出來。

【菊花新】（生上）已從水底續離魂，又向山中締好姻。賀客也紛紛，愁重費主人佳醞！

（小生）譚先生，這幾位敝友，是我同村合社的人，聞得你今日成親，都帶了份資前來賀喜。請過來相見。

（生、衆見介）

（衆）牧童贊禮，快請新人拜堂。

（小生）時辰尚早，我備有兩席薄筵：一席是待新人的，一席是待新郎的。待新人的在裏面，是房下奉陪；待新郎的在外面，煩列位奉陪。等酒完之後，然後送入洞房。

（衆）也説得是。

（末取酒上，小生送席介）

【古輪臺】（合）賀良姻，漁樵農圃獻殷勤，牧童也附催妝份。飯炊蕨粉，魚煮江蕈，僅免良宵饑饉。辜負了玉軟香溫，花嬌柳嫩，却將草榻代芳裀。今宵合卺，料玉人難展眉顰。只憑着山光染黛，濤聲漱齒，松花點鬢，那得個金屋在荒村？將愚悃，只有這朝風暮月當饗飧。

（衆）時辰已到，請完了好事罷。（同起介）

（外）譚先生，我們這邊有個俗例，但是男女做親，衆人送入洞房，都要耍笑一場，俗名叫做"吵喜"。少刻羅唣起來，你却不要見怪。

（生）不敢。

（小生）不須別樣耍笑，大家幫助新郎，勸新人吃幾杯酒，帶些醉意成親，纔覺得有趣。

（生笑介）這等說，不是俗例，竟是一椿雅事了。

（衆）牧童贊禮，快請新人出來！

（衆敲鑼鼓，吹笛介）（丑照常贊禮，旦上，同生拜堂介）（丑攜燈送入洞房，衆同行介）

【前腔】〔換頭〕歡欣，不比往日成親。羡一對節婦貞夫，回天移運，動鬼驚神，把滄海幾乎撓混。天與多情，蕩愁滌悶，知伊非是泛常人。榮華有准，未上天先長龍鱗；魚形已脫，鼇頭將占，龍門斯近，指日際風雲。真仙品，野人何幸得相親。

（衆）新人見禮。（同揖介）好新人！好新人！果然標緻，真個齊整，怪不得有人看相他。我們大家敬酒！這山村裏面的規矩，不比城市之中，都要老老實實吃個爛醉，才好做親。叫牧童，你是個孩子，比我們不同，斟了合卺杯，走過去勸酒。

（丑送酒，生飲，旦不飲介）

（外背介）他不肯吃酒，怎麼處？也罷，大家動起粗來，拿住新郎打喜，打到疼痛的時節，他心上捨不得，自然會吃了。

（衆）有理有理！（轉介）新人不吃酒，都是新郎教導他，其實可惡！我們各打二十拳，當了交杯酒罷。

（外）從我打起。（擎拳介）

【不是路】野性難馴，樵子的毛拳賽斧斤。（扯生打介）（生喊介）打不起，打不起，娘子吃了罷！（旦飲介）（淨高叫介）如今輪着我了。把軍威奮，管教你未逢辣手便消魂！（打介）（生）疼得緊，疼得緊！娘子吃了罷！（旦飲介）（副淨）你們都用拳頭，區區變一個文法，只用巴掌。（伸掌介）把掌兒伸，你不要看輕了我的巴掌，全揮有五瓣梅花印。（收二指介）就是半用也三條竹葉紋！（生驚介）這樣大巴掌如何經得起？娘子快吃了罷！（旦飲介）（丑）如今該是學生了。你們大人都奉小杯,我這個小人偏要奉個大杯!(衆)你有這樣的本事?(丑)口說無憑,做出便見。快斟酒來!(斟大杯勸介)(旦不飲介)(丑)哦!你欺負我是孩子麼?老實對你說,手便打人不過,這副牙齒還咬得人過。我也不咬別處,只把他要緊的東西咬上一口,叫你夫妻兩個,今晚成不得親。(礪齒介)我礪牙根,只須咬斷筋三寸,管教你無頭可奔,無頭可奔。

（生）這個如何使得?快不要如此。

（旦慌飲介）（衆大笑介）（旦作羞容,避下）

（衆）吵得勾了,天上人間方便第一,大家散了罷。

（小生對生介）譚兄,你們在戲臺上面終日做親,都是些陳規舊套,不曾有這個法子:漁、樵、農、圃送親,牧童贊禮。雖然村俗些,却有一種別趣,難道不叫做"耳目一新"?

（生）不但極新,又且極雅。晚生何修而得此,感謝不盡!

【餘文】（合）文章變,耳目新,要竊附雅人高韻。怕的是剿襲從來舊套文。

第二十齣　竊　發

【步蟾宮】（副淨引衆上）行兵自愧無長算,輕失去貔貅一半。仗謀臣、設盡計多般,要把前羞盡浣。俺山大王前次出兵,只為單尚勇力,不用機謀,被他伏下火攻,燒壞我許多猛獸。只得逃入深山藏鋒斂銳,休息了半年,纔覺得精還力復。如今得了一位軍師,計較如神,不亞陳平、諸葛,用他行兵,料無不勝之理。更有一樁喜事,聞得那慕容兵道,已經棄職歸山。除却此人,誰是孤家的敵手?叫左右,快請軍師出來。

（衆應,傳介）

【前腔】〔換頭〕（淨上）甲兵十萬胸中貫,天付與人間釀亂!（見介）大王,今乃黃道吉日,正好起兵。

（副淨）請你出來,正是為此。叫左右,快傳猛虎到來,待孤家騎了,就好起兵前去。

（衆引虎上，副淨騎介）（淨上馬，同行介）

【番竹馬】（合）炮聲雷轟天半，軍令一申，萬口同歡。猛虎助奇威，聽軍前驅使，不勞呼喚擺隊行，百里如魚貫。憑高視，類長垣，這軍容果是奇觀！勸守土官人，早些來納款，保頭顱、依舊好加冠。您若把性命來拼，還你個泰山壓卵，刀下處莫訝辛酸！

（齊下）

第二十一齣　贈　行

【風馬兒前】（小生上）已助才人締好緣，籌去路，尚茫然。我莫漁翁救起譚生夫婦，又替他完了婚姻，這椿好事，也是做得周到的了。只是一件，山中雖好，不是久住之鄉，還要替他想個去路。我看此人姿態秀美，氣度軒昂，料不是個尋常人物。昨日在几案之上，又見他幾首新詩，竟是一個大文人、真學者；若教他去求功名，取青紫易如拾芥。待他出來不免相勸一番，再備些盤纏，送他前去便了。

【風馬兒後】（生上）遇恩人起死聯姻眷。終朝坐食，費盡杖頭錢。（見介）

（小生）譚兄，你既是讀書之人，還該以功名為念。自古道：大難不死，必有後福。你乘此妙年，正該出去應舉，為甚麼蹉跎歲月，不顧前程？難道把戲場上那頂烏紗，就結果了生平的志願不成？

（生）恩人聽啟：

【集賢賓】我懸梁刺股年復年，把銅雀磨穿。也知道雲路鵬程非甚遠，我略扶搖便上青天。把修翎暫卷，要等待圖南風便；非自貶，只為旅囊羞覥。

（小生）想是沒有盤纏麼？這等不難，老夫雖是捕魚的人，倒還有些進益。除沽酒易粟之外，每日定有幾個餘錢。兄若肯回去應試，這些資斧都出在老夫身上。

（生）若得如此，感恩不盡。此去若有寸進，不但以金帛相酬，連那榮華富貴，還要與恩人共用。

（小生）那倒不勞。

【前腔】（小生）我饑餐渴飲還醉眠，又何用餘錢。羞向蓬門藏細軟，助伊家鶴背腰纏。勸王孫自勉，念野老甘心貧賤；無別願，尊報但求恩免！

叫丫鬟，請譚大娘同娘子出來。（內應介）

【風馬兒】（旦上）喜伴瑤池女謫仙，愁別去，故流連。（老旦）話投機不覺精神倦，恐妨燕爾，夜夜勸歸眠。

（小生對老旦介）娘子，今乃大比之年，譚官人要回去赴考，我和你不便久留。把我備下的路費快取出來，再備一壺薄酒，好送他二位起身。

（老旦取銀，小生送介）（丑取酒上，小生送生，老旦送旦介）

【琥珀貓兒墜】（小生、老旦）留伊非計，不若送伊旋。此去榮華不待言，但逢得意早收鞭。離膻，人世榮華，最忌纏綿。

（小生）叫漁童，挑了行李，送譚官人一程。

（末應，挑行李上）（生、旦）二位恩人請上，待愚夫婦拜辭。（四人同拜介）

【前腔】（生、旦）感恩圖報，頂踵誓齊捐。盡道蘇章有二天，如今纔信古人言。周全，此後餘生，不叫天年！

【尾聲】（小生對生介）你把才猷早向明廷獻。（老旦對旦介）休把嫦娥誤少年。（生、旦）少不得要爭氣成名報二天。

（小生）知君鱗甲已生全，（老旦）從此雙魚不在淵。
（生）化作神龍猶比目，（旦）不教獨自上青天。

第二十二齣　譎　計

【半剪梅】（副淨、淨引衆上）（副淨）奇兵忽至類天兵。（淨）智比陳平，巧過陳平。

（副淨）咱們出山以來，攻破許多城池，殺傷無數官吏。只是人馬不多，立腳不住，還不好據守地方。權且流來流去，一來搜刮些金寶，以助軍需；二來攪亂他的軍心，使彼此不能相顧。只是一件，聞得朝廷知俺出山，要起那慕容兵道復任。萬一此人到了，你用些甚麼機謀與他對敵？

（淨）不妨，不妨！助大王取天下者，就是此人。包管數日之內，有個慕容兵道，領了他的人馬，到陣上來投降就是。

【皂羅袍】不用操戈助勝，用奇謀破敵，坐看功成。（副淨）我聞得慕容兵道，是個忠心赤膽的人，未必就肯投降，你不要被他騙了。（淨）飲貪泉能使濁澝清，咱自會廣奇方立變忠成佞！（副淨）想是此人與你有舊麼？（淨）伊南我北，何曾識荊。（副淨）就不曾會面，也有書劄往來的了？（淨）他慎交擇友，難通姓名。（副淨）這等說起來，竟是絕不相干的了。這樣險事，如何做得？（淨）十拿九穩非僥倖。老實講了罷，是一條奇計。那慕容兵道只因不肯做官，隱到山中去了。如今朝廷要他，現着地方官吏到處尋訪。被臣用了一計，尋得個面貌相似的人，許他千金聘禮，早晚一到，就着他隱在山中，好等人去物色。他出山之後，少不得就要領兵，到了陣上，自然反戈而戰。這一省的大小官兒，都知道他有些見識，聞得他降了，自然個個投誠，人人納款。咱們的大事，就可以傳檄而定了。這個奇計，難道不勝似陳平、強似諸葛亮麼？

（副淨大笑介）妙計！妙計！

【前腔】智巧果然難並，竟掃空諸葛，抹殺陳平。借他威力仗他名，一呼能使千人應。堅城勁敵，不須自征；鐃歌凱唱，只消坐聽！一人有智全軍勝。是便是了，咱還愁着一件。

（淨）那一件？

（副淨）天下的人，面貌相似的雖有，若還細認起來，畢竟有些分別。萬一被那地方官吏識認出來，却怎麼處？

（淨笑介）那些地方官兒，被咱們攪擾不過，巴不得弄個替死的出來。莫說認不出，就使認出了，也要裝聾做啞，借重他出去當災。那裏還肯說個不是？

（副淨）講得有理。等他一到，咱們就去攻城，使那些地方官兒手忙脚亂，纔好推他出來。

（淨）正該如此。

奇謀畫定始長征，不比前番學弄兵。
世上英雄今絕響，何愁孺子不成名？

第二十三齣　偽　　隱

（丑扮假漁翁，左手持釣竿，右手提包裹，內放紗帽、圓領上）權將箬笠代紅巾，竄入溪邊把釣綸。世上難逢真隱士，不妨山賊冒山人。自家非別，山大王的細作，差來假扮漁翁的便是。只為慕容兵道棄職歸山，朝廷定要起他復任；那些地方官兒各處搜尋，再也尋他不着。山大王有個謀臣，就設下一條奇計，見區區的面貌與他相似，許我千金聘禮，聘出來假扮漁翁，好待人來物色。若還請出山去，少不得用我行兵，就好於中取事。我如今穿了簑衣，戴了箬笠，做出些儒者氣象，儼然是個避世的高人；又把紗帽、圓領帶在身旁，使人見了，好疑我是個仕宦。遠遠望見有人來了，不免垂起釣來。（跌坐，垂綸介）

【三棒鼓】要人識姓假埋名，這是隱士的真傳也，叫做：藏形露影，漁歌賣聲，羊裘炫形。你若要訪客星，只消車馬相迎也，我這裏烏紗現成，藍袍現成。

（外、淨扮差役上）（外）近日新聞多得極，只消一件也勾奇特。上司衙門走了官，倒教屬吏差人緝。我們汀州府縣的差人，緝訪慕容兵道的便是。近日奉了聖旨，無論大小官員，都要差人物色他。昨日聞得人說，這深山裏面新到一個漁翁，好像他的模樣，故此尋來查問蹤跡。前面有個垂釣的人，想必就是，大家走去看來。（近身，偷看介）這個模樣儼然是他。我和你走去磕頭，看他受不受，就知道了。（見介）老爺在上，府縣衙役叩頭。

（丑坐不動介）我是個漁翁，並沒有官職，你們不消行禮，起去罷。

（外、淨背介）端然不動，口氣也像做官的，一發是他無疑了。再去搜一搜，看那包袱裏面，是些甚麼東西？（取袱，解看介）呀！紗帽、圓領都在這裏，還說不是老爺！

（丑假做慌介）被他看出來了，這怎麼處？

（外）小的們奉了官差，敦請老爺復任，那一處不尋到，誰想隱在這裏。如今沒得說，快請更衣，好到衙門去上任。

（丑）做你們不着，去回一回，讓我做個閒人罷。

（外、淨不理，代換衣冠，向內叫介）地方在那裏？快取一乘山轎，撥幾名人伕來，送老爺去上任。

（內）人伕便有，只是深山裏面取不出轎子，只有軟座肩輿，恐怕老爺坐不慣。

（外）怎麼叫做軟座肩輿？

（內）用一根枯藤當了轎子，把人絡在裏面，擡了飛走，這叫做"軟座肩輿"。

（外）就是這等，快取來。（二人持長索上）

（丑）這等的轎子，叫我怎麼樣坐？也罷，肩輿雖惡人情好，權當兒童竹馬騎。

（眾絡擡介）

【倒拖船】枯藤雖軟騎來硬，騎來硬；剛剛擦着風流柄，風流柄，幾乎斷送夫人命。休羅唣，且消停。（眾擡，急走介）（丑）教消停，愈縱橫，笑兒童竹馬太多情。（到介）

（外、淨）老爺請進衙門。小的們去報本官，好等他來參謁。（下）（末、副淨扮屬官急上，參見介）

（丑）本道極怕做官，故此在山中隱避，為甚麼緣故，定要請我出來？

（眾）聖上因地方多事，定要借重老大人，不干卑職之事。

（內鳴金、擂鼓，吶喊介）

（一人急上）不好了！稟老爺：山賊圍城。

（眾慌介）

（丑）有本道在此，你們不消驚怕。

【錦上花】賊到不須驚，賊到不須驚，保障屏藩，有我擔承。奮前威，奮前威，殺他一個乾淨！待本道前去衝鋒，你們帶領人馬，在後面接應就是。

（眾打躬介）是。

（丑）就此出兵。（各上馬行介）

【前腔】（合）纔到便行兵，纔到便行兵，不用諮謀，方見才能。好擔當，好擔當，怪不得人人敬！

（副淨引眾上，圍殺介）（丑假輸介）（副淨引眾暫下）

（丑）他的勢頭果然來得利害，料想敵不過，不如降了罷。（向內介）你們這些官吏，隨我投降就罷；若不投降，我調轉馬來，殺你一個罄盡。

（內）老大人尚且降了，卑職們怎敢對敵，也願投降。

（副淨引眾復上，倒住介）

（丑）不消殺得，下官情願投降。

（副淨）這等，分開人馬，待他出來相見。（見介）

（副淨）多虧了你。我從今以後，權把你待為上賓，一向擄來的財帛，都託你收管；待成功之後，還有極大的官兒賞賜。

（丑）謝恩！

（副淨）暫且回營。（行介）

【前腔】馬到便成功，馬到便成功，妙算神機，異勇奇能。會將來，會將來，佐真主承天命。

（丑）堪笑庸人少智謀，機關設定便來投。

（副淨）是便是了，只愁謗語聞山谷，惹出當年硬對頭。

第二十四齣　榮　發

【西地錦】（旦帶副淨上）夫婿看花得意，教人頓展愁眉。泥金雖到人猶滯，夢魂夜夜先歸。奴家劉蕤姑，自與譚郎回到故里，正好遇著秋試之期，且喜鄉、會兩場俱已報捷，只是未曾補官，還在京師候選。這幾日求籤問卜，都說他補了外缺，眼下就回，想必也好到了。

【前腔】（生冠帶，引眾鼓吹上）當日藍袍掛體，只圖片刻舒眉。如今纔演終身戲，開場便是榮歸！

（旦）呀！相公回來了。一旦身榮，萬金之喜，待奴家拜賀。
（生）下官也要拜謝，與夫人一同見禮。
（同拜介）（生）飄泊當年運未通，多蒙俊眼識英雄。
（旦）風塵得伴青雲侶，自幸紅顏命不窮。梅香，看酒來。（副淨送酒介）
【畫眉序】（旦）把酒慶雄飛，不枉當年苦相依。笑一場生旦，兩世夫妻。你為我名節都捐，我為你形骸甘棄。到頭喜得身榮顯，看來落得情癡！請問相公，不知你授何官職，選在甚麼地方？何日起程，奴家可與同去？
（生）叨授司李，選在汀州，明日就要起程。我和你死在水中，尚且不肯相離，定要摟抱在一處，豈有上任為官，不帶你同行之理！
【前腔】何處不相依，比目形骸系天畀。怪同眠同食，寸步難離。處貧賤尚怕孤眠，享富貴寧甘獨睡？你明知故把微詞餂，笑佳人枉自多疑。
（旦）我不為別樣，要等上任的時節，同你去謝一謝恩人，不知可是順路？
（生）下官正有此意，即使不是順路，也要迂道而行。
【神仗兒】（生）揚眉吐氣，揚眉吐氣！都虧了神人做美，纔逢此際。報恩誠難自己，遙齋牲帛，遠持筐筐，酬濟困，謝扶危；酬濟困，謝扶危。我和你這段姻緣，是為做戲而起。以戲始之，還該以戲終之。此番去祭晏公，也該做一本神戲。只怕鄉村地面，叫不出子弟來，却怎麼處？
（旦）這十月初三，又是晏公的誕日，此時已是九月，路途遙遠，只怕趕不及了。且到那邊，再作區處。或者晏公有靈，留住了戲子，等我們去還願，也不可知。
（生）那有此事？
【滴溜子】（旦）神明的，神明的，持持到底。成佳話，成佳話，有頭有尾。暗中將人拘系。早些賜順風，收逆水，好使我赴滕王，仙舟似飛。
（生）少不得差人去打前站，叫他先到那邊，料理還願之事。再寫一封喜書，寄與莫漁翁，使他預先知道也好。

（旦）極説得是。

【尾聲】（生）今宵且入鴛鴦被，自古道新娶的歡娛讓遠歸。（旦）況又是大大的登科怎教人不暢美？

第二十五齣　假　　神

【菊花新】（小生上）晝眠三覺未斜陽，始信山中日月長。（老旦上）追想舊時忙，人未寢早聞雞唱。

（小生）娘子，我和你別了譚生夫婦，已是一年，聞得鄉、會兩場都已放榜過了，不知中與不中，好生紀念着他。

（老旦）借本《題名錄》查一查，就知道了。

（小生）自古道山中無曆日，寒盡不知年。住在這萬山之中，曆日也無從見面，那裏去借《題名錄》來？

（老旦）也説得是。他若得中，自有書信寄來，我和你靜聽便了。

【不是路】（外扮家人上）煙水蒼茫，所謂伊人在那方。自家非別，譚老爺的前站便是。老爺有書一封，送與姓莫的漁父。一路尋來，此間已是，裏面有人麼？（小生）開門望，誰人到此課農桑？（外）在下是譚爺的管家，差來下書的。此位就是莫太公麼？（小生）正是。（外）這等請上，待小人見禮。（欲拜，小生扶起介）（小生）莫謙光，我從來未見偏僂樣，你一跪能教四體忙。請問是那個譚爺？（外）是去年被難到此，蒙你相救的人。如今得中高科，選了汀州司李，不日從此經過，要來拜謝恩人，叫我先來下書的。（付書介）（小生）原來如此，請裏面坐下，有便飯相留。（外）前途有事，不敢羈留，告別了。求尊諒，公差緊急難違抗，敬辭尊餉，敬辭尊餉。（下）

（小生進介）娘子，譚生的功名已到手了。赴任汀州，從此經過，先着人來下書，他隨後就到。

（老旦）原來如此，不枉我們撈救一番。可喜，可喜！且住，他既然選在汀州，就是我們的舊治了。你有心做個好人，索性該扶持到底，把那邊的土俗民情、衙門利弊對他細說一番，等他依模照樣，也做一任好官，豈不是樁美事！

（小生搖頭介）使不得。

【解三酲】過來人滿懷忠讜，待將來傳授伊行；怕無端惹起青雲障，效當年馮婦行藏。我恨不得開山鑿斷終南徑，借斧斨殘召伯棠！銷民望，又豈肯挑開利鎖，逗起名韁！

（老旦）你怕露出行藏，被他知道，要勸你出山麼？也慮得是。只是一件，他的才能雖好，畢竟是個新進書生。況且山中的盜賊，又不曾剿除得盡，萬一到了地方，有些舉動起來，不但他功名不保，還有性命之憂。據我看來，還該教導他一番纔好。

（小生）娘子也說得是。

【前腔】（老旦）為己雖當存遠志，我道你善世還須有妙方。幾曾見造浮屠六級便收場，完盛事有何妨？若教他無端馬革將屍裹，倒不如早向蛟龍腹內藏！還思想，休使這前功盡棄，坐看他兩敗俱傷。

（小生）我有個妙計在此，又把好話教了他，又不露我做官的形蹤。（笑介）是便是了，只覺得太巧了些。

（老旦）甚麼妙計？

（小生）他當初入水不死，全虧晏公的神力。我的意思就要把神道設教起來。趁他未到之先，待我把治民剿賊之法，造做一本冊子，加上一道封皮，上面寫着"平浪侯封"四個字。等他走到，悄悄塞在行李之中；他到中途，忽然檢着，只說晏公又顯神通，要扶持他建功立業，自然敬信無疑了。我原說一字不識，他決不疑到我身上來。你道這個計策巧也不巧？

（老旦大笑介）妙絕！妙絕！既然如此，你可就造起冊來。

（小生寫介）

【羅袍歌】【皂羅袍】備寫并州情狀，這須知妙冊，不比尋常。把神靈職守佐伊行，管教陸地無波浪。危邦一入，能成治邦；殘疆一變，能成化疆。自古道：有治人，無治法。寫便這等寫了，還有一句要叮嚀他：到那臨機應變的時節，還要自家做主。這成規死法是拘泥不得的。（又寫介）也須略變葫蘆樣。（寫完介）（老旦）我和你費盡心機，單替神靈做好。他到應驗之後，只曉得感激晏公，那裏知道這番功勞，倒在我們身上。（小生）不要這等講，焉知我們的意思，不是出於神靈？他在冥冥之中，教導我們如此，也不可知。我這裏借名於神，他那裏又假手於人，總是一種道理。（老旦）也説得是。【排歌】交相倚，互借光，神人共事有何妨？人方助，鬼又匡，幽明兩處為他忙。

自笑癡腸孰與同，助人成事不居功。
一般也有沽名具，耻向名場作釣翁。

第二十六齣　貽　册

【青玉案】（生、旦冠服，淨扮院子，副淨扮丫鬟隨上）（生）仙舟喜到回生處，曾共網，皆恩具。（旦）不但漁翁稱舊主，山曾相共，水曾相與。（合）喜得重遭遇。

（生）一路行來，已到嚴陵地界。前面山坡之上，有兩個人影，只怕就是莫公夫婦，也未可知。

（旦）一定是他無疑了。

【前腔】〔換頭〕（小生、老旦同上）（小生）幾番錯喚他人渡，偏怪征帆留不住。（老旦）此際呼來知不誤，碧紗窗內，有人相顧。（合）遥指溪邊路。

（高叫介）來船可是譚老爺麼？

（淨）正是。（衆上泊船，淨、副淨持禮物，隨生、旦上岸介）

（小生）溪邊路濕，不好行禮，請到荒居相見。（同行介）

【一江風】（小生）過荒居，草徑回仙馭，鹿豕驚相覷。（老旦）駐高車，窄小柴門，湫溢茅堂，只怕你馬首無旋處。（生、旦）依然此賤軀，依然此貴廬，怎見得寬窄改難容貯？（到介）

（生、旦）兩位大恩人請端坐了，待愚夫婦拜謝。

（小生、老旦）高中巍科，榮銓名郡，兩番大喜，都一齊拜賀了

罷。(同拜介)

【前腔】(生)賴相扶,既把殘生護,又指青雲路。(旦)轉榮枯,朽木生花,白骨生肌,都虧你再把鴻鈞鑄!(小生、老旦)這都是天機轉轆轤,神靈演咒符,休得要錯記了功名簿!

(生)念小生初登仕籍,未有餘錢,轎儀先致鄙私,圖報尚容他日。取土儀過來。

(衆取禮物,生送小生,旦送老旦介)(小生)山居寒儉,不曾備得賀儀,怎麼倒承厚貺?多謝了!梅香,看酒來。

(丑取酒上)(小生送生,老旦送旦,各席飲介)

【梁州新郎】【梁州序】松陰低下,豆棚深處,又喜同人歡聚。冠裳蓑笠,何妨偶爾相俱。縞衣多韻,豔服生姿,濃淡都成趣。巢由席上添伊呂,更覺林泉致有餘。【賀新郎】(合)愁別後,難重遇,把肝腸剖盡無留緒,重疊唱、陽關句。

(旦對老旦介)愚夫婦有言在先,說此去倘有寸進,與二位同享榮華。如今我們上任,要接你們同去了,千萬不要推辭。

(老旦)多謝盛情!念我夫妻二口,是閒散慣了的人,受不得衙門的拘束。這一片盛意,只好心領了!

【前腔】山間遺老,村中愚婦,僅可棲遲蓬戶;朱門深入,幾同野鶴歸笯。

(生對小生介)照尊夫人講來,是不肯同去的了。也罷,待下官到任之後,就遣小役相迎。求你在地方多住幾月,設處些買山之資回來養老,難道也不肯來賜顧不成?

(小生)老夫靠着這根漁竿也盡可度日,不勞知己費心。況且打抽豐的事體,不是我世外之人做的,這也不敢領教。煙蓑襤褸,雨笠摧殘,不是抽豐具。野人供膳合羹魚,縱有豬肝也不療癯。(合前)

(生)酒多了,就此告別。

(小生)待愚夫婦遠送一程,坐着大船而去,駕着小艇而歸便了。

(生)沒有遠勞之理!

（旦）既有小船回來，就借重同行，説説話兒也好。

（小生對老旦私語介）（老旦點頭會意，取前冊暗藏袖内，同行介）

【節節高】（老旦、旦）行行且暫俱，肆歡娛，出門又當重相遇。時光邅，道路迂，難常聚。多情猿鶴留人住，無情杜宇催人去。（合）幾回要借石尤風，怎期又代行人慮。

（作到，上舩介）

（老旦對旦介）他們在前艙，我同你到後艙去坐。（攜旦手下）

（小生）譚官人，我想世間神道雖有，再不像晏公的威靈那般顯應。你是經歷過的，此番前去，索性求他一求，要這位不説話的恩人扶持到底，把到任做官、求他覆庇的話，着實祈禱一番。或者為人為徹，又有些顯應出來也未見得。

（生）我也正要如此。

【前腔】（合）當年得再蘇，仗伊扶。吉凶何必皆天數，只要神呵護，信感乎，回天步。雪中炭有神明助，添花豈惜重來輔！（合前）

（旦、老旦復上）坐了這半日，不知行到那裏了？（小生暗問老旦，老旦點頭介）

（小生）天色已晚，我們轉去罷。（別介）

（小生）譚官人，你聽我道：

【尾聲】前程悉聽神分付，好將心事告靈巫，莫道幽冥半有無。

第二十七齣　定　優

（外上）鬼神之事最難明，道是無形却有形。不信但看今日事，做成圈套顯威靈。我譚管家為何道這幾句？只因老爺差我前來，預備三牲祭禮，等他來拜謝晏公。老爺、夫人的意思，還要做本戲文了願。料想聖誕已過，壽戲一定做完，鄉村地面，叫不出戲子來，只好啞祭一祭罷了。誰想晏公有靈，見他夫妻不曾趕到，竟把賀壽的事耽擱住了等他，你説奇怪不奇怪？這是甚麽原故？只因十月初旬，下了好幾日大雨，那個戲臺原是搭在露天的，看戲的人無處立脚，一齊告過晏公，替他改期一月，到了十一月初三，方纔替他補壽。如今那些優人都現在這裏，但不知是那一班，脚色好不好？不免到地方上面去動問一聲，就付些定錢與他，省得到臨期誤事。來此已是，有人在麽？

（末、副淨同上）綽號"陰司篾片"，慣替神道幫閒。銀錢科斂別個，自己從不破慳。是那一個？

（外）在下是汀州司李的管家。我老爺前去上任，假道貴鄉，有一本願戲要還。聞得今年的戲頭是你們二位，故此特來相煩。

（末）這等，效勞就是。

（外）請問：這些戲子叫做甚麽班名？脚色何如？做的戲文可看得過？我家老爺未中之先，極喜串戲，那詞曲裏面的事，一毫也瞞他不得的。

（末）聽我道來：

【鎖南枝】優人號，是玉筍班，芳名播傳吳越間。（外）那個做旦的是男是女？可有些姿色麽？（末）正生也是嬌娃，不止風流旦。（外）怎麽連做生的也是婦人？這等說戲文一發好看了。（末）音與容，天下罕；說無憑，做來看。

（外）我聞得玉筍班中，有一生、一旦都投水死了，為甚麽還在這邊？

（副淨）聽我道來：

【前腔】〔換頭〕自從失生旦，依然攏舊班。只換當時譚藐，其餘並未更翻，悉照從前扮。旦與生，都在咫尺間；若要睹芳容，領君看。

（外）這等，那一生一旦，又是那裏去合來的？

（末）這個正生就是當初做旦的母親，叫做劉絳仙；那做旦的婦人，是別處湊來的脚色。（外）原來如此。有一錠銀子，煩你二位拿去做定錢，說老爺明日就到，一到就要做的。這樁事在你二位身上。我如今趕上座船，回覆老爺去了。（先下）

（末、副淨）總承戲子趁錢，又落得看戲，這樣有興的事，為甚麽不做？快去説來。

權把陰司籤片，暫為陽世幫閒。
尚有餘錢可落，豈止不破私慳。

第二十八齣　巧　會

【菊花新】（生冠帶上）瓣香今日謝神祇，把往事相酬後事祈。（旦命服上）今日拜慈幃，相見處反多慚愧。

（生）夫人，打前站的轉來回話，説晏公的壽戲改期一月，恰好等到如今；做戲的人，依舊是那班朋友，只換得一生一旦，做生的就是令堂。天地之間，竟有這般湊巧的事！

（旦）總是晏公的威靈。只是一件，我母親既在這邊，如今一到，就要請來相見了。難道相見之後，還好叫他做戲不成？

（生）我們一到，且瞞着衆人，不要出頭露面。待他做的自做，直等做完之後，説出情由，然後請他相見。這出團圓的戲，才做得有波瀾，不然就直截無味了。

（旦笑介）也説得是。既然如此，連祭奠晏公都不消上岸，只在舟中遙拜便了。

（生）那個自然。

（內吹打，泊船介）（生、旦並立場右，前設窗架垂簾介）

（外上禀介）三牲祭禮都已擺在神前，請老爺、夫人祭奠。（生、旦拜介）

【普天樂】（生、旦合）感神靈相周庇，續雙魂成連理。身榮顯、身榮顯也仗靈威，這慈恩周到無遺。呀！望周全到底，扶人莫去梯。早把迷途相引，免受顛危！

（末穿本等服色，持戲單上）戲單在此，請老爺點戲。（外傳進介）

（生）你對他講，不做全本，只演零出。開首一劇，要做《王十朋祭江》。做完之後，再拿戲單來點。

（外傳介）（末取戲單下）

（旦）為甚麼點這一出？

（生）不為別樣，單要試你令堂的心。你當初為做《荊釵》，方纔投水。如今原把《荊釵》試他，且看他做到其間，可有些傷感的意思？

（旦）也說得是。

（內敲鑼鼓，小旦冠帶上場介）

【新水令】一從科第鳳鸞飛，被奸謀有書空寄。幸萱堂無禍危，痛蘭房受岑寂。挨不過淩逼，身沉在浪濤裏。

（內）稟老爺：太夫人也要來上祭。

（生向內跪介）稟上母親：你是高年之人，受不得悲傷，流不得眼淚。請在後面少坐，等孩兒代祭罷了。

（內）既然如此，替我多奠一杯。

（生）是。（起介）

（內眾齊云）我們上去斟酒，好待老爺祭奠。

（生）丈夫祭奠妻子，用不着閒雜之人。你們都不消上來，待我自斟自祭便了。（拈香拜介）

【折桂令】爇沉檀香噴金猊，昭告靈魂，聽剖因依：自從俺宴罷瑤池，宮袍寵賜，相府勒贅。俺則為撇不下糟糠舊妻，苦推辭桃杏新室。致受磨折，改調俺在潮陽。因此上擔誤了你的歸期！（歎介）我那妻呵！你當初在此投江，我今日還在此設祭，料想靈魂不遠，只在依稀恍惚之間。丈夫在此奠酒，求你用一杯兒。（左手持杯，右手掩淚介）（旦亦哭介）

【雁兒落】（小旦）徒捧着淚溶溶一酒卮，空列着香馥馥八珍味。慕儀容，不見伊訴衷曲，無回對！俺這裏再拜自追隨：重會面，是何時？搵不住雙垂淚，舒不開咱兩道眉！先室！都只為套休書的賊施計，賢也麼妻！俺若是昧誠心，自有天鑒知。我那妻呵！你為我完名全節，身葬波濤。如今做丈夫的，沒有別樣報你，只得這杯酒兒，求你再飲幾口。（擎杯奠介）

【收江南】呀！早知道這般樣拆散呵，誰待要赴春闈。便做到腰金衣紫待何如？端的是不如布衣，倒不如布衣！則落得低聲啼哭,自傷悲。

（一面化紙,一面高叫介）我那薐姑的兒呵！做娘的燒錢與你,你快來領了去。（號啕痛哭,旦亦哭介）

（內高叫介）祭的是錢玉蓮,為什麼哭起薐姑來？

（小旦）呀！睹物傷情,不覺想到亡兒身上。是我哭錯了。

【沽美酒】紙錢飄、蝴蝶飛,紙錢飄、蝴蝶飛。血淚染、杜鵑啼！俺則為睹物傷情越慘淒。靈魂兒您自知,俺不是負心的、負心的隨着燈滅。花謝有芳菲時節,月缺有團圓之夜。俺呵！徒然間早起晚宿,想伊念伊,要相逢除非是夢兒裏,再成姻契。（哭倒介）

（旦捲簾高叫介）母親起來,你孩兒並不曾死,如今現在這邊。

（小旦立起,驚看介）不好了,不好了！兩條陰魂都出現了。你們快來,我只得要回避了。（急下）

（內）活人見鬼,不是好事。大家散了罷。（作嘩噪介）

（外上,立場前高叫介）你們不要亂動,船裏坐的不是鬼,就是譚老爺、譚奶奶的原身,當初被人撈救,並不曾死。如今得中高魁,從此上任。你們不信,近前來看就是了。

（內）不信有這樣奇事？

（生）叫左右快打扶手,待我們上岸。

（內鼓吹介）（二人持藍傘上,一蓋生,一蓋旦,同上岸介）

【普天樂】（合）露原形休遮蔽,破羣疑銷驚悸。夫和婦、夫和婦玉手同攜,賽當年假唱虛隨。呀！看茫茫大水,心兒尚慘淒;不信南流北淌,又得相依。

（內）呀！果然是原身,不消驚怕了,一同出去相見。

（末、老旦、副淨、小旦同上）

（末、老旦）呀？譚大哥、劉大姐,你們果然不曾死,竟戴了真紗帽,頂着真鳳冠了。恭喜恭喜！難得難得！（同見介）

（旦見副淨、小旦介）爹爹、母親請坐,容孩兒拜謝養育之恩。

（末、老旦）養育之恩倒不消謝得,那活命之恩倒是要謝的。

（副淨、小旦）慚愧,慚愧！

（生、旦拜介）

【前腔】（副淨、小旦）掩羞容難藏避，受譏彈無回對。愧當年、愧當年眼淺眉低，把鸞鳳認做山雞。呀！望包羞蓋恥，前情話少提。幸恃椒房恩寵，分竊餘輝。

（小旦）我兒，你把下水之後，被人撈救的事情，細細說來我聽。

（旦）這些原委，須得一本戲文的工夫纔說得盡，少刻下船和你細講。只是一件，女婿做了官，你不便做戲了，快些散班，同我們一齊上任。

（副淨）去倒要去，只是這兩張面孔沒有放處。

（衆）不妨！戲箱裏面取兩個臉子出來，每人帶着一個，叫做"牛頭丈人"、"鬼臉丈母"就是了。有甚麼去不得？

【前腔】莫支吾休慚愧，做官親分榮貴。真佳婿、真佳婿吐氣揚眉，致吾儕也有光輝。呀！羨雞頭鳳尾，時來忽地飛。始信才多命好，畢竟無虧！

（外持册子急上）幾段新聞纔說過，兩番怪事又來傳。稟老爺：頭接的差人到了，說山賊破了汀州，十分猖獗。還喜得不據城池，單搶金帛、子女，如今又到別處去了。

（生驚介）呀！這等說起來，竟是一塊險地了。下官既受國恩，就是粉骨碎身，也辭不得。只是地方多事，不便攜家。我有道理。（對旦介）夫人，你且到莫漁翁家裏暫住幾時，等地方寧靜之後，我差人來接你。（對外介）你拿的是甚麼公文？

（外）這角公文來得十分詫異，是在行囊裏面忽然檢着的，封套上面有"平浪侯封"四個字。所以不敢擅拆，拿來報老爺。

（衆驚介）呀，這等說起來，是晏公顯聖了。

（生拆看介）怎麼有這等奇事？竟是一本"須知册"，把汀州一府的民情吏弊，與賊營裏面虛實的情形，開寫得明明白白。叫我一到地方，依了册文做去，不但身名無恙，還有不次之升。這等說起來，晏公的意思，竟要扶持到底了。夫人，我同你快些拜謝。（同拜介）

【前腔】謝奇恩施良誨，指迷津開聾聵。承提命、承提命敢不遵依，奉行時還仗靈威。呀！有恩神做美，從今少禍危。準備裝形塑像，没世瞻依。

（生）岳丈、岳母且在此消停幾時，等接令愛的時節，請你一同上任。地方有事，不能久留，就此告別了。

（生）叫院子，雇一隻民船護送夫人轉去。

（外）曉得。

　　　　（生、旦）天機不測太驚人，締就良緣更顯身。
　　　　（衆）同是一般施赫奕，防奸不似二郎神。

第二十九齣　攀　轅

（外扮耆老扶杖上）世上清官不易逢，忍教慈母遇兵凶。攀轅臥阻行師轍，稍盡吾民愛戴衷。自家非別，汀州府城一個任事的耆民便是。自從山兵擾亂以來，把一個富庶地方，變做凋殘世界。虧得地方有幸，到了一位刑廳，年紀不過二十多歲，竟像多年的老吏一般。到任不滿三月，替地方做了許多好事；愛民如子，廉潔非常，真個是民之父母。只是一件，他倚了才幹有餘，不但分內之事不肯推辭，連別人挑不去的擔子，都要攬到自己身上來。見山賊流來流去塗毒地方，沒有平靜的日子，竟往各衙門動了申文，要領兵出去剿賊。你道這些山賊可是剿得去的？他不來惹你也勾得緊了，你倒要去惹起他來？所以通郡的百姓推我為頭，同去遮留苦諫，約定今日在府前會齊。為甚麼還不見到？

（末、副淨、丑同扮耆老上）同心做好事，協力諫清官。若還留得住，萬戶保平安。呀！做頭的先到了。請問官府坐堂了不曾？

（外）打過二梆了，只在這一會出堂。

（衆）這等，打點起話來，等他一坐，大家跪過去講就是了。

（內打三梆，作吆喝坐堂介）（衆齊跪介）

（生內云）下面跪的甚麼人？本廳為出兵事冗，民間的詞狀一概不收，叫他們轉去。

（衆）合郡耆老有公事稟老爺。

（生內云）有甚麼公事？你且講來。

【駐馬聽】（衆）耆老陳言：聽說行師在眼前。只為那妖氛猖獗，蠢動難防，因此上我輩憂天。忍教慈母觸烽煙！遮留共把愚忠獻。願止行鞭，龔黃坐鎮民心奠！

（生內云）你們不欲本廳冒險，也是一片好意。只是山賊不除，終是朝廷的隱患，連你們百姓也不得安寧。本廳自負有定亂之才，斷沒有意外之事，你們放心便了。

【前腔】（衆）定亂難言，現有前車覆在先。也只為邀功心急，慮敗情疏，決勝詞堅。一般也望凱歌旋，誰知不遂成功願！到如今圖畫淩煙，反戈倒射天山箭！

（生內云）申文已下，勢在必行，你們不必多言，都出去罷。

（內打鼓吆喝，封門介）

（衆起歎介）不聽老人言，必有悽惶淚。可惜這個好官，斷送在山賊手裏。大家回去罷。

只說地方有福，誰知依舊無緣。

此去凶多吉少，安排眼哭青天。

第三十齣　奏　捷

（丑冠帶，持衣帽上）羊質焉能冒虎威，只因皮相得便宜。雖然瞞過時人眼，陽虎何曾是仲尼。自家非別，起先假扮漁翁，後來冒充兵道的就是。自從那日立功之後，蒙山大王十分眷寵，把一向擄來的財帛都託我收藏，又不要我行兵冒險，極是一樁好事。只是一件，我當初替他出力，原只圖那千金聘禮；聘禮到手，心事已完。如今就要圖富貴，也不可做呆人，須要立在活路上，看他們的勝負何如？若還得勝，料想抹不得我的功勞；萬一敗了，就要想個脫身之計。近日聞得汀州府裏新到一個刑廳，着實有些本事，今日打仗就是他領兵。我如今把這逃難的衣帽放在手頭，聽見不好的風聲換了就走。正是：狡兔常為三窟計，乖人慣踏兩頭船。（下）

【鵲橋仙】（生戎裝，引衆上）弦歌初起，鼓鼙旋動，禮樂干戈並用。機謀運處鬼神通，看別是一番奇縱。下官到任以來，喜得民安吏戢,宦有餘閑。只是山賊未除,到底不能安枕。前日蒙晏公顯聖,把治民禦盜之略,造成册子見遺。我先把治民之事驗他禦盜之方,誰想一字不差,椿椿都有應驗。前功如此,後效可知。所以往各院申詳,力任征剿之事。蒙上臺批下詳文,把各路兵馬、錢糧,都屬我一人提調。又慮官卑職小,彈壓不來,因下官未到之先,有個慕容兵道在陣上降賊去了,就委下官暫署此職以便行兵。若能滅賊成功,即以此官題授。今乃出師吉日,不免把隨征將校號令一番。分付各營將領,帶齊人馬,前來聽令。(衆應,傳令介)

【番卜算】(外披掛上)主帥運神機,一震軍威動。(末披掛上)披堅執銳赴轅門,請試鉛刀用。(見介)左右二將端躬。

(生)本道今日用兵,不比前人輕舉,智圖必勝,慮出萬全,料想那幾個小賊不勾本道誅夷。只是一件,要防他戰敗之後,依舊入山,到了巢穴之中,再去剿除就費力了。左營將校,領一枝兵馬,守住入山的要路,使他無門可入。右營將校,帶一枝人馬,先入山中,焚毀他的巢穴,使他無家可歸。斬賊擒王就在此一舉了,小心用命,不得有違。

(外、末)請問老爺:入山的門户甚多,不知該守那一處?分住的巢穴不少,不知該燒那一方?求老爺指下地名,省得將官們誤事。

(生)要害之處果然不少,本道説不得許多;況且秘密的兵機,也不好盡行洩漏。有兩封諭帖在此,各人領了一封,到途中細看,依計而行便了。

(各付介)就此起兵。(同行介)

【傾杯玉芙蓉】【傾杯序】(合)計算神明膽氣雄,逆料多奇中。設險擒王,獸散人逃;放火焚巢,地赭山童。【玉芙蓉】就是神仙也無計歸迷洞,鳳鳥也能教入智籠。況是妖魔種,又何難制弄!便凱旋也,羞將特本奏膚功!

(副淨引衆上,對殺一陣,大敗下)

(生)分付大小三軍,賊衆敗走,勢必歸山,大家奮勇爭先,一齊追上前去,除賊頭之外,遇着就斬,不必生擒。只有一個要緊的賊犯,定要拿住獻俘,不可擅加刑戮。

（眾）請問老爺：是哪一個賊犯？

（生）就是在山中偽隱、陣上投降的叛賊,他的罪名還在賊頭之上,大家用心追獲,不可走了渠魁。

（眾應介）（重唱"妖魔種"三句下）

【水底魚兒】（副淨引眾上）大事成空,山威忽地崩。忙投歸路,急急把門封。這個小遭瘟倒來得利害,大家不要惹他,快收兵馬,急急歸山。

（內鳴金、擂鼓、吶喊介）前面又有人馬,後面又有追兵,進退兩難,這怎麼處？

【對玉環帶清江引】【對玉環】躡影潛蹤,追來不放鬆。斂銳藏鋒,還愁遇夾攻。謀臣計也空,武臣力也窮。運蹇時乖,同聲怨主翁！（眾望內驚介）呀！大王你看：深山裏面火光燭天,畢竟有官兵入山,燒毀我們的巢穴了。即使逃得轉去,也無處棲身,這怎麼了？（內又吶喊介）（副淨）四面殺來,料想走不脫了。大家硬起頭來,等他砍一刀罷！【清江引】上天入地俱無縫,穩把頭顱送。拚遭五寸傷,略忍須臾痛,結一個碗大的瘡疤又不腫。

（外、末從左,生、眾從右,一齊殺上,拿住介）

（生）那一個是賊頭？（眾指副淨介）這個是。

（生）那一個是陣上投降的叛賊？

（眾）預先走了。

（生）暫且班師,待我移會各衙門,畫影圖形,定要拿住此賊,然後獻俘。你們眾將之中,有能密訪潛拿,解到軍前者就算首功,另加升賞。

（外）稟老爺：小將有一個朋友,前日從浙江回來,說在山中遇見一人,分明是他的模樣。求老爺賞憲牌一紙,待小將扮做捕人,前去緝獲。若果然是他,只消協同地方,拿來就是了。

（生）既然如此,本道一進衙門,就委你前去。（行介）

【朱奴兒犯】（合）除民害妖魔盡空,抱忠憤亂賊難容,肯使皇家有伏戎！私國法,把叛臣疏縱,此罪勝元凶。食毛踐土,當輸草莽忠；況受君恩寵，獲伊才可奏膚功。

【尾聲】（生）今朝幸把皇圖鞏，都道我憑獨斷謀臣不用。誰知有個不說話的軍師在暗中。

第三十一齣　誤擒

【夜行船】（小生上）釣倦歸來天尚早，無個事出步林皋。聽水心閑，看山目飽，處處逢吾所好。我莫漁翁別了譚生，不覺又是半載。他因地方多事，不便攜家，把內眷送來，託我替他看管。且喜我家內人與他情投意合，竟與姊妹一般。老夫坐在家中，倒覺得有些不便，凡是捕魚之暇，就在外面閒遊。今日釣着的魚兒，已勾我沽酒了，不免往山前山後去閒步一回。（行介）

【風入松】畫中人度畫中橋，隨路把幽情探討。漁翁不復求詩料，身過處隨風颳掃。走了這一會，不覺有些倦怠起來，且在松陰之下稍睡片時。漫道是籌國事魂搖夢搖，就是平章山水也心勞。（睡介）

（外帶二卒，假扮捕人，暗藏鐵索手上）暫謝將軍事，權充捕役差。入山拿叛賊，刑具早安排。自家非別，漳南巡道標下一員裨將是也。只因有個相熟的人，從這邊經過，看見慕容兵道躲在山中，故此裏過譚爺，給了廣捕的批文，扮做差人，前來緝訪。此間已是嚴陵地界，須要用心緝獲他。（對二卒介）大家帶着些眼力，不可使他當面錯過。

（二卒）知道了。那松樹底下有個睡覺的人，不免去喚他醒來，預先問個消息，有何不可。

（外）也說得是。

【急三槍】先向這旁人口，討一個，真消息；然後去查蹤跡，捕奸獠。

（二卒）這漢子好不睡得自在。待我嚇他醒來。

（搖介）睡覺的快醒，前面老虎來了。（小生醒介）

【前腔】誰叫喚，驚醒我，蕉鹿夢？且待我揉昏眼，把伊瞧。

（立起見外，外大驚，背介）這就是他了，還要那裏去尋？你們也認一認。

（二卒細認，背對外介）不消說了，快取傢夥出來。

（外對小生介）慕容老爺，一向不見你了，還認得我們麼？

（小生驚介）呀！我是個深山野人，並無相識，與諸公絕不謀面，不要錯認了？

（外）不錯不錯！你原任漳南巡道，我是你標下的將官，豈有認錯之理？快不要推辭，隨我到原地方去。

（小生背介）被他認出了，這怎麼處？或者朝廷要我，地方官員差他來物色，也不可知：不如說出原情，求他放過了罷。（轉介）你們既然認得，我也不必遮瞞了。只是出山一事，我是斷斷不從的。煩你回覆本官，放過了我罷！

（外對二卒介）快些下手，不要疏虞。（二卒拿住，上鎖捉介）

（小生大驚介）這是甚麼緣故？就要我去，也只好敦請出山，豈有用官法拘拿之理？這等胡說，是那個官兒差你來的？

（外）奉汀州理刑署兵道事譚老爺的軍令，特來拿你。有憲牌在此，你自己看來。

（小生看牌大驚介）呀！果然是他的。我對你講，你那本官與我最相契厚，他未遇之先，夫妻兩口的性命，都是我救活的。為甚麼恩將仇報，竟把"叛犯"二字加起我來？

（外）你心上自然明白，何須問我。叫左右帶了竟走，不要理他。（帶走介）

（小生）既然如此，待我從家裏過一過。他的夫人現在，你若不信，去問他一聲就是了。（外）你家在那裏？

（小生）就在路旁。

（外）既然如此，就帶便過一過。

（小生）來此已是。娘子，快請譚夫人出來！

（旦、老旦同上）何事從容度，翻成急驟聲。忙移堂上步，去審外來情。呀！這是怎麼說？他們三個是何等之人，為何沒緣沒故鎖住了你？快些講來。

（老旦）我知道了。

【風入松】這歹人應是綠林豪，向山間肆擾。欺負我天高帝遠無伸告，把刑罰將人私拷。這奇橫教他怎熬？我如今沒奈何了，只得抈長跪去求饒。

（對衆跪介）大王爺，我丈夫是釣魚之人，穿着一領蓑衣，住着幾間茅屋，並沒有金珠財寶。求你們開天地之心，饒了他罷！

（衆）我們奉官差拿人，又不是強盜，怎麼叫起大王來？

（旦）你奉那一處的官差？自古道：鋼刀雖快，不斬無罪之人。為甚麼拿起他來？

（小生）不奉別人的官差，是你那位有情有義的尊夫，感激我不過，差他來報恩的。多謝！

（旦大驚介）豈有此理！

（小生）現有牌票，是他親筆標的。（對外介）你與他看一看。

（外付牌，旦、老旦同看介）

（旦）呀！果然是他親筆。這等說起來，竟不是個人了！（對衆介）有我在這邊，不怕他險到那裏！快些放了，待我去回覆他。

（外）噫！好大體面，你既是夫人，為甚麼不隨他上任，倒住在反賊家裏？莫說不是，就算是真的，也沒有老爺拿賊，夫人釋放之理。快些起身，不必再講閒話。

【急三槍】一任你，專房寵，結髮愛；也休想撓國法，代求饒。

（旦）"夫妻"二字豈是假得的？你既然不信，連我也帶到那邊，一同審問就是了。

（外）這句話還說得有理。既然如此，雇下一隻大船，我們帶了犯人坐在前艙，你同他的妻子住在後艙，一同前去便了。

（旦）就是這等。

（老旦對旦介）譚大娘，想是我家男子，當初說話之間不曾謹慎，得罪了譚官人，所以公報私仇，想出法來害他，也未見得。全仗你去周全，我夫婦二人的性命，就在你身上了。

（旦）決無此事，大娘不必多心。

【前腔】（老旦）全仗你，赦罪譴，施恩義，前去收雷電，息風波！

（旦）他是個有心人，決不做負心之事。我仔細想來，畢竟有個緣故！

【風入松】（旦）其中情理太蹊蹺，攪碎柔腸難料。或者是他設計報恩，知道尊夫高尚，不肯出去做官，要學晉文公報德之法：放火燒山，好等介之推出去，也不可知。是便是了，你就要依摹古法將恩報，也須防額爛頭焦。（對小生介）我願你權避火休將木抱，好待他持爵祿報功高。（小生）既然如此，快些料理船隻，即便起身。且看到了那邊，把甚麼官法處我？

（歎介）救虎誰防被虎吞，（老旦）勸君施怨莫施恩。

（旦）焉知不為酬勞計？　　奇禍從來是福門。

第三十二齣　駭　聚

【南粉蝶兒】（生冠帶，引將校並劊子手上）斬盡鯨鯢，南國干城是倚。亂階兒反做天梯，受殊恩，蒙異寵，頓遷榮位。感神祇真個匡扶到底。下官請纓蕩寇，僥倖成功。蒙聖恩不次加升，就補了漳南兵憲。又叫拿獲的賊首不必獻俘，只等叛臣緝到之時，一同梟斬。昨日左營裨將有塘報寄來，說叛臣已經拿住，我的夫人現在他家。這等講來，就是莫漁翁了。我不信那一位高人，肯做這般歹事，或者是差官拿錯了也未可知。我仔細想來：若果是錯拿的便好，萬一是他，叫我怎生發落？正了國法，又背了私恩；報了私恩，又撓了國法。這樁事情着實有些難處。且等他解到，細細的審問一番。

（外上）原是奉差拿賊，誰知代主攜家。欽犯、親人俱到，一齊解進私衙。稟老爺：叛犯拿到了。

（生）你在那裏獲着的？他作何營業，家口共有幾名？可曾查問的實，不要拿錯了無罪之人。

（外）他住在嚴陵地方，釣魚為業。夫妻兩口，僕婢二人，不但面貌不差，他親口招稱，說在此處為官是實。

（生）此外更有何人？

（外）另有一個婦人，說是老爺的家眷。將官不辨真假，只得也請他同來。如今現在外面，要進來替他伸冤。

（生背介）這等說起來是他無疑了。國法所在，如何徇得私情？我有道理。（轉介）那位女子原是本道的親人，當初寄在他家，並不知本人是賊。如今既已敗露，國法難容，不但本犯不好徇情，連那位女子，也在嫌疑之際了。分付巡捕官，打掃一座公館，暫且安頓了他。待本道處了叛賊，奏過朝廷，把心跡辨明瞭，然後與他相見。（外應下）

（旦內高叫云）莫漁翁並無過犯，如何擅自加刑？其中必有冤情，待我進來替他分理。

（生大怒介）叫左右，快出去分付，你說他是何人？此是何地？法堂之外，豈容親人叫喊！若不快些回避，本道執起法來，連他也不便了。（末向內分付介）

（生）帶叛賊進來。

（末傳令介）（外綁小生上）

【北醉花陰】（小生）往事行差不堪悔，替那負心人無端做美。這回斷送老頭皮，聽伊行煮豆燃萁，既相煎倒不嫌太急。免使俺遭淩辱，受羈縻，去做個報怨銜仇白日迷魂的鬼。（見介）

（生）哦！原來那殃民誤國、欺世盜名的人就是你麼？你既受朝廷厚祿，就該竭節輸忠；即使勢窮力竭，也該把身殉封疆，學那張巡、許遠的故事。為甚麼率引三軍，首先降賊，是何道理？從直招來。

【南畫眉序】供狀自招題，免使我六問三推受淩逼。把"容情寬縱"，四字休提。赴友難易把軀捐，秉國憲難將身替。烏紗慣把人心背，只因法在難違。

（小生怒介）呸！你又不喪心，又不病狂，為甚麼白日青天說這般鬼話？我何曾降甚麼賊來？

（生）怎麼倒反罵起我來？這也奇極了！

【北喜遷鶯】（小生）平白地把惡聲來吠，甚來由把逆案相歸。好教俺裂眥橫眉，髮沖冠頭皮撞碎。你要學秦檜當年殺岳飛，硬加個無名罪。試問俺豎降旗,誰人見面?謀逆舉,若個相隨?

(生)哦!你說沒有見證麼?叫各役過來。

(眾跪介)有。

(生)你們都去細認,三年之前,在本衙門做官的,是他不是他?不要拿錯了。

(眾近身細看介)稟老爺:一毫不差。他是我們的舊主,終日服事過的,豈有認不出的道理?

(小生對生介)我何曾不說做官,只問降賊之事,是何人見證?你為何當問不問,不當問的倒問起來?

(生)也說得是。叫眾將官過來。

(外、末、淨、丑)有。

(生)他降賊之事是真是假?你們可曾眼見?都要從直講,不可冤屈了人。

(外、末、淨、丑)是將官們眼見的,並非虛枉。

(生對小生介)何如,還有甚麼話講?

【南滴溜子】公堂上,公堂上,千人一嘴。又不是懷私怨,懷私怨,將伊謗毀。料應私情難庇,伊行請自裁。從今別矣,欲報私恩,愁犯國威。

(小生)這些將官、衙役,都是你左右之人,你要負心,他怎敢不隨你負心?這些巧話,都是你教導他的。

(生)怎麼你犯了逆天大罪,倒反謗起我來?

(小生)哦!你那片歹意我知道了。

【北出隊子】非是你沒意,故要將恩背,有一片劣心腸太隱微。你怕俺露原情滅口不教提。因此上花着臉硬把良心昧。罷!我就做個田光先生,替你滅了嘴罷。便做個永不泄田光滅嘴。

(生)哦!你道這些將官、衙役,都是我左右之人,說來的話不足取信麼?也罷,叫左右,去把地方百姓,隨意叫幾個進來。

(眾)嗄!

(向內喚介)(副淨、老旦扮耆老,旦、小旦扮幼童,齊上見介)

(生)你們都去細認一認,看他可是降賊的人?

（眾細認介）是不差。只是一件，他起先一任原是做的好官，只是後面再來不該變節。求老爺將功折罪，饒恕了他罷。

（小生驚介）呀！怎麼百姓口裏，也是這等説起來？

（生）別罪可以饒恕，謀反叛逆之罪，豈是饒恕得的？你們去罷。（眾應下）

（生對小生介）料想到了如今，你也没得説了。本道夫妻兩口，受你活命之恩，原無不報之理，只是國法所在，難以容情。叫左右，暫鬆了綁，取出一壺酒來，待我奉他三杯，然後正法。合着古語兩句，叫做：今日飲酒者私情，明日按罪者公法。（眾應，鬆綁介）

（生取酒敬介）慕容先生，今日之事出於萬不得已，並非有意為之。你是讀書明理之人，自當見諒。求你用了這杯酒兒。

【南滴滴金】臨刑把酒酬恩義，國法私情兩不悖。（掩淚介）好教我傷心暗灑刀邊淚，眼見得變恩人成怨鬼。我雖不殺伯仁，伯仁由我而死。這兩句話，就是下官的罪狀了。知情犯罪，你若是肯原情設身當此位，只怕也寧為惡魁，難把法違。

（小生擲杯大怒介）你這些圈套，總是要掩飾前非，有誰人信你？你當初下水，是我救你的性命；回去赴試，是我助你的盤纏。這些恩情都不必提起，只説你建功立業，虧了誰人，難道是你自家的本事麼？若不虧我暗用機謀，把治民剿賊的方略，細細傳授與你，莫説不能成功，只怕連這顆狗頭，也留不到今日，在陣上就失去了！

（生）別的功勞便虧了你，那剿賊之事與你何干？也要冒認起來。你何曾授甚麼方略？這一句話從那裏説起。

（小生）哦！你還不知道麼？我且問你，你赴任的時節，那本"須知"册子是誰人造的？

（生大驚，背介）呀！那本册子是神道賜我的，他為何知道？這就有些奇了。

【北刮地風】（小生）我説出原情也太慘悽，您休得要誇大口自騁雄威。早知道狠逢蒙毒手能誅羿，又怎肯把射法傳伊？您道那妙陰符是天授非人力，署官衙現有封皮。怎知俺冒猿公，傳劍術，別示玄機。子看那一椿椿、一件件洞晰無遺,也虧俺舊令尹重把精神費,舊令尹重把精神費。又誰知要周全倒惹是招非。

（生）這等說起來,那本册子竟是你造的了。既然如此,為甚麼不自己出名,寫了"平浪侯"的神號?

（小生）我只為刻意逃名,不肯露出做官的形跡,所以如此。一來要替朝廷除害,二來要扶持你做個好官。誰想你自己得了功名,倒生出法來害我。

（生）呀!這等說起來,你竟是個忠臣了。為甚麼又肯謀叛?

（小生）我何曾謀叛?想是你見鬼了。

（生）你入山之後,皇上因賊寇難平,依舊起你復任。地方官到處尋訪,從深山裏面請你出來,指望你仍像前番替朝廷出力,誰料你變起節來。因有這番罪孽,才有這般風波,你難道自己心上還不明白麼?

（小生大驚）呀!這等講來,不是你有心害我,或者地方官尋得急切,有人冒我姓名,故意出來謀叛,也不可知。倒求你審個明白,不然性命還是小事,這千古的罵名如何受得起!我起先不肯屈膝,如今沒奈何倒要認做犯人,跪在法堂上聽審了。（跪介）

（生）既然如此,待我提出賊頭來,替你審個明白;若果有此事,就好釋放你了。只是一件,等他提到的時節,你倒要認做降賊的人,只說與他同謀共事,我自有巧話問他。真與不真,只消一試就明白了。叫左右,取監犯出來。（眾應下）

（生背介）老天,老天!但願得果然如此,我這個負心人就做不成了。求你保佑一保佑!

（眾取副淨上）稟老爺:賊頭帶到。

（生）聖旨已下,叫本道不消獻俘,待拿着叛臣,與你一同梟斬。如今那名叛賊已拿到了,本該一同正法,只是一件,我方纔審問他,他說不是真正叛臣,乃冒名出來替你做事的,情有可原,罪不至死。我心上要釋放他,所以提你出來,問個明白。這冒名之事,可是真的麼?

（副淨）真便是真的,只是此人險惡非常,小的恨他不過,要殺同殺。求老爺不要放他！

（小生）我與你是同事之人，為甚麼這等恨我？

（副淨）你未曾出山的時節，得我千金聘禮；後來假裝兵道，在陣上投降，我把你帶在軍中，凡是擄來的財帛，都託你掌管。你就該生死不離，患難相共纔是。你見風聲不好，就把財帛捲在身邊，飄然而去。難道我做了一場大賊，單單替你做事不成？要死同死，決不放你一個。

（生）天下人盡多，那一個假裝不得，為甚麼單去聘他？

（副淨）只因為他的面龐，與慕容兵道一模一樣，所以把千金聘禮去聘他出來。

（生大笑介）原來如此。這等說起來，他不是你的仇人，你的仇人還不曾拿到，待拿到的時節，與你一同正法便了。

（副淨）明明是他，怎麼說個不是？

（生）這是慕容兵道的原身。他解任之後，並不曾出山。你若不信，走近身去細認一認就是了。

（副淨近身，細認介）呀！果然不是。這等不要屈他，當初是我該死，不該把假冒的事，壞了你的名聲。得罪得罪！

（生）叫左右，把賊頭依舊收監，移會各衙門：緝訪冒名的奸賊，拿來剝皮楦草，替你們的舊主伸冤。（眾應，帶副淨下）

（生）請進內衙。叫左右，一面取衣服出來，與慕容老爺換了；一面去請兩位夫人，同進內衙相見。

（眾應下）（小生更衣，相見介）

（生）下官昏聵無知，不能覺察，致累大恩人受此虛驚，多有得罪！

（小生）若非秦鏡高懸，替老夫伸冤雪枉，不只隕身一旦，亦且遺臭萬年。待老婦到來，一同拜謝！

（老旦、旦上）奇冤立雪真堪喜，恩舊重逢更足嘉。

（眾）稟老爺：二位夫人到了。（二旦進介）

（生對旦介）夫人，我平賊的功勞，又虧了慕容先生指引。快來拜謝恩人！

（小生對老旦介）娘子，我降賊的奇冤，全虧了譚先生昭雪。快來拜謝恩人！

（四人同拜介）

【南鮑老催】（合）兩功並奇，如山似嶽俱不低。伊曾救人人救伊。天道還，報應彰，人心慰。從來善事無空費，算來不止三分利，雖極少也能相倍。

（小生）老夫素抱忠良之願，忽蒙不軌之名。雖然無愧於心，形跡之間，也覺得可恥。如今所望于知己者，不但保全骸骨，還求洗濯聲名：辨疏一道，曉諭幾通，只怕都不可少。

（生）豈但奏聞皇上，曉諭軍民，還有特本奉薦，定要請你出山。

（小生微笑介）快不要如此。聽我道來：

【北四門子】您叫俺備牲醪忙把魚竿祭，重打點風雲會。怎知俺有泉石膏肓，煙霞錮疾。就有猛三軍也剝不下俺鐵蓑衣！怕甚麼車兒勸東，馬兒勸西，狠弓旌勝似縋騎。求您把命兒莫催，疏兒代題，放閒人老死漁磯。

（生）原來高尚之心，這等堅決。既然如此，倒不敢奉強了。

（小生）老夫是個迂人，不但沒有出山之心，還有幾句招隱的話，雖然逆耳，也要相告一番。凡人處得意之境，就要想到失意之時。譬如戲場上面，沒有敲不歇的鑼鼓，沒有穿不盡的衣冠；有生、旦，就有淨、丑；有熱鬧，就有淒涼。淨、丑就是生、旦的對頭，淒涼就是熱鬧的結果。仕途上最多淨、丑，宦海中易得淒涼。通達事理之人，須要在熱鬧場中，收鑼罷鼓；不可到淒涼境上，解帶除冠。這幾句逆耳之言，不可不記在心上。

（生、旦點頭介）

（生）這幾句話竟是當頭的棒喝，破夢的鐘聲，使下官聞之，不覺通身汗下。先生此番回去，替我在尊居左右另構茅屋幾間，下官終此一任，即便解組歸山，與先生同隱便了。

【南雙聲子】（生、旦合）開愚昧，開愚昧，究竟把忠言誨；防傾墜，防傾墜，及早卸名場累！成遠志，成遠志；聯夙契，聯夙契，看男蓑女笠，隊隊相依。

【北水仙子】（小生、老旦合）怪無端，履禍危，怪無端，履禍危！這的是福並神仙來瞰鬼。去去去，避清風，躲明月，辭樂事，懺悔前非；減減減，減淡飯，撤粗衣；破破破，破箬笠，僅掩頭皮。釣釣釣，釣魚竿，少向路邊垂；怕怕怕，怕閒人，尾入桃源地；另另另，另選個，僻靜漁磯！

【北尾】一部新詞填到底，也織盡無限心機。要轉那美周郎開顧曲眼，秉公道，賜評批。

邇來節義頗荒唐，盡把宣淫罪戲場。

思借戲場維節義，系鈴人授解鈴方。

秣 陵 春

（傳奇）

清·吳偉業

【作者簡介】吳偉業(1609—1672)，字駿公，號梅村，別署鹿樵生、灌隱主人、大雲道人。世居江蘇崑山，祖父時遷江蘇太倉，為江蘇太倉人。吳偉業出生於一個沒落的書香之家，受學於同鄉張溥，得其賞識。崇禎初年，張溥倡立復社，吳偉業成為該社重要成員。崇禎四年，吳偉業以會試第一、殿試第二的成績考取進士。是時有人攻擊主考官周延儒，累及吳偉業，崇禎帝親自審閱其試卷，平息風波，又特賜他回鄉娶親，榮極一時。之後，吳偉業歷任翰林院編修、東宮侍講、南京國子監司業、左中允、左庶子等職。崇禎十七年三月，李自成攻入北京，崇禎帝自縊於煤山，吳偉業聞訊大哭，欲自縊殉君，後因家人防範而未果。明亡後，吳偉業閉門不出。清順治十年，朝廷徵召，吳偉業推辭不過，先後任秘書院侍講、國子監祭酒。順治十三年，因母喪辭官歸家，從此不仕。康熙十年，吳偉業於臨終前作詩四首，對降清出仕的經歷表示悔恨。吳偉業學識淵博，著述甚多，與錢謙益、龔鼎孳並稱為"江左三大家"。他工詩能文，兼擅繪畫度曲，一生著有《梅村家藏稿》五十八卷，《梅村詩餘》，傳奇《秣陵春》，雜劇《通天臺》、《臨春閣》，史乘《綏寇紀略》、《春秋地理志》等。《秣陵春》當作於吳偉業出仕清朝前夕。據《花朝生筆記》云："夏古存完淳先生《大哀賦》'敘南都之亡'，吳梅村見之，大哭三日，《秣陵春》傳奇之所由作也。"南明弘光朝覆亡於順治二年(1645)，夏完淳殉難於順治四年。由此判斷，《大哀賦》必作於順治二年至四年之間，而《秣陵春》也當作於順治四年之後。又據暖紅室本《秣陵春》卷首有寫園居士作於癸巳七月七日的序言，則可知此劇又必當作於順治十年(1653)之前。

【劇情概要】《秣陵春》，一名《雙影記》。全劇共四十一齣。劇寫南唐學士徐鉉之子徐適和南唐臨淮將軍黃濟之女黃展娘的愛情故事。作者借南唐亡於宋，隱射明亡於清，對南唐君臣及其物事念念不忘。劇寫南唐亡國、宋朝新立，南唐學士徐鉉之子徐適與黃展娘在秣陵比鄰而居，徐適以居所宜官閣和家傳于闐玉杯換得黃家所藏晉唐法帖後，攜帖遠遊。耿先生施展神通，讓展娘從玉杯中見到徐適之影，又讓徐適從宜官寶鏡中見到展娘之像，使二人相見相戀。徐適遠赴洛陽投奔獨孤榮，却被獨孤騙去法帖，逐出洛陽。正書劍飄零、无所依靠之時，被已昇入仙界的李後主命為中軍元帥，征討漢王劉鋹。經過幾番較量，得勝而還。耿先生又牽引展娘魂魄至後主處，使其與徐適真身在冥界會合，經李後主和黃保儀主持完婚。徐適和展娘魂魄被送返人間後，因燒槽琵琶遭受小人陷害，幸而為同窗舊友舉薦，在朝中當場作賦，被宋朝皇帝特賜狀元及第。徐適以妻子失散為藉口力辭狀元之名，展娘則得耿先生之助，魂歸軀體。在丫鬟嬝烟的指點下，徐適始明白展娘的真實身份，遂接受狀元之號，並返回秣陵，與展娘在家鄉完婚。因感戴後主之德，二人往後主廟上香，恰遇南唐宮中樂工曹善才。曹為二人彈唱南唐舊事，引來後主現身。君臣緬懷舊事，感慨唏噓。

【版本流傳】該劇現存順治間振古齋刻本，《古本戲曲叢刊三集》據之影印；另有清初刻乾隆十五年重修本；民國武進董康刊《誦芬室叢刊初編》之《梅村先生樂府三種》所收本；民國貴池劉世珩《暖紅室匯刻傳奇》所收本。本書以振古齋本為底本，以暖紅室本參校。其字詞不一致處，擇善而從；其有通假字、異體字處，均不列出，仍依振古齋本。

【演出情況】該劇編成後不久，就被如皋冒襄家班搬上了舞臺。冒襄觀看此劇後，評論道："字字皆鮫人之珠，先生寄託遙深。"

（石　芳）

序

客有問於余曰:"秣陵春,何為而作也?自《華山畿》紀於樂府,而幽婚冥媾屢見稗官,後世猶疑其事。今子之說非形非影,為有為無,此恢諧滑稽所不談,而《虞初》《諾皋》所不載者也,得毋迂誕之乎?"余笑曰:"是所謂夏蟲不可語冰,知宋人之刻楮葉而不識木鳶能飛者也。今夫阿房閣道鉅麗之極觀也,咸陽三月刼灰具燼,而海中有三神山,以金銀為宮闕,二者吾不能定天下之居處。鄭女曼姬,嫺都嫽冶,章華宮中,十年不能望幸,而巫山之神女,高唐入夢,得薦寢於君王,二者吾不能定天下之美麗。魚龍曼衍之戲,西域幻人吞刀吐火,而月中天樂《紫雲》一曲,唐玄宗以玉笛吹之,名曰《霓裳羽衣》,二者吾又安能定天下之聲音哉?彼夫文人才士放誕窮愁,怨女貞姬憂思鬱結,惝兮若有所亡,怳兮若有所見。杳矣,冥矣,縹緲無所不之矣!況乎侯王則陵廟丘墟,妃主既容華消歇,蕭條乎?原野漻栗乎?悲風魖魖之與鄰,魕魖之與遊,其平生圖書玩好、歌舞戰鬭之娛,雖化為飄塵灌莽,不能有以磨滅也。於是神僧異人從而取之,以出其變化。李少君之帳中,佛圖澄之掌上,皆是物也。而又何疑於余之說乎?余端居無憀,中心煩懣,有所徬徨感慕,髣髴庶幾而目將遇之,而足將從之。若真有其事者,一唱三歎,於是乎作焉是編也。果有託而然耶?果無託而然耶?即余亦不得而知也。"客迺听然,而笑曰:"善。"

灌隱主人漫題。

第一齣　塵　引

（末上）

【桃源憶故人】垂楊不管人心事，點點閒愁飛至。悶把殘編誰是，剩有相思字。　　玉笙吹徹《風流子》，吾輩鍾情如此。一卷澄心堂紙，改抹鶯花史。

【沁園春】次樂徐生，四海無家，客遊雒陽。喜展娘小姐，玉杯照影；買來金鏡，却是紅粧。後主昭儀，兼公外戚，倩女離魂出洞房。招佳婿，仙官贊禮，王母傅觴。　　東都拆散鴛皇，賜及第春風夢一場。待狀元辭職，貂璫獻婢；孀烟相見，話出行藏。給假完婚，重脩遺廟，舊事風流説李唐。淒涼恨，《霓裳》一曲，萬古傳芳。

　　　　白玉杯徐郎傅粉，青銅鏡黃女簪花。
　　　　將軍靦澄心法帖，善才弄焦尾琵琶。

第二齣　話　玉

（生上）

【正宮引子·瑞鶴仙】燕子東風裏，笑青青楊柳，欲眠還起。春光竟誰主？正空梁斷影，落花無語。憑高漫倚，又是一番桃李。春去愁來矣，欲留春住，避愁何處？

【鷓鴣天】石子岡頭聽曉鶯，芳林園裏醉遊人。南朝子弟多年少，孝穆兒郎總好文。　　耽寂寞，漫沉吟，今年山色為誰青？一池春水風吹皺，愁向寒樓控玉笙。小生姓徐，名適，表字次樂，廣陵人也。先集賢官知制誥、右內史，望重中書。家國飄零，市朝遷改。澄心堂內，無復故遊；朱雀桁邊，猶存舊業。因此浪跡金陵，放情山水。陸士衡當弱冠而吳滅，閉户十年；陶元亮以先世為晉臣，高眠五柳。棲遲不仕，索莫無聊，倒着脚在骨董行中，自揣有幾分眼力，識得幾件正路收藏。別人看來極没要緊，吾自家别有一番議論，一番好尚，儘足消磨日子。左近有個蔡客卿，他胸中抱負，頗是不凡，只因落魄家貧,也便在骨董裏邊混帳度日。雖然也曉得些銅玉,那墨蹟畫片,還未當行。昨日約他試試新茶,要他尋些便宜骨董。聽蕉那裏?

(丑應上)擁書先洗硯,看畫早烹茶。相公叫聽蕉有何分付?

(生)昨日新茶不曾試得,你將泉水燉好,待我親泡。若是蔡相公來,疾忙報知。

(丑)曉得。

(末上)

【黃鐘引子·西地錦】步屧村村花柳,故人寂寞青溪。南朝自古傷心地,啼烏有恨誰知。自家蔡遊,表字客卿。次樂兄約我試茶,此間是他門首,不免徑入。

(丑)蔡相公到了。

(生見介)昨日吳門茶客,有真正廟後岕在此,特邀兄來一嘗。

(末)只怕未必是真的。

(生)兄不曉得,這個朋友,足色在行,不但賣茶葉,兼且帶得幾件骨董,儘看得過。

(末)可有漢玉物事麼?

(生)蔡兄,你說起便是銅玉,這些硬貨易看,算不得甚麼眼睛,畢竟有法書名畫,纔是收藏家。

(末)你只是家裏藏得第一件玉玩,把以下的都看得不值錢了。

(生)我貧士有甚收藏?

(末)外面人都說你家學士有御賜于闐玉杯,今日新泉佳茗,何不取出來一玩?

(生)正是,在行朋友到此,該應拿出來賞鑒賞鑒。聽蕉,可取玉杯出來。

(丑)杯在此。

(末)真正江南第一件骨董,就是那玉情做手眼裏未曾見來。

【南呂過曲·宜春令】雲雷篆,子母螭,羨良工昆刀切泥。那包漿侵法,從來沒有。土花如砌,雪膚鈿粟瓊膏膩。點櫻桃丹井砂紅,染空青越州磁翠。(合)晴窗,鬥茗持杯,舊朝遺惠。

(生)客卿兄,我想此杯初賜出的時節,先學士方在恩榮,南唐朝正當明盛,好不光彩也!

【前腔】司徒卤,尚父彝,拜恩廻朱衣捧持。到今日呵,錦茵雕几,一朝零落瓶罍耻。河如帶趙玉今完,甌無缺柴窑同碎。(合前)

(末)秘府圖書,君家畢竟也有頒賜的,次樂兄每常間,為何還要到別處去尋覓?

(生歎介)客卿,只看"宜官閣"三字,是為先公得師宜官真跡,後主御筆親題,賜下來的。我小時曾見此地收貯鍾王百種,遭亂之後,盡都失散了。

【三學士】秘閣牙籤今已矣,過江十紙差池。(末)隔壁黃將軍家,收藏晉唐妙楷極多,都有"澄心堂"小印在上面。(生)嘎,這是黃保儀家。兩朝遺墨,後主都付保儀掌管,想一定是真的了。城南杜姥凄涼第,倒藏着江上曹娥絕妙碑。(末)聞得果然都有保儀題跋,小押鸞封看蠧尾。(生)只是可惜,留香帖付阿誰?

(末)你不曉得,他家有個女兒,儘通文翰哩!

【前腔】美女簪花矜別體,工書不讓文姬。(生)這等却也難得。大娘善學公孫舞,弟子還收逸少書。(末)我們明日到他家去,求他些名蹟一看何如?(生)使得。須趁明朝風日美,閒尋玩終日歸。

(生歎介)吾想世人求田問舍,奔波勞苦。我兩人沒甚要緊,終日講究骨董,旁人聞之,豈不可笑?

【尾】春愁没箇安排處,閒向縹緗簡舊題。(末)還不如酒熟茶香數舉杯。

　　　　君到南朝訪遺事,每逢佳處便開看。
　　　　他年猶擬金貂換,竹裏行廚洗玉盤。

第三齣　閨　授

(雜扮院子隨外上)(外)

【中呂引·滿庭芳】恩澤通侯,勳資名將,江東門第金張。歌鐘零落,花没舊昭陽。老去悲看故劍,記當年、箭吹橫江。傷心處,夕陽乳燕,相對說興亡。嫖姚少貴因長信,定遠家聲自婕妤。今日故宮芳草合,寶刀半折刈園蔬。自家南唐臨淮將軍黃濟,表字兼公,江夏人氏。先保儀備位椒塗,我少年立功淝水,通籍光政門,賜第棲霞里,與徐鉉學士忝作近鄰。記得開寶五年,後主遊攝山寺,臨幸吾家,召徐學士同宴。那時吾女展娘,生方數月,主上抱在懷中,說道:"自古稱天子嫁女,待你女兒長成,替他擇婿。"隨命學士賦詩紀事。光陰荏苒,女已長成一十六歲。吾主亡時,保儀同殉,每思此語,不覺淚零。昨夜三更,忽得一夢,夢見後主、保儀,仍幸吾第,保儀執着展兒的手,對我說道:"我欲替你擇婿,只是姻緣未合,尚須待年一載。你老人家聽我主張,不可妄許他人。"我當時叩頭謝訖,瞥然驚覺,不知主何吉凶。夫人出來,與他說知。

(老旦上)

【商調引‧遶地遊】椒華舊望,往事如天上,小門楣明珠入掌。(見介)相公為何悶悶不樂?

(外)我昨夜夢見保儀妹子,為展兒擇婿。我想他是亡過昭陽,怎照顧得人間嬿婉?好生沉吟,放心不下。

(老旦)展兒是保儀極愛的,他在夢裏鶴馭還歸,要做我們乘龍佳兆,這是喜信,何足多疑?我還藏得宜官寶鏡,係佢姑娘所賜,正要把與展兒掌管。

(外)吾書架上鍾、王墨蹟二卷,也要付與孩兒朝夕臨摹,叫小廝們取來。

(雜應,持帖上)帖在此。

(外取看介)你看題跋宛然,圖記如故,人亡物在,可傷可傷!(歎介)夫人,我一家大小,盡沾戚里餘恩。今日他汴梁抔土,無人澆奠。

(老旦)正是。他悽涼不過,魂夢歸來,或者為此。(淚介)

(旦上,貼隨上)(旦)

【前腔】玉衣嘉況,生小黃姑向。(貼)鎖雕闌名花護養。(見介)

(旦)呀!爹爹,母親,為何在此下淚?

(外歎介)咳!你那裏知道我心事來?

（旦）

【仙吕入雙調過曲・玉山供】爹娘在上，老年人愁懷易傷。念孩兒弱息無知，苦雙親衰年誰傍。朱門洞敞，全不似舊時情況。（合）只有黃鶯好，語雕梁，苔莓池館鎖凄涼。

（老旦）你爺思量姑娘哩。

（外）

【前腔】孩兒聽講，念吾家飄零楚鄉。你姑娘十載宮闈，荷君王一家恩賞。時移物往，禁不得館娃西望。（合前）

（老旦）孩兒，有你姑娘所賜宜官寶鏡，付你收藏。孋烟取鏡過來。

（貼）鏡在此。

（老旦授鏡介）孩兒，你好好收着。

【玉抱肚】你看這六花浮漾，五絲繩盤龍錦囊。掃寒山兩點春愁，剪南湖一片秋光。孩兒，你羅衣猶打内家香，少不得八字宮眉捧額黃。

（外）你姑娘雖是女流，專工筆墨，後主教他掌管鍾、王真跡，傳流二本，尚在我家，後面題跋，都是你姑娘親筆。孩兒，你也臨一臨兒。（授帖介）

【前腔】禁林清賞，冷金牋琉璃筆床。笑羊家婢作夫人，羨文姬女類中郎。便是我呵，將軍爭坐可曾忘？孩兒，你玉潤官奴習幾行。

（旦謝介）

【尾】感爹娘玉鏡開書幌，好教我點罷輕螺寫硬黃。（老旦）孋烟，你好生伏侍小姐。須索要拂黛焚香特地忙。

　　　　宮釵折盡垂雙鬢，減却桃花一片紅。
　　　　重繡鏡囊磨鏡面，金條零落滿函中。

第四齣　恨　嘲

（副淨上，小丑隨上）（副淨）

【越調過曲・水底魚兒】銅斗家緣，生來二十年。鴉飛不過，市南金谷園。拽袖揎拳，逢人歪死纏。村沙心性，腌臢喬使錢。自家真琦便是。父親真尚書，區區真大爺。三輩兒齊天福氣，一家中撒地橫財。那些朋友，見我有錢有勢，奉承一句兒，説是"真在行"。我説你當面叫得好，不要背後換口。及至打聽，那些天殺的果然私下做鬼臉，倒叫我"真無趣"。但到院子裏嫖，胡姑姑、賈姐姐，認定"真大老官"，儘意科排；賭場裏賭，刁三官、滑大舍，擺弄"真正酒頭"，盡情結打。我肚皮也氣直了，阿寄，除非另尋一樣頑耍，使人輕薄我弗得個纔好。

（小丑）這個，憑大爺的主意。

（副淨）我前日在三山街上，看見隔壁徐次樂。

（小丑）嘎，就是徐十郎官人。

（副淨）他飯米沒得在家，倒在冷器店裏尋甚麼骨董。我也看了幾件，那店主人見我在行，説道："大爺是真古董。"阿寄，我想這個名兒倒好，我認真叫他何如？

（小丑）大爺叫了，自然是好的。

（副淨）咦，徐次樂鑽心骨董，做人透骨時樣，我無一毫蘇意，吃得這個諢名，又被人笑話了。

（小丑）誰人作死，敢笑大爺！

（副淨）你不曉得，我生出來血侵厭勝，長成是土繡辟邪。鸚鴿眼、黃鱔肚皮，夔龍紋、蝴蝶獸面。判官耳，把蜻蜓調轉，還是蜓蝣；獅子頭，將脛骨伸長，逼真螭虎。填漆牙齒，裏向多應是金胎；哥窰脚根，四邊少不得鐵足。黃髭須有如火璞，黑精神渾似漆侵。湛楞楞爆起橫筋，依稀浮走；骨漉漉滾下汗水，竟是包漿。

（小丑）如今女客家還要舊玉新做，大爺何不用些皂莢水、烏梅湯刷撂刷撂？

（副淨指面介）你看我這東西，蠟查地一片水銀古，石榴皮幾搭朱砂斑。芝麻皴、鬼面皴、蟹殼皴，烟薰舊畫；梅花斷、蛇腹斷、牛皮斷，黑漆斷紋。冷金硬黃，再增子雙勾填墨；龍青粉白，還經得五彩裝花。那裏尋得一個做手來？

（小丑）我看見街上賣骨董的，極低個貨，拿紫檀匣子、舊錦包袱裏好，就擡子價錢。大爺何弗做幾件道地海青，華一華，品一品？就是小人跟出去，也有光彩哩。

（副淨）咳！偏是我撞着一班小夥子，掂子舌頭，動弗動點點挪挪。就是我幾件衣裳，但穿子栗殼色、粉皮青，活像江西窰變；海棠紅、瓜皮綠，笑是河南燒斑。起初薰得噴香，偏說金絲虎皮；後底穿得淹潤，便道九箍百折。水襪統直子一雙牛腿脚，網巾環大星兩個象鼻眼。時樣只有醬色方舄，倒嚼蛆是鱔血足；新出無過稀眼機紗，又亂話道難皮紋。扯開子護領，好個鵝頸瓶；鑲攏子袖口，全副羊骨鈕。咳！只爲我生落是個傳世古怪，不得不把別人逐樣賞鑒。正是：滿面有如張旭草，渾身却是戴嵩牛。阿寄，我也嘗時自想，命好生得富貴，偏養出這個嘴臉來。譬如徐十郎一輩人，窮滴滴，光油油，扭捏着身子，人人道好，我看了便心上不服。

【正宮近詞·剗鍬令】強文撇醋醃窮儉，胡謅歪講鬼廝纏。身軀線兒牽，捱光覥腆，挑牙料唇，非長是短。偏是俺們嘴臉，被人笑傳。

（小丑）大爺，近來下路清客，技藝第一，人物次之，但要簫管提琴，那怕麻瞎鬎絆。大爺何不學幾隻時曲，打一套十法，就免子俗哉！

（副淨）也說得是，只是一時間尋不出好師父來。

（小丑）黃將軍對河有個曹善才，是李後主仙音院裏出來的，吹得好燥笛，撥得好琵琶，如今閒在家裏，大爺何不步去會會？

（副淨）間壁是徐家，大間壁是黃家，黃家對河，差不得幾步路，這個何難，我如今就去。

（同下介）

（生、末同上）

（生）出門無至友，

（末）動即到君家。

（生）今日與蔡兄訪黃兼公看晉帖。

（末）這是兼公門首了。

【雙調過曲・鎖南枝】（生）朱扉閉，畫壁懸。有人麼？銅環緊叩聲悄然。（貼上）翠袖小庭軒，聽得敲門扇。（生）為何有女娘聲音？廻廊下，嬌語傳。（貼）是那個？（生）是鄰家，住非遠。

（貼開門見介）二位那裏來？

（末）我們是訪你家老爺，求法帖看的。

（貼）老爺不在家，不要進去。

【前腔】〔換頭〕兒郎且回轉，俺姑娘在那邊。（生）原來你們小姐在此。（望介）（貼）法帖倒是我家小姐收管，只可惜老爺不在家。（生）若是你老爺在家，肯借麼？（貼）我老爺呵，他有舊朝名玩，既是有意收藏，也要人來看。（生、末）待老爺回來，但說徐次樂、蔡客卿兩人來訪罷了。（貼）莫不是間壁徐十郎官人麼？（生微笑介）正是。（回對末說介）那兼公畢竟是在行的，休說主人翁，心性賢；便是小梅香，話兒軟。

（副淨上）原來曹善才出外去了。阿寄，這是那一家？

（小丑）就是黃將軍家裏。

（副淨）呀！原來徐、蔡兩兄在此。

（生）倒是真大兄。

【前腔】（副淨）垂楊院，笑語嫣。老徐，你春風自來多好緣。（生）說甚麼話！（副淨指貼介）好個標緻女子，抹了我一鼻沙糖，好把頑涎嚥。老徐，不要獨便宜了。比似你俏人兒順水船，也放我劣身材溜一眼。

（貼）這個人姓真，莫不是真古董麼？

（副淨）我的綽號，他也曉得了，樂殺，樂殺。

（貼）適纔十郎要借我家法帖，這個人面上都是頃刻碑哩。

（副淨揖介）我只得唱一個肥喏謝叫。

（貼不理介）

（內叫孃烟，貼應，閉門下）

（末指副淨，背語生介）這是有名的真臭厭，我們快去，不要睬他。

【前腔】侯門謁難見，癡人言放顛。便是兼公呵，我與他平生

交淺。萬一撞來,恰似我輩狐朋,在此閒行串。疾忙走,莫亂纏,看他強風情,甚頑臉。(仝生下)

(副淨唱喏不住介)

(小丑)大爺回家罷,他們都去了。

(副淨回頭看介)小徐、老蔡,別也不別,這樣可惡,便是裏面這丫頭也不理我,不免撞進去。

(小丑)左右明日來會曹善才,再看也不遲。這是大人家宅裏。任你新興花太歲,他是舊日李將軍。我們還是回去罷。

　　　　鳶肩公子二十餘,管領春風總不如。
　　　　這度自知顏色重,生來不讀半行書。

第五齣　攬　鏡

(旦貼同上)(旦)

【雙調引‧秋蕊香】曉閣圖書清潤,窗前好鳥喚芳辰。搭伏鮫綃枕頭盹,驚睡覺,明眸一寸。【攤破浣溪紗】阿母頻催上玉鉤,(貼)侍兒先起護香篝。(旦)曉氣撲簾花尚睡,怯梳頭。　　(貼)靨暈有情眉岫遠,(旦)額黃無儘眼波流。(貼)細骨輕軀春一把,許多愁。

(旦)嬝烟,你看夭桃一樹,俯映清池,落處依枝,飛還入水。恰似粧臺曉鏡,戀惜流光,煞是可憐人也。

【仙呂入雙調過曲‧步步嬌】薄暖輕寒清明近,正是愁時分。花花落向人,閒捲羅衫,將亂紅微襯。為我惜花心,花被人憂損。

(貼)今日天氣甚好,老夫人與小姐的宜官寶鏡,何不取出來一照新粧?

(旦)咳!我看此落花時節,心緒無聊,若比他池上衰紅,安能常保我樓頭凝黛?嬝烟,只怕芳年易過,曼鬋誰憐。轉盼之間,我展娘呵,便不似鏡中人矣!照他則甚!

【忒忒令】(貼)你睡懨懨桃腮鎖春,碜可可柳眉堆恨。曉窗倦繡,怕誰瞧身分。還索向畫屏邊,鏡臺前,菱花底,自認定個俏影。

鏡已取得在此,小姐還是照一照兒。

(旦)爔烟,你看鏡兒委實是好也!

【沉醉東風】照見咱閒愁暗顰,照見咱半羞微哂,照見咱睡情新斷霞雙印,照見咱翠消紅損。背人自勻,瑣窗淚痕,非單照咱嬌香一麗人。爔烟,我攬鏡興嗟,粧成自惜,這鏡中人好不淒冷也。

【月上海棠】還自忖,釵頭媚子花邊隱。儘淡粧濃抹,誰與溫存?我想起來,獨處深閨,淒涼憔悴,今日遇見那鏡中人,同愁共笑,形影相知,也索彀了。我憐卿送笑殷勤,卿憐我相看薄命。(貼)我曉得小姐的意兒了。春來悶,一縷紅絲,少個人人。不瞞小姐說,爔烟昨日在門首,倒見個人兒。

(旦驚介)是那個?

【五供養】(貼)風流少俊,叩響雙環,城北徐君。(旦)呀!是個男人,你該廻避了。(貼)小姐,他偷睛佯欲進,半簾身。(旦)他說甚麼來?(貼)他要借老爺法帖,我說法帖是小姐收管,只可惜老爺不在家,無人答應,料小姐多應不肯。那時爔烟既回了他,他還和那同來的這一個人絮絮叨叨,不知說些甚麼。有一個同陪伴,絮寒溫,今年花底學窺人。

(旦)我正忘了,那法帖是與寶鏡一齊交付我的,快取來一看。

(貼取法帖介)小姐,法帖在此。

(旦看介)看好個晉唐真跡,前面"澄心堂"小印,是李主與保儀姑娘鑒賞。後面"臣鉉題",嗄,我聽得老爺說,有個徐鉉學士,想就是他了。

(貼)小姐何不題跋幾句兒?

(旦)說得有理。

【玉交枝】玉瑳春筍,吮霜毫芳流絳唇。(作沉吟介)(貼)小姐何不下筆?(旦)女兒識字塗鴉嫩,怕真個借與東鄰。(貼)若論這樣,一發該多寫幾句了。你盤龍鏡囊生暗塵,韭花帖尾藏春恨。印纖纖青編粉痕,要見咱香閨解文。

(旦)爔烟,你說那裏話?我想老爺家藏法帖,誰人得知?

【江兒水】燕尾嬌秦鏡,鸞箋寫洛神,葳蕤春鎖藏春緊。誰着你姿姿媚媚將人認,惹他兜兜答答前來問。(貼)是他來借,我那裏曉得?(旦)聽說教咱難信,年少兒郎,怎曉得内家真本?

【川撥棹】(貼)閒談論,小孩家無定準。偶然閒話及王孫,偶然閒話及王孫,怎娘行偏生認真?逗春光曾幾分,逗春光曾幾分。小姐,那寶鏡法帖收過了罷。

【尾】(旦)你把我緗囊鈿合牢收頓,再休向階頭閒趁。爇烟,還是鏡裹人兒相見得穩。

　　　　閒看明鏡坐清晨,併覺今朝粉態新。
　　　　料得相如偷半面,不知風月屬何人?

第六齣　賞　　音

(外上)

【仙呂過曲·青歌兒】霓裳部當年第一,五陵遊舊人誰識?空梁燕子傍人飛,呢喃欲語,不自知何世。

【西江月】憶昔華清供奉,琵琶弟子徵歌。官聲不返羽聲多,演念家山入破。　　又是江南好景,落花時節經過。相逢莫唱《定風波》,一曲懊儂誰和?自家曹善才是也。天寶之後,段師弟子有曹、穆二善才,子孫頗傳遺法。後主皇爺以《霓裳》舊譜遭亂失傳,遍訪江南,得某於梨園樂籍,道是善才嫡派,即賜名善才。那時御製《阮郎歸》初成,命某按節而歌,小周后撥燒槽琵琶,皇爺自吹玉笛,酌于闐白玉杯,極歡而罷。數年以來,傷心舊事,絕意新聲。黃旛綽陷沒於長安,李龜年流落於江左,天上人間,思之如夢。昨日有個真公子,要到吾家做勝會。他年紀不多,富貴性子,未必當行,又回他不得,只索混帳一場罷了。正是:近來時世輕先輩,好染髭鬚事後生。(下)

(丑、末上)

【光光乍】(丑)裝謊弄虛脾,(末)學俏賣查梨。(丑)大老官人脫貨遲,(末)難得今朝做勝會。

(丑)勝會勝會,弗是曹善才家講技。(丑作回頭介)呀!是柳愛山。你來得早。

（末）姚仰溪，我倒有星怕去。老曹做人扳障，我們曲子被他指出小小一個破綻，大爺前須不好看。

（丑）獃子，我們同大爺去，他若說我，就與輕薄主人一般。老物事難道不曉得這個腔口？不要怕他。

（副淨上）呀！老柳、小姚在此，我約你到曹家去講技，來得能遲。

（丑）正在此祗候大爺。

（末）不多幾步，就是曹家門首了。（作行介，丑行入）

（外上）遇飲酒時須飲酒，得高歌處且高歌。

（丑）大爺在門首。

（外迎介）

（副淨作揖介）久慕久慕。

（外）昨日失迎，得罪。老夫退處窮閻，何勞公子降臨，不勝惶悚。

（丑、末）曹相公大名，小子輩如雷灌耳，今日喜得請教。

（外）老夫是過時的人，怎及得兩兄道地。

（副淨）曹先生，你少時頑耍的光景，怎麼樣的？

（外）老夫伏侍後主皇爺時節，比今日光景大不相同，也不消題起了。

【皂羅袍】記得秦淮佳麗，正露橋吹笛，子夜烏棲，何戡曲裏故園非，岐王席上誰相會。月明淮水，鷓鴣自啼。春風游騎，楊花亂飛，《伊州》唱罷千行淚。

（丑）我們坐了講技藝罷。那蓬塵起冬春話兒，說他怎的？

（副淨）講得有理。小廝們，鋪氈條，擺榻子！這橋寬敞有趣，正好坐坐。

（外）對過是黃兼公的門首，只怕不便麼。

（末）大爺吃酒，那裏管他！

【前腔】（丑、末合唱）正是踏青天氣，喜咱們兄弟，柳醉花迷。竹枝水調任人吹，採茶打棗逢場戲。憑他誇嘴，明皇貴妃，誰人能記《霓裳羽衣》？人前裝出風風勢。老柳，你吹簫，我吹管子。

（末）還是你吹簫。（奪管子介）曹伯伯，定要請教琵琶。

（副淨）畢竟老柳有興。

（外作謙遜介）

（旦、貼上，作登樓介）

（旦）竹裏登樓人不見，花間覓路鳥先知。孁烟，我們到樓上閒耍一回。

（外彈介）

（旦）呀！好一派聲音也。

（外）

【北罵玉郎帶上小樓】小殿笙歌春日閒，恰是無人處，整翠鬟。樓頭吹徹玉笙寒，注沉檀。低低語，影在秋千，柳絲長易攀，柳絲長易攀。玉鉤手捲珠簾，又東風乍還，又東風乍還。閒思想朱顏凋換，禁不住淚珠何限，知猶在玉砌雕闌，知猶在玉砌雕闌。正月明回首，春事闌珊。一重山，兩重山，想故國依然。沒亂煞許多愁，向春江怎挽。

（丑作眼望，口贊介）

（旦語貼介）那琵琶彈得好聽也。都是李後主小令，隱括成歌，嘈嘈切切，使我聞之不覺淚下。

（外又彈介）

【前腔】山遠天高烟水寒，留得相思苦，楓葉丹。別時容易見時難，莫憑闌，遙望見，初雁飛還。聽花邊漏殘，聽花邊漏殘，夢中一餉貪歡，歡羅衾正寒，歡羅衾正寒。回想着嬪妃魚貫，寂寞鎖梧桐深院。現隔那無限江山，現隔那無限江山，歎落花流水，天上人間。菊花開，菊花殘，雙淚潸潸。幾時得舊紅粧花前再看。

（旦）呀！是後主的《虞美人》。呀！又是他的《山花子》。孁烟，你去問他，這彈的新詞，可是後主皇爺詞曲合湊成的麼？

（貼）小姐，面生生教我怎生去問？

（旦）你昨日與男人講話，今日我叫你問，偏害羞起來。

（貼出見介）啐！原來又是真古董在此。那彈琵琶的官人，俺家小姐問你,彈的新詞,可是後主皇爺《虞美人》、《山花子》諸曲?

(外)好知音!小娘子,我正是仙音院的曹善才,曾經伏侍皇爺與保儀夫人的,這詞委實是皇爺的詞曲。

(副淨)我聽了半日,只覺彭彭響,不曉得一句,怎小姐偏識詞中意思?比俺老真更覺知音些。

(丑)大爺,知音不消說起,那小姐真是難得。

(副淨對貼介)你家小姐,可曉得我在此做勝會麼?

(貼)誰來問你?

(副淨)前日你替小徐說得好話,難道我就講不得一句兒?

(貼作不理,上樓對旦介)小姐,這唱曲的是仙音院曹善才,唱的曲兒,果是後主皇爺詞曲。

(旦)哦!原來如此。下面有人,怕不雅相,爐烟,進去罷。四絃千遍語,一曲萬重情。

(同下)

(副淨)這小姐既是這般有趣,何不下來吃一鍾梯己酒兒,倒進去了。

(丑)小姐或者倒肯,却是這劣丫頭,苦生生催將進去。

(外)兩兄休得惹事,大人家宅子,不可囉唣。

(丑)也有理。我們今日甚有趣了,聽了好曲子,又瞧著個美人,也不枉了這場勝會。大爺歸去罷!(大笑同唱介)

【仙呂過曲‧掉角兒序】趁春光花蹊柳堤,陪公子醉遊羅綺。撥檀槽玉盤小珠,逗嬌娃畫簾濃翠。眼迷稀,孜孜地。影徘徊,還猶在綠楊枝裏。段師子弟,楊家小姨,分明是開元春禊,五家車隊。

公子開筵月滿樓,美人南國翠蛾愁。

誰能截得曹剛手,金谷歌傳第一流。

第七齣　惜　杯

(生上)馬癖曾聞換麗人,詩名不惜碎胡琴。少年情性無常好,擬典溪山買《雒神》。前日借得黃將軍晉唐小楷,吾把玩三日,寢食都廢。貧士無法可處，只有宜官閣數楹，價值二百餘金。吾左右將到維陽客遊，去訪通家獨孤榮，這房空閒在此也沒用。為此特央蔡兄去說，與他打換。他房子是要的，說道法帖希世之寶，必得千金古玩，纔足相當，聞我有于闐白玉杯，要來交易。我想，這杯是先學士賜物，子孫世守，豈可與人？仔細思量，那法帖後面標題，又是我父親手筆，做兒子的守定祖、父的玩器，還不如搜尋祖、父的筆跡，因此勉強應承了他。只是白玉杯也是我極愛的，怎生捨得？今日且拿出來賞玩一番。聽蕉那裏？

（丑上）典衣因換酒，賣屋為收書。相公，好端端一個宅子送與別人，換這幾張紙頭兒，還要貼上個白玉杯。這杯是先老爺家藏寶玩，相公須放出主意來，不可聽蔡相公說騙去了。

（生）咥！這是我的主意，與蔡相公何干？蠢材不許胡講。白玉杯在那裏？取出來我看。

（丑）杯已取在此。

（生）咳！這杯兒委實可愛人也！聽蕉，我想有這杯也要享用他。

【集賢賓】晴窗小幾傾玉甌，遇花發南樓。百斛清泉新雨後，聽松風活火床頭。茶烟半透，閒伴着圖書清晝。嘗數口，好溫潤我家良友。

（丑）相公，想這樣受用，怎生換與別人？

（生）雖然如此，這般享用，還覺太寂寞些。必得個女客，唱隻曲兒，笋條般指頭捧來，纔是快活。

（丑）一發有趣了。

【前腔】（生）良工美玉雙鳳頭，正嘉醖新篘。促坐傳觴人二九，醉流霞歌按《涼州》。圓搓玉手，微襯着絳羅衫袖，將進酒，笑擎起美人為壽。

（末）翰墨為遊說，圖書作蹇脩。自家為徐次樂兄見託，回他說話，不免徑入。

（生）客卿兄，所議如何？

（末）老黃古撒得緊，他說這帖是保儀官中出來的，一定不賣。

（生）這怎麼了！

【前腔】（末）鍾、王禁本隨故侯，似初出昭丘。被我再三說合，他說必得于闐白玉杯，纔肯打換。趙璧秦城須索剖，為君家平割鴻溝。（生）這也罷了，只是可惜此杯。（末）他還不肯，倒是裏面小姐差使女出來，說老兄是賞鑒的人，與了他罷。梅香即溜，早知道十郎名久，纔得就，君應是報之瓊玖。

（生）這等就替我拿了玉杯去罷！

【前腔】先朝賜物非暗投，為妙楷銀鉤。良玉書中吾自有，況先公遺墨當收。（末）兄為此交易，所見也不差。（生）專城玉斗，須信是千金難購。輕授受，休誇你舊家田寶。

（末）黃將軍武人，不知賞鑒，倒是他女兒像個識貨的。

（生）就是這法帖後面，有幾行題跋，寫得楚楚可愛，這白玉杯一定落他手中。吾想他愛玩此杯呵，

【琥珀貓兒墜】雛川姿首，盞底照明眸。我倒不如這個杯了。舊主持觸嗟瓦缶，新人臨鏡把瓊舟。溫柔，淺酌微醺，遠山眉秀。

（末）我看兄愛惜此杯得緊，何必換與別人？就是宜官閣一池水竹，怎丟掉了，到別處去打抽豐？世情可知，未必得意，不如守舊是個上策。這個交易，回了他罷。

【前腔】一庭花柳，池竹鎖清幽。次樂兄，你白玉樽空還自守，黃金交盡向誰求？休休，待價沽諸，不脛而走。

（丑）蔡相公的說話，句句正經，還依他的是。

（生怒介）誰要你多嘴，還不去！客卿兄，我自見此帖，寢不安席，食不甘味。這杯雖是我極愛的，反復思之：圖書筆墨，是書生常分；珠玉寶玩，非貧士所宜。況我浪跡江湖，得無以懷璧為罪。我主意已定，不消再講了。你看這個杯呵，

【尾】俺書生陋室難消受，珍重他碧玉紅窗着意收。（末）次樂兄，你幾時起程？（生）俺明日就去了。（末）也要收拾行李。（生笑介）客卿，我有甚麼行李？止無過一卷黃庭枕敝裘。

　　　　　遺業淒涼近故都，敢論松竹久荒蕪。
　　　　　逢君買酒因成醉，一片冰心在玉壺。

第八齣　仙　媒

（老旦道服上）上元小女降宮中，曾占巫山第幾峯？今夜集靈臺上過，月明笙崔佩環風。自家耿先生，乃王母位下箜篌娘子是也。只因混元皇帝說南唐國主是他九十八代兒孫，眼見得運去江南，要勸他尋真海上，命我入為宮嬪，說以遊仙。豈料彼一念牽纏，辜負了百般點化。這是天緣無分，王氣將終，也索罷了。只可笑那陳摶老兒，睡裏夢裏，摸着杜嬤嬤兩個兒子，誇他自家眼力。難道香孩兒作殿前簡點時，我就一些不曉得麼？只為俺們做神仙的，須要冷處着脚，難處下手。這樣順風話，那個不曉得說一句兒？咳！陳圖南，陳圖南，我美甜甜陪着皇帝睡過二十年，從不曾折了神仙氣分；你黑嘍嘍在山凹內睡過一千歲，說出來都是勢利話頭。只怕希夷陳先生及不得我比大耿先生了。

【北點絳唇】則為着仙李根芽，玉真二八天公嫁。花髻交叉，紫鳳烟鬟跨。

（小旦上）綠章新弟子，紫袖舊昭容。自家花蘂夫人，與耿先生相期汴梁城外，須索走一遭也。呀，那個不是先生？先生，你從那裏來者？

（老旦）俺從玉藥峯頭會過謝自然，瞬息到此。

（小旦）先生既是神仙，在李主宮中，難道也比人世一般相處的麼？

（老旦）既做官眷，夫婦之好，自然是一樣的。

（小旦）聞先生曾孕過皇子，免身之夜，大雷雨失去。先生神通遊戲，未必是真的？

（老旦）怎麼不真！只因唐家運去，招受不起，混元皇帝抱上天去，做天男天女了。夫人，你怎曉得俺的行蹤也？

【混江龍】俺那碧城瀟灑，桃花肌骨撲烟霞。粉丕丕喬裝措大，大剌剌實在宮娃。須不是小蘭香降民間私貪歡耍，莽梁清走天門惹動訕譁，樂道人誇大口騙他媽媽，趙皇后捏假肚產過娃娃。俺自有白雲鄉、溫柔鄉，鶯嬌鳳姹；芙蓉冠、菖蒲冠，月佩雲珈。玉女漿蒸龍腦尊前歡洽，麻姑掌探鳥爪背上搔爬。絳雪丹煉姹女丹成不死，黃竹詩和王母詩正而葩。一任你錢婆兒趨奉帝王家，柴皇親冷澹興亡話，止供俺神仙頑耍，婦女嗟呀。

（小旦）今日原約你家小周后、黃保儀及劉家的媚兒，與先生把盞，這時候怎不見到來？

（丑扮媚豬上）人皆稱鳳鳳，我獨喚豬豬。先生、夫人兩位在此，須索施禮者。

（相見介）

（老旦）我家周后、保儀怎不見來？

（丑）周后與李主尋鬧，保儀不好獨自前來。

（小旦）這等我們先坐罷。

（老旦）有隨身仙樂速奏。

（作細樂送酒介）

（小旦）你家小周后與李主頻頻吵鬧，却是為何？

（老旦）説起來可憐人也。

【油葫蘆】他在昭惠宮中恰破瓜，步香堦添話靶。大唐天子阿姨家，汴梁宮班，立在夫人下，隴西公苦受他歸來罵。君王私涕淚，兒女口波查，只得牽衣外走裝聾啞，説不出今日怎由咱。

（小旦淚介）

（丑）夫人為何下淚？

（小旦）我想起摩訶池上光景，一朝至此。先生説起小周后，不禁悽惶起來。

（老旦）咳！蜀中有兩花蘂夫人，遭逢亡國，一般可歎。

【天下樂】你蜀女生來愛浣花，差也不差。閒調牙，兩人兒恰好是花枝椏。做宮詞誰分那，脩降表總如咱。我想那花蘂呵，偏遇着風雨兒恣情打。

（丑）臨行的時節，保儀説有一句話，託夫人轉致先生，不知可曾到麼？

（小旦）咳！我幾乎忘了。保儀前日相會，説他有個侄女黃展娘,没個好對頭。聞先生新掌了氤氲大使,主天下婚姻,要先生替他尋個主兒。

(老旦)那婚姻大事,天公主意,顛顛倒倒,最難料理的。

【寄生草】繾綣司簽押,鴛鴦牒勘查。呆子弟喬裝着封神詐,乾夫妻苦守那天孫寡,浪短命窄變了崔生卦。不爭你舊宫娃還替着女娘愁,便是俺做神仙也把那媒人怕。這般干係,惹人埋怨的,夫人回了他罷。

(小旦)如今亂世,女人儘數吃虧,全賴先生主持。況保儀再三叮嚀,不可辜負他懇求的意思。

(老旦)

【么篇】仙錦拖紅定,瓊漿點肯茶。那保儀呵,他要俺老麻姑撮合上盧郎話,小瓊枝迤逗着淳于耍,樊夫人攛掇了雲英嫁。則除是玉鏡臺早上你姑娘,煖金合先謝俺媒人罷。

(小旦)先生,比如媚姐配劉郎,可是天緣註定的麼?

(老旦)

【後庭花】這是大耳兒毛女家,黑臀公玄妻嫁,茂陵郎赤彪雲中下,衛夫人春風射艾豭。抱持着語村沙,忒親熱遍體寒毛乍。百和香填臥榻,黑貂茵突體花,清嬉室習水窪,裸遊館如長廈。笑無鹽實帝妃,同牢食,並體佳,糟糠妻,誰似他?

(丑)呀!先生恁般欺負人,説話裏句句帶着譏諷,煞是可笑。你看呂雉為后,飛燕入宫,李鴉兒做了官家,郭雀兒現有天下。難道人小名兒也叫不得一個,被人作笑話的麼?

(小旦)先生偶然取笑,媚姐為何發怒起來?

(老旦)我一時閒談,有何成意?速把酒來痛飲一回。

(丑)誰耐煩吃酒!我們劉郎性子可是好惹的?今日氣不過,只得回去教他來理論罷了。(作拂衣去介)

(小旦)那媚兒畢竟年紀小,使慣性子,在先生跟前如此撒懆,別也不別,竟自去了。

(老旦大笑介)我家周后、保儀不來,倒遇着這個東西。別人怕劉銀,我可是怕他的?要唆丈夫來替你出氣,豈不可笑?只是做媒的三句話兒説不完,就惹着閒是非了。

【賺煞尾】俺只待點勘赤繩家,回覆黃姑話。撞門羊未得個水米沾牙,倒逢着石家醋醋迎頭罵,可不道一笑爭差。(小旦)先生不要因他阻興,我們再飲幾杯者。(老旦)今日還要赴瑤池小宴,只索去了。(小旦)保儀所囑的,先生早些留意。(老旦)這個曉得。我與他覓箇碧桃花玉樹兼葭,織女支機星漢槎,少不得把紅絲牽下。夫人,你見保儀,替我致意。須早擺會親筵席撥琵琶。

龍華會裏日相望,為報先開白玉堂。
要喚麻姑同一醉,不令仙犬吠劉郎。

第九齣　杯　影

(旦貼上)

【菩薩蠻】(旦)謝家池館桐花甃,畫屏屈曲翹紅袖。(貼)欲剪鳳凰衫,青蟲搖羽簪。　　(旦)一枝雙荳蔻,淺立東風瘦。(貼)春思遠於山,眉痕凡幾彎?

(旦)孃烟,我自移徐家小閣,疏窗文砌,種種宜人;花藥紛披,房廊窈窕。就是壁間屬詠,石上留題,落筆皆妙楷名篇,聯句亦高人雅士。況且棄產收書,辭家作客,名流行徑,自是不凡。以此思之,徐君風調定可人也。

(貼)前日孃烟瞥見丰姿,無心閒講,倒被小姐絮了幾句。今日移他池館,想見風流。若覯彼才華,清韶蘊藉,當不啻如此。

(旦)李主有言:"吹皺一池春水,干卿何事?"他家兒郎,説他怎的?呀!你看匾額上"宜官閣"三字,是李主御筆。我家有宜官寶鏡,賜第御書,預占先兆了。

(貼)小姐,那白玉杯也是他家的。老爺有洪梁美酒,何不取來飲一杯兒!就是粧鏡中,也好添海棠春色。

(旦)這個使得,你去取來。

(貼下)

(旦開匣取杯歎介)你看蜀錦湖綿,重重襯裏;犀牌鈿匣,事事精工。似這等潤澤光瑩,不知經許多摩挲愛惜。比似我黃展娘呵,碧玉破瓜,瑤英待嫁,肌理空誇白璧,杵臼未搗玄霜。今日將此杯廻環玉手,傾倒瓊漿,幾時得花底傳觴,尊前索笑?好不冷落人也!

(貼上)縹青香若下,玉醴泛宜城。小姐,酒在此。老夫人呼喚,爛烟走一回就來。

(旦)你自去罷。咳!細雨寒窗,微吟獨酌,正好賞玩此杯也。呀!杯裏却有個影兒。

【南呂過曲·香遍滿】玉顔斜照,梨花一枝春動搖。怎麽不像我的?仔細端相非奴貌。呀!竟像個男子。幅巾犀導小,輕衫羅帶飄。風風流流,絶好一個標緻的模樣。便俺會作喬,也做不出男兒俏。(作左右看介)莫不是有人窺俺麽?啐!這裏那得人來!

【懶畫眉】俺娘親拘管幾曾饒,便算是畫裏兒郎不許瞧。咳!這個影兒,也隄防不及了。紗窗日上暗梅梢,一點窺人小,却是俺繡出鴛鴦解弄潮。

【梧桐樹犯】教我含嬌向恁嬌,欲惱和誰惱?細抹輕描,別樣閒情稿。他好似一絲粉絮風前裊,難道我八字紅鷺水底撈?或者我眼中曾見這個人麽?相逢那處曾同笑,浪蕩虛囂,驀地空明廝照。咳!獨處深閨,甚麽人我曾見來?

【浣溪紗】心性嬌,房櫳悄,料這裏斷腸人少。除非是春風夢割巫山曉。他夢也尋常向影裏逃,縈懷抱。似這樣瘦身奇俏魂靈,怎盼到眼底眉梢?

(貼暗上聽介)小姐把盞沉吟,徘徊想像,却是為何?

(旦)你纔去了,我瀉酒杯中,驀見箇男兒影子,好生放心不下。

(貼)那有此事?待爛烟也瞧一瞧。呀!一些没有。

(旦)如今現在杯中,你却又看他不見,這緣法兒,好難猜也!

(貼)我們昨夜燒香祝告,要招個好姐夫,一定有些靈應了。

【劉潑帽】香燒,夜立東風禱。伴哥兒弔下雲霄,小姐,你心虛唬得拘拘跳,敢怕兒曹,窣地向夫人告。

【秋夜月】(旦)怪賊牢,嗤的胡遮笑。你俏眼逢人瞧得飽,我羞眸有甚閒花鳥?橫枝兒打攪,落來的懊惱。

（貼）我曉得這個人了。

【東甌令】管猜着，那根苗。這杯是徐家的，一定就是十郎的影兒。（旦）難道他是這樣好的？（貼）小姐，入水花枝分外標。（旦）這眼睛也好不過。（貼）箇人最是秋波妙，相見處多風調。丹青畫出軟苗條，半截沈郎腰。

（旦）我往常在鏡兒裏照見我的影呵，

【金蓮子】漫心焦，少不得京兆眉兒有個描。怕春易老，花月暗消。那曉得今日呵，向酒杯中瞥眼，羞見粉郎招。

【尾】孅烟，你看定他，忙收好，只怕巧風吹去不經瞧。（貼）難道教孅烟賠一個不成？小姐，常言道水性人兒會跳槽。

　　　　新粧面面下朱樓，秦女窺人不解羞。
　　　　料得也應憐宋玉，幾回擡眼又低頭。

第十齣　示　要

（副淨、小丑上）（副淨）

【趙皮靴】我是魔合羅，錢眼裏安身糖堆裏過。三媒六證討家婆，怎怕得傍人輕覷我。我真大爺，自見黃家小姐，曉夜思量。恰好他移在宜官閣上，與我家後園止隔得一條魚池。這是天賜姻緣，穩穩到手的了。昨日央曹善才去說親，却又作怪，那小姐照見玉杯裏一個男兒影子，要與他一般的方肯成婚。這是要老公眼睛花罷了，難道玉杯作怪不成？

（小丑）大爺前日做勝會，不該只管瞧他，倒被他看出破綻來了。

（副淨）怎見得？

（小丑）大爺，不是我說，

【大齋郎】你背兒駝，眼兒朘，花花面孔落腮鬍。呆頭呆腦人瞧破，頑涎空嗤笑呵呵。

（副淨）狗才，你也來笑我！我想劈面相便瞞人不得，那影兒有甚分別？打扮得相像罷了。如今人做俏的，荷葉巾兩條飄帶，瓜心帽一個玉瓶。難道我裝起來，做不得傻子弟孩兒？

（小丑）只怕也該在水裏照一照兒。

（副淨）說起照字，我便頭疼。昨日在廚下受水的牛腿缸裏相了半日，只見我面孔鬎鬎灑灑、糊糊塗塗。連邊髷，尋弗出下胲；摳髗眼，光露着顱骨，一些頭腦摸不着。

（小丑）阿呀！蘇州人說話，大爺的親事，一些影也沒有的了。我聞黃家有面宜官寶鏡，照得人村的俏起來，黑的白起來，和那玉杯都是孃烟掌管。今夜月黑，我們悄悄走過牆去，偷了他的。若遇見孃烟，只道杯裏影兒活現罷了。

（副淨）我最怪這丫頭嘴噪罵我，不如先弄他一下，教他開不得口。今夜二更，你在牆口接應，我親身自去，事成重重賞你。計就月中擒玉兔，謀成日裏捉金烏。

（同下）

（老旦上）樓上簫聲隨鳳史，臺前鏡影伴仙娥。自家受保儀囑付，替他侄女展娘尋一門親事。前日渡江，看見徐鉉學士之子十郎，將往雒陽。此子風神韶令，真是可兒。但與展娘雖定婚姻，還分形影。用是假闤闠之玉杯，與軒轅之寶鏡，因其變化，示我神通。投朱李於帶邊，無煩夢寐；遇玉簫於帳裏，不假丹青。假假真真，寧云錯認；生生死死，匪曰還魂。是好一番騰那也！鏡神那裏？

（末白巾銀甲上）鸞翅巢空月，菱花遍小天。自家鏡神便是，大仙有何分付？

（老旦）玉杯已顯神通，寶鏡宜成變化。你聽我道來：

【南呂·一枝花】則你那光搖翡翠釵，繡結芙蓉帶。鳳從臺上出，花向匣中開。蕙質蓮腮，好點出雙眉黛。映蘭房，照玉堦。休教是粉漬塵埋，辜負了人間稔色。

（末）大仙，左鄰真琦，今夜二更三點，到宜官閣上謀取寶鏡，預稟大仙知道。

（老旦笑介）這個人兒，煞是可笑也！都是俺差他搬弄，做一場遊戲，你也不消問他。只是你做鏡神的，雖具妍媸，須疲屢照，畢竟揀個像意的跟隨着他。如毛嬙、西施，留他不去；宿瘤、嫫母，推之不來，纔顯得神仙手段也！

【梁州第七】沒揣的菱花長蒂，猛可裏豆蔻含胎。儘神通留得威光在，隨明月霓裳仙界，坐蓮花繡佛長齋。迤逗的秀才們低頭納拜，女裙釵眼去眉來。這壁廂見着愛，鶯鶯鳳駭；那壁廂尅着害，月值時該。他怎曉得俺們呵，撮合山可是俺不費錢財，定婚店替招着堂前嬌客，則你那老姑娘早下了溫嶠粧臺。不用疑猜，昭陽舊物盤螭怪，成就了鴛鴦債。可不道天子重光御筆裁，大笑哈哈。（下）

（副淨、小丑上）不施萬丈深潭計，怎得驪龍頷下珠。

（小丑）大爺跳進去。

（副淨作跳牆摸介）寶鏡倒在這裏，孄烟臥房不知在何處，且悄悄看來。

（内叫，孄烟作應介）

（副淨走出，鏡神沖上，副淨驚落水喚介）救人！救人！

（小丑扶介）阿呀！大爺跌壞了。

（副淨）衣服濕了不妨，只是連那寶鏡都跌在水裏去了。可惜，可惜！羊肉弗吃得，惹子一身臊。（下）

（老旦上）這人被俺們耍得殼了。

【尾】他圖個瞞神唬鬼偷營寨，倒做了拽巷邏街大會垓，落得一場惡搶白。則教他後次裏放乖，再休得亂踹。鏡神，他見了你，也不消得這等害怕。只望見自己龐兒先一嚇。三月三日，是李皇爺生辰。東京風俗，在廟裏做市。我帶你賣與徐郎，成就他婚姻便了。

　　　　半夜潛身入洞房，小樓前後捉迷藏。
　　　　鏡臺飛去青天上，佳兆聯翩遇鳳凰。

第十一齣　廟　　市

（丑扮道人上）閭閻兒女換，歌舞歲時新。自家李王廟廟祝。常年三月初三日，是李王菩薩生辰。做經紀的，自初一起趕集三日。今日是個正辰，比前兩日倍加熱鬧。呀！遠遠望見一位相公來了。

（生上）野廟向江春寂寂，古碑無字草芊芊。到汴梁訪獨孤太僕，聞已留守西京。出得酸棗門，向雒陽前去。半途遇着這廟宇，却也人烟湊集，不知是何人香火。我且下了馬，觀看一番。有個道人在此。老道請了。這是那個的廟？幾時興造的？

（丑）相公是南人聲音，俺廟裏菩薩，説道也是南京來的。

（生）待我看一看。呀！牌額上寫道"南唐國主李王之廟"。嘎，就是後主！死葬汴梁，遺廟在此。你看野鼠緣朱帳，陰塵蓋畫衣。受用些落木寒鴉，看守着殘山廢塔。一代帝王，憔悴至此，好不傷感人也！我且向前一拜。

【中呂過曲·泣顏回】薜壁畫南朝，淚盡湘川遺廟。江山餘恨，長空黯淡芳草。呀！這圖上是我父親手筆。臨風悲悼，識興亡斷碣先臣表。咳！我父子受國厚恩，無繇答報。（作拭淚介）過夷門梁孝臺空，入西雒陸機年少。

（丑）相公為何掉下淚來？

（生）我的心事，你那裏曉得？我且問你，這許多人在此喧鬧，却是為何？

（丑）東京風俗，三月三做廟市，這是趕集的。

（雜扮賣衣服、骨董、樂器等上）

【千秋歲】赤闌橋，撥轉樊樓道，旋鍋兒灌肺燒刀。士女遊遨，看士女遊遨，一謎裏擺的珠犀香藥。蘇州店編紬號，陝西客看絨料，估價稱元寶。賣甘州枸杞、瑣瑣葡萄。（列坐介）

（丑）相公，這是銀孩兒第一家老鋪，金獅子不二價牙行。過街棚，大賈行商；滴水簷，冷攤雜貨。紅托盤跟着燒香轎子，青涼傘撐着賣酒招頭。香爐腳壓士女門神，供桌前擺湯團炊餅。土地廟裏，無非襪帶汗巾；金剛腳邊，盡是木梳鈕扣。還有使槍棒，走繩索，講説五代遺文；弄蟲蟻，叫果子，拖逗兩軍百戲。賣卦通靈，再畫着朱砂地謎；春方不效，緊靠那黑髮烏鬚。真正是東京地面，人山人海，好熱鬧也！

（生）這些店面，與我都沒相干，有甚麼骨董店麼？

（丑）這在市角頭。

（生）我們就此步去。偶逢宛雒遊春處，閒看商周博古圖。（下）

（老旦上）

【前腔】下雲霄，踏遍紅塵道，混蹤跡酒肆茶寮。花市今朝，做花市今朝，百忙裏攤的圖書珍好。自家因展娘姻事，特攜宜官寶鏡來賣與徐郎。趂着東京廟市，在此開個骨董店兒。這早晚徐郎待到也。青槐陌風光好，黃茅店人烟鬧，取次姻緣到。贈裴航玉杵，好會藍橋。（坐介）

（雜扮官員金扇便服，衆隨上）

【越恁好】綠楊塵裏，綠楊塵裏，齊楚楚好俊豪。退朝花底散，灑金扇，藤兜轎。牡丹棚走遭，蓮花棚走遭。嫋亭亭女妓兒，吹着洞簫；黃甘甘內官，楞錚錚軍漢兒，歇在樹腰。猜詩謎，耍秀才，人壓圍場倒。擠村姑跌也，街上狂笑。（下）

（生上）客路宜三月，閒遊到夕陽。你看不多會兒，鋪子漸漸收了。

【前腔】踏青歸去，踏青歸去，矻登登駿馬驕。日斜街鼓急，瓦子鋪，收場早。封丘門路遙，陳橋門路遙。看各剌剌車隊兒，推過畫橋。還有一店在此，軟設設布簾，冷清清舊店兒，還在市梢。這就是骨董店了。銅釵子、棗木梳，帶却菱花照。這鏡兒賣也要價多少？

（老旦）這是寶鏡，不比尋常。相公是有緣的，論不得價，竟相送便了。

（衆）天色已晚，我們大家收了鋪面回去罷。

【紅繡鞋】急留骨碌心焦，心焦；乞丟磕搭空勞，空勞。滑七擦走荒郊，滴溜撲趕今朝，乾廝哄沒成交。

（同下）

（生吊場）衆人都去了，那廟兒依舊靜悄悄的。（哭介）咳，我那後主呵！

【尾】春花秋月何時了？依舊空山鎖寂寥。我只得拜辭去也！

一鞭落照，瘦馬西風雒陽道。
　　　　寢廟徒悲劍與冠，茅花櫪葉蓋神壇。
　　　　紫玉鏡蟾蜍字，石馬無聲蔓草寒。

第十二齣　誤　謁

（雜扮中軍、從人，隨淨上）（淨）

【中呂引·遶紅樓】畫戟朱幡出未央，牙門啟、嵩少蒼茫。細柳微風，綠槐殘雨，笳吹擁油幢。玉節領司州，金貂鎮上游。西京新使相，東雒古諸侯。獨孤榮，字華仲，秦州人也。先世仕宦毘陵，因家白下，遭遇徐鉉學士知舉，忝中開寶五年進士，只因唐亡，未經授官。後來學士入朝，薦為三班借職。歷叨要任，新陞節度，留守雒陽。每念徐氏後人，欲加尋訪。仔細想來，如今做官的，只要奉承當塗津要，那裏顧得舊日恩知。這個念頭，也索罷了。還有一件，下官雖居重鎮，未入中書，畢竟要尋個題目，通些線索，獻些殷勤，纔好做內召的張本。聞得朝廷命王著搜集古今法書，倒是個絕好的機會。我想雒陽好古的人家最多，何不尋些晉唐墨蹟，做一本獻上。一者見留意詞章，二者明有心進奉。雖然與做官絕沒要緊，揣摩去倒有幾分。少待尋個心腹人，與他商議便了。俺今日身子困倦，左右的，有相知貴客，後堂相見，此外一槩都回去罷。

（雜應介）

（生上）阮籍多窮路，嵇康有故人。初到雒陽，聞得留守司衙門在此，不免進謁。（作揖中軍介）小生是獨孤老爺同鄉至親，要求相見。

（中軍）老爺不會客，除非極相知的，纔好通報。

（生）小生是你老爺座師的兒子，若論相知，倒也算得個兒。

（中軍）既然如此，相公請坐。待報過名帖，然後相請。（稟介）稟老爺，有個金陵秀才，說是老爺座師的兒子，要求相見。

（淨）取名帖看。

（送帖介）

（淨）"通家晚弟徐適"，我方纔說起徐老爺，難道這秀才就是他的兒子？也罷，請他進來。

（生進見介）老先生請上，小生有一拜。（拜介）楚樹嵩雲萬里餘，

（淨拜介）故人莫恨久無書。

（生）掃門幸賜公餘暇，

（淨）傾蓋欣逢遊子車。（淨）看坐。

（生）還該侍側。

（淨）不消謙遜了，一向意興何如？

（生）自家君亡後，蕭條貧落，困頓無聊，不能細述，仰瀆臺聽。

（淨）老師舊家盛族，遺產必多，難道就不能守麼？

【中呂過曲·駐馬聽】家世膏粱，兄弟朱輪笏滿床。須是田連湖熟，冶占梅根，第夾清漳。徐公寶劍好收藏，景山酒具供吟賞。宛雛風霜，兀的穿州撞府，做個茂陵郎。（生）

【前腔】聽說行藏，松菊荒蕪學士莊。哪有千頭橘柚、十具耕牛、八百枯桑？負薪徒使路人傷，束芻誰會先君葬？旅況淒涼，為吾作計，全賴丈人行。

（丑）老爺，聽蕉叩頭。

【前腔】從主他鄉，結柳奴星為客忙。（淨）你老爺有許多家人，難道只存你一個？（丑）如今都散去了。老爺呵，怎麼有平頭搖扇、白直當關、廝走擎箱？只有小人呵，獠奴阿段負遊囊，楊家便了行沽釀。（淨）你身上也襤縷得緊。（丑）貌赤須黃，全仗爺們看管，買件舊衣裳。

（淨）別樣不消說了。尊公愛玩的翰墨，畢竟還存幾件麼？

（生）家君所藏，盡都散失。倒是晚弟近日置得些晉唐真跡。

（淨）今日該留兄小飯，偶有公事，後日奉邀。叫中軍，你隨徐相公到寓中取法帖來，我立刻就要看的。

（中軍應介）

（生）就此告別。（生下）

（淨笑介）我正要晉唐真跡，白白裏送上門來，甚是湊巧。若果

然看得過,把椿小分上,打發他起身便了。

雖言千騎上頭居,欲報瓊瑤愧不如。
誰引相公開口笑,故交惟有袖中書。

第十三齣　決　婿

(雜扮太監引小生上)(小生)

【中呂引·金菊對芙蓉】昨夜東風,穿花玉漏,銀河影轉梧桐。記西宮陳事,笑問昭容。攝山戚裏曾遊幸,同歡讌、遶膝兒童。戲語而兄,嫁卿阿琰,十五年中。往事傷青蓋,新年紀赤烏。湘神憐少女,許嫁問蒼梧。孤家南唐後主陰魂是也。夙世謬稱詞客,前身誤作人王。南國風流,北邙蕭瑟。不如速朽,自愧有知。所幸上帝見憐,命俺廟食茲土,仍同嬪御,略備威儀。昨過西宮見保儀,說起黃將軍女兒親事,記得攝山遊幸,曾有此言。咳!今日事勢已殊,不消重問了。據保儀說,曾託耿先生替他擇婿。今日備宴宮中,待他回話。內使們!宣保儀上殿。

(小旦上)

【滿庭芳前】綠蟻杯濃,青鸞鏡好,平恩嬌女芳容。東華築館,喜氣近椒風。妾身保儀黃氏。皇爺宣喚,不免進見。(拜介)臣妾黃氏見駕。

(小生)耿先生怎不見來?
(小旦)想就到了。
(老旦上)

【滿庭芳後】天上交鸞伴侶,問東君應許乘龍。紅雲擁,嵩丘嫁女,高會丈人峰。(見介)陛下、保儀,稽首了。
(小生)保儀侄兒親事,不知先生曾得其人否?
(老旦)貧道已得個絕好兒郎,特來覆命。
(小旦)是何等樣人?
(老旦)是個讀書秀才,與唐家有些瓜葛的。
(小生)這樣是南京人了。他姓甚麼?

（老旦）陛下試猜一猜。

（小生）待我想來。

【南呂過曲·紅衲襖】莫不是俊周郎戚裹宗？莫不是楊王孫支附種？莫不是齊丘後裔東牆宋？莫不是延巳家兒大小馮？（老旦）都不是。（小生）莫不是丹陽丞萬石鍾？莫不是廬陵侯千里董？（老旦）一發差了。（小生）敢則是門第清華，揀個天壤王郎也，年少烏衣問阿戎？

（老旦）實對陛下說，他姓徐，就是學士鉉之子，喚名徐適。

（小生）嘎！是徐鉉的兒子。我想起十五年前，在你家置酒，抱展娘膝上，戲語替他擇婚。那時學士也在坐中，曾作詩紀事。若是他兒子，可見天緣有定了。

（老旦）他相貌人才，種種第一，真是可愛。

（小旦）先生所見，定然不差。只是怎生撮合起來？

（老旦）這個不消費心，都在我身上。

【前腔】少不得七香車桃李穠，少不得百子鈴絲蘿共，少不得禁婚家絳帖門楣重，少不得冶遊郎青絲行步工，少不得選金屏步障通，少不得搶絲鞭笙歌動。你看配合嬋娟，只費一口甜茶也，逗得個宋玉全身燭影紅。

（小生）做親的所在，就在這裏罷。

（小旦）阿呀！這是幽冥地界，生人怎結得花燭？

（老旦）你不要管，還你佳兒佳婦，都在眼前罷了。

（小生）他是仙人，神通變化，你我怎測度得來？

（小旦）待我想一想。

【前腔】莫不是白龍膏廣利宮？莫不是碧桃花天臺洞？莫不是趙王陀義女賠錢送？莫不是秦穆公重招沈侍中？莫不是舊少府識盧充？莫不是老夫差輕韓重？俺索是兒女關心，守着一搦香娃也，須尋個天上麒麟配阿儂。

（老旦）所料也不甚差。只是此番作合，古古怪怪，在幾件寶玩上，做出個天大的姻緣來。

（小旦）是甚麼東西？

（老旦）前日宮中曾有于闐玉杯、宜官寶鏡。

（小生）玉杯賜與徐學士，寶鏡授與黃將軍了。不過兩件骨董，怎生撮合起來？

（老旦）貧道自有作用。

【前腔】也只為李同光做婦翁，惹得個鏡新磨能搬弄。那一個茂陵玉椀親齎送，這一個逸少蘭亭坦腹同。比似俺琉璃瓶琥珀濃，好像你霓裳曲箜篌夢。兩下裏錦瑟華年，做個鵲影填河也，不枉了一曲琵琶思不窮。

（小生）只有一件，劉銀這廝，為先生輕薄了媚豬，終日思量尋鬧。萬一新人吉禮，他提兵搶奪，為之奈何？

（老旦）陛下將士雖多，必得個生人統率，纔好立功。徐郎英銳少年，用之為將，劉銀一戰可擒矣。

（小生）說得有理。（合）

【古輪臺】漫臨戎，玉魚信節紫鸞封，蘭陵陣樂吹簫弄。桓溫處仲，不比槐宮，贅婿淳于驕縱。烽火瑤臺，空慚將種，虎頭燕頷粉侯容。三軍奮勇，看玉郎意氣如虹。角聲歡動，虎帳分弓，鵲橋承寵，高宴未央宮。凌烟夢，玉人共枕翠幃中。

（小生）咳！我國破家亡，便是一抔殘土，也不能保。當年若得這個女婿，祖宗舊業，不至塗地了。（合）

【前腔】英雄，愛婿親自搶頭功，重整頓千里江東。豐碑一統，紀績書勳，不數人間南董。敢死三千，凶門鑿孔，驪丘石馬汗趨風。高冠劍辣，任敵軍九地相攻。橫屍何恐，長陵抔土，南山不動，地振景陽鍾。祁連塚，萬年玉匣一丸封。

（老旦）貧道告辭了。

（小生）

【餘文】仙緣就，樂事融。待得個天孫雁捧，眼見那紫鳳銜花出禁中。

　　　　王孫帝女下仙臺，只為衡門未有媒。
　　　　戚裏舊知何駙馬，青銅鏡裏一枝開。

第十四齣　鏡　影

（生上）

【仙呂引‧鵲橋仙】單衣試酒，客心瀟灑，浪子隨何陸賈？天臺何處賺胡麻？一笑風流調法。小生自到雒陽，旅困無聊，閒步清明陌上，見那素素紅紅，少不得尋尋覓覓。客裏風光，酒徒蕭索，歸來納悶，惹得春愁。只有晉唐法帖，是我時常愛玩的，被獨孤華仲借去上卷，恐怕他又來借看，匣藏下卷，不便臨摹。寓中無可消遣，有李王廟前買得鏡子在此。那賣鏡老嫗說：「相公是有緣的。」我孤身落寞，所遭不偶，難道鏡子上到有甚麼緣法起來？（取鏡在手介）你看，碧玉玲瓏匣，黃金宛轉繩。不消說，是官禁中流傳出來的。為甚拂拂有些香氣？多應是女娘愛玩，留些粉澤脂香。徐次樂孤身得此，好不僥倖也。（驚介）呀！鏡裏絕好一個女子，難道我眼花不成？

【南呂過曲‧太師引】猛嗟呀，這是誰撇下，豔非常生香俊娃？看澹掃蛾眉如畫，冷惺忪月在梨花。儘舉措衣裳閒雅，出落的春風無價。朱扉亞、鶯聲絳紗，亂分春色到儂家。這個面龐，我眼裏似曾見來。（想介）記得前日在郊外呵，

【瑣窗寒】垂楊巷陌藏鴉，趁鞭梢白鼻騧。美婦人便撞着了幾個，那裏有這樣標緻的？雙鬟佇立，粉垣人家，倡條冶葉，鈿車羅帕，誰曾見個人嬌姹？你看這般豐神舉止，不要說花街柳巷沒有，就是尋常閨秀，急切裏尋不出這個人來。多應生長好官衙，為甚來此行踏？小姐，你既是官宦人家，住的是深宅大院，我徐次樂正眼也不敢瞧一瞧兒。如今在鏡子裏，憑俺飽看，畢竟是天緣註定的了。

【黃鐘過曲‧三段子】你妙年未嫁，逗香閨睒睗認咱。俺倦客看花，遇天仙疎狂自詫。虧你三寸金蓮走將來，難道不害怕？腳兒怎挪愁他嚇，為甚你又怕羞起來？臉兒半掩知他詐。小姐還該下來，那鏡子裏站着，好不冷也！只怕凍徹香魂，須不當耍。咳！我

又癡了,這影是假的,怎生認真起來?仔細一想,却又算不得假。大凡人心所好,形神夢想,與之俱移。就如我換去的玉杯,止因平生愛玩,近來出神閒想,恍恍忽忽,如在杯裏。那鏡子一定是這小姐心上極愛的,流落在我手中,他心頭牽掛,逗出個影兒。雖是假,也要算是真的了。

【南呂過曲·東甌令】真和假,不爭差。稔色人兒手內拏,嬌香細骨春堪把。我徐次樂是江南有名才子,做得過女婿的。小姐,你便把我抱一抱兒,說不得饒伊罷,羞雲怯雨臉烘霞,管采牡丹芽。呀!我便在此嬉笑,細看他面上,為何有些病容?畢竟鏡子作怪,他失魄丟魂,在家裏害些症候,爹娘定然求神問卜,埋怨着誰哩!

【三換頭】芳年二八,有爹娘牽掛。嬌癡似醉,怕傷春病加。却也休怪他,這其間也不合誤着他。春風破瓜,瞧着個人兒也,俏魂靈立化。碧水兼葭,夢斷游絲颭落花。咳!我孤身落魄在雒陽道上,那個人兒瞧我?

【仙呂過曲·解三酲】俺本是彈琴司馬,怎及得寄鏡秦嘉?芸窗十年書生寡,辜負了雒陽花。也有人說一兩椿親事。幾廻邂逅閒嗑牙,奈百歲姻緣一線差。如今好了,有了這位小娘子了。風流話,非關浪酒,不費閒茶。說了一會,鏡裏並無半句言語。嗄!我曉得了。他是幽閒女子,還待央媒說合,纔肯成婚。只是你一到家中,知道是甚樣門楣,爹娘便要拿班做勢,須是害死了小生也。

【南呂過曲·三學士】燕子樓頭鎖麗華,等閒不近誼譁。那時我要見你一面,有心擲眼梅香罵。便是你思量我,無事顰眉阿母查。何如乘此清風朗月,今夜成其好事,悄地訂婚花月下,美夫妻一世誇。呀!你看眼兒活動,脚步兒有些挪移,像個要下來的了,我好喜也!

【節節高】輕裾踏雁沙,玉無瑕,腰肢冉冉荼蘼架。驚人詫,絕代佳,良緣乍。背人不說些兒話,休教變了相思卦。假饒飛去海天涯,碧鸞有分須同跨。只是旅館中人多眼雜,萬一小姐下來,不當穩便。不如早些別了華仲回去,就是四海空囊,拾着一個美人,也算不折本了。

【尾】待消停,風聲大,明朝收拾早回家。準備着碧柳橋邊一輛車。

蟬翼羅衣白玉人,長安才子看須頻。

欲知此地相思夢,半為當時賦《雒神》。

第十五齣　思　鏡

（貼上）

【商調引·風馬兒】一搭行眠最老成。閒消遣,緊叮嚀,茶湯應口忙支應。春來一病,盡道俺知情。珍簟涼如水,綺窗人似花。我小姐只因被人偷去寶鏡,曉夜思量,氣咽聲絲,淹淹病倒。老夫人十指上,止養着這個女兒,着忙不過,倒把個擔子推在我身上。他是孩子家性兒,怎生勸得轉？他也説得好：看見杯兒,別人的樣子倒在眼前；提起鏡來,自己的魂靈不知何處。沒顛沒倒,如醉如癡,非痛非疼,不茶不飯。一會兒精神,也能使着身軀；忽地裏沉迷,便是軟癱一垛。差不多十分沉重了。老爺今日親要來看,我且扶他出來坐一坐兒。

（内叫燎烟,貼應介）呀！醒了。

（旦上）

【前腔】幾葉秋聲和雁聲。屏山掩,月朧明,無端照出心頭病。凄凄耿耿,燈火向人青。燎烟,這是甚麼所在？

（貼）是小姐的卧房。

（旦）阿呀！我虛飄飄一個身子,不知怎麼,正像在鏡子裏一般。

【商調過曲·二郎神】重簾靜,漫淹煎,似春醒未醒。見等翠分紅身外影,無端對面,依稀顰笑逢迎。（貼）呀！這樣,小姐眼裏邊見什麼人了？（旦）我也記不得那個。我夢逐游絲難記省,知道他誰家薄幸？一枕暗魂驚,不耐煩聽人喚作卿卿。

（貼）小姐,這是那裏説起？

【前腔】〔換頭〕消停,空花水月,無人折證。我想起來,人還是笨的好。譬如燎烟,黑漆漆過日子,倒着頭便睡,盡是快活。小姐,你千伶百俐，遊思妄想，只管生出事來。你所事聰明人物整，隨心慣性，閒拖逗貪耍成真。倒教我一度看花一度驚，沒亂煞生情見景。（旦）難道我要看見他不成？（貼）還說不惺惺，兩下兒牽來有影無形。

（旦愠介）據你說，我前日玉杯裏的影，都是掉謊了？

（貼）不是孃烟多嘴，奉老夫人嚴命，叫我百端開釋。小姐，你今日疑惑玉杯，明日思量寶鏡，教他老年人怎放得下？

（旦）老夫人曉得我的病，想是有些憂煩了。

（貼）怎說憂煩兩字？他曉夜淚眼不曾乾哩！

（旦泣介）咳！我娘還望我有好的日子。我怕驚壞了他，不敢告訴。孃烟，實對你說，我身子十分不濟了。

（貼）小姐說那裏話來？

（旦）我日裏還是眼中看見，晚頭竟隨着一道光走，悠悠颺颺，不知到那裏去，直待雞鳴時候纔收得轉來。這是甚麽光景？不消說是不好的了。

【囀林鶯】輕烟裊曳雲母屛，露幌搖徹冬丁。睡情一片秋光冷，病梢兒貼定寒更。向梧桐甃井，照見我離魂孤逞。冷清清，緊撇轉銀河澹月疎星。

（貼）小姐你放心，這是虛脫出神的光景。孃烟伏侍得久，曉得詳細。小姐如花似玉，行一步，別人的眼睛也亮一亮兒。何況心坎玲瓏，虛空想像，自然現出這個境界來，難道鏡子真會攝你的魂兒不成？

【前腔】京江秀滑人嫋婷，妙手誰數丹青？雙眸剪水紅粧靚，步凌波十里柔情。正花愁月暝，占斷了生香荀令。笑盈盈，夢醒處，一天玉露初零。

（旦）孃烟，我說話半日，心上不耐煩，困倦起來。

（貼）我到老夫人那裏看看就來，小姐且安心睡一覺兒。

（旦睡介）

（貼下）

（末同侍衛上）銀纏辟惡咒，翠結訂婚符。俺鏡神，奉耿先生律令,攝黃展娘魂兒與徐次樂成親,不免走遭。

【黃鶯兒】銅雀舊知名,掩塵埃,恨未平,紫綿重拂盤螭整。黃展娘,今日我揀個好對頭與你也穀了。憐卿可憎,因他至誠,相宜好醜端詳定。結深盟,蓮花紐鏁,綰定合歡繩。

(雜)稟尊神,聞有劉鋠擋路,怎生是好?
(末搖首介)他怎搶奪別人的婚姻也!

【前腔】七寶鏡臺成,付溫郎,在北征,你劉郎舊物他人聘。(雜)他另有一個鏡兒麼?(末)儘有哩!紅雲宴迎,烏銅殿屏,玄妻可鑒光相映。覷方明,流香秘戲,天老教圖經。展娘,展娘!隨吾神去也。

(假旦隨下)
(貼急上介)天有不測風雲,人有旦夕禍福。小姐,小姐!
(旦不應介)
(貼驚介)呀!方纔好端端的,為甚沉重起來?老爺,老夫人!快些來看小姐!
(外、老旦急上)
(老旦)綠窗弱息三分病,
(外)堂上雙親一片愁。爨烟,小姐病體如何?
(貼)小姐一會兒沉迷起來,再三叫喚不醒。
(老旦驚淚介)
(外同叫介)展娘我兒!
(外、老旦合)

【簇御林】爹年老,母病增。掌中珠,心上疼,一絲氣是全家命。(旦作醒介)(老旦)好了!(外搖首介)看他軟答剌,言胡哐,眼薈騰,頭梢不起,折倒玉娉婷。夫人,你前日說女兒照見玉杯裏面有甚麼影兒,難道是他作怪不成?
(老旦)我勸你早些禳解,你只是不信,害了我女兒也!
(貼)老爺,小姐只為失了鏡子,終日思想,所以生起病來。
(外)阿呀,兒!一發不消得了。那鏡呵,

【前腔】長生鑒,神壽銘。辟邪符,魑魅驚,便女娘照膽多清正。兒,你但好起來,須像這鏡子,花並蒂,鶯交頸,鳳和鳴。粧臺插戴,好揀舊家聲。

(外、老旦)

【尾】我兒,你玉杯看罷渾癡睜,又撇下宜官寶鏡。(這是身外之物,沒要緊的)。須把我老業雙親心上省。

鏡弄佳人紅粉春,陽臺去作不歸雲。
白頭老淚惟兒女,乞取刀圭救病身。

第十六齣 齟 怒

(淨上)

【北端正好】夜郎城,邛都水,魂遊處剩甲殘旗。五溪舊俗仍稱鬼,不改人王貴。

自家南漢主劉鋹陰魂是也。性同蛟蜃,生類虺蛇。謬因鰲令之尊,得忝沙蟲之長。獻來獠婢,名喚媚兒,宮中謂之崑崙,朕特憐其豐腴。北郭尚有雕青天子,南風豈無短黑宮妃?但能肆我聚犾,何必嫌咱逐臭?可笑李煜這廝,自己抱着阿姨睡罷了,却遣耿先生來嘲笑俺們。近日打聽得有個黃展娘,是他外戚之女,早晚成婚,要從這裏經過。不免操練軍馬,去搶他來受用。(笑介)我想他說我妃子是黑的,如今我搶你女兒,倒是黃的。只是俺赤帝子腌臢些,怕配不上顏色哩。

(雜)禀王爺,娘娘到。

(女兵擁丑上)(丑)

【么篇】大狼王,長蛇婿,風流陣戰勝而肥。過師枕席非容易,升降軒轅勢。黑山女將張飛燕,繡甲陰兵石野豬。自家媚兒,俺劉王在將臺上,須索施禮者。(見介)大王,你鐵纏梢雖號驍雄,經俺連環鎖子甲,不免落塹。聞得江東婦女,都是長山蛇陣勢,你一條懶龍,怎生對付得來?

(淨)如今女子兵,像妃子的絕少。俺偶然退縮,還圖再舉,未肯伏輸。何况他人,盡非吾敵。若使妃子將水軍,俺將騎兵,天下不足定也！叫大小三軍，擺陣勢與娘娘看。

（雜應介）

（淨）

【南普天樂】日南軍，扶留騎，壓禺山，連瀧水。蒼梧卒、蒼梧卒，蟒目蛟眉，伏波營咒甲犀皮。（合）呀！看三軍進退，秋風散馬蹄。伐鼓樅金來往，來往吶喊搖旗。

【北朝天子】召青氏白氏，結生黎熟黎。遣山魈獨脚穿營壘，沙蟲水弩，佈山巔水湄。毒天下，民從易，脯蚺蛇幾圍，享蠻軍千隊。緊追緊追緊緊追，出零陵，平吞吳會。寶民勇，峒刀利。寶民勇，峒刀利。陣勢如何？

（丑）也儘看得，只怕還當俺不過哩！

（淨笑介）如今你也演個陣兒。

（女兵稟介）衆女兵候娘娘教演。

（丑衆排陣介）（丑）

【南普天樂】娘子軍，夫人壘，女蚩尤，兵鋒銳。狼牙纛、狼牙纛緊簇明妃，搯銀槍對對宮姬。（合）呀！聽角聲遠沸，花腔鼓細搥。隱映臙脂馬上，馬上雙颭紅旗。

【北朝天子】按圖經握奇，擺長營合圍。笑蕭娘呂姥裝風勢，高涼舊地，佈威風九溪。鳳靴兜，銀鞍韉。襯金盔粉題，趁雕弓玉臂。整齊整齊整整齊，壯軍容，三門五壘。領征南，烟花隊。

（淨）果然擺得好陣勢。

（丑）妾尚有秘傳陣法，不可洩漏，與大王宮中私演何如？

（淨）叫大小三軍，擺隊回宮！

　　　　黃沙磧裏本無春，錦繖夫人娘子軍。
　　　　曉日靚粧千騎女，桃花馬上石榴裙。

第十七齣　影　現

（旦上）

【南歌子】銀漢紅牆隔，珠樓翠箔空。柳絲無力怯東風，吹去一床殘夢，月明中。奴家着床鬼病，死没騰那，懶設設扶起頭梢，虛飄飄不知腳步。猛可裏添些害怕，落來的一會淒涼。這是甚麼所在？連孃烟也不見跟來。

【越調過曲‧小桃紅】濕雲乍斂未梳蟬，搭伏着闌干喘也。睡眼迷離，那處俄延？秋水碧於天，依稀的好亭軒，小屏山，滿陳編。宣州硯也，側置小帖宜官，是儂家舊題籤。(作取不着介)呀！明明是我家晉唐小楷下卷，為何取他不着？待把燈頭剔亮了再看。(剔不去介)却又作怪，那燈花剔他不去，像眼前有一層輕綃薄慢，件件明亮，件件是遮住的。便是寶鴨香烟，吹到我身邊，倒做了澹雲重霧，把袖兒籠去，一些薰不上來。難道我父親將此帖換了玉杯，便是與俺没分的了？幸得玉杯還帶在此，且取出來一看。(背看杯介)

(生上)黑貂遊子困，青鏡麗人愁。俺徐次樂作客雒陽，了無意興。昨晚朋友約去飲酒，不曾收拾得鏡子，把俺美人也冷落一夜了。(作驚介)呀！我從不曾見他後影，今日為何背立在此？腰肢體度，更是翩躚，只是懶髻愁鬟，不施裝束。美人，美人，你有甚憔悴來？

【前腔】寶釵半欲卸香肩，怕瘦損嬌姿倦也。(旦)這裏有人聲。(作回見生介)(生)忽地回頭，笑的輕圓，花倍舊時妍。他生來正韶年，乍相看，得人憐。將清尊勸也，仿佛舊玉藍田。是何因，恰良緣？呀！美人手裏擎着一隻玉杯，竟像是我的。嘎，前日蔡客卿將去換黃將軍家法帖，原說他有個女兒，難道美人竟是黃家小姐不成？近來蘇州清客說，男子漢都不在行，倒虧幾個大家宅眷，儘有眼力，肯出價錢。只看我的玉杯，包漿玉情，一發熟脫了，這是真正收藏家。只是果然是他？那帖後有小姐的題跋，我且翻出來，他自家的筆跡，一定認得的。(作念介)黃展娘題。

(旦驚介)他那裏曉得我小名兒？

【下山虎】秀才纔半面，小字誰傳？嘎！就是我題在帖後的了。記得題黃絹，粉痕尚鮮。這生竟像我玉杯裏的影兒。拖逗的衛玠全身，右軍一卷。看几上瓶花映翠鈿，屏山幾曲展。我待要捻花枝打少年,為何花也攀不下,無計將花撚。丹青儼然,難道是隔水遊人書畫船?

(生)美人一雙俊眼,不住在法帖上,一定是他的了。只是玉杯是我舊物,也該與我吃一杯兒,為何不言不語?

【前腔】女孩兒靦腆,執盞花前。穩把相思嚥,背人笑嫣。動情處眼色相鉤,臉紅欲斷。小姐,你不肯言語,有素琴一張,可試一彈。(取琴介)待謝女停杯拂紫絃,纖纖愁太軟,還不如寫春心托膩箋。(取筆介)這帖是小姐的題跋,再題幾行兒。生小親柔翰,標題宛然,難道是鸚鵡前頭不敢言?

(旦)我在此有許多言語,他全然不省。我往日嫌玉杯裏的影不會講話,難道我站在此,竟是個影兒?偏是他的影遇着我,我的影也遇着他,天下有這樣湊巧的事麼?

【山麻稭】紅絲一線,為弄玉銜杯,瑣窗人怨。閣外寒山,乍香夢飛懸。風便,絳河波動,流出桃花春片。那生,與你個影兒看看,也索夥了。你躲在杯兒裏,也是個不會說話的。蛾眉難畫,瓊漿未飲,知怨誰邊?

(生)那法帖不消題起了。鏡子是那一個的?小姐的影却在裏頭。難道我的玉杯在他處,他的寶鏡又在我處?天下有這樣湊巧的事麼?

【前腔】堪羨,看玉燕嬋娟,銀鸞活現。錐浦淩波,映出水輕蓮。冰泮,玉杯寒,少金屋夜情歡讌。太真未聘,樂昌莫剖,花裏逢仙。

(丑上)離家僮僕苦,作客主人癡。我相公千山萬水,到這裏打秋風,也該央地方人說合,去衙門中打聽,纔有些事體。你看隔壁真公子寓中,好不熱鬧。偏生關了門,今日叫美人,明日喚小姐,莫非失心瘋了?聽得外邊說,留守老爺今日要到長街上拜客。我想這街上無過是俺兩家,也要打點伺候。呀!節導響了。(急走介)相公還在此做甚麼?獨孤老爺來拜了!(作收拾介,旦驚下)

(生)誰要你着忙?

(丑)這時節不收拾,來時在那裏坐?

（生）取公服來！

（丑）我收拾茶去。（又上）相公，獨孤老爺拜了真大爺逕去了。

（生怒介）都是你這狗才！我好端端坐地，待他來不來罷了，誰要你稟？

（丑）阿呀！相公你便有坐性。像俺小人們，只指望留守老爺到一到門，就生些光彩，打合幾件分上回去，誰想他是過門不入的。

（生怒踢介）還要多嘴！

（丑下）

（生歎介）真古董父親現任，就去拜訪，我飛不得張單帖兒。世情可恨，也索繇他。只是今日鏡裏的小姐，差不多説出話來，被聽蕉一聲驚散，好不懊惱。

【尾】俺臨邛作客相如賤，還喜得當壚人面。美人，美人，你須不是勢利眼睛，看不上徐次樂的。則把俺疾病文園，時常覻一眼。

　　　　背插金釵笑向人，斂眸微盼不勝春。
　　　　皆言賤妾紅顏好，曾為無雙今兩身。

第十八齣　見　　姑

（老旦上）

【南呂引・驀山溪】雲輕踏蹉，月就天邊墮。玉女綵鸞歸，石上花飛碧唾。（旦上）東風無力，悶倚小桃柯。偷眸，有個人兒可，好夢春無那。

（老旦）自家熱心腸，替黃展娘尋一門親事，引他影兒與徐郎廝認，四目相覷，調得火熱。只是鏡裏夫妻，可是摟得着、睡得穩的麼？除非見了他姑娘，把那生也從容引入。好費俺許多周折，纔成就你一段姻緣也。

（旦）婆婆，你等得俺好苦。

（老旦）小孩子家，虧你自己相着一個風流少年，還說苦麼？

（旦作羞介）是遇着一個兒。只是他許多説話，十句裏我也一兩句應，他却像一字不曾聽得的，教我冷清清獨自站立，好不苦哩！

（老旦）這件事，你我都做不得主。你有姑娘在那裏，快去見他。
（旦）我家姑娘久不往來，如何便去？
（老旦）自己骨肉，這也不妨。
（同下）
（雜隨從小旦上）
（小旦）玉臺秋管怨，銀海夜燈青。一別家鄉，遂踰一紀。今日間耿先生領侄女到宮，我想雁書久斷，蝶夢無憑，未知果然得見否也？
（雜報介）耿先生、黃展娘宮門祗候。
（小旦喜介）請進來。
（老旦）貧道稽首。展娘拜見了姑娘。
（小旦）先生，我好喜也！

【正宮過曲·白練序】秋宮冷守，斷粉零膏翡翠窩，驀忽地小鳳啄花飛過。（老旦）好容易將你女兒到這裏。嬌娥細馬馱，一捻香鬟燕尾拖，畢竟金陵粧束好。（小旦）我別時，還是一丟丟小孩子哩！兒安坐，相抛幾日，這般長大。
（旦作驚疑退立介）
（老旦笑介）這是姑娘家裏，為甚害羞起來？

【醉太平】偷睃，他紅羞翠躲，被游絲約住，沒處騰那。（小旦）年紀還小哩！（老旦）他芳年尚小，閒窗風月消磨。鏡子裏却有人看見了。如何，菱花對影暈雙蛾，早撞個秀才瞧破。（小旦）這是天緣註定的。（老旦）三生因果，管教秦樓弄玉，烏鵲填河。
（小旦）你父親是我的哥哥，母親是嫂嫂，難道不認得我麼？
（旦作醒悟介）孩兒曉得了，俺爹娘長思想姑娘哩！
（小旦淚介）

【白練序】〔換頭〕哥哥，索念我，昭陽綺羅，淒涼煞望鄉臺亂山殘火。你父親家計何如？（旦）門庭也蕭索得緊。（小旦）他銅駝舊恨多，怕做入女宮中老伏波。如今賀，仙郎花燭，畫眉青瑣。
（老旦）若不是夫人做主，這們親事，他老人家急切裏尋不出哩！

【醉太平】〔換頭〕蹉跎，雕房繡閣，把碧桃花朵，冷落山阿。（小旦）耿先生說你讀書識字，不墮我舊日家風哩。（旦）孩兒曾把姑娘法帖臨一番來。（老旦）便春來消遣，也不過舊碑孝女曹娥，臨摹。綠窗倦繡晝閒哦，須索你姑娘酬和。（小旦）待我將歌舞也教會了他。（老旦）女兒功課，無非是花前搦管，月下聞歌。

（旦）孩兒住此甚好，只是爹娘在家思念，還求那婆婆早些送我回去。

（小旦）這個不消憂得。

【尾】但是你父母知呵，在我的宮中愁甚麼？哥哥，嫂嫂，便拖逗得孩兒也只是我。

　　　　六朝宮樣窄衣裳，不住薰爐換好香。
　　　　誰與王昌報消息，小姑居處本無郎。

第十九齣　醉　逐

（生上）

【黃鐘過曲·出隊滴溜子】連宵功課，夢裏鴛鴦被折磨。無形有影費尋睋。小生為鏡中美人，日夜端詳，昨日方纔有些影響，不想聽蕉趕來衝破。獨眠旅店，轉覺無聊。我想獨孤相待，甚是冷落，前日借去晉唐真跡，尚未見還，不免叫聽蕉去討了出來，再往別處去罷。聽蕉那裏？（丑上）遊客空雙手，書僮皺兩眉。相公有何分付？（生）你到獨孤老爺那邊，取討前日借去的法帖，我也要往前面酒樓上去飲幾杯酒，以消寂寞。扣上門兒，一同出去。（同行介）（生）可堪詩脾還渴，仗蘭陵琥珀醅，把春愁潑破。省得歸來，情多恨多。

來此是司前。聽蕉，你去討法帖，我自到酒樓上飲酒。正是：澆悶三杯紅麯酒，賞心十里翠旌樓。（下）

（丑）相公已去，我且到留守司看來。

（副淨、末扮二中軍上）

（副淨）纏棕金頂帽，令字杏黃旗。

（末）帥府傳呼喚，轅門聽鼓鼙。是那個在此窺探？

（丑）是秣陵徐相公家人，在此討法帖的。

（副淨喝介）咦！甚麼法帖？這裏留守衙門，須不是當耍的。快走！快走！

（丑）呀！法帖也不要討的？前日你們老爺要借看，是我親手送來，難道你們就忘記了？

（末）有是有一個册葉，只是我聽得說，是你相公送與老爺的，如何又來取討？

（丑）那有送的理？分明是借的。

（末）這等，我倒明白對你說罷！這法帖就是借的，俺老爺也沒得還了。你不曉得這法帖呵，

【黃龍醉太平】小楷精工，俺老爺好不愛他，看齊整裝潢，日日摩挲。（丑）這是俺相公之物，難道老爺要藏匿他不成？多管是你們在裏頭作弊。我東人舊物，你背地瞞天，抵賴因何？（副淨喝介）這廝放刁麼！你不知俺留守衙門，動不動是軍法從事的。俺們在這裏呵，巡邏，有棍徒平地起風波，打脊杖割將耳朵。（丑）不要把這些說話來嚇我。這法帖價值千金，斷然要討還的。事非輕可，這堂堂帥府，須不是虎穴狼窠。

（末）這等，待我請老爺出來，你自對他取討便了。（傳鼓介）老爺有請。

（雜衆隨淨上）（淨）

【黃鐘引·傳言玉女】油戟雕戈，日午風閒鈴閣。是甚麼人在此大驚小怪？

（丑跪稟介）小的是徐家聽蕉。前日有晉唐真跡在老爺府中，家相公特差小人來取討。

（淨冷笑介）

【黃鐘過曲·黃龍醉太平】狂奴，頭顱幾顆？這小事些須，敢打破砂鍋。（做變臉介）你家相公幾曾有甚麼法帖送我府中，却來混帳？左右，與我扯下去！（衆扭）（丑嚷介）老爺，這是小的親手送

來的！（淨怒介）哎！這廝放刁可惡。我老爺在這裏做官，一清如水。多少鄉紳大老，送我金銀幣帛，一些也不受，希罕你家這幾幅破紙兒？左右的！與我把這廝扯下去，打四十板！（衆應、捉丑打介）（丑哭介）災禍，廳前不敢把氣兒呵，撞天屈上天無路。（淨低唱）這籌停妥。蘭亭巧賺，妙計誰過？

（生醉上）千鍾拚酩酊，雙眼欲模糊。在酒樓上吃了幾杯酒，不覺微醉，回到下處，聽蕉取討法帖尚未回來，不免到司前去看一看。（做望介）怎麼在裏邊打人？

（丑叫屈介）

（生）呀！這是聽蕉的聲音。敢是獨孤榮把他難為？不免闖將進去。（做闖入介）

（雜攔不住介）

（生）老先生，你為甚把小价在此痛打？

（淨）你家小廝無端圖賴，說你有甚法帖借在我處，趕來取討，為此着惱打他。

（生怒介）呀！這法帖是你要借看，我着小廝送進衙裏的，如何說沒有？

（淨）想是你醉了。你這法帖，據你說值許多銀子？

（生）這帖是鍾王墨妙，價值千金。

（淨）可又來。千金之物，怎不親手交付？有何憑據，便見得在我處？憑你到那裏去講來。

（生怒介）獨孤榮，我千里投你，一無相贈，倒來賺我法帖，打我僮僕，只怕天理上也講不過。

（淨笑介）講得過，講得過。

（生）獨孤榮！

【黃龍滾】你憑空設網羅，憑空設網羅，逞勢欺柔懦。我眼內無珠，自悔當時錯。（對淨舉手介）獨孤榮，多謝你了！千里相投，這場結果。通家誼，師弟情，多蒙荷。

（淨怒介）徐適，你不知那裏吃醉了，倒來這裏撒酒風。好惱，好惱！

【前腔】無端酗酒徒,無端酗酒徒,把俺來賍污。數黑論黃,掇起心頭火。狂生抵觸官長,本應行文申黜,念係故舊,姑免重懲。叫中軍官,分付地方,速速把徐適趕出境外,如有容留歇宿者,重責枷號!聽蕉這奴才,十分放肆,發監羈候,還要問他重重一個罪名兒!(雜應押丑下)(淨)地方驅逐,即時出郭,將家屬,且發監牢枷鎖。左右掩門!

(雜衆推生同下)

(生吊場介)有這樣異事!帖既遭賺,奴又被囚。獨孤榮,你處得我忒刻毒了。

【尾】西京留守便威風大,怎把俺没出豁書生折挫?獨孤榮,獨孤榮,我徐次樂也不是長貧賤的!敢直待駟馬高車你纔認得我。此處定難安身,只得且到店中收拾行李,再往別處。別件不打緊,這一面照得見美人的鏡子,與那半本法帖,須要牢拴身畔,不可遺失了。

　　　　瘦馬頻嘶灞水寒,人情翻覆似波瀾。
　　　　莫嫌恃酒輕言語,爭奈貧儒得路難。

第二十齣　遇　　獵

(雜扮隨從同小生上)

(小生)射雉山頭雁影高,鬥雞臺畔馬蹄驕。後庭玉樹都零落,緱嶺吹笙醉碧桃。孤家同着官監才人,芒山打獵。傳語三軍,此行雖云講武,實係訪賢。聞得江南徐次樂相公流落在此,須索沿途尋去,請他相見。

(雜應。同下)

(生上)

【仙呂過曲・二犯傍粧臺】歎倉黃,一身流落向何方?論世路情何薄,漂泊怨誰行?【八聲甘州】窮途馬蹄須信步,不覺的被酒悲歌到北邙。【皂羅袍】恨添潘鬢,愁深庾腸,斷鴻聲裏立斜陽。俺被獨孤老賊一口氣,走出陳留門。細思人情涼薄,自然如此,這也不在俺心上。只是鏡裏美人，不知是何方女子。我想臨邛倦客，得遇文君；苧蘿獨遊，恰逢西子。自古英雄落魄，意況無聊，常遇憐才重德的女子，成就一段奇緣。我既有鏡子裏緣分，信步走去，或者撞着那人。你看豔陽天氣，那陌上遊人，三三兩兩。正是：杯酒逢花住，笙歌簇馬吹。是好春光也！呀，怎麼山坡上忽然排列許多人馬、旌旗部伍，仿佛侯王氣象。這是西京地面，或者有甚王子把守，趁着春和景明，打圍快活，也未可知。

【前腔】暮雲黃，平沙茸草打毬場。聽長笛關山月，吹畫角灞橋霜。猛聽得笛聲哀怨，又見他一行人，都立馬高崗，徘徊不樂。這是他長安少年閒走馬，為甚的手把雕弓似望鄉？他收拾人馬，像要回去了。呀！遠遠一帶樓臺，畢竟是他府第。角聲歸騎，朱扉綠楊，土花繚繞舊宮牆。我且躲在一邊看他。

（小生、衆上合唱）

【仙呂近調・不是路】射獵長楊，千騎弓刀八寶裝。（生反手作看介）（雜）相公可是姓徐麼？（生）你那裏曉得我姓徐？（雜）這等，我們快報皇爺知道。從天降，一鞭春色報君王。（小生）有甚急報？漫張皇，敢怕是劉家人馬前攔擋？（雜）不是，是徐相公。（小生）原來是天上吹簫傅粉郎。忙追上，教紫衣答應須謙讓。（紫衣應介）（小生）俺保儀可是喜也！一家歡暢，一家歡暢。

（生）

【前腔】踏翠尋芳，步屧春風到曲江。這人為甚問我？難道留守不能容賢，倒是王府好客麼？我自看俺春色，不要管他。書生莽，怕甚薛王車騎壽王莊。（紫對生介）相公幾時到這裏？（生）歎行藏，孤身落拓風塵況。（紫）原籍可是南邊？（生）家世南朝事李唐。（紫）俺皇爺特請相公到府中去。（生）我與你皇爺從不相識，莫非錯認了？（紫）無差妄，主公門第，本是江東望。請來閒講，請來閒講。

（生）既是同鄉，且去走一遭。呀！你看翠柏青松，蒼麟白鹿，朱樓畫棟，玉砌雕欄，居然帝室王居，仿佛瑤池閬苑。怎麼有這般所在？

（紫）這是維陽離宮。萬歲爺親自臨幸，相公速換了青袍槐簡，上殿見駕。

（生見介）江南徐適見駕。

（小生）孤家有女及笄，以卿東南才望，門第高華，先卿學士，君臣道合，特此遠屈，申以姻親。

（生）微臣羈旅孤生，恐不足仰當天眷，有負聖恩。

（小生）不必遜辭。只是還有一事商量，孤家僻處一方，累遭強鄰侵擾。觀卿儀表，必是文武兼才。今特拜為中軍元帥，領取三軍，前往征討，得勝回來，便成嘉會。

（生）臣一介書生，怎諳韜略？

（小生）卿之才具，孤家素知，管取功成，已備喜筵相待。

（小生、雜合）

【掉角兒】你須是換兜鍪宮花帽光，剪征衫玉羅春樣，捲牙旗笛吹破羌，奪燕支月明乘障。待來朝，轅門卜，臥番羊，花紅賞，凱歌齊唱。彩鸞絲帳，金猊內香。那時節千條畫燭，帝姬親降。

（老旦上）徐郎早則喜也！

（生）呀！賣鏡子的婆婆也在這裏。我問你，鏡子是那裏來的？

（老旦）我的鏡子，就是你的媒人。

（生）婆婆又掉謊了。

（老旦）

【前腔】不爭你買青銅書生放狂，倒是俺繫赤繩老娘裝謊。還你個熱溫存腰肢豔粧，省得你冷頑涎眼皮供養。（生）你替我做媒，畢竟與鏡子裏一般的纔好。（老旦）不消愁得。看才郎，移銀蠟，入蘭堂，開羅幌，玉人相傍。你還不曾見他這一對小腳兒，裙拖微蕩，淩波一雙。只是忒便宜了你，早成就酸丁劣角，十分停當。

內屋金屏曉色開，雪為肢體玉為腮。

夢中無限風流事，催促陽臺近鏡臺。

第二十一齣　虜　劉

（淨上）藤甲韓獠部，銅環羅鬼軍。果然皮勝錦，吉了舌如人。自家跨據一方，帶甲十萬。可惱李煜老兒有個內侄女，便招了老劉，也不辱抹你唐家枝葉，倒去尋甚麼秀才，提兵來與俺抵敵。秀才可是會廝殺的麼？大小三軍，就此起兵，將他抓將過來，黃小姐不怕不是我的。

（雜應介）

【中吕過曲·紅繡鞋】石門尋峽雄關，雄關；馬人龍戶兵單，兵單。銅鼓塞，荔枝灘；五溪洞，六州番。把邊頭一搶南安，南安。稟大王，有唐家人馬攔路。

（淨）殺將去！（下）

（生上）弓刀龍虎塞，簫管鳳皇樓。不耐邊頭苦，風烟試粉侯。徐次樂恩連戚畹，職領戎行，書生從未知兵，肺腑還思報主。各將官，整束人馬，聽我號令！

（雜應介）

（生）

【前腔】書生投筆登壇，登壇；令牌金印征蠻，征蠻。吹畫角，跨雕鞍；橫玉帶，羨朱顏。待封侯萬里淩烟，淩烟。

（淨衆上）來將何名？

（生）征南大將軍徐。

（淨）就是新招的女婿麼？你老婆還不穩哩！

（生）劉銀幺麼小寇，早早投降，休要在我手中納命！（作戰介）（生）

【撲燈蛾】中原烽火急，中原烽火急，生民受塗炭。大家占江山，兄弟邦可好窺覗也？我是南唐，你是偽漢。哨馬來沒得遮攔，喊聲高無心戀戰。敗殘兵，管教追過賀蘭山。

（淨敗介）

（生）就此收軍。（合）

【前腔】連營笳吹發,連營笳吹發,朱旗照天半。鎮南大元戎,細柳軍貔貅三萬也,若個先登,那個後斷。兩口刀東蕩西盤,一管槍橫沖直趲。玉關頭,羽書飛奏凱歌還。

日落轅門鼓角鳴,魚麗陣接塞雲平。
可憐無定河邊骨,風雨時聞有戰聲。

第二十二齣　仙　婚

(貼扮王母,老旦、雜隨從上)

【鷓鴣天】(貼)絳節霓旌降下方,玉卮娘怨鎖瑶房。桃花阿母勤拘管,流出桃源賺阮郎。　　紫鳳輦,碧霞觴,麒麟為脯玉為漿。人間別有黃姑夢,笑把雲和引鳳凰。自家西王母是也。籛筿娘子請俺到南唐赴會親筵席。仙官茅盈、劉綱,侍女許飛瓊、董雙成,都隨俺夫走一遭,叫紫鸞、白鶴擺駕!

(雜扮鸞、鶴上)

(老旦)請娘娘起行。

【北粉蝶兒】鶴駕鸞軒,早備下鶴駕鸞軒,待要過雒陽城,赴碧桃花宴。邀幾個玉洞嬋娟。隔天風,吹笑語,都約在絳河相見。搖曳着翠袖翩翩,笑踏破彤雲一片。

(小生、小旦上)紅房迎少女,碧海引靈童。今日耿先生報王母來赴喜筵,雲頭上隱隱一派仙韶,快到宮門外候駕。

【南泣顏回】寶鼎熱沉烟,萬樹琪花蔥蒨。紅羅書字,央及煞青鳥傳言。呀!這是王母御駕,玄都阿母,赤霜袍掩映銀鸞扇。(跪接介)臣下土愚頑,何敢當仙馭親臨?不勝慶幸。(貼)蓬萊路遠,無因相見。耿女冠説有宮中花燭,為此特來主婚。(小生)嫁玉姬烏鵲樓臺,降仙姥蟪蛄宮殿。

(小生)傳話後宮,就請新人。

(貼)我想嵩岳故事,有田、鄧二生掌禮。今日就請茅、劉二仙權充此職,導引新人。

(茅、劉)得旨!

（茅請旦介）花燭天人降，椒蘭帝子遊。金唐公主小，私語識牽牛。
（旦上）
（劉請生介）白玉天邊墮，青銅夢裏收。南唐駙馬貴，明月起粧樓。
（生上）
（喝拜介）
（貼）

【北上小樓】你看那雒陽春色正芳妍，端的是香玉豔藍田。記那日佳人南國，才子西園。玉杯纖手裏，金鏡小窗前。他兩個俊龐兒，他兩個俊龐兒，飲瓊漿瞥見相如面，對菱花嬌娃、嬌娃垂盼。花月好流連，花月好流連。畢竟是因循覥腆，怎能彀執手拜嫣然？
（作樂送酒介）
（小生）

【南泣顏回】花明柳煥綺羅天，風簾翠幙，錦瑟華年。門闌喜氣，今宵璧月初圓。（貼）唐天子，你小周后西宮相見時，與今夜差不多兒。（小生）臣也想來，良辰美景，把兩宮陳事思量遍。劃金鞋姊妹前緣，下玉臺兒家姻眷。
（貼）保儀，偏是你外戚人家，生得好女兒。
（小旦）塵世女子，怎當得上仙垂盼。
（貼）煞是好也。你看他，

【北黃龍滾犯】翠盈盈豔裏濃梳，翠盈盈豔裏濃梳，嬌的的星眸月面；軟設設霧縠冰紈，赤資資珠翹珀釧，（指生介）却遇着俊俏參軍畫錦還。（指老旦介）你百忙裏遞絲鞭，響當當玉漏穿花，響當當玉漏穿花，廝琅琅金屏合箭。
（小生）御駕降臨，愧乏天殽仙醴，不勝惶恐。
（貼笑介）這會親筵席，煞是整齊也。

【北撲燈蛾犯】美津津杯承雲母漿，香噴噴鼎列天廚膳。嫋亭亭妙舞袖翩躚，韻悠悠歌聲人變。涼拂拂繡簾風軟，見冉冉紅葉出池邊。撲騰騰流鶯細囀，笑哈哈百花高處會羣仙。斗轉參橫，雲程甚遠,須索去也。

(小生)難得御駕到此,微臣尚欲挽留片刻。

(老旦)夜色已深,從官擺駕。

(貼)

【北上小樓犯】從官們立既倦,侍女輩曲又殘。俺只見人影參差,俺只見人影參差,月影徘徊,花影闌珊。俺待要仙駕將回,俺待要仙駕將回。仙音將閡,仙雲將散。就是新人,也該安息了,纔顯得會親的方便。(下)

(眾拜介)

(小生)上仙既回,快請新人入洞房。(合)

【北疊字犯】對對蘭膏畫燭,簇簇香毬銀串。丁丁的環佩搖,款款的錦段牽。朱朱粉粉女娘們立遍。楚楚擺珠璣翠鈿,楚楚擺珠璣翠鈿,點點撒紅豆金錢。風風流流,羅幬綺薦,明明是兩人今夜好安眠。

(小生、小旦)我想今日兒女團圓,遇着王母降臨,仙官作合,豈非盛事?

【尾】尋常苦把神仙羨,今夜裏親來士女筵。兀是這樣做夫妻,便神仙也去不遠。

　　　　玉宇瑤壇知幾重,青鸞飛入合歡宮。

　　　　若為蕭史通家客,今夜吹簫明月中。

第二十三齣　影　覺

(外上)

【中呂引·遶紅樓】一女無端病浹旬,連朝暮役夢勞魂。零落桑榆,凋殘桃杏,無語拭啼痕。事不關心,關心者亂。我家好端端一個女孩兒,不知為甚害起病來,竟像失了魂一般。連日求籤算命,有的說遊神作耗,有的說天喜臨門,心上好生委決不下。不免叫院子再尋術士,問個吉凶消息。院子那裏?

(末上)堂上呼雙字,堦前應一聲。老爺有何使令?

（外）小姐病體沉重，你往街坊上尋個術士來問他一問。
（末）啟老爺得知，有個圓光的鄭先生，十分靈驗。
（外）這等就去請他來。
（末）曉得。不爭三五步，咫尺是他家。鄭先生有麼？
（淨內應介）是那個？

【中呂過曲·風蟬兒】花嘴油唇，渾身；太上老君，欠準。書符捻訣寡精神，雞一隻，肉三斤，壇前用，極要緊。（見介）阿呀！是黃阿叔，到此何幹？

（末）吾家老爺請你去圓光。
（淨）全仗幫襯。
（同行介）行行去去，去去行行。（入見外介）
（淨）老爺在上，小子作揖了。
（外）先生少禮。
（淨）宅上要圓光，不知紙馬香燭、茶酒三牲完備不曾？
（外）這東西辦來就是。
（淨）還要個未破身的童子看光。
（外）家中有兩個小廝，都差去請醫了，這却怎麼好？
（末）隔壁真家阿寄，看他倒還是個童男子，喚他來看何如？
（外）快去喚來。
（末向內介）寄舍有麼？
（小丑內應介）來了。

【前腔】咱是真爺貼身，滲瀨臉皮好認。人稱木寸是東君。笑馬户，共尸巾，廝捉對，忒煞俊。（見介）黃阿叔為甚麼叫我？

（末）我家小姐有病，請個先生圓光，你去看看，買果子你吃。
（小丑）我去，我去。
（末向外介）喚到了。
（外）各色完備，請先生登壇作法。
（淨）請問老爺，畢竟為甚麼事圓光，好待小子通誠。
（外）

【粉孩兒】先生的且點茶來拜懇。老夫有一女呵，現懨懨瘥瘦，一絲將盡。（淨）小姐尊恙是怎麼樣起的？（外）想年災月晦是八字輪，敢擋誰行惡煞凶神。因此上遠迎將鸞鶴仙靈，訊判出個鴉鵲音信。

　　（淨）原來如此，待小子作起法來。（做糊紙壁上步罡介，念咒介）天之金光、地之靈光、日之華光、月之陰光、上帝聖光、祖師威光、雷神火光、九吼毫光、二十八宿金光，我是金光，金光速現，速現金光。奉請關元帥、趙元帥、溫元帥、王元帥、馬元帥、祖師、玄帝急到壇前！弟子鄺仁，至誠至意，尚為信官黃濟，有女展娘，患病未痊，特請金光，明斷吉凶。乞現真形，以便童子觀看。（對小丑介）小哥，你如今來看。

　　（小丑看介）咦！果然有些亮光，圓圓的一圈，好像月亮一般。
　　（外）

【福馬郎】看蟾窟清虛光幾寸。（小丑）有一個姐姐走出來了。（外）早有個嬝嬝婷婷影，乍遠近。俺心中事，在病中人，何來鏡中身？重添出個小真真。

　　（淨）這不是別個，一定就是令愛的元神現出來了。
　　（小丑指介）那邊有個嬤嬤，和這姐姐廝拉着說話哩！
　　（外）那女人既是我女，這嬤嬤又是何人？

【紅芍藥】深閨裏有甚情親，怎閒拖逗月姊雲君？（小丑叫介）好看好看！現出一座大房子來了，四圍柱子都是金裝的，柱上盤着五爪金龍哩！（外）更變幻出樓臺似海中蜃，劃地裏費人思忖。（小丑）那房子裏面坐着一個皇帝，一個皇后，兩傍立着許多太監宮女。那嬤嬤領了這姐姐，向上邊拜哩，跪哩。（外）這是什麼所在？那班君王妃后都從何來？我那女兒却到那邊去！嬌魂此時何處存？悶弓兒難嚥難吞。嗄！我曉得了，定花妖木魅纏身。（哭介）我那兒嗄！敢一夜雨斷送紅粉。

　　（淨）老爺且莫煩惱，看那光中再現出什麼來。
　　（小丑）奇呀，奇呀！如今那姐兒、嬤嬤和這皇后、宮女都不見了。那皇帝帶着許多軍馬、許多鷹犬出去，那邊又走出個秀才來，和那一行人行禮講話。呀！那秀才竟跟了皇帝回去了。

（外）這一發奇怪。

【耍孩兒】怪殺那萬騎虮蜉鷹馬俊，羽獵平原過，肯分地遇着郎君。那酸丁與帝子有甚喬緣分，倒做得個渭水非熊穩。只是這些影像，與我女兒病體一些相干也沒有，好啞謎難猜問。

（小丑）又來了，那邊湧出奇形怪狀一隊軍馬。呀！那秀才換了盔甲，坐在馬上，領許多兵將和那邊廝殺哩！好看，好看！呀！那邊兵馬殺輸退去，秀才殺贏回來了。

（外搖頭介）一發教我分毫不解。

【會河陽】好無端紅戟碧幢，雕戈畫輪，鳴笳疊鼓擁回軍。我想女兒這病呵，又不關兵燹摧殘，花姿月魂。難道是豹尾黃幡引？怎生先現出個槐南郡？怎生還擺個檀蘿陣？

（淨）怎麼光中倒現出許多不相干的事體來？想是壇前不潔淨，神將不肯明判。待俺再燒一道符，定要現出小姐真形來。（做燒符念咒介）

（小丑）呀，不好了！如今滿紙都是人了。先前那姐姐也來了，嬤嬤也來了，又添上許多老的少的、長的短的、瘦的胖的、村的俏的、像皇帝的、像官員的、像道士道姑的，齊齊的擺在兩傍。又有許多女娘們，在那裏吹彈歌舞哩！咦？那姐兒做了新人，和那秀才做親，在那裏跪拜哩！身邊又立着兩個冠冕待詔，替他喝禮哩！

（外惱介）這是那裏說起？

（淨）據這光景看起來，想是令愛年紀長成，思想要招女婿，虛空模擬，鬱鬱成病，所以現出這光景來。

（小丑）正是，你家小姐年紀不小，也該應思量嫁人了。只怕這病不是什麼病，倒是要老公病。

（外怒介）哎！胡說！有這等事？好惱好惱！

【縷縷金】惱得我心如火，眼欲昏。飛鴉和彩鳳並無因，九烈三貞女，被傍人譏論。我曉得了，光裏邊原沒有這些影像，都是這一班人憑空捏造，玷家門，教我胸膛氣難忍，胸膛氣難忍。

（淨）怎麼就惱將起來？

【越恁好】伊家堪笑，伊家堪笑，如何恁煞村？（小丑）這是光裏照出來的,干我甚事?疔瘡碗大,眼中見,果然真。(外指小丑介)胡言廝混小猢猻!(小丑)好罵。(外指淨介)圓光没準,料來是個精光棍,料來是個精光棍。

(淨)我是有名的鄭仙人,怎麼便破口罵我?

【紅繡鞋】(外)恁休説甚仙人,仙人。(小丑)鄉鄰面上,虧你罵得出。(外)恁休説甚鄉鄰,鄉鄰。癡魍魎,蠢餛飩。院子,喚些人來,將亂棒打他們出去!(末應。雜上混打介)打一個撞天昏。(淨)苦難挨遍體傷痕,傷痕。

(小丑哭介)你們這樣欺瞞我,待我歸去對大爺説。

(淨)不要多説了,走罷!雙手劈開生死路,一身跳出是非門。

(衆同趕下)

(外)這圓光的人可惡,走得快,饒了他。真家小廝無狀,既打了一頓,也不要去告訴他家主了。只是無端廝鬧一場,却是好笑。

【尾】病人兒消息全無準,枉了我打瓦鑽龜又賽神,添上愁懷,倒有幾十分。

　　　　走龍鞭虎下昆侖,羽服星冠道意存。
　　　　影裏如開金口説,南方實有未招魂。

第二十四齣　詔　　獻

(雜隨副淨上)

(副淨)不如意事常八九,可與人言無二三。我真公子一生做事,十分燥脾,只有那黃家展娘,再謀不上手,前番偷鏡,又折便宜。這幾時往西京打抽豐,有些油水回來。正要思量央媒説合,不想昨日貼身跟隨的小廝,被他家騙去看圓光,一頓痛打。仔細思量,那黃濟老兒,好不可惡,就是去求親,説了我家,一定不肯。不如弄個計策,斷送了這丫頭,省得後來嫁與別人受用,帶累我老真眼熱。恰好有個欽差採選宮女的太監在此,那太監心性,最喜奉承。如今世界,不論甚麼衙門的官,秀才便鑽去拜門生,只有内相尚未開此例。我如今送些禮物,把門生帖兒去拜那太監,就把黃展娘名字報上,活活氣殺那個老驢。小廝,快隨我到太監府前去。

(雜應介)

(副淨)正是:恨小非君子,無毒不丈夫。(下)

(丑扮太監、貼小太監同上)(丑)

【步蟾宮】欽差大字金牌豎,盡喝道公公來矣。帽餛飩玉帶織金衣,(笑介)有勢堪憐無勢。咱欽差采選官女司禮監太監張見便是。來到秣陵,着落地方報那官女,都沒有出色的,好不着惱。孩子們,今日早些去衙門首,瞧有甚麼報官女的,着他過來。

(貼應介)

(副淨、雜上)

(副淨)轉過前街,串出後巷,此間已是太監府前,有個小内相坐在門首。小廝,你去送個包兒,央他傳帖進去。

(雜應,遞帖與貼介)有個小意兒在這裏,這名帖煩傳一傳。

(貼看帖念介)"沐恩門生真琦頓首百拜。"呀!甚麼官銜呢?

(雜)不是官銜,是拜你公公做師父的,你只傳帖進去便了。

(貼傳帖,丑看介)

(丑)呀!差了。這不是拜我的,帖上寫着門生哩!

(貼)他說正是來拜公公做師父的。

(丑笑介)咱也有門生,快活,快活!快請這門生相公進來。

(貼)俺公公請相公相見,管家外面祇候罷。

(雜下)

(副淨入見,拜介)門生不才,久慕老師清德,特來拜在門下,望老師擡舉作養。

(丑)罪過,罪過,不當人子!

(副淨出禮帖介)還有些須薄禮,伏求笑納。

(丑)孩子們,接過禮帖兒。

(貼接介)

(丑)你讀書人,怎肯來拜咱做師父?敢是為甚科考、歲考,或是觀風季考,要咱薦與提學道和那些府縣官麼?這倒也不難。

(副淨)並不為此。老師奉旨在此採選官女,門生訪知緊鄰黃家有個女兒,名喚展娘,十分標緻,特來奉報,以見孝順老師之意。

（丑笑介）妙！妙！妙！咱就差人往黃家取這女兒去！老真,不信世上有你這樣妙人！

（副淨）不敢。

【瑣窗寒】多慚賤子寒微,附門牆蒙品題。無非只當添注乾兒,把宮娥謹具,聊申芹意。望恩師心上,長把真琦記,賜一個進身地。

（丑）

【前腔】從今另眼看伊,謝伊家粧面皮。兼蒙指點,採訪嬪妃,果然還是門生知禮。即忙仰役到黃家去,取綵女進宮裏。

（副淨）門生告別了。

（丑）不要忙,且進去嗑杯內酒兒。

　　　曾把文章謁後塵,詒容卑跡賴君門。
　　　椒房阿監青蛾老,但保紅顏莫保恩。

第二十五齣　婢　俠

（貼上）自家兒女多災悔,却怨橋頭賣卜人。嗨,我小姐病得一絲兩氣,我老爺也害得七顛八倒。昨日聽了院子,圓甚麼光,光裏竟圓出小姐在那裏做親。走方的搗鬼,不聽他罷了。老爺一惱惱將起來,把那圓光的打了一頓,連真家小廝也打在裏面。我想真古董這個人,貌陋心險,不是好惹的,老爺不要打他小廝便好。說猶未了,老爺夫人早到。

（外上）

【商調引·憶秦娥】年衰暮,梨花院落愁無數。（老旦上）愁無數。香娃疾病,雨禁風妬。

（外）孩兒的病怎麼樣了？

（老旦）面皮黃甘甘,也不見瘦下去,只是失魂落魄,似笑如啼,竟不像好的。

（外）咳！怎麼處？

（院子上）街頭聞急信，報與主人知。老爺，不好了！小姐的名字已報上選宮女的公公，如今花紅鼓樂，將到門首，怎樣答應他？

（老旦、貼驚介）怎麼有這樣事？

（外）狗才！你又來胡說，恐嚇家裏哩。

【商調過曲·山坡轉五更】俺本是三公潭府，誰不知我嬌娃病苦。夫人，那選宮女的事，最要亂傳的。趁匆忙官媒搶親，賺人家多少差和誤。（院子）阿呀！老爺不信麼？街坊上人都說間壁真家報的。（貼）嘆！就是打了他小廝的緣故。（老旦）這是真的了！（外怒介）我那日呵，挑鬭起一肚皮無明火，他尋爭覓釁，把我胡為做。（作行介，老旦扯介）那裏去？（外）我將這潑賴無徒，早向官司分訴。（老旦）那太監最是可惡，你又不是現任縉紳，說也不聽。別尋個計較，藏過女兒纔好。（合）長吁，哭哀哀老眼枯；天乎，苦憫憫一病雛。

（外）老天，我女兒命不該活，只該早些決絕了，為何半生不死，如今又添出這樣事來？

（老旦）難道你就不望他好了？

【前腔】俺一口口將他喂哺，一夜夜貼他身臥。病淹纏旁人冷看，快刀兒割不斷親娘肚。（外低頭介）我想那班人來，竟把女兒與他一看，見他病到這樣田地，自然罷了。（老旦）啐！老背晦！一發說到水裏去了。倒虧你沒計兒支門戶，他聲絲氣咽，怎得輕挪步？（指外介）休要搊耳撓腮，早把我孩兒遮護。（合前）

（貼背介）我在府中多年，蒙老爺、夫人和小姐看顧，今日患難之際，不出身圖報，更待何時？（轉介）老爺、夫人，若是孃姻替得，情願替小姐前去。

【前腔】生小與娘行同住，嘗把做女兒看覷。沒支持兒家願行，只怕劣根苗認不起爹和姆。（外、老旦）那裏是這樣說？只是難為你一片好心，我也捨你不得。（貼）老爺、夫人，不必躊躇，竟是孃姻去罷。幸喜得小姐年同三五，（院子）那太監曉得小姐通文理的，怕充不過。（貼）這也不妨。但知書識字，那裏便吟詩賦。（外）只是怕他盤問，不要臨時說了出來。（貼）這是我自己擔承，休要爹娘

分付。(合前)

（貼）只是爊烟伏侍小姐一場，一旦分離，寸腸欲斷。小姐有玉杯一隻，是他朝夕愛玩的，老爺夫人若肯付與爊烟做個憶念，見了玉杯，就如見小姐一般了。

（老旦）他身子也是你替了，何惜身外之物？這玉杯竟是老身做主，相贈與你。倘他年舊玉重還，倒是一場佳話。

（外）既然如此，我們同到裏邊，替他裝束起來。正是：世上萬般哀苦事，無過死別與生離。

（同下）

（鼓樂，從人同官媒婆上）

【南呂過曲·香柳娘】選嬌娃豔姝，選嬌娃豔姝，匆匆前去。我們是張公公差來接宮女的，大哥，黃家在那裏？（內應介）在真家間壁。（眾）那真家左近，是他門前路。擺香輪畫車，擺香輪畫車。到了，端的好門閭，皇親舊家數。呀！怎麼靜悄悄的？（媒）列位住在門首，待我進去。呀！光景不像，悄中堂內廚，悄中堂內廚。有人在裏邊哭哩。燈火並無，淒涼何故？我且喚一聲。有人麼？

（外、老旦、貼上）

（外）衰年看世態，

（老旦）小膽怯人聲。你是哪裏來的？

（媒）老爺、夫人，官媒婆是張公公差來迎接小姐的。

（外）呀！有這等事？論起我也是官宦門楣，不該混報的。但既經採選，怎好違拗朝廷？

（老旦）只是苦了我孩兒也！

（媒）人夫轎馬伺候久了，小姐就此拜別罷。

（外、老旦哭介）天！怎撇捨得孩兒去也！

（貼拜介）爹爹母親在上，孩兒此去呵，

【前腔】怯關山道塗，怯關山道塗。孤身飄絮，斜牽雙袖垂紅縷。盼家鄉寄書，盼家鄉寄書。你衰病好支持，我飄零在羈旅。（附老旦耳介）怕姑娘問奴，怕姑娘問奴。休教淚枯，他年相遇。

（雜作樂。迎下）

【前腔】(外、老旦)他真心為主,他真心為主。分離愁緒,傷情至處同吾女。恨孩兒命苦,恨孩兒命苦,枕簟少人扶,茶湯教誰取?我衰年夫婦,我衰年夫婦。只一個爂烟,又被真家賊子所算去了。形單影孤,倍添淒楚。

逐隊隨行過幾春,天涯去住各沾巾。
眾中不敢分明語,一面紅粧惱殺人。

第二十六齣　宮　餞

(小生、小旦上)

【黃鐘引・傳言玉女】(小生)畫角鳴梢,帳飲禁城高會,粉侯朝朱纓玉轡。(小旦)宮娥報道,貴主鸞旗夾隊。有十里笙歌,一天珠翠。

(小生)玉杯金鏡枉多情,寂寞梨花雨未晴。却向琵琶問消息,四條弦上見卿卿。孤家為保儀擇婿,虧得耿先生費心,與徐郎得成佳偶。只是此處不是久留之地,速宜送他回去。我想玉杯鏡子,畢竟水月空花。我南唐還有一件寶貝,是燒槽琵琶,在宋朝大庫中,已曾令耿先生飛身取來,隨令保儀傳授展娘數曲。後來一段姻緣,倒在琵琶上收成結果。今日離亭餞別,媒人是少不得的,且待耿先生來者。

(老旦上)洞口花長在,人間路正遙。貧道稽首了。

(小旦)先生,徐郎住處,可曾料理麼?

(老旦)汴梁城外,揀個僻靜去處,買一所小小宅院,器皿奴婢,件件都齊,只等他夫妻前去。

(小生)是這樣做媒的,也算十分周備了。

(生上)

【疎影】河橋柳色,正炫服揮鞭,鈿車如水。(旦上)紫玉還家,同昌出降,一路風光佳麗。(合)旗亭置酒君王餞,玉管馬嘶人醉。休戀着鳳閣龍樓,少甚脂田粉堆。

(見介)臣徐適見駕。

（小生）孤家為送卿回鄉，把酒在長亭餞別。

（生）微臣夫婦，何敢親勞御駕餞行？只是初蒙恩眷，幸結姻親，還沒有五日三朝，忽然間千山萬水。分攜之際，能不涕零？

（旦）就是姑娘位下，沒有第二個骨肉，兒怎忍隨夫前去？

（小旦）兒，這是你皇爺的主意，連我也主張不得。

（小生）孤家豈忍捨卿夫婦？只是功名事大，前程路遠，不能久留。

（生）呀！若說起功名，難道丟了皇上，走到別處，另有個際遇麼？就是外戚避嫌，那閒散官職也還做得。

（小生）咳！卿那裏曉得，不是這個世界了。左右看酒過來。

（雜作樂。送酒介）

（小生）

【羽調近詞·勝如花】君須去，莫浪遲。這裏呵，不是你尋常富貴。難留做駙馬隨朝，却還他書生故里，早圖個狀元歸第。一程程長堤短堤，一步步桃谿柳谿。裘馬輕肥，趁春風得意。休埋怨關山迢遞，恰相攜美滿夫妻，恰相攜美滿夫妻。

（生作退立遲疑介）

（小生）卿為何沉吟不語？

（生）微臣雒陽城裏流落書生，一朝遭際，本出意外。今日教臣回去，覺往時蹤跡也疑惑起來。

【前腔】忙拋閃，忒煞奇。豈料淒涼客裏，驀忽地北府參軍，落可便東床愛婿，又早是西清歸騎。（小生）不必沉吟，後日自然曉得。（生背介）他道俺心知意知，俺却是形疑影疑。魂夢依稀，到紅樓遊戲，怎禁得別離容易。問何年再拜丹墀，問何年再拜丹墀。

（小生）卿此去有別館在汴梁城外，良田二百頃，奴婢十餘人，儘足供你兩人受用。又得耿先生護送前行，不必過慮。孤家有晉唐小楷二册，向在黃家，卿曾把玉杯打換，後被獨孤榮騙去一册，少不得物各有主，這帖終到卿手。咳！不要說書生見識，愛的是書畫，就是孤家，社稷江山都不在意，只生平幾件寶玩，畢竟放他不下，那小楷就是孤家第一賞鑒的了。

【越調過曲・憶多嬌】小隸書,草聖碑。俺把蜀錦裝成付保儀,小印澄心封紫泥。寶墨淋漓,寶墨淋漓,有你先公舊題。

(小旦)展兒,我前日教你的琵琶,可記得麼?

(旦)兒已記得幾曲。

(小旦)你姑爺仙音院裏有個老樂工曹善才,曉得這傳頭。我這燒槽琵琶交付你帶去,這是希世之寶,與玉杯、寶鏡差不多兒。

【前腔】繁管吹,促柱移。破得東風小忽雷,月傍關山何處歸?別調淒其,別調淒其,此曲知音和誰?

(生)臣夫婦只得拜辭前去。

(小旦淚介)展兒,你果然要去麼?徐郎,我有一句話分付你。我的女兒身子輕弱,虛飄飄的,擎在手掌裏,還怕一陣風吹去。你須刻刻看守着,不可放他獨對個影兒,無人相伴。

(小生)正是。他膽兒極小,怕有人驚嚇了他。

(小生、小旦)

【鬥黑麻】他玉骨娉婷,瘦來一圍。愁穿薄羅裳,又怕風吹。形共影,是耶非。似削如描,仙仙欲飛。(合)斜陽半堤,征笳抵死催。此去相思,此去相思,恨無見期。

(生)臣夫婦不知何時再覲天顏?

(小生)咳!只怕離多會少了。

(生、旦拜介)

【前腔】草樹粘天,乳鶯亂啼。回頭望高城,玉筯頻垂。流水急,暮山低。懶採蘼蕪,愁聞子規。(合前)

　　　　玉盞金罍傾送君,九華仙洞七香輪。
　　　　宮槐葉落西風起,從此蕭郎是路人。

第二十七齣　敘　　影

(外上)他鄉失意客,絕藝暮年人。我曹善才年老家貧,閒日子坐他不過。好笑那真公子,拜太監做了門生,動了紗帽的興,約我陪伴,同到東京,已經兩月。他終日東鑽西奔,沒得工夫,我老人家獨自一個，吃了飯，大街上閒耍。聽那彈箏的、唱曲的，個個誇能，人人道好，不曉得道傍邊立着俺仙音院第一手琵琶的老樂工哩！且喜大老官今日也有閒的日子，要到郊外去耍子。呀！公子出來了。

（副淨）衣冠趨要路，絲管樂閒人。老曹，我幾日沒得工夫陪你，今日天氣好，出門外走走。

（外）就此同行。請問做官的事怎麼樣了？

（副淨）不好。告訴你，我那公公老師管了內庫，庫裏失了一件寶貝骨董，不知叫甚麼東西，我忘記了。

（外笑介）那內庫裏便插翅也飛不進去。

（副淨）不知那裏來這樣高手段的賊，門不開，戶不動，悄悄裏偷了去。皇帝出了賞錢，着俺老師挨戶搜尋，滿頭汗在那裏跑，我的説話怎入得去？

（外）説話之間，早到東郊外了。

（副淨）你看桃柳桑麻，庄房寺觀，比我南京更勝哩。

（外指介）這一帶所在，倒也僻靜，我們到那裏去步步。長安二月花如錦，偷得浮生半日閒。（下）

（生上）

【仙呂引・探春令】嵩雲回首漫諮嗟，到東都客舍。（旦上）撥檀槽送別歌繾綣，又早是花開謝。官人，我那日只道他們送我回去，却倒住在這裏，廳堂什物，件件整齊，難為他兩個老人家費心了。

（生）正是。我成親兩日，即便登程，不曾細細問你。你可是李皇親生女兒麼？

（旦）官人，我是他內侄女兒。

（生）這等説，你另有父母，怎生到他家來？

（旦）説話長哩。我那琵琶從不曾彈，今日就把來訴説一番何如？

（生）最妙的了。

（旦）只怕有人聽見。

（生）這裏沒有人來的。
（旦彈介）

【商調過曲·鶯集御林春】我爹行舊日豪奢，為年老困劣。只我癡小冤家難割捨。我家有一面寶鏡，舊菱花故家囊篋，把與俺胸前緊揣，百忙裏打就個盤龍結。誰知失去杳無蹤，枉教我苦思量、病沾惹。

（生）嘆！娘子為失了寶鏡，生起病來。咳！我倒曾買個鏡兒，有些作怪。

【前腔】聽說罷半刻如呆，這樁事煞是怪也。我記得客裏關山遊計拙，遇佳人夢魂飛越。（旦）呀！官人，你早有個人了，怎麼樣遇見的？如今在那裏？（生）咳！娘子又多心了。我在維陽市上買一面鏡子，照一照，裏邊竟是個美女。是鏡中瞥見，見嬌羞有個人如月。正沒處買查梨，難得我的娘行話頭接。

（旦）嘆！官人，你倒是鏡子裏面見的，一發奇怪了。

【前腔】纔提起逗着些些，又是玉杯那節。（生）我說鏡子，你說玉杯，難道杯裏也見甚麼來？（旦）說也希奇，爹爹有只玉杯，我把來飲酒，竟有個書生的模樣在裏頭。我瞧着個兒郎避不迭，緊隄防侍兒饒舌。（生）是個影兒，怎麼怕丫頭曉得？（旦）怕向娘親說道，道女兒生出閒枝葉。那曉得枕函邊，卻將我的小名兒喚的切。

（外、副淨上介）
（副淨）這裏怎麼有人彈琵琶？
（外）彈頭竟正路，待我到那邊去細聽一聽。（下介）
（生）你耳邊有人叫麼？
（旦）正是。我問你，你見了鏡子裏的，怎麼樣待他？
（生）

【前腔】我那日醉眼乜斜，叫一聲兒小姐。（旦）你也叫他麼？他便怎的？（生）他笑臉迎來紅半頰，告求他受你男兒一喏。（揖介）（旦）啐！你拜那影兒，倒作起我的揖來！（生）怕他冰肌凍徹，把袖梢摟定假他熱。（作摟旦介）娘子，是這樣強風情，俺十分兒待癡也。

（旦）這也差不多兒。
（生）你聽得人叫，難道竟不理他罷了？
（旦）我那時口裏應了一聲"來了"，身子竟虛飄飄，不知怎麼樣走了出來。
（生）女孩兒家，走到那裏去？
（旦）這琵琶絃有些走了，待我和了絃，再彈與官人知道。
（外、副淨又上）
（外）那彈頭不消説起，是俺内府裏傳的。這琵琶的聲音一發奇怪，竟像我當初在御前彈的那燒槽琵琶。
（副淨）嗄，嗄！我記得了，方纔内庫失的正叫做燒槽琵琶。賊在這裏了！
（外）你不要惹閒事！
（副淨）不要你管，快些報人來拿去！（扯外下）

【四犯黃鶯兒】（旦）我心性忒嬌怯，脚踪兒擦一跌，有個白頭奶奶將咱衫袖搖。（生）他扯着你說甚麼？（旦）他說道，你背了俺爹，瞞過侍妾，當不得乞留磕搭路週折。把我一引，引到一個所在，龍樓鳳闕，宮娥擺列，這是你姑娘拜謁。
（生）這回纔會你姑娘？
（旦）正是。我問你，你在那裏撞見我姑爺的？
（生）我在雒陽城外閒走，見一簇人馬在那裏打獵。

【前腔】我叉手看圍獵，他哄我統三軍打草竊。把征南駙馬高高寫，馬頭告捷，絲鞭要接。我那時還有一件愁哩。（旦）愁甚麼來？（生）愁的是鏡中恩愛，把冤家撇。（旦）這也見得你有情，怎麼成親之後，就忘却鏡中人了？（生）我幾曾忘來？（笑認旦介）豈其夢耶？如今看者，一般樣龐兒姐姐。
（旦）這樣說，你就把我做鏡中人了。
（生）差也不多。只是你既然和那玉杯裏人兒有些緣分，為甚麼聽別人主婚，倒招贅起我來？
（旦）難道我就不留心訪問的？（彈介）

【前腔】親見俺姑爺，這門親打聽者，是玉杯中揀選那豪杰。

只為你就是杯裏的人,所以我肯了。你來的時節,我在屏風後張哩。黃羅傘遮,紫藤轎歇,穩簪簪坐着個人人也。(生)難道竟是杯裏一樣的?(旦)當初只照見面龐,此時瞧你渾身打扮,都是風流可喜。踹的粉靴,佩的玉玦,添出如今半截。

(生)這是我兩人天緣註定,故此玉杯、鏡子先弄這許多光景出來。只是我如今還有些疑心。

(旦)你疑心甚麼?

(生)我見娘子細骨輕軀,就是茶飯也不多幾口,莫不還是影兒走將下來的?

(旦)人都說夫妻形影相隨。你是個形,我是個影,但要一步兒不相捨罷了。

(生)

【前腔】扶上七香車,瘦腰圍一尺賒,怕好風吹去遭磨滅。裙兒幾褶,冠兒未卸,嫩苗條打扮身材別。羅衫軟設,弓鞋熨貼,恰似花枝夜月。我們許多說話,倒不曾問得你親生父親的名字,住居在那裏。

(旦)阿呀!日子多,慢慢裏說罷。你聽,那邊像有人來了。

【尾】隔牆有耳防漏泄,漫消停,從頭再說。只這一曲琵琶將咱倦了也。

(副淨同雜官校上)

【恁麻郎】搗響鈔三寸闊官票,坐大轎六塊頭京帽。真先兒,擾了你。指望三千貫賞犒,倒折了十兄弟東道。沒走風,忙捉倒,也顯你原告人兒一個好。

(副淨)這一家就是。

(雜打進,旦驚下介)

(生)你們甚麼人?把我娘子打散了。

(雜怒介)你是內府裏人犯,倒賴我們還你妻子不成?(縛生介)

【前腔】你要叫失了你妻小,我要弔捉着咱強盜。(生)我是秀才,難道做賊?這都是你們假捏官府詐人。(雜)怎說假官旗抄鬧?

你看琵琶現在哩！明放着真贓怎推諉？只是彈琵琶這女人，那裏有這樣躲得快的？這婦人却好笑，聽得他聲音就不見了。不要管他，鎖到內府去，自有原告人在那裏。

    惆悵相逢舊日緣，鏡中照出月中仙。
    霞杯醉喚劉郎賭，腸斷琵琶第四絃。

第二十八齣　魂　飄

  （旦急上）香在衣裳粧在臂，魂歸寥廓魄歸泉。我彈得琵琶正好，那裏一班人蜂湧前來，把我的魂靈都諕掉了，一個身子像有人一領領了出來。不知脚步高低，却到了甚麽所在。（淚介）咳！徐郎吉凶難保，我那裏去打聽他消息？若是尋得見姑爺，或者還可救得，只不知打從那一條路去。嗄！我爹娘家在南邊，只得望南走罷了。

  【越調近詞‧綿搭絮】斷魂千里，飛下楚山頭。回首悠悠，見銀河天際流。莫遲留，往事都休。恰似詩邊就夢，畫裏移舟。惱人處，一片江聲，隔岸寒鐘敲暮愁。咳！我與徐郎形影相逢，今日驚魂失散，好不悽楚。又不知何日到我爹娘住處！

  【前腔】故鄉何處，殘月曉天秋。烟樹如浮，聽鶯啼，思舊遊。漫凝眸，燈火揚州。記得看花南陌，待月西樓。從別後，寂寞闌干，羅襪歸來露未收。行了一回，好生困倦，不免尋個宿頭，明日再走罷。

    斷腸聲裏唱陽關，為雨為雲過此山。
    飛去仙郎魂夢裏，可能從此住人間。

第二十九齣　特　試

  （末上）曉漏傳清禁，朝光動紫宸。下官刑科都給事中蔡游。本是江左書生，因聖上開直言極諫科，我對策說道："閹宦縱橫，孤寒淹滯；開封府不清理在京刑獄，翰林院不收拾各路人才。"聖上道俺言詞愷切,切中時弊,擢居內府。舊日有個同窗朋友徐次樂,他的才品,我還讓他幾分。因到雒陽干謁,被獨孤榮怠慢,落魄天涯,竟不知走到那裏去了。我着人四下抓尋,待要奏知聖上,薦他做個館職。那獨孤榮居官狼藉,慢慢裏訪些事件,參他一本,也出我好朋友一點氣兒。今日早朝時分,在此伺候。

（丑、副淨、衆擁生上）秀才露馬脚,番子捉鵝頭。

（末）呀！這是朝門裏,怎麼有人喧嚷？

（雜）是管庫老公公捉了一個秀才,在那裏叫屈哩！

（末）既是秀才,也不是太監管得的,待我去看來。

（生驚介）呀！這個官好像蔡客卿。客卿兄,我徐適落難在此。

（末）怎麼是我南邊人聲音？呀！次樂兄,一向不見,你今日却犯何罪？

（雜打生介）

（丑）這是御庫裏偷東西的賊。蔡老先,你不要管他。

（末）呀！聖上着俺提點刑名,審問登聞鼓狀,這件事正是我的職掌。這個秀才是江南名士。御庫物件,一個瘦弱書生,怎生偷盜來？待我保奏,必無此事。

（丑）偏是兩衙門要管閒事,難道你奏得,我奏不得？待我先奏。

（末）一同面君去。（跪介）

（丑）司禮監管庫太監臣張見奏：臣為那燒槽琵琶,晝夜尋緝,現獲在徐適寓中。

【駐雲飛】內府衙門,御庫錢粮須要緊。遵限來盤問,是處都搜盡。臣緝獲在荒村,秀才贓證,子曰詩云,就裏都逃遁。怕的周旋是要津。

（末）刑科都給事中臣蔡游謹奏：徐適是臣同鄉,才品素著。此事定係冤枉,伏乞聖明鑒察。

【前腔】官校風聞,事件全然無定準。假勢將錢趁,屈把平民論。臣體察是孤身,江南才俊,禁地重閽,那得書生進？封駁惟知報主恩。

（內）官裏道來：徐適既係書生，着即以燒槽琵琶為題，試賦一篇。其內庫事情，司禮監會同九卿科道，審明具奏。

（末、丑）萬歲！（叩頭起介）

（雜領生下）

（丑）蔡老先，這是甚麼道理？難道贓證俱全的賊，做了一篇文字，就饒了他罪名不成？

（末笑介）不要說問罪，他文字好，還要做官哩。

（丑）蔡老先，

【啄木兒】你休誇口，枉論文，今世裏酸徠誰做品。則你左班官受鈔通贓，一味裏闊譚高論。這幾個秀才，那一處不鑽營到了？長班撞來都相認，便區區有些門生分。（末）那裏有秀才拜太監做門生的？（丑）不敢欺，也是貴處，就是你帶友沾親真舍人。

（副淨揖末介）這司禮公公，是學生的老師。

（末不理介）原來是你，徐次樂的是非，是你搬鬭的了。

（丑）同是一樣秀才，我的門生，你就難為他起來，這樣欺負人！（作氣介）

（末）

【前腔】何須怒，忒認真，大古裏當權休太儘。則你內相們沒的兒孫，也留個做人方寸。我那徐次樂呵，他書生後來書生運，（丑）他便做了官，難道有罪不要問的？（末）就有罪也不該你問。我刑垣現懸刑垣印，收拾你入內穿宮平字巾。

（生持卷上）薦非因狗監，文却類相如。

（末）徐兄，卷子完了？（讀介）"伊琵琶之為製也：上銳下規，中虛外圓；龜腰鳳頸，熊據龍旋。公輸之製同却月，阮咸之弄若鳴泉。仲容則竹林佳宴，季倫有金谷名園。欝輪池上，曲項花前，若乃邊兒玉鼻之彈，貴妃邐迤之擘。公主既金城遠嫁，將軍則玉關難入。謝鎮西之紫襦魂消，白司馬之青衫淚濕。豪嘈淒切，關情何極？焦尾豈中郎之桐，朱弦匪素妃之瑟。同異質於爨余，聞哀彈而歎息。"許久不見，兄的學問一發長了，進呈自然有當聖意的。

（生跪介）

【三段子】草茅賤貧，到京華空嗟負薪。銀鐺苦辛，荷天恩得昭覆盆。讀書致君為堯舜，天涯流落雙蓬鬢。俯伏瞻天，不勝顛隕。

（末）卷子即當進呈御覽，就在這裏候旨便了。金門獻賦客，咫尺動龍顏。（下）

（副淨）老蔡進去了，待我把小徐羞辱一番。徐適，你也是我江南人，為何做起賊來？

（生）原來是你誣陷我的。

（副淨）你往常在家裏裝俊俏，騙婆娘，與俺道路各別。就是獨孤公那裏要搶我的抽豐，也不在我心上。今日自家做了賊，難道怪出首的人不成？

（丑）嘆！他又在獨孤公那裏閧撞麼？

（副淨）正是。

【滴溜子】粧喬的，粧喬的，賣他身份。鑽營的，鑽營的，没些投湊。（生）你驚散我的妻子，定要追尋還我哩。（副淨）你從來一個精身子，那裏有妻子來？有名秋風一棍，倒將假婦人，裝圈囤。（丑）不要慌，少不得旨意下來，帶進了衙門，一同推問。

（末上）官裏道來：徐適博學高才，免其註誤，三日後午門聽候傳臚。真琦誣陷良善，着法司拿問定罪。

（丑）罷了，罷了。皇上聽了外官説話，竟把我們抹殺了。

（副淨）怎麼把我原告人倒問起罪來？老師救我一救！

（丑）不妨事，我明日面君，定然不饒這個賊哩！

（雜捉副淨介）從前作過事，没興一齊來。

（丑羞下）

（末）次樂兄因禍得福，恭喜，恭喜。

（生）都是兄引救之力。

【歸朝歡】黄門郎，黄門郎，獻納紫宸，念兄弟同朝汲引。（末）凌雲賦，凌雲賦，落筆有神，我君王臨軒首肯。來朝看取泥金穩，將中官動個連名本。（生）我的氣都出盡了，只是妻子失散，不知在那裏？（末）咳！次樂兄，你須是為國忘家過幾春。

憐君今日蘊風雷,獨向都堂納卷回。
聖主恩深漢武帝,獄成冤雪暮雲開。

第三十齣 冥 拒

(淨引鬼卒上)(淨)

【雙調引子·霜蕉葉】英雄憤懣,把住河橋寨,圖得個姻緣到來,敗殘軍添些氣色。自家劉鋹,為李煜所敗,雒陽難住,逃到江邊。見皂角林有個廢祠,被我將小鬼趕去,占了香火,充作皂角大王,顯些靈應,那居人都來祈賽,好不熱鬧。只可笑徐適這廝,就做了李煜的女婿,也還三分真七分假,却替丈人這等出力,把俺殺得片甲不存,煞是可恨。聞得他妻子黃展娘從汴梁失散,獨自歸家,這林裏是他過江必經之地。叫鬼卒!

(雜應介)

(淨)有個女魂黃展娘,今夜從江口經過。你去抓來見我,不許透漏過去。

(雜應,同下)

(旦上)風吹雲路白,樹隱鬼燈青。一路行來,悠悠蕩蕩,不知走了多少路。料應去家不遠,不免乘此月光,趲行前去,見我爹娘。只是我私出閨門,今番回去,問起情節,怎生答應來?

【北黃鐘·醉花陰】則我駕鴦夢花生玉鏡臺,霹靂引琵琶一摔。獨走雒陽街,濕透羅鞋,早近了江南界。慢提起秀才郎淚滿懷,怕的是爹娘行嗔見責。(行介)

(鬼卒上)那裏去?我們在此守候多時了。快去見我大王,聽候發落。大王有請。

(淨上)

【南畫眉序】戰敗走江淮,撥馬軍書疾忙排。打聽得樂昌半鏡,失落塵埃。(鬼卒)黃展娘當面。(淨笑介)哈哈!也有今日。他只道女瑤芳躲過檀羅,不隄防楚虞姬撞咱樊噲。我拖刀暗計將他賣,將軍此番休怪。

（旦）阿呀！我走差了，怎麼撞到這裏？大王，我是孤身女子，回去望爹娘的，做好事放了我罷！

【北喜遷鶯】諕得我無顏落色，淚珠兒界破蓮腮。傷哉！江山一帶，把舊日鄉園望眼擡。低頭拜，放我重見爹娘，勝是脩齋。

（淨）你想回去麼？你道我是那一個？就是漢皇帝劉銀，被你丈夫徐適殺敗了。今日一緣一報，被我捉住，怎肯輕輕放過了你？

【南畫眉序】堪笑那書獃，贅入豪門幾日縱。誰着他新郎忒老，女婿偏乖。苦替丈人家掙住江山，倒放好妻房輕離院宅。若是陣面上畧放鬆些，今日還好商量；他並不留一點人情，好恨！相逢今日冤家窄，收留你渾家何碍？我也不難為你，媚豬做貴妃，你倒做正宮皇后罷！

（旦）這話一發可笑。就是我丈夫得罪於你，須索看李皇爺面上。怎麼就起這個念頭？

【北出隊子】休要風魔九伯，把玉葉金枝胡亂踹。我是大唐家甥女如兒愛，你既做降王，也該一體相看待，可不道趙官家千里送裙釵。

（淨）我現做皂角大王，衙門儘不冷落。你就做個皂角娘娘，也不虧你。

【南滴溜子】孤家恨、孤家恨，暮年老邁；佳人喜、佳人喜，翠眉粉黛。乍逢人間稔色，教他酒快釀，羊快宰，新進個夫人，六宮參拜。叫鬼卒，篩起鑼鼓，備起酒席，喚那獨脚婆子、玉面姐兒，參見新娘娘哩！

（雜扮衆上）

（旦）

【北刮地風】呀！原來是惡王墓下起風霾，那些兒劉阮天臺。則你廣南蠻怎占俺南唐界，嚇詐些酒肉錢財，纏幾個粉骷髏狐狸精怪，弄幾個泥新婦土木形骸。我是個秀才妻、貴室女，魂靈活在，怎肯把蓮花糞土栽？休指望半星歪。

（淨）你還靠徐適的勢力欺負我麼？他如今拿去，不知死在那裏了，怎見得還是他的老婆？

【南滴滴金】你皇親也隔了前朝代，便秀才早是前程壞，偏是你女娘們好吃酸黃菜，現如今就罪責。我侯門似海，破菱花要來何處賣？看你今宵怎挨，淚眼枉揩。

（旦）難道我徐郎就没有興頭的日子麼？我如今拚死在此！待徐郎做了官，我一道旋風在他馬頭前去，告訴妻子的苦楚，少不得與你説話哩。

【北四門子】你道書生受累何須睬，却不道狀元郎出草萊。他有日平步金階，九棘三槐，紫袍象簡黄金帶。鬼使神差，曉得我妻房就害，把你個惡芒神貶在三千里外。

（淨）咄！我怎麼樣擡舉你，倒當面搶白我，這等可惡！叫鬼卒抓出去砍了！（作綁介）

（旦）死是我的分内，快些砍了罷！

（淨）

【南鮑老催】你性兒忒歪，我老劉便把婆娘拐，您小周也早先奸敗。呆賤人，潑頑皮，裝妖態，教咱忿氣如何耐？你舌頭怎比鋼刀快？也完了風流債。

（老旦衝上）哎！劉鋠不得無禮！他是徐適狀元之妻，你難為了他，上帝大怒，罰你到鄷都問罪去。

（淨同鬼卒下）

（老旦解旦介）

（旦）那個救我？

（老旦）展娘，你嚇壞了。

（旦）

【北水仙子】呀，呀，呀，好似雲陽推轉再投胎。苦，苦，苦，向鬼窟裏標題節婦牌。（老旦）你曉得丈夫的消息麼？（旦）呸，呸，呸，還題甚春風門下客？（老旦）他明日便賜狀元及第了。（旦）是，是，是，他有七步狀元才。哈，哈，哈，你讀書掙閗金魚袋。唉，唉，唉，我守志摧殘玉鳳釵。先生，虧你來救我。錯，錯，錯，我一時悮把媒人怪。可，可，可，向姑娘曾報喜音來？

（老旦）你姑娘曉得了，便是李皇爺也喜歡的了不得。你如今回去見了爹娘,少不得狀元登門,拜見嫡親丈人哩。

【南雙聲子】香風靄,香風靄,聽御樂仙韶派。花枝擺,花枝擺,結喜錦紅鸞彩。真氣概,真氣概。誰能解,誰能解,那狀元名字,鬼也驚呆。展娘,這是天長地方。對岸隱隱望見金陵,就是你爹娘住處,我索回去了。

(旦)白茫茫一片江水,教我怎生過去?

(老旦)水面上咿咿啞啞,一隻船來,你見麼?

(旦望介)

(老旦下)

(旦轉介)呀!耿先生那裏去了?船又不見,萬一皂角大王追來,怎生樣處?嗄!不妨。

【北尾】驀然想起神仙誡,他道我父母重逢把夫婦諧。則願得絳帖金泥將門戶改。

　　　白日浮雲慘不開,海神東過惡風回。
　　　輕舟短棹唱歌去,前度劉郎今又來。

第三十一齣　辭　　元

(雜隨生儒服上)

(生)綠窗何處報泥金,浪跡看花到上林。一第只緣明主意,三生難負故人心。兩日在寓中候旨,昨晚客卿有信傳來,說聖上御筆親題,特賜狀元及第。咳!我徐適孤身落魄,配合婚姻,負罪羈囚,遭逢科第,也算是非常奇遇了。只是我妻子失散,那裏還有興做官?況兼李皇也是一代官家,他把幼女弱息,託付於我。若不棄職追尋,他日重見李皇,有何面目?大丈夫名義所在,性命也不顧,區區一個狀元,於我有何輕重?為此做就本章,乘今日傳臚,即便啟奏,納還袍笏,懇賜回家,跟尋我的妻子去也。

(雜)禀爺,這是朝門外了,請下馬。

(生)這些大轎掌扇的,是那衙門?

(雜)合京大小官員都候新狀元唱榜哩!

（生）

【北雙調新水令】則見那朝門燈火五更霜，這些衆官員都把狀元來講。他道我青燈黄卷客，做了個粉署紫薇郎。（笑介）那曉得我心事來。我雖是後生新進呵，不比那僕射平章，將個美前程擎在掌。

（末同祗從上）鄉國添知己，朝廷獲異才。今日徐次樂傳臚，輪該唱榜，在俺同鄉，也添些氣色。（見介）次樂兄，恭喜。

（生）這是聖主之恩，仁兄保薦之力。只是小弟骨肉分散，心緒茫然，沒興做官了。

（末）次樂兄説那裏話？

【南步步嬌】你四海無家青年壯，一第從天降。便算是討差給假呵，終軍返故鄉，駟馬高車，也待得君恩放。（生）這又是做官的話頭了。我的主意，竟不受這狀元哩！（末）豈有此理！早難道遭際忒非常，劈頭兒裝就書生謊。

（生）客卿，你道是虚話麽？我昨夜修成本章在此。（出本介）

（末讀介）"秣陵縣生員臣徐適一本。"呀！怎麽今日還叫生員？

（生）既然不受狀元，那生員是我的本等。

（末再讀介）"為蒙恩優擢，懇祈收回成命，特賜還鄉事。"阿呀！兄果然有這個意思。想為老嫂失散，因起歸心麽？咳！天地間只有狀元難得，那裏有功名成就，沒得妻子的？如今貴戚公侯，那個不羨慕次樂才名、狀元名第，不如就此間尋一門親事，却不是好！

（生）所言差矣！

【北折桂令】你道我萬言書國士無雙，怕沒有門當户對、相府東床。則我措大的心腸，做不得憐新棄舊、薄倖行藏。像今日做官呵，買文章黄金白鑲，娶紅妝兩婦三房。（末）他們好不富貴哩！（生）我都曉得。天大樣門牆，錦片似田莊。讓你家蔡伯喈當朝受享，還了俺徐德言舊日糟糠。

（末）次樂兄，你不肯再娶也罷了。只是你被那中官誣陷，若不是聖恩寬釋，你的身子也顧不得，怎能彀跟尋家眷？如今賜你做狀元，有甚難為了你？倒這樣推掉起來。可不負皇上的知遇麽？

【南江兒水】你落日悲窮巷，春風到選場。憑着你之乎者也誰承望？只好去入府穿州衙門撞。倒虧那日呵，推天搶地登聞狀，博得個及第登科臚唱。便算是極澹薄的官廠，風月齋鹽，好熬出翰林清況。

（淨上）出入都堂金印懸，衣冠長惹御爐烟。

（小生）紅綾會宴推遺老，白髮看花羨少年。

（淨）下官門下平章事盧多遜。

（小生）下官資政殿學士竇儀。盧年翁今日是押班官。

（淨）竇年翁你是陪宴官。我兩人吃同年酒，準準五十年了，今日還同着新狀元赴宴。呀！狀元與哪個在朝門爭論？

（小生）原來是蔡掌科。

（末揖介）兩位老先生拜揖。（對生介）這是平章盧老先生，學士竇老先生。

（生揖介）晚生有失拜謁。

（淨、小生）狀元恭喜，恭喜。蔡掌科，你與狀元有何話講？

（末）兩位老先生在上，這就是敝同窗，從小極相知的。中了狀元，卻不肯受，要思想回去，因此苦苦勸他。

（淨）狀元公，老夫同竇年兄是天成四年的進士，整過了五十年頭，還在這裏做官。你新中狀元，就要回去，怕沒有這樣事。

（末）次樂兄，你看兩位老先生怎麼樣講來？

（生）客卿兄。

【北雁兒落帶得勝令】你只見做官的着意忙，將我辭官的橫身擋。（淨）狀元，還是受了官好。（生）非是我後生家不忖量，對着個老宰輔虛謙讓。（淨）卻是為何？（生）呀！我只為雲雨散高唐，因此上歸思滿瀟湘。（小生）嗄！原來狀元失散了夫人。（雜）天明了，御駕將到，狀元爺快些排班。（生低聲介）似你趙官家催得慌，誰替我李皇前圓個謊？（小生）狀元真個豪氣三千丈。（生）疎狂，幾曾間豪氣三千丈。（淨）中了狀元，怕沒有金釵十二行麼？（生）淒涼，說甚麼金釵十二行。

（末）萬一聖駕出來，狀元還不肯做官，此時觸惱天顏，怎生樣處？全仗兩位老先生御前保奏。

（內）皇上有旨：今日太后千秋節，駕到永安宮賀壽。狀元徐適着於午門前賜官袍牙笏，平章盧多遜、學士竇儀同往曲江賜宴，明日便殿召對謝恩。

（眾叩頭介）萬歲萬歲萬萬歲！

（淨）好了，還虧今日聖上不御殿。狀元，你看那一簇人捧着官袍來也。

（雜扮官娥、太監捧袍笏上）這就是新狀元？好不造化哩！

【南僥僥令犯】可曾賜浴溫泉第一湯？紫羅襴裁宮樣，受用煞稱體衣裳，把花枝簪上。狀元穿了官袍，早去赴宴。那些公侯駙馬，都在曲江邊擺設酒筵，看新狀元遊街哩！（雜）光祿寺炮龍烹鳳，教坊司疊鼓吹簫，都在那裏伺候哩！狀元好不受用。你吃的呵，天廚寶膳梨花釀；坐的呵，天家寶蓋蓮花帳。老公公，為何今年的恩榮禮數，比往年更十分豐盛？（監）這是聖上面考，特旨中的，比三年例試的不同。（雜）原來為天恩特榜移天仗。

（雜將官袍送上，生不穿介）

【北收江南】呀，待要俺插宮花，飲御漿，早宰下了大官羊，似俺這讀書人也會風光。只為那喜孜孜洞房，懶得個悶懨懨曲江，（舉手介）有勞列位了！俺怎肯玉鞭梢走馬到長楊？

（雜）哪裏有瓊林宴不肯吃的？普天下也尋不出這個呆秀才！我們回覆皇爺去。

（末）他辭官的本，就煩附奏罷。（作送本介）

（雜）不知天子貴，落得狀元喬。（下）

（淨）只怕觸了聖怒。

（小生）正是。

（末）這樣勸他，只是不肯，教我也沒奈何了。

（內）奉聖旨：徐適不准辭官，其妻子散失，係張見生事害人，好生可惡。着將袍笏親替狀元穿帶，限三日內跟尋還他，違限治罪。燒槽琵琶着即賜與狀元。欽此！

（淨、小生）聖上這樣重賢，狀元非常知遇。難得，難得！

（丑上）怎麼好？怎麼好？一些體面也沒了！

【南園林好】恨君王全無主張，外官們從來一黨。我也管多年東廠，倒教咱伏侍狀元郎，咱伏侍狀元郎。（對衆揖介）衆位老先生請了！徐狀元，是我當初肉眼不識，一時得罪了。只求狀元穿了這官袍，好回覆皇爺。

（生）我不穿便怎的？

（丑對衆介）衆老先生勸一勸兒。

（生不應介）

（丑跪介）狀元爺，你好歹穿了袍服，那聖旨不是當耍的。老張跪在這裏了。

（生笑介）

【北沽美酒帶太平令】你高力士捧朝靴伏御道傍，我李供奉脫宮袍掛朝門上，忙頓首謝君王。綠暗紅稀出帝鄉，託賴着君恩浩蕩。泥金帖從容尋訪，盤龍鏡重會鸞皇，白玉杯再斟佳釀，紫檀槽玉人無恙。你呵，莫慌，不妨。謝恩本上，呀！將你個老中官做一句兒講。

（末）聖旨原限三日，難道三日內尋着老嫂，還不肯做官麼？

（生）我原想今夜就出都城，既是君恩深重，且從容兩日罷！

【北尾】謝當今聖上寬洪量，把一個不伏氣的書生款款降。客卿兄，你道我為妻兒忒覺得口頭強，便是你為朋友的真情，也在我這心上想。（下）

　　　　仙籍高標第一名，酷憐風月為多情。
　　　　今宵賸把銀釭照，淚盡羅巾夢不成。

第三十二齣　影　　歸

（丑上）連鉤車子撅頭船，烏榜村邊月正圓。下半夜起風蘆花裏宿，阿呀呀！長江白浪勝如山。自家揚子江邊漁翁，昨夜泊在皂角村口。近日村裏興個神道，靈應得緊，被他顛風作浪了半夜，將近天明纜住。我且撐船攏岸，買壺酒吃，慢慢搖過江去。

（旦上）有隻船近岸來了。船家渡我一渡！
（丑）阿呀！是一位小娘子。還有跟隨的麼？
（旦）沒有。
（丑）下船來。小娘子，你住在那裏？
（旦）

【一江風】我家在石城西，朱雀橋邊第，有碧柳千條細。（丑）好順風！（旦）蕩蘭橈五尺春潮，幾葉風帆易。（丑）差不多到了。（旦）私心還自疑，私心還自疑，歸家待告誰？只好在孃烟面前說一兩句罷了，見爹行說不出風流婿。

（丑）前面是通濟門了。要到水西門進去，轉過秦淮河，纔是你家裏哩。

（旦）我不認得，憑着你行罷了。到家情更怯，不敢問來人。（下）

（外、老旦上）

【南呂引子·臨江梅】（外）悶倚闌杆聞鵲喜，柴門若個人歸？（老旦）孩兒一病苦支持，敢遇良醫？天也憐伊。

（外）咳！媽媽。我聞得"鵲聲噪，行人到"，像我這冷落門庭，有那個來？

（老旦）或者孩兒病體有些搭救，也未可知。

（外）咳！這是你癡心指望，我看這病沒有好的日子了。我且到鄰舍家散一散悶。你把門兒閉着，我就回來的。（外出介）

（老旦作關門下）

（旦同丑上）

（丑）不爭三五步，咫尺是他家。這是朱雀桁了。小娘子，你的家裏在那一邊？

（旦指介）這橋下兩扇門，就是我家了。

（丑泊船，旦上岸介）你泊船在此，我進去打發你船錢。

（丑）小娘子快些。搖了半日倦了，且打個盹兒。

（旦）

【一江風】畫簾垂，流水閒門閉。（內作犬吠介）聽小犬金鈴吠。這是我自家門首,怎聽了犬吠,有些驚怕起來?**步淩波窣地無聲,不住心驚悸**。門內一株桃樹,是我舊時種的,如今花開在那裏?**花枝一片飛,花枝一片飛,春風特地吹**。我待敲門,又怕爹娘知覺。呀!門不曾開,我身子怎麼就進來了?**俏身材倐上了閒階砌**。

(老旦上)相公出去,不見回來,我且向階頭走走。(作撞見介)
(老旦)

【前腔】那人誰,瞥見相回避,看冉冉花間去?呀!這是女兒的面貌,難道我眼花不成?咳!他的魂靈也走出來了。(哭介)我那兒嘎!(外急上)我在隔壁人家講話,聽得媽媽在家裏哭,急回家**泠落雙扉**,是那個扁舟繫?(丑作醒介)老伯伯,我載你家一位小娘子進去了,快快算還船錢,我在對河買酒吃,就來拿的。(下)(外)那裏有甚麼女眷來?媽媽開門!(老旦開介)(外)媽媽,你為甚麼在這裏哭?門外有隻船,說帶我家一個女眷來,我問你,是那一個?(老旦)阿呀!我偶然擡起頭來,見個女人劈面走進,竟是女兒面龐,纔轉眼就不見了,為此在這裏煩惱。(外)莫不是船上果然有人起來,你眼花錯認麼?(老旦)一發好笑,自從你去後,那兩扇門直待你回來纔開,難道這個人飛進來的不成?(外)你是怎樣看見的?(老旦)**嬌羞斂翠眉,嬌羞斂翠眉**,竟是女兒好時節的光景,**春風滿面歸**。(外)莫不是女兒真個病好了,走出來麼?(老旦)我纔在房中看見他睡的。**出房櫳還照顧了孩兒睡**。

(外)你看見他睡在那裏?咳!多應有些差池了。
(老旦)待我扶他起來看。(扶旦上,睡介)
(老旦)我且叫他一聲,展兒!娘在此。
(旦作張目呆視介)母親,可曾打發船錢去麼?(又睡介)
(老旦)兒,怎麼樣說?(對外介)他病後從不開口,今日講起話來。
(外)他說打發船家,一發奇怪了。
(老旦)門前果有船麼?
(外)你看這個不是船?
(老旦)這等看起來,或者倒是好光景也不可知,待我再喚他一聲。展兒！

（旦作醒介）呀！爹爹、母親在此。（作整衣將行介）

（外）你在病中，好好將息，不要走動。

（旦）兒有甚病來？

（老旦）你自己倒不曉得麼？你的病也不是小可的。

【刮鼓令】兒年正及笄，不明白耽困悴，着枕褥不知天地。（外）你不信，只看你的身子。（旦作看，驚介）呀！怎麼身子忽然瘦了？（老旦）瘦厓厓腰一圍。（外）我兩人呵，鎮日裏淚沾衣，虧了你母親，看承女兒，同眠共起。（老旦）兒呵！今朝相見尚驚疑，怎生說與俺娘知？

【前腔】（旦）吾心裏苦饑。（外）好了！半年來不吃食，如今餓起來了。（老旦）有粥在這裏，吃一口兒。（旦作吃介）（老旦）兒，好吃麼？（旦）好吃的，好茶湯能識味。怎生不見爃烟？驀想起梅香伶俐，他守粧臺看玉杯。（老旦）阿呀！他久不在這裏了，兒還記得玉杯麼？（旦）怎麼不記得？是法帖換來的，無端為他，千山萬水。（老旦）這是甚麼緣故？（旦）夢中去路總依稀，教咱怎把話兒提。

（外）媽媽不要問了，扶他睡去，他身子纔好哩！

（老旦扶旦下）

（丑叫介）老伯伯，快些還我船錢！小娘子便沒要緊，你老人家也是這樣。我們做小生意的，擔誤這半日了！

（外取錢付丑介）船錢便與了你。我且問你，這女客在那裏渡他來的？

（丑）昨夜在皂角村口守風，今早見他獨自一個喚渡。上了船，從沒有這樣快，頃刻就到了這裏。

（外）果然？

（丑）好笑！你自家親眷，何不當面問他？難道說謊不成？我也沒工夫與你兜搭，我去了。（下）

（外）呀！真正古怪。不信女兒身子現在房中，魂靈却出去走跳。這也使人難解，且待病好，快些尋一門親事與他罷了。

　　　　莫愁魂散石城荒，天上人間兩渺茫。

夜半醒來紅蠟短，四肢安穩一張床。

第三十三齣　閹　訌

（貼上）豹尾迎來詔未收，玉顏空鎖大長秋。入愁有貌翻成妒，居近無鬚易免憂。爟烟替主入官，喜得采女數足，發出不選，便待收拾歸家。怎奈太監那廝，苦苦收為義女，只得權住幾時。呀！隱隱喝道響，想是回來了。我且躲在屏後，聽他説些甚麼。

（丑上）羞臉揣懷裏，威風裝口頭。（叫從人介）孩子們，你説我老爺今日氣也不氣，吃虧也不吃虧？

（雜）是公公氣了，吃虧了。

（丑）這也罷了，萬歲爺還着我身上要人哩！天下有這樣没頭的公事，連他也不曉得妻子姓張姓李，教我怎生出招紙？那裏尋得來？

（雜）據小人見識，這樣倒好，葫蘆提尋一個搪塞他。前日選來的黄家小娘子，一口金陵説話，儘充得過，左右公公要他也是没用的。

（丑）狗材！怎見我就没用？（作沉吟介）也罷，就用了他。

（貼聽介）咳！他不知又把我送到那個去處。

（雜）小娘子，有請。

（貼）薄命憐飄絮，閒愁訴落花。（見介）公公唤我則甚？

（丑）唤你出來，只為新科狀元要尋娘子，待把你送與他去。

（貼）阿呀！公公差了。我是選剩的宫女，只該送我還鄉，這句話從那裏説起？

【章臺柳】聽説是何因，從容細剖陳。俺父母生來掌上珍，難將輕贈人。那狀元呵，便洞口漁郎要問津，不少的緑珠村。他妻子自家認得的，我去也假充不得。你還自忖，枉抛我畫樓紅粉。

（丑）這是好去處，管取不誤了你。

【醉娘子】孤單此身，終朝納悶，他狀元郎還未婚。若嫁了他呵，花冠稱縣君，後日往來相親近。便是你要回去也甚便。消停，須共往江南郡。

（貼）同往江南？他是那裏人？

（丑）就是你秣陵縣人。

（貼）姓甚麼？

（丑）叫做徐適。

（貼）

【雁過南樓】呀！這人，曾經耳聞。（雜）極標緻的後生呢！（貼）面龐兒俊雅能文。（丑）莫不是你認得的麼？（貼）若是徐適，也畧認得。瞧他不真，曾有幾分。（背介）果然是他呵，我心兒肯，口兒難硬。（雜）好了，小娘子肯了。喚伴婆來，今夜就送去。（貼）忙攜玉樽，怕來盤問，無心裏探一枝春信。

　　　　地角天涯不是長，兩行珠淚説昭陽。
　　　　一生未結絲蘿契，教向桃源嫁阮郎。

第三十四齣　杯　圓

（生上）

【生查子】孤館欲黃昏，玉漏丁丁徹。燈火照愁眠，酒滴真珠竭。我徐次樂夫妻失散，聖旨着太監跟尋。適纔長班回話，全没一些消息，看看又是一日了。今夜月明如水，客館燈青。娘子不知在那裏，教我怎生放心得下？

【正宮過曲·普天樂】俺夢魂裏不寧貼，玉天仙敢是飛去也。量着你脚步些些，怎曉得關山曲折？萬一半路上撞個歹人，他的性命定然決撒了。他的性子委是貞共烈，怕遇凶人遭磨滅。急煎煎荒郊曠野，緝林林西風落葉，慘沉沉子規殘月。那日彈琵琶，我正要問他的姓名，被這班人一衝衝散了。

【前腔】你小名兒還待消停説，倒教咱那裏尋根櫱？我的姓字你是曉得的，或者倒是你來尋我。只是女孩兒家，畢竟要稟過父親的。便回去見你爹爹，提不起姑娘那節。嘎！你書是會寫的，須將簡帖好自親手寫，把你兒夫來尋者。你曉得我中了狀元，好不喜懽也！畱知咱名登金甲,百忙裏迎來帝闕,不枉了狀元妻妾。咳！你姑娘怎生叮嚀我,説你虛飄飄一個身子,一步不要捨他。

【前腔】你姑娘當時別,語言兒丁寧切。如今怎麽樣回覆他？我好似醉夢癡呆,待相見如何牽捱？做夫妻幾日難道緣分絶？把骨肉恩情都拋捨。思量一回,要睡起來。咦！簾兒邊像我娘子走進來哩！倦來時雙眸困歇,見佳人繡簾微揭,怎能彀斷魂重接？（睡介）

（副淨扮伴娘,淨扮掌禮人,丑、末提燈擡轎隨貼上）

（丑）列位擺整齊些。

（生驚介）門外怎麽有人喧嚷？

（衆合）

【賺】燈火香車,新狀元門第那處也？（淨）是這裏。（望介）靜悄悄獨坐在裏面。長安客舍,見他默坐挑燈夜。（敲門介）開門者！（生）是甚麽人？（衆）是送親的。送來的夫人小姐,奉差遣,待要面見徐爺。（開門諢介）我們都要賞賜,吃喜酒哩！（副淨扯丑介）明日來領賞罷！從容謝,花紅錢話定誰怕賒。（搖首低語介）這是假貨兒,再休纏惹。（衆下）

（生）可喜！娘子竟尋着了！（作移燈看介）

【雙調過曲·園林好】我妻房移燈笑迎。呀！爲甚不言語？便相見何須再等。（再看介）却那處紅粧來倩？（搖首介）不是我舊娉婷,不是我舊娉婷。可惱,可惱！這太監那裏尋這女子來搪塞我？

（貼）狀元,我今日到這裏,也不是没根蒂的。

【前腔】記當初相逢妙齡,暢好是兒郎薄倖。（生）我那裏曾見你？説我薄倖起來。（貼）不要説別的,就是你家玉杯,也在我處。須看取玉杯爲聘,難道是昧平生？難道是昧平生？（放杯桌上,生取看介）這個杯兒,我倒認得,原是我的。記得夫人對我説,他在娘家時節,玉杯裏照見個書生的影子,後來嫁我,那面龐兒竟是一般的。

（貼）有這樣事？

（生）

【喜慶子】儘香閨把玩纖手冷，照出個書生好眼睛，逗耍得春風酩酊。他斟着酒，笑盈盈，瞧着我，喚卿卿。

（貼）若説照見杯兒裏影的，我倒曉得一個在這裏。

（生）你曉得那一個？可就是你麼？

（貼）不是我，只是斷然不是你尊夫人。

【尹令】不是你可人名姓，一般樣女兒心性。（指生介）又是你有些僥倖。（生）怎麼又説我？（貼）狀元，這玉杯是你的，那杯裏的影，不是你是那個？只是你也不要想前日的夫人了。休憐可憎，倒是這段姻緣穩作成。

（生笑介）奇怪，難道我徐次樂的影，普天下女子都瞧見的？我且問你，果然是那個？

（貼）我只是不説。

（生揖介）對我説了罷。

（貼）狀元，難道就忘了你這玉杯打換在那一家的？

（生）是我與黃兼公家打換法帖的。（貼點頭介）（生）

【品令】當年出門，行李上西京。千金古玩，將來換黃庭。收藏器皿，怕的將軍硬。嘎！我一發想起來了。人都説道，他有個女兒管領。莫不就是他女兒見我的影麼？話欠分明，難道是一種風流兩處情。

（貼）差也不多。

（生悲介）是了，前日夫人原不曾説出自家名姓。不消説起，定是黃小姐了。

（貼）這那裏説起？他病得了不得在家裏。

【豆葉黃】他懨懨瘦損，睡眼薈騰，像有那個耳邊丁寧，不住的語兒低應。誰曾行聘？甚人主盟？抛閃殺半床孤另，折倒却半年愁病，怎忽地書生對面逢迎？

（生）你是他家甚麼人，這樣曉得？

（貼）你也曾瞧見我，難道就不認得了？

（生）嘎！我記得去年同蔡客卿到黃家門首，見一位聰明俊俏的女娘,難道就是你?
（貼）你且說怎的樣見來?
（生）那日呵,

【玉交枝】花開三徑,遇嬌娃春風畫屏,他覷人一點秋波定。還記得有個真公子來,你只管笑罵他。（貼點頭介）（生）你只把俺兩人恭敬。打扮好在行也,綠衣素裳穿幾層,雙鬟不甚簪花勝。正好說話,裏面叫起來。又不知何人喚聲,又無因從容再停。

（貼）說來一些不差。實不相瞞,我是黃家爘烟,那喚我的就是展娘小姐。
（生）呀! 叫做展娘。（背介）我在李皇跟前,聞得喚他是展娘。（轉介）小娘子,你在他家,可曉得有個姑娘麼?
（貼）狀元不曉得麼? 他姑娘就是李皇爺的黃保儀了。
（生驚介）若說黃保儀,我前日的夫人,是他主婚的。
（貼）那裏有這樣事?
（生）我在雒陽城外,遇見李皇打獵,領我回去,就把內侄女配我。有日子、有媒人的,難道不是你家小姐却是誰?
（貼）李皇爺、黃保儀都是亡過的人。狀元,你一發搗鬼了!
（生沉吟介）啐! 都是亡過的人。這等,我白日裏撞見鬼哩!
（貼）我那保儀呵,

【六么令】他昭陽寵幸,舊事都非,故國飄零。玉魚從葬在荒陵,泉臺閉,鬼燈青,是誰踏着黃粱境? 是誰踏着黃粱境?

（生）我想太監來捉我時節,好端端坐在那裏,一嚇就沒有了,畢竟不是人,是人的魂兒。你家小姐病在家裏,保儀攝他的魂與我做親,古來原有這樣事的。
（貼）我只是不信。
（生）你不曉得,我未做親時,先有一件希奇的事了。

【江兒水】你道是倩女魂難嫁,幽懵事不成,蚤天緣湊合宜官鏡。（貼）宜官鏡是我家小姐的。（生）我在雒陽市上買那鏡子,照去見一個女郎,他點翠勻紅新粧映,羞雲怯雨纖腰稱。做了親一看,竟是鏡中的人。記取菱花折證,渾似丹青,好添我畫眉清興。

（貼）却好鏡子也落在你手裏。這等説起來，連我也信了。
（生）你為甚麼到這裏？
（貼）

【前腔】只為宮娥報，替主行，做中官養女圖乾淨。我家小姐呵，姊妹看成隨鞭鐙，便兒家没個夫人命，充得個填房插正。（生）這個自然。只是玉杯為何在你處？（貼）臨行時節，老夫人把來贈我的。該是我話出根芽，故把玉杯相贈。我想起來，你照見小姐的影，小姐照見你的影，不消説天緣註定的了。我與你也像有些緣分，每常小姐玩這玉杯，我也立在傍邊。

【川撥棹】他把瓊漿賸，俺可也偷照影。瞧不見傻角酸丁，瞧不見傻角酸丁，道不得無情有情。怎生他心至誠？怎知他見未曾？

（生）鏡子既是小姐的，

【前腔】他梳粧竟，你可也頻顧影？你是我的妾，那鏡兒裏便照出兩個，却也何妨？偏怎生只一箇姐姐鶯鶯，只一箇姐姐鶯鶯，却分就無形有形？知怎生差半星，又誰人曾慣經？

（貼）咳！我們原是不相干的。
（生）那裏這樣説？我雖與小姐相處這幾時，却是，

【尾】遊魂幻影空交頸，到今日纔親把腰肢摟定。（摟介）（貼）我纔進門來，你的嘴臉好不難看也！蚤被你一句迎頭把我輕。

與君相見即相親，疑是文姬第二身。
為報高唐神女道，金陵捉得酒仙人。

第三十五齣　詰　病

（老旦上）

【雙調引子·海棠春】孩兒今日新梳裏，喚立在小庭閒廊。依舊綠鬢斜，點出櫻桃顆。小閣春歸花影垂，碧窗嬌女畫雙眉。無端開取黄金合，心事須教阿母知。我女兒病體初醒，語言恍惚，他父親因前日那隻船上，着實有些疑心。我也不信道深閨中一捏嬌娃，忽地裏便成精作怪，為此每每放心不下。今日不免喚他出來，細問

那魂夢根原,討一個明白消息。孩兒那裏?

（旦上）

【玉井蓮】影怯魂驚,起來腰肢是我。母親,孩兒久病初起,該拜一拜。

（老旦）你虛怯怯的身子,見個常禮罷。我且問你,你這一場大病,病中何所見聞?可一一從頭說與做娘的知道。

（旦）母親面前,不敢分毫隱瞞,待孩兒細細說來。

【仙呂過曲・風入松】多時鬼病沒騰那,一霎清涼不過。（老旦）那時節覺得怎麼樣光景?（旦）好像下階踏著些兒蹉,逗亂影碧天雲破。瞥眼見紅牆翠窩,初入夢,小南柯。母親道孩兒到那裏去?卻是姑娘的官裏。

（老旦）你那裏認得姑娘?

（旦）孩兒也不認得,是個嬤嬤,道這是保儀姑娘,教孩兒拜了。

（老旦）他說甚麼來?

（旦）他說道:

【前腔】〔換頭〕家山回首隔嵯峨,（老旦）思量我兩口兒麼?（旦）念高年爹嬤。（老旦）待得你好麼?（旦）看承愛女同眠坐。他膝下無人一個,閒消遣興亡話多。他說舊時有句說話,母親可曉得麼?曾提起,舊盟麼?（老旦）沒有甚麼舊盟。（旦）說道攝山寺、同遊幸,有個徐學士,爹爹許,許他結絲蘿。（老旦）嗄!是徐鉉學士。這句話你爹爹不曾對我講,只說李皇爺當日曾有甚言語。如今年代已久,提他怎麼?（旦低聲介）母親,姑娘說徐學士有個兒子,叫做徐適,後來當中頭名狀元,如今在,西京市,閒遊蕩,婚姻事,莫蹉跎。

（老旦）呀!那時該推辭纔是。

（旦）

【前腔】〔換頭〕待行推託緊兜羅,招就個書生停妥。（老旦）阿呀!怎麼就招贅起來?你姑娘也欠斟酌了。（旦）這是天緣註定,不關姑娘事。那書生在雒陽市上買一面鏡子,鏡子裏現出一個美人,竟與孩兒容貌一般的。那書生呵,使心作倖風流我,用不盡胡覷狂睃。不語笑花枝自可，重會面，漫瞧科。（老旦）後來又怎的？（旦）做了幾日親，又送孩兒到別處去。他道家鄉遠，從夫去，京師住，長堤道，馬兒馱。（老旦）既然如此，你却怎麼樣回來的？（旦）偶然一日，在那裏彈琵琶。（老旦）你那裏曉得彈呢？（旦）也是姑娘教的。（老旦）這也奇怪。你彈琵琶便怎的？（旦）驀地裏一班人雪片樣打來，把孩兒的魂一驚，就驚散了。（老旦摸旦心頭介）兒驚壞了。（旦）這還不打緊，孩兒走去，又闖出禍來。纔行動，昏慘慘，烟塵亂，山坳裏，一聲鑼。

（老旦）這又是那個？

（旦）是皂角大王劉銀。

（老旦泣介）苦了我孩兒也！

（旦）孩兒被他搶去，誓死不從。還虧仙人搭救，纔走出來。

【前腔】〔換頭〕孤魂飄泊苦遭魔，透過那亂山兵火。（老旦）想是你到江邊，撞着前日的船麼？（旦）正是。孩兒船到了岸，那門兒還是閂上的，不知怎麼樣走將進來。等閒飛入門桯鎖，見瞌睡身軀倒躲。猛睡覺把心頭自摸，聽得爹娘叫女兒呵。

（老旦）孩兒，這一番説話，爹爹面前，切不可説出，恐怕他性子執拗，一時間着惱起來。既然姻緣天定，你且寬心過日子去。病中所遇，後日或得重逢，也不可知。

（旦）孩兒知道。

榮辱升沉影在身，醉醒何處各沾巾。
如今記得秦樓上，猶是春閨夢裏人。

第三十六齣　縣　聾

（淨扮老知縣，雜隨上）（淨）

【牧犢歌】鄉科脚色正堂銜，考察愁填老疾貪。咳嗽連宵病熱痰，昏昏兩耳甚難堪。下官秣陵縣正堂董成龍的便是。七十歲老鄉科，三個月新知縣，甚是有些興頭。只是這兩日簽牌出票，弄得眼花手酸；放告投文，坐得腰疼背痛。更兼有一件重聽的小毛病，因此頗覺不便。却虧前日有個鄉里,送我兩本秘書。你道是那兩本?(笑介)一本是《縉紳便覽》,一本是《新科敘齒錄》。我思量看熟了這書,出去結交結交,奉承奉承,我老董就是一個巧宦了。今日無事,且將來溫習一番。(看介)刑科都給事中蔡游,號客卿,江南秣陵人。嗄!是蔡老先生,我前日曾去他家送禮過了。這是《敘齒錄》,徐適,字次樂,江南秣陵縣人,殿試一甲一名。嗄!前日原聽得說狀元出在這裏,却不曾問得個明白。(再看介)父鉉,母韓氏。娶黃氏,秣陵黃將軍女。呀!門子,這裏有黃將軍麼?

(門)有個黃兼公,是前朝將軍。

(淨跌腳介)幾乎錯過了!這就是新狀元的泰山,我如何不去趨奉他?叫庫房快備起禮來,要金花酒十壇,肥羊四隻,彩段八疋,羹果十二盤,另備繡衫一領,繡裙一圍,金鳳釵一對,玳瑁簪一雙,去黃將軍家慶賀去。門子!喚轎夫打轎,庫吏備禮,跟隨在後。(做行介)

(門子)轉灣抹角,此間已是。門上有人麼?大爺在此拜訪。

(末上接帖介)老爺有請。

(外上)

【宴蟠桃】青粉牆高,綠莎廳冷,有誰款戶相探?

(末稟介)大爺在外相訪。

(外)快取大衣服來!(做換衣迎介)治生一介武夫,前朝廢將,敢勞老父母忘分先施,有失倒屣。

(淨做不聽介)恭喜,恭喜。新殿元徐公,就是令東坦。學生特來奉賀,備些薄禮在此,伏乞笑納。

(外)這是那裏說起?老父母莫非錯認了?

(淨不聽揖介)學生此來呵,

【雙調過曲·惜奴嬌】羊酒雙擔,賀君家令坦,大魁高占。論起令坦徐老先生,在貴府時,微官七品,還該手本庭參。(外)心慚,故李將軍人誰念?隱青門,心淒慘。(淨)老臺翁休得過謙。(外)非自歉。實不相瞞,治生並無他婿,只有一女,尚王昌未嫁,坐守行監。

（淨不聽介）老臺翁還有幾位令愛？幾位令婿？這幾位令婿一定也都是發過的了。

（外）治生方纔不曾道來？

【前腔】〔換頭〕難堪，白髮鬖鬆，須不似尚平遺累，多女多男。（淨）老臺翁，不是學生說，其實令婿徐公發了大魁，在老臺翁面上大有光彩，即日還要製旗匾送來。詞林門面，粧點你丈人行也氣象嚴嚴。（外）這事十分奇怪。老父母，治生其實沒有女婿，不好冒認。（淨做不聽得，外重說介）（淨）豈有此理！現放着一個簇簇新新的殿元女婿不認，老臺翁，你莫不是癡憨？（袖中出《齒錄》介）你覷麼，徐適頭名由欽點，有泥金，呈臺覽，非浪談。明寫着娶黃將軍女，籍貫江南。

（外）有這等沒來繇事，倒也好笑。

（淨）怎倒說學生來薦惱？

（外）怎敢說老父母，只是自己覺得好笑。

【錦衣香】（淨）非是俺，相欺賺；非是咱，虛憸欠。（外）無端鵝籠排場，好難推勘，算冰清玉潤怎承擔？敢門房族息，曾效鶼鶼？或名同姓同，鬼胡由錯認陶潛？（淨）不消疑惑得。殿元公既認老臺翁做丈人，老臺翁也不妨權認他做女婿。你休論甚鹹和澹，且朦朧兜攬。像這樣一個殿元公呵，便乘龍帥府，門楣何玷？

（淨）庫吏送禮帖過來，與黃老爺看。（念介）這羊酒、彩段、果盒，是送與老臺翁的。另外有繡衫、繡裙、鳳釵、玳簪，是梯己送與令愛小姐，即係殿元徐公夫人的。（打恭介）俱求笑納。

（外）老父母，這禮物治生斷不敢領。

【漿水令】謝君家珠襦繡繡衫，謝君家金釵玳簪。（淨搖頭介）我一毫不懂語喃喃。（外）待打掃喉嚨，着實聲喊。（附淨耳高唱）承尊賜，心感銜，但說到狀元難叨濫。（淨）這等學生只得告辭了。（外）承光顧、承光顧，明晨謹參；多唐突、多唐突，望乞包涵。

（淨打恭下）

（外吊場）這一樁怪事，不知從何而起。

【尾】那徐郎有甚姻和眷，怎硬把黃門姓氏添？似這樣一個沒影的東床,好不悶殺了俺。

送君卮酒不成歡,老病人扶再拜難。
今日龍鍾人共棄,不如高臥且加餐。

第三十七齣　獄　傲

(中軍隨淨上)(淨)

【七娘子】西江掬水羞無那,報龍頭一番驚詫。追憶冤家,好生縈掛,回頭且使精油滑。凡事留人情,後來好相見。我獨孤榮要圖賴徐次樂法帖,把他趕逐出境,又把聽蕉下在牢裏。只道窮酸餓鬼,再無發達日子。不想他流落京師,一徑搶中了頭名狀元。我想詞林體面,交遊又大,若在京有些議論,我這頂紗帽,倒有些欠穩。仔細思量,放心不下。目今放他家人出獄,還他法帖,送些路費,打發他還鄉,也是解冤釋結一條門路。中軍官那裏?

(中軍應介)老爺有何分付?

(淨)我當初為一時性起,監了徐狀元家人。如今你把這法帖送去還他,這銀子是賞發他還鄉的,你與我多多致意。正是:遇放手時須放手,得饒人處且饒人。(下)

(中軍)你道好笑不好笑?我家老爺,沒來由把徐爺管家監禁,如今倒要我低聲下氣去求告他。事已如此,說不得了。出了儀門,已到大牢門首。禁子那裏?取匙鑰開監!

(雜扮禁子上)奉法朝朝樂,欺公日日憂。(見中軍介)

(中軍)你快去請徐爺管家出來。

(雜)聽大叔有請。

(丑上)

【接雲鶴】連宵不寐剔燈花,喜東君捷報果堪誇。

(中軍揖介)大叔請坐。我的敝主,有眼不識泰山,日前多有冒犯,今特差小官敦請出獄。

(丑)呀,原來你們也有求我的日子!當初是你家老爺拿我入監,如今又是你請我出監。不知我前日犯了甚麼罪,監我這許多時，也要大家明白講一講。

（中軍）罷了，是我本官不是了，我倒替他陪個禮罷。

（丑）

【雙甿】猛提起當時舊話，潑殘生憑伊敲打。我忍死吞聲，苦受公庭刑罰。只道是我相公久居人下。那日老爺便一時變臉，你們也該留些面情。偏是你大廳爺旗鼓威風怕。

（中軍）聽兄，你也休錯怪我，這都是奉主人差遣，衙門裏的規矩，沒奈何，只算是我多多得罪了。（袖中出銀介）這白金六十兩，送與足下做盤費。（出帖介）這就是貴主人的晉唐法帖，老爺重新裱好奉還。只求收了，萬事休提罷！

【前腔】〔換頭〕這是原來的本無差，細裝潢舊錦邊牙。更有朱提白鏹，齎送足下還家。我的聽老先生，沒奈何看薄面權時收下，也把俺衙門體面留些罷！

（丑不應介）聽大叔，當真不肯出監麼？

（丑）要我出監，除非等我主人自來。

（淨）我的聽爺，你又把你的主人來唬我的主人了。你若真正不肯出監，獨孤老爺只道我不會幹事，就要難為我了。（跪介）聽爺，望你饒了我罷！

（丑收銀、帖介）罷了，我也不難為你了。如今依你言語，權且出監罷。

（中軍起，作揖介）多謝。叫禁子，快些送聽大叔出去。

（雜上應，放丑介）

（丑）我還要拜謝你們老爺。

（中軍）待我請出來。老爺有請。

（淨上）得他心肯日，是我運通時。那徐家聽蕉出了監不曾？

（中軍）他放刁不肯出監，不知費了多少唇舌。如今他說還要拜謝老爺。

（淨）謝甚麼？我見了他，倒有些惶恐。也罷，叫他過來。

（中軍）聽大叔，來見老爺。

（丑見淨介）老爺在上，聽蕉磕頭，多謝老爺活命之恩。

（淨）聽管家，不要說客話了。論起我老爺呵，

【五枝供】在集賢門下，替你們老爺，原是兄弟師生，兩世通家。前日你老爺在這裏，畧有些閒言語，不過是茶前和酒後，沒甚別根芽。你去見你老爺，跟前再休閒磕牙，只說我獨孤老爺呵，尚容即日通書帕。（丑）這個小人曉得。只是小人有罪，恐怕還不該放出去。（淨）閒話都不要說了。錦被權遮蓋，事方佳，（笑介）當初只算老夫差。

【前腔】（丑）小人呵，這場驚嚇，一縷殘生，吊打繃扒。不知因甚罪，該得受波查？（淨）再也不要說了。主人在京做官，你的體面儘好了。（丑）京官體面且莫誇，只外臺威勢真堪訝。小人只是感激老爺不盡。今朝虧殺了狀元衙，霎時枯木再開花。

（淨）管家不要多講了，快去罷！

（雜扮報人上）天有不測風雲，人有旦夕禍福。（見淨介）稟爺，有密報在此。

（淨看介）奉聖旨：「獨孤榮叨冒節鉞，不思報國；大肆奸貪，有干法紀。據刑科都給事中蔡游所參，深可痛恨。着革了職，錦衣衛立刻扭解來京究問。該衙門知道。」呀，這事決撒了也！

（雜）稟爺，緹騎立刻到了，請到裏邊收拾去。

（淨）正是：從前作過事，沒興一齊來。（同雜下）

（丑弔場）獨孤榮竟拏問了，這件事好不快暢！我如今既脫網羅，且回到秣陵看看，再到京師去，同主人衣錦還鄉，卻不是好？

【尾】囹圄半載今超豁，纔重把身軀掙扎。我家房子雖然換與黃將軍，也還記得是朱雀桁邊第一家。

　　　　　　百感中來不自繇，微軀此外復何求。
　　　　　　仰天大笑出門去，空戴南冠學楚囚。

第三十八齣　箋　恨

（旦上）

【仙呂引子·探春令】春來粉黛不曾施，受淒涼獨自。歎蕭郎

夢斷江南使,消幾個平安字。天上閒愁有,人間好事無。奴家魂歸之後,日日想念徐郎,杳無消息。正在愁悶時節,又遇着個聾子縣官,到門稱賀,亂講歪纏,落得俺爺蒿惱一場,摸不出半些真信。仔細想將起來,我是不出閨門的女子,睡夢裏被姑娘扯去配了徐郎,如今弄得似假疑真,如無或有。我爹爹認真古執,若要說怕漏風聲,那徐郎浪蕩虛囂,不去尋,竟無消息。難道把這段姻緣,付之一夢不成?

【南呂過曲・繡帶引】【繡帶兒】埋冤殺姑娘不是,原來我命如斯。魂飄蕩水上空花,身搖漾風裏游絲,思之。【太師引】喬才那得能到此?驀地撞這門親事,教咱把誰人怨咨?乾撇下孤幃冷落相思。

(老旦上)鶯花入夢深閨恨,兒女關心老境愁。我的兒,你在這裏做些甚麼?

(旦)身子不快,閒坐在此。

(老旦)你可曉得你爺昨日的氣麼?

(旦)兒也略曉得些。

(老旦)那知縣忒煞糊塗,你父親偏生古執,葫蘆提答應他罷了,嘮嘮叨叨,說狀元不是我家女婿。那聾子一句聽不出,只管打恭叫喜,你爺受了一口惡氣,倒把我來埋冤吵鬧,可不是晦氣麼!

(旦)這是孩兒帶累爹爹、母親受氣了。

(老旦)我却也有些疑心。那知縣手裏拿一本登科記,狀元名下明明寫道:"娶黃氏,秣陵黃將軍女。"兒,你前日病中所遇,果是徐適麼?

(旦)母親跟前,孩兒掉謊不成?只是姑娘原說自己的女兒,就是孩兒在他面前,也並不曾提起嫡親的爹媽,這句話又是那裏來的?

【懶針線】【懶畫眉】記得曾同那人兒,別院閒窗笑語私,琵琶水調撥龜玆。【針線箱】訴衷腸,沒說爺行字,怎曉得姓名居址?或者我黃家另有別房麼?咳!徐郎,你登科記上門楣氏,敢江夏黃郎另一支?(老旦)兒,並沒有嗄!敢是被人假名託姓,冒充去了?

（旦）就是有人假冒，做了幾日魂魄夫妻，孩兒的面龐，徐郎一定認得。怎麼中了狀元，就忘却舊好，竟締新姻，葫蘆提成就那門親事也。蹺蹊事，我夢魂勞攘，倒讓你明配雄雌。

（丑上）新官朝貴重，舊僕主恩深。聽蕉出獄歸來，聞得秣陵知縣到新狀元丈人家送旗匾。好笑我家官人，許久出外，那裏攀這頭親事？我是第一位管家，不免到他門首認一認。街上人說這家便是。呀！這是我家宜官閣，換與黃將軍居住的。嗄！他家有個小姐，知書識字，我官人也曾說起，多應做官後，寄書來下定的！怎不見有人出來？我且叫一聲，裏面有人麼？

（老旦）是那個？

（丑）是新狀元家聽蕉阿叔。

（老旦）又是那個光棍，假冒來叫笑我家的？（對丑介）管家，你且住在外邊，我叫小廝出來。（對旦介）兒，若是你父親聽得，又是一番氣了。

（旦）母親，他既說是狀元家人，或者討得徐郎實信，也未可知。何不喚進來問一聲？

（老旦）這也有理。（對丑介）管家，那徐狀元果是你主人麼？

（丑）怎麼不是？這裏小姐做了我家老爺的夫人，我是特來拜見夫人的。

（旦）只我便是黃家小姐。

（丑）這等，聽蕉磕頭。

（旦）不消得。我且問你，你從京師來，老爺可有書麼？

（丑）小人為官事在雒陽，不曾到京師。

（旦）難道不曉得老爺的消息？

（丑）

【醉宜春】【醉太平】來時知他殿試，正遊街跨馬，面白無髭。（旦）聞得他在京另娶一個夫人了。（丑）只怕沒有這事。（背介）少年狀元，那個沒有兩三房夫人？畢竟招贅是實的了。（轉介）多應推三阻四，或者是勉強為之。（旦）有這等事？薄情郎，好不傒落人也！喬廝，他一甌飯插兩張匙。【宜春令】背槽病全無行止。你幾時到京師去?(丑)如今就去了。若有書信,小人帶去。**恰好捎書傳信,伏惟尊示。**

(旦)你在那壁廂坐一坐,待我寫起書來。

(丑)曉得,我且向攝山寺裏走走去。信步遊山寺,題名過粉牆。(下介)

(旦作書,停筆介)咳!他舊時見我的影兒,如今消瘦了,只怕連影兒也不認得了。

【瑣窗繡】【瑣窗寒】你害得人怨粉愁脂,不比當年鏡裏時。轉關兒那個接上連枝,真真假假,影疑形似,認儂家夢魂來至。徐郎,你也該辨一辨兒。【繡衣郎】做新郎,忒施為造次;漫端詳,早迷魂失思。我想你中了狀元,跨馬遊街,好得意也!

【大節高】【大勝樂】黃金帶穩稱腰肢,插宮花,承聖旨,輕裘寶馬遊槐市。【節節高】烏紗翅,白玉卮,君王賜。長安千里泥金紙,關山西望心如刺。兩下盟言記來真,今番為伊淒涼死。

(老旦)書已寫完,怎麼不見那寄書人來?

(丑上)逢僧忘話久,停馬厭書遲。這一會兒,小姐的書想寫完了。

(老旦出見介)管家等久了。

(丑)這是當得的。書完了麼?

(老旦)

【東甌蓮】【東甌令】書封就,淚痕滋。(作拔釵介)拔取金釵充路資。(丑)這個小人怎敢受?(收介)(老旦)見你家老爺呵,教他莫把虧心使,照顧你窮妻子。(旦)你對老爺說,饒他官職苦難辭,【金蓮子】悄地裏一封書,小車兒迎我到京師。

(丑)小人就去了。(下)

(旦)這寄書一事,在爹爹面前,母親且不要說起。

【尾】女孩家傳心事,怕爹行知道賴老娘慈。也無過形影相知一首詩。

　　　　春來山路見蘼蕪,君在蕭關妾在吳。
　　　　小疊紅箋書恨字,殷勤為我報狂夫。

第三十九齣　使　訪

（生、貼上）
（生）紫蓋鳴笳出汴橋，雒陽才子玉驄驕。
（貼）歸家待拂同心鏡，拭翠添香有舊桃。
（生）我為追尋小姐，感蒙聖上，准我給假還鄉。出得京來，已到揚州地面，不知小姐病體如何，那姻緣成就，只怕還在天上哩！
（貼）這也不消愁得。只是我家老將軍，天性執拗，還該先修一封書去纔好。
（生）我家人雖多，沒有梯己出力的。只有舊僕聽蕉，又為事在雒陽，不見到來。左右的，快些趲行渡江去。
【仙呂過曲·望吾鄉】錦帶吳鉤，青絲絡馬頭，旌旗路轉河橋柳。故鄉山色江南近，歸去清明候。停鞭望，人在否？燕子東風瘦。
（雜）稟爺，已到江口了。應該秣陵縣馬船迎接，還不見來。
（生）我們自僱只船去罷，那裏等得他？
（丑上）
【鐵騎兒】過瓜州，向揚州，相逢恰毂，前站到江頭。我到京裏去，打聽得老爺奉差出京，將次到了。遠遠一簇人馬，莫不就是老爺麼？（作撞見介）呀！果然是老爺。老爺在上，小人叩頭。忙前叩首，家信一封投。（取書上介）
（生）我那裏有甚麼家信？聽蕉，你在雒陽，幾時出來的？怎麼不到京來？
（丑作淚介）小的吃盡苦楚，如今老爺有了這個日子，舊事也不消說了。那晉唐小楷，獨孤榮聞老爺的喜信，特地送上。小的因到家裏走走，老爺幾時定一位夫人在南京，教我捎這個信來。
（生）可就是黃將軍家裏麼？
（丑）正是。
（生）你見過小姐麼？

（丑）怎麼不見？

（生顧貼介）想是没有病了。

（丑）病是没有了。只是那小姐看見登科記，曉得老爺另娶了一位新夫人，氣得了不得。（作背語介）我倒看不出了。這是黃家爂烟，這丫頭怎麼與老爺做一處？

（生）聽蕉，你後面吃飯去。

（雜諢介）

（丑）漫着新屯絹，先除舊快鞋。（下）

（生看書介）"【詞寄西江月】聞道盧郎得意，長安重醉金釵。粧臺玉鏡久塵埋，一片清光不改。　　好夢等閒拋撒，閒愁没處安排。休教蕩子不歸來，有個人兒活在。"咳！小姐，你那曉得我心事來！

【桂枝香】他書成纖手，脩眉長皺，道俺紅粉樓中，另折取花枝春透。（指貼介）又誰知是你、誰知是你，相看依舊。咳，我徐次樂呵！費人僝僽爲風流。正是雁足書難寄，歸來恨始休。

（貼）小姐，

【前腔】你幽歡迤逗，無人窮究，好似澹月朦朧，虧殺我梅香洩漏。（指生介）到如今就裏、如今就裏，纔能成就。漫松羅扣試溫柔，小姐，只怕你好夢駕鴦暖，芳心荳蔻愁。

（生）今晚且在前面館驛中安歇，明早趕進城，見丈人、丈母和夫人便了。

　　　　鸞鏡佳人舊會稀，相如擁傳有光輝。
　　　　馬頭漸入揚州路，終日思歸今日歸。

第四十齣　真　　婚

（外、老旦、院子隨上）

【大石引子·東風第一枝】（外）玳瑁簾深，沉香火煖，揭天絲管聲傳。門停油壁香車，銀塘翠氣生烟。（老旦）宫眉初畫，蓮步懶少女芳妍。喜狀元紗帽籠頭，少年裘馬翩翩。

（外）那裏曉得十八年前李皇爺的說話，今日都應驗起來。原來我家失去的寶鏡，倒是徐狀元買得了，就在這鏡子裏照出展兒的影子；那狀元打換與我家的玉杯，展兒又在裏面照出徐狀元的影子。這段姻緣，奇奇怪怪，都係耿先生撮弄。昨日徐狀元到門，把子婿帖兒來拜我，夫人方纔把前前後後的事，一一說明。今晨黃道吉日，備下慶喜筵席，與他們成親。

（老旦）女孩兒招個狀元女婿，也不枉姑娘一片苦心。恰好孅烟也在狀元身邊，更為可喜。

（外）小廝，若是狀元爺、二夫人到，先請後堂坐了，待結過花燭，才請相見。

（丑）曉得。

（副淨扮掌禮人，照常請介）

（生上）

【燭影搖紅】臨水夭桃，畫圖曾識春風面。繡簾疎處見，分明人立烟絲軟。（旦上）羞把腰肢背轉，記舊日橫波瞥見，夢中繾綣，別後生疎，今番腼腆。

（副淨照常贊禮介）

（外）請二夫人相見。

（貼上）舊伴推桃葉，新恩寵柳枝。老爺、夫人、小姐請上，容妾身拜見。

（外）你替主遠行，義同吾女，現為副室，不比往常，行個常禮罷。

（貼）定然要拜的。

（外）既然要拜，我兩個老人家受了，小姐該另拜還兩禮。（作拜外、老旦介）

（貼）巧配菱花，喜高堂椿萱有託。

（外、老旦）同斟玉盞，與小姐姊妹相稱。

（拜旦介）孅烟舊居侍婢，媿非絡秀之才。

（旦）奴家免入深宮，咸荷採蘋之力。（送酒作樂介）

（生）

【念奴嬌序】珠簾半捲，正風柔夜暖，萬條銀燭花前。龜甲屏開聞笑語，人在笙歌庭院。（貼）前日玉杯，奉與狀元、小姐做合卺杯。（生接介）低勸，琥珀漿濃，琉璃盌滿，膩香紅玉醉嬋娟。（合）須記取吹簫伴侶，今夕何年。

（旦）

【前腔】〔換頭〕鶯囀，春風上苑，探花人衣惹天香，翠袖籠鞭。玉鏡粧臺梳洗早，拈取同心花鈿。（生）宜官寶鏡在這裏，正好做同心鏡。（旦接介）重見，粉疎狂，窺香俊雅，一人女婿萬人憐。（合前）

（生）晉唐小楷送還岳父，做個訂婚帖。

（外接介）

【前腔】〔換頭〕如願，我是戟掩朱門，書藏黃絹，左家嬌女付遺編。遇貴婿，繡幕牽絲一線。佳讌，蘭麝香中，綺羅叢裏，白頭人醉插花筵。（合前）

（貼）欽賜的燒槽琵琶送上小姐，彈隻《鳳求凰》。

（旦接介）

（貼）

【前腔】〔換頭〕嬌倩，我待小婦鳴箏，紅兒度曲，春鶯嬌語十三弦。聽玉漏，數點丁冬銀箭。人倦，駐拍停歌，添香惜夜，手捼裙帶卸頭眠。（合前）

（副淨）請狀元爺、夫人入洞房。

（外）鋪設在閣上，使女們掌燈。

（生）原來就是宜官閣。

【賽觀音】綠楊絲，桃花片，那一帶池臺宛然。望咫尺明河非遠，還是咱舊日亭園。

（旦）

【前腔】攏犀簪，鬆金釧，悄地把花枝自言。盡薄夢幽懽還淺，記海棠着雨應鮮。

（作送入房，外、老旦、貼轉介）

（外）人家招得這個女婿，好喜也！

【人月圓】(外、老旦)聽鳳曲聲向雕闌轉,捲上珠簾教人看。銀釭側映紅鶯扇,恰可意風流人中選。思十載、西宮裏舊話,天配良緣。

(老旦)爤烟姐,你的房另鋪在西邊,我送你去睡罷。

(貼)老夫人請自安置。

(外、老旦)石城看畫錦,戚裏羨乘龍。(下)

(貼歎介)你看宜官閣上,他兩個美甘甘好睡也。

【前腔】回繡幕羞把衾窩展,十二闌干閒敲遍,愁濃酒惱難消遣。聽曳雪牽雲人宛轉,吹畫燭,空留得月影,花外團圓。沒奈何,也只得睡了。

　　　　嬌歌急管雜青絲,大婦同行小婦隨。
　　　　千日廢臺還掛鏡,玉珂瓊佩響參差。

第四十一齣　仙　　祠

(生、旦上)

(生)紫府仙人帶笑看,碧桃花底共驂鸞。

(旦)羞言巫峽行雲夢,愛事麻姑起玉壇。官人,今日是三月三了,怎麼不到李皇廟去?

(生)人夫俱齊了。你爹娘同去麼?

(旦)老人家不肯出門,帶你第二位夫人去走走。

(生笑介)憑夫人主意。

(貼上)雲歸二女廟,花發小姑祠。小姐出去燒香麼?

(旦)你也同去。

(貼)多謝小姐。

(雜)請老爺、夫人上轎。(同唱)

【仙呂過曲‧蠟梅花】秦淮好景是三月三,燒香轎子山亭擔。轉過了千佛巖,松杉路暗,渾金大字古伽藍。

(雜)這裏是攝山寺了。

(生)我想那年在雒陽買鏡,也是三月三日。西京風俗,在李皇廟中做市。偏我秣陵縣這般冷落,舖子也不見一個。

（僧上）無人賽豚酒,有客費茶湯。住持接老爺。

（雜）起去。

（僧）轉過西廊,就是仙祠了。

（旦）官人,那廟兒造來,却是整齊。

（生）夫人,這是客卿將我兩人仙婚奇事奏知皇上,奉旨造的。進祠的日子,因蔡兄一處行禮,不便帶你同來。

（僧）禀爺,裏面用點心。監院傳齋皷,沙彌待客茶。

（同下）

（外上）白頭供奉老何哉,擬向山中住一庵。惆悵茂陵烟樹遠,長歌三闋望江南。自家曹善才,從汴梁回來,眼見興亡盛衰,添出許多感慨,思量棄家入道,因此改換裝束,做個清閒道人。且往城外,看有甚僻靜寺院住一住。信步行來,已到攝山寺,門首怎麼有許多人夫轎馬?借問大哥,那一位爺在裏面?

（雜）是狀元徐爺。

（外）徐狀元,可是黃老將軍女婿麼?

（雜）正是。

（外背介）前日真公子在汴梁吵閙的,就是此人了。聞他與黃家結親,是李皇爺陰中撮合,有許多奇怪的事,這廟宇也是他蓋造起來的。（轉介）大哥,我也要進去燒一炷香。

（雜）你這道人不曉事。我家奶奶也在裏面,怎麼容你進去?

（外）我雖是個道人,也曾做過官,伏侍李皇爺的。你去禀老爺,説仙音院裏曹善才,要進來燒香,憑他肯不肯罷了。

（雜）他説大話兒,只得去禀一禀。

（生、旦、貼上）山似詩中畫,人從鏡裏遊。

（雜）禀爺,有個道人,説甚麼仙音院裏曹善才,要進來燒香。

（生）快請進來。他是老人家,你兩人不消廻避罷。

（外進見,揖介）狀元、夫人,貧道稽首了。

（生）老丈想從京中回來?

（外）正是。前日在京中,因聽得琵琶,多了一句口,不曉得真公子吵鬧起來。如今狀元掙了一世前程，李皇爺立了千秋香火，舊事不須提起了。

（生）這都是李皇要成就婚姻，仙機播弄，連真琦我也不怪他，何況老丈！只是老丈伏侍李皇最久，今日是他生日，把前情舊事與俺細說一番，却不是好。

（外）這也不難。只是貧道好彈的是琵琶，不知燒槽琵琶可在這裏麽？

（生）正帶得在此，快取來與曹老爹彈與我們聽。

（同坐介）

（外）這攝山寺是皇爺常臨幸的。

（生）就把臨幸的事體講一講。

（外）

【北商調·集賢賓】走來到寺門前，記得起初敕造，只見赭黃羅帕御床高。那壁廂擺列着官員輿皂，這壁廂鋪設的法鼓鐘鐃。半空中一片彤雲，簇捧着香烟縹緲。如今呵，新朝改換了舊朝，把御牌額盡除年號。只留得江聲圍古寺，塔影掛寒潮。

（生）我家先學士，老丈可嘗會麼？

（外）你家學士，皇爺一刻也少不得的。還記得那日在朝門外呵，

【逍遙樂】中官宣召，御苑花開，兩宮駕到。催喚詞曹，飽蘸霜毫，待應制詩成賜錦袍，好一個君臣同樂。（生）還有何人在那裏？（外）無過是龜年吹笛，賀老搊箏，一部《簫韶》。

（旦）善才公，我家保儀姑娘，你可曾見麼？

（外）俺帶了穿宮牌子，常時承值的。記得他在西宮呵，

【掛金索】曉拂蠻箋，滿寫明光詔；夜炙銀笙，側按梁州調。髻貼金蟬，花發宮娥報；口泛瓊漿，醉博君王笑。

（生）你只見他好的時節，不知他葬在雒陽，與劉銀墓道相近，終日提兵相殺，做鬼也不得安靜哩！

（外）

【金菊花】俺只道石頭城守得不堅牢，原來這北邙山又被兵來

吵鬧。老劉，你好不癡也！只看如今的世界，四海江山都姓趙，鬭甚英豪，嚇着鬼做黃巢。

（生）我在雒陽城外遇見李皇，招做女婿，把劉銀一殺就殺退了。

（外）如此恰好，只是這差使原該是黃兼公的。

【醋葫蘆】我只道黃忠老將叨，原來把徐卿女婿詔。將敗殘軍殺過杜鵑橋，報來的捷書少不得學士草，做功勞也添些親家榮耀。只難為了舊元戎，冷落老班超。狀元，我聞得你在影兒裏結果姻緣，可是有的麼？

（生指旦介）他的寶鏡在我處，照見他的影；我的玉杯在他處，照見我的影。這都是耿先生做媒，變幻出來的。

（外）這耿先生在官中從來古怪的。若不是他，這鏡子、玉杯怎麼有起影來？

【么篇】你待要瞧時何處瞧，待要描時怎地描？便兩樁兒湊合也不成交。撞着個媒人弄來手段好，迤逗得新人與書生廝照，驀地裏阮郎歸瞥見了念奴嬌。我想玉杯是狀元的，寶鏡是夫人的，琵琶還該捨在皇爺廟裏，做個唐家故事。

（生）這也極好，只是無人收管。

（外）貧道不去別處去了，就在這廟裏出家，常把琵琶彈一曲供養皇爺，也不失我舊伶人的意思。

（生）老丈既肯在此出家，就把琵琶相送便了。

（外謝介）

【梧葉兒】俺將那烏棲曲改做求鳳操，比似你做夫妻恰配上鸞膠。長則是將他斜抱，同着他睡覺，緊緊的守在僧寮。也不枉伏侍他一場，可不道馬也有垂韁之報。

（內作細樂介）

（生）那裏一片仙樂？（立起看介）

（貼）夫人，却像雲頭裏響。

（小生、小旦、老旦道服上）

（小生）酒傾玄露醉霞觴，侍從皆騎白鳳凰。

（老旦）無限萬年年少女，
（小旦）手挼裘帶問昭王。
（小生）這裏是攝山寺了。聽得有琵琶聲音。呀！原來徐郎夫婦在我廟裏。
（生、外）呀！是李皇爺。
（旦）呀！是保儀姑娘與耿先生。（作跪接介）臣徐適見駕。
（小生）徐郎，你夫婦完聚，好懽喜也！
（生）皆係陛下、娘娘所賜。
（小旦）展兒，你前日汴梁失散，我心中甚是牽掛。
（旦）若不是耿先生中途救護，孩兒怎能勾再見姑娘。
（老旦指貼介）這就是孅烟。
（貼再叩頭介）
（外跪介）萬歲爺，可認得老臣麼？
（小生）你是仙音院裏曹善才。記得十八年前，也就是三月三，（指生介）你父親為我的聖節，進一首詞，叫做《萬年懽》，善才將琵琶度曲，保儀把于闐玉杯送酒稱賀，難道我就忘了？
（外哭介）微臣適纔彈燒槽琵琶，正訴出皇爺往日的事體。
（小生）嗄！方纔彈的就是燒槽琵琶？我久不曾聽得你彈了，再與我彈一曲，把我去後的光景説一遍。
（外）領旨。
（小生）我那澄心堂呢？（外）

【後庭花】澄心堂堆馬草。（小生）凝華宮呢？（外）凝華宮長亂蒿。（小生）御花園許多樹木呢？（外）樹木呵，砍折了當柴燒。（小生）那書籍是我最愛的。（外）書呵，拆散了無人裱。虧了個女婿粧喬，狀元波俏，纔掙這搭兒香火廟。善才也做廟裏道人了。（小生）這也難為你。（外）三山捲怒濤，烏鴉打樹梢，城空怨鬼號。怕的君王愁坐着，則把俺琵琶彈到曉。

（小生）世間光景，自然是這樣的。如今證了仙果，也不放在念頭上了。徐郎，我今日赴西王母蟠桃宴，暫到這裏，如今就要起程了。

（生）臣夫婦感陛下、娘娘厚恩，留得片時瞻仰，也是好的。
（旦）就是爹爹、母親，也不曾與姑娘一見。
（小旦）我也待不得了。
（外）仙凡路隔，諒難挽留，待我再彈一曲送皇爺罷。

【青哥兒】他自有夫妻、夫妻的才料，你自有仙人、仙人的玄妙。須信道富貴功名有下梢。人世疲勞，付與兒曹。草笠團瓢，散誕逍遙，芒履絲絛，野簌山肴。（小生）徐郎珍重，我們去也！他年蕭史如相訪，須覓餘杭阿母家。（同小旦、老旦下）（外）只聽得玉笛聲聲雲外飄，漁家傲。

（旦）姑爺、姑娘都去了，我們也進城罷。
（生）老丈，你果然住在此出家了？
（外）我今日見了舊主人，只恨凡夫俗骨，跟不得上天去，難道這廟兒還守不得麼？

【高過浪裏來】俺比不得蓬萊三島，仙部雲璈，則常是背檀槽手把松花掃。狀元放心，有貧道在這裏呵，憑着你兩個簺去做官僚，玉帶金貂，紫綬緋袍，皓齒纖腰，翠袖珠翹，鏡點櫻桃，杯泛葡萄，好一對形影的夫妻直到老。

（生）就此告別了。只因紅粉佳人累，卻讓青山道士閒。請了。
（生、旦、貼下）
（外大笑介）

【隨調煞】則我看世上姻緣，無過是影兒般照。一任你金屋好藏嬌，受用殺笙歌珠翠繞，脫不得這風流底稿。怎及那仙人鶴背自吹簫。

　　　　　　門前不改舊山河，惆悵興亡繫綺羅。
　　　　　　百歲婚姻天上合，宮槐搖落夕陽多。
詩曰：
　　　　　　詞客哀吟石子岡，鷓鴣清怨月如霜。
　　　　　　西宮舊事餘殘夢，南內新辭總斷腸。
　　　　　　漫濕青衫陪白傅，好吹玉笛問寧王。
　　　　　　重翻天寶梨園曲，減字偷聲柳七郎。

魚籃記

(傳奇)

清·范希哲

【作者簡介】范希哲,生卒年不詳。杭州人。活動於明末清初。由今存《八種傳奇》中《萬全記》、《十錯記》、《補天記》、《四元記》、《雙錘記》、《魚籃記》等作者題名來看,他可能曾自號過"四願居士"、"西湖素岷主人"、"小齋主人"、"燕客退拙子"、"看松主人"、"魚籃道人"、"不可解人"、"秋堂和尚"等。當時書賈以李漁極富盛名,刊刻范氏劇本時假託李漁閱定,藉以射利。《今樂考證》著錄《偷甲記》、《魚籃記》、《雙錘記》、《萬全記》、《十錯記》、《四元記》六種,俱題"四願居士"撰,並謂:"或云係范希哲作。或又以《萬全》一種為范氏作。近得五種合刻本,署曰四願居士。笠翁無此號,殆為希哲無疑耶?然讀其詞,則斷非笠翁手筆也。"《曲考》謂《十錯記》為"合肥龔司寇門客作",則范氏亦可能做過龔鼎孳門客。

【劇情概要】《魚籃記》一名《雙錯爹》,本於清西泠狂者《載花船》小說卷三。劇寫唐朝雲間人于楚,字粲生,文才傑出。見武則天無道,乃放情詩酒,與朋輩遊俠。是時,張宗昌、張易之、武三思輩,依恃則天,驕奢淫逸,恣意妄為。出身於名家之宮人尹若蘭,美而有才,武后以封章委之總管天下兵馬錢糧鹽鐵屯漕水利等事。又使偽作內官裝束,賜名尹進賢,出京搜求壯實男子,以為內寵。兼訪隱逸遺賢,頒給敕命,委任官職。中州秦氏婉娘,其父母誤聽媒妁,錯配年逾七十之人鄔隗。鄰生聞人傑,少年才士,偶見婉娘,兩人目交心許。鄰有惡少,對婉娘常懷邪念,不遂,便偽造婉娘書,招人傑至鄔家,而糾眾捉奸。適尹若蘭巡歷至此,拘眾至驛親審,憐兩人才貌,遂以婉娘斷與人傑,捐俸銀給鄔老以補償聘禮之費。初,若蘭改名作內官出使,武三思訪得情實,心悅其貌。又與張宗昌、來俊臣密謀,欲害狄仁傑、張柬之等。若蘭至建康,適于楚亦遊於此,寓居魚籃庵,與僧不塵題詩勝處,為若蘭所見,遂邀于楚入幕。兩人言語投機,相見恨晚,后若蘭言明女兒身份,與于楚訂盟於觀音大士之前。時武后下書,切責若蘭玩忽職守,若蘭乾脆與于楚遁跡,作五湖之遊。湖中大盜甄儀道,有眾數千,獲于、尹二人,然待之以儒生之禮。適吳縣令聞人傑,遣人至湖招撫,于、尹見人傑,遂說儀道歸降。若蘭復作書,薦儀道與狄仁傑,後得立功邊地,官至節度使。在奸人加緊篡位之時，張束之發動兵諫，逼使則天遜位於太子。新帝為中宗。張宗昌、張易之受誅，然武三思因受皇后保護而漏網。新主即位後，聞人傑為諫議大夫，薦于楚於朝，于楚與若蘭亦上疏自白。帝召于楚入京，擬授以官職。於是，于楚與若蘭夫婦整裝入京。武三思假旨收若蘭，並迫若蘭從己。若蘭自殺時，被亦攜陷在第的命婦駱仁恕之妻詹氏救之。若兰見來俊臣所獻三思扇，上面書稱武三思为帝。若蘭便作書封扇，遣人致狄仁傑，據以發三思之奸。而聞人傑等亦交章劾三思。中宗乃誅三思，而以若蘭歸于楚，送詹氏還籍，且欲授于楚官，于楚上章辭之。時武太后復為尼，召于楚與若蘭，面詢其經歷，設宴賜爵，以榮其歸。劇以于楚寓居魚籃庵，與尹若蘭相遇，又定姻盟於觀音大士之前，故名《魚籃記》。清張瀾《萬花臺》傳奇亦譜此事，現存刻本。

【版本流传】現存：一、清康熙間刻《繡刻傳奇八種》所收本，北京大學圖書館等藏，《古本戲曲叢刊五集》據之影印，題《魚籃記》，注云："一名《雙錯笆》"；二、清初刻《傳奇十一種》所收本，北京圖書館等藏；三、清金陵書肆刻《笠翁傳奇五種》所收本，北京圖書館等藏，凡二卷三十六齣。本书以清康熙間刻《繡刻傳奇八種》所收本為底本，以《李漁全集·笠翁閱定傳奇八種》為校本，其字詞不一致處，擇善而從。其缺漏處，因原本污損，無法辨認，難以補全。

【演出情況】現存資料中，未見有關該劇演出的記載。

(趙曉紅)

前　　序

　　魚籃記者，舊有弋陽調所載普門大士收《青魚精》一劇，無論辭旨俚鄙，排套欠工，即觝塊中業已久棄不錄，今特踵其名而名之，另作昆調《魚籃記》一本。不惟述事不同，而辭旨排套，更未及也。呼！取法乎上，僅得乎中，況法下乎？余則曰：不然，取法乎上，必在乎下；取法乎下，同歸於下。或幸冀得其平，是亦蒿中之蔴也。下里巴人，和者數千，我求其和而已矣。況劇中之事，非出杜撰，原有神史名《載花船》者，壽梓災梨行之久矣。史中獨有一段武后選陽之事，事涉不經，文殊可取。可取者何？查《唐書》所載，狄梁公卒於天后之聖曆三年，再參《甲子會紀》，梁公實卒於天后之久視元年六月。夫久視元年，即聖曆三年之改元歲也。其年歲值庚子，後柬之輩舉兵討武氏，誅二張。中宗復立，乃在神龍元年，歲值乙巳之正月，武后亦卒於本年之九月，自庚子至乙巳，首尾共踰六載。每弔古今，無不痛惜梁公先武后而死之為恨，惟此神史演以神龍年，狄公不死，豈非大快人心一樂事乎？何況又多于棃生、尹若蘭、聞人傑夫妻、甄儀道大俠之許多穿鑿，是亦《翻精忠》之倒跌法也，又《青魚精》躍躍之跳動法也。欲不謳也得乎？取法乎上，不可得也；取法乎下，不得已也。惟求笑和而已矣。

魚籃道人自題

第一齣　開　場

　　【水調歌頭】（末）酒酡情入眼，春到柳拖煙，人生有限，一年幾見月中天？說恁憂愁思慮，更有悲歡離合，滄海變桑田。莫為名利苦，一醉即神仙。　　閒調弄，翻舊譜，註新篇。真真假假，何勞着相問先年？不可搜神索怪，也不尋章摘句，只求情理想當然。放歌清興遠，事借《載花船》。

　　【沁園春】尹氏若蘭，風流瀟灑，玉樹瓊枝。在長宮鎖怨，今生已矣。女皇差遣，四遠奔馳，一入建康。于生伉儷，欲向西陵遁幾時。太湖中，雙雙盜劫，無限憂思。　　雄施，人傑為之，要奏奇功位不尸。幸英豪義俠，片言合拍，翻然悔悟，解甲來斯。新主登基，天恩大赦，武賊藏機挾俊姿。傳書扇，羣公摘伏，方斷有情癡。

　　　　　　載花船癡中着想，《魚籃記》想裡傳癡。
　　　　　　神龍年狄公不死，武皇后顛倒為尼。

第二齣　御　朝

　　【黃鐘・南點絳唇】（副淨扮太監，執拂上）禁樹鴉鳴，曙光初動，衣冠楚，環佩聲舒，一派笙歌舉。母后臨軒日未瞳，千官已集五雲中。仗開繡虎分仙掖，樂奏鈞天出漢宮。環珮且從鴛鴦雜，冠裳難勝粉脂雄。莫嫌女帝渾無力，一語東風萬樹紅。咱家大唐司禮監、秉筆太監呂仁是也。我朝自高祖太宗皇帝東征西討，掃滅羣雄，方得海宇昇平，車書一統。不料玉李三傳之後，遂逢金甌欲碎之年。目今天后娘娘，以女主臨軒，竟爾改元易號，又且宮幃不謹，每每穢跡彰聞。那朝中文武，雖忠佞有別，而緘然畧同。我中貴刑餘，空擊節拊髀，實救全少術。可憐今日域中，竟是誰家天下？所喜者，娘娘雖是女流，氣度實同男子。揮筆落墨，御紙風飛；敕誥宣傳，天章雲捲。彤庭初闢，六龍騰黼座之輝；翠幌遙分，午夜下星河之影。是以老臣尚存廊廟，廢帝未見凌彝。想來乾坤再造猶堪卜，因此顰笑相隨且共人。時當曉曙，正是朝期，禁闈已開，爐煙乍起，娘娘冠珮已完，將次臨軒御極矣。呀！前面尹官人來了，不免閃過一邊，聽他講些什麽。各人心上事，咄咄自書空。（虛下）

【前腔】（正旦宮粧執拂上）繡帶翩躚，清風輕剪，春當午錦砌花鋪，我漫拂分花塵。長門自古怨春風，此日春風花自紅。我獨承恩無別事，雙成原住廣寒宮。奴家尹氏，小字若蘭，父親尹旻，楚中時彥，曾任中書舍人之職，因劾時事，致罹慘刑。孱弱莫支，投繯自斃。母親流離歸里，奴家沒入掖庭。每一縈思，恨不速死，只緣癡情萬種，欲圖見母於生前，是以孩性迷留，故暫忘仇於沒世。只為奴家自幼秉性聰明，女紅之外，常親筆墨。百家諸子，略識大端；詞賦聲歌，稍解一二。容貌雖非窈窕，舉止頗自矜憐。情性惟愛幽閒，不與娥眉爭妒。幸喜沒入長門之後，正值女皇臨御之期。花枝無主，未遭風雨摧殘；篇什自娛，此外毫無雜念。這也不在話下。茲當早朝之際，已聞隱隱鳴鞭，司禮公公如何還不見來？呀！那壁廂遮遮掩掩，好像是他。

（副淨笑上）咱家在此多時了，就此拜揖。

（旦）公公萬福！你看笙歌鼎沸，環珮鏗鏘，早已娘娘升殿也。

【前腔】（老旦扮武后，二太監執御仗，二宮女執掌扇仝）（上）葆羽翩翩，御爐香遠，薰風普，女主俞都，奇幻高千古。（坐介）香氣傳空滿，粧華影箔遍。歌聞天仗外，舞出御樓中。日暮歸何處，花間長樂宮。老身武后是也！工顰巧笑，昔充先帝之下陳；祝髮為尼，久作春宮之嬖妾。不意昭陽正位，此念已自無他。豈期先帝上賓，大寶竟膺天眷。君之愛子，行將不利於渺躬；賊子借言，藏禍心於叵測。我之宗盟，罼秉鈞衡於樞密。狂夫倡云，陷吾君於聚麀；是非未詳，今人皆指我為狐媚惑主。議論若定，後世當稱我為堯舜之君。茲當朝會之期，正是昇平之日，徵歌瀝酒，君臣且自歡娛；問鼎卜年，古今自多革命。

（副淨、旦叩頭，嵩呼介）

（副淨）奴婢啓上萬歲，今日百官朝見，應否臨御捲簾？

（老旦）朕既君臨天下，已經易唐為周。安事母后攝政之儀，故作藏頭露尾之態？速速分付捲簾！

（副淨）領旨！

（介）分付捲簾，百官朝見。

（扮二將軍、二黃門上，內吹細樂；二黃門喝興拜五聲，又喝叩頭，又喝山呼，內應"萬歲"三聲訖。）

（副淨）奴婢再啓萬歲，百官朝見已畢，理應分付退班。

（老旦）節屆春陽，昇平無事，正君臣飲酒賦詩之日，豈可虛度良時，不作豪舉？分付大小臣工，俱在端門設宴，止召宗戚大臣武三思、狄仁傑二人，進殿陪侍。

（副淨傳介）

（內衆稱萬歲介）

（丑扮武三思，紫金冠蟒服上）湛露浮堯酒，薰風起舜歌。

（外扮狄仁傑，丞相冠服上）願同堯舜意，所樂在人和。

（合）我等已入朝堂，理當再拜。

（轉身介）

（副淨）二臣陛見！

（二跪介）臣等樗櫟菲材，有虧職守。恩波累沐，無任悚惶。

（老旦）卿等皆元勳國老，武戚周親，朕久目為萬里長城，何必詞多自遜，各賜平身，還須列坐。

（二）臣等侍立綺筵，已享不世之遇，安敢肆坐殿庭，有傷國體。

（老旦）君臣歡聚，前代常行。畧去朝儀，不勞過却。

（二）臣等謹遵敕旨！願吾皇萬歲萬萬歲！

（各坐介）

（副淨分付陳列御筵介）

（其筵用三桌，老旦前一桌，二臣每一臣一桌，內監擡上，擺於衆前。一內監執壺，一內監把盞介）

（副淨）二臣持觴上壽！

（丑送酒，外隨介）

【正宮・玉芙蓉】（合）祥開萬歲圖，曲奏蕭韶譜。太平時，君臣且同歌舞。媧皇久擅把堯天補，聖母今承赤水符。（合）人民附，看巍巍氣度;文和武,都俞吁咈運謀謨。

(二臣出席,又送酒,揖介)

【前腔】(合)車書萬國敷,六合金湯固,勝男兒,萬機止消樽俎,千官振肅欽堯舜,四海風清靖鼠狐。(合前)

(丑外跪介)臣等仰沃醇醪,已足酩酊。若再過觴,恐失儀範,伏乞聖慈。

(老)卿等既已力不勝杯,朕難再強。呂仁,分付撤了筵席罷。朕就此還宮也。

(內云衆臣謝恩介)

(二臣打躬介)

(老旦將下介)

(副淨)端門外衆官謝恩!

(老)免了。

(內衆又呼萬歲介)

(老)既喜光華旦,還傷遲暮年。(下)

(丑)聖上恩德如天,我輩勉圖報效纔是。

(外)正是。

【集唐】

(外)聯步趨丹陛,金樽對綺筵。

(丑)小臣持獻壽,常願奉金仙。

第三齣 遊 郊

【南呂·懶畫眉】(生巾服,狂態上)豐神楚楚正芳年,滿腹文章可問天。誰知天翻地覆最勘憐,我只得隨時混俗將機變,笑傲他鄉一醉眠。【如夢令】誰伴明窗獨坐,和我影兒兩個。燈盡欲眠時,影也把人拋躲,無那無那,好個恓惶的我。小生姓于名楚,字粲生,雲間人氏,乃秘書少監于南子也。生來穎異,敏慧絶倫,年方總角,遂窺二酉於胸中;今已弱齡,直掃千軍於指下。那些縉紳先達,謬視小生為淵博宏才,屢欲列疏薦舉。我于楚自擬錦標在手,何勞借譽他人？那曉得邇來怪霧迷天，竟使風雲變色。自從武氏秉政之日，早是嚴慈遐棄之秋。先君四海空囊，小子一身落魄。近參時事，遠觸深愁。（恨介）最可恨者，武三思、張昌宗等，往來禁地，而人若不知。（笑介）尤可笑者，狄仁傑、張柬之輩，山斗時欽而自甘污漫。咳！設使我于楚一人入網羅，難道也由人笑罵不成？因此炊琴煮鶴，擱筆焚書，忘情故鄉，遨遊名勝，以山水為鄰，借牢騷抒憤。而今來此建康，且暫少為歇足。此間景物，盡可怡情。目下風光，頗堪入選。只是小生僻性太深，狂因極重，既不肯就功名之路，復無心於姻婭之求。這也是儆時惕勢而然，並非為矯情欺妄而作。即如先帝為萬民國主，猶聞牝雞肆毒於深宮。我于楚不過是一介寒儒，安保不吼獅咆哮於閭巷？寧違聖訓，甘冒不孝之名。（笑介）別作情癡，哪有鍾情之路。（大笑介）雖玷道學門頭，却是風流本色。今日天氣融合，抑鬱難解，欲為破寂之計，遙尋結伴之遊。特到郊原，去訪此間幾個小友，彭若齡、伍顏子、效彌犟、通不鄧輩，尋山問水，浮白呼盧，痛飲一番，多少是好。

【前腔】（生）你看春山雲洗景鮮妍，紫綠氤氳二月天。春風拂面舞花前，花飛不管春風怨。我緩步郊原且覓緣。來此已是通不鄧門首了，如何閉門在此？不免向鄰家一問。（向內問介）大哥，動問一聲，此間通舍人往那裡去了？

（內）不知道。

（生笑介）一尋就是一個不在，不免再往一家。

【前腔】一番題鳳少留連，你何處閒遊竟不旋？令人惆悵且俄延。又到伍顏子門首了，且喜門已半開在此，不免竟入。呀！如何空堂寂寂，悄無一人？（內）此係人家內室，閒人不可進來。（生）我是尋伍兄的，可在麼？（內）拙夫不在家裡。（生）何處去了？（內）與通不鄧阿叔，鑄錢去了。（生）錢怎麼自鑄起來？（內）我家的錢，不鑄如何得有？請問相公上姓。（生）小生于楚。（內）呀！原來就是于相公，于相公請坐告茶。（生）不勞罷。（淨扮醜婦持扇掩面上）（生）看他深閨肯露芙蓉面，只為夫子多情勉向前。

（淨收扇介）相公萬福。

（生介）呀，好醜人也！

（介）娘子拜揖。伍兄又不在家，何勞娘子出見。

（淨）丈夫不在，妻子款人，正是我家本等之事，如何説箇"勞"字起來？

（生）本欲相約伍兄郊外一遊，今既不在，不勞賜茶。小生就此告別了。

（生出介，淨扯介）説那裡話，拙夫尚蒙青盼，奴家敢不祇承。請入內房，慢談心曲。

（生介）這豈有此理，娘子請尊重些。（揖介）

【前腔】（生）我潘車何事敢停輈？又不是月下相逢擲果羞。（淨扯，生推介）（生）勸伊牢把念頭拴。（又揖介）休悮我尋山問水工夫遠，再拜尊前乞鑒原。

（生往外走）

（淨怒介）我好意相留，你反萬千做作。請問你無故入人家，非奸即盜，我叫破地方，送你到官，看你如何強辯。

（生）我來尋你丈夫，你自招我。

（淨介）四鄰八舍呵，有人強奸。

（生掩淨口，跪介）娘子息怒，乞恕小生唐突之罪。

（淨笑，手鬆，生走下）

（淨作追不及介）你看這獸子好跑。啐！你見我倒不愛，倒愛我的丈夫。這小子果然生的好，我那忘八，每日與他同行同走，只説他弄你，我今日看將起來，竟像你弄他了。（做狂態介）一場掃興，虛火大發，如何是好？事極無他法，忙尋角老先。（下）

（生急上）鬼來了，鬼來了！（呆介）我、我于楚今朝，如何青天白日，見起鬼來？（大啐介）阿呀！啐，是我不是。我與他不過如閒花野草，向街頭巷腦，作鏡水相看，以遣悶懷耳，如何登堂入室？要認真締交起來，從今以後，此念只索休矣。呀，前面來的，分明是彭若齡、效彌犖兩箇，須索躲在一旁，聽他講些什麼。正是：欲探語言癡未斷，暫藏形影假窺真。（介下）

【水底魚】（丑上）這苦難言，鬍鬚鐵樣堅。今朝拔去，明日又依然，明日又依然。

【前腔】（副淨上）趕後催前，一年老一年。後庭主顧，若箇肯來纏，若個肯來纏？

（揖介）

（丑）可憐日月如梭去，

（副）不覺秋霜入鬢來。

（丑）老效，我和你也須急防身後。

（副）老彭，速速營謀合壽材。

（丑）小子彭若齡。

（副）小子效彌犟。建康城中，兩箇有名的前背小官便是。

（丑）老效，小官便是小官，如何叫做前背小官？

（副）背在人前謂之前，謂之前背。鞠躬受教，謂之小官。

（丑）自己卑污，殊失體面。

（副）別人摹擬，未必入神。

（丑）休得取笑，連日如何不見于獸子？

（副）彭兄，你如何念念再不忘他？

（丑）既是相知，自然牽掛。

（副）你如何這等假道學起來？若是小弟，當面假作春風，轉背竟同流水。

（丑）啐！你也是忒老實了些，此等話可是說得的？倘或隔牆有耳，定講我們轉面無情了。（副）小弟後輩無知，終不比阿哥老到，承教承教。

（丑）效兄，我這建康城內，有名頭的小官，也不多得。除我彭若齡，就要數你效彌犟了。（副）看來通不鄧、伍顏子，也不相上下。

（丑笑介）是嘎是嘎，除我四人之外，也就再無人了。喂，老效，如今女主當朝，男風正熾，只可惜我們年事日高，鬍鬚難拔，還須趁此餘燼之灰，作何生發，賺得一主大財，方好支持暮景。倘再蹉跎歲月，怎當荏苒光陰？

（副）老兄還不知道，通不鄧的兒子，今年一十八歲了，豈非接腳有人？那伍顏子娶了渾家，說來半三不四，也好改弦易轍。獨我二人,一身孤獨,老大空悲,身後之謀,正該思慮。從此已後,你我務要一心,諸事百般幫襯,不怕謀事不成哩!

(丑)有理有理,今朝沒興之極,和你去尋箇大老官,騙些酒食吃吃也是好的。

(副)不差不差,請,請。(介)

【貓兒墜】(合)和你同心合意,同病共相憐,到處慇勤把線牽。算來不是好姻緣,盡歪纏,趁此芳年,早騙銀錢。

(丑)正是頻年挨歲月,

(副)老去自傷悲。(同下)

(生上)要知心腹事,但聽口中言。你看他二人說話,竟與伍顏子無恥之流一般,我于粲生好命苦也!夫妻念絕,少艾情乖。難道真正此生,竟無得意之場了?且住,我適纔在伍家,雖然決裂而走,還怕他有含沙射影之謀。舊的下處,不過是破枕殘衾,何妨棄却?竟往他鄉曠野,覓一僧舍盤桓,有何不可?

(探袖介)幸得囊有餘資,可堪數朝花酒;閒寫青山幾幅,自足笑傲天涯矣。(大笑介)

【前腔】(生)滿腔豪興,適意醉林泉。忽見山魈無計全,幸得袄神少息炒熖中煙。蒼天,我乘隙如飛,這怕驚怎言?

【集唐】
　　　　客路青山外,秋風旅雁歸。
　　　　縱橫意不一,千里樹芳菲。

第四齣　操　演

【正宮・普天樂】(淨綠臉紅鬚,衆扮軍卒仝上)太湖中,威聲重;聚英雄,多凶勇;軍容盛,水陸兼通,論權謀可霸江東。呀,笑唐皇一統,雌兒御九重。一樣的衣冠拜舞,拜舞,一樣呼嵩。我面碧鬚眉赤,英風萬丈長。太湖聊寄傲,陣陣藕花香。自家姓甄名儀道,祖籍晉陽人也。幼年結客天涯,遂爾漂流異國,又以仇讐迫挾,逼成盛世猖狂。來此太湖,聚人半萬。我想湖濱出入,不過水面生涯,偏我練就馬步健勇者三千;就是舟楫往來,大畧揚帆破浪,偏我養得伏水強兵有五百。更且機深技捷,糧富師饒,以此抗拒官兵,那怕他九天九淵之奇策？以此霸占湖海,又何有百二十二之名區？只是胸中邪正自分,萬世無頭白之賊。時下成敗可決,他年羞眉赤之稱。為此舉動悠悠,終是於心怏怏。向來滾牌一種,可以制馬。惟我之馬,不怕滾牌;從古水戰之長,屈於弓弩。獨我水戰,偏喜箭臨。猶善火攻,兼明陣法。今日天氣晴和,閒暇無事,中軍！

（雜）有！

（淨）你帶領各將,先把滾牌馬軍操演一番！

（雜領眾下）

（淨坐一臺上,內吹打介）

（四將盔甲,持槍刀、四滾牌短兵上,作牌陣大戰馬上,將在牌軍身上跳舞一回介）

【前腔】（合）滾藤牌如風送,馬奔馳,如山擁。齊來往,上下西東。勢踽躩,好似游龍。（合前）

（淨）中軍,與我將這滾牌馬卒,收入營伍。另將水軍弓手,操習一番。

（眾應下）

（內照前吹打介）

（四水軍如黑鬼狀,四將軍各帶弓箭上,渾走一回。四將放箭,四水軍一堆坐。預置或氈條或布被,將箭二十餘枝,順刺在上。其氈被四人罩在身上,四將虛拽弓弦回繞,四人在被內,將箭頭攢直,使被上之箭根根豎起。四將分開,四角立介）

【前腔】（合）看飛蝗根根中,預藏機,無驚恐,反贏他羽箭叢叢,又何曾一矢加儂？

（四水軍被中踴出,收箭送上介）

（合前）

（淨）中軍,再把水軍收了,分付水陸軍兵,合排陣勢,並施火器。

（眾應下,內照前吹打介）

（眾持旗幟、刀槍上，排陣，內放爆竹，槍頭用煙火或用好燒酒浸濕，點火繞場行介，如白日不必用燒酒）

【前腔】（合）陣雲高，軍聲閧，變無窮，如潮湧，分和合奇正從容。施火器，破浪乘風。（合前）

（淨）好！操演十分精熟，陣勢擺得齊整。頭目各賜銀牌，嘍囉分領酒食，就此還營去罷！

（眾應介）

【餘文】（合）烽煙亂，滿目紅，見逐隊旌旗飄動。那怕他百萬官兵，管都消鯨鱷中。

【集唐】

　　　　　戎馬關山北，風波下洞庭。
　　　　　回看射雕處，天地兩河星。

第五齣　代　敕

【雙調·謁金門】（旦宮粧上）情思淺，笑把花枝自撚。盈階疊砌青苔蘚，界破黃金輦。（丑扮侍女上）幾陣殘紅輕扇，嚦嚦乳鶯嬌囀。（合）果然好箇春風院，閒倚雕闌遍。【浣溪沙】（旦）漠漠輕寒上小樓，曉陰無賴似窮秋。淡煙流水畫屏幽。　　（丑）自在飛花輕似夢，無邊絲雨細如愁，寶簾閒掛小銀鈎。

（旦）奴家尹氏。（指丑介）與這侍妾鶯仙，共處長門，志投膠漆。連日以來，娘娘春倦無聊，暫疎朝政，因此奴家亦免久侍螭頭，畧可安閒舒逸。只是一件，向因奴家工於筆墨，聖上每每鸞馭遙臨，或問封章，或參政事。這幾日諸務皆弛，想必無暇及此了。你看春色依人，蝶翻花影，正好閒玩，以破寂寥。呀，這案兒上是甚麼書？（翻介）哦，原來是《王嬙小傳》，不免展玩片時則箇。

【仙呂入雙·忒忒令】（丑）姐姐，你看春光已入豔陽天，粧點出花酡柳倦，你何苦把殘編零卷，癡癡的鑽戀？這春色計難拴，蝶兒翩，蜂兒戰，都為着春風餍嬿。

【前腔】（旦）鶯仙，我怕春風吹得人意牽，因此上斂春心，把春花輕賤。難道我不識春歸,竟把芳春拋遠。我只恐惹春憐,倦春鈿,成春怨,故故把春風自貶。

【沉醉東風】(丑)姐姐,你話春情其間果然,只可惜這春光去來如箭,也只是性兒偏,不肯將春綣,可不道枉勞鶯燕?(合)春光自嫣,春宮自眠,竟不管他春歸也聽天。

【前腔】(旦)鶯仙,女兒家性情要堅,再不可因春生怨。非是我咒春煙,任階除蔥蒨,好花枝長門春院。(合前)

(丑介)姐姐,你聽依稀鶯馭之聲,繚繞氤氳之氣,敢是聖駕來也?

(旦介)果然是也。鶯仙,與我速整翠鈿,忙衣錦帔,俟候接駕者。

(丑)曉得。

(旦)正是絮語方纔畢,

(丑)天香雲外來。(仝下)

【臘梅花】(老旦便服,兩內相一執黃包袱,一執黃匣仝上)長宮人靜笑春妍,帝子親來別院前。封章滿篋填,時勤顧問,須知條對稱王言。

(旦上,跪迎。老旦坐介)

(旦)臣妾不知主上駕臨,未曾遠接,望乞聖慈。

(老)朕因病起無聊,原欲宣卿到榻前,閒論些朝政。適以三思侄兒,進宮視疾,未免煩瑣了一場。又因懷大師在於內廷,宣揚善果,保護朕躬,是以不好傳卿,親來顧問。

(旦)聖躬康泰,懽慰臣民,臣妾欣瞻,理宜叩賀,願吾皇萬歲萬萬歲。

(老)卿家條對詳明,久愜朕意。今有內外衙門封章一篋,委卿代裁。更有密事一函,敕卿私啓,不日另有成命,欲卿為朕遠行。卿且平身,侍兒看坐。

(旦)主上之前,焉敢就坐?

(老)封章重大,筆劄殷繁,安可草率立判?須體朕念,勿得固辭。

（旦又呼萬歲起坐，雜付本與旦，旦看本介）

（老）這些本章，俱關軍國重務，卿須着意精詳，留心議擬，聽我道來。

【仙呂入雙·園林好】（老旦）持衡處綱領須看得萬全，因革處要遵經變權，更須要猛寬參闡。（合）寧詳慎務精研，寧詳慎務精研。

【前腔】（旦批本介）念微臣星星小年，謝娘娘許多眷憐，這封章何曾經見？（合前）

（旦擬數本送上，跪介）擬就數章，先呈御覽，伏乞聖裁。

【江兒水】（老看介）討論其中意，風生彩筆便，果然擬議俱堪羨。這鈞衡選法當銓轉，持籌國計須輪輾，讞獄許多懲勸。（合）禮樂軍需，一一的周全宏遠。

（老）好！好！所議數事，悉合朕懷，以後竟自批行，不必預先呈覽，卿且平身。（將原本仍發旦批介）

【前腔】（旦）草莽荊釵女，輕將機務專，恐差池，辱國關非淺。還須元老參填典，更宜直指斜訛舛，動止要合符成憲。（合前）

【五供養犯】（老）卿須自勉，軍國相關事，須井然。有奸當摘伏，壅滯早疏源。看你花羞玉顏，有這樣宏才實見。可知經濟手，偏出女釵鈿。【月上海棠】（合）一樣的高髻，君臣笑殺冠冕。

（旦又送本上，跪介）

（老分付平身介）

【前腔】（旦）微臣材謭，恭遇宏慈，自慚顏腆，未曾先擬議，徹敢擅皇宣？學疏才淺，恐愚忱不堪鈞電，或蒙垂雨露，還望免迍邅。（合前）

【玉交枝】（老）絲毫不舛，喜孜孜歡生萬千。封章滿篋非輕鮮，一霎時電飛風剪。朕在衆女官中，特拔於卿，可謂知人之明矣。從此已後啊，頻來顧問席席因前，卿須砥礪加勤勉。（合）女夔龍錫賚自天，女唐虞鍾靈自天。

【前腔】（旦）天恩多眷，使微臣戴恩怎言？不將錯誤加憎貶，一味裡襃辭琰琬。從來受寵更思忿，敢教心志多高遠？（合前）

（旦本完俱送上，跪介）諸本俱完，伏候聖覽。

（老）揮毫立就，足見雄才；事事精明，過於老吏。卿真慧人也！真解人也！

【川撥棹】（老）將疏展，羨卿家才貌婉，搜鋼弊直探窮淵，搜鋼弊直探窮淵，持大體綱常凜然。朕和卿可並肩，朕輸卿一着先。分付宮嬪人等，以後謁見尹卿，俱行貴妃之禮。（衆應介，旦叩謝介）

【前腔】（旦）這等龍章奴敢專？這等天言奴敢傳？竟將奴頃刻登仙！竟將奴頃刻登仙！頓教奴直上九天，敢同君說並肩，又何曾一着先？

【餘文】（合）君臣吁咈由來鮮，又都是芙蓉嬌婉，好教那博帶鬚眉自可憐。

（老）連日塵章，一時洗盡，朕心嘉悅，何暢如之！分付内官，速速傳與該衙門遵行便了。本欲與卿細談秘事，諒卿心力已疲，不好再强，適間御封錦册，卿須留意搜求，朕且回宮去罷。

（旦）一如聖諭，敢不盡心，拜誦之餘，自當條對。

【集唐】

（老）閶闔連雲起，（旦）鳴鸞降紫霄。

（雜）聖朝無闕事，（合）披對滌煩囂。

第六齣　美　憎

【仙呂入雙·普賢歌】（淨扮矮人，白鬚聾子上）少年情性未曾衰，娶得嬌娘好俊才。看他懨懨病染災，時常淚掛腮，教我區區怎放懷？自己喚鄔隗，年紀七十六。煙鋪小生涯，靠天享清福。情性愛風流，先妻名秋菊。琴瑟頗和諧，只是少生育。不幸一朝亡，三年悲獨宿。無子我身單，絕嗣宗枝戚。衣服叫誰縫，夜寒脚自縮。雖然殘暮年，志氣還不伏。央媒娶後妻，秦家女如玉。年過破瓜期，父母苦耕讀。高來低不成，緣到姻親速。媒人利嘴能，一騙成花燭。過門見丈夫，錯把公公祝。進房就做腔，不肯脫衣服。初時求告他，後來動鞭撲。他傷我面顏，我打他皮肉。泰山氣個昏，岳母號淘哭。不上半年間,一雙皆就木。如今畧小康,只我多勞碌。日間生意忙,夜裡心膽肅。耳目欠聰明,此物如朽屋。我拄他要塌,我撐他要撲。軟了拽不長,要舉先穀觫。他見我龍鍾,與人拋眼目。因此費心機,要拿他破局。獨力事難成,全憑鄉里睦。協助捉奸情,送官打毛竹。非我太無情,因他不檢束。我老鄔為何說這許多閒話?只因繼妻秦氏,少年貌美,怪我龍鍾,似有外情,尚無實證。連日多虧鄉里,幫我捉奸。多分機關,落在我手裡也。你看他愁眉淚眼,哭出來了,我且開店,不要理他。(作坐店中打抹煙袋器物介)

【前腔】(小旦哭上)冰人月老錯安排,猶苦爹娘識見乖。花枝一女孩,拋將豬狗儕,此情切切愁如海。遠山蹙破翠芙蓉,秋水憑添萬點紅。不是羅敷甘自薄,三生石暖紫煙濃。奴家秦氏,小字婉娘,父本儒流,母嫻荊布。奴家粗知文墨,更且稍解詩書,自謂才豈無因,容為我用?誰料美遭天忌,時不運逢,爹媽誤聽多奸媒妁,將奴輕擲極老村庸,又以痛女心酸,竟奄朝露。奴家終天飲恨,更自難申,只得忍辱相從,冤家作對。(歎介)近日見一鄰家秀才聞生,他豐神俔儻,姿態清揚,質若冰壺,眸凝秋漲。我雖未測他的填胸錦綺,早已窺見他的出水芙蕖矣!因此兩下意屬芳心,情傳韻眼,可憐市廛叢集,來往人多,未遂良緣,難交一語。我思量起來,那《烈女志》一書,不過從經守正,倒不如《崔徽傳》數種,也得個達變通全。千古以來,未常不以文君為風流隊長。百年有限,何妨竟以紅拂為花月主盟?我如今意況自期,含苞待吐。若得事機湊偶,應算奴身僥倖也。呀,你看這個廢物,又在外面淺房窄屋,叫我那裡藏躲?

(小旦說白時,淨作昂首側耳聽不見、有人吃煙不看見醜態介)

【商調・水紅花】(小旦)爹娘將我活塵埋,恁悲哀,姻緣難再。誰知玉種暗生胎,有多才,姻緣可再。若得天成配偶,那怕萬仞千崖,噯,天呵,你早遂我好良時也囉。

(淨向小旦問介)你今日如何起得這等早?

(小不理,哭介)

（淨勸介）

（外人叫吃煙,淨出收錢訖,復入內朝小旦揖介）

【前腔】（淨）娘子,你漫勞愁悶自生災,省愁懷,芳春難再。姻緣前定赤繩該,強難栽,韶光可再。縱有淚珠千斛,休得界破桃腮,早收拾嬌癡病也囉。

（小啐介）

（淨介）好好,你依了我了,這纔是。

（外人叫吃煙,淨不聽得。外人大叫介）

（淨出對人笑諢介）

（尋煙完介）

（外人不吃,下）

（淨）煙都沒了,明日開不成店,要去買煙去了,今日也就收了店罷。

【集唐】

（淨）兔走鳥飛不覺長,（小）況將衰鬢偶年光。

（淨）花房露透紅珠落,（小）密雨斜侵荔枝牆。

第七齣　忠　謀

【商調·高陽臺】（外上）望重端揆,功高調燮廊廟,素欽冰雪,儀範謨謀,要與夔龍爭烈。只因女主亂朝綱,寸心日縈千結,且和光,委曲周旋,計完全節。【海棠春】閒愁寂寂知多少,計難全,人隨世老。赤手挽銀河,丹心修諫草。　我伴食堪羞,回天乏策,自恨抽簪不早。碩彥喜同朝,議論須諮討。老夫狄仁傑是也。祇奉自麻,晉登黃閣,恪持一德。疇高柱石之元臣,進長百僚。獨應臺階之上相;維黃耇赤舄,足觀鼎盛之榮。此玉帶金魚,甚悚曠官之懼。滋因朝政日非,救全少術,隨波上下,誰為執柄之人?與俗混容,空領綱維之寄。其奈氣運尚爾遷延,豈是人謀未能允協?已曾差人去請秋官張侍郎到府,共商國計,細酌遠謀。此時如何還不見來?官兒那裡?

（雜）有！
（外）秋部張爺到時，即忙通報。
（雜應介）
（外）不是栽桃李，深謀為國家。（下）
【前腔】（末上）職任秋曹，面寒心鐵，有志要酬難説。元老諮謀，我且相機參決。優遊只恐事無成，可惜空淹歲月。仗孤忠，一劍霜飛，再安宮闕。【海棠春】丹心一點人難少，志悠悠歲華空老。劍閃電光寒，疾風知勁草。　擊賊除奸，非兵莫克，迅速雷霆須早。大義責春秋，亂臣誰不討？下官張柬之是也。秋官佐貳，天室重臣。感沐殊恩，特拔塵埃之下吏；叨承汲引，遷登雲漢之上臺。作置使於王庭，實聯班於宰路。緣是邦家多故，決策鮮成，志切除奸，協恭未許，以至優遊少斷，大事不諧，如何是好？今日狄公見招，想亦為着此事，我且前去看他作何議論。分付打道。
（雜應介）（行介）
【六么令】（末）我心中自嗟，坐朝堂陰狐肆邪。何妨禁旅略加些？誅封豕，斬長蛇，迎還廢帝寧朝野，迎還廢帝寧朝野。
（雜）稟爺，已到狄爺相府。
（末）通報進去，你説秋官侍郎張柬之候見。
（雜報介）
（外上）請將經濟語，仔細共商量。道有請。
（雜傳，末進介）老太師請上，門生恭拜。
（外）只行常禮，薦賢為國，豈樹私交？門下之稱，似乎太過。
（末）既蒙推薦，已辱門牆，品位原殊，豈容僭越？
（末朝上拜，外側身回介）
（末）哲人參大政，
（外）君子肅秋官。
（末）愧鮮匡持力，
（外）空彈貢禹冠。
（看坐介）
（師生坐介）

（末）太師見召，必有所論。
（外）從容茶畢，尚有細商。
（吃茶介）
（末）太師退公之餘，下吏理宜祗候。反辱相招，殊深悚仄。
（外）同朝協政，足洽素心，私覿原屬虛文，吾道自當痛革。
（收茶杯介）
（外）今日之談，雖曰國計，跡若私謀。請入內庭，漫談衷曲。
（末拱外先行，自隨後介）
（外）可憐定鼎無奇策，
（末）自有淵謀在夙心。（進內照前坐介）
（外）女主臨朝，竟移唐祚，請問高明，計將安出？
（末）老太師秉鈞當軸，海宇盡倚安危。念門生疏附後先，下列欽承丰采。止好靜聽指揮，焉敢肆言奪席？
（外）老夫謬忝政府，深愧尸居。先生才望久隆，幹旋巨手，事關軍國，寧懼專擅之嫌；誼切身名，安用靡蕪之節？何妨先教，容與熟籌，再勿推辭，致虛永日。
（末）老太師既欲集衆思而定國是，在門生敢不一陳以竭愚衷？只是恐於狂悖，還望曲賜海涵。
（外）老夫望教甚殷，求言若渴，伏祈早發轉禍為福之機，速定撥亂反正之策，不必再謙，徒多快悵。
（末）天后擅權，不過牝雞伎倆；武張煽虐，亦皆屠狗庸才。朝中碩望，尚自有人，□□□□，□能無說？以門生之管窺蠡測，莫若大集□□，勒全禁旅，力請女皇返政，即將張武誅夷，唐氏江山，不終朝而危復安矣。不識老太師意下如何？
（外）此言良是，計在必行。但目今帝出房州，朝虛大位，稱兵犯闕，未免臣子有要脅之乖張；大集羣僚，只恐諸奸有黨援之不測。議論固宜，欲求全勝。
（末）太師深謀遠慮，發於統緒之衷；門生極索窮搜，終少安攘之術。第房州不遠，何妨飛輦叩迎？犯闕雖專，尤勝桐宮見逼。諸奸有黨，想烏合之易摧。要挾生疑，歸五湖而長往。與其坐視長奸,莫若急謀緝暴之為愈耳,伏候太師裁決。
　(外)至言誠切,峻論森嚴,老夫甚是敬服。然房州雖曰不遠,亦非旦暮可期;犯闕不比桐宮,自愧才非伊尹,不知撥亂反正之後,纔是持綱挈領之年。若或志上悉泛五湖,佞臣執筆左右,將來國政,又復何如?你我既已身任其責,豈可輕為進退?以老夫愚見,莫如勉循職守,深握事機,和光同塵,依違可否。乘隙以回天后之意,決策先迎廢帝歸朝。那時立請撤簾,萬民有主,徐定功罪,分別賢奸,此乃萬全之計耳。先生酌之,勿謂老夫迂闊也。
　(末)老太師度越羣公,功流百代,真正萬全之確論,門生不敢搖脣鼓舌矣。
　【高陽臺】(末)老太師呵!揆席中臺,傾心晦節,豈比長與嵯櫱?老手經綸,正笏垂紳調燮。(外)休說,天番地覆猶生也。好羞慚自名仁傑,痛傷心,母后臨朝,我皆臣妾。
　【前腔】(末)真切,藺叱嚴頭,比心嵇血,肯與鼠狐同列。劍利秋霜,立志掃清宮闕。(外)秘訣,兵為凶器,休輕惹,尤恐怕風聲漏泄。且吞聲,與俗依違,自然寧貼。
　(外)
　(末)謹依臺命,就此告辭。
　(外)彼此心唧,隨機應變。(攜手出介)
　(外)預謀經國策,爾我自心知。從人何在?
　(衆上)
　(外)張爺的輿從呢?
　(衆)在門外。
　(外)速請進來。
　(末)不敢。
　(外)如此說,就這等長揖而別了罷。
　(末)不能成禮,甚屬疎狂。
　(外)道義往來,何須固執。
　【集唐】
　　　(外)白髮悲花落,端居恥聖明。

（末）還應雪漢恥，鐵騎繞龍城。

第八齣　雙　戀

【雙調・海棠芳】（小生巾服上）傷情廢卷精神懶，亂紛紛愁腸千緒。春色正依依，不帶看花眼。【蝶戀花】倦絮風頭寒欲盡，墜粉飄香，日日紅成陣。新酒又添殘酒困，今春不減前春恨。　蝶去鶯來無數問，隔水樓臺，望斷雙魚信。惱亂橫波秋一寸，斜陽只與黃昏近。小生聞人傑，字晉卿，中州衛輝人也。筆鼓風雷，氣吞雲霧，望高時俊，譽噪儒林。業已採芹泮水，預期折桂蟾宮。我私揣不愁金榜之榮，只可惜尚少洞房之福。零丁孤苦，幼年已逝椿萱；咕啡咿唔，老大未諧秦晉。玉容花貌，綵毯難到寒儒；嫫姆東施，陋質豈堪入眼？因此志絕荊釵之聘，念萌琴逗之私。近有鄰老鄔嫂，娶一幼媳，他風動波流，霞蒸雲起，多因老藤難掛，幾番眼角留春。我今日不免偷閒往探一番，看他意態如何，再作道理。呀，你看這陣陣花飛，春色又早過半也。

【仙呂入雙・忒忒令】想不了春風玉顏，捱不過淒涼書案，這徑滿花紅，意酣顛燕嬌鶯嫚。我今且出書齋，背書幃迎瑳璨，向東鄰偷看。（虛下）

【尹令】（小旦上）見多才碧湘浸漢，我夢兒中也生悲歎。頃刻間縈思千萬，一點靈犀，無限傷情在暗裡關。奴家自從見了聞生之後，不知怎麼意迷心亂，寢食俱忘，今日這厭物不在家裡，店又不開，不免到門首一看。倘得見他一面，或可交語片時，這就算秦婉娘一生好事也。（作門內往外窺介）

【品令】（小生上）雖然是桃花人面，襯着碧雲鬟，空有樊口蠻腰只好冷眼看。他東風有主，春信肯舒閑。（恨介）可惜這嬌花初綻，正翩翩雲羞月懶，我聞晉卿若得了這麼一箇美貌佳人呵，固沒有金屋藏嬌，也拚得彩筆朝飛畫遠山。（探內介）

（小旦見介）

【荳葉黃】（小旦）呀，果然來到，眼熱心燔，好教人無計施攛。

這衷腸一時難按,止得房兒半開,好似千山萬山,又有那冤家防範,又有那冤家防範。奴家意欲招他進來,恐怕有人瞧見,如何是好?(想介)罷罷,這也是夙世情慳,顧不得傍人譏訕。

(小生見介)你看果然在此,似向似迎,如泣如訴,真令人魂飛也。

【玉交枝】(小生)看他秋波凝盼,碧盈盈偷將淚彈,胭脂痕籍芙蓉皺。我不免向前去相見何妨?(作上前又止介)(叫一聲"娘子"即止介)我幾番欲進乃還,書生狂縱等閒看,佳人失節無回挽。頓令人千艱萬艱,好教人千難萬難。

【賽紅娘】(小旦)相看心已縮,這其間,願為比翼沖霄漢。遂關關,願翩翩飛出樊籠絆。情無限,鳳簫雙弄尤嫌晚,休自赧。

(小生)罷罷,我聞晉卿到此呵,就死也說不得了。

(上前介)娘子拜揖。

(小旦避介)

【雙蝴蝶】(小生)小娘子,我書生在空齋食不餐;你嬌媛,對衰顏夢怎安?那怕得顏羞汗,看良時正值春花燦。何必遮攔,任韶華過目殘。又何苦涔涔?念鰥生衾枕單。

(小旦出萬福介)

(小生揖介)

【鶯踏花】(小旦)官人,你刺心言一番兩番,我豈不愧行奸賣奸?奴已是落紅殘瓣,怎敢望誓海盟山?

(小生前摟小旦,小旦推介)

(小生跪求,小旦叫關門介)

(小生關門介)

【元卜算】(小生拜天介)小娘子,我就此誓海盟山,敢輕你落紅殘瓣,非是相輕謾,為多情繞肺肝,今日裡要消公案。

(摟小旦欲下介)

(小旦推辭介)

【窣地錦襠】(淨上)曉來煙盡店門關,買得些兒及早還。如何緊緊扣雙環,我老眼昏花仔細看。

（淨打門大叫介）
（小生、小旦慌介）
（小旦）你且躲在門後。
（小生躲介）
（小旦開門介）
（淨進四圍尋看介）
（小生乘空出介）
（小旦拭淚仍關門介）

【十二嬌】（小生門外往來俄延介）頃刻姻緣分散，叫人心內蹣跚。誰知好事番成幻，命兒裡，苦千般。心兒怯，膽兒寒，情不竭，淚兒潸。

（淨在內還尋）
（小旦大啐介）
（小生驚介下）
（小旦）你敢是見了鬼了。
（淨作呆看小旦介）
（小旦大哭介）

【尾聲】（小旦）良緣已去難追挽，顯些把那人遭絆，咳，聞郎聞郎，空落得夢杳巫山。

（淨）你閉門在家，沒有別事就罷了，如何哭將起來？我肚中餓了，且去吃飯，不要管他。（下）

（小旦又哭介）天呵，我秦婉娘豈是不曉得三從四德的，你看這等一箇就木的東西，可指得他終身結果麼？我那爹娘呵！

【集唐】
　　有感中來不自由，他生未卜此生休。
　　人間何事堪惆悵，水遠山長步步愁。

第九齣　宮　差

【南呂·戀芳春】（旦上）萬樹花紅，千枝蝶粉，誰憐人倚長門？

只恐春風無那,我也不管芳辰。雖非春老,已過春分。【南鄉子】雨過綠楊稠,燕子飛來特地遊。日晏重重簾幙閉,悠悠,殘夢關心懶下樓。　　芳草弄春柔,欲下情絲不自由。青粉牆西人獨自,休休,花自紛紛水自流。奴家尹若蘭,前蒙娘娘賜我秘冊一函,敕我屏人私啓,想必齊家治國之要在內,我今日不免沐手焚香,打開一看則箇。

【一江風】感皇恩,破格憐脂粉,愛惜如瑜瑾。錫封函,御墨淋漓,是必非凡品。(看介)參詳錦繡文,參詳錦繡文,我癡人夢不分,這滋味也真難忖。

【前腔】(細看想介)細搜神。(又看介)呀啐,都是些胡牽引,一字字俱堪哂。笑當今,四海宗周,孰不輸誠悃?這淫聲出九閽,淫聲出九閽。羞人滿頰燻,玷辱也冠和袞。咳,我道何等御函,十分欽重,原來都是些選龜的秘法,採戰的奇方,要他何用?教我見了,置身無地。(將書抛地介)(呆想介)呀,倒是我差了,此書雖是荒淫醜錄,然錫自老狐,即為御物。我今將他拋擲於地,尚有鸚鵡傳言,禍端却也不小。待我仍取起來,束之高閣罷了。(拾放介)

【青歌兒】(老旦便服,副淨扮內官持內相冠服、靴子同上)空好看嬪娥成陣,再沒箇可人來覲。枉然一統大時君,因此特差,特差四方尋問。

(副淨)聖駕到此,尹官人那裡?

(旦慌出,叩頭接介)臣妾不知,失於祇候,望娘娘寬宥。

(老旦)朕潛行無從,原怕人知,卿且平身,不須惶懼。

(旦叩頭介)願娘娘萬歲萬萬歲!

(老旦)前日賜卿秘冊,可曾看完了麼?

(旦)臣妾沐手拜函,跪讀數四,其間幽幻,尚未悉詳。今已珍奉在此。

(老旦)卿是解人,何勞細說?今日朕自親臨,意欲敕卿巡行天下。照依書中之法,為朕選擇壯陽男子,多多益善。惟以偉然傑出者,即便馳驛送進,倘洽朕意,錫賞非輕。

(旦)臣妾大膽一言,望乞聖明垂鑒:娘娘宮中,也不寂寞,如何又有此命？倘使道路傳言，臣妾將作何解？

（老旦）卿言固是，但不知古來聖帝明王，俱有三宮六院，況朕不過一中人主耳。房幃之想，人孰無之？

（旦）前古之君，都是男子，自當羣妾衆多，以期螽斯衍慶。今陛下坤德中天，當守貞一之戒，庶足以風天下而鼓萬方。臣妾冒死直言，伏候聖慈採納。

（老旦）卿但知其一，不知其二。當時男人秉政，女媵自多，今日女主臨朝，男風乍轉。朕昨思之，將立一女叔孫，重修儀典。少不得易了男內侍，以備巡幸矣。

（旦）娘娘舉動，萬古稱奇，臣妾焉敢再言，以忤敕旨。第臣妾乃深宮幼女，如何天下遨遊？若使接見士夫，一發觀瞻不雅。

（老旦）朕思之已熟，不勞卿慮。朕今帶有內官衣帽、朝靴在此，尚有白綾二疋，爲卿裹足之具。卿竟扮作內官模樣，賜名尹進賢，另有敕印旗牌，借稱總管天下兵馬錢糧鹽鐵屯漕學校水利等事，兼訪隱逸遺賢，招募技勇。特賜尚方寶劍，並給司禮關防。自在京樞務大臣以下，皆聽節制。那時誰敢侮卿？卿其曲體朕意，萬勿曠廢乃職，致增朕之快悵耳。

（旦）臣妾謬承聖眷，託以肝膈重任，安敢少避嫌疑，以負睿懷？但不知何日頒給敕命，何日陛辭起行？

（老旦）朕望之甚切，安可遲延，卿今晚須要粧束演習停當，明日即速起行矣。聽我道來。

【梁州序】（老旦）選陽上品，敕卿援引，不拘匠竈軍民，你也還須細忖，休使外人詳論。（旦）臣妾呵，一點點裙釵孩蠢，夢醒無知，怎別瑜和瑾？（老旦）你只依樣葫蘆，奉敕惟欽謹，可否依違朕自分，馳疾去，當勤黽。

【前腔】（旦）九重恩訓，十分嚴緊，臣妾敢一刻停輪？只恐恭謙揖遜，差池侮笑官紳。（老旦）你雖只是養嬌宮壼，他怕你威權，更異命如鋒刃。（旦）錢穀軍需，不過假節文，兼訪遺賢要假借真，真和假，休矛盾。

【前腔】（老旦）用心情着意殷勤，遍巡行不分箕軫，望源源接續,切不可殢雨尤雲。(旦跪介)再把情詞上懇,臣妾年幼,不諳情事,即那送進之人呵,只恐名實非真,還望開憐愍。(老旦)依我規條,無有不憑準,只是弱質年高並酒醮,切不可選來進。卿且平身。

【前腔】(旦)謝娘娘一一開陳,教臣妾望聞切問。依聖旨,都要借假搜真。(老旦)山林隱逸,技勇超羣,即使廝役俳優休論品,更還無論,僧道與孤貧。(旦)率土王臣,也要分妍蠢,若是太卑陋,未免玷宮壺。

【尾聲】(老旦)卿須着意舒忠懇,待歸朝酬卿異勳,切莫教余望眼頻。明日朕御端門宣敕,卿其早行。

(旦)謹遵敕旨。

(老旦)尹仁過來。

(副淨跪介)

(老旦)尹卿假扮中官,並無一人知覺,倘有洩漏,取罪非輕。

(副淨)領旨。(起介)

(老旦)所託關非淺,懸睛望好音。

(旦)明朝騑四牡,風雨鬼神欽。

(跪送老旦下)

(旦仍吊場)呀啐,你看那不識羞的,叫我如何是好?我適纔不甚推辭者,我想拘禁長門,如何見得天日?借此以往,或可遂我翱翔也。明日出了差,就好寫書一封,報與母親知道,待我出巡過一二省,即往本省去也。(歡笑介)

【集唐】

信馬騰騰觸處行,侍臣開殿盡遥驚。
共知人事何嘗定?兩綬通侯總强名。

第十齣　改　粧

(副淨上)雖喜龍顏帶笑看,何嘗寢食少偷安?方隨翠輦更長袖,又敕金釵易皂冠。適纔娘娘一進宮門,沉吟半晌,惟恐尹官人初扮中官,未諳裏束,況且威儀禮節,也要教演熟嫺。是以復令咱家前來，一一指引停當，庶不臨期有失。呀，你看尹貴人早把長門深閉也。（打門介）開門開門！

【南呂‧上林春】（旦上）天外思量魂夢左，還只怕此差不妥。扣門試問伊誰？把捉難工倒趖。是那箇？（開門介）呀，原來呂公公到此，公公請裡面坐。

（副淨）不敢，娘娘有口傳聖諭，令咱家替你更易男妝，還要教習些禮節哩。

（旦）既奉上傳，自應拜領。只是有勞公公，何以克當？

（副淨）好說。

（旦）鸞仙，速將御賜的袍帽靴綬捧出來。

（丑內應持物上）

（副淨）請貴人卸了釵鈿，待咱與你加冠者。

（旦羞介）

【三換頭】（旦）勞伊粧裹，好教我萬千難過。（副淨）先穿上這靴子。（旦）奴原是三寸金蓮，着朝靴待怎麼？（副淨）穿上了這件蟒袍。（旦）我好真笑波，這都是千萬載不曾見的神魔鬼魔。（副淨）繫了這條玉帶，咱家與你行禮。（旦）羞殺人兒也，還把禮數來程課。（副淨教旦行禮揖拜遜坐，旦作羞態介）（旦）這樣描摹，險笑殺當場看者哥。

（內云）娘娘有旨，令司禮監太監呂仁，率領尹進賢，速入大內，有密旨宣授，毋得少延。（副淨、旦向內跪介）領旨。

【前腔】（合）和鳴玉珂，那曾經過。方纔教演，就要登時發科，此去好生摧挫。（旦）望公公，多遮蓋，凡百事，相扶相佐。倘有差池處，休將冷眼睃。（合前）

【集唐】

（旦）陶令之官去，（副）今君是勝遊。
（旦）鄉書何處達，（副）伊水向東流。

第十一齣 打　　圍

【雙調‧賀聖朝】（雜帶衆上）十萬聯營風捲，成橋那用投鞭？陣雲染染殺聲連，管一統河山綿衍。我突厥可汗默啜是也。勢可拔山，力能扛鼎，向守邊隅，頗遵唐令，邇因高麗喝色破遼以來，唐朝兵馬，盡備東鄙。況今女主臨朝，廢帝自立，忠良退隱於岩谷，奸佞佈滿於朝堂，喒却乘其內虛，正好得志。昨約高句麗，刻日侵邊，使他腹背受敵，何愁山河一統，不歸咱掌？叫把都們，今乃黃道吉日，傳令各部落，要弓上弦，刀出鞘，多帶鷹犬，一路打圍，發兵前去。

（衆應介）

【豹子令】（合）合隊羣聲笑語喧，笑語喧，刀槍耀日冷青天，冷清天。何愁不二山河險，硬弩強弓鐵壁穿。擾雲煙，孜孜盡唱凱歌還。

【前腔】鎖子黃金甲燦然，甲燦然，橐駝峯美口流涎，口流涎。琵琶馬上相思曲，酥酪羊羔不賣錢。俊嬋娟，顛鸞倒鳳永團圓。

【集唐】
　　　　碧空雲盡火星流，一笛聞吹出塞愁。
　　　　半山殘月露花冷，劍氣徒勞望斗牛。

第十二齣 春　　嘯

【商調‧憶秦娥前】（生上）時不濟，男兒反拜雌皇帝，雌皇帝。絕志功名，更捐伉儷。

【菩薩蠻】長干陌上無相識，一樽遍飲春山色。黃鳥囀青枝，啣花隨接䍦。不須愁遠道，醉即眠芳草。何處酒家胡？文君正倚鑪。我于粲生自遭羣小之欺，遁跡郊原之外，幸得此間有箇魚籃大士庵，地固荒涼，僧嫻問答，塵囂夐遠，詩酒足娛，這幾日頗堪笑傲。你看那不塵和尚，早已來了。

【憶秦娥後】（末上）春光欲去花將逝，也須速點遊山計。（合）遊山計，酒衲詩狂，兩人沉湎。

（各揖介）

（末）于相公，今日風氣融和，花繁柳媚，我與你前往山中，暢遊一番何如？

（生）極韻之事耳，即此同往罷。

（末）相公請。

（生）請。

【金絡索】【金梧桐】（生）春花陣陣飛，春色將闌矣。檢點春風，兀自摧桃李，今來山與湄。【東甌令】且徘徊，就是極力留春也無幾。（末）相公，我勸你將杏園春暖休拋棄。有你這等才學呵，怕沒有【針線箱】，衣紫腰金把雁塔題？【解三酲】因何意【懶畫眉】，好良時美景，閒聽了杜鵑啼。【寄生子】（合）休管他利鎖名韁，說什麼官和吏。

【前腔】（生）夷齊自採薇，世事休題起。（末）你滿腹經綸，肯甘老林泉裡？（生）我椿萱早喪離，不能够舞斑衣。雖有斗大黃金，還同石火馳。倒不如朝秦暮楚看花柳。（大笑介）快活也，醉酒狂歌倒接䍦。（末）人難比，真箇是逢僧半日語忘機。（合前）

（末）于相公，你看此處山水皆奇，人跡罕到，我們眺望眺望也好。

（生）妙，妙，果然好景也，空亭瑩潔可愛，恨無筆墨，以紀勝遊。

（末）小僧適已帶得在此。

（生）好一箇知趣的長老也！

（末）筆墨何奇？少刻還有一樽美醞，以解悶懷哩！

（生）一聞有酒，詩興更濃，長老速取筆墨過來。（末付介）

【劉潑帽】（生）我們儒釋成雙契，笑春風尋山問湄，是非不與興和廢。（合）一陣的風吹，一陣的氤氳氣。

【前腔】（末）我們詩酒成雙契，遍郊原搜窮索奇。任君領取花前醉。（合前）

（生）詩已寫完，酒却何在？

（末）前邊村店最幽，待我且將詩來一看，收拾筆墨前往便了。（看介）

【集唐】

（末）石林精舍武溪東，笑指生涯樹樹紅。

（生）縱飲久拚人共棄，十年五年歧路中。

第十三齣　憐　斷

（雜扮總甲上）一棒鑼聲響，旌旗耀日開。行人須住步，坐者把身擡。自家本坊總甲是也，今日欽差內相尹公公，出巡到此，須索驅逐行人，潔淨街道則箇。（喝介）

【雙調·新水令】（旦扮內官，衆隨上）久離翠輦卸宮衣，戴烏紗，假做出內官聲氣。旌旗前導引，鼓吹漫相隨，後擁前圍，蚤又是中州地。

（雜喝導下）

【步步嬌】（小生上）昨日情人把花箋啓，約我今朝會，還將心事推。昨日偶坐書齋，窗楞之內，只見入一紙條，原來就是那人約我。他說今日鄔老不在，乘隙進去，可以成事。我想他鍾情已久，決非虛假之詞，只是不曾見得寄書之人，終屬狐疑不解。這也不難，到他門首，若開店的，自然是假；若不開店，此約就真了。一紙遙飛，兩人心契。呀，你看果然不曾開店，不免竟進去罷。（進介）疾進又還遲。（左右看介）（內喝道介）（小生驚介）我膽破神披靡。（虛下）

【折桂令】（旦衆上）驟驊騮且騁雙蹄，凜奉皇宣須不憚奔馳。非是俺作怪興奇，做中官建牙張旎，這都是强逼來逢場作戲。見人時許多羞耻，滿面紅赤，假意兒軒昂，揖讓處脚步可也難移。（下）

【江兒水】（丑，副淨仝上）（丑）做出牢籠計，拿奸且燥脾。（副淨）假情書是我來持遞。（丑）計大哥，可惡那鄔家婆娘，與小聞每每眉來眼去，我們時常調引，竟不瞅睬。（副淨）李大哥，昨日老鄔與我商議，要去拿他破綻。我就寫下假書一封，往聞秀才書館內窗縫中遞將進去。今日又叫老鄔不要開店，騙他到此，一同拿住，以出我二人之氣，你道何如？（丑）妙！妙！（副淨）我借題暫出胸中氣。（丑）我隨機要覓漁人利。（合）心事各人縈繫。（淨介上）捉出奸情，纔見我夫綱嚴厲。二位老哥，全仗全仗。

（丑、副）我們自然出力。

（各看介）小聞還未到來，我們且在前邊探望。

（淨作側耳不知，二人扯淨下介）

【雁兒落帶得勝令】（旦衆上）鬧攘攘旌旗雜鼓吹，齊簇簇劍戟分儀衛。止見那屬官僚候敢遲，又見那執事人奔馳急。呀！俺追思越想越成非，擾軍民欺天地，洗不盡心中愧，說不出腹內虧。尋龜，假題目做得來多高貴。呆癡，俺為誰忙徒自悲，為誰忙，徒自悲。呀，前面四五人，喧喧嚷嚷，結成一片，却是為何？左右與我帶過來。

（雜拿衆上，跪介）

（旦）你們為何在此喧嚷？

（丑、副）小人是捉拿奸情的。

（旦）與我帶到驛中細審。

（衆喝道轉身，驛丞上，接介）

（旦作下馬進驛坐介）

（旦）帶那一干人犯進來。

（衆跪介）

（旦）誰是奸夫，誰是親夫？

（丑、副指小生介）這是奸夫。

（指淨介）這是親夫。

（旦介）既如此，你兩箇是什麼人？

（丑、副介）小的是左右鄰。

（旦）且叫親夫上來。

（淨瞪目側耳作聾狀）

（旦）你這老子，叫甚名字？

（淨不應，呆看介）

（旦又問介）

（丑、副）他是聾子，小人代說罷。

【饒饒令】他名隗身姓鄔，妻子叫做秦婉娘，不肯守深閨，與那聞人傑呵，久有私情人難諱。這老子又獨立不支，因此上兩鄰家共助威，兩鄰家共助威。

（旦）叫鄔隗過來。

（衆推淨上）

（旦）你妻子與人通奸，果是有的麽？

（淨呆看介）（旦笑介）

【收江南】（旦）呀，看這般樣皤然一老呵，又何苦娶嬌妻，却不知孽由自作把誰推？（想介）聞人傑上來。（小生上介）（旦看介）下去，秦氏上來。（小旦上介）（旦看歎介）咳，此情惟有解人知，我如今憐伊痛伊，又怎肯打伊罵伊？我有個道理了，只索要姻緣顚倒了情癡。那聞人傑怎麽說？

【園林好】（小生）這私情是書生強伊，痛佳人貞堅不移。（小旦）是奴家引壞了再生情愫，奴認罪，死甘飴。（小生）非彼罪，敢相欺？

（旦）二人如此認罪，論奸跡則全無實證。看情景這和字倒難免了。（歎介）本監閱之，自覺憫恻，我如今也不好執一定罪。左右！

（衆應介）

（旦）你去問那鄔隗，當日娶妻，有媒人麽？

（衆問介）

（淨作不知，問幾次介）

（淨）媒人馬扁，遠方去了。

（衆回旦介）

（旦）原媒不在，可再問他，當日娶這婦人，費了多少財禮？

（衆問淨兩三次，淨方點頭介）

（淨）當日原費財禮，約有三十兩。

（衆回旦介）

（旦）聞人傑，你有三十兩銀子在家麼？
（小生）生員一貧如洗，那得多金？
（旦）叫長隨。
（雜應介）
（旦）開我後面擴箱，取俸銀三十兩來。
（雜應，下）
（旦）鄔隗，我還你原聘三十金，你妻子配與聞人傑去罷。
（淨作不知，衆述介）
（淨）老爺，我妻子雖然心愛少年，老漢實是難捨，求老爺做主，賜歸完聚。
（旦）這婦人既無心於你，強留着他，不無再生餘事，玷你門風，要他怎麼？
（淨不知，衆又述介）
（淨）以後總有他事，老漢只推不知，自免出醜了。望老爺斷還。（叩頭介）
（五、副）老爺，還是斷歸原夫是正理。
（旦怒介）咄！那鄔隗老年娶幼婦，坑陷人家子女，鄰人借題欺侮，壞彼門風，左右扯下去，打！
（打五、副介）
（淨慌介）
（雜上）稟爺，銀子取到。
（旦）叫鄔隗上來，你老年娶幼婦，坑人子女，理應重治，姑念龍鍾，且免刑責，將此俸銀三十兩，前去作本，以度餘年。若再執拗不聽，照依兩鄰重處。
（淨不知，衆述介）
（淨拭淚領銀介）（又對小旦哭介）
（旦）左右鄰人，是何姓名？
（五）小人計深。
（副）小人李短。
（旦出審語介）叫承行的，將此審語，朗誦與他們聽。

（雜念介）審得鄔隗一皤然叟也，憑媒馬扁巧啜，遂費財禮銀三十兩，繼娶秦氏，年僅二旬，而隗已望八矣。秦以白頭難守，遂與書生聞人傑，為桑濮之期，事或有之，奸情未露。惡棍計深、李短等，明謀陰詐，巧賺鳴官，梟黨刁橫，難逃責警。鄔隗以枯藤纏嫩蕊，安能琴瑟之調？秦氏學嫦娥愛少年，宜葉桃夭之詠。但人傑以懸磬之家，力難措處原聘，而本監捐養廉之俸，如數代付原夫。秦氏斷給聞生，本監權為月老。奸媒巧撮，律杖照提。鄔老龍鍾，免刑逐出。

（旦）你眾人俱聽得明白否？

（眾應介）

（淨呆看介）

（旦）承行將此審語，粘成文卷，發在該地方衙門存案。將這三人趕出去！

（眾下）

（旦立起介）聞生夫婦起來。

（小生、小旦）不敢。

（旦）我叫你起來，就起來罷。

（二人起介）

（旦）今日就此驛中，與你二人，拜了花燭。

（小生）一介寒儒，荷蒙高厚，此恩此德，沒世不忘。

（旦）既習聖經，當遵禮法，此後務要痛革前非纔是。長隨，與我再取一百兩銀子來！

（雜應，下）

（旦）叫驛丞。

（驛應介）

（旦）本監今日就此歇馬，明日早行便了。

（驛應介）

（雜上）老爺，銀子取到。

（旦）付與驛丞，送到聞生家去，交與他夫妻二人，權為膏火之資，仍來回話。

（驛應介）

（小生、小旦）大恩人請上，待我夫妻拜謝。

【沾美酒】（小生、小旦拜介）謝恩人把罪不提，謝恩人把罪不提，反配與做夫妻，恩德如天孰可齊？更且贈良言敢自迷？俺也是讀書的，讀書的豈忘廉恥？惡鄰人冷眸生嫉，老龍鍾漫勞悲憾。俺呵，這其間真的假的，醒裡夢裡，呀，急切裡尋不出報恩之計。

【尾聲】（旦）你休言恩德如天地，極力藏修要省舊非。以後若有再犯呵，恐又遇着個太監論奸肯斷離？驛丞好生送去。（雜應介）

【集唐】

（小生）節使橫行西出師，（旦）和鳴雙鳳喜來儀。
（小旦）只言啼鳥堪求偶，（合）醉殺長安輕薄兒。

第十四齣　奸　論

（外扮院子上）漢庭營巧宦，雲閣薄邊功。可憐驄馬使，白首為誰雄？老漢乃武府中蒼頭是也，為何道此幾句？俺老爺權傾文武，位重王侯，九五至尊，略一言而遠徙。天仙母后，不半刻而乍離。那些朝內官員，略有人心者，不敢言而敢怒。甘同獸伏者，常一謁而不能。我老漢雖不便狂奴議主，他們也不該謟賊無君。就是那狄太師一味含容，張侍郎萬分憤激，卻不道形諸色而積諸衷。俺老爺只與那張昌宗密同昆季，來俊臣假託師生，總合着類以分而方以聚。我想起來，倘一時列鎮操兵，朝臣解體，四方雲擾，何以自安？（笑介）這又是我老人家多管閒事了。不必說他，只因老爺昨日宣召進宮，原說今早回家，尚有什麼密議，已曾請下來爺，一同商酌。想必將次到了，只得在此俟候。

【越調・金蕉葉】（副淨冠服，雜隨上）巧笑卑肩，我膝如綿，腰還更軟。機深技巧智通天，奉權臣署同鷹犬。下官來俊臣是也。奔馳權貴，極善逢迎，借焰欺人，藏機莫測。今日武張二老師，差人相請，只索前去。向有扇子一柄，書畫俱完，一發帶去，面送與他。

（出扇介）好，好，詩畫皆精，只這稱呼就先好得極了。分付不必輿馬，我就步行去罷。（行介）從來君命不俟駕，況是時君心上人。（到介）

　　（雜）門上有人麼？

　　（外）那箇？

　　（雜）來爺到！

　　（副淨與外揖介）

　　（外）老爺昨日進官，原説今日早回，已曾分付，來爺到此，請進書廳少坐。

　　（副淨）如此相煩引導。

　　（外）來爺往這裡來。

　　（副淨）密室傳私語，

　　（外）原非廊廟謀。

　　（俱下）

　　【前腔】（丑紫金冠、蟒披風上）情堅意堅，我展雄威一番鏖戰。（淨綸巾、披風上）連宵力乏苦難言，空好看蓮花人面。

　　（外上，跪介）蒼頭迎接老爺，來爺到此多時了。

　　（丑、淨）在那裡？

　　（外）書廳內。

　　（丑、淨）我們進去説話罷。

　　（副淨接上介）主人門外至，客從屋內迎。（見介）

　　（丑、淨）眾人俱退。

　　（眾應，下）

　　（丑、淨）久勞先生等候，何以克當？請坐了罷。

　　（副淨）未曾參拜，怎便就坐？

　　（丑、淨）不必太迂，竟請坐罷。

　　（各坐介）

　　（副淨）二位老師，今日官內出來，却帶得御香滿室矣！

　　（丑、淨）娘娘因見春事將闌，昨晚特宣我們進去，呼盧痛飲，以為惜春之酌。

（副淨）老師說話不真，難道只吃酒哩？

（丑、淨笑介）這也難瞞你的，何須細說。

（副淨）不知二位老師見召，有何驅使？

（丑）今日相請，原非小故，有數大事相商。向因娘娘謫貶廬陵王之後，就要把不才立為太子。怎奈這狄仁傑百般不允，又見滿朝中一派沸騰，是以所事未諧，使人時刻縈念，此第一事也。

（淨）前日端門宣敕，差那內官尹進賢，巡行天下，總管兵馬錢糧，訪賢招勇等事，在京文武，無不知之，不待細說了。我見那內官，一則秀色可飡，二則此差新定，必有來由，是以進官啓奏，欲娘娘收回成命，免此事端。不料娘娘十分不允，我在官中細訪，並無一人知其詳細，後來與娘娘醉極縱歡之時，他纔把幽情微露。其間主意，恐我們舊寵生疲，老兵不力，特差此人出去，採訪一二強敵，以為另選一支勁旅之謀。但恐一有後人，我輩不免前魚之泣，此第二事也。

（丑）邇來狄仁傑，雖然寓事謙恭，看他必多執拗。張柬之常常怒形於色，又且激發於辭，二人一日不退，我輩終屬一日不安，此第三事也。

（丑、淨）因此特請先生，問一箇固寵堅榮、早定皇儲之大計耳。

（副淨）二位老師不必多慮，依門生看來，狄公庸碌無奇，柬之桑榆景逼，雖有一二正直之言，不過近來傳名之法，借此一片無補事功之假辭，要後人替他敷演做一箇忠臣義士的捷徑。想來大事，不能為矣。冊立東官一事，娘娘自有睿鑒，並無別人奪得武老師過的，何須太急？然而徐看機會，圖此狄張二老，亦不甚難，就是那內官選到之人，無非鄉井粗蠢之輩，那裡得有二位老師這般翩翩丰度乎？況那內官年少，此事不便明口直言，又不好託人代訪，只怕事尚少成，將來還要忤旨哩！只是老師方纔說個秀色可餐，竟有朵頤之想，這却難得到手，消費時光也。

（丑、淨大笑介）足下不惟足智多謀，兼且工於發隱，真吾黨之智囊矣。

（丑）從人那裡？

（衆上）
（丑）席設何處？
（衆）設在萬花亭上。
（丑）春色尚遲，花神未老，我們到萬花亭上暢飲一回去。
（衆介）大計惟心主，春花入眼明。
（到介）好花也，殘紅未落，新翠已繁，舞燕參差，遊蜂徐疾，正堪玩賞。取酒過來！
（副淨）呀，倒忘了，武老師尊扇一柄，書圖皆完，敬此拜上。
（丑看介）妙！妙！字畫甚精，堪稱世玩。
（淨）你看這款上，落着"大即帝武老恩師"字樣，猶見新絕，正是今日侯門師弟，他年天子門生了。
（各大笑，坐席介）
【山桃紅】（丑）你看紅英猶戀，綠乳堪憐。陣陣輕風剪，更有蜂狂蝶翩。休看得韶光淺，正是豔陽天。且持觴飲醇醴，早趁春風眷也。（合）不必多愁分在天，日侍黃金輦，唇交股聯，只看這貌似蓮花一笑嫣。
【下山虎】（淨）無窮心事，也要精研。利害謀須遠，方無禍愆。怕他假託忠貞，更怕前魚後鱒。又恐今歲春風減舊年，早換了蓮花面，因此上一刻廻腸轉萬千。（合）不必多嗟怨，利害爽然，老邁孤忠敢擅權？
【蠻牌令】（副淨）師臺慮淵遠，門生呵，戴雲天，非桀犬，以今日時勢測之，老臣風燭短，強項少威權。小中官何曾歷練？若選到之人，不合上意的時節，少不得聖母心悛。（合）對春書，且樂綺筵。莫為將來，錯過眼前。
【尾聲】（合）是非指掌明如電，況叨庇至尊天眷，且穩睡昭陽萬萬年。
（淨副）杯酌已深，就此告別。
（丑）興尚未闌，還祈少坐。
（淨副）契厚殊深，何勞再強？
（丑）如此倒不敢作套了。

【集唐】

（丑）正有高堂宴，（淨）長門蝶舞多。
（副）寸心言不盡，（合）數問夜如何？

第十五齣　潛　訪

【商調·風馬兒】（生上）男兒四海可為家，見開花又落花。我逍遙一任粧聾啞，終朝酩酊，浪酒與閒茶。【長相思】山悠悠，水悠悠，水遠山長處處愁。那堪獨倚樓？　　憶歸休，憶歸休，細雨微風冷似秋，綠蔭啼栗留。我于粱生步窮玉井，走遍丹山，無處不行雲流水，無日不痛飲狂歌，頗覺放蕩自雄，絕不感情觸緒。今春來此建康地面，不覺住了三月有餘。邇來覺得意況不寧，鬱勃難解。那不塵長老，又要飛錫他方，罣作出塵幻想。我窮愁狂士，未免因時感動，有些對景生情矣。目今仲夏已逾，天氣甚是煩熱，今日喜得微雨纔過，涼風習習，新篁蔭遠，垂綠遮天。這幽居滋味，一到雨去風來，就不似暑月的光景了。不免徐步入山，消遣一回，有何不可？

【梧蓼金羅】【梧葉兒】竹影關禪寂，松聲擾沸茶，我睡起對僧伽。【水紅花】自擎挐，終朝嬉耍，且去尋山問水，不羨利名佳，唱一聲水紅花也囉！來此山中，你看林木交加，涼風披拂，竟無一毫暑氣侵入，甚覺可愛。我想此時此際，那爭名逐利者，遍滿天下，處處火樹燒空，箇箇汗流浹背，縱然到得名遂利成，也還不知訛了多少千羞萬忍，豈不可悲？豈不可歎？【柳搖金】我笑顰忻怒，往楚來秦，肆酒呼茶，也都是借真作假。【皂羅袍】看我牢騷浪跡，虛淹歲華。家鄉何處？朝雲暮霞。狂言無補，一任時人罵。呀，你看前面亭子，正是前日與不塵和尚，同遊題詩之所了。不免轉過山隈，再向上邊眺覽一番，然後前村取醉去。正是山纔好處行非倦，詩有前題酒更賒。（下）

【風馬兒】（旦巾服上）深宮弱質女嬌娃，正盈盈未破瓜。顫牙關，兩兩相驚訝。滿堂囉唣，喝道與排衙。【生查子】頻餘翡翠簪，漸緩鴛鴦帶。十二鑄愁鑪,百煉芳年改。　　人是此生人,債是前生債。精衛一丸泥,空去填東海。奴家出差以來,不覺朔望數易。每日衣冠束縛,政事牽纏,煩瑣得箇不了。那些地方官員,不知我的來歷,只道真正總管威權,採訪職任。所以各懷懼怕,誰不凜然。我到此建康,方纔半月,他們未知我如何激勸,一個個都是這等曲盡逢迎。又未知我怎樣糾繩,看人人各自去千般鑽刺。討薦的無不暮夜乞憐,怕劾的無不連朝馱汗。奴家看了這些光景,倒也十分好笑。前日途中接到娘娘手敕,單單為着此一件事,令我火速採訪疏進,不許少遲。奴家只得假名觀風,並選技勇,又據地方官開報,業經選了彭若齡等一班,共有十數人進御,不知可以入得娘娘之選否?我仔細思量起來,若止憑地方官開報,不過一二市井雜流,即我託名選技觀風,未免又多夤緣情面。那些來說情的,他又不知原委,所薦之人,不曰才傾八斗,就云力舉千鈞。(大笑介)咳,這却是風馬牛不相及也。奴家因此愁腸百結,思與漏催。昨夜猛自觸懷,惟有私行密訪一途,或可探得真切耳。是以今日喬粧遊子,假借尋山,私出衙齋,潛來郭外,登陂涉水,亦可偷半日之清閒。避暑乘涼皆可話,素心於空谷。你看此處,果然好山水也。

【梧蓼金羅】野鶩翻清沼,新槐叫乳鴉。山寂少人譁,鬧溪蛙,鶯歡燕耍。我走得神疲力倦,險蹴斷牡丹芽,唱一聲水紅花也囉。來到此間,十分力倦,如何是好?呀,此處有一小亭,不免進去,閒坐一回,以養餘銳,然後再走。(作看詩介)你看這詩句清新,字體遒勁。如此深山放情隱逸,這人必是一箇高士了。可惜不能一見,又無姓名,教我從何查訪?(歎介)我詳詩玩墨,顧景忘歸,口誦心馳,空自幾回憐詫。你看筆墨方新,斯人非遠,不留名姓,決是韻人。羨你清標絕俗,不肯隨流混窓。愧我污泥種玉,未識何時去瑕,飄蓬無倚,說不盡傷情話。久坐神清,不免下山去罷。(起介)

(生上)不得浮瓜李,閒亭且納涼。

(見旦介)

(生)呀,好俊俏人也!我于粲生的魔王又到了,尊兄拜揖。

(旦)先生拜揖。

（生）尊兄仙鄉何處？高姓大名？乞道其詳，還求坐講。

（旦背介）我怎好說真姓名與他？（轉介）小生姓賈名仁，江右人也。遠來遊學，避暑山亭，閒看詩章，不忍輕去。敬問先生，還是本地土居？還是遠鄉遊客？緣何到此？亦乞詳言。

（生）在下姓于名楚，雲間人氏，因見世態日非，狂遊廢業，徒以山水為鄰耳。就是這幾句俚言，數行拙筆，何勞欽重若此！

（旦）原來就是先生大筆！風流倜儻，文字與人品畧同；慷慨豪雄，筆墨與世緣不染。真正當今時彥也！本監不敢隱默，乃欽差内官尹進賢，奉旨訪求隱逸，是以避跡潛行。先生既然有此大才，本監自當力薦，幸勿固辭，足慰鄙意。

（生揮介）原來是位欽差上公！上公差矣，學生制科不就，披髮入山，婚聘皆捐，不藉人世，如何反說起"薦舉"二字來？不曰"薦舉"，猶好接談，說到功名，即應廻避。（去介）

（旦留介）先生說那裡話，先生高節，已見一斑，世外之談，何妨竟日？

（生）這箇使得。

（旦）本監契仰殊深，欽慕難捨，意欲請先生於署所，朝夕領教，既不列薦剡於當今，猶快接神情於永日，不知尊意，以為何如？

（生背介）若論我于楚生平，就是三公之位，也不易此志的了。且喜這内相，丰彩襲人，光華奪目，見之令人魂先去矣。我又不得不隨他去，領了魂靈回來。（轉介）既蒙上公如此錯愛，敢不如命。

（旦）不知尊寓在於何處？

（生）就在此山之下，魚籃大士庵中。

（旦）如此，明日就着人來相請，是必即來，勿使本監注眸長盼也。

（生）上公留意若此，小生焉敢少遲？

【玉抱肚】（生）謹遵臺雅，乍相逢，情加意加。語言中萬種温柔，笑談間十分瀟灑。相將同擬住官衙，猶勝銀河泛寶槎。

【前腔】（旦）此情非假，莫推辭，明朝到衙。須索要極早光臨，勿令人望眼昏花。若非三生留笑意兒佳，一見如何若此誇。今日暫歸，明朝早待。

（生）自當趨謁，不敢久遲。

【集唐】

（旦）位竊和美重，（生）胡為君遠行。
（旦）飄飄何所似，（生）徒有羨魚情。

第十六齣　回　天

【越調·祝英臺近】（老旦便服，雜扮宮女隨上）事千般，機萬變，漸轉桑榆景。身後思維，大計宜三省，那堪執拗難回？廷臣騰議，好教我愁懷愈儆。修文起中禁，改字令名加。臺座征人傑，書坊應國華。朕自差了尹若蘭，巡行天下，採訪如意之人，去得未曾長久，誰知積下封章無數。邇因連日縱酒舒狂，不能分心政事，兼且御寢欠安，又以儲嗣未定。前曾宣召狄仁傑進宮商議，依朕之見，要立三思侄兒為太子，晉爵昌宗兄弟為列侯，使邦本早安，屏藩可託，老身也得個安枕長宮，放心娛樂。誰知狄仁傑這老頭兒，他醉色都變了，立意不回，數番苦諫。朕又見他言辭懇切，未免婆念復萌。因此似信似疑，一時委決不下。今日又着呂仁前去召他，想必就到。只得扶醉分情，御此便殿以待。

（雜）這是連日奏章，請娘娘批閱。

（老旦看本介）咳，那里耐煩這些閒事！

（翻閱作懶倦態介）

【前腔】（外囚首荷斧自縛，仝副淨上）（外）廟廊愁，家國恨，女主誠難省。（副淨）你囚首堪傷，薑桂情終挺。（外）曾如聖意堅牢。（副淨）忠言無補。（合）空辜負幾番骨鯁。

（外）點點情含血，蕭蕭髮染霜。

（副淨）孤忠回聖母，萬古姓名香。

（外）老中貴，你看前日天后之意，竟要將武三思立為太子。我想武氏登基，唐宗必斬，雖然委婉依違，諫諍了幾句，終是至情未洽，執性難移。今日又來宣召，必定要決斷此事了。我只得囚首荷斧,再去苦奏一番。若果娘娘聖念不回,老夫還要繼之屍諫。

（副淨）老太師,你這樣光景,恐致太激,還是圓融些的好。

（外）這倒不妨。

（副淨）既是你立志如此,少不得有感天心。來此已是便殿門首。且請少待片時,咱家先去啓奏。

（外）是。

（副淨進,跪介）奴婢蒙娘娘差召狄仁傑,他竟囚首荷斧,已到殿門,恐觸聖驚,伏候敕旨。（老旦）他却何苦如此！速速宣進殿來！

（副淨）聖上有宣。

（外進,跪介）老臣狄仁傑,聞召趨馳,不勝惶遽。有言欲奏,恐犯天威,因此先荷斧斤,聽候聖裁誅殛。

（老旦）先生年事高大,樞輔機繁,舉動多勞,實惻朕念。今日既有教言,必是邦家至計,何妨從容剖晰,竟爾自作楚囚？吕仁,速速釋去先生斧縛,換了冠裳,快設錦墩,與先生坐。

（外）老臣罪狀實深,忠言未吐,雖蒙曲赦,終叛自全。若藉天語優容,使得畢其愚悃,那時雖寸磔臣屍,臣且含笑入地矣。

（老旦不悦介）先生太過了,你且奏來。

【祝英臺】（外）聖上呵,你看這李宗祧,唐社稷,萬堞紫金城,全虧昔日聖祖神宗,他真是剪棘開荆。這神京,法章久貯金縢。臣聞文皇帝櫛風沐雨,親冒鋒鏑,以定天下,傳之子孫。先帝以二子託陛下,陛下乃欲移之他姓,無乃非天意乎？（老旦）子侄同是宗親,周唐原不歧視。況我三思侄兒,聰明俊雅,可繼周枝；昌宗兄弟,善武能文,正堪藩蔽。此亦朕之家事,何用先生過勞？（外）陛下差矣！盧陵王,陛下子也；武三思,陛下侄也,且姑侄與子孰親？陛下若立子,千秋萬歲後,配食太廟,承繼無窮。設或立侄,未聞侄為天子而祀姑於廟者。（淚介）望陛下心中思省,好回嗔作喜,細参廷諍。

【前腔】（老旦）我潛聽,雖則是正綱常,分順逆,要把乾坤整。我私意難酬,委決遊移,費了許多閒評。假如朕在唐家,不過一中人母后。若定周鼎,豈不是開闢大君?何用子母之榮,不怕廟食無主。人生天地之間,當做一箇出人意見之奇聞,何必區區確守一經,為庸人所逆料乎?安鼎,做箇周祖高皇,煞強似唐家宮娷。這回思,我的雄圖遠勝書生。

（外）啊呀,陛、陛下!這說話一發差了!自古至今,曾有女主開基,曖昧竊國,稱為一朝之宗祖否?那女媧有補天煉石之功,未嘗並隆堯舜於史冊。不韋蒙以呂易嬴之想,何曾尊為始皇之祖宗?呂氏為國而殺功臣,到底誰曰賢后?太姜不驕而御羣妾,萬古詠為聖妃。今陛下為三思得主周祀,娘娘即為周氏之太王,不知周氏君臣,誰肯拜羞巾幗?天王上帝,安能配享裙釵?更若人生如白駒過隙,百年光景無多,若或承乾出震,君臨四海,憂勤惕勵,寢食靡遑,是其宜也。今陛下坤寧惟靜,德懋慈柔,先帝賓天,承祧有子。陛下有太后之尊,萬機之苦,自當悠悠暮景,怡養深宮,又何用夕惕朝乾,忘飡廢寢?雖曰天縱有餘,實切事在得已。老臣一息尚存,猶能為陛下彌縫缺失,以平昔忠誠不二之愚,或阻他覆雨翻雲之變,倘一旦有委填溝壑之慮,難免無蕭牆禍起之謀。前日李敬業江上操戈,邇來瑯琊王禁城奪戟,抑或再見,未必云無。此時陛下有子退方,不能討賊,因賊召釁,難以承宗,不特家國兩虛,抑且周唐未卜,陛下呵!（大哭介）

（老旦亦哭介）官兒,去了狄先生爷斤繩索。

（雜去外爷索介）

（外暈介）

（衆扶不起介）

（老旦）先生蘇醒,朕亦省悟了。

（外漸醒介）陛下,陛下!你那時節呵!萬歲千秋,料難瞑目,黃泉碧落,怎見先靈?

（老旦）好了,先生醒了!

（外）我老臣痛心已久,無術回天,望陛下速賜轉圜,庶瞻慈惠。

【前腔】（外）陛下,你休酩,再不可似醉如癡。自已惺生生,那玉牒萬年,金枝千縷,皇圖永軾惟馨。前日陛下命臣詳夢,所謂夢一鸚鵡，兩翅皆折，臣曾奏云，武者陛下之姓；兩翅者，二子也。陛下起二子，則兩翅張矣！今日未見起二子，則陛下之翅，將欲終折而不振乎？鸚鵡，看他翅折天邊，不道痼癢同病。望君主，早下箇陽春恩命。

（老旦）呂仁，分付外廂，速送狄先生冠服進來，一面先把朕的八寶衫兒，與先生遮體，快扶先生坐了。

（外）老臣焉敢復沾寵渥，惟陛下速速降詔，迎回廢帝，那時老臣或可苟延殘喘耳！

（老旦自起，將女衣披外身上介）

（外叩頭謝介）

（老旦）先生請坐。先生言辭激烈，朕心慘痛難安。我如今火速宣敕，迎還廢帝，仍册東宮。朕也不久退閒，復歸唐祚矣。呂仁！

（副淨跪介）

（老旦）傳諭翰林院立刻草詔，你就督同京營軍將，前往房州，速請廢帝歸朝，勿得遲滯。

（副淨）領旨。

【前腔】（老旦）忙整整齊齊法駕旌旄，請皇儲返帝京。你須速疾馳，休稽片程，省教我依依睎聆。還要披星，任他是峻嶺崇崗，也須早兼途前進，待回朝，好討箇朕身清淨。

（雜扮內官，持冠服上）早發雲臺仗，恩波起洞鱗。啟上娘娘，狄丞相冠服取到了。

（老旦）你們替他穿戴起來，就送先生歸第，朕亦還宮，少為歇息。官兒，將這未完奏疏，依舊帶進宮去。

（外執笏跪介）老臣叩謝天恩，願吾皇萬歲萬歲萬萬歲。

（老旦）內侍好生送去，子姪今朝定，乾坤再造誰？我那兒呵！（下）

【朝元令】（衆合唱送外介）忠良上卿，雪鬢婆娑影。千秋大名，再定唐家鼎。危論堪驚。回天力勁，指掌開陳示警。列祖先靈，料得重泉目也瞑。女主痛兒悝，出君返帝庭。鸞輿快升，待歸朝大家歡慶，大家歡慶。

【集唐】
珠樹玲瓏隔翠微,咸陽終日苦思歸。
寧知楚客思公子,夕奉天書拜瑣闈。

第十七齣　夜　課

（桌上供尹公位,雜扮老嫗上）老嫗無別技,燒火點茶湯。一日忙將夜,還添爐內香。婆子非別,乃聞相公催來,服侍他娘子的,叫做伴春嫗是也。聞相公虧了尹太監之情,斷與了這箇秦氏。他夫婦甚是和諧,不問晨昏課勳,況且性情風雅,更兼似漆如膠。又因感激尹太監之恩,每晚刺繡讀書,必設尹公神位,他二人恭恭敬敬,拜慰一番,方纔就坐。咳,這也難得。如今秋試將期,一發功夫嚴密了。你看晚膳已過,將次出來夜課矣。不免爐內添上些香,神前拂拭乾淨,我自去睡,不要管他讀到什麼時候。正是老人貪早睡,年少惜分陰。（下介）

【雙調·夜行船】（小生上）不是一番大膽,却怎得淑女相從?（小旦）義比天高,恩如嶽重。（合）夫妻感戴無窮。

（小旦）官人,我與你出醜當場,已壞少年品行。蒙恩破格,專期努力功名。且鄔老尚存妬眼,惡鄰大畜獸心。目今秋榜將開,明歲春風浪煖,須得一舉登科,方免餘波再及也。

（小生）我念正與娘子相同,不知命運可能發達否?

（小旦）古云有志者事竟成,這有何難?

（小生）試期不遠,晚課當勤。娘子,我與你在恩人面前,焚香夜讀,以慰他臨行囑咐之情。（小旦）奴家亦當以針線自拈,相伴你冷落淒涼之影。

（二人先揖神位,對坐介）

【仙呂入雙·惜奴嬌】（小生）尹公公呵,你是當代文宗,為甚的不做黃閣絲綸,反做了紫宸供奉。我夫妻何幸,致蒙反吉除凶。（小旦）公公,他綽約翩躚如丹鳳,怪不得君王寵。（小生）休嘰噥,今日雌兒皇帝,不勁男風。

【前腔】（小旦）喉嚨，休得憒憒，怎出言無狀，唐突恩公？（小生）我敢為輕褻，畧加笑指春風。（小旦）芙蓉，看他韻臉嬌生豐神動，真瀟灑斯文種。（小生）整儀容，且讀書刺繡，莫逞談鋒。

【黑麻序】（小生）書中，有女如璿，看這般審斷，全賴書功，論他人怎得跨鳳乘龍？（小旦）欣逢惺惺兩意通，平平一念空。（小生）看梁鴻，他的千尋俠氣，直透穹窿。

【前腔】（小旦）臨邛，司馬門風，實家徒四壁，那得錢充？更虧他體量，減俸週窮。（小生）他更謙恭，雍雍禮數隆，殷殷語句通。（小旦）孟光同，且把齊眉舉案，蓋我羞容。

【錦衣春】（小生）謝公公，成鸞鳳；謝娘行，憐才重。如今女貌郎才，把玉簫雙弄。（小旦）我夢魂雖已久相從，只圖來世，遂我私衷。（小生）是鰍生緣分，這般窈窕女，過我牆東。更沐恩波重，又得分餘俸，使我暮爨晨炊忘饑免凍。

【漿水令】（小旦）痛裙釵非媒自通，強支吾埋頭女紅。（小生）我只將這黃卷狠磨礱，休提起短長，且對着鄒孔。（小旦）殘更永，膏火空，堦前灼灼螢光炯。（小生）轉眼間，轉眼間秋闈氣匆，怎能夠，怎能夠？桂香杏紅？

【尾聲】（合）從來文福皆天送，想只在而今命運通，但願得一舉成名，去謁上公。

（小生）蠟盡更殘，去睡了罷。
（小旦）試期不遠，何日起程？
（小生）大暑要到七月中旬也。

【集唐】
　　（小生）銀燭吐青煙，（小旦）青雲在目前。
　　（小生）悠悠洛陽去，（小旦）歸雁洛陽邊。

第十八齣　鑾　　歸

（雜盔甲帶刀上）聖主開昌曆，忠臣奏大猷。君看偃革後，便是太平秋。自家京營都督胡曾是也。我奉女皇聖旨，帶領羽林軍卒，協同司禮公公呂仁，前到房州，迎請廢帝。幸喜一路無虞，早已到京不遠，須索擺齊隊伍，只等呂公公到來，一同護駕前進。呀，呂公公又蚤來也。

（副淨上）四海皇風被，千年德水清。戎衣更不着，今日告功成。咱家司禮監太監呂仁是也。奉娘娘敕旨，迎請廢帝歸朝，且喜路接京畿咫尺，他母子頃刻即可相逢矣！呀，胡老先兒早已在此了。（揖介）胡老先，如今路已將近京城，這些護送官兵，不必太逼鑾輿，只消御仗相從。咱家與老先隨駕便了。

（雜）言之有理，你看樂聲已動，綵仗飄飄，王爺蚤起駕也。

【仙呂·甘州歌】（四內相、二宮女執御杖一傘，二人擡輦上，合唱）【八聲甘州】明星朗朗，看宵征喜見曙色光芒。金輿玉輦，遙光浪湧千丈。旌旗柳拂曉露瀼，劍佩花迎麗早陽。【排歌】（合）紅雲捧，淑氣揚，惟欣聖德奉時康。薰風遠，瑞靄長，六龍齊擁帝徊翔。

（雜戎粧，執小旗上，跪介）本路節度使臣費友仁，迎接王爺御駕，並帶所部官兵，沿途護衛。

（副淨）平身。官兵四遠擺列，本節度使駕前引導。

（雜）領旨。（起對內介）官兵四遠擺列而行，不得喧聲驚駕。

（內應介）

（鳴金掌號介）

【前腔】（合）軍民俱職掌，守土臣宜當挽彎維韁。這兵強馬壯，自能永奠金湯。才兼文武志安攘，扈蹕陪鑾渭渚傍。（合前）

（雜冠帶執笏上，跪介）欽差巡撫臣白可相，率領合屬府縣官員，迎接王爺御駕。

（副淨）平身。撫臣隨駕，府縣各官前途清道。

（雜）領旨。

（內呼千歲介）

【前腔】（合）撫字令名香，看職方修舉屬吏循良。羣而不黨，萬氏盡起痍瘡。青青禾黍滿道傍，苒苒桑麻接稻梁。（合）人民阜，國運昌，五岐麥秀可呈祥。資良弼，福大唐，國家保障藉匡襄。

（眾欲下）

（內云）主上有飛敕到來：廬陵王到京不遠，即可兼程前進，以慰懸望之意。其沿途護衛文武官員，率領本屬官兵，於京城十里外駐劄，聽候欽賞。節度使以下，知縣以上各官，俱於三日後，見朝賜宴，本日不必進城，特諭。

（眾呼萬歲介）

【前腔】（合）王言不可量，看補天浴日勝似媧皇。三軍挾纊，小臣盡沐恩光。（內又云）主上又有敕旨到來：廬陵王復入東宮，仍立太子；一應宰輔元臣，唐宗武戚，俱在郭外迎迓，不必遠接。朕御坤寧宮，刻燭以待。勿得沿途遲緩，侍衛諸臣，速速趨駕前進。（眾呼萬歲介）殷殷御敕動天香，這都是元老忠言入痛腸。（合前）

【集唐】

（撫）不寢聽金鑰，（節）誰知恩遇深。
（撫）扈遊良可賦，（節）夙夜侍臣心。

第十九齣　神　想

【正宮·喜遷鶯】（生上）半年羅網，我一種癡情，對人難講。話出喉嚨，幾番籌計，可憐虛度時光。他愁緒又多煩悶，我此心更自慌忙。徒亂想，這空衙冷署，困殺于郎。【桃園憶故人】玉樓深鎖薄情種，清夜悠悠誰共？羞見枕衾鴛鳳，悶則和衣擁。　　無端畫角嚴城動，驚破一番新夢。窗外月華霜重，聽徹梅花弄。我于楚好沒來頭，一時悞受了尹上公之聘，自夏天封禁衙齋，如今又早秋殘冬至矣。喜的是他簿書鞅掌，一毫不與我相干；怪的是他顰額愁眉，數日不能得一面。連日以來，又見羽書疊至，墨敕遙飛，不是責他薦賢不切，定是說他職守乖張。想如此嚴旨責成，倘一旦把我暗自疏薦，我于楚豈不被千萬人罵殺？近日欲要看箇空便，逃出官衙，仍舊遨遊遠去。只是想到上公這等秀藹媚人，仙颸剌骨，又不能忘情長往。天啊，我于粲生自家，如何發放也？呀！我前日獨坐無聊，畫得魚籃大士像一幅，如今不免掛將起來，焚香頂禮一番，有何不可?(掛畫介)我那救苦救難的大士啊!

【雁魚錦】【雁過聲】你時時常放白毫光,濟羣生每現端嚴相,觀自在法門真無量。你的因緣似海洋,妙慈悲聲響隨彰。我如今供在房,只這般晨昏的拜禮蓮花像。望弘慈普濟,為我消災障。【二犯漁家傲】焚香,漫訴衷腸。我粲生于楚,為人多倔強。中心怏怏,與時違故作喬模樣。見脂粉周號剪唐,見臣宰衣冠拜颺,見士子願觀光。我私心愴,登時棄了文章。佯狂,遨遊客異鄉。也不是假沽名,故作箇幻世的漂流樣。也不是真薄倖,虛唱着無情的寡和腔。【二犯漁家燈】鴛鴦,自逸滄浪,非不知斷宗絕嗣把儒風喪。只恐牝雞,同文自化,作則萬方,丕變紅粧。我深思細講,家國雖殊,恐一樣的周唐易饗,因此上忘情兒女成粗莽。弟子還有一般大病呵!只是斷不得一點情癡,也是夙世將。【喜漁燈】我今到此,也非無望。止為這上公丰韻,我願甘悽愴。看征鴻去來,雖然情親意真所事茫。我追思徹夜渾無計,數更籌待他天亮,天亮依舊徜徉。幾番欲去把閒情放,爭奈藕斷絲連縈縈長。【錦纏道犯】我重稽顙,要成功須求梵王。法寶並金幢,灑菩提數點,玉盌垂楊,渡孽津慈航寶梁,破孽關錦戈雲餞,望渴淚成滂。這正是鍾情我輩堪悲歎,菩薩呵,你與我尋一箇着相勾情急救方。

(雜介上)奉命來傳語,相邀話素心。于相公開門。

(生)那箇?

(雜)開門就知了。

(生介)呀,你是上公差來的麼?

(雜)正是。立請相公,後堂講話。

(生)有何話說?

(雜)小人不知。

(生癡介)

(在神前揖介)好一箇多靈多感、救苦救難的觀世音菩薩也。

(雜)相公這是什麼意思?

(生)非汝輩所能知耳。我如今爐内添香,神前再拜。倘得成事,還要徹日徹夜,拜一箇不了哩!

（雜）相公休得瘋狂，就此去罷。
（生癡態下）

【集唐】

看取蓮花淨，蓮峯出化城。
早知清淨裡，總是玉關情。

第二十齣　之　任

（淨扮花子上）人須知福分，不可強胡為。病老貧交切，哀聲徹九逵。我鄔隗是箇極蠢極村的老子，反娶了一箇極嬌極豔的渾家，不惟怪我龍鍾，兼且與人調弄。舊年聽了鄰舍哄騙，將他拿送到官，誰知撞了一箇太監審奸，竟把原夫逐出，又虧斷還了幾兩財禮，以為下半世衣食支吾。不期又被人家引誘，要去另娶一房。他們設局欺心，將這些斷還的財禮，竟自騙得乾乾淨淨。如今舉目無親，饑寒難忍，只得街前求乞。此間倒也來往人多，不免席地而坐，哀告一番。（坐介）

（雜上）新官新起馬，新僕着新袍。新結新騣帽，新來新大毛。自家聞老爺府中，新收大叔毛大官是也。我老爺上年還是窮儒，今歲已登黃甲。只因殿試欠高，選了吳縣知縣，在京領憑赴任。如今取便歸家，迎接夫人，一同之任。今日是長行吉日，一應轎馬人夫，俱已料理停當，不免就此催促起程去罷！（向內介）轎馬速速前進！

（小生、小旦、衆隨上）

【仙呂入雙‧朝元歌】（合）功名已全，苦志酬黃卷。翩翩欲仙，勝似登蓬苑。擁後遮前，騎飛輪轉，遙指長途路遠。望阻平川，風沙掩面不待言。途路我迤邐，鄉思各自牽。（合）朝行晚眠，何日見江南畿甸，江南畿甸？

（淨求乞介）
（小生）夫人，你看那路傍乞丐，好似老鄔一般。
（小旦看，淚介）正是他。
（小生笑介）夫人，你情還不斷麽？

(小旦)相公,我父母因彼而亡,奴家為他出醜,論來正是仇人。然不因漁父引,怎得見波濤?今日夫榮妻貴,未必非此老之由來耳。事屬前生孽障,亦難眼下忘情。妾有金釧一雙,欲贈他去,君家以為何如?
　　(小生)夫人乃仁人也!事出至情,言俱真切,令人興感,亦覺淚流。但金釧太奢,恐此老福淺,不足以當。下官另有一箇道理,叫毛大過來。
　　(雜應介)
　　(小生)道傍乞者,是我故人。你於盤纏內兌銀二十兩,將此老送入一個清靜寺院之中,替他披剃出家。遂將此銀,交與常住,贍養終身。着落停當,同了收銀僧人,前途驛中回話,此老不必同來。
　　(雜應,下)
　　【前腔】(合)我今將恩酬怨,衷腸可問天。殘老學逃禪,良緣非淺,相逢誰不憐?看他頭蓬足跣,更泣告連連,聲聲到耳空自喧,跪倒路傍邊,哀鳴只要錢。(合前)
　　【集唐】
　　　　(小旦)蚤行星尚在,(小生)策馬獨淒淒。
　　　　(小旦)鄉樹扶桑外,(小生)依依望不迷。

第二十一齣　錯　媾

　　【南呂·臨江仙】(旦巾服,雜持酒盒上)天公何事將人弄?教我也難問龐鴻,隨他笑罵假粧聾。是非何日已,且付酒杯中。【浣溪紗】一曲新詞酒一杯,去年天氣舊亭臺,夕陽西下幾時回?無可奈何花落去,似曾相識燕歸來,小園幽境獨徘徊。奴家自從離了深宮,已經巡行三省,前在中州輦下,不過畧住兩月即行。豈意來此建康,一則地方風味可觀,二則奴家心事繁雜,進止生疑,舉動少措,是以蹉跎歲月,竟爾駐扎經年。娘娘手敕督責,將有一十餘次。以前選進之人,聞說皆不洽意,未卜真假如何。咳,我猛拚此身,聽他處置便了。只是一件,向者請到于生,日以公務匆匆,幽情默默,未曾和他片時罄談心曲。又見他幾番把我猥語相侵,不知他有些看破我的行藏,亦不知有人暗漏我的消息。每每被他纏擾,幾至失身。(想介)吥,我尹若蘭好癡也!春花有限,能消幾箇黃昏?秋月無情,斷送半天雲翳。我就將這微軀,配此才俠,也不為過。今日攜了酒盒,到彼齋頭,細細把衷情訴説一番,有何不可?(對雜介)你去叫于相公開門。

(雜敲門介)

【步蟾宮】(生上)夢裡相思還説夢,休驚覺破我清夢。(開門介)原來是上公到此,今日好風也!把一個天上人兒,竟吹到了這裡。

(旦)呀,此間掛着一幅大士像,待本監先拜菩薩,然後敘談。

(旦拜,生亦拜介)

(旦)正是稽首慈雲大士前,莫生西土莫生天。

(生)願將一滴楊枝水,灑作人間並蒂蓮。

(旦)本監初臨,理應瞻仰,你每日相對的,何勞同拜。

(生)上公舉動入神,小生效顰學步耳!

(旦)先生太狂了!

(各揖介)

(旦對雜介)列下酒盒,與我斟酒。

(雜斟酒介)

(旦)先生請坐。

(生)尊有美醖,坐有子都,我于楚今日好僥倖也!只恐酒盡人歸,一番冷落,如何是好?不免先上大士一杯,求他妙手留春則箇。

(生揖,旦亦揖介)

(生)如今是上公學我了。

(旦)神聖之前,休得取笑。

(各送酒,坐介)

【梁州新郎】【梁州序】(生)上公呵,你是被謫的玉女金童,又是未偶的彩鸞丹鳳。貌與潘安伯仲,風搖韻轉,教人夢想神空。(旦)先生請。(生)上公請。你看杯傾玉液,色動芙蓉,怎不情飛湧？上公，你在宮中是每日與至尊相對的，今日我于楚呵，何緣同坐也，騁談鋒。我有一言相告。（旦）請教。（生欲語不語介）欲訴衷腸又赧容。【賀新郎】（合）情多綣，歡須共，休辭百斗詩千詠。牢騷志，莫譏諷。

【前腔】（旦）未達言辭，神揚色動，媚眼窺人斜送。先生，你把真情自調，何必欲言還壅？我與你呵，這等心交神契，道合情同，有甚相拘恐？（生歎介）（旦）看你悶懷難禁也，意衝衝，待說仍羞滿頰紅。（合前）

（生）既蒙上公垂愛若此，小生有一句不揣言辭，說將出來，只恐上公發惱，望乞恕罪。（跪介）

（旦笑介）先生未醉，何以發狂若此？有話請教就是了。

（生起，坐介）還是不說的好。

（旦）先生乃放達之人，何自拘執若此？

（生）如此說，取大杯來，待我連飲十大杯，然後可以借醉發言耳。

（雜斟酒，生連飲介）

（生）還祈上公臺旨，分付從人散去，將斗酒置此，待小生自斟自飲，自述自訴。

（旦）從人去罷！

（雜下）

【太師令】【太師引】（生淚介）我訴情衷，未語先悲痛。（旦）我看先生，必有深仇冤恨在心。這有何難，本監亦可拔刀相助者。（生）我並沒有沉冤，何須氣雄？（旦）却為何來？（生）我只為——（又住口介）只是不說罷！（旦）又來了，既已開口，如何又不說起來？本監知道了。（斟酒介）先生再飲一杯。（生飲介）上公上公，你果然有此真情也！我只為上公情重，更難當萬種優容。（旦）本監款待不週，休得見罪。（生）怎把款待不週頻頌，越教人冬烘打迸。我還自恐，恐出口難封。【刮鼓令】因此上舌尖隔斷響喉嚨。

（旦又送酒介）先生說話，太不分明，再請一杯酒。

（生飲介）

【太師引】（旦）你出言真簧弄，語遊移一句難通。既相交，要切實無虛哄。又何必再四磨礱？（生笑揖介）（旦）為何事洪漣來麼隴？（生大笑介）（旦）意疎狂，滿眼把春瀾遙送，逗的人頭紅臉紅，瞅的人一霎時氣阻神匆。
（旦又送酒介）
（生飲介）
（生）小生也回敬上公一杯。
（旦飲介）
（生）上公再飲一杯。
（旦）本監不能飲了。
【醉太師】【醉太平】（生）上公，你是風流孽種，羨春風滿面，動我情悰，因此朝思暮詠，更求他大士神工。【太師引】（拜大士介）神聰，望你今朝救我多情種，我情願捐摩頂踵。（拜旦介）非是我借神逞雄，只為我渴深想極，不怕王公。（摟旦介）
（旦推介）
【繡太平】【繡帶兒】（旦）看狂生十分粗勇，你如何不辨雌雄？（生）小生原不為女色起見，望乞上公垂憫。（跪旦介）（旦不理，叫人）（生掩旦口介）（旦）你預藏機遣僕驅僮，竟昂然醉侮三公。（生拜介）【醉太平】我無窮、無窮心事貫長虹。我于楚若非縈戀上公情愛，焉肯輕身至此？今日倘蒙憐憫，雖死不悔。設或上公拒而不允，願請尚方寶劍，自甘刎頸，以明此志。（亂拜旦介）上公上公，望哀憐至誠悲痛。（又拜大士介）大士大士，願你暗中生動。罷，罷！我也怕不得許多了。欲膺鋒，你雖有尚方無用。（摟旦不放介）
【尾聲】（生）真情到死情還重，不怕你青鋒萬丈虹。（旦）我有無限深機，你也看不窮。
【集唐】
　　　　（生）上林花滿枝，瀲灩春風吹。
　　　　（旦）妾思復何極，君懷那得知？

第二十二齣　羣　策

【仙呂入雙·雙勸酒】（淨上）當朝顯僚，弟兄年少。錦衣繡貂，十分俊俏。（副淨上）宮幃裡快樂昏朝，可怪他飾名都佼。

（副淨）事不關心，關心者亂。

（淨）我沒有他謀，只是一刀兩斷。自家張昌宗，哥哥易之，一對椒房愛寵，兩人各貌蓮花。

（副淨）只恐春風易老，教人日夜嗟呀。兄弟，我與你職任非輕，椒房眷重。可喜的武三思志同道合，最恨的張柬之肆侮多端。昨日娘娘又准了狄仁傑之奏，竟令他同參政事，並入平章。我想此老一來，吾輩大是費力。

（淨）哥哥言之有理，我已差人去請武兄到來，一同商酌。此時想必就到，待他來時，大家計較便了。

【前腔】（丑上）風流性騷，終朝擺搖。靠着卵胞，怕誰嘲笑？時人見了妬心高，反自樹風清月皎。

（雜）稟爺，已到張爺門前了。

（丑）通報。

（雜報介）

（二張出迎介）

（二張）等候多時，緣何纔到？

（丑）昨夜入宮，今朝遲了。

（二張）請入後院，有話細商。

（丑）別沒他圖，志在張老。

（各大笑，入內介）分付衆人且退。

（二張）武兄，我三人誼切同枝，情聯比翼。宮中有襟丈之稱，朝野多黨援之誚，若不併心協力，何以固本盤根？前日曾與來俊臣商量，擯斥張柬之一策，至今不決，豈料娘娘又准了狄仁傑之請，如今參政絲綸，我輩更覺難過。且廬陵王已復為太子，又在宮掖，他母子情義如初。今日特請兄來設一定謀，必要立驅張、狄，再貶廬陵，援立後儲，早安周鼎，這遭我們方得就枕矣。

（丑）此事小弟時刻在心，何待二兄之教？目今默啜寇邊，明日小弟密奏娘娘，敕令太子為河北道元帥，狄仁傑副之，前往邊關，出征默啜。若老狄一去，朝中止有張柬之一人，然後誣他與太子常有密謀，不利社稷，則一網打盡，又何難哉？

（淨、副）妙！妙！果然好計也。

（丑）還有一事，前年欽差選龜的內相尹進賢，原來是箇宮女。

（淨、副驚訝介）

（丑）如今久不復命，娘娘手敕十餘次，責他所薦非人，甚是嚴切。弟正慮他事急懼深，倘進上幾箇極雄猛的生力兵來，亦是我輩之隱憂耳。

（淨、副）這有何難，尹進賢不合上意，久已見之辭色。明日愚兄弟進宮，將巧言疊詆，不怕不立拿進來，還要治罪哩。

（丑）若取得進來，我們尚有他想，又何苦問罪起來？

（淨、副）那箇有處，老兄何苦這等着急？

（各大笑介）

【正宮·四邊靜】（丑）那尹官人呵，他身材一撚腰肢小，嬌媚多奇巧。我一見即留情，時刻縈懷抱。（合）同謀合調，做成圈套。不怕事難成，你我皆歡笑。

【前腔】（副淨）那狄仁傑呵，他承顏順志皆虛貌，劍裡藏鏖笑。外面假謙恭，暗植忠和孝。（合前）

【前腔】（淨）那張柬之呵，他霜髯雪髻衰年耄，猶自多輕躁。舉動太張狂，氣節能強暴。（合前）

（丑）計較已定，就此告別。

（淨副）說那裡話，小園暢飲一回去。

【集唐】
　　　　（副）落日明歌席，（淨）流風散舞衣。
　　　　（丑）主人能愛客，（合）不醉莫言歸。

第二十三齣　棄　奔

【仙呂・卜算子】（生上）不是冠而鈿，正是釵而弁，千里紅絲那箇牽，大士神功遠。世間怪事原不少，天上玉人夢怎期？一番異想誰能測？萬古情恨總是癡。我于楚只道尹上公是箇男子，大畜龍陽之念，誰知竟是個女體，遂同琴瑟之歡。我先前原說立志不娶，以盡此生而已，豈期餘灰復焰，尚圖來世成雙。我先前不知他的差使，只道真箇訪賢招隱，選技搜能。誰知那無恥的牝狐，要他採取大龜男子，以快淫心。思之想之，毛髮盡豎。如今我的上公娘子，他念念思量，欲作五湖之計，只為老母縈心，所以寸腸千結。我想家鄉雖可潛蹤，猶恐風聲漏泄。異國遠投棲止，難免母子拋離，是以轉輾躊躇，杳無定着。近日以來，同小生幽居寢室，繾綣頗濃，只是短歎長吁，難為聞見。呀，那窗櫺內隱隱約約來的，敢是他也。

【前腔】（旦上）鎮日悲和怨，孰調忻和怕？小鹿時時心上纏，再沒安然見。

（各見禮諢介）

（生）娘子，你翠黛常顰，遠山慣蹙。唏噓一刻千聲，歎息半時萬種，叫我如何安置也？

（旦）相公，奴家千金之體，已付逝波；萬乘之威，將行日下。衙齋人衆，寧不風傳，內外一彰，料無生理。豈不是極愁極苦之日？又何暇眉黛之可解乎！

（生）雖然如此，不若且盡一刻流連，再作鴻飛鵬舉之計便了。

（各坐介）

【桂枝香】（生）娘子，你且漫勞愁怨，聽余相勸。雖然久後人知，目下且暫時忻怕。莫愁懷萬千，愁懷萬千。（旦淚介）（生）更淚珠如線，教我好生驚顫。（生代拭淚介）是我累嬋娟，須定計他鄉去，還宜着早鞭。

【前腔】（旦）奴非留戀，有許多不便。欲去探望慈幃，又怕親鄰生變。往他鄉逗遛，他鄉逗遛，何時重見？我們一去之後，這些地方官員，少不得要奏聞金殿，那時鬧聲喧，若有一騎紅塵到，我與你都要囊頭三木纏。
（外傳鼓介）
（雜持公文上，作轉斗內送進，生接介）
（雜）吳縣聞知縣差人問安，並送禮物在外。
（生送）
（旦拆介）你說把禮物收了，差人即等回書。
（生往轉斗邊，照說介）
（坐介）
（生）這聞知縣，何以禮數慇懃若此？
（旦）他有一段奇緣，慢慢與你細講。
（外又傳鼓介）
（雜又持公文送，生接介）
（雜）此係緊要公文，差官立等要回奏的。
（生介）
（旦介）曉得了，分付明日領批。
（生介）
（雜下）
（旦）呀！你看，又是手敕，並兵部催文在此。
（生念介）"該監之差，所為何事？亦曾清夜一思及否。豈巡閱數十郡，蹉跎二載餘，竟無一入選之人送到？明係蔑法無君，怠惰機務，本應杻解來京，從重懲處，姑再開一面，期之匝月。以敕到之日為始，如或仍前玩忽，速備異櫬進都，以服常典。朕非聾瞶，寧受爾欺？斷在不赦！速速。"
（旦大哭介）我那天呵！奴家從此休矣！相公，你自翱翔遠避，奴家蓆藁進京，請罪去罷！
（生）娘子差矣，我與你夫妻情義，已定百年。生死相同，肯離片刻？與其待罪朝廷，為妖狐之誅戮，莫若潛避異地，伏岩谷以聽天。況衙中頗有金珠，左右又無仇怨，娘子今夜收拾停當，小生出官衙，雇定船隻，明晚只說私行，賺離公廨。舟中改了女扮，疾速破浪而去。我與你一笠青簑,數程煙水,竟到臨安地面。西湖風月,儘足歡娛。隱跡深山,不接人事,又何緹騎可追,怎得捕人知覺?如是卒此餘生,也不失為風月中一散人耳。娘子以為何如?

(旦)此計甚好,作速行罷。

(生)如此小生今晚即出衙去,覓舟以待。娘子明夜潛來,一同遠遁便了。

(旦)相公,明晚奴家,何處尋你?

(生)水西門外官渡口,船中張燈擊節者,即我舟也,須要詳記明白,不可錯了。

(旦)這箇自然。

【尾聲】(合)明朝振翮休依戀,速改換舊時顏面,此去煙水湖山別有天。

【集唐】

(生)江漢故人少,(旦)心情險路迷。
(生)空懷釣魚所,(旦)東望轉淒淒。

第二十四齣　投　檄

【仙呂·撲燈蛾】(雜介上)做官不思忖,胡行沒分寸。強人似虎狼,叫我如何深入也?自家江南蘇州府吳縣正堂上一箇皂隸頭兒是也。可笑我那本官,乃是中州衛輝人氏,他名字叫作聞人傑。若論他為官呢,果然倒也清正,只是他做事,實落忒煞蹊蹺。假如聽人情,收禮物,此是紗帽行本等生涯,他便獨獨粧腔不肯。就是那罰紙穀,徵火耗,乃是仕途中安分常例,他也一一禁止不行。審斷狀詞,無過依樣葫蘆,何用十分嚴究?迎來送往,却是媚權捷徑,他反千樣推辭。這却罷了,到任只得一載有餘,聲名果是喧烘熱鬧。上司俱有薦獎,百姓勒了碑銘。況且糧餉通完,人人都道善催科而兼撫字。可恨盜賊難靖,他竟時時夢想朝撲滅而夕招安。雖然如此作獃,也還是他們做官的認真可羨。忽爾移花接木,竟叫皂隸頭做箇說客先鋒,你道奇也不奇?今日一出早堂,他便高聲叫道："皂頭那裏？"我道定有什麼上好差使作成，連忙答應説有。他就説："皂頭，我有公文一角，內係招撫太湖強人的徽文一通，你到彼處，好生投遞。若招得他來投降，我自另有擡擧你處。"（笑介）你道有這等一箇獃官！那太湖強盜，聚集多人，數年以來，威風大振，官兵屢敗，過客寒心。本路節度使老爺，統轄重兵，只好沿湖防守，設法堵禦，使他不敢登岸，也就罷了。你這一箇禿禿的冷縣官，又無兵權在手，何必費此苦心，要學那登壇的韓信？叫我這一枚星星的小皂隸，領了片紙狂言，空開一張臭口，去做箇遊説的蘇秦。那時節我怪哭怪叫的哀求，他竟全然不理，反做腔做勢的説道，明日定要回文。（哭介）我想這箇獃官，甚是執法，倘若明日沒有回文，不免一番責懲。思量要去投水死了，家中妻子，又難割捨，與其怕打怕死，算後算前，莫若大着膽，闖將去。自古道："兩國相爭，不拒來使。"或者可憐見，討得一角回文，也就罷了。降與不降，關我甚事？有理有理，正是挺刃傷人同一死，何須水底葬魚龍。（行介）你看波濤滾滾，更旌旗劍戟紛紛，好教人心中悲憫，諒前途凶多吉少命難存。（下）

【漁家傲】（生、旦男女常服，雜撐船上）（生）歎夫妻，一笠煙波泛水雲。看這等氣繞氤氳，濤飛浪奔，涵虛太清交相混。（旦）縈縈方寸，怕只怕緹騎飛來，我兩人身命怎存？恨不得縮短雲山過遠村。

（雜）船裡相公娘子，此係太湖口了，近來強人極多，須索小心在意。

（生、旦）這却怎麼好？

【剔銀燈】（合）茫茫水，更風狂兼浪緊，又聞得那強人的成陣。聽欸乃悠悠輕點離人恨，滿帆風吹不去多愁悶，前村吉凶難準。夫和婦，災祥日下未分。

（內吹哨子介）

（雜）你聽，遠遠哨子響哩。

【攤破地錦花】（合）聽哨聲，好唬得人兒窘，我的心內如焚。（雜）不好了，上流頭有小船數隻來了。（生、旦）又見有賊船如雲。

（內喊介）（生、旦）船家，何處可以避得一避麼？（雜）你看一派大水，沒箇邊岸，如何避得？（生旦）欲進逡巡，欲退無門。（內又喊介）（扮賊軍駕小舟廻繞一轉 下）（生、旦）呀，早已見幾軍船。

（雜急搖船介）

（生、旦慌介）

（內喊鳴金介）

【麻婆子】（合）殺聲，殺聲看看近，心中萬緒紛。水面，水面難逃遁，風翻浪似銀，寧可雙雙沉溺免遭迍。（旦）我那娘呵，我魂兒早已隨流水，空有悽惶淚。（合）只好事急叩神靈。

（賊衆上，拿住介）

（賊）列位兄弟，你看這等男女兩人，倒有許多金珠寶貝。

（賊）不要管他，將船搖到岸邊，解上元帥，聽他發落便了。

（作搖船到岸，將生、旦綁介）

（雜）禀爺，放我去罷。

（賊）你自去罷，船留在此。

（雜慌下）

（賊）就此上山去。

（押生、旦行介）不聞金鐙響，齊唱凱歌回。已到大寨，且待元帥升帳，一同解進便了。

（內吹打介）

【粉蝶兒】（淨上）劍戟森森，鼙鼓金鐃列閫，寄浮生且作波臣。我氣昂昂，威凜凜，英名雄震，説什麼五花八陣。（坐介）

（賊）禀上元帥，今日巡視湖中，拿得儒生夫婦二人，倒有滿船金珠衣飾。

（淨）既是儒生夫婦，與我搜檢明白，上堂相見，不必驚他。

（賊解生、旦進介）

（旦側立，生揖介）元帥拜揖！

【尾犯序】（淨）呀，看你夫婦正青春，孃孃婷婷，一樣丰韻。因甚遨遊，駕扁舟泛藐？你休隱，姓與名不須藏匿，書與劍何方延引？我非是區區盜蹠，你且莫消魂。嘍囉，與我列下坐兒，請他二人坐了好講。

（生、旦坐介）

【前腔】（生）儒生一脈藉斯文，于楚粲生，久失庭訓，浪跡萍蹤，載嬋娟翠裙。（淨）為何不去求取功名呢？（生）休問，早看取裙釵九五，又見那奴顏紳縉，雄心冷，因此夫妻同去，要泛武陵春。

（淨）原來為因時事，不願功名，攜眷遨遊，安心放逸，乃是一箇高士了。適纔僂儸不知好歹，使先生與娘子受驚了。

（生）不敢。

（介）請問將軍，何以行義於此？

（淨）清濁之跡，固曰不同；憫世之心，總歸一轍。（介）

（雜上）稟元帥，湖口有一公差，口稱吳縣聞爺差來，下什麼招撫檄文的。

（淨笑介）這又奇了，先取檄文來看。

（雜應下）

（淨）此處鄰界，有一吳縣，那知縣復姓聞人名傑，為官倒也清正，只是口出大言，意欲招我歸附朝廷，立功贖罪。我想去邪反正，極是好事，但一卑卑縣令，不足保我歸誠。況且叵測機關，難以信憑片紙。

（旦）這聞知縣，不是中州衛輝人麼？

（淨）正是衛輝人，娘子何以知之？

（旦）此系奴家表兄，若元帥立意投降，奴願先為訂誓。

（淨）且看檄文如何，再作道理。此處人多，不便細說，請二位到密室之中，計一萬全之策。

（生、旦）是。

【集唐】

（生）待入天臺路，（旦）潮頭振蟄龍。
（淨）寧知天子貴，（合）飛檄佇文雄。

第二十五齣　議　　降

【黃鐘・玉女步瑞雲】(小生冠服,衆隨上)製錦才高,花滿河陽名噪,愧無能萑苻未掃。下官聞人傑,到任以來,業逾一載,且喜詞消訟簡,官有餘閒。只是蠢鱷長鯨,未能消滅；太湖大盜,肆毒逞凶,官兵屢為所敗。聞他為首之人,乃是晉陽大俠,姓甄名儀道,為人倒也誠信爽捷,每每亦有歸附投誠之意。無奈這些上下文武官員,撫之不得其宜,勦之又乏善策,所以養癰日久,積患愈深,漸覺聲勢浩大。我想若再過數年,將有不可收拾之局矣。前日下官草下檄文一通,差人送去,中間敷陳厲害,頗中機宜,今日必有回音。且看來文,再作道理。還有一件,那尹上公見在建康,下官咫尺屬員,未曾參謁,雖然屢有申稟,終是未罄所懷。奈何職守攸關,不敢擅離頃刻,又因湖濱為盜賊之比鄰,封疆為守土之要着,只得公爾忘私,未免殊恩難報。清夜炙心,實深慚愧。

(雜)稟爺,僉押。

(小生僉押)

【前腔】(生、旦箭衣小帽,同皂隸上)(生)死裡逃生,此去吉凶難料。(旦)莫愁煩,奇功不小。

(皂)已到衙門首了,二位果是俺老爺的親戚兄弟麼？

(旦)我是兄弟,他是至親。

(皂)如此待我進去通報。

(進介)稟爺,皂隸回話。

(小生)你來了麼,差你之事如何了？

(皂)老爺聽稟：小人一入賊巢,他即拿為奸細,虧有帶去公文,方免許多威勢。僂儸先稟大王,急取檄文詳諦。營中有箇書生,說是老爺兄弟,傍邊極口讚揚,勸得賊頭心契。就着令弟同來,確算萬全干係。見在門外暫停,尚有同伴夥計,老爺還須以禮相迎,這回須要擡舉皂隸。

(小生)辛苦往來,自然有賞,但賊中說我兄弟,一發荒唐之極了。你與我速傳二人進來。該房,今日免放投文,暫假一日。

（雜衆下）

（皂引生、旦進介）

（旦）大人請退貴役,有話細陳。

（小生）你二人莫非刺客麼?

（生、旦）纖弱書生,有何伎倆?其間委曲,六耳難知。幸勿過疑,並無他意。

（小生）既如此,皂隸你也去罷!

（皂應下）

（旦）不知夫人也在任所否?一發相請出來,同說其中緣故。

（小生）咦。你這強賊好大膽,將謂我劍不利也?

（旦）大人相別不遠,難道就不認得我尹進賢了?

（小生看,驚介）呀,原來是恩公!（下揖介）卑職得罪,此位何人?

（旦）一言難盡,見了夫人,自有分曉。今番不是欽差內相了,大人將這卑職二字,不要講罷!

（小生）豈敢,既是恩人玉臨,寒荊自當叩謁。但此位相雜,不為穩便。且屈暫往外廂,賤眷好來相見。

（旦）這不妨事,但請夫人相見便了。

（小生）既如此,分付開了宅門。

（內管家開門上）

（小生遜,二人進介）

（小生）速請夫人出來,你自廻避。

（管應下,小旦上）堂中有話和誰說?衙內夫人肯見人?

（小生）夫人,大恩人尹公公在此。

（小旦見介）呀,果是恩人,緣何到此?（拜介）

（旦亦拜介）

（小生）且請恩人與此位,一同坐下,細講來歷。

（小旦）此是何人?（各坐介）

（旦）聽稟。

【啄木兒】(旦)當初會，戴錦貂，今日相逢都變了。(卸冠服，現女衣介)(小生、小旦)如何改了女粧？(旦)奴原是金屋嬋娟，假扮作內官欺矯。(小生、小旦)原來昔日蒙此大恩，倒是女中豪傑！後來何以謝事？為何反在湖中？此位果是甚人？幸乞一一明示。(旦)他是萍蹤相遇憐同調，雙雙奔逸中流渺，只見旗皺風雷，把我夫婦邀。

(小生、小旦)原來恩人棄職潛逃，夫妻為賊所陷。

【前腔】(小生)下官呵，詳司府，奏碧霄，請發王師將賊勦。不與他共戴堯天，肯隨着宴安鴆小。(小旦)恩人，你鰲魚怎卸金鈎釣，今來必定藏機竅，或者免動干戈把伏莽消。

【三段子】(生)那渠魁甄儀道呵，他權謀不小，況汪洋山遙水遙，積聚頗饒，更兼着人強馬驕。他又肯歸誠納款無煩擾，復情願王家戮力共征討。因此我夫婦二人呵，特到尊前將豪傑表。

(小生)他若果肯真心歸順，我就修書薦他到當朝狄相公處，要他轉奏朝廷，必有重用。只恐鷹眼不馴，狼心未化，日後貽累原撫之人，如何是好？

(生、旦)我看此人推心置腹，誠信可嘉，決無首鼠之疑，必有桑榆之效。

(小旦)恩人之教，雖粉身碎骨，亦不敢辭。況日後之是非難定，眼前之功業可期。湖海既清，風煙頓息，亦為官之急務也。相公，你不勞再計，須把功名二字，置之天外便了。

(小生)夫人快論，功效井然，決計竟行，疑城立破矣！再以下官餘見，莫若將恩人夫婦，一同薦到狄公處，求他把潛逃一事，代剖明白，得邀聖后回嗔，永遂于飛之樂。夫人，你道如何？

(小旦)這倒有些不便。

(小生)何以見得？

(小旦)恩人專寵宮幃，天后假權出鎮。一旦背旨潛逃，兼且私擇配偶，女主聞知，將有大振天威，行且吉凶不測。若以妾之鄙謀，還請恩人遁跡湖山，移名改姓，暗把一段奇緣，並述許多功業，先達狄老知之，徐看機關，另圖後局的好。

（生、旦）夫人真正大英雄、大智慧之勝算也。

（小生）今日恩人夫婦，且宿官衙。明早待下官一面申詳各上司，一面即發書啓於狄公去。第一件要那甄儀道立散黨羽，解甲來降方妙。

（生、旦）我二人明早親去相訂便了。

【鮑老催】（小生、小旦）幾年夢遙，今朝相會魂暗消，方知原是女俊豪。想起那戴烏紗，着緋袍，多嬌俏。我兩人悲怨成歡樂，如今兀自沾弘造。夫共婦，欣同調。

【尾聲】（生、旦）明朝速把書函草，要立薦英雄把鯨鱷消。（小生、小旦）恩人恩人，怎得你功過相繩錫錦袍？

【集唐】

（生）孤鴻海上來，（旦）遙望黃金臺。
（小生）季布無二諾，（小旦）丹嶂五丁開。

第二十六齣　忠　憤

【仙吕·望遠行】（末宰相冠服上）滿腔愁苦，憤恨填胸旁午。此日平章，正是他年笑譜。可憐李氏唐朝，儳矣周家姓武。（拂髯介）看這老庸奴，怎去見太宗高祖？我空竊平章位，誠非廊廟才。雪霜堆滿面，不肯此心灰。老夫張柬之是也，位躋臺垣，人欽山斗。與狄太師班聯臺省，作女皇帝輔弼名臣。（恨介）雖仕宦之至榮，歎此生之不幸。悠悠伴食，將何補於事功？展轉遷延，實有憨於面目。我年華已迫，為國家而不敢去官。此志不灰，欲舉作而寀僚未許。今日朝罷始歸，愁眉正結，官兒，可有甚人拜訪？有無書檄往來？

（雜）並無賓客，且乏書函，止有朝報小帖在此。

（送介）

（末看介）呀，不好了，老夫今日早朝，絕無影響，如何就有中旨，着狄公副太子，去討默啜？我想皇儲出鎮，元老從戎，這國家大事，一發不像了。此無他說，就是那張武諸人，陰謀密啓，以遂私圖耳。老夫若不立舉大義，到底唐氏君臣，無置身之地了！官兒！

（雜應介）

（末）你速去請了羽林大將軍李多祚來，你説俺爺不卸朝衣，立等議事，要他星飛至此，不可少遲。

（雜應下）

（末）我那高祖太宗皇帝呵，你須助我老臣成功也。

【正宮‧錦纏道】歎家邦，恨無端生出這妖魔野狐，他淫僻性似饑鼯，更怪他屠兄殺姊，把忠藎删鋤。就是那亂春宮晚節堪誅，還不比踐元後弒君易儲。我如今先請李將軍商議停妥，然後再同崔元暐、桓彥範、袁恕己、敬暉等，歃血訂盟，啓知太子，誓必掃清宮掖，仍復唐基，纔了此志。就是那狄公，也不必與聞他了。我疾速計難疎，斬羣奸全誅張武。私心漫省吾，爲國家情非粗鹵。老夫今日此舉，也並不爲着別的，只爲這青史萬年書。

（雜同李上）

（李作乘馬介）雖非君命召，俟駕恐遲延。

（雜同李上）請爺下馬。

（李下馬介）

（雜進介）禀太師爺，李將軍到了。

（末）速請進來，你自廻避。

（雜應下）

（李進揖）

（末扶住介）將軍不須行禮，有話相問耳。

（李）小官侍立請教。

（末）將軍富貴，誰所致也？

（李淚介）先帝也！

（末）先帝之德，將軍得無不報乎？

（李大淚介）事勢日非，刺心刻骨，區區忠藎有餘，只是綿力無補。倘相公有何驅使，苟利社稷，生死以之！

（末）將軍既有忠義之心，請上受老夫一拜。（跪介）

（李亦跪介）老太師請起！

（末拜介）將軍深悉大義，發此讜言，是必積悃未伸，斷非色厲內荏。老夫籌計早已詳明，全藉將軍一腔忠勇。將軍可速與右羽林楊將軍，共領禁兵五百，明早頂盔貫甲，礪刃操戈，直至元武門相候。老夫今晚約同崔元暐等，密陳太子，一同斬關而入，立請女皇傳位，以順天人之望。事在機先，慎毋輕忽。

（李）老太師興此大義，以快人心，小官輩焉敢稍泄，有壞國事？

（末）若得如此，真祖宗之靈，社稷之幸也！

（各奮袂介）

【尾聲】（合）英風萬丈人難阻，整乾坤擔當在吾，須要把惡黨殲除定遠圖。

（末）將軍須索小心在意，更宜密速施行。

（李）這箇自然。

【集唐】

　　　　（末）雲淨妖星落，（李）岩廊拂露開。
　　　　（末）甲兵分聖旨，（李）長劍獨歸來。

第二十七齣　出　　師

（雜扮小軍上）朝為田舍郎，暮登天子堂。將相本無種，男兒當自強。哥呵，我們都是京營軍卒，今日皇太子與狄丞相兩個，統領大兵，出征默啜。昨奉狄相國軍令，高築將臺，誓師起馬，所以合營軍將，俱各全身披掛，聽太子丞相發號而行。道猶未了，你看先鋒諸將，又早陸續來也。

（各介）我們且暫避一避，各依隊伍，參見便了。

（介）言之有理。真是軍隨砲響施威武，馬聽鑼聲入戰圖。

（介下）

【仙呂入雙·賀聖朝】（先設將臺一座在上）（丑盔甲上）今朝旗鼓飛揚，男兒劍閃秋光，要征默啜靖邊疆，麟閣永流芳。自家河北道元帥麾下，一箇副先鋒嚴勔是也。屢立軍功，熟嫻弓馬，武魁甲乙，氣撼天山。我歷任專城將領，俱膺薦獎之榮，每試騎射優長，必有花紅之賜。如今太子領兵，奉着女皇聖旨，封他為河北道大元帥，狄相國為副元帥。論來這箇先鋒印，原該是我掛的，不期狄公保薦一人，叫做甄儀道。此人乃是太湖賊首，公然倒做了正印先鋒。我嚴駢却是科甲正途，竟爾埋沒做從征副將，未免雄心不服，羞與為行。無奈已奉綸音，難違上命，這也只索罷了。今日乃是祭旗起馬之吉辰，理當甲冑戎裝在此俟候。

【前腔】（淨盔甲上）幾年湖海披猖，而今始得名香。劍光千丈繞穹蒼，成功靜夜郎。我甄儀道解散黨羽，歸附朝廷。荷蒙聞大人推薦，又得狄相國提攜，今日已掛先鋒之印，將來必登大帥之壇。直待功業少成，再作高飛遠舉。呀，原來嚴老先生，早已在此了。（見介）

（丑）二位元帥，此時如何還不見來？

（淨）正是呢。

（丑）太子或有留連，那狄公如何亦作兒女之態也？

（各傍坐介）

【風入松】（合）你看三軍結束裹餱糧，畫角數聲清朗，為何中軍主帥多嬌養，此際也尚然安享？這兵和將鷹揚怎擋？人正勇，馬偏強。

（雜急上）報！報！報！

（淨、丑）敢是元帥來了麼？

（雜）不是！

（淨、丑）却報何事呢？

【前腔】（雜）但見城門牢閉沸聲揚，聽傳聞喧嚷。（淨、丑）傳說些什麽來？（雜）傳說忠良仗義收民望，請天后入長宮供養。

（淨、丑）如此說，太子已登大位了？

（雜）也都說君王反唐，諸卿相，蹲蹐蹐。

（淨、丑）有這等事？我們整齊隊伍，以備不虞。探子再去打聽。

（雜應下）

（淨、丑）若能果有此事呵。

【急三槍】（合）也得箇，瞻聖主，臣民喜，消兵革，頌皇唐。

（丑）甄老先生，倘或太子已正大位，這元帥的金印，没人掌了，如何是好？

（淨）這印自然是狄丞相掌的了。

【前腔】（淨）他是真英傑，忠良相，運籌主，更有汪洋度，自合綰金章。

（另雜又上）報！報！報！城門已經開了，文武官員，俱已進出，只是百姓們不許行走。又見羽林軍卒，各持器械，各門城垛，排列刀槍，不知是何緣故。

（淨、丑）你再去打聽的實來報。

（雜應下）

（内）聖旨下！

（淨、丑迎介）

【風入松】（外捧旨，雜執劍、印、白旄、黃鉞同上）黃金寶篆紫泥香，齎送先鋒營帳。（淨、丑接介）（外將聖旨放桌上，與二將行禮介）二位可知道麽？（淨、丑）不知。（外）朝綱已是儲君掌，資元老把衰朽充行。這征伐事必須良將，今敕汝，往遐方。

（淨、丑）我輩無知小卒，焉敢當此重任？

（外）見有聖旨，誰敢推辭？須索跪聽開讀。

（淨、丑跪介）

（外）皇帝制曰：朕以涼德，致謫廬陵，全賴股肱，復膺大寶。倉卒之間，未嫻典禮，興革諸事，另有規程。除一應封賞黜陟，肆赦覃恩，再行頒佈外，今日原擬出師，遠征默啜，此係國家重務，三軍信令難移。朕既正位承天，不能秉符出征；副元帥狄仁傑，係屬朝廷碩望，首輔巨卿，正借謨猷，亦難遠出。兹據相國卿狄仁傑薦爾正先鋒甄儀道，信勇仁威，堪膺元帥之任；爾副先鋒嚴脾，英畧邁衆，可授正先鋒印。復經諸臣廷議，咸為允宜。就敕相國卿狄仁傑，齎送敕印旗牌、兵符節鉞，親詣軍門，指授方畧，並敕督師起行，刻期復命。功成之日，各加陞賞。謝恩。

（淨、丑）萬歲萬萬歲！

（外）聖上立等復命，二位速傳號令，起行便了。

（淨）丞相在上，甄儀道尚有一言。

（外）請教。

【前腔】（淨）平生壯氣雖千丈，不過是蠢爾癲狂。如今號令中軍帳，好叫我舉止張皇。（丑）做先鋒要摧堅破強，我這無用物，敢承當？

（外）不必太謙，一則軍務緊急，二則聖上立等復命，三則新主初登大位，各項處置未詳。老夫即刻入朝，尚有許多調酌的事情。二位幸勿遲滯，有悞機務。

（淨）遵命了。

（登壇向內介）分付大小三軍，本鎮新蒙特簡，晉躋元戎，爾等將裨官兵，務遵約束。隊伍須要整齊，軍容必在振肅，進止隨機，秋毫不犯。遇敵彼此爭先，臨陣靡堅不破。鼓則進，金則退，古人之制，不敢改常。功者賞，罪者罰，執一之條，絕無假借。共思奮勇勤王，毋自逡巡喪氣，就此發號起行前進者。

（內應介）

（吹打作起行，人馬聲介）

（雜扮中軍官上）禀上元帥，各隊人馬陸續已行了，請元帥中軍起馬。

（外）老夫就此拜別，復命去了。

（與淨師生禮拜介）

（外）將軍新出師，

（淨）三軍命所司。

（外）預開麟閣待，

（淨）共樂太平時。

（丑）嚴脾打躬。

（外）不勞了。（下）

（丑）請元帥前行。

（淨）不敢。

（各上馬介）

【黑麻序】（合）正正堂堂，看雄威凛冽，罴虎腾骧。好軍容整肅，氣豪千丈。康莊行行溜䮦驪，飄飄動彩幢。（合）勒旂常，好歸來戰袍花燦，鐵券生光。

【前腔】前向，韐服遐方。見旌旄導引，矛盾成行。更吹螺振鐸，浩歌聲壯。秋霜，羊腸劍頗長，烏號弓恁强。（合前）

【錦衣香】治家邦，憑卿相；靜封疆，惟軍將。天生文武英雄，把邊烽滌蕩。幾年女帝亂朝堂，今朝一旦，聖主當陽。愧臣非頗牧，領兵符遠塞勤王。羞對中軍帳，只恐曠兵糜餉，如何做得，大樹謙讓？

【漿水令】戴兜矛，威風氣昂；着唐猊，精神倍常。不勞擒縱謾商量，用甚子房，説甚姜尚，凱歌唱，露布揚，三軍笑飲芙蓉釀。真快活！真快活！兒郎繡襠，猶自喜，丈夫錦裳。

【尾聲】英雄豪傑垂天象，出處功名甚渺茫，總只在衣錦還鄉。

【集唐】

（丑）坐覺煙塵掃，還來入帝鄉。

（淨）誓將掛冠去，北山歸草堂。

第二十八齣　野　　報

（雜扮賣報人上）報報報，新天子登基，天恩大赦的詔款，要買的速速來買，不買我就去了。

（內）新天子是誰？

（雜）就是原先廢帝，出封廬陵王的。今虧狄丞相、張丞相兩箇，率領羽林軍卒，殺入宫中，拿住了女皇帝，只是要殺，驚得那女皇帝聲聲哀告。那時兩箇丞相説："你既怕死，速將天下仍還太子，更將你的奸夫，一箇箇送將出來。待我殺了，你便退入冷宫，萬事全休。若道半箇不字，我就鋼刀亂下。"那女皇帝口口應承，只是磕頭哀告，遂將張昌宗、張易之，並懷義和尚，送將出來。一時被這些羽林軍卒，砍為肉醬。

（内）難道女皇帝磕起頭來？這等説，還有武三思呢？

（雜）列位又來了，難道要殺的時節，有箇不磕頭求告的？想來也不差，只有武三思這箇奸賊，那日不在宮中，如今尚未下落。

（内）聞説狄丞相兩三年前，已是死了，如何又有狄丞相在内？這報是假的！

（雜）啐，是真的，連我也不知道。如今的事，要説真的，粧點的好，説得活現，假的也就真了。若説得不好，敷演得不像，真的也就假了。你這裏既是疑假疑真，我如何難借此易彼？罷罷，往別處賣去罷！你既不信我，還有一箇甄將軍出征默啜，報捷的小報，我也不與你們説了，若説將出來，又好説我説謊。

（内）那箇甄將軍？

（雜）此人乃是太湖中強盜出身，原要跟隨狄丞相出征默啜的，不期狄丞相因新皇帝即位，要料理朝中事務，難以親自出師，就委這甄將軍領兵前去。也是他的造化，又虧他的手段，竟是馬到功成，如今陞了大大的一箇官了。

（内）什麼官？

（雜）我的報是要賣銀子的，我又不是説評話的，為何只是問？再不買，我也再不睬你哩！我去了我去了！要買的前面來。

【集唐】

　　　子房未虎嘯，恐是霍嫖姚。
　　　遠近山河淨，龍宮鎖寂寥。

第二十九齣　敕　　別

（雜扮院子上）青山橫北郭，白水遶東城。此地一為別，孤蓬萬里征。自家聞老爺府中院子是也。俺老爺為官數載，清慎自持。政績聲華，班班足羨。邇來朝廷已歸舊主，天后退入深宮。一應已發未發之案，悉准咸赦除之。那些逋逃隱匿之流，皆可鼎新革故。老爺又因薦了甄儀道到狄丞相那裏，他竟立功邊地，振旅回朝，新天子十分大喜，甄儀道陞了中州節度使，俺老爺也特授諫議大夫之職。明日是老爺夫人起馬進京之期,那于相公同尹娘子潛逃一事,亦在恩赦之內。尹娘子也說明日起行,要往楚中探母,是以老爺分付,整備酒筵,請他夫婦到來餞別。他二人早已先在衙中,敘話多時了。如今酒席已完,不免請他上堂就坐罷。(請介)老爺夫人,請于相公、娘子上堂坐席。

【雙調・秋蘂香】(生)舊愁方解又新愁。(旦)分袂去吹花擘柳。(小生)且盡一杯離別酒。(小旦)兩下裡更多僝愁。

(各見禮介)

(生)彼此叨恩義,

(旦)還虧再造功。

(小生)從今分手去,

(小旦)時刻數歸鴻。

(小生)于兄,小弟幸叨福庇,濫廁京卿,一到衙門,即擬將兄疏薦,何不同上長安,又作依依歧路?

(生)弟志早已成灰,只是塵緣未了。今日同寒荊歸家,見了岳母,再往拜掃先塋一番,將來竟要遁跡入山矣!兄免費心,弟當拜首。

(小生)當日深藏,因女主而不屈;如今高養,奈蒼生之若何?兄雖往楚,弟即抵京,特召之榮,不可太執。

(小旦)恩人,于公固執若此,你須念我夫妻,借題也好前來一看。

(旦)到那其間,見機而作便了。

(各送酒介)

(須兩桌,二男一桌,二女一桌,不可共一桌)

【錦堂月】(小生)無計淹留,今朝去也,舟車兩地馳驟。柳綠隋堤,君何事遠遊?我這裏先到長安,諒尊兄也蒲輪不久。(合)傾百斗,須盡倒芳樽,坐穿更漏。

【前腔】(小旦)寬宥,款待難週。陽關曲罷,山程水驛悠悠。暗想昔日行藏,見人且自顏忸。要慰我無限思量,早來京莫教覊紐。(合前)

【醉公子】(生)知否？我此志隳隤已久。雖感你深情，免勞章奏。拂袖，看碧水丹山，散髮披襟隨意走。(合前)

【僥僥令】(旦)幾時相聚首？一旦買歸舟。于郎固執雖如此，老母與奴家尚可留。

【尾聲】(合)明朝早折陽關柳，無限離情淚怎收？只怕你涼露霑衣欺隴頭。

【集唐】
(小旦)促漏遥鐘動靜聞，(小生)人生何處不離羣？
(旦)上却徵車更回首，(生)去作先生號白雲。

第三十齣　擬　　封

【黃鐘·瑞雲濃】(末戴沖天冠、蟒袍，雜內侍隨上)(末)許多煩惱，歎飛龍久潛池沼，轉日回天藉元老。皇唐復整，賴內外扶持，雲霾盡掃，論奇勳豈曰渺小。皇猷被寰宇，端宸屬元辰。九重麗天邑，千門臨上春。寡人當今復位皇帝，改號神龍元年。先因母后臨朝，致遭貶謫；後以元老苦諫，再入東宮。又得忠義匡扶，遂爾一時正位。天后悔過而甘老長門，唐祚重安而慶流宗社。朕自清夜靜思，每欲潸然泣下。我想那些再造唐室之功臣，必加極貴極榮之顯秩，這纔是寡人酬勳報德之戀懷也。且喜皇后韋氏，向來識禮知書，助朕贊理萬機，頗自斷裁敏捷。況朕與他間關患難，情篤非常，原有私約在先，設或後日復作唐家天子，卿有所欲，任爾施行。正是匹夫然諾，尚足重比丘山，豈有天子語言，倒不逾於金石？是以事無大小，定要與他商議而行，寡人絲毫不敢自主。今此封拜巨典，一發不可草草了。內侍。

(雜應介)

(末)速傳旨，宣正宮娘娘上殿。

(雜應)(宣介)

【前腔】(小旦冠服上)娥眉淡掃，我一種憂心悄悄。若箇情人信音杳，風鶴餘灰，看芒刺功臣，自居孤保，禍根芽所關非小。

（雜）娘娘見駕。

（小旦行禮畢，坐介）臣妾睡眼尚朦，曉粧未竟，懨懨困倦，意態郎當，默默含情，憂思難罄。不知聖上有何朝政，如此御敕宣傳？

（末）寡人昨夜思之，若非元老匡勳，功臣翊運，今日安得復位君臨，仍延唐祚？意欲大開封賞之恩，永礪河山之誓。不知首功該讓何人，酬勳當進何爵，特請卿來，詳加品定。

（小旦）聖上言念及此，足見天地父母之仁心，開國承家之厚澤。但恐首功之人，聖上必不能存之心臆間耳。

（末）狄老回天，柬之易位，奇功異績，捨此其誰？怎麼寡人就肯遺忘起來？

（小旦）如此說來，聖上以焦頭爛額者為功，實不知曲突徙薪者之為功也。

（末）這又奇了，以卿之見，誰人之功最大呢？

【畫眉序】（小旦）曲突最功高，焦頭爛額得酬報，這是非成敗，氣死英豪。眼前的忠孝官僚，昔也曾依人顰笑，妾身雖具裙釵貌，頗知大體昭昭。

（末）既卿另具法眼，自然冰鑑無差。請說分明，免朕迷惑。

（小旦）說倒要說，恐陛下聽了，又要迷惑哩！

（末）卿言出自至公，不比那些文武羣臣，有偏有黨，多植私謀。幸速教我，勿再遲也。

（小旦）以妾看來，功臣就是武三思。

（末）三思雖屬椒親，實係武家逆黨，天后眷侄，而有易儲革命之心。寡人為他，而有遠徙奔馳之苦，如何倒說他是功臣？

（小旦）請問陛下，當日出貶廬陵之時，若使三思果有逆謀，不假天母之敕旨，定囑監送之細人，欲加一劍之威，不過宰夫之力。若再不然，元老之諍言雖切，三思之膚愬難當，那東宮易位，四海咸知，周李革沿，萬目共覩，又誰肯空老歲華，甘聽柬之逞志？就是那些羽林軍卒，雖受張狄之指揮，尚有許多禁旅雄師，亦在三思之掌握。倘撤簾之議，一經妄動，而青宮之血，立可濺人。此時生死存亡，猶無定向，又安能今日復為萬乘之尊乎？所謂三思者，有薄天子之高風；諸臣者，實貪天功為己力。以陛下天授之殊庥，為臣子掀天之偉績，豈非曲突徙薪無恩澤，焦頭爛額為上客乎？

（末）若非皇后開至公之門，闢天功之論，功罪倒施，賢愚莫辯矣！寡人即傳聖諭，立刻晉爵三思為王侯，庶足以稍協朕意耳！

（小旦）陛下差矣！三思姓武，諸臣正將借為口實，以葸不賞之功。若陛下竟爾封之，使飄渺驚魂，驟登高位，衆人側目，安保令終？以臣妾之見，莫若仍封狄張諸臣以重位，陽尊爵祿，陰奪權衡，然後進三思於秘府，寄耳目於腹心。原不論官職之崇卑，只要無間疎於時日，則功倖兼酬，情法兩盡矣！

（末）卿言極當，使寡人聞之，喜而欲狂，一一依卿處置便了。

【前腔】（末）果是女英豪，功罪分明似犀照。看釐然剖晰，不舛分毫。敕三思秘府連鑣，封張狄高官清嘯，酬功進倖人難料，腹心芒刺雙包。內侍傳旨，宣召武三思，明日進宮議事。從前官誥，悉准給還；第宅田園，照常培植。如有奸人借端生擾者，立拿治罪。

（雜應介）

【滴溜子】（小旦）痛殺那武三思，似鸞飄鳳漠，更謙恭，能守分，循天自樂。衆人，假惺惺量度，若使當年肯着機，安容你為作？此事分明，是功臣也莫。

【鮑老催】（末）未加忖度，鱄鯉不分清與濁。今朝方表雞隊鶴，他是鷙彈鴻，破帆舟，風番鐸。多虧讜言細咀嚼，不教獨處燕堂雀。凡百事，要斟酌。

【雙聲子】（合）人間樂，人間樂，夫婦休相惡。猶堪託，猶堪託，議論排山嶽。萬民福，萬民福，沛澤渥。沛澤渥，椒房重領，北門鎖鑰。

【尾聲】（合）明人不用多思索，一語回春醒頓覺。從此三思，再入幃與幄。

【集唐】
　　　　宮樹晚沉沉，龍池歲月深。
　　　　莫將和氏淚，山郭遠聞砧。

第三十一齣　望　塵

【中呂・駐馬聽】(副淨上)荏苒流年,異地飄零苦萬千。痛殺我離鄉背井,暮雨朝雲,又没有知己纏綿。自家效彌犛,向因尹監疏薦到京,誰知女皇選擇不中,遂與通不鄧、彭若齡、伍顔子三人,流落京邸,他們又各自尋了路頭,跟隨外任官員,出京去了。獨獨剩我一人,孤孤恓恓,淹遲在此,終朝無事,不過往煙花市上,酒肆茶坊,作些幫閒生意,倒也秋月春花,頗稱快活。那玉樓人醉杏花天,我杏花叢裡輕風剪。聞説于顛,有人薦舉,早已蒙天眷。前日偶到報房裡去看一看,原來于粲生這箇獃子,竟有一箇新陞來的聞諫議,薦舉了他,已奉聖旨,准令赴京就職,計程只在目下將到。(喜介)我效彌犛若得這箇相知到來,不怕不一時發跡。不要説別的,只求他薦揚一聲,在這些官府門下走動,就有許多光彩,並有若干生發矣。妙妙!我今來此,正是聞諫議的門首,不免問他一聲。(向內介)裡面有人麼?

(雜上)哎!什麼所在,大呼小叫。

(要打介)

(副懼介)我是你老爺薦舉雲間于相公的好友,特來問一問,于相公幾時將到,若來時住在那裏?

(雜)你這花子,不知認得于相公是誰,在此扯謊。

(副)你老又來了,扯謊是在背後沒人知道的那裏扯的,難道扯到真人門上來?

(雜)這等是真的了,我對你説了罷。于相公三兩日間,與他夫人,一同俱到,來時自然住在我府中的。又聽得他説抵死不肯就官,還要辭哩!

(副淨)如今的人,還肯辭官?沒有此事。

(雜)這話也未知真假,待他來時,自有實信。

(雜扮長班持帖急上)長班為嚮導,皂隸當先鋒。門上人那裏?

(雜應介)

（長）甄老爺拜,已到門了。
（雜持帖急下）
（淨蟒袍紗帽,長班喝道上）
（小生冠服上迎,同揖,遜下場介）
（副淨、雜仍弔場）
（副淨）請問老兄,這是什麼官?
（雜）這箇麼,也是我們老爺薦舉的,他出征默啜回來,如今授了中州節度使之職。
（副淨背介）如此説,于獣的官,也是不小的了。

【前腔】我望眼連天,何日相知到眼前?噯,天呵天,我只願于獣呵,也這等官高職顯,鬼怕人驚,無限威權。（內吆喝,淨、小生揖遜出場,淨作上轎勢,下）（小生作進門勢,各下介）（副淨仍弔場）妙妙,于獣到此,自然也是這等熱鬧的了。即使他要辭官,要他轉薦一聲,也不定難。（想介）只是一件,睽違日久,近來情性,恐更改了。況且又説有箇夫人。（又想介）不妨不妨,他的南路病,我是極知道的。只要他後庭越好越心堅,更要他夫人不醋情兒軟。若是見我猶憐,我一心一意判着這蜻蜓面。

【集唐】
　　　　萬里悲秋常作客,十年征戍憶遼陽。
　　　　為報洛陽遊宦侶,風流誰繼漢田郎。

第三十二齣　設　　陷

【仙吕入雙・字字雙】（丑上）我覆雨翻雲手段高,絶妙。阿婆媳婦盡同牀,都操。依然官誥不曾抄,榮耀。可憐黨類甚蕭條,無靠無靠。我出身是白丁,詩書原不讀。命運十分高,一生享重禄。可恨張柬之,稱兵犯輦轂。太子反了唐,姑娘只是哭。竟把二張誅,猶尋諸武戮。虧我福量宏,自小能雌伏。韋后又同衾,時時打雙陸。聖上在邊傍,親把籌兒撲。如今我獨尊,仍舊秉樞軸。只因羽翼疏,早晚反勞碌。本章是我批,黜陟看心腹。不是擅威權,借此遮面目。自家武三思是也！（怕介）阿也也，那日張柬之與崔元暉這一班蠢才，殺進宮門的時節，幸得我不曾在內，不然幾乎的玉石不分哩！可憐張家兩朵蓮花，懷義一槌老禿，如今竟做了花飛水盡，蠶老絲空，絕無影響了。我老武聞此一信，整整三日不敢出頭，自分必不能免。誰知那一班要做萬古功臣的蠢老頭子，他便揚揚得意，且受人家稱功頌德，安能想到我這漏網之魚？就是那曾薦賢的狄仁傑，也驚得箇屁滾尿流，猶恐做事不成，干連坐罪。他便借死偷生，一聽後人議論。（介）誰知新皇接位，想起故交。宮內有人，枕邊力薦，將我仍復舊職，總領朝綱。如今將及半載有餘，內外人心少定，我的威權手段，仍舊放將出來了。昨日各衙門本章，俱送我這裡批票，不免經理一番則箇。（看本介）

【玉山供】【玉抱肚】一番烘鬧，做將來十分氣豪，嚇得我頭縮難伸，兩三朝戰兢非小。殿中侍御使鄭愔一本：為酬勳必須重爵賞功勿使過勞事，請封張柬之等以王位，罷其政事云云。妙妙，此本原是我商量過的。陽則尊崇其爵，陰實褫奪其權，不免批發該部遵行，並令史館撰敕，擇日受封便了。又新授中州節度使甄儀道一本，為辭職歸山事。此人乃是太湖大盜，因聞人傑薦與老狄，同征默啜，又為張柬之輩作亂，太子既登大寶，老狄復秉中臺，把一箇征默啜之任，竟送與他，誰想他一去即便成功。默啜已經大敗，是以聖恩特授此職。如何一日不曾去做，就要辭官起來？朝中英才濟濟，豈乏你一箇賊頭，不免准其請罷！（想介）且住，新立邊功，聖眷方切，只恐不允所議，如之奈何？還是套留的是。【玉供養】咳，張柬之，張柬之，我心中好笑，假尊崇封伊王號。甄儀道，甄儀道，你賊把邊功效，卸征袍，有辱班聯玷我曹。雲間廢民于楚一本，為罷駕不堪驅策等事。"楚本草茅下士，盛世狂愚，頃以聞人傑謬舉，荷蒙聖天子殊恩，徵聘來京，欲除品職。但楚學未足於三冬，罪頗浮於鼎鑊。在逃尹監，原係宮妃，楚實竊之而宵奔，雖慈仁肆赦，猶為亂法之罪人。若賜冠裳於朝列，有污國體於廟堂。統祈放逐山林，仍作巢由居盛世；誓必燃藜精進，另圖啣結報宏庥。瀝血陳情，仰惟聖鑒。"（大笑介）呀！原來尹宮人之逃，為于楚而去。今于楚為聞諫議所薦，又來上本辭官。當日尹宮人出差之時，我曾匆匆一面，遂道果係官監，想他後庭，後來知是女人，令吾心醉。如今既在京中，必須生一計較，弄得到手，方了我從前心願。（想介）已有計了！必須如此批行，不與皇上知道方好。（批介）尹進賢之差，踰時已久，忽而宵遁，棄職忘君，良有罪焉，已經在赦勿論。據奏進賢復係官妃，殊為奇詫。卿能不諱，情實可嘉。既已成婚，即賜配合。但事屬奇幻，特宣尹氏夫妻，進朝面朕，細剖顛末。于楚即候除官，不得固辭。該衙門知道。（笑介）妙妙，他若來朝，差人中途搶了，神鬼焉知。家人那裏？

（雜上）密室一呼，家人就到。小的們在此。

（丑）將這些本章，分付費本官兒，送進宮去，交與秉筆公公，轉達皇上，看過發抄。這一本不必送進御前，竟發該部去。

（雜應下）

（丑歡笑介）

【前腔】宮人花貌，扮中官簪纓戴貂。現雙雙夫婦朝天，假皇宣召來須早。是便是了，還得差一人中途去拿他纔好。武力何在？（雜上）馳馬長楊道，侯家有力兒。稟爺，有何使令？（丑）明日五鼓，你往聞諫議門首打聽，他家有箇于楚夫婦入朝，你便遠遠隨着。將次到朝半里之地，你便口說奉旨要拿尹進賢，社壇處決，即將那箇女人搶到府來，重重有賞。（雜應介）（丑）明朝虛報，假飛傳王言來到。只說新君暴，有鋼刀，社壇處決不相饒。（雜應下）

【集唐】

鳳林戈未息，秋風旅雁歸。
此身醒復醉，歌舞共春暉。

第三十三齣　馳　劫

【南呂・上林春】（生、旦仝上）（生）來京上本辭歸里，感君恩固留不已。（旦）今朝夫婦相隨，遵旨進朝自啓。

（生）天門喜氣曉氤氳，聖主臨軒召冠軍。欲令從此行霖雨，先賜巫山一片雲。我于楚夫妻,得蒙恩赦,已出非分之榮。娘子歸見慈幃,正喜家園之樂。誰知又被聞兄舉薦,是以又同岳母來京。一則小生上本辭官,二則娘子與岳母,要收拾先人骸骨,三則借便相會聞兄夫婦一面。且私逃一事,尚未題明,終是未了之案,所以大家一同來此。誰知辭本進御,就奉嚴旨,定要就官,又令娘子面君,細奏始末。如今只得與娘子同入朝堂,奏明前事,然後再懇歸田,未卜事體若何,須索前去則箇。車夫!

（雜應介）

（生）速速趲行。

（雜又應介）

【紅衲襖】（旦）官人,你為何的傲公卿,志太奇,棄功名好似捐敝屣?當日呵,怪他們女官家作事非;今日呵,聖明朝又何苦甘自棄?到如今奉嚴旨不敢違,更令我兩夫妻朝丹陛。唬得我顫兢兢不住的心口相提也。呀,你聽隱隱轟雷騁馬蹄。

（雜扮武力,作乘馬勢,繞場上）聖上有旨,着拿尹進賢社壇處決,休得前進。

（奪旦介）

（生扯搶介）

（雜將生推到在地,車夫跑躱介,先下）

（雜挾旦上馬繞場一轉,下）

【前腔】（生大哭,起介）我那翠生生尹氏妻,你看這凜森森摧蘭蕙,出門時喜津津雙笑嘻,此際呵,好叫我哭哀哀獨顯顇。（哭介）我幾番兒死更回,轉呻吟續一線咽喉氣。（四圍左右望介）你看一些些不見形蹤也,望斷雲山煙水迷。天呵,這却如何是好?我想在此哭也無用,不如急急回寓與聞兄說知,要他朝中打聽消息去。

【集唐】

　　　　並命登仙閣,單車欲問邊。
　　　　猶悲隨淚碣,形影自相憐。

第三十四齣 入　　窘

【商調・風馬兒】（旦上）耳內風雷眼內花，唬得我頓成瘖瘂，心虛腸斷意如麻。于郎何處也？此際痛難加。此地知何地，死生遑問天。電光摧石火，轉眼胡茫然。奴家背旨潛逃，自揣彰聞有日。湖中拿獲，已為必死無疑。不料說賊歸降，他鄉遇故，新君嗣位，得染天恩。夫妻子母，欣全再世之緣；辭職將誅，是亦自投羅網。然雖如此，適纔馬上飛來，明明聽得要到社壇處決，及至進門聲息，隱隱似說老爺入朝未回。幽拘此處，全不似犴狴法場。（看介）你看四壁輝煌，宛然的蓬萊閬苑，又不知是誰家庭院，亦不像那昔日宮幃。若我已死，必入傷亡極慘之冥途，又安得如此樂境？論我猶生，又何有罪人如是之禁地？真令人啞謎難猜。于郎何處？他必然腸斷於歧路之間。依律同逃，想未必安然於無事之地。我思之想之，生也死也！呀，你看架上牙籤萬軸，案頭楮扇蒲盈，不免取來一看。（看扇介）這是來俊臣的書畫，扇面上填着"大即帝武老恩師"。（驚介）呀，這等看來，此處是武三思的家裡了。若我身在武家，這處決之言，未必真了。若處決之言不真，我尹若蘭尚活着哩！與其活而為武賊所污，不若死以謝于郎之愛！且喜壁間有寶劍一口，待我將來自刎了罷！（作刎介）

（雜扮詹氏跑上）娘子不必短見。

（奪劍，旦不與介）

（旦）汝是何人？此是何地？速說分明，休得辱我！如或揜飾不肯盡言，希圖來作說客，我就先斬汝頭，然後自盡！

（詹）娘子你且禁聲，奴家細細與你說知便了。

【二郎神】（詹）我非虛假，說將來暗教人痛殺。奴是詹氏，兒夫膺五馬。（左右探介）那武賊呵，貪奴少艾，把羅敷陷入伊家。（旦）既是被陷的一位夫人，與奴家一般的了，請坐了講。（作收劍入鞘掛在身上，坐介）尊夫姓甚名誰？他既膺五馬之榮，何以使夫人屈陷至此？（詹作恨介）丈夫姓駱名仁恕。（哭介）娘子呵，你還不知這武賊的手段哩!他設穽藏機如戲耍,做造許多贓款,叫箇心腹官員,把奴丈夫參了一本,就發問官審問,那問官又是他分付了,把夫君百般敲打,更奏准了女官家。我那丈夫呵,竟一靈兒曉露秋花。

【前腔】(旦)伊家,這般痛苦,似真非假。既有此段深仇,甘贗啞?我心中自忖,難稍美玉無瑕,只恐你言辭是鏡裡花,假意兒將人驚訝,休得逞伶牙,也還是苦說奴家。

(詹)娘子不信,奴家就設下誓來。

【集賢賓】(詹)奴家說話少根芽,神明神明,你便頃刻來拿,火灸冰幽春作鮓,我時時切齒含沙,真箇似粧聾做啞,與他每仇讐相詐。娘子,我非是假,恨不得碎剮冤家。娘子你尊姓大名,誰家宅眷,乞道其詳。

【前腔】(旦)楚中尹氏紳宦家,奴是一朵奇花。只為先人觸動奸佞瘕,暗中傷沸粥紛麻,窮刑無那。父親不禁苦刑,投繯自盡,將奴呵,沒入了深宮隨駕。後來女皇帝有一椿勾當,着我假扮中官,巡行天下。我到了建康呵,遂與雲間于楚秀才,兩下裡成姻婭,一雙雙逃自私衙。

(詹)既是逃了,如何又進京來?

(旦)于郎為聞諫議疏薦朝廷,是以夫婦到京,上本辭官耳。

(詹)聖旨怎麼?

(旦)聖旨原令奴家進宮,自奏明白,併于郎一同入朝受職。不期未到朝門,就被飛騎拿了,口說奉旨拿妾到社壇處決的,不知如何,反到此處。

(詹)此非真正聖旨,乃武賊之計也。娘子,你身已到此,無計可施,若有奇策,奴家和你合力急行,同出羅網何如?

(旦)目今當朝元老狄仁傑,最是忠直,奴欲修書一封,將此扇子送去,求他上本,只是無人傳遞。

(詹)這有何難,娘子作速寫書,奴家分付門上,即可傳去。

(旦)如此甚好!

(寫書介)

【琥珀貓兒墜】(旦)或真或假,不必問伊家,生死憑他原不怕,隨伊禍福處嬌娃。嗟呀,鴉鵲同巢,凶多吉寡。書已寫完,可同扇子寄去。

(詹作出外介)誰在此間承應?

(雜應上)有何分付?

(詹)老爺入朝之時,有書扇二件,要着人星速送到狄丞相府中去的,不可遲悞。

(轉斗付介)

(雜接介)既是老爺分付的,必定要緊的了。就着聽差人即刻送去罷!今日誰該差使,賞錢與我平分。(下)

(詹回見旦介)娘子,書扇已付人去了。

(內喝介)

(詹)呀,吆喝聲喧,敢是武賊來了,如何是好?

(旦)這有何難?

(作坐介)

【前腔】(丑、衆侍女隨上)姑娘風雅,韋后更如花,美貌如何比得他?我計成縛虎到官衙,波查,朝罷歸來,把溫存磕牙。

(見旦介)娘子拜揖。

(旦按劍介)聖主當陽,禮明法備。你是何人,焉敢擅劫良家妻子?火速送我歸寓,萬事不論,否則同亡劍下。

(出劍介)

(丑笑介)學生非別,武三思便是。蒙今聖后,比家姑天后娘娘,更是十分寵幸,滿朝畏懼,天子尊崇,這是娘子知道的了。當日出差之際,偶識臺容,至今愛慕,但無緣得伸款曲耳!聞娘子已適于姓書生,有本進呈,聖上震怒,說娘子黨惡宣淫,着力士押赴雲陽處斬。學生不忍沉沒花容,特令搶歸私第,以了未盡之緣,實有重生之慶,幸娘子栽之!

(旦)原來你就是那漏網的武賊。

(丑假怒介)

(衆女喝介)

（旦）天下之人，恨不能食汝肉而寢汝皮，汝救死不暇，尚敢怙惡不悛，如此狂妄？若我果罹國法，自然願服常刑。你既身列臣班，焉敢搶劫欽犯？奴家天后宮妃，士人妻室，豈與你狗鼠偷片刻之歡，遺萬年之臭乎？罷罷！我尹若蘭已被你誘入窩巢，諒難解脫，我先與國家除了逆賊，待我從容自盡，以全名節便了！（提劍向丑介）

（詹扯介）

（衆跑介）

（內云）皇后有旨，特召老爺立刻進朝，飛騎在外。

（丑慌介）既是宮中宣召，自然即刻要行，詹氏好生看着尹娘子。倘然勸得同心，我當別有厚報。劍鋒還未冷，強敵又徵兵。

（同衆女急下）

（旦欲追介）

（詹扯住介）娘子息怒，武賊進宮，極早明日方歸，有時還數日不出哩！狄公書扇，未聞下落，留此身以有待耳。

【尾聲】（旦看劍哭介）我偷生終久非全瓦，倒不如刎下頭來品行佳。（詹）且忍耐些兒依着咱。

【集唐】

不作邊城將，胡霜拂劍花。

如何此時恨，慘淡鬪龍蛇。

第三十五齣　摘　　伏

（副淨慌張上）咳，罷了罷了！俗語説得好，人不可與命爭，命不可與運爭，我効彌縶指望于猷做了官，要他青目青目。朝也盼，暮也盼，盼到了時，好不歡喜，昨日早晨，正要前去相見，不期他去上本辭官，皇帝老子十分大怒，竟將他妻子拿去社壇殺了。就是他的罪名，却也不是當耍的。我又沒處打聽，怎生是好？倘或株連親友起來，我効彌縶又曾在人面前，賣弄了幾句，恐怕官府知道，不當穩便。近聞彭若齡、伍顏子、通不鄧，他們倒也盡堪度日，莫若且往他那裏去走走,避此是非,有何不可?

（内喝道介）你聽,早朝時分,百官都到,我還在此做些什麼?三十六着,走為上着。去罷去罷!

（内又喝介）

（副跑介）可憐可憐,做小官的到老來,如此輕賤,列位休笑,正是餘桃滋味改,矯駕罪當誅。

（内又喝道,副介下）

（外、末、小生冠服上）

（外）綠葉迎春綠,

（末）寒枝歷歲寒。

（小生）願持柏葉壽,

（合）長奉萬年歡。

（各見介）

（外）今日二位,有何奏章?

（末、小生）請教老太師有何疏否?

（外）老夫昨日歸家,忽見武三思家人,送書一函、扇一柄,老夫拆書視之,乃士人于楚之妻,即前官人尹進賢所寫。原來武賊假批聖旨,竟把尹氏搶禁宅中,其女貞烈自守,揮劍欲刎,又得故壽州刺史駱仁恕之妻詹氏,亦被武賊強媾於姬妾之列,他便十分愛護,是以尹氏未死,並無所犯。其扇係來俊臣所書,款上稱他為"大即帝"。

（出扇介）

（各笑介）

（外）你道有此稱呼否?

（末、小生）如今人稱呼者,千態萬狀,真令人不可思議矣。

（外）二位的奏疏呢?

（末）門生昨晚歸宅,路見一人,竟不下馬,被我分付從人拿住,細細審問,原來亦是武賊家人。那武賊入官去了,傳出密條,要揭被香應用。此人心急,未曾迴避。宮幃之中,有此異聞,門生連夜草成奏疏,就帶此奴,一併啓奏。

（外）聞之真令人髮指也，聞諫議呢？

（小生）晚生前因薦了雲間于楚，欲為朝廷重用，不期反將他妻子即尹進賢，拿去竟無下落。如今日夜悲啼，常欲自盡，晚生不忍見聞，代為題請，欲懇聖恩，放他歸里，並查尹氏消息。且尹氏出差在外，德政頗多，其功難泯，即如晚生夫婦配偶，極承尹氏巧合鸞鳳；那甄儀道解甲來降，亦虧尹氏立為保勸。朝廷不分功罪，何以激勵臣工？所以晚生疏中，序入前事，欲懇我皇上，少霽雷電之威，畧施雨露之澤耳。今狄老太師既知尹氏下落，則晚生之本，似乎不便上了。

（外、末）這也不妨，我們各將自己本章，盡皆上在聖前，且看聖意如何便了。天色尚蚤，朝房少坐。

（各坐介）

【北點絳唇】（淨上）湖海飄流，數年逋寇。歸誠後，又立邊籌，我得志也須回首。

【混江龍】恁看這曉煙輕透，黃金寶殿，閃閃光浮貝。聽這鐘聲天上起，又見那瑞靄望中收。好整齊齊的御仗，高聳聳的層樓。我便趨前拜首，先見了公侯。（各見介）原來是股肱元老山和斗，更與這新來諫議同觀宸旒。

（外）呀，節度公，你為何不即之任，尚在京中？

（末）中州要地，還宜速行的是。

【村裡迓鼓】（淨）俺是箇五湖五湖狂寇，數年間揚波揚波出醜。（外、末）丈夫落魄，此亦常情；今日功成，前非盡革，何必又重言也！（淨）二位大人，雖如此説，俺呵，也清夜思痛心疾首，對人前幾番顏忸。（對小生介）謝恩臺薦引着俺這蠢然愚陋，又虧了相國疏聞，又虧了相國疏聞，把征伐欽承。不過是一場爭鬪，那默啜的窮囚，那默啜的窮囚，來柔，這都是仗恩波，指授的這前籌。

（小生）今日足下，所上何疏？

【後庭花】（淨）俺今日辭官綬，往那萬里煙霞走。（小生）功成身退，極是知機，但聖眷方新，恐難即允耳。（淨）若不准呵，俺便也遁跡蕭然去，只落得埋名竟遠遊。（小生）前日已曾辭過，欽奉溫旨勉留。今日再言，恐干聖怒。（淨笑介）大人差矣。天恩浩蕩，那一搭兒就不放了這們一箇散人？（外、末、小生）只恐奸臣蠱惑聖心，不能成爾之志。（淨）固雖是邪臣在内肆陰謀，弄權衡蔽萌蔽萌元后。老丞相你正朝綱孰與儔？老諫議，你事封章也須要說隱憂，事封章説隱憂。

（内鳴鐘鼓介）

（衆）鳴鞭已響，重門洞開，聖上登位矣！我等須索朝參者。

（内喝衆官排班，班齊跪拜，各呼萬歲介）

（内）各官有事奏事，無事退班。

（外）臣狄仁傑一本，為權奸漏網，假旨欺君事。

（末）臣張柬之一本，為官掖隱憂事。

（小生）臣聞人傑一本，為懇放廢民歸籍，以全天恩事。

（淨）臣甄儀道一本，為乞骸事。

（衆）願吾皇各賜聖覽。

（雜扮太監上）各人本章，俱送御覽，你們在午門外候旨罷。

（太監接衆本下）

（衆弔場介）

（淨）二位老太師，適纔本章説權奸是誰？

（外、末）武三思。

【梧葉兒】（淨大笑介）兩太師果然果然耆舊，這章疏萬載芳留。那權奸頃刻當梟首，看皇唐氣象，到此始全收。二位太師並諫議大人呵，不才還有一言。（衆）請教。（淨）你可也早告歸，須省到藏弓無獸；早告歸，須省到藏弓無獸。

（衆）真藥石言也。

（太監捧聖旨上）聖旨已到，跪聽宣讀。制曰：朕覽元老狄仁傑等所奏：武三思巨奸漏網，穢亂宮闈，包藏禍心，窺竊神器。更以假旨陷良，目無王法。來俊臣怪詞求媚，律以同謀。武三思、來俊臣，俱着即行梟首，家私盡行收没。宮人尹氏，出差雖非正道，姑念治體甚優，巧合鸞鳳，深得好逑之化；消靡鯨鱷，實多安攘之功。尹氏，並駱仁恕妻詹氏，咸准釋放寧家，詹氏着馳驛歸里，尹氏仍賜于楚為妻。既聞人傑疏請,于楚不願就官,准其歸隱,以遂所志。于楚父母,曁尹氏父母,咸錫殊恩,晉贈三級。甄儀道功高不伐,守志乞骸,具見高風正氣,亦如所請。狄仁傑、張柬之,直發隱憂,再安唐祚,功甚鉅焉,各廕二子,一為翰林侍御,一為羽林將軍。聞人傑薦賢雖膺顯擢,誠恐尚未足酬,今特授為天官侍郎,協贊平章、軍國重務。明日賜宴於端明殿中,送尹若蘭夫婦及甄儀道入山,即着狄仁傑、張柬之、聞人傑,往陪于楚、甄儀道。聞人傑妻秦氏,昔以尹氏憐才,方能巧合,今准隨班附餞,以洽人情。即敕秦氏往陪若蘭。適以天后聖躬不安,朕侍寢之際,偶述尹氏一段奇緣,天后十分大喜,詰辰親詣端明殿中,令尹氏自陳顛末。衆卿早俟鑾駕,朕因萬機煩劇,不得追隨天后鞶轂,爾其勖諸。欽哉謝恩。

（各呼萬歲介）

（太監下）

（外、末、小生）甄老先生果遂所願矣。

（淨笑介）不敢。

【尾聲】（淨）頌聲高,歡聲驟,早換了富春山把釣的羊裘。看這廊廟江湖,志氣可也併酬。

【集唐】

（外）匹馬今朝不少留,（末）曉鶯啼送滿宮愁。

（小）笙歌旦暮能留客,（淨）韓信廟前楓葉秋。

第三十六齣　餞　圓

（雜扮內官,領二小內官上）夫婦同歸隱,君臣共餞筵。翠華衮不着,緇布且逃禪。自家內官監太監是也。今日奉着皇爺聖旨,設宴於端明殿中,更有天后娘娘,法駕降臨,同着狄、張、聞諸大臣,相餞甄、于、尹三人入山修道。孩子們,

（衆）有。

（雜）須索逐一整齊,不得有悮欽命。

（衆）俱已擺列停當,焉敢有違?

（雜）你看布袍雲舃，梵樂仙軿，早是娘娘到來也。我等且自廻避。

（衆下）

【中呂・滿庭芳】（老旦僧伽帽、幅巾衲衣，副淨包巾道服，丑扮道姑，仝上）（老旦）高髻長裙，工讒掩袖，如何萬國朝宗？而今回想，一度一心忪。雖則年華去也，還好做改過全終。今來此，青緇布履，不聽景陽鐘。（副淨）繁華秋草碧，霎時霜染，早謝芳叢。（丑）笑去歲春風，今又秋風，此世不通情事，來生恐又長宮。（合）精進勇，願隨天后，清淨講禪空。【憶秦娥】（老旦）簫聲咽，秦娥望斷秦樓月。秦樓月，年年柳色，灞橋傷別。　（副淨）樂遊原上清秋節，咸陽古道音塵絕。（丑）音塵絕，西風殘照，漢家陵闕。

（老旦）老身武氏，敕號金輪。昔日娥眉爭妬，不肯讓人，後來袞冕臨軒，公然自主。張柬之稱兵易位之後，是老身省躬知過之年，我追想從前，甚覺含愧。今日聞得尹若蘭夫妻歸隱，又有一甄儀道棄職入山，老身借此而來，以見狄、張二老，並看尹氏夫妻。就是那甄儀道，不過一箇粗蠻豪雄，能知功成身退之理。即如那聞人傑，他夫妻淫奔，遂成雙雙錯叅之榮。這都是千古流傳的佳話，老身此行，也不算做虛度。

（副淨、丑）你看狄張諸人來也。

【菊花新】（外上）鏡中片片雪花濃。（末）觸我歸心已發萌。（小生）送別意匆匆。（小旦）頓教人不勝悲悚。

（外）則天娘娘在上，我等理當參拜。

（衆轉拜介）

（外）臣狄仁傑朝參。

（末）臣張柬之朝參。

（小生）臣聞人傑朝參。

（小旦）臣妾秦氏朝參。

（合）願娘娘聖壽無疆。

（老旦）衆卿平身，俱各就坐。

（外）娘娘在上，衆臣不敢坐。

（老旦）說那裏話。老身今日，已是方外之閒人；諸位公卿，盡是唐家之碩望。況我從前所作，不惟難見先皇於地下，抑且不容一日於人間。今朝借此送別，意在見爾故人，欲圖竟日之談，略洗從前之誤。況屬君皇賜宴，賓主交歡，安能侍立終日，仍染世俗之套乎？

（外）娘娘改過知非，萬民欽仰。

（末）小臣無知狂悖，幸乞矜原。

（老旦）古來社稷為重君為輕，況我婦人亂政，更屬妄為。先生之功，甚是有見。

（小生、小旦）娘娘如此自責，萬世之下，誰不稱為女中堯舜乎？

（合）臣等既沐天恩，且待于、尹諸人到來，一同就坐罷。

（老旦）呂仁，速與我宣召于楚、尹若蘭、甄儀道進殿。

（副介）娘娘宣于楚、尹若蘭、甄儀道三人進殿。

（內應介）領旨。

（三人道扮上）

（生）東山朝日翠屏開，

（旦）北闕晴空綵仗來。

（淨）喜遇天文七曜動，

（合）少微今夜近三台。

（三人拜介）

（合）願娘娘聖壽無疆。

（副淨）平身。

（老旦）今日之宴，出自聖上宸衷。老身不過前來陪席，以見諸卿一面。先曾分付，排設御案一張，上供萬歲聖位，諸臣便行告爵謝恩之禮，又且似乎君臣倡和之榮，庶盡一場終始之妙。

（生跪介）既蒙娘娘垂念，今日之宴，是臣等一生結果之場，全部收功之要。但臣先年浪遊建康之時，寓一魚籃大士庵中，後與尹氏訂盟，又以大士為證。況臣姓于，尹氏名喚若蘭，豈非魚籃之兆乎？臣有自畫大士像一幅，伏乞娘娘聖慈，亦賜几案一張，將來張掛筵前。一則與聖主並隆，以祈無極之庥徵，二則永護娘娘道念，為白日飛昇之先兆，三則以見臣夫婦，不忘大士之恩，並非無媒之匹。

（老旦）此事甚好，呂仁，速將大士神像，並皇上龍位，香燭供了，南向擺列，老身北面相陪。

（副淨應介，擺介）

（老旦）各官朝參行禮過，然後就宴。

（副淨應介）

（用桌七張，一供皇牌，一供大士；下朝上放一桌，武后坐；上朝下放甄一桌，狄、張共一桌在左；于、尹一桌，閔、秦一桌在右）

【中呂·好事近】（衆皇位前送酒，拜介）【泣顏回】聖壽永無窮，皇圖鞏固熙雍，文昌武曲，盈朝拜舞重瞳。（拜大士，送茶介）【刷子序】慈宗，普斷人間魔種，聞聲響立現金容。（拜老旦，送酒介）【普天樂】放屠刀船歸浪猛，看取蓮臺貝闕寶座花紅。

（老旦）呂仁，與我先送甄道者酒。

（淨）小臣焉敢首坐？

（老旦）世外之人，以道德齒序為差等，此不易之理也。

（呂送酒介）

【前腔】（老旦）你是無限大英雄，却與庸陋難同。昔日揚帆鼓楫，都是君王宰相愚矇。心中，想到當年懵懂，抑才華倚任羣凶。送于、尹二卿酒。（生旦）小臣夫婦，怎敢僭越王公？（老旦）勢利場由他貴寵，你是翱翔物外，何用謙恭？

（外、末、小生、小旦跪禀老旦介）臣等奉旨陪宴，自當看坐送酒。

（老旦）這也是。

（外、末送淨、生酒，小旦送旦酒介）

【泣顏回】（合）濁世豈能容，拂髯歸去匆匆。今來相送，自慚楚冠樊籠。（淨、生、旦）我等理當回敬。（淨、生看狄張酒，又看小生酒）（旦看小旦酒介）（淨、生、旦）聖人垂拱，老平章正笏羣奸恐，漢陽王劍冷芙蓉，侍郎臣懋功綿永。

（各於老旦前一跪，坐介）

（老旦）別事不須提起了，尹卿，你只把相會于卿，並後來潛逃始末，畧道一二。

【前腔】（旦跪介）前蹤說起好心恫。（老旦）以後筵前問答，諸卿不必行禮。（衆）領旨。（旦起，仍坐介）當年御敕恭捧，我無人呈送。奴心日夜驚恐，只得潛行丘壟。遇于郎，當代斯文種。話投機，共訂三生，嚴旨到，一時飛踊。（老旦）後來何以聞卿夫婦相會呢？

【千秋歲】（小生、小旦）臣夫婦呵，兩情通，願結來生塚，被餘波里鄰蜂擁，竟送到尹道者處審理。那時尹道者呵，洞悉其中，洞悉其中，竟與我配合了現生鸞鳳。夫妻頌，《關雎》詠，幸得了皇家俸，忽見鯨鯢勇。誰知于、尹二人逃到湖中，被甄道者拿住。彼時甄道者，正接了臣的招撫檄文，意欲投降，無門可入。尹道者假認臣為表兄，隨即引導來降，訂盟納款，甄道者始得安心歸附朝廷耳。喜龍潭虎穴說了英雄。

（老旦）這等說來，甄公歸命投誠，全虧了于、尹二卿之力了。

【前腔】（淨）洞庭洪，不是風流種，一味裡粗暴狂猛。只為義激情鍾，義激情鍾，不覺劍飛神動，因此犯王章，在湖中閧。自歸順以來，荷蒙丞相推薦呵，去專兵，征强橫，又得龍章寵，笑雞鳴狗盜怎列藩封？

（老旦）于生身歷其境，或有不覺，今日徹底提將起來，也是許多悲喜交集也。

【越恁好】（生）聞言堪痛，聞言堪痛，悲歡歷數重。好英雄劍俠，馳劫去無驚恐。拜大士有功，看笑嬉嬉兩鴛鴦飛出浪中。（旦出，跪介）臣妾有母年邁，不欲同往他方，望乞聖慈，時加愛護。（老旦）卿母年高，何不宣來，與朕同為道友。（旦）若蒙娘娘聖眷，臣妾前去，亦得放心。（老旦）如此，明日就宣進宮裡來。（旦）願娘娘聖壽無疆。（老旦）鸞仙仍在朕宮，呂仁已經學道，你還認得否？（旦見副淨、丑介）（副淨、丑）去雙棲赤松，美翩翩少年人花開正紅。恩波重，早抽身趁着風兒猛，看潮音海洞紫竹聲送。

【紅繡鞋】（合）今朝御宴難逢，難逢；山珍海錯無窮，無窮。歸隱客，萬山中，經濟手，誥王公，見天花亂墜漫空，漫空。

（老旦）呂仁奉此皇位，送入帝前覆旨。鸞仙請此大士像，迎入朕宮，朝夕瞻禮。

（衆）臣等同到御前謝宴。

【尾聲】（合）悲歡離合誰唶哗，載花船借來收縱，不過是顛倒雌雄一戲終。

【集唐】
　　　　（外）青門路接鳳凰臺，　（末）別館春還淑氣催。
　　　（小生）七葉仙蒕承月吐，（小旦）五雲金輅下天來。
　　　　（生）雲峯四起迎宸幄，　（旦）山翠遥分獻壽杯。
　　　　（淨）謬接鵷鸞陪賞樂，　（合）欲將巴曲贊康哉。

虎口餘生

(傳奇)

清·遺民外史

【作者簡介】遺民外史,姓氏、里居、生卒年、著作、生平皆不詳。

【劇情概要】劇作凡四十齣。卷首有作者自題之《虎口餘生敘》。故事源於明末部分史實和軼聞。曹寅所撰之同名劇作和闕名之《鐵冠圖》傳奇,亦寫此事,然均無存本。劇作敘明季崇禎年間,李自成起義呈燎原之勢,陝西米脂縣知縣邊大綬憂心國事,詢知自成祖居本縣,遂掘其祖墳,以壞其風水。旋為上司所忌,受彈劾去職還鄉。李自成揮兵東進,明廷召羣僚計議。東閣大學士李健泰、兵部尚書陳演素與兵部侍郎孫傳庭有隙,欲陷其於危地,奏請由孫率兵出征。孫傳庭抱病出征,設計誘敵,李自成大敗,僅以身免。待孫傳庭舊病復發而亡後,自成軍師牛金星乘機送婦女至官軍,削落其戰鬥力而攻破軍營。自成義子李雙喜驍勇善戰,攻陷平陽。蔡懋德留守太原,射傷李自成一目,自成大怒攻城,城破,蔡懋德自縊盡節。天廷遣火靈聖母縱火安民新廠,以示預警。初,鐵冠道人預知明室敗亡之跡,留下畫圖藏於通積庫中,時機既至,庫神奉命引崇禎帝往觀,崇禎驚疑未定。百官朝議,石陞獻退敵之策,袁藻德嫉才排擠,石陞憤撞銅駝而死。文華殿大學士李建泰自薦領兵,極受恩寵。代州總兵周遇吉武藝高強,活捉李雙喜掛於旗杆誘敵。李自成親至城下求釋,義弟一隻虎素與雙喜爭寵,同牛金星阻其投降,周遇吉遂斬李雙喜。李自成大怒,奮力攻城,周遇吉料不能脫,徑回寧武關別母,母令其出戰,並閉門焚家盡節。遇吉感憤,力戰後自刎。李建泰畏敵怯戰,中軍郭中傑勸其投敵,李自成遂攻下保定城。崇禎帝自縊煤山,后妃等亦大半隨之,王承恩死節。李自成縱軍搜掠京城,費貞娥冒稱公主欲刺殺闖王,不料被賜一隻虎。貞娥夜乘其醉,手刃後自刎。牛金星刑拷衆官,搜刮錢財。闖王遣人往捉邊大綬,邊為保家人自陷縲絏。天廷褒獎王承恩、費貞娥,雷震李建泰,復命羣神降世輔佐清帝。滿清發兵入關,李自成潰敗,牛金星被踏死馬下。邊大綬趁隙脫逃,途中遇虎而免,自歎虎口餘生,後任職清朝,為山西巡撫。李自成孤身逃至九龍山葫蘆套,為衆村民擊殺。關聖帝君獎忠懲奸,封贈王承恩、費貞娥，將李自成等人發在無間地獄，則讓崇禎帝率眾忠臣回歸天廷。

【版本流傳】《虎口餘生》傳奇版本有：一、清乾隆間鈔本，《古本戲曲叢刊五集》據之影印；二、清本衙藏板本；三、清乾隆嘉慶間耕讀堂刻本；四、清同德堂刻本。本書點校以《古本戲曲叢刊五集》影印本為底本，參之以耕讀堂刻本。

【演出情況】後世演出全本的較少，而演出其中的折子較多。其折子收錄在《綴白裘》、《昆曲粹存》、《審音鑒古錄》、《六也曲譜》、《集成曲譜》等選本中，如《探山》、《借餉》、《別母》、《亂箭》、《刺虎》等。各種地方戲亦常演出，京劇、川劇、湘劇、秦腔、同州梆子等均有該劇的改編劇目。

（朱崇志）

虎口餘生序

君子知幾，達人安命。斯二語者，行於居上位固易，行於居下位已難；行於處安地猶易，行於處危地實難。有明一代，不乏傳人。甲申、乙酉之變，李自成以一介流民虎踞草莽，秦晉之間慘遭蹂躪，而又復肆爪牙、佈羽翼，談之色變，擋之命隕，是固乾坤戾氣之所鍾也。當時名將如孫總制、蔡總兵輩，置以網羅，設以陷阱，而終不可得。米脂令邊君心傷國政，念切民艱，恨無由身到行間、直入虎穴，不得已作探本窮源之想，使遣孽跳梁禍延祖父，朽骨難安，王氣盡泄。迨後闖賊遂不得正位，未始非邊君有以致之。邊君亦竟攖其盛怒，縲絏縶身，流離困苦，將瀕於危而卒脫離饞吻。噫！狼子野心，若闖賊究無如之何，君子達人，俱兩不愧，此其耿耿丹忱，可歌可泣。被之一丈氍毹、兩床絲竹，關乎名教風化，知匪淺鮮已。國朝定鼎以來，海宇奠安迄有百歲，間曾過河洛，走幽燕，見夫荊棘荒榛久無虎跡。暇日就旅邸中取逸史所載邊君事，證以父老傳聞，填詞四十四折。竣後剪燈披讀，落葉打窗，弁其名曰《虎口餘生》。亦以歎天下事之死而之生，皆餘也，豈獨一邊君然哉？如邊君者直可繼美於孫、蔡諸公之後，論者勿以餘生而忽之也，幸夫！遺民外史自題。

第一齣　家　門

（末上）

【水調歌頭】明季值頹運,闖逆肆縱橫。中外兵疲食盡,坐看陷神京。零落孤臣宿將,剩得宮嬪掖使,誓死表丹誠。煤山殉社稷,萬古有餘馨。　　米脂令,掘賊塚,快人情。歸田被執,崎嶇虎口脫餘生。最恨庸奸誤國,假手嚴刑拷訊,天道甚分明。一怒妖氛掃,六合慶昇平。

【西江月】拂拭前朝污簡,煎磨異代貞忠。秦關晉嶺拘兵鋒,慷慨捐生堪痛。　　多少衣冠殉難,一時奸慝逢凶。只餘粉墨畫遺蹤,好付梨園傳誦。

第二齣　詢　墓

【繞池遊】經天緯地,忠孝當嚴勵,膺百里民生重寄。運甓宣勞,聞雞起舞,不憚戴星而治。【鷓鴣天】一官小邑沐君恩,不負燈窗十載勤。耿耿丹誠期報國,稜稜傲骨自甘貧。　　嗟世宇,遍荊榛,何時長篲掃塵氛。請纓自愧無良策,徒作新亭座上人。下官邊大綬,直隸任邱人也,除授陝西延安府米脂縣知縣之職。老母張氏,荊妻許氏,同在任所。下官雞窗乍出,鶴署甫登,銅章墨綬,書生之志。雖曰不虛,國難主憂,臣子此心,正當時懍。目今流寇李自成等,橫行海內,猖獗異常,九重震恐,萬姓倒懸。此邑乃闖賊倡亂起難之地,故爾城郭坵墟,人民寥落。下官蒞任之始,即嚴行察訪,緝拿得羽黨薛老柴、喬齊年等,呈解軍門正法,始得邑治稍安,民困略蘇。我想李賊世居此地,其祖宗墳墓畢竟亦在此地。細訪民間,皆無知者。有個貢士艾詔言稱述,曩時有一石匠李成曾為李賊祖宗築墓,詢彼必知蹤跡。但此人久不知去向,下官即挽艾元春在外尋訪此人,至今未見回復,好生縈念也。

（老旦內噭介）

（生）呀，母親和孺人出來也。

【前腔】（老旦）暮景怡怡，冰蘖真佳味，喜有子書香承繼。（旦）寒齋冷署，薑鹽樂守，惟冀婦道無虧。

（生）母親拜揖。

（旦）婆婆萬福。

（生、旦揖福介）

（老旦）我兒，你連日坐臥不安，飲食俱廢，有時仰天長歎，有時俛首嗟吁，以致容顏憔悴，肢體骨立，使我日夜憂心，却是為何？

【過曲・刷子帶芙蓉】（生）含淚啟慈帷，為王事多艱，鎮日攢眉。（老旦）敢為此邑地瘠民頑，難以撫治麼？（生）非也，因流寇縱橫，荼毒萬里黔黎。（老旦）近日流寇聲勢若何了？（生）連日邊報踵至，離奇。烽煙亂江山瓦裂，兵戈振丘陵殘弊。（老旦）有這等事？（生）目今賊兵四出，干戈載道，看看震動內地了，灼天焰熾，最堪憐，千秋宗社顛覆在朝夕。

（老旦）

【漁燈插芙蓉】皇圖鞏，藩封衛，四海朝宗，一統華夷。那闖賊雖然強暴，不過是小醜妖孽，終難逃鼎俎刀刲。（生）那賊逢城即破，遇鎮必屠，招既不降，剿又難滅，朝廷為之扼腕。（老旦）朝中多少宰輔，豈無成算，黃扉紫閣多勳貴，幄幨中豈乏機宜。（生）朝中多少名公巨卿，大率庸庸碌碌，素餐尸位者多，據忠為國者少。天子如此憂危，兀自一籌莫展。（老旦）我兒慎之，多言招是非。還有一說，國家有多少雄關巨鎮，何難防禦，金湯鐵甕堪難據，少甚麼桓桓虎與羆。（生）蒼天、蒼天，何日重見太平之日？（老旦）我兒，你乃新進的小臣，疏遠微職，你在如丸地，總焦勞何濟。端的是，杞人憂戚信愚癡。

（丑扮門役上）有事不敢不報，無事不敢亂傳。（敲梆介）宅門上大叔，

（末扮院子上）怎麼說？

（丑）各上司差官在前堂哄鬧，請老爺出堂發放。

（末）住着。

（末稟介）

（生）知道了。母親，各上司差官在前堂，孩兒要出去料理。

（老旦）你自出堂，我和媳婦且進去，正是：歲月只看頭上雪，

（旦）晨昏惟守甕中虀。（下）

（生出堂介）一簾明月琴堂靜，兩袖清風鶴署閑。

（丑、貼、老、淨四小卒上）開門。

（淨）有撫院差官在賓館中。

（生）請進來相見。

（淨請介）

（外差官上）龍虎臺前出入，熊羆帳下傳宣。

（生起迎介）

（外）老先生請了。

（生）貴差請了。

（共揖介）

（生）請坐。

（外）有坐。

（生）請問貴差降臨，有何公幹？

（外）在下奉大老爺之命來問，前日面諭貴縣，修葺城垣，以防賊寇，已經半月未見回報，又命我來相問。

（生）只因地方荒亂，人民逃散，一時缺少人夫，故未完工，還求大老爺寬限。貴差請回，下官就來回覆。

（外）領教，告辭了。（下）

（生）恕不送了。

（小生上）稟老爺，小的奉本府太爺之命，上司催趲軍餉二十萬兩，星夜解邊應用，要調老爺這裡錢糧去湊辦，特命小的齎火票在此。

（生）本縣地方人民窮苦，立限追比，不能完納，這事怎麼處？

（小生）遲誤了軍餉，不是當耍的。老爺須要早為設處纔好。

（生）你先去回話，本縣即便那措解來，還要自來見太老爺。

（小生）曉得。（下）

（末儒衣、外院子持帖上）

【七娘子】明經樂道掩荊扉，陳公啟特謁丹墀。（付青衣小帽上）客夢頻驚，鄉心時繫，歸來殊覺風物異。（外）門上大叔，相煩通報，艾相公求見。（丑稟介）（生）艾相公到了麼？我正在此望他，請到內衙相見。（丑應請介）（生）吩咐掩門。（生退後堂介）（末）老父母請上，待治晚生拜見。（生）不消。（末）四境清寧，閭閻賡廉叔之歌。（生）萬方擾攘，廊廟待鄲侯之轍。請坐。

（末）告坐了。

（生）前日相煩物色，其人可曾見否？

（末）治晚生蒙老父母委託，敢不盡心？直到榆林地方纔尋得見。現在門外，未曾稟明，不敢擅入。

（生）有勞了。門上的，

（丑應介）

（生）去喚艾相公同來的李成進來。

（丑應喚介）

（付上進介）老爺在上，小人李成叩頭。

（生）李成，你是本縣人麼？

（付）是。

（生）那李自成亦是本縣人。他的親族宗黨、祖居墳墓，你盡知道的了？

（付驚跪介）阿呀，老爺嘎，小人雖然姓李，實非李自成一家。求老爺神明洞察。

（生）那賊目今稱王稱帝，僭妄百端。宗族之人皆已為將為帥，煊赫異常。你若是他一家，焉有不去投他以取富貴、仍甘窮苦之理？我一見便知。你本是本分良民，本縣豈忍屈陷平人，你可放心。

（付）老爺明鑒萬里。

（付起介）

（生）你既是本地人，為何又在榆林住？

（付）老爺聽啟，小人與那李賊呵，

【傾杯賞芙蓉】同閭里非交契,慮波及忙潛避。(生)多少年紀了?(付)花甲初過,筋力衰微。(生)向來作何生理?(付)糊口無謀,琢石為藝。(生)那李賊祖父喚甚名字?(付)他祖名李海,父名守忠,原是本縣雙泉都人氏。那李自成幼年呵,凶頑無賴強橫行,村野王章竟悖違。(生)他怎生為寇起來?(付)他後來投在西川不沾泥寨中,落草五六年後,忽領賊眾千餘竟到此城下,自通姓名,號稱闖將,說回家祭祖。縱部眾殺人放火,騷擾不安。縣主老爺報知督撫,不想官兵反被他殺敗,一發猖獗起來。城垣踞,恣殺掠無忌。可憐那些百姓,急忙忙獐狂鼠竄,十室九傾危。

(生)那李賊目今呵,

【金桃帶芙蓉】恃虎兕掀天勢,霸邊隅震帝畿,毒氛虐焰彌天地。(末)老父母臺意待欲如何?(生)這也是下官一篇迂闊之論。昔唐末黃巢墳墓有黃腰獸之異,莫非此賊祖父之骨鍾山川之靈氣,所以如此?(末、付)這也審詳的極是。(生)我想揚湯不若抽薪急,剪蔓何如鋤根易。(末)老父母如此深思遠慮,足見憂國憂民之心。(生)李石工,聞得他家祖墳是你替他造的,直指出,牛眠馬鬣在何處白雲堆?

(付)墳是小人造的,只是年代久遠,又經變亂,路徑都認不得了。

(末)你可細想一想。

(付)記得那年,

【朱奴插芙蓉】進幾灣山林邃僻,過數道澗壑透迤。疊障層巒山徑危,見一帶松蘿蒼翠。(生)是甚麼地方,有多少路程?(付)離城二百餘里,叫做三峰子地方,在那山林環繞之間。那日開鑿下去,有三個大穴,儼然天造地設而成。中間開敞如室,煖氣若蒸,又有黑碗一隻。彼時填塞二穴,將其祖李海安葬於中穴之內,仍將黑碗一隻點燈置於穴內,又在左側下另開一穴,葬其父之柩。如能掘着黑碗,即是他真祖墳了。只怕變遷異,覓不出當時舊跡。況小人庸愚之人,也不識,玉書金簡有甚瑞靈奇。

(生)既有地方憑據,不難發掘了。下官明日差撥夫役,即用汝引路，前去行事便了。

（末）如此險峻之地，值此隆冬，又將降雪，只可委役前去，何必親往？

（生）這到不消慮得。

【尾聲】總有巉崖也可攀枝詣，怕甚風狂雪冷肌。須知道盡瘁鞠躬、臣子分所宜。

（末）告別了。

（生）不敢久留了，李石工留在此罷。

（末）晚生遵教。

（生）國計眉常蹙，

（末）憂時心日懸。

（生）兢兢恐有失，

（末）事事仿前賢。請了。（末下）

（生）院子，

（小生）有。

（生）領李石工到廂房中去歇宿，取酒飯與他吃。

（小生）隨我這裡來。

（付隨下）

（生）過來，我有硃票，傳知總練黑光正，點撥弓箭手二十名，再吩咐保長，起鄉夫六十名，要多備鍬鋤斧鑿、繩索筐畚等物，明早隨我下鄉公幹。如敢遲誤，重懲不貸。

（丑應同下）

第三齣　寇　豐

（淨扎甲黃袍，八卒俱黃甲、黃旗上）

【北醉花陰】天降下羅剎罡星擾中夏，似一羣虎豹劗牙。恃勇悍橫行踏，逞着那山野性，怕甚麼王章國法，猛可的稱孤道寡，只俺這馬到旗開，嚇得鬼神驚怕。不習韜鈐不讀書，全憑野戰霸山隅。男兒自有沖天志，敢笑塊壘不丈夫。咱李自成，從來心性狡黠，身軀勇猛，力能扛鼎，藝可穿楊。部下健卒百萬，驍將千員，糧如山積，馬似雲屯。自來打州奪郡，破寨斬關，所向無敵。孤家欲乘此時早完天下大事。將校，請師爺出來。

（衆）師爺有請。

（丑扮矮子綸巾羽扇上）

【南畫眉序】相貌忒傖儍，闊口大腹手足跏。怎蠢然蹦跳，儼似蝦蟆。大王在上，小臣牛金星參見。願大王千歲千千歲。（淨）軍師少禮，請坐。（丑應介）大王呼喚，有何鈞旨？（淨）孤家昨日在帳中，與諸將議天下大事，紛紛議論，各有不同。楊成裕教孤家先據留都，邀截漕運。劉宗敏教孤家先攻河北，直搗燕京。孤家猶豫未決，特請軍師到來裁奪。（丑）大王在上，楊成裕先取留都，勢居下流，此計太緩；劉宗敏直搗燕京，退無所歸，此計太急。（淨）軍師高見若何？（丑）依臣愚見，先取關中百二山河，已得天下三分之二，況是大王桑梓之地，建立基業；然後旁掠三邊，攻取山西，後襲燕京，方為上策。籌算個進退無虞，方保得緩急有法。（淨）軍師妙計，甚合孤意，不日就拔寨起行。（丑）且慢，且慢，大王若直取關中，秦師截我之前，齊師襲我之後，前後受敵，進退難安，亦非良策。（淨）如此怎麼好？（丑）我如今遣兵四處攻掠，牽制其軍，使他欲前欲後難招架，我儕得從容乘罅。

（淨）先生真乃孤之子房也，就請發令。

（淨上高臺）

（丑對坐介）宣令官那裏？

（末扮宣令官上）龍虎臺前云云。宣令官打恭。

（丑）傳令去，令前營驍將一隻虎領本部人馬，前來聽令。

（外傳令）

（付、八卒紅旗紅甲走陣上）大王在上，御弟一隻虎參見，願大王千歲千千歲。

（淨）御弟少禮。

（付）軍師有何號令？

（丑）你可統領本部人馬，攻打汝寧州郡。繞城鑿大穴數處，將焰硝火藥填塞其中，四面一齊點放，城垣霎時崩裂，人民盡成血糜矣。

（付）得令。（下）

（淨）軍師，孤家呵，

【北喜遷鶯】莽騰騰心粗膽大，冒凶凶氣猛豪奢。爭也麼差，端可也謀疏計寡，全賴您幃幄綢繆贊畫，得嘉言非耍。俺若得垂裳開國，您也帶礪成家。

（丑）再令左營驍將聽令。

（末領八卒青旗青甲走陣上）

（末）左營驍將三堵牆參見大王千歲。

（淨）將軍少禮。

（末）軍師有何號令？

（丑）你領本部人馬攻打雁門，但此地呵，

【南耍鮑老】山巔徑狹，屯營列陣排軍馬。只須出奇設險行機詐。可在三十里外屯扎，城中百姓必然出城樵採取汲。可令軍士假扮百姓混入城中。拔趙城，豎赤幟，神驚訝。那時放起號炮，霎時內外齊冲殺，斬關接應馳車馬，笑談間成功大。

（末）得令。（下）

（淨）妙阿，

【北出隊子】只見他奮威風喑嗚叱吒，挽長矛，馳劣馬，雄糾糾、似猛虎下山凹，撼山嶽，掀海嶠，氣豪奢，忽喇喇衝突起萬里塵沙。

（丑）再令右營驍將聽令。

（外傳介）

（占引八卒白旗白甲走陣上）父王在上，臣兒李雙喜參見，願父王千歲千千歲。

（淨）我兒少禮。

（占）軍師有何號令？

（丑）小將軍，你可領本部人馬，攻打開封，此城乃建都之地，十分堅厚，難以猝破。逼近黃河，可多帶布囊，盛貯沙土，將四處港口塞住,其水直沖城池,不數日可破也。

【南滴溜子】這是囊沙計、囊沙計,韓侯戰法;淹七軍、淹七軍,雲長妙略。汝軍憑高駕筏,城垣刻日傾水流花謝,看萬里人民,一例魚蝦。

(占)得令。(下)

(淨)軍師,好笑朝中差大學士楊嗣昌督師,

【北刮地風】呀,他恃着金符玉節威權大,高坐在寶帳蓮花。那曉得審天時觀地利把民心察,全不諳正與奇、虛與實應變之法。那裏管揭天烽火長安匝、卷地漁陽鼙鼓撾,一味的軍功冒濫裝聾啞,但見了鶴唳風聲魂膽麻。日後孤家遇見了他,也不擒他、也不殺他,只效孔明嘻笑迎風罵,要把那老匹夫羞辱殺。

(丑)宣令官,傳令後營驍將領本部人馬聽令。

(外傳介)

(小生引八卒黑旗黑甲走陣上)小將過天星參見,願大王千歲千千歲。

(淨)將軍少禮。

(小生)軍師有何號令?

(丑)你可領本部人馬攻打寧夏,那守將呵,

【南滴滴金】將軍毅勇真英俠,兩施威德軍民洽。晨昏守禦無虛罅,只得善撫慰、頻招諭,使他歸降麾下。不可逞強恃勇輕交馬,致使損威挫銳干責罰。昔年敬德降唐,也是這般德化。

(小生)得令。

(淨)軍師好妙算也。

【北四門子】憑着你綸巾羽扇多瀟灑,幃幄間運用佳。黃石可稱,智囊可誇,不枉俺臥龍三聘茅廬下。攻而必克,戰而必擭,看他俊丰儀凌煙描畫。

(丑)佈置已完,再無後慮。大王,如今長驅而往可也。

【南雙聲子】驅鐵馬,驅鐵馬,直指向崤函峽。擁纛牙,擁纛牙,轉過涇源壩。似電掣,如雷炸,一任你定鼎安天,稱雄立霸。

(淨)軍師妙計,實為萬全。衆將官,就此拔寨起行。

（衆應介）

【北水仙子】呀！呀！呀！號令發。看！看！看！萬騎縱橫敢亂雜。聽！聽！聽！戈矛劍戟風霜化。閃！閃！閃！虎斾龍旌卷彩霞。想！想！想！當年項籍多殘虐。笑！笑！笑！昔日黃巢志量狹。試！試！試！看取天命人心盡屬咱。

（衆下）

（淨）

【尾聲】衆將官，揚鞭勒馬奇峰下，笑傲乾坤只這些。佇看咱一統全收，方將智勇誇。（跑馬下）

第四齣　伐　塚

（外扮里老上）萬丈狻猊踞翠嶠，穴中螻蟻豈能逃。寂寂柴門村落裏，也應無計避征徭。老漢乃米脂縣雙泉堡地方里長是也。我這裏地方離城二百餘里，村落甚是荒涼。昨日有人傳說，縣主老爺帶了許多夫役親自下鄉，不知是踏看地方？又不知是查點居民？聞得昨日在前面寺中借住，今日到這裏來了，只得在此伺候迎接。（下）

（生騎馬，淨練總、付李成、弓箭手、四鄉夫同上）

【甘州歌】沖寒策蹇，見雲愁霧慘，迤邐郊原。萋萋荒徑，荊棘盈途不剪。殘堤斷壩咽流泉，幽谷空林唳餓鳶。蘼蕪滿，蒿萊連，殘骸零落遍溪川；竹籬缺，茅舍顛，行來雞犬不聞喧。

（外）雙泉堡里老迎接老爺。

（生）起來，那闖賊李自成原是此間人，何處是他舊時村莊？

（外）那邊山崕下窰舍，就是他祖居。

（生）引去看來。

（外應）

（衆同行）

【前腔】彤雲蔽遠天。（衆）下雪了。見六花飄颺，似飛絮揉棉。漫空漫野，徑路高低莫辨。袁安此際難高臥，韓愈當年騎不前。(眾)好了,已到窰中了,撲去了身上雪。(眾抖雪介)天色晚了,去不及了。(生)就在此歇了罷。(眾)肚中饑乏了怎麼處?(生)有帶來的乾糧,分與眾人充饑。(淨)曉得。(眾)我們衣服濕透,又冷的緊怎麼處?(生)那邊破窗殘槅拆來籠火便了。(眾)有理,我們籠火去。燃枯竹,燎短椽,抵多少滹沱夜渡濕征衫;倚頹壁,枕斷磚,那裏是秦關曉出待雞喧。

(眾下)

(淨)這邊有一土炕,待我掃去了塵灰,請老爺權坐一坐。

(生)你自回避。

(淨下)

(生獨走介)廬舍傾圮,牆垣倒塌,蛛羅障戶,苔蘚盈階。白晝狐狸穿壁竇,黃昏烏雀入窗櫺,好淒涼人也!

【解三醒】沒蹲坐淒涼屋舍,有差排心事重疊。怎捱得如年長夜?寒威洌,方知窮途客、如星也。(內作風聲介)呀,好大風,聽風號萬木如雷轍,戶外雪光如同白畫,雪滿千山似練潔。魂孤子,我倦軀欲寐,奈客夢難貼。

(內作鳥聲介)

(生)這是什麼響?(聽介)是了。

【前腔】鬧喧喧鳥啼聲啾唧。(鬼火介)呀,是什麼火光?(看介)影星星鬼磷明又滅。妙呵,何來這一陣微微香氣?(想介)畢竟是梅花傲雪香初瀉,穿破牖、伴孤客。口渴得緊,怎得一盞茶便好。羨殺那陶家有婢能烹雪。外邊雪堆如許,何不取些解渴?(拈雪吃介)妙、妙,甘美之極。(笑介)哈、哈、哈,也只當昔日蘇公在虜穴。(作欠伸行介)困倦得緊,且胡亂睡一睡罷。淒涼夜,曲肱假寐,作栩栩蝴蝶。

(睡介)

(雜扮二男二女鬼魂蓬頭垢面上,哭拜介)

(生作夢中起介)

【太師引】乍休衙,退食權寧愒。(眾鬼哭介)下官甫回私署,聽前堂恰又早喧呼鬧熱。待我出去看來。(看介)一個個容衰貌朽,一聲聲悲楚淒咽。你們這些人敢是告狀的麼?(鬼指地介)(生)嚇,是了。敢是你銜冤負屈,向咱行哀求伸雪。敢是有人占了你們的田地園莊,要本縣替你們判斷麼?(衆鬼搖首介,作掘地勢介,又跪叩介)(生)嚇,我今猜着了,你們也不是人,敢是闖賊祖宗的陰魂,道下官要掘汝等墳墓,故來求免,可是麼?(鬼點頭叩求介)(生)這是你們生出這等不肖子孫,為非作歹,上干天怒,累及汝等。這的是自作孽、憑誰咎者,怎逃得、粉虀骸骨類塵屑。唗,還不快走!

(衆鬼哭下,又扮龍頭獸身怪上)

(生驚介)呀,

【前腔】驀忽的逢妖孽,猙獰貌凫烋劣。張毒吻待攫人吞噬,閃得咱欲避難脱。(怪抓生跌介,獸下。生作驚醒介)唬死我也!唬死我也!(定睛看介)原來是一場惡夢,好奇異,奇異嚇!是了,必竟是李賊祖宗的英靈,前以鬼魂哀求,後以惡魔顛撲,分明示我以徽報了。(想介)噯,我既以此身許國,縱有潑天禍患,亦不足介意,怎肯因夢寐虛無之事而頓生退悔之心乎?身和命似蜉蝣微末,名和利如敝屣可撤,只這報國心昭昭愷切,便做到捐軀殉國,也是臣子事應烈。天明了,衆人起來。

(衆上)來了、來了,老爺先起來了。

(生)天色已明,趁早入山,今日定要趲完。

(衆)就行。(取傢伙行介)

【水紅花】荷鋤負鍤亂撩擭,好冷嚇!曉寒怯穿林蓦野,雪花凝凍路凹凸。步趔趄,幾回擷蹶,轉過松杉深處,始見曙光爗。漸透迤,到空山迥迥折也囉。

(淨)來此已是墳上了。

(生)衆夫役用心伐掘。

(衆)此間古塚甚多,不知是那一塚。

(生)盡行伐掘,但掘着黑碗,不可損傷。

(衆)曉得。(掘介)

(生)

【啄木兒】丹誠秉，素志烈。我與闖賊呵，沒甚深仇極恨結，解君憂略展微忱，排國難稍盡臣節。（眾）老爺，伐開幾塚，並無黑碗，骨頭在此，請看。（生看介）嚇，這枯骨上怎生有毛？這也奇怪，放過一邊，再用力掘者。（眾又掘介，生）可笑多少封疆大臣、鎮守人馬，一個崔苻小寇不能制伏，任他如此猖獗，可惜顫巍巍玉軸將摧折，燦瑩瑩金甌已損缺。可不笑冷了韓彭兩齒頰。

（眾）掘開幾塚，骨上皆有白毛，只不見黑碗。

（生）再往上掘去。

（眾又掘介）這塚內一股黑氣直沖出來。

（生）恐塚內有毒氣傷人，將帶來雄黃和醋潑下去。

（眾應，潑介）好了，黑氣散了。

（付）待小人進去看來。

（生）好，你進去看個的確。

（付進介）

（生）當初原是他造的，自然認得真切。

（付上介）老爺，黑碗有了，這穴是李海之墓。

（生）取來我看。

（看介）果然稀世之物，黑練總，收在你順袋內。

（淨收介）

（生）眾夫役，把李海骨殖取來看。

（取生看介）呀，看此骨深黑如墨，堅硬如鐵，頭額之上，生出白毛，長六七寸許，信非無故也。眾人夫，將他骸骨上下擾亂，盛在筐內，放過一邊。李成，那一塚是李守忠之墓？

（付）左側下這一塚是李守忠。

（生）人夫們，把這一塚用力掘去。

（眾掘介）稟老爺，塚頂上有一株大榆樹，根枝盤結，鍬鋤不入。

【三段子】稠枝茂葉，如傘幕團團遮覆；深根勁節，似羅網重重蔽結。（生）先伐了榆樹，然後掘墓。（眾）有理，一齊來砍樹嚇。（生）却不道祖龍一怒湘山赭，巨靈一斧桑枝折，怎不見滄海桑田幾變越。

（衆）稟老爺，穴內有白蛇一條，頭上有角。

（生看介）呀，蛇兒雖小，僅有尺餘，頭角嶄然，燦如白玉，昂頭張吻，盤旋蜿蜒，似有飛騰之象，信非凡物也。再取雄黃、醋潑之。

（衆又潑介）

（淨）穴內毒氣已消，白蛇已死。

（生）黑練總將此蛇盛在袋內。

（淨）曉得。（裝袋內介）

（生）衆夫役，把骨殖取來看。

（取看介）看此骨綠如銅青，骨節間皆生黃毛，珊珊有聲，閃閃有光，果然已得山陵之玉脈矣。共伐幾塚？

（淨）共伐了二十三塚。

（生）夫役，將四下樹木，盡行砍伐，堆架起來縱火焚燒。將那些骨殖拋撒火內，燒成灰燼便了。

（淨應介）大家來砍樹放火呀。

（衆砍樹放火介）

【歸朝歌】飛烈焰，飛烈焰，峰巒毀裂。這的是崑崗大劫。赤族禍，赤族禍，屍骸灰滅。蒼天，豈肯少留餘孽。（淨）那些骨殖都已燒完了。（生）衆夫役到縣領賞，就此回去呈報軍門要緊。（淨）老爺吩咐就此回衙。（衆應介）呀，好火焰也。（合）朱霞萬丈連天炙，金蛇百道騰郊野。（生）噯，非我忍心若此，那闖賊為惡多端，今日這般處置，猶不足懲其餘辜也。帶馬，要與天下人民略將怨氣泄。（同下）

第五齣　朝　議

（外朝服白髯、末冠帶黑三髯、二卒持棍引上）

（外）

【出隊子】玉衡機戀，燮理調元贊化周。（末）自慚無術輔皇猷，國政堪憂雪滿頭。（合）步轉天街，露濕重裘。

（外）老夫文淵閣大學士范景文是也。

（末）下官左都御史李邦華是也。
（見介）老太師請了。
（外）御史公請了。國家多難，君父憂危，如何是好？
（末）時事如此，只索盡心匡贊，協力輔佐便了。
（外）御史公言之有理。今日奉諭旨在省堂共議，只索前去。
（同下）
（付相服、淨冠帶上）
【前腔】（付）恩榮天授，左祖何妨呂與劉。（淨）金章紫綬且悠悠，膝蓋如棉軟且柔。（合）保身妙策，久在心頭。
（付）老夫東閣大學士李健泰是也。
（淨）下官兵部尚書陳演是也。
（見介）老閣學請了。
（付）老司馬請了。賊寇猖獗，震驚內地，好怕人也。
（淨）各人要料理身家之計便好。
（付）這是極要緊的事，豈有不早為之計的道理？
（淨）可恨孫傳廷在部，每事與我們作梗，少間朝議薦他討賊，看他怎生作為？
（付）他這幾日身子有病，告假在寓，倘不肯受命，如何處置？
（淨）一等命下，便催他起身，使他挽回不及，却不是好？
（付）妙，妙，少間一力薦舉便了。
（淨）聖上命我等在省堂面議，就此前去。
（合前）
（行介）
（見外、末共揖介）
（淨、付）二位先在此了。
（各見介）
（外）今日奉旨會議，故爾早來。
（內）聖旨下。
（老扮太監捧旨，四小監隨上，小生、太監捧節唱上）
【滴溜子】龍城回，龍城回，鈞天迭奏；鳳凰城、鳳凰城，祥雲輻轙。馥鬱，御香盈袖。絲綸天上來，九重宣叩。見萬國衣冠，嵩呼頓首。

（衆迎跪介）

（老、小生進見介）

（老）聖旨已到，跪聽宣讀。詔曰：朕承高帝之丕基，嗣列祖之大緒，自御極已來，旱潦頻仍，災異疊見。逆瑞之内患始除，流寇之外難繼起。烽煙擾攘，殆無寧歲。寡人宵旰焦勞，無術捍禦。特敕卿等齊集省堂，各宜剖露丹誠、共建奇策。務使强寇授首，國祚永安。毋得隱忍推諉，有誤國家大事，欽哉。

（衆）萬歲萬萬歲。

（外）請過聖旨，供奉龍案。

（後堂擡香案供聖旨節介）

（衆行禮介）二位老中貴。

（老、小生）各位老先請了。皐卜命咱家與諸位老先共議，聖上呵，

【泣顔回】應運正垂旒，謹承祖訓宣猷。啜鉶食簋，更宵衣旰食勤憂。不料邇年呵，賊氛四流擾中華，萬姓遭俘僇。

（外、末）寇警雖急，聖心還當寬豫。（付、淨）崔符狗盜，志在剽掠，終無足慮。（小生）連日羽書告急，賊兵四擾。中州八十餘郡悉遭殘破，秦中百二山河皆被盤踞。汪喬年自刎於前，楊嗣昌服毒於後。眼見得勢成累卵、禍致燎原矣。因此聖上呵，圖治安效法湯文。故命咱們呵，採風謠特問伊周。

（衆）我等呵，

【前腔】庸才累世沐恩庥，捐軀聖德難酬。廟廊待罪，敢不攄忠贊畫謀猷。（老）那闖賊强暴非常，奸狡百出，赦之益驕，撫而輒叛。諸位老先早定奇謀，滅此巨寇，以慰聖懷。（外）諸位請。（衆）老太師請。（外）二位老中貴同諸位在此，我想各省督撫、鎮衛之臣，各有地方戰守之責，各不相顧，以致兵單勢弱，一經賊兵臨境，輒遭殘敗。（老、小生）老先高見若何？（外）老夫愚見，請聖上速頒詔旨，召天下藩王、督撫各提重兵，星夜赴京，翼輔御駕親征，以傾

國之兵勢,加天子之神威,如泰山壓卵、電掣雷轟,長驅迅擊,賊寇雖然強橫,不足誅滅也。愚衷是剖,望二公,轉達蒭蕘,檄諸侯霧合雲屯,誅狂寇摧枯拉朽。

(老)范老先之策十分有理。待咱家奏聞聖上,即日發檄文舉行便了。

(付)老公公且慢。

【千秋歲】是非浮,舉動當參究,又豈可疏略干疚。社稷安危、社稷安危,怎便把萬乘尊擋強寇。(小生)李老先又是如何見解?(付)自古千金之子不履危境,一邑之君不出重國。聖上乃萬乘至尊,豈可自臨戎馬之間、親歷鋒鏑之下?勝則僥倖成功,萬一不勝,不惟有損國威,抑且益長賊志。宋真宗澶淵佺偬,正統帝沙漠蒙塵,皆由輕出之故。范相國欲效萊公之所為,彈棋樂,膚公奏,臣安逸,君馳驟,重擔誰人受。豈堂堂國主作孤注蜉蝣?

(外)哎,老夫見事勢危迫,無計可解,故出此萬不得已之言。老先生既謂不可,另作別議何如?

(老、小生)正是。李老先畢竟有何等主意麼?

(末)范太師之言,李老先既謂不可,亦是老成持重之意,學生倒有個愚見在此。

(衆)我等願聞妙策。

(末)下官聞:上古狄人侵掠,太王棄豳適岐;西戎剽劫,平王去鎬遷洛;祿山犯闕,玄宗西狩;黃巢寇京,昭帝東幸。目今闖賊縱橫,震驚畿輔,不若請聖駕暫且南遷,以養銳氣,以蓄軍威,徐圖恢復,那建康呵。

【前腔】瑞雲浮,是故國龍興埭,宮闕嵯峨如舊。天塹長江、天塹長江,虎踞龍蟠,地靈物阜。(老)咱家前日也是這般勸萬歲爺,且到南京暫住幾時再處。(衆)聖上允也不允?(老)聖上道:國君身殉社稷,千古正理,朕將何往?老先此計,聖上決不肯行的。再商量別計纔好。(末)聖上既不欲遷都,可命練達老臣奉太子監國江南,以固根本之地。招江漢英雄遘,通嶺表珍奇輳。糧運無慳逗,可捍前禦後、南北相周。

（老）這也有理。

（淨）李御史之計，仿唐肅宗靈武故事，御史公便做了中興翊運之臣，只是將聖上棄如敝屣了。（笑介）哈、哈、哈。

（付）是嚇！是嚇！

（末）陳司馬是何言也？當此急遽倉惶之日，聖上下問，豈有一籌不展之理。此言是與不是，可以公議，怎便將惡語加人？

（淨）興衰在此一言，豈可不共相斟酌？

（小生）二位勿得紛爭。

（老）哎，邊庭望救兵如星火之急，朝堂之上羣議紛紜，無一謀可措，可不將皇上焦憤壞了。

（付、淨）老公公，我等薦舉一人，可以勦滅此寇。

（老、小生）二位推舉何人，速速賜教。

（付、淨）我等素知兵部侍郎孫傳廷呵，

【越恁好】雄才偉略、雄才偉略，方叔遜前籌；陰符遁甲，縱孫武豈能侔？秉丹心壯猷、丹心壯猷，胸羅着焰騰騰十萬虎彪；更劍光閃爍，冷颼颼迸寒光直射斗牛。擎天手，架海才，付託無差謬。管指揮談笑，厥功高奏。

（外）咳，孫傳廷在部供職，日日相見，是個瘦弱書生，怎當得征伐重任，豈不誤了國家大事？

（付）自古將在謀而不在勇，豈可以貌取人？

（末）況且他向有癆瘵之症，目今正在危篤，告假在家。

（淨）下官昨日往彼探望，痊可如舊了。二位公公奏聞聖上，命其速往，捷音拭目可待也。

（老、小生）既得其人，就去奏聞聖上，命他即日起行便了。

【紅繡鞋】賴伊大展謀猷、謀猷，刻期統領貔貅、貔貅。誅檮杌，滅蚩尤，安天壤，肅邊陲，分茅土，拜公侯。

（老請龍牌）

（小生、外、末下）話不投機處，生憎半句多。

（付）孫傳廷入我彀中矣。

【尾聲】（淨）暫時除却心中疚，倘得成功難掩羞。（付）他的生

死,還在我們掌握之內。只教他咫尺金門不能覷冕旒。(下)

第六齣　囑　　別

(老旦素服、占袍巾上)

【西地錦】鳳詔承恩深荷,薑鹽歲月消磨。(占)嚴親憂國染沈疴,醫禱無靈眉鎖。母親拜揖。

(老)我兒少禮。妾身鄒氏,孩兒繼英,因相公職任兵曹,故爾相依京邸。你爹爹這幾時值宿朝房,忽然染病告假回來,使我驚惶無措。延醫調理,未得痊可,如何是好?

(占)孩兒煎好藥在此,請爹爹出來用藥。

(老)好生扶你爹爹起來。

(占)爹爹有請。

(外病裝上)

【前腔】旁午徵書堆垜,無端二豎來磨。匡君無計奈如何,早晚此心欲破。

(坐介)

(占)爹爹拜揖。

(外)罷了。

(老)相公,今日病體可輕些否?

(外)我心內煩悶,如何是好?

(老)相公,你向來忠心為國,奮不顧身,多因公務繁冗,簿書鞅掌,在朝房寒暑不調,飲食失節,故爾染此沉疾。且在家中調養幾日,自然痊癒。

(占)爹爹,藥已煎好,請用。

(外)取來。

(作服藥吐介)

(老)相公請保重。

(外)

【絳都春序】乾坤坎坷,驀地塵迷玉闕。浪捲銀河,時遭不造,九重閶闔陰霾鎖，千秋鼎鼐雷轟挫，眼見得無擔無荷，因此上中心似火。怎袖手悠悠，旁觀冷睃？

（末內監上）聖旨下。

（付院子上禀介）禀老爺，聖旨下了。

（外）呀，有何聖旨到來？夫人回避，孩兒扶我出去迎接。

（老下）

（占扶外介）

（末）一封丹鳳詔，飛下九重來。聖旨已到，跪聽宣讀。詔曰：朕躬不道，邊防失禦，致使崔苻竊發，寇盜橫行，攪亂中州，震驚天壤。朕久知爾兵部侍郎孫傳廷，心懷忠義，才兼文武，加授兵部尚書，頒賜節鉞印劍，經略秦、晉、楚、豫、應、鳳、淮七省，加總制三邊、督師蕩寇大將軍，征討流賊李自成等。務期肅清邊境，綏安黎庶，成功還朝，另加封爵。欽哉。

（外）萬歲萬萬歲。

（末）請過聖旨。

（外）我兒香案供奉。

（占接介）

（外）老欽差奉揖。

（末）孫老先生奉揖。

（共揖介）

（老急上）相公你病體未痊，如何叨此重任？及今進朝面聖、繳還聖旨纔是。

（外）夫人說那裏話來？自古君命召，不俟駕而行。聖上有命，就是赴湯蹈火也當奉行，敢云有病？你進去。

（老下）

（外）老欽差，聖上命下官即刻起程，萬望公公奏聞聖上，說老臣呵，

【出隊子】隆恩高荷，自當戮力披肝殲惡魔。妖氛滌蕩息干戈，答報皇朝志不磨，旰食宵衣，愁眉時鎖。

（末）領教，請了。宣罷黃麻敕，歸來紫殿中。（下）

（外）孩兒看香案過來，待我拜別祖先。
（占）香案齊備了。
（老上）我兒扶好爹爹。
（外拜介）

【畫眉序】遥望白雲窩，稽顙深深滴珠顆。念孩兒不孝，馨香拋躲。顧不得千載蒸嘗，顧不得百年香火。巍巍帝命非小可，自當驅除迅速。

（老）若得邊疆安堵，早早回來，免我母子懸懸朝夕。
（外）咳，夫人，

【滴滴金】再休望，玉門關生返重相顧。（占）爹爹此行，定然成功。（外）哎，也未卜標名銅柱勳猷，料得裹屍馬革荒原垛。夫人，及早返衡廬，掩荊扉，趁着松菊未荒蕪。我兒，青燈黄卷時勤課，切莫嬉遊孟浪，把家聲墮。（占）謹遵爹爹嚴訓。（外）還有一說，目今時事變更，朝廷多故之秋，不可輕易出仕。我的兒，當謹記我言，以守節志。須遠匿深藏，作雨笠煙蓑。

（付院子上）請老爺上馬。
（外）知道了。夫人，下官就此拜別。
（老）相公，你抱病長途，使我痛心如割。
（外）咳，夫人，

【隔尾】君王命，志不磨，我下聊城一矢天風墮。（老）日望你殺賊功成吉慶多。（分下）

（雜扮四將上）壯氣橫空氣概雄，陣雲冉冉列西東。君恩欲報干城寄，得勝旗開第一功。我等左右前後四營將官是也，奉元帥之令祭旗起師，在此伺候。

（外戎裝引四卒上）

【粉蝶兒】躍馬橫戈，領三軍韜鈐獨荷。

（四將打恭介）吉時已屆，請元帥祭旗。
（丑、禮生上贊拜介）
（外）大小三軍聽吾號令：本帥奉詔討賊，誓必削平山寨、戮力王家。爾等將士，有罪者誅，有功者賞。若食斯言，有如此酒。

（灑酒介）就此起師。
（衆吶喊行介）
【泣顏回】人馬莫蹉跎，早令奸雄膽破。旌旗搖漾，從教一統山河。（外）衆兒郎呵，元戎奮武展兵威，四下軍聲播。掃妖氛奏凱歸來，勒功名君山姓剗。（下）

第七齣　去　官

（旦上）
【卜算子】祿養最縈情，中饋常修整。晨昏陪侍效斑衣，膝下多歡慶。家室團圓，寰區危難，事不關心，關心者亂。妾身許氏，自適夫君。唱隨有年，清閒自足。但是相公一官鞅掌，為國為民，打聽得闖賊的祖墳在這左近地方，遂已託人尋訪得出。前日同了里長夫役，下鄉伐掘。咳，天呀！事雖如此，但恐闖賊一聞此信呵，
【不是路】禍患潛生，怒氣衝天太不平。豺狼性，貔貅百萬壓邊城，一到其時，悔之無及，勢伶仃。哪裏有強兵健將相持，久則便是玉石昆岡一例傾。還望添僥倖，妖魔及早殲除盡。四方平定，四方平定。
（老旦上）
【卜算子】暮景漸收成，已歎桑榆近。克家有子耀門庭，忠孝知交盡。媳婦，你在此自言自語，敢是為孩兒不該做那伐塚的事麼？
（旦）婆婆萬福。妾身只為相公為了國家大事出此險計，以盡忠心。但恐闖賊聞知，變生不測。
（老旦）媳婦，你說那裏話來？自古公而忘私、國而忘家，乃人臣之大節。況我孩兒呵，
【不是路】世篤忠貞，赤膽忠肝本性生。便是到歎飄零、捐軀報國總分明。或者吉人天相，不致如此。黃巾指日同漸滅，青史常教列姓名。但到今日，也該回來了。難評甚，路逢賊寇烽煙緊。門閭倚定、門閭倚定。

（生上）

【不是路】羸馬登程,意急聯鑣步轉輕。（生入,人馬接鞭下）（生進介）母親拜揖。（旦）相公回來了。（老）呀,緣何步伶仃,為甚言詞急遽抱愁形?（生）母親,孩兒前番伐掘了李自成墳墓,有艾練總、高映元、馮起龍等皆是賊人羽黨,都在勢要門牆買囑在朝權貴,屢次參劾、極力排陷。今日去揖見上臺。咳!九重城,一封飛下評官令,道我德劣庸才削職名。（老正）呀,你被斥了麼?（掩淚介）（生）蒙撫臺、按臺、藩司、臬司皆欲為我連名出疏挽回,命我照常理事。孩兒力辭解任。（老）速避仇讐,早離苦海,也是你的高見。（生）夫人,速把行裝整,早離了龍潭虎塹顛危境。（合）早還鄉井,早還鄉井。（同下）

第八齣　夜　覘

（老、占、末、丑扮更夫上）

【山歌】日落邊城戍角哀,鐵衣擁雪臥荒崖。裂旗緊裹金瘡口,此地他生可再來。

（老）我們乃經略帥府夜巡軍是也。自從前任楊嗣昌老爺服毒身亡之後,一向缺官。

（末）如今朝廷,又差孫老爺出來督師征剿,已到任數日。

（占）如今天色已晚,今夜輪該我們巡邏。

（丑）噲,新到任的老爺,法令森嚴,須要小心巡去。

（衆）這個自然。（敲梆下）

（外氈笠箭衣掛劍上）

（小生、家丁隨上）

【北新水令】俺怎敢擁蓮花高臥夢融融,聽刁斗沉沉傳送。挑燈參豹略,對月拭雕弓。國事盈胸,趁良宵好把機宜潛用。

（小生開門介）

（巡軍上）什麼人?出來!

（小生）是老爺。

（淨）小的們叩頭。
（外）你們巡軍投充在此有幾年了？
（丑）小的在此有十來年了。他們都是新來的。
（外）新來的原去巡更。
（衆）嚇。（下）
（外）你在此年深日久，那山林路徑，必然都認得的？
（丑）都認得爛熟，娑菩提那些角角落落的所在，都瞞我不得。
（外）我要往郊外去閒步一番，就着你悄悄引我前去。
（丑）曉得。
（外）家將帶馬來，也賞他一騎馬。
（丑）謝爺。
（外）你小心謹閉營門，不可洩漏。
（小生應下）
（外、丑策騎介）

【駐馬聽】榮戟崢嶸，離了這榮戟崢嶸，休驚了獵獵旌旗鼓角風。（丑）老爺，這條路險滑，看仔細。（外）把雕鞍頻控，橋板欹斜，且把腳步松。過幾處垂楊曲岸暮煙濛，望一帶疏林棲鳥聲相哄。（內雁聲介）（丑）一陣雁來了。（外）雁字排空，聽哀鳴嘹嚦，逗得那沙場客難成夢。

（丑）老爺，這是萬松崗，上去玩月極妙的。
（外）俺豈因玩月而來？

【沉醉東風】上了這鬱嶙峋蒼岩翠峰，玩不盡影槎枒古柏喬松。上得崗來，月色越皎潔了。整萬里清光如瑩，俺恍如御天風八極飛翀。猛聽得鶴唳長空，頓令人心曠神怡，不覺的身世俱鎔。端可也驚醒了閻浮界這幻夢。軍士，那一望幾十里瓦礫遍地、塵土飛揚，是什麼所在？

（丑）那是黃陂縣城池。
（外）為什麼都倒塌下？
（丑）只為李自成攻打，縣官懷印而逃，留下空城。那李賊委個賊將在內把守，不想城中百姓起義，殺了偽官，攖城自守。闖賊知道，復統兵回來，打破城池，殺得百姓雞犬不留，把城池踏成平地了。

（外）哎，使人見之，好不傷心慘目也。

（丑）咳，老爺，老爺，那闖賊不知打破了多少城池，都是這般踹成虀粉。你還氣不得這許多、惱不得這許多哩。

（外）那邊高塚為何破損如此？

（丑）那是顯陵。

（外）既是先帝陵寢，怎麼如此殘破了？

（丑）不要說起，有個人叫做楊成裕，曾在朝中做過欽天監的，投降了闖賊，自稱精通天文兵法，獻了個毒計，教他發掘陵寢，要破朝廷風水氣脈。

（外）有這等事？

（丑）那些賊人正要剖撅塚壙，也是先帝有靈，山谷中忽然一聲響亮，猶如霹靂一般，唬的賊人跌的跌、滾的滾，一哄而去，再不敢復來攪擾。那些樹木官殿雖然倒塌，裏面梓宮寢殿却不曾動。

（外）這就是僥天之幸也。

【雁兒落】倒塌了顫嵯峨萬疊翠芙蓉，阻斷了冷潺潺千丈玉玲瓏。翠森森翔威鳳，青簇簇偃臥龍。呀，

【得勝令】陡遇了浩劫罡風黑，險做了燔空烈火紅。若不是賴蒼天威靈震，怎得個好陵臺保砌封？（下馬介）待我下了馬，望陵遙拜一番。（拜介）俺這裏恭恭，向衰草坡頓首稱惶悚。忡忡，還只怕變滄桑無定蹤。

（丑）老爺，上了這座山頭，就望得見賊營了。

（外）如此同上去一望。

（丑）只是馬上去不得。

（外）你把馬拴在樹林中，步行上去便了。

（丑作拴馬介）

（上高處介）

【掛玉鉤】俺這裏舉手攀緣石磴崇，從容，早不覺脚趔趄步履惛。（風聲介）哪裏虎嘯之聲？（丑）是松濤響。（外）原來是絕巘長

松吼晚風。呀，那邊草叢中有個猛虎。（丑）老爺你放心的行，小的沒有錢糧，日日在這山中射獵，不要説狼蟲虎豹，連那山雞野鼠也打得個乾乾淨淨的，哪裏尋得個虎來？（外）那邊不是？（丑）老爺看錯了，是塊頑石。（外看介）果然是猙獰怪石呵，錯認做山君猛。趁着這月淡天空，不覺的斗轉參橫。

（丑）哪哪哪，那邊就是賊營了。

（外望介）呀，但見千廬萬幕，疊壘層營，戈戟凝霜，旗旛卷霧，好嚴整也。

（又望介）呀，那邊廂幾處高聳聳烈焰飛騰，是什麽所在？

（丑）是賊營中打亮子。

（外）怎麼叫做打亮子？

（丑）殺了那些人民百姓，將屍首進營，堆了七八處，放起火來燒着，照得營中如同白晝，盡他們飲酒取樂。

（外）噫，那賊可謂至惡矣。

（丑）還活活的，把人肚皮剖開，當作馬槽兒喂馬。還把人身子鑿穿，流出血來，和水飲馬。也説他們惡處不了。

（內掌號打鼓介）

（外）呀，何處鼓角齊鳴、喧呼震地？

（丑）是賊營中比箭。

（外）怎麼夜間比箭？

（丑）搶掠那些百姓們，男人當軍，女人奸淫造飯，小孩子拴在高竿上，當個射箭打彈之標，賭賽眼力，射着的喝采飲酒。老爺，你看那高竿上動手動足，還是活的哩。

（外）蒼天！蒼天！百姓何辜，遭此慘毒也！

【川撥棹】歎蒼生厄運窮，嗟國祚殺劫逢。抵多少羅刹縱橫、蜂蠆蒙茸。地軸銷鎔，天柱摧崩。哎呀，闖賊、闖賊，藐皇朝癬疥相同。

【七弟兄】按錕鋙怒沖，濕征袍淚濃，頻叩齒告蒼穹溟濛，問天心何屬難參詠。豁剌剌長嘯月明中，不由人如虯怒髮衝冠擁。呀，貫雲霄浩氣沖，貫雲霄浩氣沖。

（又四望介）軍校，那邊這座山何名？

（丑）叫做七盤山。

（外）路通何處？

（丑）前通潼關，後通藍關，是第一個險峻所在。

（外）那白茫茫大河是何處？

（丑）是氾水，那邊是陝西，這邊是河南。

（外）那邊逶迤曲折山徑是何名？

（丑）是雙龍峽。

（外）這邊呢？

（丑）那邊是伏虎崖。

（外）呀，有這幾處險隘之所，闖賊不難擒獲也。

【梅花酒】相山形地蹤，配着這天時共人工。好藏機伏戎，要使那絕羣猛獸入樊籠，吞舟巨鱷遁深泓。呀，運韜鈐掌握中，運韜鈐掌握中。

（丑）天色將曉，請老爺下去罷。

（外）向林中帶過馬來。

（丑）曉得。

（帶馬外騎介）呀，

【收江南】非是俺通宵遊行呵，為國事悾悾惚。俺待把妖氛掃蕩慰重瞳，捷書飛奏未央宮。（丑）露水大得緊，衣服都濕了。（外）呀，透鸝裘露濃，透鸝裘露濃。（丑）那邊曉星上得高哩。（外）呀，恰恰早晨星燦燦海天東。

【煞尾】只為天書特下多珍重，因此上力疾承恩把兵將統。顧不得吐哺殷勤、晨昏勞冗，未艾終軍恰早兩鬢蓬。兀的這千載興亡總付漁樵談笑中。（同下）

第九齣　營　哄

（付、淨扮中軍上）曈曈曉日照轅門，黯黯寒雲障塞屯。不用弓刀排虎士，天生戈戟擁將軍。俺乃七省經略帥府中軍都督盧光祖是也。朝廷命兵部尚書孫老爺督師討賊,前日走馬到任,隨即查點錢糧、衣甲、兵器、馬匹,又下教場操演軍馬,訓練陣法,果然井井有條,比前任大不相同。又發檄文徵調各省總兵前來合剿。這幾日絡繹而至,都已投文掛號,專待發令調遣。俺老爺往常清早就升帳理事,今日此際還不見開門,俺只索在此伺候。

（生、老、小生、付扮四將上）

（生）允塞謀猶載智囊,

（老）直教長劍倚扶桑。

（小生）壯懷磊落沖霄漢,

（付）秘略曾傳似子房。

（生）俺乃河南總兵卜從善是也。

（老）俺乃薊遼總兵白廣恩是也。

（小生）俺乃四川總兵秦翼明是也。

（付）俺乃荊湖總兵牛成虎是也。

（合）列位寅翁請了。

（生）我等清早到轅門,伺候帥爺升帳。不知何故,這時候還未開門。

（小生、老、付）我們去問中軍,便知就裏。

（行介）老總閫請了。

（淨）列位老總戎請了。

（眾）請問帥爺為何此時還不開門?

（淨）俺帥爺往常天色未明就升帳理事,不知今日為何恁遲?

（付）也沒有將近午時還不開門的道理。

（淨）待小弟到裏面去問一問,再來奉覆。

（眾）請便。

（淨下）

（付）我曉得,聞他一向有病,告假在家,是朝廷勉強他出來的,想在路上受了風霜勞碌,發了病了。

（眾）這也或者有之。

（淨上）列位老總戎,小弟在裏面去探聽,原來帥爺不在府中。

（眾）往那裏去了？

（淨）細問家丁，說帥爺昨晚扮作差官模樣，止帶一個巡軍，單騎到郊外閒遊去的，一夜不回。裏面也十分着急。

（生、小生、老）這裏是盜賊出入所在，豈是一二人夜間可以行走得的？此事關係重大，老總閫作速差人，四處找尋便好。

（付）找尋什麼？我倒猜着這麼幾分了。

（淨）老總戎猜着什麼來？

（付）我見他是個瘦弱書生，曉得什麼軍機陣法、怎麼樣打仗交鋒？聽得流賊十分凶勇，無計可施，悄悄的溜在那裏去了。

（眾）他有王命在身，怎麼去得？

（付）自己的性命不要緊？管什麼王命不王命。列位，如今元帥去了，無人主張，我們在此也無益，不如及早回去保守地方要緊。

（眾）且慢、且慢，待等兩三日探聽個下落，才好去的。

（付）如此，各自回營，歇息歇息再處。正是：將軍不下馬，各自奔前程。（下）

（淨）看他們紛紛議論，各要回去，元帥又不知那裏去了，教我也沒法可處。

（外上）天邊送雁霜凝髩，馬上催詩月滿頭。（下馬）

（丑帶介）

（淨）呀，元帥回來了。

（外）我到內堂梳洗，你可傳各營將官整頓人馬，今日就要發兵，傳點開門。

（淨）曉得。

（外向丑介）你隨到裏面來領賞。

（丑）多謝老爺。

（外、丑下）

（淨）傳點開門。

（吹打介）

（老、小生、付、生慌上）點時不到，到時不點。我們回營，正好卸甲歇息，忽聞傳報，帥府開門，只得急急前來伺候。

（生）方纔是小弟不肯拔營回去，若依了牛總戎，回去了怎麼處？
（衆）便是。
（又細樂介）
（淨）大老爺有令，即日就要發兵，衆將各整頓甲仗軍馬伺候。
（衆）得令。
（付）老總閫！老總閫！
（淨）怎麼？
（付揖介）方纔小弟是一時鹵莽失言，望老總閫掩蔽掩蔽。小弟奉一領戰袍奉謝。
（淨）領教。
（急下）

（內吹打開門，四卒持刀上，合）

【玉芙蓉】龍光射斗杓，鳳影凌天表。看桓桓虎帳、肅肅鈴韜。（淨上）卜總戎，大老爺令你進去。（生）曉得。河南總兵官卜從善告進。（下）（衆合）天南信有麒麟種，冀北人誇鸑鳳毛。（生上）雕弓並月名繁弱，寶劍沖星出岷江。（衆）帥爺可有令？（生）小弟不敢洩漏，請了。（上馬下）（淨）白總戎，大老爺令你進去。（老）曉得。（照前報名下）（衆合）雄威浩，振遏荒海嶠。試看取，妖氛掃蕩鞏固舊皇朝。（老上）初捧兵符分虎竹，再銜使命馭龍驤。（衆）老寅翁，帥爺可有號令？（老）不敢洩漏，請了。（上馬下）（淨）牛總戎，帥爺令你進去。（付）曉得。（照前報名下）
（衆）

【前腔】風含畫角高，霜蘸油幢皎。看森森棨戟、獵獵旌旄。（付急上）班超賜劍容非舊，任尚分符魄也消。（小生）老總戎。（付）小弟往常間極會耀武揚威的，不知怎的，見了他有些膽怯起來。（小生）可有令麼？（付）有令，這個……（住口介）不敢說，請了。（上馬下）（淨）秦總戎，帥爺令你進去。（小生照前下）（衆）斯文定遠威偏壯，寬大汾陽氣不驕。

（小生帶馬下）

（衆合前）
（下）

第十齣　大　　戰

（外扎甲引卒上）

【半陣樂】玉節承恩非小，金臺受命崇高。陣法軒轅，機參孫武，微軀敢負皇朝。萬里長城一面當，肯教小丑太倡狂。統轄中原新士馬，展開秦楚舊封疆。俺孫傳廷奉九重之皇命、叨七省之兵權，自到任以來，軍馬訓練已精，戰具製備已齊。各路將官，就此協力同心，以擒拿巨寇。衆將官，就此發兵前去。

（内喊介）
（走介）

【普天樂】統貔貅軍威浩，施號令龍吟嘯。靈鼉鼓聲振雲霄，皂雕旗影掣波濤。（合）呀，聽軍聲喧鬧，威臨草木號。看虎賁龍驤，到處鬼哭神嚎。

（淨、衆上）馬前納命者是誰？
（外）俺乃蕩寇大將軍孫，來者莫非李自成麼？
（淨）既知俺李爺爺，怎還不下馬投降？
（外）今日天兵到此，汝尚敢狂逆麼？
（淨）放馬過來。

（付將戰介）
（外戰敗下）

（淨笑介）呸，這等没用的東西，俺兩槍纔略動動兒，他就落荒而走了。待俺追上去，拿他轉來。

（合前下）
（生領四卒俱長槍上）

【朝天子】控金鞍紫韁，擁龍旌羽幢，虎兕萬隊多雄壯。星催電趲，敢遲留片晌，披荆莽兼程往。俺卜從善奉元帥將令，着我埋伏在雙龍峽擒拿闖賊，須索趕上前去。呀，奮身強力強，繞山旁澗

旁。休莽,伏兵戈擒王斬將、擒王斬將。奠社稷安天壤,奠社稷安天壤。(下)

(淨內)哪裏走?

(外敗)

(淨追上)

(生、眾上)賊將看槍。

(戰介)

(眾圍介)

(淨敗下)

(生、外)眾將官追上去。

(合前)

(齊下)

(淨、眾上)

【普天樂】領殘兵潛山坳,率敗卒奔空壑。鐵兜鍪失了朱纓,不提防裂了征袍。可恨孫傳廷這廝詐敗佯輸,誘我追到山谷之中,伏兵齊起,前後掩殺。俺奮勇殺出重圍,可惜軍校折了一半。

(內喊介)

(眾)後面追兵雲飛霧捲而來。

(淨)快快逃命者。(合前下)

(老引四卒俱雙刀上)

【朝天子】旌旗蔽碧空,袍帶卷彩虹。閃戈矛萬點寒光迸,驊騮緊策,猛咆哮驟風,山嶽振,波濤湧。(老)俺白廣恩奉元帥將令,領兵把守伏虎崖。眾將校小心埋伏者。(眾應介)望龍蔥樹叢,繞迤邐石瓏。路通,顧不得層巒高聳、層巒高聳。悄潛藏,休喧哄;悄潛藏,休喧哄。(下)

(淨、眾上)好了,好了,追兵漸漸離遠了,此處空谷之中,且進去歇息歇息。

(老、眾上圍介)咦,闖賊,你今日落在俺元帥彀中也。速速卸甲投降,饒你性命。

(眾戰介)

（淨、衆敗下）

（老）快快追上前去。（合前下）

（淨、衆又上）

【普天樂】旗和鼓都抛掉，弓和箭皆失落。聽了那鶴唳風聲，不覺的膽顫魂消。不料孫傳廷足智多謀，各處埋伏了兵馬，殺得俺大敗，如今往那裏去便好？

（丑）那汜水河邊，俺們先前造的竹筏在那裏，且逃往河南，再做計較。

（淨）說得有理，就往汜水河去。

（合前）（下）

（小生引四弓箭手上）

【朝天子】擊金鉦頻催，扣玉勒緊馳，向長堤守定東梁地。雲屯霧合，更當頭霹靂，盡教他魂驚悸。（小生）俺秦翼明奉元帥將令，道闖賊必從汜水渡過河南屯扎，命我帶領弓箭手埋伏汜水河岸。衆將官趲行前去。料殘兵迷路，笑敵人志愚。難避伏弓弩如蝗如蝻、如蝗如蝻。只教他喪洪濤作魚蝦類，喪洪濤作魚蝦類。（下）

（淨、衆上）

【普天樂】過村莊聲悄悄，爬山嶺身擾擾。望長河雪浪排空，只算渡江東耻忍羞包。

（淨）來此已是河岸，快些上筏去。

（衆上筏介）

（小生領衆四面射介）賊人看箭。

（淨、衆上岸逃下）

（小生）李賊人馬，一半中箭，淹死河中，一半逃上岸去。衆將官，追上前去。（合前）（下）

（淨、衆上）慚愧、慚愧，若不是俺鐵甲遮避而逃，險喪了性命。如今上天無路，入地無門，怎麼處？

（內喊介）

（衆）後面追兵又到了，大王快些跑。

（淨）咳，俺也是一條好漢，不想今日喪於此地，罷、罷，待俺自刎了罷。

（衆抱住介）勝敗兵家常事，大王不可如此。

（淨）嚇，有了，前面是七盤山，料他們決無埋伏，且從那裏逃過了七盤山，就是潼關。潼關外俺兄弟孩兒扎營在彼，且到那裏去便了。

（衆）既如此就行。

（淨）只是俺身子疲乏，盔甲沉重。小校，我與你換來穿戴一回。

（丑）大王要換，小的敢不遵依？

（換介）

（走介）

【普天樂】怎效得老曹瞞賺過華容道，只怕楚重瞳逃不脫垓心鬧。身疲乏難陟崎嶇，腹饑餒怎上岧嶤？

（淨笑介）我料他們決不知這條路徑，快些悄悄過去。

（作低伏行介）

（合前）（下）

（付引四卒執藤牌上）

【朝天子】虎頭牌滾來，豹尾旛擺開，雁翎刀潑雪披風快。貫狻猊錦鎧，束獅蠻寶帶，恰便是猛天篷臨凡界。俺牛成虎奉元帥將令，到七盤山下埋伏擒拿闖賊。衆將官，殺上前去。（衆應介）越嶙峋翠崖，渡滄茫碧淮。等待，斬妖魔不留癥疥、不留癥疥。建奇功齊奏凱，建奇功齊奏凱。

（淨衆上）脫離天羅地網，怎辭附葛攀藤？我的兒，用力爬過去。

（付、衆）李自成，哪裏走！

（淨跌介）

（付、衆殺，淨逃下）

（衆擒丑介）李自成拿住了。

（付）解往元帥帳中請功。

（合前）（下）

（吹打開門，外、眾上。四小軍、淨扮中軍）

【普天樂】白羽扇迎風嫋，碧油幢凌雲攪，逐獫狁撼倒關山，斬鯨鯢掀翻海嶠。（三總兵上）奉元帥將令，多已成功，特來繳令。（外）登記功勞簿。（付、眾推丑上）展開縛虎屠龍手，拿住殃民亂國人。小將奉元帥將令，活捉了李自成，特來繳令。

（外）押過來。

（眾扭丑上）李自成當面。

（外）李賊，你這等強梁，豈知也有今日？看刀！

（丑）哎呀，元帥爺爺，我不是李自成，饒命嚇。

（外）嚇，你是什麼人？

（丑）我是他部下小卒。他因盔甲沉重，教我替他戴一回，被他錯拿來的。

（外）李賊那裏去了？

（丑）乘空逃去了。

（外）逃走了？拿去砍了。

（眾應推下）

（外）蒼天、蒼天，可惜我費盡心機，不想又被他遁去。（作吐介）

【前腔】為邦家心勤勞，擺陣圖擒狐豹。又誰知脫網騰逃，使心中肺腑焦勞。

（付）小將誤走巨寇，實該萬死，望元帥恕罪。

（外）此乃臨危誘敵之計，你那裏知道，與汝何罪？

（付）多謝元帥。

（外）李賊雖則遁去，損折數萬人馬，銳氣已消，魂膽已破。我今一面遣兵追趕，一面草疏奏提，必要擒拿此賊。（作氣喘介）我此時精神恍惚，魂魄飛揚，只怕不能與諸公們歡呼殺賊矣。

（眾）吉人自有天相，請自保重。

（外嘔血介）諸公且退，吩咐掩門。

（淨）元帥吩咐，掩門。

（外、淨扶下）
（四總兵出轅門介）
（生問付介）咳，這樣大事，怎不小心？
（付低頭不語介）
（末）我們如今不必埋怨，各自去保守汛地要緊。
（衆）有理。
（合前）（下）

第十一齣　敗　回

（丑扮牛金星上）
【朱奴剔銀燈】臥龍術久充密囊，飛熊夢已叶君王。他年畫影凌煙上，丹青手盡費摹仿。（合）鴟張，時來運當，罡星燦掩沒帝光。區區姓牛，祖貫魏州。石敢當是我上祖，土行孫是我朋友，矮脚虎不如我烜赫，武大郎怎及我風流。身體雖然局促，手段倒不謳謳。一肚皮鬼張賊智，滿面孔奸詐佁傻。平日間學得飛簷走壁，從小兒就會鼠竊狗偷。一張嘴，伯勞勞能言善辯、慣會之乎者也；一雙眼，轂碌碌鑒貌辨色、人背後倏乩溜丟。當初只因本地荒亂，可憐餓得清水直流。做了幾椿沒本錢的生意，幹了許多沒天理的計謀。打劫百姓，猶如出林虎豹；官府拿住，好像跳圈子的猿猴。只得逃在江湖上趁食。遇見了闖王個賊頭，權留在帳前效用，果然是意氣相投，百事要與咱商量，半步不離他左右。前番略獻了幾個小計，打奪了無數關隘軍州。殺得那些官軍抱頭鼠竄，嚇得那些百姓鬼哭神愁。如今坐在中軍帳裏施威耀武，掌握着數百萬龍虎貔貅。夜裏大人，是當初個官衘；狗頭軍師，是如今的封侯。正是：玉帶緋袍跨紫騮，眼前富貴孰能侔。今朝有酒今朝醉，管什麽明日愁來明日愁。閒話少説，前日大王親統三十萬人馬前去與孫傳廷交戰，到今不見班師，我好生放心不下，不免到他二大王營中問個消息。
（合前）（下）
（付、小旦武妝引二卒上）

【前腔】威凛凛心雄氣莽,勢堂堂馬壯人強。鳳凰城不勾咱靴尖踢,錦乾坤似彈丸可攘。(合前)

(付)自家一隻虎李過是也。

(小旦)自家太子白額虎李雙喜是也。

(付)奉哥哥軍令,扎營在鄖襄界上接應進兵。

(小旦)父王統兵前去與明朝打仗,怎麼還不見班師?

(二卒押老、正二難婦上)禀上二位爺,小的們拿得兩個婦人在此。

(付)面貌盡可看得,侄兒,我和你各領一個,到帳中吃酒頑耍去。

(老、正)哎呀,大王爺,小婦人皆有身孕,十月滿足,就要分娩了,求大王釋放。

(付)你們都有身孕,待我起來看。

(二卒扯介)

(付看介)果然好兩個大肚子。侄兒,我與你打個賭賽。

(小旦)怎麼樣賭法?

(付)猜這兩個婦人肚中,是男是女。

(小旦)猜不着怎麼樣?

(付)猜不着的,輸個大大的筵席,今夜賞月。

(小旦)有理有理,叔父先猜。

(付)我看來,這兩個婦人,肚子內俱是男胎。

(小旦)俱是小廝?

(付)是小廝。

(小旦)依我看來,兩個婦人,肚子內俱是女胎。

(付)你看明白了,不要賴。

(小旦)不賴。

(付)將校們,把這兩個婦人拖去剖開肚子取胞胎來驗。

(二卒扯婦人下)

(付)侄兒你眼力不濟,包你輸了。

(小旦)是侄兒贏了。

（二卒捧胎上）都是男胎。
（付）有那話兒的。
（二卒）是嚇，這是太子輸了。
（付大笑介）
（小旦）果然是侄兒輸了。小校們去分付備酒。
（丑上）將相本無種，男兒當自強。只須謀略廣，那在身體長。
（進介）二大王請了，太子也在此。
（付、小旦）軍師來了。
（丑）大王提兵去，與孫傳廷交戰，怎麼這幾時還不見捷音？放心不下，特來探望。二大王同太子這裏可知消息？
（付、小旦）我這裏也沒有消息，正要請軍師差人去打聽。
（丑）我已差過天星去了，早晚必有音信也。
（二卒上）啟爺，酒筵完備了。
（小旦）看酒來。
（丑）學生告別了。
（付）軍師，咱家方纔與太子打了一個賭賽，贏了個小小筵席，正要請軍師一同玩月，怎麼倒要去了？
（丑）只是叨擾不當。
（小旦）請上坐。
（丑）二大王請。
（付）咱家是贏家，也算得旁東。軍師是客，請上坐。
（丑）如此叨占了。正是搭船的坐官艙了。
（付、小旦）請。
（丑）請。
（各飲介）
（付）這般吃法悶得慌，想個法兒，取樂取樂便好。
（小旦）侄兒前日偶得幾個女子，會打碟兒歌唱小曲，喚他們出來侑酒何如？
（丑）如此極妙了。
（小旦）小校，到後宮喚歌女們出來承值。

(卒唤介)
(四女上)舞低楊柳樓頭月,歌罷桃花扇底風。歌姬們叩頭。
(付)呀,好呵,你藏着這些美女,在帳中自己受用哩。
(丑)小大王說,你們打的好碟兒,演與我們看看。
(小旦)小心承應,唱的好有賞。
(四女打碟唱小曲介)
(淨)潛身歸虎帳,亡命脫龍潭。
(進介)你們好快樂也。(倒地介)
(付、丑、小旦)嚇,什麼人,大膽闖進營來,敢是奸細?
(卒)吆,你是什麼人?(看介)呀,原來是大王爺。
(四女下)
(眾)大王爺麼?快扶起來。大王爺,小臣們不知駕回,不曾遠接,死罪死罪。
(眾扶淨坐)
(淨喘息介)唬殺我也,惱殺我也。
(眾)大王請保重。
(淨)孤家前日去與孫傳廷打仗,那日呵,

【駐馬聽】躍馬橫槍,突出營門威武揚。(眾)他那邊何人出馬?(淨)就是那孫傳廷出馬。(付、丑)見他兵勢如何?(淨)只見陣圖錯亂、隊伍參差、鼓角淒涼。(丑)咦,這是示弱懈戰之法。(淨)他與孤家交馬,不上四五合,就敗下去了。(付)那時便怎麼?(淨)孤家急急追去,到山林之間,只聽得一聲炮響,呀,重重鐵騎暗潛藏,山林密密張羅網。(丑)中了他計了。(淨)可惜了百萬兒郎,做了疾風掃葉,險些兒命喪烏江。

(丑、付、小旦同)

【前腔】不用徬徨,勝敗兵家是所常。(淨)愧殺我也。(丑)却不見漢高匿井,魏武緣林,少挫何妨?帳下現有雄兵百萬,何難恢復舊封疆,佇看捲土雄威壯。(付)哥哥,(小旦)爺爺,待兄弟、孩兒連夜去把孫傳廷那廝呵,擒住魍魎,獻于麾下,一任剜腹屠腸。

(淨)咳,你們不是他對手,就有幾萬人馬,也不夠他殺。你們速去把鐵匠喚他幾百名來。

（衆）要他何用？

（淨）連夜打造鐵鈎釘數萬。

（衆）打造這些鐵鈎有何用處？

（淨）那孫傳廷不日就殺到這裏來了。我們連夜用鐵鈎釘爬過嶺去，逃到險隘山洞，躲避幾時再處。

（丑）大王蓋世英雄，身經百戰，何乃一旦如此？

（小生上）去來無蹤影，隱現有機宜。大王爺，過天星參見。

（丑）將軍回來了。

（小生）探得天大喜事，特來報與大王知道。

（衆）什麽喜事？

（小生）那孫傳廷呵，

【前腔】奉着綸綍輝煌，扶病從征出帝邦。怎經得蕩風冒露、履險登危、食少機忙？勞心佈畫費周詳，挽戈馳驟沙場上。前日在陣上嘔血數升，扶歸帳中，病入膏肓，淹淹一命，不久夢赴黃粱。

（淨笑介）孫傳廷有病，此乃天佑孤家也。

（丑）大王，小臣有一計，管教他百萬之師立成虀粉。

（淨）軍師有何妙計？

（丑）那孫傳廷病重，自然紀律懈弛，那些將士，無人拘束。明日大王……（附耳介）只消如此如此、恁般恁般，包管唾手成功，豈不美哉？

（淨）軍師好妙計，孤家明日依計而行便了。

（小旦）請父王到後營用膳。

（淨）海曙輕籠海色蒼，（丑）涼颼新薦菊英黃。

（付）虎帳新開羅作帳，（合）龍潭水積劍為光。（下）

第十二齣　墮　　計

（外、生將官卒引上）

【四邊靜】秋風蕭索連花幛，臥龍病應篤。空燃七星燈，怕難襄將星蠹。(外)我乃孫元帥帳下驍將是也。俺元帥前日把李自成一陣殺得片甲無存,正好乘勝追剿、斬草除根,豈非一椿好事?不料元帥沉疴驟發,嘔血不止,醫療不瘥,如今越發沉重了。(生)今早有飛報,説李自成又領兵前來交戰。只是元帥病在垂危,無人主張,軍中甚是驚惶。(外)我和你且領了人馬,把住隘口,再做道理。衆將校,迎殺上去。把羽旄整肅,霓旌緊簇。但願仲達眩雙眸,全軍荷天福。(下)

(八女騎馬上走陣介)

(外、生、衆上介)那山坳中無數美女,跨馬奔走,想是那賊的老婆。

(生)我們搶他幾個,到帳中去取樂。

(外)恐元帥知道不便。

(衆)元帥人事都不省了,那裏還管得這些閒事,落得受用的。

(生)既如此,放開手段,多搶他幾個。

(八女又上)

(外、衆搶介)

(搶旦、丑二女介)妙,果然生得標緻。不要驚怕,到帳中飲酒去。小校們,取酒來,我們先吃個合卺杯。

(丑、旦)小婦人量淺。

(外、生)包你今夜就深了。

(灌醉介)

(外、生)你們有曲兒唱一套與我們聽聽。

(丑唱【銀鈕絲】介)

(生)唱得好,唱得好,我們情興勃勃,各自到帳房裏去罷。

(外)俺先去也。(摟旦下)

(生顧丑介)

【前腔】和你鸞顛鳳倒歡娛足,三生聯一宿。錦帳效鴛鴦,金卮醉釃醁。也是你夫人有福,遇着我將星武曲。

(丑)將軍,你不要説得狠的緊,只怕你敵不過我合扇繡鸞刀。

(生)你的雙刀,那抵得我蛇矛狠。

（丑）蛇矛怎麽狠？

（生）一槍透其腹。

（抱丑下）

（淨同卒持刀上）營中靜悄悄並無防備。將校們，一齊並力殺進去。

（將亂殺進介）

（雜扮將亂跌殺下）

（女披衣跌下）

（淨）就此回營。

（衆應介）

【前腔】旌旗招展雲霞蔚，霜華蘸金鏃。殺氣貫長空，歡聲振山谷。車輪躒躅，馬蹄篤速。金鐙住還敲，凱歌唱更續。（下）

第十三齣　挽　　留

（生上）

【粉蝶兒】一點丹心，照徹九重雲漢，撫三晉萬里雄藩。鞏皇圖，匡帝室。身爲屏翰，酬天眷晨昏豈憚勞煩。下官山西巡撫蔡懋德是也。忠孝立身，清操成性。不料邇年流賊縱橫，摧陷中原，蟠踞關西，侵掠山右。老夫日夜防禦，怎奈兵少，難以交鋒。遍觀僚屬，並無一個可託干城之任。只有中軍應時盛，看他英勇不凡，且與我意氣相投，不免傳他進來商議。堂候官，

（雜）有！

（生）傳應中軍進來。

（雜喚介）

（付上進介）中軍叩頭。

（生）將軍請起，看坐。

（付謝介）大老爺呼喚，有何臺旨？

（生）老夫呵，

【錦纏道】爲時艱，嘔盡了心頭寸丹。無計殲凶頑，怎解得邦

家累卵、黎民塗炭？(付)大老爺仁德,萬民感仰。(生)那流賊覬覦帝都,只隔得一省之地了。保龍城只隔着滹沱半灣,那裏有控荊蠻萬里雄關？(付)連日邊報,賊兵攻打代州、雁門等處,況天寒河凍,平陽一路危在旦夕,如何是好？(生)便是,遍看這些官僚,那一個可以同心國事的？羣僚空素餐,若得個抒忠匡贊,如今呵,燃眉禍已僝。(付)怎奈地廣兵微,奈何奈何！(生)這邊邊如何控捍,只落得,對長空搔首淚偷彈。

(付)

【普天樂】他念君恩盈愁侃,抱國憂時長歎。大老爺,此時也無可奈何,只得硬起脊梁,做一番去。大丈夫氣宇昂昂,男兒漢骨節珊珊。(合)中心似燔,向誰行剖訴。只落得,俯首悲漌。

(生)本院前與將軍商議,遍頒榜文,招募義兵,延攬英傑,以充幕府之用。今經兩月,未知應募者曾有幾人？

(付)自奉鈞諭掛榜之後,投充的有數千。據小將看來,內中只有數人頗具才略,可任指揮。今現在轅門伺候,小將正待通報。

(生)既如此,可即傳進來。

(付)傳點開門。

(坐堂大開門介)

(付)大老爺有令,傳投充武士見。

(付)中軍叩見。

(引四將叩見介)諸位是何姓名？何方人氏？

(外)武士沈萬登,汝寧人氏。

(小生)武士宋正奇,潛山人氏。

(老)武士牛勇,雁門人氏。

(旦)武士朱孔訓,代州人氏。

(生)果然好人才也。

【古輪臺】志豪坦,稜稜俠骨信非凡,劍光閃爍騰霄漢。韜鈐精諳,挺挺彪軀,果是英雄偉岸。應將軍,今既得此四將,便可分派戰守。四將過來,聽我號令。沈萬登,授汝為前營遊擊,領兵一千,往天門關協同把守。(外)得令。(生)牛勇,授汝為後營遊擊,領兵一千,往馬陵關協同把守。(老)得令。(生)朱孔訓,授汝為左營遊擊,領兵一千,往偏頭關協同把守。(旦)得令。(生)宋正奇,授汝為右營遊擊,領兵一千,往井陘關協同把守。(小生)得令。(生)應將軍,授汝為中營副將,與諸將互相策應,奮勇殺賊。功成之日,奏聞陞賞。取酒過來,各奉三杯。(奉酒介)(生)濟世洪猷,干城威武。彤弓早望掛天山,把玉柱同安。掃烽煙妖孽除删,做得個安劉平勃、興唐李郭、宋家韓範。得功業報宸寰,恩光燦,累累金印笑登壇。

(占扮報子上)有部文在此,呈上老爺。

(丑念介)吏部一本,為撫臣畏怯事:該山西巡按汪惟郊,題前事撫臣蔡懋德,知流寇犯境,不親率軍馬臨河堵禦,反退歸省城,致賊長驅渡河,殊屬畏怯。奉聖旨,蔡懋德着解任就勘。

(生)□□代巡,屢次羽書促我回省,兼奉晉王令旨,言省城重地,不可輕離。誰知今日反參我畏怯,豈不可笑。且住,當今賊勢如此,正臣子致命之秋,但既奉聖旨離任,權不由己,只索奉身而退。罷,罷,罷,餘年衰朽,得遂生還,反是汪代巡之所賜也。

(四將驚介)大老爺赤心為國,保此封疆,我等幸蒙委任,方期肝腦塗地,以報知遇之恩,不料又有此變。只合繳還符令,各散歸田。

(生)悉聽列位,本院亦無如之何也。

(四人下)

(堂候稟介)司道官求見。

(生)道有請。

(末、淨上)

【千秋歲】際艱難,匝地烽煙蔓,怕旦夕兵戈相犯。三晉雲山,三晉雲山,師帥元僚,又遭讒間。(末)下官山西左布政趙建極是也。(淨)下官贊畫賈士璋是也。(進見介)老大人撫晉兩載,恩威並著。當此寇盜憑陵之際,正賴全城保境之功,忽奉嚴諭,屬員等不勝驚駭。但合城大小文武官員,已經連名具揭入京保留去了。萬望老大人照常任事,幸勿介懷。(生)說那裏話來?雖蒙諸公相愛,但老夫才薄任重,久思避閑。今遂初願,乃所深喜,豈有復留之理?(末、淨)賊鋒漸近,新撫逗留不前,若老大人棄此而歸,則合郡軍民休矣。(占扮太監上)王爺手劄下。紅巾賊,難追散;烏臺吏,須留挽。手捧王言燦,道飛章入奏,截凳相攀。咱家奉晉王令旨,來此挽留巡撫蔡公,不免進見。

　　(見介)蔡老先,咱王爺聞你被斥,甚是着急,即刻具本保奏留任。今有手劄在此,教老先莫生去志。

　　(生)王諭諄切,自合仰遵。奈方寸已亂,雖留無益。

　　(內百姓喊介)

　　(堂候稟介)稟大老爺,轅門外軍民數萬,俱手執長香叫喊,要留老爺在任,保全城池。又將城門俱用磚堵塞,不放老爺出城。

　　(生歎介)民情如此,教我何忍捨此求生?罷!罷!罷!勉循諸公之請,竭力支撐便了。但我聽勘之員,待罪立功,只好守此一城,此外威令不行,豈能兼顧?況平陽府已有汪代巡在彼,想自有善策,可以堅守的了。

　　(衆)若得老大人如此,真乃一郡之福也。

　　(生)參將張雄,乃城守要職,今日為何獨不相隨?我看此人心懷叵測,諸公須要防之。

　　(衆)是。

　　(生)如今一面打聽賊情,一面練兵守城便了。

　　(衆)

　　【尾聲】為民情愛戴相縈縮。(生)回首鄉關涕淚潸。(合)須知道成敗興亡詎等閒。

第十四齣　演　　陣

　　(小旦金蟒服上)年少從軍氣自豪,封侯李廣尚垂髫。渥窪已見龍媒現,豈獨丹山羨鳳毛。俺李雙喜是也,奉父王之命,領兵攻打山西州郡。望風納款,真個勢如破竹。前面平陽府,城郭十分堅固,難以攻打,只可智取。俺如今統領孩兒兵前去賺取其城,却不是好？哎，管孩兒兵頭目那裏？

（外扮頭領上）太子爺呼喚，有何分付？

（小旦）我今要去攻打平陽府，欲令孩兒兵前去。

（外）自古道，蛇無頭而不行，必得太子爺親自統領前去，方得隨機應變，庶可成功。

（小旦）說得有理，待我隨後策應。你們先挑選十數人進城，裏應外合，不可有誤。且把陣勢演習一番者。

（小旦下換衣介）

（外）孩兒兵，太子吩咐，演習陣法者。

（外下）

（內喊三聲介）

（八孩兒俱雙刀、繡襖、紅褲上走陣介）

【三犯江兒水】珠圓玉燦、恰便是珠圓玉燦，一個個髮如雲、月似顏，只見錦衣豔冶、繡襖斕斑，恁娉婷如美鬟，力勇善登攀，身輕可躍趐。抵多少纖腰小蠻、櫻唇小樊，手提着潑風刀如雪爛，沖圍突關，積慣的沖圍突關；攪海排山、試看取攪海排山，誰解得這其間猶如戲訕。

（小旦）陣勢精熟，就此趲行前去。

（衆）得令。

（行介）

【清江引】這兵機運用的真奇幻，續不上兵書看，用不着龍旌與鳳旛。鐵馬金戈挽，聽粉孩兒唱一套花兒賺。（下）

第十五齣　賺　　城

（淨扮汪按院、四小軍引上）

【西地錦】擁節威行汾晉，鳴珂聲振京華。麟符代掌建高牙，落得虎威狐假。自家山西巡按汪惟效是也。早掇巍科，首擅南宮之望；旋登清要，身居烏府之榮。奉命代巡，招權納賄，黃金充橐，白璧盈箱，何等快活。前日因巡撫蔡老兒與俺不合，他正領兵在河上往來禦賊,被俺連用羽檄賺他回省。隨後却參他一本,道他畏怯失機,奉聖旨解任聽勘,方消得俺胸中憤氣。我因出巡,離了太原,不想昨日探子來報,賊人有渡河之信。我如今先到平陽躲幾時再處。衙役們,就此起馬。

(眾應行介)

【朝元歌】霓旌錦幢,萬縷晴霞颺。麟符鳳章,千里威名亮。花柳爭芳,鶯燕飛翔。旭日晞暉,惠風和暢。雕鞍慢策意氣揚,鳥語似笙簧,林花拂綬香。(三旦、丑扮童,布衣包巾上)老爺救命。(淨)咦,大膽的小廝,輒敢路旁叫喊。(四童)小的們是本地小民,因家貧乏食,到各村莊唱歌覓食。聞得闖王兵馬殺來,小的們欲逃回故鄉。不想城門緊閉,稽查奸細,不放我們進去。求老爺方便,容小的們進城,會見父母,萬代洪恩。(淨)看他們是清清秀秀的小廝,甚麼奸細?地方官真正可笑。也罷,我老爺帶你們進城便了。只是進了城,不要就跑散了,待我喚你們時,你可唱個歌兒我聽,還有重賞。(四童)小的們就跟老爺轎後去罷。(淨)隨在我轎後。(四童)曉得。(淨)軍校們快行。(眾應行介)鳳城雄壯,遙望着鳳城雄壯。

(生上)平陽府知府率領合郡官員迎接大老爺。

(淨)到察院相見。

(內打進城介)

(生、外)嚇,這些小廝,怎混在老爺儀從中,打出去。

(淨)這些小廝俱是本地的子民,不妨放他們進城去。

(四童混入介下)

(淨進衙介)發牌出去,只命首領官進參,各官免見。

(役傳介)平陽府知府參見。

(淨)請起。

(外)平陽府守備叩頭。

(役眾)起去。

(淨)本院奉命代巡,爾等屬員,須當恪恭職守,凜遵法紀。明日行過了香,再頒條律,宣諭軍民。

（生）是。

（淨）吩咐掩門。

（衆下）

（生）卑職備有下馬飯，望老大人俯納。

（淨）既承美意。

（對家丁介）收下。

（生）卑職告辭。

（淨）請。

（生下）

（淨）撤宴過來，方纔那些小廝何在？

（家丁）大老爺喚你們進去。

（四童）曉得。

（進見）小的們叩頭。

（淨）起來起來，你們方纔説會唱歌兒，揀一套好的唱來，重重有賞。

（四童）我們一套時新的花兒賺，唱與老爺聽。

（淨）慢慢的唱來。

（四童打鑼鼓板跳舞唱介）

【花兒賺】君試聽，君試聽，萬花爭放費品評。玉梅花，玉梅花，傲雪經霜占早春。文杏花，文杏花，走馬瓊林看玉人。小桃花，小桃花，莫遣漁郎來問津。海棠花，海棠花，名傳西蜀占羣英。杜鵑花，杜鵑花，夜夜啼殘望帝魂。牡丹花，牡丹花，茂叔臨池揿錦文。石榴花，石榴花，片片芳英濺絳裙。丹桂花，丹桂花，嫦娥愛贈讀書人。秋菊花，秋菊花，籬畔淵明日日醺。水仙花，水仙花，湘妃碎剪玉壺冰。一年好景休辜負，洞口桃花會笑人。

（淨）唱得好，唱得好。那個是頭兒？

（旦）我是頭兒。

（淨）叫什麼名字？

（旦）我行不更名，坐不改姓，我乃闖王太子麾下驍將是也。

（淨驚介）如此説，你們都是流賊了。

（四人脫衣介）然也。

（淨慌走介）

（旦、眾）那裏走，賞你一刀。

（殺淨下）

（家丁上殺下）

（外守將上戰介，殺下）

（小旦上）眾兒郎，招集後面人馬，速速進來。一面飛報，請大王坐鎮此城，即日發兵，攻打太原。

（眾）得令。

【六么抱肚】威雄力壯，跳躍如飛，似虎如狼。鄒鐵刀賽雪欺霜，寶雕弓偃月流光。斬關奪寨踞城隍，談笑功成喜氣揚。

第十六齣　盡　節

（淨引四卒上）

【半陣樂】王氣如龍盤繞，帝星如日光照。（占上）年少英豪，罡星顯曜，休覷作紈綺兒曹。父王在上，孩兒參見。願父王千歲千千歲！

（淨）我兒少禮。昨日宋獻策奏道，帝星正照我營，教孤早建年號。想你名喚雙喜，二字太俗，如今改名弘基，即建年號為弘基元年。再鑄弘基錢，頒行州郡，以應上天祥瑞。

（占）願父王千歲、千千歲。

（淨）俺如今兵臨太原，那蔡懋德已經削職聽勘。聞得百姓挽留他協守城池，可不又添孤一個勁敵也。

（占）父王勿憂，他麾下參將張雄曾有稟啟，密約孩兒進兵。父王可帶兵馬，只在東、西、南三門攻打，待孩兒帶領孩兒兵，從北門鑿地穴而進，與張雄從內殺出，迎接父王進城，太原指日可破也。

（淨）妙、妙。眾將校，將太原東西南三門緊緊圍住了。

（眾）得令。

【窣地錦襠】狻猊鎧甲罩猩袍，臂挽烏弓落皂雕。乾坤穩穩在荷包，指日君臨萬國朝。（下）

（生便服上）

【粉蝶兒】桴鼓親操，效桓公桴鼓親操，要把那將墜的堯天重造。那裏討鳳敕龍標？俺把那社稷憂、邦家計，肩頭上擔兒非小。俺如今遍山川密佈了弓刀，繞城堙暗潛虎豹。

（付、老、小生、外戎妝上）

【泣顏回】敵氣黯重霄，奔騰萬騎如潮。如林戈戟，密匝匝佈滿城濠。（衆）衆將官打恭。（生）衆將少禮。牛勇聽令，你領人馬緊守東門。（小生）得令。（生）朱孔訓，領兵緊守西門。（老）得令。（生）沈萬登，協同知府領兵緊守北門。（外）得令。（生）宋正奇，隨本院自守南門。應將軍，汝為四門策應。少間我在城頭與李自成打話，放起號炮，牛將軍從東門殺出，朱將軍從西門殺出，應將軍從南門殺出，使他首尾受敵，三面夾攻，此賊必敗也。（衆）得令。各要嬰城固堡，出奇兵，須聽中軍炮。（衆下）（生）我且上城去。（行介）效孔明倚堞彈琴，仿子房傍石吹簫。（上城介）（淨引四卒上）喚守城的打話。（卒）吥，城上的官兒，俺大王喚你打話。（生）有甚麼話講？（淨）嘚，城上的可就是蔡懋德麼？（生）俺正是，你有話說上來。（淨）蔡懋德，蔡懋德，你好不知機也。朝庭將你削職，只合早早回鄉，保你衰朽餘年。怎不量力，又來守此孤城。俺知你是個清廉好官，不忍下毒手攻城。你不如投順孤家，自有重用。（生）呸，李自成，我也有句話與你講。（淨）你說來說來。（生）李自成，你本是中國良民，向為饑寒所迫，遂爾走險揭竿。若能洗心改過，斂甲歸順，老夫保奏你，賜爵封王，分茅列土，子孫蔭襲，永保富貴，却不是好？（淨）咳，你滿朝臣子，無非貪污之輩。況且天下大勢，孤家已得其二，你肯降便降，不肯降快出來，與我比個手段。（生）你且聽我道來，俺聖上呵，

【石榴花】他本是玉龍金鳳舊根苗，更且英文聖武比唐堯。兢兢的仰天承命，祖訓恭操。又何曾荒淫施暴虐，畋獵逞虛嚻。（淨）吥，蔡懋德，蔡懋德，不要惱了咱家的性子，把你城池頃刻踹為虀粉

哩。(生)咳,俺堂堂大國,文官濟濟,武將森森,難道不能滅你一個小寇?只因聖上仁慈,有意招撫,不忍加害,誰想養癰自害了。休只管逞強梁,休只管逞強梁。倘天威一怒你生難保。可不把英雄面目、盜賊名叨。(淨)這老賊,只管絮絮叨叨,講個不了。小校們,與我攻城。(生)李自成,李自成,休道俺怯怯書生,休道俺怯怯書生,不能操戈挾矢將伊剿。(射介)看箭。(淨掩左目介)呵呀,不好了,射中俺左眼了。(敗下,生)哎,可惜這一箭,只射了他左目,若中咽喉,可不滅此巨寇。只教他縱然不死也魂消。與我放起號炮者。(內放炮介,小生追淨上戰介,淨敗。老沖上戰介,淨大敗,小生、老追下,生)看此賊被我軍殺得大敗而去,亦大挫其鋒銳矣。(丑上)報!報!啟爺,牛將軍呵,

【泣顏回】咆哮,馳驅過山坳,誰想落他圈套。(生)落他什麼圈套?(丑)牛將軍,奮勇追殺上去,不想墜入陷坑,被撓鉤套索,蜂擁縛住難逃。(生)被他擒去,想是降了。(丑)牛將軍那裏肯降,迸斷綁索,奮力殺死數賊,衝突不出,自刎而亡了。(生)難得這等異士也,再去打聽。(丑應下)(生歎介)呵呀,我那牛將軍嚇,皆由老夫而死也。(旦上)報、報,老爺,不好了,那賊人呵,沖天勢驕,驀然間,放起轟天炮。朱將軍正在城上守獲,一聲炮響,鐵圍城地塌天崩。可憐朱將軍呵,英雄漢灰滅煙消。

(生)嚇,朱將軍被炮打死了,兀的不痛殺我也。

(旦下)

(付追小旦)

(正、老上巷戰介)

(付敗下)

(占、眾追下)

(付拖槍上)

【北門鵪鶉】急煎煎奔迭如雲,急煎煎奔迭如雲,殘嶮嶮孤城莫保。(生)應將軍,為何如此光景?(付)大老爺,不好了,不想賊人於北門外鑿地穴而進,恣行殺掠。小將奮勇巷戰,情急勢孤,只得突圍而出。那賊兵呵,一個個捷似猿猱,一個個捷似猿猱,惡狠

狠凶如狼豹。（生）如此説，賊兵已入，此城不可保矣。（外）大老爺在此，小將暫去就來。（下）（生）你看應將軍，飛奔而去，不知作何勾當？他本是蓋世英雄氣自豪，早難道一朝背義效逋逃。（付提四人頭上）捐軀酬國士，含淚斬妻孥。（生驚介）呀，此是何人？被君斬之。（付）這是我妻子首級。那三個，是二子一女也。（生）為何斬之？（付）小將今日自分必死，留下妻孥，可不被賊人所辱？故爾斬之，以絕內顧之念。（生）將軍俠烈，千古無匹也。慘悽悽骨肉傷殘，慘悽悽骨肉傷殘，痛煞煞宗支斬却。

（內喊介）

（付）滿城盡是賊兵，我和你速速出去罷。

（生）咳，我乃社稷之臣，自當死於社稷。也罷，不免觸城而死罷。（撞介）

（付扯介）大老爺，死於此處，也無濟於事，且去商量退賊之計。

（扶生行介）

【撲燈蛾】這的是皇天不佑大明朝，縱妖魔直恁施強暴。焰騰騰烽火民居燎，哭哀哀男婦奔逃。（內介）細細搜拿蔡懋德，大王要報一箭之仇哩。（生）他們既要拿我，待我去自認。但憑他千刀萬剮，不可連累百姓。（付）不要高聲，且隨我來。恁不見亂紛紛虜騎恣咆哮，尚兀自怒轟轟短歎長嚎。軟哈哈蹣跚潦倒，喘吁吁心忙不計路低高。

（付）此間乃是關帝廟，且進去坐一坐再處。

（進介）待我閉上了門。

（生哭拜介）帝君，帝君，不想大明天下，敗壞一至於此。望你大展威靈，默佑則個。

（付）大老爺，我和你等到黃昏，到鄰郡借兵來恢復便了。

（生）咳，到此國家板蕩之時，正是我臣子盡命之日。還有何顏立於人世？

（哭介）聖上、聖上，老臣蔡懋德本欲秉忠竭節、奮力效死，為你撐持社稷。不想天意如此，不能遂願，今日拜別你去也。

【北上小樓】保、保不得你三百年基業牢，報、報不盡你三十載天恩浩。今日裏力盡心窮、今日裏力盡心窮。淚枯血盡、氣咽魂消。(付)大老爺,你原是奉旨還鄉的。捱到黃昏,覷個機會,送你出城,逃回故鄉,與夫人公子相會,何必如此?(生)咳,你這句話,笑得我不輕。偏你能手刃妻孥,難道我獨不能一死、眷眷於妻孥乎?(付)這是小將失言得罪,望大老爺息怒。(生)請上,老夫就此拜別。(拜介)謝得你三載同心、三載同心,百般協力,千里神交。(付急拜介)(生)我就在神廚左側自縊便了。(付)大老爺且從容作個計較再處。(生)我志已決,不要阻我了,你自去罷。(付)生死一處,怎忍撇你而去?(左場立一竿,生作扣大笑介)哈哈哈,我今日死得好瀟灑也,覷此身鴻毛微渺。應將軍,老夫別你去也,請了。

(付)待我扶你上去。

(抱生脚)

(生作吊介)

(付大哭倒地介)

【撲燈蛾】寸寸肝腸斷也,片片心窩刀絞。閃閃的魂魄搖,挺挺的屍骸倒。烈烈轟轟,大丈夫事了。大老爺已自盡了,我應時盛還要活在此怎麼?不如隨他一處去罷。涓涓的血淚如潮,騰騰的怒氣沖霄。老爺,老爺,你渺茫茫黃泉等着。罷,罷,罷,赤精精一生俠烈赴冥曹。(縊場右介)

(末、丑、外、老四鄉民上)寧為太平犬,莫作亂離人。此間是關帝廟,且進去躲一躲。閉門在此。

(丑)待我跳牆進去。(進介)

(見二屍驚介)呀,這是蔡老爺,這是應將軍。原來他二人雙雙自盡了。老爺,倒是我們百姓留你轉來,害了你了。

(末)且不要高聲,聞得闖賊遍處搜拿老爺,要報一箭之仇。屍首在此,倘被賊人看見,必剁成虀粉。

(衆)怎麼處?

(末)如今解下來,連應將軍一齊擡到後邊空地上,掘一個土穴掩埋了,也算我們報德之心。

(衆)說得有理,來擡嚇。

（擡二屍下）

【尾聲】精忠貫日華夷表，氣節淩霜天地皎，少不得廟貌崢嶸千古褒。（下）

第十七齣　燒　宮

（旦扮火靈聖母上）

【點絳唇】卦配南離，星明五緯。祥和祟，天道淵微，彰癉應無偽。我乃火靈聖母是也。俺京城行宮在後宰門側，受大明祭享二百餘年。無奈國運將終，神祇不佑。前於天啟六年已將王恭廠災震。今日又奉天符，命俺將安民新廠燒毀。須索點起本部神兵，依令施行者。

【混江龍】祝融權勢，一星星便作燎原威。火車兒隨風運轉，火鴉兒漫空亂飛。急速的是彤弓赤羽，閃爍的是絳節朱旗。果然是神兵煊赫，鬼卒權奇。你看好一陣煙火也。

【村裏迓鼓】俺則把一時風火，斷送他幾年辛勤價會計。看騰騰燒空烈焰，似一望明霞無際。直待把雉堞千尋、魚鱗萬尾，從空飛墜。算將來玉欄邊、銅街上，都化作昆明池劫後灰，便是那漢金仙也難下淚。焚燒已畢。眾神將，與我收拾回宮去者。

【尾聲】論從來五行祥異非無謂，那洪範休微自古垂。俺犯紫垣熒惑星難退，則可憐墜虞淵，待做了落日斜暉。（下）

第十八齣　借　餉

（老旦大內監、小監隨上）

【六么令】太倉久虛，呼癸呼庚，無計施為。九重特命下丹墀。咱家司禮監王承恩是也。只因流賊漸近神京，城中禁衛之兵雖有數萬，皆老弱殘廢之輩。如今聖上急欲招兵聚糧，以圖禦敵。怎奈倉庫久虛，難辦無米之炊。因此特命咱家，召取勳戚文武大臣商議助餉之策。此時想已到了。孩子們，引我到天順門去。忙迤邐，下

彤墀。殷勤勸勉輸金幣,殷勤勸勉輸金幣。(旁坐介)

（淨扮周皇親上,生、堂候隨上）

【前腔】天家貴戚,玉食錦衣。安享朝夕,駕班首領忒威赫。(生)小公公,老皇親到了。(小監照稟介)(老)老皇親來了麼？(淨)王公公呼喚我,我倒猜着幾分了。(老)猜着什麼來？(淨)莫不是齎金玉、賜珍奇？(老)你怎麼這時候纔來？(淨)我在綺羅叢裏時時醉,綺羅叢裏時時醉。

(老)你好受用嚇。如今流賊已到保定府了,你還不知道麼？

(淨)嚇,到了保定了。如今聖上命你來何幹？

(老)

【孝南枝】俺奉君王命,出禁闈,只為賊兵如山壓帝畿,指日見鳳闕漸垂危。龍城即崩碎,合宮驚悸。可憐萬歲和娘娘呵,旰食宵衣,憂惶勞悴。爭奈將寡兵微,更兼糧餉無接濟。(淨)如此作速差兵,前去退敵便好。(老)便是。只為太倉久虛,內帑已竭,左右支吾,無可措辦。因此聖上命本監來,傳集各勳戚大臣商議助餉之策,要老皇親做個首倡哩。伏望捐私橐,濟國危。待國家安輯了,少不得倍酬償,還要獎忠義。

(淨)呵呀呀,聖上這個主意想差了。我又不掌朝綱操國柄,就靠着幾擔祿米、幾兩俸銀,還不够家中用度,那有餘糧來助餉？

(老)老皇親位極人臣、寵冠百僚,自當首倡義舉,為國家出一臂之力。

【前腔】抒忠藎,倡義舉,丹書彤管千古題。(淨)公公,銀錢是勉强不得的。我家裏没有,難道教我典產賣身不成？(老)老皇親太言重了。你與國家休戚相關,國安家安,國危家危,帶礪保安危,休戚應非細。國家若不保,却不道山傾玉毀。(淨)非是老夫慳吝,委實没有。(老)你不見外邊那些文臣武將,拼生捨命,抛家棄產,為國勤勞。你是國家勳戚,反如此推辭起來。早難道兩手堅持,從旁冷觀。萬一流賊打破了城池,你便有金穴銀山,那時成何濟？老皇親不可執性。(淨)老夫是閑官冷宦,有何所蓄,難道聖上和娘娘不知道？(老)果然没有？(淨)果然没有。(老)當真没有？(淨)當真沒有。（老）呀，啐，外戚如此，國事休矣。咳，只管向這鄙夫說怎麼？含悲楚，搵淚珠，對西風謾揮涕。孩子閉了門，等別位到來再講。不要睬他，走。（下）

（淨）你看他悻悻而去，倘奏知聖上，見罪起來，怎麼處？嚇，有了。我如今湊出萬金，自己獻上，諒他決不見怪。小公公，你替我請出王公公來。

（小生照請上介）

（淨）老公公，老夫年邁，一時昏憒，老公公勿罪。我如今回去，將家私措變萬金助餉便了。望公公好好的奏上。

（老）老皇親，不是咱家得罪你，職分應該如此。

（淨）告辭了。

（老）請了。

（淨）官兒，我們回去，將家私措辦萬金，速來獻上便了。（下）

（付、丑扮二閣上）平明登紫閣，日晏下彤闈。小公公，借重通報一聲，說我們來了。

（小監傳介）公公，二位相爺到了。

（付、丑）老公公。

（老）請了。

（付、丑）請問有何聖旨？

（老）只為賊兵臨境，倉庫久虛，急欲招兵聚糧，方可禦敵。為此聖上特命咱家傳集各位老先到來商議助糧餉哩。

（付、丑）原來如此。但念我二人呵，

【前腔】年衰邁，清且癯。在黃扉供職，兢兢調燮理。票擬贊樞機，平章軍國計。有限的祿薄俸微。（老）二位乃一人之下、萬人之上，權侔人主、富堪敵國。若捐三五百金打甚麼緊？（付、丑）承老公公再三勉諭，不好違命。也罷，待我們回去，設處百金來呈獻。（老）百金？還不夠軍中一餐小菜，要他怎麼？（付、丑）若嫌少，學生輩就不敢奉命了。（老）走來，這是聖上的主意，誰敢違拗？你們一向在朝，受了大俸大祿，今日國家有難，捐助些也不為過。你不見，當年張子房破產，為國報仇；張巡許遠，烹童殺妾以勵軍志。二位身為宰輔,反如此坐視起來。那些個為國損軀、成仁取義,枉了衣紫拖朱,在三台躡躋。(付、丑)不是我們慳吝,其實囊無所蓄。(老)二位平日所為,瞞得別人,瞞不得咱家。也罷,待咱家替二位寫了罷。(付、丑)請問寫多少?(老)每位一萬,也不為多。(付、丑)其實沒有,還求見諒。(老)咳,肯不肯由你,咱家去覆旨,但憑聖上處分便了。嗟世途,恁嶮嵃,恨不得拔青萍斬魑魅。(下)

(付)你看他憤憤而去,倘奏知聖上,如何是好?

(丑)我倒有個計策在此。如今邀請各官,到舍下來,只說聖上命我二人與衆官捐金助餉,湊着三五萬金與他。這叫做慷他人之慨,與我們何干。

(付)妙嚇,有理有理。舍下有新開斗大的牡丹花,暖起酒來,痛飲一番。

(丑)多謝多謝。

(付)這叫做今朝有酒今朝醉,管什麼明日愁來明日愁。(下)

第十九齣　觀　　圖

(雜扮庫神上)

【點絳唇】六甲靈符,三台武庫。憑天數,旺氣消除,圖讖應非誤。水殿雲廊別署春,門橫金鎖悄無人。金輿欲幸長生殿,不問蒼生問鬼神。小神乃通積庫庫神是也。自鐵冠仙師遺下畫圖,命俺守護,迄今二百七十餘年無人開覽。今大明氣運將終,此圖亦當出現。且待玉音到時再做道理。

(雜扮天官上)玉旨到來,咨爾庫神速將鐵冠仙圖出現與大明天子觀看,使他知道天數前定、當殉社稷,毋得別生他念、貽笑青史。速行化現,不得有違。(下)

(庫神)領玉旨,叫鬼卒就此入宮引駕者。

【紅繡鞋】天門呵護神荼、神荼,九閽虎豹傳呼、傳呼。陳玉簡,發金書,家國恨,竟何如。仙機漏洩在須臾。(下)

(小生扮帝上)

【生查子】時事劇披猖,動地烽煙長。金甌愁破損,御座難安享。　　殘花落盡見流鶯,誰為傷心畫不成。三百年間同曉夢,暮雲宮闕古今情。寡人乃大明天子是也,承列聖之丕基,作中華之令主。臨御以來,從無失德,不料流寇倡亂,海宇分崩。近日秦關失守,晉疆告急,眼見得兵鋒漸逼,神京可虞。這些文武諸臣,並無一人能建奇策為國家滅賊退兵者。豈祖宗王業將終於此乎?使朕寢食不安,這却如何是好?

(老王承恩上)奴婢見駕。啟萬歲爺:前奉聖旨,向諸位勳戚大臣借銀充餉,應者寥寥數人,其餘盡推貧乏,不肯捐助。特來覆旨。

(生)呀,有這等事?

【解三酲】歎臣僚勳階坐享,山河誓簪笏綿長。更有那繫姻親的結契在椒房,豈忍見邦家淪喪。却怎生忘情任逐秦家鹿,袖手看亡歧路羊。還思想,算紆朱曳紫,詎少忠良?

(老)還有要事,請旨定奪。前安民廠火藥煙起,局房震倒,匠作居民死傷甚眾。阜城西直門樓俱壞,乞估計修理,以資捍衛。

(生)正是。前日火災,真非常之異變也。

【前腔】驚心事皇宮舊廠,猛可的烈焰分張。城門失火池魚喪,焚廨舍損金湯。須不是項王軹道阿房盛,怎做了一炬咸陽瓦礫荒?還思想,歎火災飛曜,詎是禎祥?

(雜扮鬼上)

(生)咄,何物鬼魅輒敢至此?內使,看劍來。(作追介)追到此間,為何不見了?這是什麼所在?

(雜應介)這是通積庫。

(生)為何封閉如此嚴密?開了。

(雜)先朝歷代黃封,從不曾開。萬歲恐未可擅啟。

(生)若不開看,何以釋疑?與我打開來。

(雜)有木匣一個,黃紬包裹,內有畫一軸。

(生)取上來。

(看介)朕蒙仙師留記,子孫不得擅開。洪武十三年御筆封。

原來是皇祖手封。看香案。

（拜介，展看介）原來是鐵冠仙師留下圖畫。可掛在案前待朕細觀。你看這上面分作三層。第一層，是君臣朝見的光景，上有"垂裳而治"四字。呀，

【太師引】振乾綱，好似先朝像。這其間端冕垂裳，須知是四海安康。方得個朝廷揖讓，又道是太平有像。君臣輩喜起明良，除則是唐虞夏商。好教人，千秋萬世猶神往。中間，一片焦山，一株枯樹，一人披髮覆面，一足無履。

【前腔】這是草莽中誰劣像，恁蓬頭跣足恓惶。却怎生無人埋葬，任拋屍顛覆路旁？看此光景，殊非佳兆。（老）天道深遠，自古圖讖之言未足深信。請萬歲爺且免愁煩。（生）下面馬上又有許多兵將手執大旗，那壁廂旌旗兵仗、盡都是斜桓形狀。這是何故？令人不解。丹青內仙機暗藏，好教人，心中惆悵意徬徨。

（老）萬歲爺，休得疑慮，且回宫將息聖體。

（生）

【尾聲】通靈妙畫傳非妄，這就裏陰符不可量，還則怕空留下傳聞與後人講。

　　　　燕語如傷舊國春，未央前殿絶纖塵。
　　　　含情欲說宫中事，夜半妖星照渭濱。（下）

第二十齣　上　　朝

（末黃門官上）

【點絳唇】旭日初升，卿雲遙映。金門扃，劍佩花迎，齊奏雍熙景。下官本朝黃門官是也。今當早朝時分，恐有百官奏事，只得在此伺候。

（付上）

【前腔】紫極春明，黃扉花映。（淨）三台景，絶勝蓬瀛。（合）總握乾坤政。

（付）我乃文華殿大學士李建泰是也。

（淨）我乃文淵閣大學士袁藻德是也。請了，今當早朝，不免望闕拜舞。

（合拜）臣等朝見，願吾皇萬歲萬萬歲。

（內）平身歸班。

（付、淨起立介）萬歲萬萬歲。

（小生上）

【前腔】蕊榜初登，宮袍怎領，愁懷耿，愛國心誠，獻策安邊境。我乃新科進士石崟，因見流賊猖獗，將進京師，廊廟乏謀，帷幄無策，國勢漸成累卵，君心日夜憂惶。下官恭畫一策，可以外禦強寇、內安國祚。自知不合抗言，然而豈容袖手？我已修成表章，敬向金門啟奏。

（末）來者何官？就此山呼拜舞。

（小生）臣新科進士石崟朝見，願吾皇萬歲萬萬歲。臣誠惶誠恐，稽首頓首，謹有表章啟奏。

（末）有何文表？就此披宣。

（小生）

【絳黃龍】拜舞彤廷，自愧寒儒，何幸瞻天仰聖。愚衷謹獻，願攄忠遠出，糾合羣英。臣願單騎遠走陝北，內連甘肅、寧夏之兵；外合羌、胡部落之衆，招募英雄，勸輸糧餉，直搗流賊巢穴。他自然回兵內顧，朝廷遣將前驅追剿，使他前後受敵，豈有不敗之理？奇兵出其不意，這的是伐魏救韓張本。這叨蒙望聖聰俯擇，早賜施行。

（末）聖旨到來：朕覽卿奏，深協朕心，倘賊兵有備，如何處之？

（小生）臣還有一計再啟陛下：

【前腔】詳聽，機會當乘，否則內守河西，險據高憑，把延安扼吭，豈能東渡縱橫馳騁？再分兵上游下擊，守住東來捷徑，料賊人若非鳥散，必是歸誠。

（末）聖旨到來：朕細覽所奏，運籌得宜，參贊詳明，深合孫吳兵法，足稱衛霍良才。朕當准奏施行，欽哉！

（小生）萬歲萬萬歲！

（淨）臣袁藻德啟奏陛下：石崟乃新進小臣，未脫草茅迂腐之氣,豈知廊廟深遠之謀?寧夏悖逆,久疏和好,羌胡狡黠,難引入內。狂瞽之奏,不宜輕用。

(內)平身。

(淨)萬歲萬萬歲。

(起介)着殿前武士亂棍打出去。

(小生)咳,聖上!聖上!小臣呵,

【黃龍滾】丹心曉日明,丹心曉日明。勁節秋霜凛,愛國忠君,特把奇謀進。此機一失,從此再不能挽回矣。怎奈當道豺狼,壅斷朝政,銅駝!銅駝!會見汝在荊棘中矣。何忍見國祚殘,君被窘?罷了,罷了,倒不如,先歸冥。

(小生撞下)

(末)黃門官奏事:石崖觸銅駝而死。

(內)聖旨到來:可惜忠義之士,無辜身死。着該部買棺盛殮,送回故鄉安葬,建坊旌獎。

(末)領旨。

(內)聖旨到來:流賊猖亂如此,朕召問竟日,無一人能為朕分憂者,深為可歎。

(付)臣李建泰啟奏陛下,臣本晉人,頗知賊中之事,今日呵,

【前腔】願提師出帝京,願提師出帝京。剿賊安邊境,仗劍西征,滌蕩烽煙靖。臣願保舉進士淩銅、罪臣李政修、副總兵郭中傑、西洋學士湯若望,效用隨證,參畫機政,指日見奠三邊、清四海、安九口。

(末)聖上聞奏,龍顏大悅:先生能為朕分憂,督師剿賊,社稷幸甚,國家幸甚。朕當祭告太廟,頒賜白旄、黃鉞、寶劍、雕弓,親為先生捧轂推輪,擇吉出師,欽哉!

(付)萬歲萬萬歲。

(淨)恭喜老先生榮膺專閫,將相兼收。弟輩叨藉,仰藉餘輝多多矣。

(付)聊獻一策,少解君憂。

(淨)謹治魯樽,為君祖餞,請了。

【尾聲】（合）紫宸奏罷，又早日轉花磚影，徐步出薇垣蘭省。只看這燦三台直接上武曲星。（下）

第二十一齣　出　師

（生太監上）瞳瞳日出大明宮，天樂遙聞在碧空。紫樹無風自和暖，玉樓金殿曉光中。咱家承值禁門內侍是也。昨日皇爺准了大學士李建泰自陳督師的本章，今朝備了太牢牲醴，祭告天地太廟，在宮中擺設御宴送行，召宗室親王、勳戚公侯陪宴。奏九韶之樂，起八佾之舞。真個金碧輝煌、珠璣錯落，少什麼炙鳳烹龍，端的是饈珍饌玉。

（內介）你聽警蹕之聲，皇爺親送李學士出宮也。

（四太監執鑾駕、二內侍捧禮帽、二宮女捧印劍、付九曲簪纓坐輦九曲傘上）

【望鄉歌】玉殿春曦，融融淑景移。鶯聲遙應鳴珂脆，爐煙偏傍袞衣飛，金闕千官會。本爵李建泰蒙聖恩封為承天詡運征西蕩寇大元帥，適已告謁太廟、進宮陛辭，恩留賜宴，命太子諸王輪番捧爵，又賜多般珍奇錦緞，鑾儀法駕相送出宮，聖上親自捧轂推輪，又囑曰："卿之此去，如朕親行。"這等寵榮，古今無匹。吩咐緩緩行出朝去。（行介）霓旌颭，鳳斾飛，玉階仙仗引朝儀；鸞笙奏，象管吹，八音嘹亮奏雍熙。

（雜扮稟事官）皇親國戚、勳衛公侯在此餞行。

（付）請。

（四人蟒玉上）天門日射黃金榜，春殿晴垂赤羽旗。老相國奉命西征，弟等謹治壺觴為君祖餞。

（付）本爵奉旨不敢下輦，得罪了。

（四人）看酒。

（吹打奉三爵介）

（付）叨擾過多，王命在身，不敢久稽，告辭了。

（四人）請了。（下）

（付）擺齊儀仗，徐徐而行。

【絳都春】翠葆雲輝，引千行劍配，下了丹墀。（雜又稟介）司禮秉筆、御營團練諸位内相爺餞行。（四監上）畫漏稀聞高閣底，天顏有喜近臣知。老先生請了。（付）下官奉旨不敢下輦，望乞諒宥。（四監）弟等特具御用龍鳳雕盤、溫良玉盞、鈞天雅樂奉餞哩。（付）叨蒙厚愛，何以克當。（四監遞酒介，付）叨擾過了。（四監）不敢勉勸，請了。（下）（付）再行前去。（衆應介）謹毖的遥亂，謹毖的遥亂，蕊珠宮殿，漸迤邐了鳳池鼇禁的迂。（雜又稟介）三閣下、大小九卿餞行。（付）請。（三人上）侍臣緩步歸青瑣，退食從容出每遲。老相國九鼎中調，信擎天之有託；一麾外指，誠拓地之無疑。將相等兼，內外胥賴，弟等叨光多矣。（付）老夫奉命，不敢下輦，幸勿見罪。（三人遞酒介）（付）叨蒙盛意，飽德醉心。（三人）恐滯行色，就此告辭，請了。（下）（付）趲行。（衆應介）玉階花似綺，兢芳菲，倒襯的這宮袍妍麗。（雜又稟介）王府都督、鎮撫招討各位老爺餞行。（付）請。（四人上）一道甲光將雪借，千羣馬色截雲鱗。老相國鳳節榮叩，豈羨金臺之拜；龍章寵賜，獨承王帳之榮。弟等謹治魯樽，少壯行色。（付）本爵奉聖旨，不敢下輦，慎勿見罪。（衆遞酒介）恐遲欽限，告辭了。（下）（付）龍城迢遞，轉出了千萬疊紅雲紫霧深處。

（二監）來此已是正陽門，我等循例不敢遠送了。（下）

（付下輦執笏介）老臣李建泰望闕叩頭了。願吾皇萬歲萬萬歲。

（衆將官上）五營四哨將官迎接大老爺。

（付）擺隊到演武廳去。

（雜）請老爺上馬。

（吹打擺隊介）

（淨）先鋒李政修，

（丑）副總兵郭中傑，

（小生）參贊軍機欽授進士凌銅，

（旦）修政水火西洋學士湯若望，迎接大老爺。

（付進營）

（四人參見介）眾將官叩頭。

（付）起過一邊。

（老、淨）聖上欽賜送行筵宴,候久了。

（付）撤宴過來。

（四人奉酒）

【黃鶯學畫眉】玉斝犖泛仙醅,燦流霞花旖旎。鸞笙鳳管聲如沸,取次獻鱗脯猩唇,殷勤進瓊漿玉醴。今朝佩握天恩廣,便捐軀焉能報取。

（付出席介）往將臺上細看軍容者。

（吹打上臺介）

【滴滴金】幾千行布繞的羆熊隊,一個個猙獰似虎貔,奮英雄振着武威。宛轉的展龍驥,分虎旅,銅垣並鐵壘,看那戈和戟如霜利。只道萬騎雲屯,環拱着蓮花帳裏。

（下臺坐介）軍容雖則整肅,士馬猶未精純,另日再當操演。參謀,我有行軍條約告示一道,你可謄寫,遍諭各營,令他們知道。

【啄木兒】各宜明紀律、聽指揮,三令五申宣諭的齊:當進者似禦長風的洪濤,當止者似泰山的危磯。先鋒,你衝鋒突陣當留意,擒王斬將須竭力,百萬雄師倚託伊。

（老扮王承恩同二卒上）

【滴溜子】徐步出,徐步出,萬花叢裏;暫離却,暫離却,五雲深處。一幅丹青捧取,欽頒賜命來。溫言相慰道,似風虎雲龍,今朝遭際。老先生,皇爺道,老先生出師雖是文臣,全賴威武,今有精金百寶製成的九龍鑽雲、八鳳穿花金盔一頂,黃金鎖子狻猊鎧甲一副,西川神劍、團花紅錦戰袍一領,玲瑾香玉獅蠻寶帶一條,這都是鎮庫的稀世之寶,送來與先生壯威,還有金錢一百萬緡,是皇后與貴妃、貴人合宮捐助,送來犒賞三軍,那將官過來,就領去給散與眾軍士。

（付）且慢,且慢,這般給散必有遺漏。

（老）悉聽老先生主裁可也。

（付）務必待本爵少頃逐營點明將卒，分為上中下三等給散，方無遺漏。參謀，你可照數收明，令衆軍士望闕謝恩。

（內）萬歲萬萬歲。

（老）李老先，聖上諄諄囑咐，大明二百七十餘年基業，全仗老先，好自為之。

（付）老夫世受國恩，敢不盡心圖報。

（老）咱家告辭了。（下）

（內作大風介）

【下小樓】須臾，狂風驟起，揚塵土天地迷。（旦）參謀啟事，狂風捲土，昏暗天地，不利行師。（付）風雨雷電按時節而行，必有之事，何必介意？當年黃帝夢大風驅垢而得良弼，豈非吉兆也？看雲霾斂知長空霽，又見明湛湛的紅輪無翳，纔顯得雍熙的世。

（內大風折旗介）

（旦）方纔一陣狂風，把軍中帥字旗杆折為兩段，信非吉兆。

（付）自古云：見怪不怪，其怪自敗。本帥奉煌煌聖命，凶神惡曜自當回避，我何懼之有？

【耍鮑老】袖中天預識透陰陽氣，正肇中興的明良際。前列着密匝匝劍和戟，後屯着重疊疊車和騎，配合着先天妙理，試看俺七擒七縱奇謀秘，怕什麼蚩尤一剗殲除。衆將校，你須遵明諭習戰機，好奮勇奇功建取，俺把你名和姓可也標銅柱。就此起馬，

【尾聲】把凱歌直唱到皇朝裏，方表得男兒豪氣，那時節一個個衣紫腰金，兀的不樂有餘？（下）

第二十二齣　步　　戰

（占戎裝四卒引上）

【引】將遇良才，棋逢敵手。越令人豪氣平添、精神抖擻。俺太子李弘基是也，奉父王之命，提兵來打代州，那總兵周遇吉將人馬盡屯城外，擺成犄角之勢，使我軍不能近城。攻東則應東，攻西則應西，此乃以主待客、以寡敵衆之計。俺與他連戰十餘日，不能

占他一分便宜,反折了許多人馬。昨日與他交戰,他的槍法神出鬼沒,不能招架,只能詐敗誘他來追,便暗放飛刀去斬他,他却隨手接住,反來斬俺。我虧得這坐騎乃是千里駒,名曰閃電光,若遲一步,險被他傷了。自從父親與我改了弘基名字,應了年號。只是俺叔父一隻虎有些妒忌,俺若招降得此人做個心腹侍衛,俺的天下穩如磐石矣。我今日再去交鋒,隨機應變降服他便了。衆將校,就此殺上前去。

【滴溜子】催鐵騎,催鐵騎,如雲馳驟;挽金戈,挽金戈,如霜光溜,直搗雄關烽堠。把熊羆兩翅排,旗門緊守,各顯雄威,神驚鬼愁。

(小生周總兵領四小軍沖上)

(占)周將軍,可惜你這般英雄威武,也算天地間一籌好漢,可惜生於末世,未逢明主。

(小生)唗!胡說!

【風入松】堂堂帝統御中州,版圖四海全收,(占)只是主弱臣庸,將見敗亡耳。(小生)俺聖上呵,比隆堯舜功德茂;滿朝臣宰呵,少什麼稷契皋夔名冑。(占)諒你一旅之師,濟得甚事,也要見機而行纔是豪傑。(小生)咳!胡說,我周遇吉呵,忠和孝平生謹守,身和命等浮漚。

(占)周將軍,

【前腔】我愛你昂藏氣宇恁風流,更藝勇可稱瓊玖。你若肯傾心歸順,俺與你結為昆弟。真個是雲龍鳳虎金蘭友,保奕世恩榮華冑。(小生)休得胡說!(占)你若執意如此,刀頭喪身家共休,可惜你英雄骨棄荒丘。

(小生)

【急三槍】咳,俺心如鐵、意如石、膽如天,你便有隋何口,難勸動我寸心頭。

(占)

【前腔】莫待鐘漏盡、山水窮、災星至,那時便欲悔,悔無由。

(小生)看槍!

（殺介）

（占敗）

（小生追下）

（占復上）他的槍法十分利害，不能勝他，俺如今賺他對刀，必然取勝。

（小生上）賊子那裏走？

（占）周遇吉，凡為將者，十八般武藝皆通，方為大將，你的槍法，我已略見一斑，不足為奇，可敢與俺對刀麼？

（小生）刀法乃兵家要事，怎麼不知？俺就與你對刀。

（各挽刀戰介）

（小生）

【風入松】披風潑雪猛如虯，萬丈寒光飛驟。（占）玉龍銀蟒旋抖擻，只聽得耳邊廂風聲頻吼。（小生）冷颼颼閃爍眩眸。（占）午羽振舞階流。

（殺介）

（占敗）

（小生追下）

（占又上）我的刀法也算天下無敵，數年以來並無對手，看他刀法也不下於我，這便怎麼處？哦，有了，我的飛騰縱跳無人可比，我如今賺他比拳步戰，必定勝他。

（小生追上）呀！李弘基，這般畏縮潛逃，不像個英雄好漢。

（占）周遇吉，你的馬上威風、武藝，彼此皆知。

（小生）你要怎生戰法？

（占）當初張飛同馬超步戰，冉再興同耿炳文步戰，我和你今日也效古人比拳步戰，你若能勝我，我就收兵回去，永不犯汝疆界。周遇吉，

【急三槍】俺和你交雙拳、縱飛腿、比進步，這秘法，世無儔。

（小生）且住，我正慮他馬驟如飛，不能擒他。他如今反要與我步戰，豈非天賜我成功也。呀！李弘基，

【前腔】你待要撼天山、穿雲竇、翻海嶠，俺對付你這小獼猴。

（各下挽鞭鐧上）

（占）周將軍，俺今日英雄遇英雄，好漢遇好漢，只可陣上賭賽輸贏，不可背地暗算。

（小生）俺平生正直待人，從不知什麼暗算。

（各對付介）衆將校，不許放冷箭。

（戰介）

（占）

【風入松】看他狻猊掉尾下山頭，（小生）彩鳳穿花唧溜。（占）撩衣托塔君知否？（小生）舉鼎勢子胥傳授。（占）雙展翅鷹拿燕鳩，（小生）龍探爪戲珠球。

（擒占介）與我綁了，吊在旗杆上。

（衆應，推占下）

（賊衆沖上殺，敗下）

（小生）衆將校，踹他的營盤，把他的閃電光擒過來。

（衆踹營下。又上）啟元帥，奉令斬首五千餘級，閃電光也擒過來了。

（小生）記功領賞，擺隊進關。

（吹打進關）

（生、末將官）元帥神威天勇，擒此巨寇，威震華夷，小將等不勝欣賀。

（小生）哎，小醜雖擒，大逆尚在，何喜可賀？

（生、末）元帥，此子年紀雖幼，英勇非常，何不親釋其縛，將好言勸諭，招他降順，却不是好？

（小生）你們不知此子呵，

【風入松】他狼心野性豈馴柔，暫降伏終成讐寇。若留他在關內呵，翻成內患難防守。（末、生）如此，加些恩惠，放他去吧。（小生）縱虎歸山差謬。（末、生）元帥將他如何處之？（小生）當一綸香餌在鉤，把他巨鼈釣方得海波休。

（末、生）元帥好妙計！

（小生）衆將官聽俺號令，那闖賊知我擒了他愛子，必然統領雄兵前來劫奪。這場廝殺非同等閒,我軍當預為準備。可在營前多埋鹿角、廣布蒺藜。第一層滾牌手,第二層火炮手,第三層弓弩手,第四層長槍手,第五層攢箭手。眾將官俱要盔甲整齊,鞍馬停當,刀槍銳利,弓箭提防。步下卒人人奮勇,馬上將個個施威,國家興亡在此一戰,功成奏凱題請重賞,不得有違!

（眾）得令。

（小生）速去飽餐戰飯伺候。

（眾應下）

（小生唱前"當一綸香餌在鉤,把他巨鼇釣方得海波休"下。）

第二十三齣　拜　　懇

（淨闖王、付一隻虎、丑牛金星推金玉車上）

【朱奴剔銀燈】聞說道孩兒失陣,好叫我斷魄銷魂,金玉輦載去贖身。我孩兒被周總兵擒去,俺就要統領大兵前去搶奪,軍師說若還逞強,必致害了他的性命。須要多將金帛財物送去,下氣相求,方可望其放回。叫眾將校,快快趲行上去,到轅門須哀懇將軍,未識肯依允？若救取千歡萬幸。

（卒）已到他城門了。

（淨）呀,你看重重戈戟、密密槍刀,好嚴整也。小校你去問,小將軍怎麼樣了？

（卒）呦！城上將軍,俺大王爺在此問你,俺小將軍怎麼樣了？

（內）你家小將軍,俺元帥好好的養在此。

（卒回介）

（淨）這等還好。

（付、丑）料想周總兵也不敢難為他。

（淨）小校你再去說,俺在此請他主帥出來,俺有話講。

（卒又傳介）

（內）俺元帥即刻升帳了,教你們伺候着。

（卒又回）

（付、淨）這等大模大樣。
（吹打介）
（內）帥爺有令，先將李弘基吊在旗杆上。
（內吹打）
（小旦吊旗杆介）
（小旦）父王快來救俺。
（淨見介）呀！原來我兒綁吊在旗杆上，兀的不氣殺我也。
（跌介）
（付、丑）大王爺蘇醒！
（淨）

【駐雲飛】怒氣沖心，五內如同烈火焚。寸寸肝腸損，點點珍珠滾，嗏，睚眥裂雙睛。天關搖振，跌足捶胸，咬定銀牙，恨無計相援掌上珍。快與我殺去。

（小旦）父王只可善言哀懇，方能救得孩兒，若要攻城，孩兒性命休矣。
（淨）我的兒，就依你。（搵淚介）
（生扎甲披蟒上）

【引】咆哮猛虎張牙吻，痛子命吼嘯頻頻。

（淨見介）呦！周遇吉，周遇吉，俺與你有甚冤仇，把我孩兒恁般擺佈。你若好好送下關來，萬事全休；若說半個不字，俺殺上城來，拿住你千刀萬剮，休想輕輕放過哩。

（小生）唗！闖賊，你欺蔑我君父，蹂躪我國家，屠戮我人民，摧殘我州郡。汝子助紂為惡，今被我擒，也是汝等惡貫滿盈、應遭天譴。更當改過自新，保全蟻命，還敢這等放肆麼？

（丑）大王，可軟軟哀求，將帶來的東西獻上。

（淨）我的周元帥，俺方纔失言得罪，望勿記懷。具有黃金一萬兩、白銀十萬兩、錦繒彩幣一千端、奇珍寶玩二十車、名馬三百匹、美女一百名獻上，望元帥收納。

（小生）咳，俺奉命鎮守此城，身命覷若鴻毛，家室棄如敝屣，要這些污穢之物何用！

（淨）求你放了我的孩兒罷。

（小生）你要我放你的孩兒也不難，

【榴花泣】只要投戈解冑拜倒在轅門。（內吆喝介）（淨）俺就下馬拜倒者。（淨、付、丑齊拜介）（小生）不是這般樣拜法。（淨）還要怎麼樣拜？（小生）要自綁縛，捧降文，此拜非拜本帥，洗心改過口稱臣，鑽刀設誓從此息塵氛。本帥呵，飛章達至尊，聽金雞銜赦邀憐憫，方保得父和子骨肉團圓，君與臣盡沐天恩。

（淨、衆起介）

【前腔】俺也是驚天動地、豪俠氣淩雲，何嘗低頭屈膝乞哀憐。周將軍、周元帥，小兒年幼冒犯虎威，望元帥開天地之心，釋放了他，俺父子生生世世不忘大德。（小生不睬介）（淨又求，小生仍不睬介）（淨急介）咳，氣殺我也，氣殺我也！在麾前頓首恁諄諄，這般樣驕矜傲慢，眼底太無人。殺上去。（小生）啊！李自成，那李弘基是你黨夥中的白眉，俺吊他在此，做個榜樣，武藝不如他的休來。只選高似他的着幾百名來，與俺周爺比個手段。拿齊了你這般毛賊，一齊開刀斬首。（淨）呵呀，罷了，騰騰怒憤，恨不得不周山觸得頭顱損。一齊殺上去。

（小旦）父王不可性急，還要哀求救俺。

（淨）我的親兒，俺在此哀求哩。

（揮衆介）誰敢動手！

（又跪介）周元帥，望早施天地洪慈，保全我父子天倫。

（小生大笑介）李自成你好蠢也，你既知父子天倫，怎不曉君臣大義？君臣乃三綱五倫之首，父子次之。你這般愛子，怎不愛君？你若歸順了天朝，光明正大，做個天地間烈丈夫、廟堂上忠義士，上全君臣大義，下全父子天倫。那時彤管標題，流芳百世，豈不美哉！你自去想來。

（淨）周元帥，蒙你這番教訓，使人如夢初醒，俺去也。

（小旦）父王哪裡去？

（淨）俺去收斂了甲兵，寫成降表就來。周元帥，望你不可難為我孩兒。

（小生）你既肯歸降，便是天朝貴客，哪有不尊敬之理？衆將官，將小將軍放下來，請到内營好生接待。

（衆）得令。

（小旦下）

（小生亦暫下。拆臺介）

（淨）衆將校速速回去。

（丑）大王差矣，自古道，人無遠慮，必有近憂。你向來爭雄立霸，全賴軍威。如今帝業將成，豈可半途而廢？若去投降，衆將自然星散，猶如孤豚腐鼠，生死聽於他人，富貴尚屬虛無，性命却在刀俎。

【漁家燈】須三思，反側評論，肯無端吞却鉤綸？常言道九仞為山，豈功虧一簣而隕。（淨點頭介）只是何忍見他死於非命？（付）哥哥，你若做了皇帝，自有三千粉黛、八百嬌娥，怕生不出個好兒子來？況此人非是你宗本。平日呵，全没些孝心恭順。（丑）大王，你不見樂羊子中山啖子、薛平遼海岸射兒？此二人豈不念父子之情，只為功在垂成，不可因數而誤也。（淨）二位之言甚是有理。但此子雖非吾親生，他也曾建下許多功勞，何忍棄撇。（丑、付）大王，如今招引各路兵將，齊奮，踹孤城齏粉，掌中珍還當再親。

（淨）有理！有理！就此撥轉馬頭，殺上前去。

（下又轉介）呔！周遇吉，俺兒子也不要了，但憑你怎生處置了罷。快出來與我拼個你死我活。

（小生）衆將官，將李弘基斬了。

（衆）得令！

（内放炮吶喊介）獻首級。

（小生）將首級號令城上。

（淨見大哭介）哎呀，我的兒嚇！

（付）哭他甚麼？

（小生殺上。敗下）

（衆追下）

（小生奔上）你看賊兵甚是凶勇，我且回去，别了母親，然後與他決一死戰便了。

（下）

（淨、衆上）

（丑、付）周遇吉已敗往寧武關去了，速速追上前去。

（淨）御弟與軍師追上前去，俺殺進城中收葬了孩兒屍首，隨後統大兵來也。

【尾聲】可憐愛子餐刀刃，狼藉屍骸何處存。待拿到周遇吉，瀝血墳前，方纔把仇恨伸。我那兒嚇！（下）

第二十四齣　別　　母

（老旦母、正旦妻、小旦子上）

【浪淘沙】（老）暮景喜安康，兩鬢星霜。（旦）晨昏甘旨勤供養。（小）螢窗日日苦鑽研，黃卷青箱。

（旦福、小旦揖介）婆婆萬福。

（老）媳婦、孫兒少禮。

（小揖旦介）母親拜揖。

（旦）我兒少禮。

（老）老身乃周遇吉之母，孩兒職居代州總兵，家眷僑居寧武關。老身年過耄耋，喜得媳婦賢孝，善調中饋；孫兒英儁，苦志芸窗，娛我老景。但是我孩兒兩月不回，使我時刻掛念。

（旦）婆婆，流賊兵困代州，你孩兒日夜在城守禦，怎得閒暇回來？

（老）你為何一向再不提起？

（旦）恐驚了婆婆，所以不敢說。

（老）可着人打聽消息便好。

（小）孫兒昨日差院子去問候爹爹，早晚必有回音也。

（小生拖槍上）

【杏花天】敗北非因畏敵狂，慮萱堂倚門凝望。（末院子上）呀，老爺回來了。（小生）帶了馬。（末接槍帶馬介）（小生）我問你，太夫人在哪裡？（末）在堂上與夫人公子講話。（小生）你速去安排酒筵伺候。（末應下）（小生拭面整衣介）母親。（老）我兒回來了，我們正在此想你。（小生）母親請上，待孩兒拜見。（老旦）罷了。（拜介）孩兒久離膝下，定省有缺，負罪靡涯。

（老）你勤勞王事，職份當然，我豈罪汝？

（旦）相公。

（小旦）爹爹。

（旦）相公，聞得賊兵圍困代州，你如何得暇回來？

（小生）正為賊兵猖獗，特地回來作個……（住口介）

（旦）作個什麼？

（小生）你只管問他怎麼。

（旦拭淚介）

（末）禀老爺，酒筵完備了。

（小生）母親，孩兒特治一樽為母親介壽。

（老）生受你。

（小生、旦、小旦奉酒介）

（小生）看酒。

【夭桃綻新蕊】（小生）擎杯含淚奉高堂。（老）孩兒，面貌聲音為何這般悽楚。（小生）揾不住萬斛瓊珠漾也。勸萱親強笑加餐，好把暮年頤養，切莫要念兒行。（老）孩兒說話似覺可疑。（小生）唉！我好恨也。（旦）相公恨甚麼來？（小旦）爹爹恨什麼來？（小生）恨我幼時呵，怎麼不去效漁樵，習耕牧，守田園，務農桑事也，倒得個全終養、盡子職無妨，習什麼劍和槍，登什麼廟和廊？到如今教我進退意彷徨。

（老）孩兒，

【下山虎】這般悽愴，這等悲傷，有甚衷腸事，何妨試講？（小生）孩兒只為遠在任所，不能早晚依依膝下，故爾如此。（老）噯，就是遠在任所，不過一兩日之程呀，何須愁容戚戚、悲聲怏怏，必有萬感千愁故斷腸，何須恁掩藏。（小生）孩兒沒有甚事，望母親開懷暢飲。（二旦）媳婦、孫兒奉敬婆婆一杯。（跪介）（老）生受你，起來。

一手持着這霞觴,心内細參詳。(點頭介)我知道了,孩兒,你不須悒怏,我自有保節全身善後方。

(小生)母親知道什麼來?

(老)你因流賊兵困代州,唯恐戰死沙場,無人奉養,所以如此悲切,可是麼?

(小生哭介)呵呀,母親嚇,孩兒心事已被母親猜着,怎敢隱瞞?可恨流賊統領强兵,直壓城池。怎奈代州兵少食盡,孩兒連戰數陣不能退敵。代州已被打破,孩兒只得退守寧武關。怎奈賊兵接踵追來,我想此關前無應援,後無退路,旦夕必破,為此特地回來見母親一面,孩兒戰死沙場,分所當然,只是不能保全母親,所以寸心如割。

(老)我道你必為此事。

(小生)哎,母親,孩兒欲命院子護送母親逃往外州他郡暫避幾時,免得受此驚恐。

(老)嚇,汝言差矣,吾聞當初王陵之母尚能成子之名,

【五般宜】難道我未亡人畏着刀鋒劍芒?難道我暮年人戀着夕陽寸光,不能够成子效忠良?(小生)母親還是遠避的好。(老)教我避往哪裡去?咳,我平生志向,指望你裕後流芳。婦道人家以三從為首,在家從父,出嫁從夫,夫死從子。你爹爹不幸早亡,喜汝名登武科,出鎮此土,正當國難盡忠,我作娘的一死呵,也是理所正當,何必再商?遇吉,我的親兒,你若為國捐軀,不負我諄諄訓義方。

(内喊介)

(報上)不好了,賊兵圍困關前了。

(末)你再去打聽。

(報下)

(末禀介)啟爺,賊兵圍困關前。

(小生)賊兵圍困關前了?

(末)是。

(小生)母親,你聽喊聲震地,賊兵圍困關前了。孩兒怎忍撇了

母親前去？待孩兒自刎了罷。

（正旦、小旦介）啊呀！

（老）唗，你若死於戰場則名垂青史；若死在家中，只道你眷戀妻孥，可不遺臭萬年也？

（小生）皇天、皇天，我周遇吉何不幸至此！

（老）過來，我把個古人比與你聽。東晉時蘇峻跋扈，提兵犯闕，其時有個大夫卞壼，仗劍與蘇峻戰于關下而死，其妻與二子亦伏劍而亡。其母年過九十，拍案大笑曰：吾門幸哉！父死為忠，子死為孝，妻死為節，母死為義。其母亦自刎而亡。忠孝節義萃於一門，至今巍巍廟像，赫赫丹書，千秋萬古，永垂不朽，我們效學他家，豈不美哉！

（小生）母親說的是。

（老）院子過來，我家遭此大難，合門盡節，你們各自逃生去吧。

（末）阿呀，太夫人，小人蒙太夫人和老爺、夫人恩養多年，情同骨肉，怎忍拋撇而去？情願死在一處。

（老）難得！難得！我家有此義僕，勝於卞家一籌矣。院子，與我趕他出去。

（小生）啊呀，孩兒就此拜別。（拜介）

【山麻稭】遵慈訓，難違抗，只得含悲忍痛，拜倒階旁。悲傷，痛衰年暮景罹此災殃。（老）推出去！趕出去！（末）太夫人發怒了，老爺快些去罷。（小生）我也顧不得許多了，寶劍付你，你可料理家事便了。（大哭上馬下）（老）將前後門鎖了，取火來，從今後絕伊留戀，斷伊縈系，免伊凝望。

（旦）相公已去，妾當早為自盡便了。

【五韻美】我是裙釵婦守糟糠，閨箴從幼慕共姜，貞操自矢凜冰霜。阿呀婆婆呀，只為髫齡幼子、衰老姑嫜，因此偷生忍死相偎依。如今事已迫，也顧不得了，有寶劍在此，也罷，倒不如先淬青鋒，免得你牽心掛腸。（刎下）

（小旦）啊呀，母親嚇。

（末）太夫人，夫人自盡了。

（老）好，我家有此烈婦也。

（小旦）婆婆請上，孫兒就此拜別。

（老）你往哪裡去？

（小旦）念孫兒呵。（拜介）

【江頭送別】不能夠遵祖訓，光耀門牆；不能夠承父志，繼紹書香。窮途流落誰依仗，倒不如先赴黃壤。（撞下）

（末）呵呀，太夫人，小公子觸牆而死了。

（老）好，我家出此賢孫。院子，將前後門鎖了，與我放火。（下）

（內喊介）

（小生又上）

（衆扮火神繞場下）

（金童玉女引老正、占、末繞場下）

（小生）哎呀，我那親娘嚇，痛殺我也！（倒地哭拜介）

【蠻牌令】風助火威狂，火趁猛風颺，漫天飛烈焰，遍地閃金光。啊呀娘嚇，不能夠殷勤奉養，倒使你骨朽形傷。腸千結，淚萬行，這的是終天抱恨、萬劫難忘。

（雜帶馬持槍上）

【尾聲】騰騰怒氣飛千丈，絕却家庭内顧腸，俺便放膽揚眉戰一場。哎呀親娘嚇！（下）

第二十五齣　自　刎

（四卒、淨、付、小生、丑上戰介）賊將留名。

（丑）我乃左金玉。

（小生）賞你一槍。

（殺丑下）

（又戰逼住，生介）賊將報名。

（生）咱叫射塌天。

（小生）賞你一鞭。

（殺生下）

（又戰外下）

（淨）你看周總兵一陣殺氣，死我數員大將，越發威風凛凛、精神抖擻了。料不能勝他，枉折兵馬，不如撤兵回去，攻打別處，慢慢再來招撫他罷了。

（付）哥哥，想周遇吉雖然英勇，到底寡不敵衆。哥哥可帶領弓箭手埋伏在前面山谷中，待兄弟與他交戰，詐敗佯輸，引他到來，萬箭齊發，不怕他飛上天去。

（淨）御弟言之有理，俺就去埋伏，你去引他到來，用亂箭射他便了。挽弓須挽强。（下）

（小生追外上）

（外敗下）

【風外採芙蓉】戰酣黯黯陣雲黃，雲寒霧慘蒼茫。（付上）周遇吉，敢和俺戰幾百合麼？（小生）啊呀，賊子呵，俺這槍尖動處，便披靡奔逸忙忙。（付）放馬過來。（戰介）（付敗下）（小生追上）（淨）衆將官，與俺放箭。（衆）得令。（射介）烏號遍張，似飛蝗驟雨，難遮障。（淨、衆下）（小生滿身插箭上，伏地起撥介）不想誤入羅網，身披重傷，雖然殺出重圍，此番性命休矣。悲快，身未死忠魂先颺，心已碎丹心猶壯。（付上）周遇吉，可能再來戰麼？（小生）有膽量速來。（付戰介）（小生鞭打介）賞你一鞭。（付下）（小生）聖上、聖上，臣力已盡，不能保你社稷了。出師未捷身先喪，贏得英雄淚兩行。（淨高立介）周遇吉，你還不投降等待何時？（小生）誰敢來？！誰敢來？！休無狀，望龍城稽顙。（拔劍介）好從容結纓正冕，談笑飲干將。（刎下）

（衆、淨）咳，可惜周遇吉怎般忠勇，自刎而死，深為可憫。若明朝守將個個如此，俺焉能得到此？

（付敗上）呵呀，不好了，被他打折了左臂，好不痛也！

（淨）速喚醫調治。

（付）如今將他屍首拿過來，待俺砍他幾萬刀，出一出氣。

（淨）他也是各為其主，何必記仇？衆將校，將周總兵屍首擡到高阜處葬埋，不許傷損。

（衆）得令。

（淨）吩咐大隊人馬，直搗燕京，就此拔寨者。

（衆）得令。

【朱奴兒】蟠螭斾雲中搖漾，飛豹旌風外飄颺，虎將猙獰豪氣狂，馬如龍掣斷絲韁。遥望，五雲帝鄉，指日裏歸吾掌。（下）

第二十六齣　設　　計

（丑中軍箭蟒將巾上）本是人中傑，翻成櫪下駒。何時逢伯樂，踊躍脱鹽車。俺乃督師李老爺帳下中軍是也，久已有心投順闖王，因無機會。我見李老爺自從奉旨出京，一路上淹留遲逗，全無戰守之策，衆軍搶掠也不禁止，衆將紊亂也不戒諭，一味因循畏縮。如今在保定城中駐扎，這幾日説身子有病，不能升帳理事。我曉得無非没有計策遣將發兵與流賊交戰。我如今到他帳中，只説問安。先將流賊兵勢恐嚇他一番，再將言語説誘他投降，將他保身之物，作我進身之階，却不是好？正是：得他心肯日，是我運通時。來此已是，門上那個在此？

（旦家丁上）是哪個？呀，原來是郭爺。

（丑）煩你通報一聲，説我在此要見。

（旦）請少待，元帥有情，郭中軍在此要見。

（付病裝、占童兒扶上）

【番卜算】鷗鳥集高旌，償敗皆天命。知機識勢是豪英，莫執迂腐性。

（占）老爺子出來了，請進見。

（丑）大老爺在上，中軍叩頭請安。

（付）起來。

（丑）請問元帥，貴體日來安泰否？

（付）我病體淹煎，越覺沉重了。

（丑）還當早為調理纔好。

（付）我連日不曾升帳，可知流寇聲勢如何了？

（丑）元帥聽稟。

【桂枝香】他兵威強盛，端是古今無並，太原蔡茂德、寧武關周遇吉，那等雄兵猛將，被他殺得片甲不存，一路上勢如破竹，一處處叩馬求生，一個個迎塵乞命。（付）啊呀，寧武關已失，離此不遠矣，早早防守便好。（丑）恁**孤城累卵**、恁**孤城累卵**，只消他靴尖一蹬，何消他**雙輪馳騁**。（付）這却怎麼處？（丑）小將從幼習得占風望氣之術，見他營中旺氣如龍，帝星朗照，人心和協，天意有歸。如今強要與他交鋒，猶如飛蛾撲火，自取滅亡耳。元帥，你須要見機行，可知道天命應難逆，逆之枉自傾。

（付）

【前腔】聞言自省，幾回寒噤。我聞欽天監奏稱：帝星下移，八月中妖異疊見，人心離叛，種種不是好兆。**歎國祚即漸支難，諒一木也難撐定**。（丑）元帥早為籌畫便好。（付）奈軍心未協，奈軍心未協。（丑）非但兵將不協，民心也不和。前日廣宗紳衿不納，東關士民拒守，眼見得不樂於元帥，早為保身之計便好。（付）怎奈我**孱軀多病**，亦且疏狂成性。（丑）前者元帥出師之時何等恩寵，到如今未見寸箭之功，糜費了無限錢糧，逃散了數萬兵將。朝廷一時究治起來，元帥身家性命皆不可保。（付）便是。（丑）若大着膽，挺身與闖王打仗，以前楊嗣昌、孫傳廷那樣雄兵猛將、絕計奇謀，被他們殺得片甲不留。如今元帥手無縛雞之力，胸無孫吳之謀，就有數萬兵將，又不曾訓練，可是他的對手？若與他交鋒，枉送了性命。（付）這叫我進退無門。中軍，你可有什麼計策？救我一救，做個**保身軀明哲知機士，附鳳從龍開國臣**。（丑）小將倒有一計，非但保得目前身家性命，還可望日後功名富貴，不知元帥肯俯聽否？（付）我一向言聽計從，還有什麼不相信麼？（附付耳介）莫若早早輸誠。

（付）我久有此心，因無同心之人。你就與我意氣相投，不妨彼此明言，怎生去結識他一番便好？

（丑）這個不難，元帥如今修一封極其恭敬的奏啟，備一副極其豐盛的禮物，先去道達元帥歸順之意，結好了他的歡心。叫他統兵前來,我這裏開城迎接,豈不美哉?

（付）奏啟、禮物容易,怎得心腹之人前去結好?

（丑）此事非同小可,豈是輕易託得人的?小將願效犬馬之勞,我改裝小校,代元帥一行,此事纔穩。

（付）若得你去,萬無不妥。我有聖上新賜奇珍寶玩、錦繪彩幣,都是稀世之物,裝做十車與你前去。

（丑）十車東西明明送去,被衆看見生起疑心,一時內變起來,反為不美。

（付）這等怎樣處?

（丑）如今率性改作二十車,下面藏着寶玩,上面蓋着料草,只說運糧差我押運,神不知鬼不覺。這纔停妥。

（付）計出萬全,就進去打點。

（丑）且慢,家中也要預先料理停當。

（付）又要料理什麼?

（丑）那闖王性如烈火,一言冒犯,九族全誅。倘他兵馬到來,我們那些將官不知時勢,不遵約束,挺槍躍馬交戰起來,闖王只道用機賺他,可不把一天好事弄壞?亦且性命難保。

（付）啊呀,我倒也不曾慮及於此,虧你有心算計得到。但是用什麼計策纔得制服他們?

（丑）如今元帥可傳話出去,只說病體沉重須祈神問卦,要建醮祈禱,延請道衆在營打醮,傳令各營俱要齋戒。人不許披甲,馬不許鞴鞍,弓不許上弦,刀不許出鞘,衆將官進營行香禮拜,潔淨營盤。如有違犯者軍法從事,只命親隨家丁巡城守護。闖王到來,衆將束手就縛,此計如何?

（付）好,妙算。

【大迓鼓】聽奇謀賽孔明,不亞當年欽若。閉戶看經,殺聲變作法聲清,陣雲化作香雲映。虜騎臨城,正好頂香跪接,方見虔誠。

（付）正是:與君一席話,勝讀十年書。中軍,快打點行事。

（丑）大老爺,火速傳令,機密要緊!

（付）這我曉得。

（各下）

第二十七齣　通　寇

（丑扮卒上）

【青歌兒】論為人其實精細，口共舌亦且伶俐，瞞天過海有權宜，借膻逐臭，是平生捷技。來此已是他營門上了，那邊有個將官，待我上前叫他一聲。把營門的將爺，

（末）你不是俺這裏軍兵，是哪裡來的？

（丑）我是你大王族中嫡親脈侄孫老爺差來下書的。

（末）你這狗攮的敢有大蟲心、獅子膽？來俺大王爺跟前下書，進去就斫了你這腦袋。

（丑）將爺來，有白金百兩送與將爺買果兒吃，相煩通報了。日後俺主人親來見大王，還有重重禮物相送。

（末）這小校到也知事。你主人既是俺大王侄孫，是自家人。你且到我帳房裏坐一坐，大王起來與你通報。

（丑）多謝將爺。（下）

（淨上）

【引】連朝鏖戰勞心力，且歸營暫時休息。自從破了寧武關，一路那些州郡將官望風披靡，真個勢如破竹。前面已是保定府，聞得明朝又差甚麼大學士李建泰出來督師，不過又是楊嗣昌之類，送那些兵將來納命。俺明日統兵前去，看他們怎麼樣對敵。

（末上）稟上大王爺。

（淨）稟什麼？

（末）營門外有一小校，説是大王族中有個侄孫小老爺差他來送書。

（淨）俺族中眷屬都在營中，那里有侄孫？

（末）或者是遠房也未可知。

（淨）且喚他進來，待我問他。

（末）曉得，下書人呢？

（丑）在這裏。

（末）大王爺喚你進去，須要小心。

（丑）曉得。（進介）大王爺在上，小的叩頭，願大王千歲千千歲。

（淨）書在哪裡？取上來。

（丑）書在此。（出書介）

（淨念介）臣孫李建泰頓首百拜，奉書於承天應運大順皇帝祖公陛下。（笑介）哈哈，我道是誰？原來是李建泰着你送書來的。

（丑）是。

（淨）他雖是姓李，我是陝西，他是山西，怎就是侄孫？

（丑）我主人當初祖上原是延安府米脂縣人氏，與大王同宗嫡派，因祖上在山西為官，僑寓彼處。路遠年久，兩疏通問，遂爾迷失了。現有家傳的清譜，衍脈算來，該稱大王爺高叔祖之尊，俺主人係元孫之職。

（淨）有這等事？看書上寫些什麼？

【皂羅袍】嫡系本同枝蒂，因雲山遠隔，久乏鱗魚。尊顏晨夕切瞻依，威名寤寐常縈繫，久欲親趨膝下，奈兩朝間隔，短章拜啟，少伸鄙意，特奉些微不腆，望宥臣孫罪。嚇，書上說還有什麼禮物教你來獻。今在何處？

（丑）小的主人備有金銀珠寶、古玩彩幣二十車，恐人談議，不敢明明送來，裝做糧車，命軍士只說運糧，從大王營邊經過。先令小人來報知，伏乞大王差軍邀截進營。有禮單呈上，聊表主人孝心。

（淨）既然如此，親隨過來，你可傳令，速點本營驍將二百名前去截取車輛進營。

（末）將令。（下）

（淨）過來，我且問你，你主人既然是我一家，怎麼又來督兵，要與我打仗麼？

（丑）大王爺，自古道：君命召，不俟駕而行。朝廷嚴旨怎敢推諉？故此一出了京，在路延捱。如今聞大王軍馬到來，假言有病偃臥軍中。一兵不發,一籌不展,無非欲待大王駕到,全軍獻於麾下,以為進見之意。

（淨）嚇,原來有這些就裏,若不是你來說明,幾乎錯怪了他。

（末捧禮上）禀大王,方纔衆將前去,不下三四里路,果有糧車二十輛,就截取進營,果然都是金銀寶物,皆有李建泰封皮在上。請大王檢驗。

（淨）待我看來,果然都是金珠稀世之寶,難得這等孝順的孫兒。親隨,可一一點明收到内營去。一面快取酒飯,與下書人吃。

（末）曉得。（下）

（淨）下書人過來,你叫什麼名字?

（丑）不敢隱瞞,就是李老爺帳下中軍副將郭中傑。久要投順大王,恨無機會,故同主帥商議,扮作小校前來叩見。大王俯納,後當效犬馬之勞。

（淨）嚇,你就是郭中軍,難得你有此孝心,我當重用。

（丑）多謝大王。

（淨）隨我進來。

（丑）大王在上,小的還有一密計獻上。

（淨）有什麼計?

（丑）大王統領大兵,須要偃旗息鼓,直取保定。十五夜兵到時,放炮為號,小將在內亦放炮接應。可命大軍齊沖南門,小的同主帥開城迎接聖駕。千里全城,百萬雄師,唾手而得也。

（淨）妙計、妙計。你回去對我那孫兒說,十五夜一準到城相會。

（丑）曉得。

（淨）事成之後,你的功勞不小,自當大大封你的爵位。

（丑）多謝大王。

　　　　（淨）赤驥本龍精,（丑）雞窗亦鳳形。
　　　　（淨）試看枳與橘,（丑）同本不同名。（同下）

第二十八齣　獻　城

（生將官上）縹緲幡幢捲彩虹，如雷法鼓振蒼穹。

（小生上）韜戈盡日談玄妙，一悟無生萬慮空。

（生）我們乃承天詔運征西蕩寇大元帥李老爺麾下左右二營將官是也。只因元帥有恙，軍中建醮祈禱。我等衆將隨道衆禮拜行香，合營盡皆齋戒。今乃十五夜，三晝夜醮法完滿。此際一更左側，正當散花步斗。

（小生）且喜皓月光輝，星斗燦爛，那邊仙樂鏗鏘，衆法師行香來也。我和你前去禮拜者。

（外扮老道、衆吹打引上，拈香介）伏以虔爇名香祝上蒼，金科玉律漫宣揚。雲璈迭奏伶音亮，寶炬高燃焰影煌。萬象羣真施瑞靄，九河星曜吐靈光。散花仙女雲中現，捧節天官領奏章。

（灑淨介）洞中玄虛，光朗太元。八方威神，使我自然。靈寶符命，普告九天，乾羅達那，洞罡太玄。斬妖縛邪，殺鬼萬千。

（執劍介）敕召左青龍、右白虎、前朱雀、後玄武，速降壇前，謹恭侍衛，諸邪即滅，萬聖降靈，吾奉太上老君急急如律令敕。

（進表）臣誠惶誠恐，稽首頓首，玄都教下秉法臣員謹奏，今有信官李建泰，上干天禮，疾病淹纏，謹延羽衆，虔設醮筵，獻花酌水，迎迓雲駢，禳星告斗，禮聖朝元。天恩赦宥，懺彌罪愆，消災賜福，指日安全。

（內淨、衆吶喊介）

（道衆）呀，何處喊殺之聲？

【香柳娘】聽金鼓震天，聽金鼓震天。陡然驚變，唬得人心驚肉顫神魂亂。（二生）待驅兵對敵、待驅兵對敵，甲冑未曾披，鞍馬何曾備，頓令人膽寒、頓令人膽寒。鐘磬難收，經文拋散。（逃下）

（淨、衆殺上）

【前腔】奮雄威向前，奮雄威向前，貔貅百萬，長驅只把孤城賺。（付、丑上）臣李建泰、郭中傑迎接大王爺，向麾前頓首，向麾前頓首,清蹕迓龍驂,呼嵩覲天範。(淨)我知道你二人久有歸順之心,自當重用。你去招諭衆將,願降者免死,違逆者盡行屠戮。(付、丑)得令。(宣介)各營將官聽令,李大王天兵已到,汝等衆將,早當匍匐歸降。如有强項者,必遭誅戮。(內)元帥既已歸降,我等怎敢違逆,皆願投降。(丑、付)就此嵩呼朝拜。(內衆)願大王千歲千千歲。(淨)各歸營寨,明日有賞。(內)千歲。(淨)全軍降服,皆二卿之功也,自然敘功重用。(付)小臣謹備酒筵,請大王接風。衆將校皆有重賞,望大王俯納。(淨)生受你。望皇都不遠,望皇都不遠,功成笑談,龍飛霄漢。(下)

第二十九齣　守　門

(小生戎服上)

【四邊靜】簪纓奕葉傳來久,開國奇勳茂。玉葉接金枝,龍媒偕鳳偶。自家裏城伯李國禎是也。奉旨提督九門,以防賊寇。衆校上城去,整齊甲冑,雕鞍頻扣,一死在心頭,此外無他有。

(旦報上)

【前腔】軍情緊急如風驟,去來敢遲逗?戴月與披星,宵行晝潛伏。守城的聽着,探得賊兵捲地而來,勇不可當。(小生)已到何處了?(旦)密雲踐蹂,昌平失守,乘夜渡沙河,盧溝俱全覆。

(小生)再去打聽。

(旦下)

(小生)前日聖上差太監杜之秩、總兵馬岱、撫臣何謙統領國中雄銳在盧溝橋結三個大寨,以防賊兵暗渡。若此地一失,京城不可保矣。

(付報上)

【前腔】烽煙匝地乾坤暗,日光盡慘澹。萬騎恣憑陵,一軍難禦捍。城上聽着,(小生)說上來。(付)賊兵已過盧溝橋,直抵平則門、彰儀門了。火車烈焰,巨礮聲亂,攻擊正凶殘,帝京立摧陷。

(小生)再去打聽。

（付）得令。（下）

（小生）賊兵已至城下，內無捍禦之師，外乏勤王之旅。眼見得京城立成瓦礫之場矣。不想我大明二百七十餘年天下，一旦敗壞至此。衆將校在此小心看守，俺進去奏知聖上便了。正是：士窮見節義，板蕩識忠良。（下）

（老旦戎裝掛劍上）

【北一枝花】傷哉！那一天怨霧凝，萬里愁雲蔽。昏黯黯紅日慘無光，冷颼颼陰風似箭吹。俺王承恩奉旨提督禁城內外機務，聞得賊兵已薄城下，圍得水泄不通，攻打甚急，眼見得邦家不能夠挽回也。好叫俺無計施為，好教俺無計施為，縱有那殘兵敗卒成何濟？前者聖上飛檄召左良玉、黃得功、劉澤清、唐通等各路總兵提兵入衛，怎麼還不見到來？盼不到勤王勁旅兼程至，可憐那雲霄麟鳳，頓做了困釜窮魚。

（小生上）揭天烽火乾坤暗，捲地兵戈社稷殘。

（老）駙馬爺何來？

（小生）王司禮，不好了，賊兵勢如潮湧，攻打平則門、彰儀門，將破矣。

（老）駙馬爺怎不在城上與軍兵守禦呢？

（小生）怎奈軍士腹中饑餒，不肯用命，倒臥於地，鞭一人起，一人復臥如故，教我無可奈何。

（老）如今何處去？

（小生）要進宮去奏知聖上。

（老）你不要進去。

（小生）此何時也？君臣到來相見，不可多得矣。

（老）非是俺來阻你，可憐聖上呵，

【梁州第七】鎮日價愁戚戚不思飲食，永夜裏戰兢兢何曾安寐。他、他、他焦慮得形銷骨瘦、煎熬得容顏憔悴。你進去講了這些言語呵，可不唬得他心寒膽顫、唬得他魄散魂飛、唬得他柔腸寸斷、唬得他蹙損了雙眉？（小生）禍在燃眉，不得不報與他知道了。待我進去。（老）你進去，千萬婉轉與他商議，保護聖上出奔為妙，不可驚壞了他。（小生）我曉得，我曉得。（拭淚下）（老）駙馬爺千萬婉言。（淚介）哎呀，如今事已急了，待我咬破指尖代聖上寫成血詔，悄悄差人透出重圍，催取各路總兵星夜勤王便了。俺、俺、俺**瀝指血草成飛檄，滴淚珠濺污了征書，望、望、望恁個大英雄秉忠仗義，望恁個興義師星夜驅馳，望恁個救國難掃蕩妖魑。**檄文已寫就，不免差個精細小校前去便了。正是：路當險處難回避，事到頭來不自由。（下）（淨上）屈膝只圖新富貴，翻容不念舊恩波。自家監軍團練使杜勳是也。前奉命宣府監軍，因闖王軍威強盛，我便見機而行，郊迎三十里，投降了他，蒙他十分優待。如今圍困京城，我想聖上如籠中之鳥、釜內之魚。我特來下篇說詞，教他早早出城降順，免遭誅戮。他必然應允，可不是我又得了一場大功，又兩下做了人情。來此已是內殿了，不免竟到宮門上去。（老上）千層金鎖闥，百尺碧雲樓。（見淨介）呀，你是杜勳嚇。（淨）正是。（老）前日有人來報，說你在宣府被亂軍殺死，聖上特為汝建祠祭享，又襲蔭指揮僉事。原來你還在麼？（淨）不瞞你說，前日被闖王拿去，拘禁在營，死又死不成，活又活不得，無可奈何，只得降順了他。就命我仍為司禮監之職。（老）恭喜你這般樣緋衣掛體、玉帶腰圍，笑吟吟低頭屈膝，又承奉着新帝主。（淨）為人也要見機而行。（老）好，難得你善趨炎能見機，全不念舊君王的恩和義，只怕恁逃不過萬人的笑恥。

（淨）笑罵由他笑罵，好官我自為之。那闖王英雄蓋世，度量如天。順之者富貴無窮，逆之者誅夷立見。小弟在他面前，極口稱揚王哥許多好處，你的富貴猶在哩。

（老）這許多閒話休提，你今日又來何幹？

（淨）我久知國內空虛，無人守禦，城池破在旦夕了。城破之後，聖上並后妃太子性命難保，故此咱家哀求闖王，且緩一時攻打。

（老）這倒難為你了。

（淨）我特地進城來面見聖上。

（老）見聖上做什麼？

（淨）請聖上早早遜位，以就藩封，永保富貴。（老）咦！胡說！

【牧羊關】承帝統自有嫡宗支親苗裔,怎教他把錦乾坤没來由讓與兀誰。(淨)從來有道伐無道,無德讓有德,此是常理。(老)咦!誰是無道?(打淨嘴介)(淨)怎麼動手打起來?(老)你這忘恩負義的奸賊,喪心無恥的小人,一味的妄言無忌、悖逆胡為。輒敢謗明君、毁聖德,嘴喳喳没人倫、別是非。(淨)王承恩,王承恩,你的死在頭上了,還敢這等無禮?我去請了闖王進來,看你君臣活成活不成?(老)試看俺光閃閃青萍手内提。(淨慌跪介)啊呀,王哥,不可如此。(老)先斬你這喪心狗彘,聊將君恨舒。(殺淨下)

(旦、小旦、占、丑四宮女上)驚魂無倚託,弱質又誰憐。聞得京城已破,看看殺進宮來了。皇后娘娘、貴妃、貴人皆已自盡,公主被皇上一劍砍死。列位姐姐,倘流寇進宮,必遭其辱,有志者同我去到那御河中死了罷。

(占、丑)有理。

(旦扯小旦介)費家姐姐快走。

(小旦)你們自去,奴家不去。

(衆)為何不去?

(小旦)這般死的不明不白,無濟於事,我不去。

(丑)我曉得你要做流賊的皇后妃子。

(小旦)啐,人各有志,不可相強,各人自掃門前雪,休管他家瓦上霜。

(旦)他竟自去了。

(丑)這樣没志氣的東西,睬他什麼?我們自去。

(老上)嚇,你們這些宮人慌慌張張往何處去?

(旦)王公公不好了,方纔報來,說有人開了彰儀門,放賊兵進城。看看殺到宮中來了。聖上十分驚駭,皇后娘娘、貴妃、貴人皆已自盡。聖上將公主一劍砍死了。

(老驚介)呵!有這等事,你們如今往何處去?

(衆)我們恐賊人進宮遭辱,同到御河投水自盡哩。

(老)好,有志氣,快去、快去!

(旦)姐姐,我們快些同去。(下)

（老）哎，不想官中有此大變，啊呀娘娘嚇，

【四塊玉】他、他、他贊乾綱坤德輝，相夫君正母儀，又何曾插珠飾玉穿着紫羅衣？又何曾饜飫珍饈味？可憐伊事蠶桑勤紡織，可憐伊衣布素甘淹敝，可憐伊效脫簪勤諫規。

（付上）正是：欲圖生富貴，須下死功夫。（見老慌張掩口下）

（老）嚇，這是司禮視印的黃德化，急急忙忙欲往外廂去，見了我怎麼這般局促，又轉去了。事有可疑，不免喚他轉來問個明白。黃司禮、黃視印，轉來！轉來！

（付上）來了，王哥有請了，喚我怎麼？

（老）你方纔匆匆欲往哪裡去？

（付）是有一件小事要出宮去走一走。王哥，我去了就來。（欲走）

（老攔介）且慢，方纔你見了我，為何又轉身回去？

（付）這個、這個，那個、那個，因忘了一件東西回去取。請了，待我回去取了來。

（老）住了！

【哭皇天】你為何急攘攘行藏詭秘，口出已言語支難？你為何欲前欲後行還止？你為何如避如趨去復回？（付）我和你一般的內侍，今日怎盤詰起來，難道你不許我出去嗎？（老）今日不同往日，咱家奉旨督督內外機務，提防奸細，怎麼不要盤詰？（付）咱家也是聖上近身侍御，難道是奸細麼？（老）雖非奸細，蹤跡可疑，畢竟有什麼夾帶？（付）空空一身，有何夾帶？（老）既是空身，為何這般遮遮掩掩？要搜一搜。（付）咱和你是極好的弟兄，有事彼此相照。你為何這般執性起來？（老）這是俺的干係，看一看也免得弟兄兩下懷疑。（搜介）呀，這是傳國玉寶，你盜往何處去？（付）今早聖上用過，藏在胸前，忘懷收了。（老）哎！這御寶非同小可，擅自盜取，罪該萬死。你把真情實實說出，我還看弟兄情分。若不說，我扯你到聖上面前去理論，把你碎屍萬段。（付）我的王公公，你且息怒，今早申芝秀傳進信來，叫咱暗取御寶到闖王營中呈獻，官封萬戶，賞賜千金。如今我同你去呈獻，富貴共用如何？（老）阿啐，你便有

三台登躋、九錫榮貽、千金賞齎、萬户封職,也不能够把我鐵膽銅肝輕轉移。(扯付介)走,同你去聖上面前講。(付)你不要只管把聖上來嚇我了,只怕闖王進宮,他的性命也只在頃刻之間了。(老)呀,這狗蹄子一發出言無忌起來了,激得俺填胸怒起、沖冠髮豎、雙睛眥裂、銀牙咬碎。(付)今日放肆些兒,誰敢奈何我麽?(老)誰敢奈何你?奸賊,不要走,吃我一劍。(殺付下)俺把奸究先除,也免得禁闈中潛藏鬼魊。

(小旦上)王公公,不好了,聖上自縊在壽皇亭了。(下)

(老)有這等事,怎的不嚇殺我也!

【么篇】呀,呀,呀,聽説罷魂魄飛,嚇得俺肝腸斷,身軀戰慄,霎時間泰山頹倒青天墜,霎時間鼎湖灝渺玉龍飛。(急淚行介)禁不住步跟蹌急遽下丹墀。(跌介)不提防蒼苔露滑臺輕砌,跌、跌得俺腰肢損折、手足離披。萬歲呀,揾不住潸潸血淚垂,不爭的邦家顛沛,最堪憐君父遭危。

(見介)呀!果然聖上自縊了。(大哭介)呵呀!我那萬歲爺嚇,

【烏夜啼】可憐你拋棄了千秋、千秋社稷,拋棄了百世洪基。后妃,一任他喪溝渠;儲君,一任他走天涯。可憐恁飲恨含悲、忍痛哀啼。這般樣科頭跣足殞殘軀,殞殘軀,只看他血痕淚跡沾衣袂。光閃閃雙眼不瞑,矻硺硺銀牙咬碎。可憐你一代明君,倒做了千秋冤鬼。且住,聖上今已晏駕,我王承恩還想偷生於世麽?也罷,跟隨聖上去罷,

【煞尾】真乃是破碎金甌風飄絮,身世浮沉逐浪移。俺輕生捨死全忠義,效取那甘餓死的夷齊,誓捐軀的龍比,試看俺患難君臣,一靈兒在泉下隨。(作自縊下)

第三十齣　清　宮

(淨、付、丑、二卒引上)

【番竹馬】緊策驊騮駿馬,直撞入九重城帝苑王家。見籠葱瑞

靄中現龍樓鳳闕，似一幅丹青圖畫。（生、小生、末、小旦仗劍殺）（眾縛介）（淨）拿住了，報名來。（小生）我乃襄城伯李國楨。（末）我乃左都御史李邦華。（生）我乃兵部侍郎王家彥。（小旦）我乃太常少卿吳麟徵。（淨）速速投降，饒你們一死。（眾）我等恨不得生啖汝肉，碎剮汝屍，為君父報仇，誰肯降你這逆賊。（淨）拿去砍了。（殺下）（淨、眾）笑螳螂空攘臂來攔駕，當車兒見何差，須臾碾作塵沙。（老、占、外、旦上）愧無半策匡時難，但有微軀報國恩。（淨）來者何官，速速報名上來。（老）我乃副都御史施邦耀。（占）我乃刑部侍郎孟兆祥。（旦）我乃戶部尚書倪元璐。（外）我乃左中允劉理順。（丑）你等既來迎駕，怎不朝拜？（眾）你本山野村夫、崔苻狗盜，輒敢欺心，殘破我國，淩逼我君，待我擊死你這狗賊。（打介）（殺下）（淨）這些不達時務的書呆，自取殺身之禍。恁腐儒狂發，不畏着千刀、千刀和那萬剮，敢錚錚利舌迎頭罵，霎時間剁作蝦蟇。（淨）殺進宮去，細細搜拿，大明皇帝、后妃、王子、內侍、嬪妃，俱拿來見我。呀，突入瓊宮禁闥，細搜拿臣和宰妃后官家。

（二卒）得令。（下）

（淨）軍師、御弟，

（丑、付）臣有。

（淨）想俺李自成生於山野，出自編氓，自威臨四海，名震萬邦，只有天在上、更無山與齊，也算得個頂天立地的大丈夫也。（大笑介）

（付、丑）大王本是命世英雄、挺身豪傑。（合）

【前腔】臨風瀟灑，笑吟吟勒馬金階，親看了上苑花，好男兒真豪傑，開國成家。（眾）來此已是承天門了。（淨）看弓箭。（卒遞弓箭）（淨接介）蒼天！蒼天！俺若得一統華夷，一箭射中天字之上。（射介）中在哪裡？（付）中在天字之下。（淨）呀，愕然驚訝，難道掌乾坤猶是鏡裏空花？（丑）大王必然中分天下。（淨）也够了，便做道顫巍巍一字兒分天下，也得題姓字顯中華，萬千秋稱雄立霸堪誇。（小生、末上）奴婢杜之秩、申芝秀迎接大王爺。願大王萬歲萬萬歲。（淨）咱家未登大寶，怎便呼稱萬歲？（小生、末）大王指日龍飛九五、繼天立極,奴婢先效嵩呼。(淨)爾等來此怎麼?(小生、末)請大王遊宮,奴婢們前驅引駕。(淨)俺自有親隨俠俊,用不着你忘恩背主、奸讒和豬獝。(小生、末)奴婢們識天命,故爾至此。(淨)咦!還不走?(小生、末)饒伊掬盡西江水,難洗今朝滿面羞。(下)(淨)衆將校,俱隨我進來,遍瓊宮寶殿信步閑耍,大明朝朱官家敢潛逃海角天涯?(卒)來此已是內宮了。(淨)怎有這許多屍骸狼藉麼?(卒)細細問來,這是皇后、貴妃、公主、嬪妃先行自盡。(淨)都擡去埋喪了。可憐他鸞儔鳳侶,只落得慘淒淒命掩黃沙。

(卒)六宮搜遍,並不見官家蹤影。

(付)多分潛匿民家,必當搜出斬絕後患。

(丑)大王,非重賞嚴誅,必不獻出,此乃要緊之事,不可忽略。

(淨)將校傳令,曉諭民間,有人獻出明帝者,賞萬金,封伯爵,窩藏隱匿者,合族誅夷。

(卒)得令。

(丑)再傳令文武各官,二十一日齊集朝門,報名錄用。

(卒)曉得。

(老、正、占、小生、宮女,卒押上)搜出宮女三百餘人,請大王發落。

(淨)軍師、御弟揀選幾十名服侍,餘者分散衆將。

(付、丑)多謝大王。

(淨)帶去鎖禁空房。

(二卒押衆下)

(卒)又搜出一個女子,請大王發落。

(淨)押過來。

(卒)那女子快來叩見大王。

(小旦上)

【沽美酒】顫兢兢潛鳳榻,顫兢兢潛鳳榻,哭哀哀離絳紗,斂衽含悲拜見了他。(付)此女如花似玉,百媚千嬌,比衆不同,真乃天姿國色。(丑)看他翠鈿寶髻、龍章鳳寫,絕非嬪妃之輩。(淨)快說,是何等樣人?(付自語介)我見了此女,不覺魂魄飛揚、骨軟筋酥了。(小旦)大王聽禀:奴家是瓊枝玉葩,休猜做浪蕊閒花。(付)實係何等樣人?(小旦)我乃天潢嫡派長公主也。(淨)原來是公主,請起。(付)請起,請起。(背語介)若得此女摟抱,不枉為人在世。(淨)你既是公主,必知你父皇潛匿何處。(小旦)俺父皇呵,遭陽九失了邦家,逢大難委了宗社,斬妻兒絶了根芽,殉社稷命歸泉下,甲申歲是亡國年華,萬壽山是喪身地狹。(付、丑)原來自縊在萬壽山了。(淨)衆將校去檢驗來。(卒應下)(小旦)臣妾有一言啓奏,望大王俯聽。(淨)説上來。(付)你不要慌,慢慢的從直奏上,可聽自然准奏。(小旦)我父君臨天下十有七載,從無失德於天下。今國破家亡,誅妻戮子,甘心自經,把天下讓與大王,望大王開天地之恩,懇求降仁慈之德,將父皇母后賜以殯殮。臣妾生生結草、世世銜環,臣妾何幸罔極。(付)皇兄,這女子孝義可嘉,望俯從其請。(丑)聽此哀言,深為可憫。(付)非但可憫,亦且可憐。(小旦叩介)俺呵,向階前求耶拜耶,揾不住淚珠似麻。呀,報深恩來世犬馬。

(丑)此女小小年紀,如此孝義,可敬!可敬!

(淨)既然公主哀求,孤家以禮殯葬便了。

(小旦)願大王千歲千千歲。

(卒)上啟大王,崇禎帝藍衣朱履,披髮覆面,用黃羅五尺自縊在壽皇亭了。衣襟上有字數行,取呈御覽,還有內侍王承恩相對縊死。

(丑)王承恩也縊死了?他倒是個有智略、有忠義之人,可惜,可惜。

(淨)取上來。(念介)德薄承天命,登庸十七年。朕非亡國主,誤國是奸讒。去冠髮覆面,自縊入黃泉。朕屍可碎裂,百姓望垂憐。細讀此詩,使我頓然悲戚。

(丑)他臨終之時還念着百姓,諄諄囑咐,可謂一代明君也。

(淨)傳令,命都督劉宗敏將大明皇帝並正宮皇后以天子皇后服飾,用棺槨殯葬其盡節妃嬪,亦以禮葬之。

(丑)王承恩亦求賜以棺殮。

（淨）一併命劉宗敏料理，將王承恩葬于天子墓邊便了。
（二卒應介）
（丑）大王，何不將此女收入後宮做個妃子？
（淨）孤家既攘其國，不忍又納其女。擇個臣僚之子配匹便了。
（付）皇兄，你兄弟未聘家室，何不將此女賜予兄弟做房眷屬？也強如賜配他人。
（淨）賢弟若愛此女，就賜你領去。
（付）願皇兄千歲千千歲。小校們，看一乘車輦過來，送公主到我營中安置。吩咐侍女小心服侍者。
（卒）曉得，請公主到那邊上輦。
（小旦）明知不是伴，事急且相隨。（下）
（淨）且喜大事已定。明日先將朝中臣子評定一番，別其賢愚、察其奸佞，封賜爵位。
（丑）選定吉日祭告天地，請大王登極便了。
（淨）全賴軍師，

【清江引】莽男兒一味的心粗大，有志向雲霄跨。破產不為家，畢竟圖王霸。佇看取際風雲龍虎，合擎住一個乾坤架。（下）

第三十一齣　刺　賊

（小旦豔妝懷匕首上）

【北端正好】蘊君仇，含國恨，切切的蘊君仇，侃侃的含國恨。誓捐軀要把那仇讎手刃，因此上苟且偷生將一息存，這就裏誰知憫。奴家費氏，小字貞娥，自幼選入宮闈，以充嬪御，蒙國母娘娘命我服侍公主。不想流賊篡奪我國，逼死君父，一家骨肉死於非命。可笑那些臣子沒有一個為國家報仇雪恥，難道如此奇冤極恨就干休不成？我想忠義之事，男女皆可做得，為此取了匕首，藏於身畔，又假裝着公主模樣，指望得近闖賊，殺此巨寇。誰想他將我賜予他兄弟一隻虎為配，罷！罷！罷！且待他來時，俺自有道理。

【滾繡球】俺切着齒，點絳唇；揾着淚，施脂粉，故意兒花容簇簇,巧梳雲鬢。錦層層穿着衫裙,懷兒裹冷颼颼匕首寒光噴。俺伴嬌假媚裝癡蠢,巧語花言諂佞人。這纖纖玉指待剜仇人目,細細銀牙要啖那賊子心。俺今日呵,要與那漆膚豫讓爭聲譽,斷臂要離逞智能。拼得個身為齏粉,拼得個骨化飛塵,誓把九重帝主沉冤泄,誓把四海蒼生怨氣伸,方顯得大明朝有一個女佳人。(内吆喝吹打介)呀,外面鼓樂喧鬧,敢是此賊來也?俺且喬裝歡笑對付他便了。(下)

(四卒引付上)拓地開疆膽氣豪,從龍附鳳佐皇朝。龍潛且作趙匡義,有日天心屬我曹。眾將校回避。

(眾應下)

(付)方纔眾將道俺與公主成親,備了筵席與俺稱賀。哪有心情和他們飲酒?被他們纏住,你一杯我一杯,吃得大醉,方肯放我回營,好不知趣也。

(老正上)二大王回來了。

(付)公主娘娘在哪裡?

(老正)在內帳。

(付)請出來。

(正)公主有請。

(小旦上)

(付揖介)公主拜揖。

(小旦)將軍萬福。

(付笑介)這一福,酥了半邊。

(小旦)將軍乃蓋世英雄、皇朝梁棟。

(付)不敢,不敢,拙夫不才,怎敢當公主稱羨。

(小旦)奴家乃亡國之女,不堪侍奉宮闈。

(付)公主乃金枝玉葉,鳳女天孫,萬望勿嫌愚夫粗莽,就是萬分之幸了。今後內營之事悉從公主掌握,凡有吩咐,小將一一從命。

(小旦)將軍,夫婦乃人倫之始,當行花燭之禮、合卺之儀,方成大禮。

（付）侍女們，搬筵席過來，待俺與公主祭拜天地。
（老正）喜筵完備了。（交拜介）
（小旦）

【脫布衫帶叨叨令】銀臺上煌煌的鳳燭熒，金猊内嫋嫋的香煙噴。（付）我和你一夜夫妻百夜恩。（小旦）設山盟海誓呵，怎道一夜夫妻百夜恩。試問恁三生石上可有良緣分？（付）公主早些兒睡罷。（小旦）他只待流蘇帳暖洞房春，高堂月滿巫山近，恁便逗上了藍橋幾層，還只怕漂漂渺渺的波濤滾。將軍請。（付）乾。（大笑介）樂殺我也。（小旦）怎道是樂殺人也麼哥。將軍請。（付）乾。喜殺我也。（小旦）又道是喜殺人也麼哥。（付）待俺回敬公主一杯。（小旦）將軍所賜，奴家自當遵命。未識將軍肯陪奴家一杯否？（付）要我奉陪，這也當得。侍女斟酒來。（老）酒在此，公主請。（小旦）將軍請。（各飲介）乾。（付大笑介）（小旦）呀，赤緊的這蠢不剌沙叱利也學些豐和韻。

（付醉睡介）
（老上）將軍醒來。
（付）公主，俺醉得緊了，安寢了罷。
（小旦）將軍，侍女們皆辛苦了，將喜筵分散與他們罷。
（付）也罷。
（老正）多謝公主娘娘。
（付）執燈送入洞房。
（進房介）
（老正下）
（小旦）將軍，今乃喜日為何還披此鎧甲？
（付）一向在皇兄帳中護衛，防備奸細，日夜不能卸甲。
（小旦）今天下已定，還慮什麼奸細，況今宵乃將軍百年喜日，豈可還穿此不祥之服？
（付）嚇，有理。咱也正要卸脫了鎧甲，把身子鬆動一鬆動，快快活活睡一夜好覺，待我喚侍女來卸甲。
（小旦）休喚他們，奴家親為將軍解甲，纔是婦道。

（付）只是勞動不當。

（小旦）好説。

【脱布衫】除下了貼兜鍪鳳翅嶙峋，脱下了錦征袍團花襖襯，解下了獅蠻帶玉扣雙捫，卸下了狻猊鎧鎖子龍鱗。

（付作臂痛介）

（小旦）將軍，尊臂為何如此？

（付）不瞞公主説，前日在寧武關被周遇吉打了一鞭，至今不曾痊癒。

（小旦）原來如此，待奴家扶將軍入帳安寢。

（付）我慾火如焚，按耐不住，求你早些睡，不要延遲了。

（小旦）你先睡，俺除了簪鉺，脱下袍服就來。

（付）我的娘，快些救拙夫之命罷。

（小旦）

【小梁州】除下了翠翅寶髻耳瑽琤，脱却了鳳衾氤氳，俺把那金蓮兜扎鳳鞋跟，防滑褪緊拴起繡羅裙。

（哭介）

【么篇】聽房櫳寂寂悄無人，但聞戍柝頻頻，將軍，將軍，覷着他眯睎醉眼醒還昏，休驚盹，覷定了心窩内把寶刀掄。

（刺介）

（付）哎呀呀，不好了！（起跌介）

（小旦殺付死介）

（小旦）

【快活三】鋼刀上怨氣伸，銀燈下冤家殞。歎蒼天不佑，不能把渠魁刃，便死向泉臺猶兀自含餘恨。

（老、正上）二大王與公主好端端做親，為何房中叫喊起來，我們看看去。（推門介）房門緊閉在此，打進去。

（進介）呀，王爺為何滿身鮮血倒在地上？呀，原來被人刺死了，好利刀，前心直透後心。

（指小旦介）好呀你，為何刺死二王爺，拿他去見大王。（捉介）

（小旦）咄，誰敢進前，誰敢進前？我原非公主，乃宮娥費氏。

今殺死強寇，替國君報仇，便將我淩遲碎剮，亦不畏也。

（老、正）配了王爺，享用無窮富貴，也不辱沒了你。況且將你寵愛已極，不該如此。

（小旦）哎，

【朝天子】恁只道謊陽臺雨雲，莽巫山秦晉，可知俺女專諸不解江皋韻。俺含羞酬語，搵淚擎樽，遇冤家難含忍。猛拼得柳憔花悴、珠殘玉損，早難道貪戀榮華，便忘了終天恨。（老、正）拿你去見大王就是死哩。（小旦）一任他碎骨粉身，一任他揚灰碾塵，今日個一劍裏含笑歸泉。費貞娥，費貞娥，可惜你大才小用了，又何必多磨吻。（自刎下）

（老、正）他也自刎了。好個烈女子，我們把他屍首擡過了，快快報與大王知道。正是：氣在三寸千般用，一旦無常萬事休。（下）

第三十二齣　刑　拷

（淨、付、小生官上）

【六么令】趁時興豪，棄舊迎新，不念皇朝，爭先進見急飛跑。（淨）列位請了，新君登極在即，相府傳出令來，令百官俱赴樞密政府，報名入冊，必定是分派衙門、署定品位的意思。（付、小生）不可遲了，快些去。（合）覲新帝，謁新僚，奴顏婢膝何須教，奴顏婢膝何須教。（下）

（外、生、二旦上）

【前腔】忽聞傳報，政府傳呼，要點官僚，若還遲慢定誅梟。（生、外）列位請了，想俱是往樞密府報名入冊的麼？（衆）正是。（生）如此不可遲延，作速前去。（合前）（下）

（老聽事官上）一朝天子一朝臣，龍虎風雲氣象新。萬國衣冠趨玉闕，千行劍佩侍金門。我乃丞相府中聽事官是也。俺相爺選定二十一日大吉良辰，祭告天地，翊奉新主登極。今日先傳明朝那些文武百官俱到樞密府聽點。這兩日各處官員忙忙如逐臭之蠅、急急似覓膻之蟻，挫挫擠擠，喧喧嚷嚷，不成個模樣。已投到五百餘名，皆造成冊籍，專候相爺發落。方纔又傳令出來，要選異樣刑法伺候，俱已準備停當。此際將近巳牌，相爺將到來也。

（吹打擺導丑乘轎上）

【五馬江兒水】簇簇五花開導，如雲旌旆搖。千行戈戟，萬隊弓刀，傳呼聲振透碧霄。見黃羅傘展，翠羽麾飄，真乃騑騑四杜，聲聲三鼇，八駿八翼寶座高；烏帽緋袍，紫綬金貂，氣象雄豪，不住的顧瞻嘻笑。

（淨、末、小生、付上跪迎介）各官迎接丞相爺。

（丑不睬上坐介）

（衆）卑職們參見丞相爺。

（丑）你們這些是什麼樣人？

（衆）卑職們來求見的。

（丑）咄！咄！咄！你是前朝的臣子，如今明朝已經革除，你們的官爵何來？如今到我臺下乞命，自當囚首荷斧、匍匐階前，還敢巍冠博帶來見我。左右，與我洗剝了。

（衆剝衣介）

（丑）跪過一邊聽點。

（老唱名介）袁藻德。

（淨）有。

（丑）以前是什麼官？

（淨）不才文淵閣大學士兼兵部尚書，望老先生作養。

（丑）咄！咄！咄！我還是算命先生、賣卦先生、教書先生、賣藥先生？掌嘴。

（衆打介）

（淨）老大人。

（丑）再打。

（淨）丞相爺、丞相爺。

（老）張縉彥。

（末）有。

（丑）以前是什麼官？

（末）是兵部尚書。

（丑）原來就是你,當初在皇帝面前道我等是雞鳴狗盜之輩,終無能為,也不惟誤了國家大事,抑且在背後將我們怎般辱罵,如今你睜開了驢眼看看,我能為也不能為?左右,把他牙齒一個個敲下來。

（衆敲牙介）

（老）高瑜。

（小生不應介）

（老）高瑜,為何不應?

（小生不應介）

（丑）你自恃前朝高官,故意違慢法令,拿下去捆打四十。

（小生）卑職一時耳聾失應,望乞饒命。

（衆打介）

（老）朱其繩。

（付）有。

（丑）我聞得你久已出家了,今日怎麼又來報名?

（付）自古道邦有道則仕,邦無道則隱,前見國家離亂,所以出了家,如今新君登極,天下已太平隆盛,故又來進謁,極是知趨避進退的道理。

（丑笑介）好個知趨避進退的道理,你既削了髮,又留髯子做甚麼?

（付）佛法云:削髮除煩惱,留鬚表丈夫。

（丑）你這丈夫比女子不如,比娼妓還不如,左右將他鬢髮髯鬚都拔了。

（衆拔介）

（付苦惱下）

（丑）

【梁州新郎】身登廊廟,職居權要,衣紫腰金赫耀。每日工讒獻媚,兀的不斷送皇朝?聖上登基在即,内帑空虛,你等呈獻金銀數萬以充内府之用,性命可保,官爵可得。（衆）我等都是窮官,那有金銀存蓄？（丑）左右，與我夾起來。（衆）領鈞旨。（夾介）（丑）久已招，賣官鬻爵秤金，如市門庭鬧。（丑）快招。（淨、衆）我等極遵奉法令，並不私受分文。（丑）與我敲，財過北斗，一任奢豪，只叫你鐵骨銅筋魂也消。（淨、衆）丞相爺饒命嚇。（丑）他們不肯招出，聽事官，帶領將校將他們家圍住，細細搜檢，一應金銀珠寶盡數取來呈獻。（老應下）（淨衆）丞相爺饒命嚇。（丑、衆）你那裏哀哀叫，我這裏嘻嘻笑，當一部庭前鼓吹供歡樂，頻敲撲，細炙煿。

（老上）相爺，袁藻德家抄出白銀七萬兩，黃金一千兩；張縉彥家抄出白銀三萬兩，黃金一千兩；朱其繩家抄出白銀二萬兩，黃金五百兩。只有高瑜家細細搜檢，只有零星銀一萬有零。

（丑）封在庫內。

（老應介）

（丑）方纔那般拷問，又是不肯招出。如今這些東西哪裡來的？帶去收監。

（卒應下）

（淨、衆）天理昭彰，自作自受。

（丑）再帶一起進來。

（衆）衆官走動。

（外、生、二丑上）

（老）周璧。

（外）有。

（老）王芝心。

（外）有。

（老）陳演。

（丑）有。

（老）冉再興。

（占）有。

（丑）你們都是皇親國戚、當朝執政之人，有多少家私招出來，饒你性命。若有推辭，叫你殘生不保。

（衆）丞相爺嚇，我們當初為官極是清廉的，哪有多少家私？求丞相爺明鑒。

（丑）不招麼？與我拶起來。

（衆）啊呀，相爺呀，

【前腔】望明公暫息喧囂，俯念我寒微衰老，奈俸微祿薄、囊橐蕭蕭。（丑）不招麼？把他腦袋夾起來。（衆）啊呀，小人們呵，雖則是戚連禁苑，出入宮闈，不是專權要。（丑）快招。（衆）其實没有。（丑）放了夾，吊起來打。（雜應介）快招。（衆）可憐我屠軀弱骨痛難熬，忍死懷金爲兒女曹。（丑）你們不肯招，聽事官可帶領將校，把他四人家資搜檢來呈看。（老應下，衆）相爺饒命。（丑）你那裏哀哀叫，我這裏嘻嘻笑，當一部庭前鼓吹供歡樂，頻敲撲，細炙煿。

（老上）禀相爺，周璧家抄出白銀五十二萬、珍幣數十萬；王芝心家抄出白銀十五萬，金銀器玩無算；冉再興家抄出白銀三十萬，黄金五千兩；陳演家抄出白銀十五萬，黄金三千兩。有册呈上。

（丑）你們這些喪心昧理的奸賊，家中藏着許多金銀，前者你們皇帝問你們借些充餉，你們慳吝不肯。當初若助了餉，不致今日受此苦楚了。

（衆）我們當初若助了餉，丞相爺怎得到此？

（丑）我們當初原不要到此的，因恨你們這些貪財誤國的奸賊，特地來替你們皇帝出氣的。與我打出去。

（衆）苦惱呀！（下）

（丑）再帶一起進來。

（雜）衆官走動。

（淨、付、小生、末上）

（老）田必謙。

（淨）有。

（老）張邇知。

（付）有。

（老）雲耀起。

（小生）有。

（老）柳昌祚。

（末）有。

（丑）你們如今還是要打要夾？自去想來。

（衆）不消相爺發怒。

（淨）小官田必謙,有個親生的女兒,長得十分美貌,年方十六,獻與相爺侍奉巾櫛,還有白銀十萬兩,以為嫁妝之費。

（付）小官張邇知有一愛妾,年方三五,生得娉婷嫋娜,吹彈歌舞件件皆精,願獻與相爺佐酒,外有金銀珠寶十箱,以作酒筵一席之敬。

（小生）小官雲耀起造得花園一所,珠樓寶閣,有四時不謝之花、八節長春之景,送與相爺遊賞。

（末）小官柳昌祚,獻上府第一區,極其華麗,內有玉堂金屋、畫棟雕梁,還有女樂一百名獻上,望相爺俯納。

（丑）你們這等知事,我丞相少不得另眼相看。

（衆）多謝相爺。

【節節高】階前匍匐勞,獻妖嬈盈盈十五年方少。桃花貌,楊柳腰,凌波俏,彈箏撥阮都精妙,精歌曼舞人誇耀。錦繡園亭花多繞,崢嶸府第凌雲表。

（丑）好知趣,好知趣,請起來。

（衆）不敢。

（丑）我相爺呵,

【前腔】從來心性驕,愛風騷,潘安衛玠何足道。風流貌,爵位高,權威耀,憐香惜玉情偏妙,偎紅倚翠平生好。我明日呵,選個極品前程報爾曹,投桃畢竟瓊瑤報。

（衆）多謝相爺。

（丑）今日請回,明日到我府中來,自有好處。

（衆下）

（丑）聽事官過來,昨日大王姻戚艾朝棟、高映元等奏稱,有個邊大綬前為米脂縣令,發掘了大王祖陵,大王大怒。速差緹騎到任丘縣拘拿邊大綬到來治罪,速去。

（老）曉得。

（丑）打道回府。

【尾聲】從來開國功非小，生殺威權一手操，獨步朝堂肅百僚。（唱導下）

第三十三齣 被 逮

（生孝服上）

【步步嬌】遙聞京國遭強寇，君父身儔俹，龍身作俘囚。我邊大綬自從解組歸來，又經一載，聞得闖賊於十七日打破京師，萬乘殉國，合宮后妃、王子皆自盡而亡，慘不可言。為此我身披衰絰、手執喪杖，朝朝望闕哀號遙拜，以盡臣子之禮。血滿衣裳，丹誠莫剖。我欲約里中豪傑，並宗族交契，召集義師，奮身殺賊，以雪國恥，誓必報君仇，把吳鉤拂拭寒光溜。

（小生上）忙將意外事，報與契中人。小生謝貞石，有事來報與邊老先生知道。不免徑入。邊老先生，

（生）賢契為何如此慌張？

（小生）外面紛紛傳說，有人奏知闖王，道老先生在任掘了他祖塋。闖王大怒，差緹騎來拘拿老先生了。你須作速遠遁，以避其禍。

（生）多蒙高誼指教，但我宗族皆在於此。妻子可棄，孀母何依？我惜一身之微，貽累多人乎？

【忒忒令】這餘生原是君恩所留，這殘軀何妨棄休，縱刀斧臨身，我也甘心承受。肯畏縮自潛遊，以致累家門、連生友，可不自愧羞？

（小生）老先生既不肯外遊，小生又想起一件事來了。

（生）想起何事？

（小生）前日老先生意欲招集義兵，與國復仇，何不就今日興舉，一則免了被逮之禍，二則報了國家之仇，豈不是好？

（生）倉促之間諸事未備，驟然而舉，自取其敗。惟望賢契再去打聽緹騎消息，好做準備。

（小生）當得效勞，就此去也。一心快似箭，雙脚去如飛。（下）
（生）啊呀，且住，我當初為朝廷計圖滅賊，故掘了李賊之墓。他今差人來拿我，就是粉身碎骨亦死有餘榮矣，何以避為？我今日不免挺身出去自認。一則免得纏擾家門，二則免得驚唬了母親。方纔算得個捨身取義的好男子。

【江兒水】伐墓誅賊本，焚骸為國謀。今日裏禍臨頭，原是心無疚。我且拜別家廟、母親而去。永辭了百年宗祀歆香構，抛閃了萱堂暮景年衰朽。快些出門尋見緹騎，自行就逮去罷。徐步康衢相候，慷慨餐刀，正是大丈夫非災甘受。（下）

（淨差官、二卒隨上）

【玉交枝】皇宣欽授，離京華如龍似虯。披星戴月忙馳驟，喜行來已近任丘。小將奉丞相鈞旨，帶領緹騎到任丘縣拘拿邊大綬，但不知住在哪裡？一路細細捱查便了。沿村逐戶細搜求，將他家門廬墓例窮究。切莫漏風聲向他方遁溜，使我徒往返明月泛舟。

（生上）不效開籠鶴，偏為入網魚。（淨）請了，借問一聲。（生）問什麼？（淨）這裏可是任丘縣麼？（生）正是。（淨）有個姓邊的你可認得？（生）此處却有一個姓邊的，可知他叫什麼名字？（淨）叫做邊大綬。（生）你們問他怎麼？（淨背介）待我哄他一哄。（轉介）我們奉新君聖旨來召他進京做官的。（生）只怕不是召他做官，要拿他誅戮的。（淨）你不管他是不是，只說那個人住在哪裡？（生）這我便是邊大綬。（淨）你不要哄我。（生）誰來哄你？我原任米脂縣知縣，當初掘了李自成祖陵，今日差你們來拿我。你們因不認得，在此問我，故來自認的。（淨）你在哪裡住？（生）因遭兵火，家中眷屬盡已逃散，房屋燒毀了。我向來在寺院中借住。（淨）既如此，拿他解去先見馬都督。（衆應介）（生）你們主人既差來拿我，要殺要剮，及早施行。何必淹留？何必淹留？捱着時和刻，反覺懨悒。（淨）還要解御前問是由，祭靈前正罪尤。

（生）

【尾聲】無非一死，何必多生受，這殘軀任伊顛覆。我只要忠義完全，平生志願酬。（押下）

第三十四齣　魂遊（有目无文）

第三十五齣　頒　　詔

（生扮真武、丑淨執旗、雜龜蛇二將上）
【點絳唇】運化玄黃，玉虛師相玄機掌。水德蒼蒼，萬象包涵廣。小聖乃北極玄天上帝佑聖真君是也，功參水德，位鎮坎宮，只因紫微星主降生於大明國為帝，故而小聖亦下塵凡，扈蹕把守後宰門。今當國運已終，不日朝元，正位天官。眾神將小心把守者。
（眾）領法旨。
（老鬼魂上）
【懶畫眉】悠悠一夢醒黃粱，趁霧隨風恁渺茫。我王承恩來尋聖駕，不知何處去了，使俺尋來尋去，再尋不着，好生眷眷於心也。繁華掠眼總消亡，唯有一絲國恨在心中怏，欲待飛上凌霄訴玉皇。（下）
（占鬼魂上）
【前腔】羞煞人無端赴夢向高唐，倒做了雲雨巫山枉斷腸。俺費貞娥隱隱約約記得殺了闖賊之弟一隻虎，遂爾逃出營來，欲仍回去，茫茫歧路泣亡羊，教我趨前顧後頻瞻望。那邊有人來了，且去問個信兒，好訪取古洞桃花在哪方。
（老上）行來天有際，歸去地無涯。呀，我道是誰，原來是費宮人。
（占）我道是誰，原來是王公公。王公公何來？
（老）我來找尋聖駕，費妹何往？
（占）王公公，你還不知麼？前日闖王殺進宮來，搜出奴家，賜予他兄弟一隻虎為配。被俺假意殷勤將他灌醉，當前心刺了一刀，直逼後心，那賊登時就死。被許多軍兵侍女攔住，紛紛喧嚷要來拿我，被我在人叢中飛了出來。今仍回宮，因不識路徑，在此彷徨。

王公公，你來的好，帶了俺進宮去。

（老）不信有此大膽量大手段，誅此強寇，可敬可敬！前面是後宰門了，隨俺來。

【前腔】看你茫茫何處覓家鄉，不在山旁在水旁。心堅意切事參商，彼非我主難依傍，可知一飯終身不可忘。來此已是後宰門了，不免徑入。

（生）咦！何方鬼魅擅敢到此？

（老、占）啊呀，尊神嚇，

【集賢賓】數當陽九天降殃，恨狡寇倡狂，他野性狼心一味莽，全不念天恩浩蕩，把乾坤搶攘，攪得來似粉虀模樣。珠淚滾，慘淒淒雪濺宮牆。

（生）聽汝等之言，委實可傷，但汝叫什麼名字？

（老）我叫王承恩，

【黃鶯兒】承御小貂璫，捧綸音宣奏章。三千粉黛咱執掌，賜牙牌玉香，賜鋹刀袞莽。一身皆是君恩賜，敢遺忘？死生相傍，殉難在君旁。

（生）那女子是何等樣人？

（占）

【前腔】點點小宮嬙，侍天孫近繡床，梧桐樹倒無依傍。前日被闖王搜出，賜予他兄弟一隻虎為配，那晚呵，向花燭洞房，趁笙歌醉鄉，閃青萍斬却豺狼黨。（合）淚汪汪，伶仃弱質，一旦喪魚腸。

（生）小小年紀，能奮身殺賊，俠烈真可嘉也！

【琥珀貓兒墜】聽伊哀訴，端的斷人腸。堪羨他紅粉嬌柔，能將主德償，千秋嬰杵並流芳。平章，他鍾着天地山川秀氣靈光。奉上帝敕旨，一應殉難忠臣義士朝元寶錄，皆是伏魔大帝掌管，俺憐爾二人忠義，送你到那邊注名寶錄，也得上昇天界便了。（向雜介）功曹，此二人殺身成仁，盡忠報國，應入朝元寶錄，俟紫微大帝昇天日期，令其入班隨侍，不得有違。

（雜）領法旨。

（二旦）聖壽無疆。

（生）二神隨我來。

【尾聲】好趁着長空萬里紅雲漾，馭天風展儀仗，端只為憐義憫忠好為達上蒼。（下）

（末吊場奉詔上）玉旨下，茲因大明國運已終，故衆妖孽叢生，擾亂國土。今紫微星主並羣星列曜，當上朝天闕、復位星垣。特命玄天上帝會同伏魔大帝擁衆下凡，翊輔大清聖主，掃蕩妖氛，龍輿開國，定鼎中原，永垂萬世。其李建泰背主降賊，為臣不忠，即着雷部率領神員殛死，以彰顯報。欽哉。

（生）願聖壽無疆。

（末下）

（生）衆神將，就此駕起雲頭望直北迎駕者。

（衆）領法旨。

【二犯江兒水】霓旌羽葆，影翩翩霓旌羽葆，統神兵下九霄，看金符璀璨，玉節飄飄，錦幡幢雲外紗。青鶴唳青霄，蒼龍現碧濤，神騎咆哮，魔魅潛消，滌塵氛清帝郊。白狼山嶠，纔離了白狼山嶠；黃龍城郭，又早見黃龍城郭，好趁着渾同江一夜潮。（下）

第三十六齣　起　　兵

（四小軍引外上）

【點絳唇】紫塞龍蟲，黃袍威震，龍沙迫，華夏遙分，千載傳支本。俺乃本朝鎮國大都統是也，今因流寇李自成騷擾中華，把明朝錦繡江山踐成齏粉，逼得天子自縊而亡，十分慘毒。俺聖人統領八旗大兵弔民伐罪，掃除强寇，為朱天子報仇。俺已傳知各營衆將，今乃黃道吉日，就此發兵前去。

【清江引】擺列着旌旗八面，分按龍虎風雲陣。千重鐵騎屯，萬竈黃巾遁，看戎衣，一戰把江山穩。（下）

第三十七齣　夜　　樂

（末院子上）錦堂月滿玳筵開，珠翠盈盈列玉階。試聽簫聲天際落，特迎元輔下三台。俺乃丞相牛老爺府中虞侯是也。自從破國以來，就將襄城伯府第改為相府，又造得花天錦地，少甚麼玉殿瓊樓，又納了無數官娥彩女，又受了那些官府兒的美女歌姬。真個是綺羅千行，妖嬈百隊。今早進朝侍宴，此際也該下朝，吩咐承值的安排筵席伺候。歌姬們，相爺將次回府，簪上宮花寶髻，穿上繡襖舞衣，抱着笙簫鼓樂、箏瑟琵琶，小心伺候。

（內應介）
（丑乘轎、四小軍引上）

【出隊子】朝回天上，紫極承恩醉御觴，霏霏袍染御爐香，軟軟沙堤輦路長。傳殿高呼，令人氣揚。

（眾）已到府了。
（丑）回避了。
（眾下）
（四旦、淨、付上）眾歌姬迎接相爺。
（丑）請起，請起。今日學生在內廷蒙王爺留宴，故而歸遲，有勞眾美人久待了。
（眾女）好說，今夜月色團圓皎潔，賤妾們備有酒席，請相爺賞月。
（丑）有勞你們，怎好辭得，撤宴過來。
（丑上坐）
（眾女奉酒介）

【惜奴嬌序】蠑首蛾眉，效殷勤軟款，高捧霞觴。如花似綺，盈盈軟玉溫香。清商，聽皓齒清歌聲嘹亮，舞霓裳似嫦娥降，笑語揚。今宵此樂，不枉人間天上。

（丑笑介）唱得好，唱得妙，聽了諸位美人妙音，引得我的曲興發作起來了。

（衆）我等一向不知丞相會唱，倒先獻醜了。奉丞相爺一杯潤喉。

（丑）好個潤喉，衆位美人也要陪我一杯洗耳。

（衆）當得奉陪。

（各飲介）乾！

（丑笑介）前日值宿朝房，聽見御樂們唱一套清曲，倒也清新婉麗。我就教他們一人到朝房中來，足足唱了百十遍，第二夜又唱了百十遍，我方纔學會。待我唱出來與衆美人聽。只是老貓聲休得見笑。

（衆）賤妾們焉敢，賤妾們再奉相爺一杯。

（丑飲介）乾！

（唱疊字錦介）

（衆接唱介）

（末御營親隨上）開門！開門！

（丑怒介）這是什麽人？半夜三更如此驚天動地的敲門，家丁們去問來。

（外出介）你是什麽樣人？丞相爺問為甚麽事半夜三更如此驚天動地的敲門？

（末）俺乃大王營中差來報緊急軍情事的。

（外回介）

（丑）叫他進來。

（外）相爺喚你進去。

（末進介）報人叩頭。

（丑）大王差你來報何事？

（末）天際雄兵猛將，統領八部軍營，大同宣府遠相迎，真個山搖地震，一路勢如破竹，果然雞犬無驚，團團圍住紫金城……（住口介）

（丑）為何不説了。

（末）這一句小的不敢説。

（丑）你説不妨。

（末）那些兵卒紛紛嚷嚷，口口聲聲，必要拿住了大王並丞相，斬頭瀝血，為大明報仇雪恨。

（丑）這事怎了？這事怎了？我們這些兵馬哪裡去了，怎不與他廝殺？

（末）去廝殺時却大敗了。大王着了忙，將金珠寶貝、錦繡綾羅裝成幾百垛子，帶了至親眷屬，連夜逃出京城，從固關一路逃去。教丞相連夜也從固關一路追來，千萬不可遲誤。（急下）

（丑）轉來！轉來！我有話問你。

（末）俺也要去收拾行李，逃命要緊。（竟下）

（丑）完了！完了！把一天的富貴弄得半杯雪水。

（衆女）當初大王做下許多天大的事，全仗軍師的神謀妙算。如今還是軍師設個計較出來，就可挽回天地了。

（丑）自古道：天塌下來自有長人撐頂。如今長人都去了，教我矮子做出什麽事來？家丁，你傳令出去，命各營將校，作速整備盔甲鞍馬，候我即刻發兵，遲誤者梟首號令。

（外）得令。

（丑）家將過來，速速進去將不值錢東西都撇下，把金銀寶珠、錦繡綾羅都裝在牛皮哨馬內，裝成垛子幾百個，隨身應用。

（小生應介）

（衆女）丞相爺千萬帶了賤妾們去。

（丑）你們除了官髻，脫了舞衣，換了坐馬，戴上邊帽，我帶你們去便了。

（衆下換衣上介）

【錦衣香】天降殃，人怎防，自作孽，恁疏曠，一心貪戀着翠舞珠歌、紅裙醉鄉，却將朝政盡撇漾，歡娛變作驚慌，休想為卿相。及早的山林草莽，潛投夥黨，有日裏火滅煙消餐刀下場。

（外、生、小生、末）垛子已發起身，人馬在門外，候相爺上馬。

（丑）快帶馬來。

（衆）馬在此。

（丑、四旦上馬介）

（淨、付）相爺帶了我們去。

（丑）不要睬他！不要睬他！

（丑、衆下）

（淨、付）天殺的，起初見了我們，猶如珍寶似的值錢，後來得了這幾個妖精，冷落了我們了。今日一樣如此承值、奉酒、試舞、唱歌，忽然有此大變，我們一樣改了裝束，哪曉得帶了他們去，撇下我們了。這樣爛心肝黑五臟的，保佑他殺千殺萬刀的，骨頭不得還鄉。

（付）姐姐，罷喲。你不要氣，不要哭，他們此去，未知可逃得性命，我們不隨他去倒好，何消恁般苦惱。

（淨）我氣他不過。

（付）我們如今進去撿些細軟東西裝上兩皮箱，撿個隱蔽所在藏好。將那些金玉珠寶縫在貼肉衣裳內，連夜逃將出去，尋個尼庵道觀中住下，慢慢尋個年貌相當的嫁了他，一生一世，安安穩穩過日子，却不是好？還要跟着那矮忘八、許多人公用那指頭大的東西做什麼？

（淨）我的娘，你好主意，就是這般，進去收拾起來便了。

【尾聲】紅顏薄命言非爽，好把金珠貼肉藏。早渡過苦海無邊，安排別嫁郞。（急下）

第三十八齣　上　　路

（雜差官、二卒隨上）上命差遣，概不由己。哥，此時別人在京中大酒大肉摟着老婆受用，偏教我們來拿什麼邊大綬，只道是個美差，誰知此人半文也無，還要强頭强腦，倒要我們去服侍他，又不敢難為他。主公有令，要養得肥肥胖胖，帶到老王爺墳上去細剮細剚，將他祭陵，以報伐掘之仇。我們倒解了老子來麼？這早晚還慢慢騰騰搖哩。

（雜）邊相公快些走罷。

（生麻衣帶刑具上）

【引】強梁威悍,爭些駭倒文山。(雜)我的邊太爺,你總是個死,不如快些去罷。(生笑介)從容就死已心抗,鼎鑊如飴不憚。

(雜)這樣性兒死活也不知。邊相公,你曉得我們大王做了皇帝,就該逃到他方,再不然也該早尋自盡,難道有甚好處到你?何苦受這樣苦楚,連累我們。

(生)你們不知,大丈夫一死何難,只恐連累鄉里,你們這夥強盜荼毒生靈、草菅人命,終有滅亡之日。

(雜)啐,你只會說大話,若不是帥爺有令,我就與你一刀。

(雜勸介)使不得,使不得,你又粗魯了,邊相公不要見怪,他是新來的,年紀小,不曉得什麼。(做禮介)

(生)這便纔是。

(雜)邊相公,你早知如此,當初掘他的墳做什麼?又沒有朝廷旨意,又沒有上司明文,你多這樣事做什麼?如今受這樣苦惱。

(生)你那裏知道?

【尾犯序】我叨沐聖恩覃,作縣米脂。剔弊除奸,巡緝邊城,恰有李氏墳山。(雜)知道是他墳墓,就不該多事了。(生)那時呵,他為惡萬般,流毒四海,我難按,恨不得提長劍斬除逆賊,伐墳墓也算除根剪蔓。(雜)他與你往日無仇,近日無怨,何苦的來?(生)懷公憤,萬民洩恨,怎顧此身屍?

(雜怒拔刀相向介)

【前腔】奸頑,滿口恁胡訕。刀斧臨身,兀自氣昂心侃。急得人怒氣騰騰,把寶刀頻按。(雜)使不得,又來胡行了。(生)休悍,身在此,一任屠腸剮腹。身已認,一任鼎烹車碾,你何須怒?粉齏骸骨,原是此心安。

(雜)我們拴着他快走便了。

(生)誰敢無禮!

(雜)我前頭拉着你,後頭頂着他走。

(拉生走介)

【前腔】繩拴與鎖纏,逐馬隨驢,似牽東門黃犬。(內喊介)(雜扮軍擁女跑下)(雜作慌介)(生)滿道干戈,怎夾着伶仃女鬟。(外扮差官上)(雜問介)請了,借問一聲,大王在哪裡?(外)大王在廟中打中火哩。命我催前哨起身,踹地方安營下寨哩。(下)(雜)如此我們且站站。(小生扮差官持令箭上)各營將官聽着,查取各營多有帶婦女者、並沒有帶盔甲者盡行砍了。(內)得令。(生)蒼天、蒼天,黎庶何辜,遭此慘毒也。難按,恨不能挽長戈從旁直刺,神鏈鎚把秦車擊爛。(雜扮闖兵十數雨帽雨缽騎馬過介)(雜問後軍人搖手介)(生)欲前稟,忙忙搖手,參不透這機關。

(雜)大王已去遠,我們快快走,趕上前去覆旨便了。

(生)

【前腔】秋霖何太繁,可憐我被難羈人,泥滑路爛。三十里風雨長途,魂消魄散。(內掌號喊介)(生跌介)(衆扶介)(生)淒慘,落虎口求生休想,遭羅網覓死又難。(哭介)我那親娘嚇。(雜)我的邊老子、邊老爺、邊祖宗,快些走到帳房裏歇歇去也好。(生)心悲愴,自作之孽,只落得淚彈。

(雜)還不快走。(下)

第三十九齣　追　剿

(外戎裝、衆引上)

【點絳唇】獵獵龍旌,桓桓虎寨,威風大鐵騎分排,誰敢當前邁。俺們乃本朝前部先鋒是也,奉旨追趕流賊。衆將校,與我排開陣勢,一路打圍前去,隨路剿拿,不可遲緩。

(衆應介)

(丑牛金星帶女上)

【縷縷金】無之奈,意如何,忙忙如踏鱉、似癩鵝。(內喊介)(丑跌下馬介)(衆女扶介)你掙扎些兒。(丑)一聲金炮響,將人跌蹉,可憐可憐,鳥脫重羅,蒼天饒過我。

(外、衆跑馬上)

(踏丑死介)

(拿女問介)這是什麼人?

（衆女）是軍師牛金星。

（外）衆將校，與我將牛金星屍首碎割，把首級解往元帥營中號令者。衆婦人，你們各自逃生去罷。

（衆女）多謝將軍。寧為太平犬，莫作亂離人。（下）

（外）衆將校，快趲行前去。

（衆應介）

【清江引】聽笳聲哨動得千人震，各把雕鞍奮，踏破盧龍城，直入長安境。看功成，垂手乾坤定。（下）

第四十齣　脫　　逃

（生上）

【水紅花】連朝奔走受辛勞，好煎熬，沒顛沒倒。登山涉水路遙遙，轉心焦。（末、付）幾時纔到，將逆犯轅門呈解，一筆把牌消，始得事完成無牽擾也羅。（生）上崗以來，你看雲山渺渺、不知何日纔到太原？（付）哥，你看大隊去得影兒也没有了，我們好像失羣孤雁一般。邊相公，你快些走，後面有追兵來了。（生）什麼追兵？（末）邊相公，如今告訴你也不妨，我們大王與大清交戰失利，晝夜兼行，前去保固山陝地方。我們若行遲了，被大清兵獲住，也是一個死；走慢了，誤了日期，也是一個死；你若受辛苦病死了，我們空手見大王，又是一個死。你是讀書人，有仁心的，也該忖量忖量。這是你自作自受，何苦連累平人？（生）你們說的也是，只是我的脚疼走不動，你們要殺就殺我在這崗上。（付跪介）邊爺爺，快些走，前面有房子，我們到那裏歇一歇，燒些湯水，吃些乾糧。將馬與你騎。我兄弟兩個替換騎這一匹，趲行前去便了。（同唱合前）好難熬，幾時纔到，將逆犯轅門呈解，一筆把牌消，始得事完成無牽擾也羅。

（末、付）原來是所空房子，且坐一坐再處。邊相公，我們與你鬆了手肘，在此看好行李、乾糧，我們去飲一飲馬，尋些水來大家吃飽趕路便了。邊相公，你不可走了。我們騎馬趕得上你。（下）

（生）我大丈夫生也明白、死也明白，怎麽説"逃脱"兩字？（走出望介）

（内喊介）

（生）不知何處兵馬來了，你看兩個賊人拍馬跑了。我不免拿了乾糧，開了後門，從崗子上亂樹林中逃躱片時。我若被他拿住，便不分皂白，死得没名。有理，有理。

【玉么令】我心中暗想，没來由跋涉恁狂，眼見他事敗無成，我從來命捨身亡。何不乘機脱網離災障，還鄉井，會高堂，也算死中得活邀天相，死中得活邀天相。

（内喊介）

【六么枝】徘徊顧望，欲後欲前心内慌張，如雲脚步亂奔忙，急潛遁進林榔。我一氣跑了十餘里，眼見得脱離虎口了，且住，他們就騎馬追趕，哪知我在茂林深處，况我筋力已疲，且到松樹下暫息片刻，打開包裹，將乾糧吃飽，再作區處。（開包介）呀，這是拿我的腰牌。（念介）樞密院牛，為擒拿逆賊事，照得邊大綬……（笑藏袖介）（内喊介）（虎跳出）（生拔劍介）（虎下）（生）纔離虎穴，又幾入虎口。（内虎叫）（生急跑下）我邊大綬真正虎口餘生了。我且向山村水郭聊避將，不可作當途衆躑躅亡猿樣。漫迤邐山旁澗旁，漫潛蹤山旁澗旁。

【玉枝供】幽深徑長，步高低着意奔忙，依山傍水步踉蹌。（内鳴鐘介）好了，好了，驀聽得野寺晚鐘聲響。我且定定心，喘喘氣，慢慢的聞聲尋古刹，隨徑覓禪房。呀，果然到寺前了，不免扣門則個。開門，開門。（外扮老僧上）月到上方諸品静，心持半偈萬緣通。是甚麽人半夜三更到此扣門？（生）我是過路之人，不識路徑，誤到上刹，求開門容我暫宿一宵。（外）天上人間，方便第一門。且放他進來。（開介）原來是位相公。（生揖介）（外）相公為何這等慌張？有何緣故？（生）我因躱避兵馬，日暮途黑，因此驚動上刹。（外）此間山路叢雜，若再前去，必被虎狼傷命。裏邊有接衆禪床，可進去睡睡。（生靠椅睡介）（外）看他如此辛苦，且教道人燒些湯水與他吃。（下）（小生扮巡照僧執梆上）南無阿彌陀佛！大衆，無常迅速,早修淨土,莫誤來因,休迷去路。南無阿彌陀佛!呀,這廊下哪裡來這漢子睡在此間?不免驚覺他。(又敲梆念下)(生醒介)唉,唉,只管貪睡,曉雞迭唱,晨星燦燦光芒,我趁此天色將明,再行十餘里,進了固關,料他不能追趕了,我且開門去也。忙忙離寺院,急奔忙。(內喊介)呀,不好了。好似驚弓鳥,亂飛翔。

(眾扮本朝兵將上拿住介)拿住!拿住!

(外扮帥上)丈夫鵲印搖邊月,大將龍旗掣海雲。本帥統領大軍追趕闖賊至此。

(眾)拿得奸細一名,聽候帥爺發落。(拿進介)

(外)你是闖賊奸細麼?

(生)將軍聽禀,

【忒忒令】我是任丘縣寒儒性良,(外)聽他聲音,不像流賊。(生)曾為米脂令,叨沐聖光,地方邊幅有闖賊祖宗故壙,彼時聞知他十分強暴,朝廷無法處寘,我做個釜底抽薪之計。因此引夫役、到村坊、鑿古塚、焚棺骨,泄了山陵脈長。

(外)只怕撒謊嚇。

(生取票介)現有賊人牌票呈覽。

【沉醉東風】為此被奸賊斥歸故鄉,那賊人呵,在閭閻捱查緝訪。(外)你為何不早逃出?(生)我恐累及家門,忙佇立在街坊,把姓名自呈無妄,遭執縛歷經萬千勞攘。他凶如虎狼,我柔如犬羊。(外)拿去有多少時候?(生)蕩風冒雨,相將有幾晌。

(外)解你的人哪裡去了?

(生)到萬松崗,他們去飲馬,

【江兒水】乘他一隙裏餘閒往,我忙忙覓路長,便脫機網離災障。(外)你待逃往那裏去?(生哭介)留餘生重會高堂上,拼殘喘且歸鄉黨,歷盡萬千勞攘。(外)你如今脫離虎口了。(生)虎口餘生,這苦憑誰說向。

(外)

【玉交枝】聽他衷情細講,頓使我心傷意傷。果然是剛強男子冰霜樣,並沒一絲兒奸狡張狂。我們大清朝堂堂正正,不比你明朝奸臣多忠臣少,你也是萬中選一的了。我引你金門去面君,將忠義揚,朝廷自有褒賢榜。(生)謝將軍恩高義廣,謝將軍恩高義廣。

(外)

【川撥棹】休悒怏,急隨行莫意忙。到前途再做商量,到前途再做商量,整冠裳趨朝玉皇。(生)若得滅了闖賊呵,效犬馬當報償,效犬馬當報償。

【尾聲】(外)山頭月落晨星亮,擁紅輪,又早現出大地山河雄壯。你看我掃却陰霾,重扶化日光。

(掌號內喊)起營!(下)

第四十一齣　滅　寇

(付農夫上)幽谷寒崖轉歲華,春來開遍小桃花。布簾飄揚疏籬外,村釀新蒭味更佳。自家九龍山葫蘆套地方一個莊農是也。數年以來,因流賊作亂,我們閉了山谷,采山果、掘草根充饑度日,全了幾村性命。我家父親原充本地里長,前日上城打聽,説流賊破了北京,做了皇帝,又被大清兵殺敗,如今不知逃到哪裡去了。城中官也逃,吏也逃。百姓們無拘無束,不飭差,不納糧,倒也快活。今年地上不曾耕種,都出野麥來,老的們説從古未曾見,想是有聖人出,定天下,百姓該得超生了。因此與父親商量,將家中麥子吊了幾甕酒,在村口搭個柴蓬,賣饃饃、雞子,少趁幾文錢兒,不免將酒標兒掛將起來。

(丑牧童吹笛上)

【窣地錦璫】牧童橫笛吹數聲,不脫蓑衣臥月明。前村水綠後山青,唱個歌兒換酒瓶。呵呀,老叔開張生意早嚇。

(付)風寒吃一杯去。

(丑)我腰裏不曾帶錢。

(付)記賬便了。

(丑飲介)

(淨李自成持鞭上)

【前腔】煌煌帝業讓他人,今日裏衆叛親離只一身。欲前無路退無門,好似亡家犬豕形。呀,此處三岔路口,不知往那裏去?有一酒肆兒在此,不免歇一歇、問一問路再走。酒家!

(付、丑驚介)大王爺爺。

(淨)不要怕,是過路的軍官,不是什麼大王。

(付叩介)原來是位老爺。

(淨)不必如此。我問你,這裏叫什麼地方?

(付、丑)我們這裏叫九龍山葫蘆套,有進路,無出路。

(淨)怎麼有進路,無出路?

(付、丑)四面萬仞高山,鳥雀插翅也難飛,這村口叫葫蘆套,若是將石塊塞起,就有十萬官兵,他也攻不進來。

(淨看介)果然險峻,你們怎麼過活呢?

(付、丑)我們這裏有數千頃良田。有果樹,有野菜,幾千人家都靠此度日,不向外邊作生意。

(淨背語介)這倒是個好地方,不如在此,買了這些鄉民,召集我的亡散部落,以圖後舉,豈不是個妙計?酒家小廝過來。(出囊中銀豆撒地)(二人搶介)你們認的麼?

(付、丑)這銀子却是圓的?

(淨)這够還你酒錢了嗎?

(付)就吃幾日也够了。

(付送酒)

(淨飲介)

【高陽臺】自忖,強暴天生,揭竿斬木,平添四海煙塵。一旦兵消,誰知單騎南奔。(淚介)(付)老爺為何掉下淚來?(淨)你們不知,我有數百萬雄兵,敗亡至此,看你們此處,盡可駐劄。你們若肯順我,管教大家富貴無窮哩。(付)待我父親回來商議。(淨)你父親是甚麼樣人?往哪裡去了?(付)我父親乃本村里正,往城中探聽事情去了。(淨背驚介)也不怕他,待他來時,將寶劍珍寶誘他便了。小廝,可將我的馬牽到溪邊飲一飲。(丑應牽馬下)(淨)我身子困倦得緊,再與你一把銀豆,你與我搥按搥按。(付)穿着這樣厚的甲,怎麼好揣?(淨)你略揣揣便了。(付揣介)(淨)聲吞,百萬雄師一朝盡,剩金甲戰血斑痕。似霸王烏江難渡,無地容身。(睡介)
　　(末里正急上)
　　【六么令】兵戈餘燼,喜荒村桃源避秦。興朝應運降絲綸,誅銅馬,戮黃巾,榜文待把渠魁認,榜文待把渠魁認。
　　(進見淨)
　　(招付介)這是什麼人?
　　(付)來吃酒的,他說是過路官軍。
　　(末)如今城中奉有朝廷榜文,要緝拿闖王李自成。看此人恁般凶惡,身上穿的花花綠綠,有些可疑。兒子你叫醒他,待我見他時,你便去約本村衆人持器械來拿去請賞,不可走了,不是當耍的。
　　(付叫介)
　　(淨醒介)
　　(末禮介)
　　(淨)這就是你父親回來了麼?城中有何信息?
　　(末)城中百姓傳說,李闖王兵敗走到我們這地方來了。若果是他,都要迎接他做皇帝哩。
　　(淨)果然有這說麼?咱實對你說了罷,我就是闖王,昨日因與清兵交戰失利,故單騎到這裏,我的大兵隨後就到。看你父子倒也能幹,若能糾集村中百姓歸順了我,我就封你二人為將軍。重起大兵,共圖大事,日後同享富貴。
　　(末、付叩介)不知大王駕臨,有失迎接。
　　(淨)起來。
　　(末向付介)可教本村人都來參見大王。
　　(付應下)
　　(淨解劍與末介)我這寶劍價值萬金,今付與你,
　　【前腔】干將利刃氣沖霄,黃金萬兩,相逢付與結殷勤。憑歃血,共扶輪,指揮號令軍威震,指揮號令軍威震。
　　(末謝介)
　　(付同雜扮農夫、漁、樵,各持鐵鋤、提繩索上,衆拜介)大王!

大王!

（各諢介）

（近前介）大王身上穿的什麼東西？我們從不曾看見。

（各搶盔甲鞭介）

（淨怒介）這是什麼意思？休得無禮！

（眾縛淨罵介）你這流賊，我們百姓被你荼毒，受害也够了。今日幸你自來送死，正好千刀萬剮，以洩天下之憤。

（淨）我並不是闖王，你們休得錯認了。

（眾、末）我們又不識字，如今把他推到義學裏，教先生問明他的口供真實，然後解進城，到撫院衙門請賞。

（眾）說得是。

（前拉後推介）

（扣門介）

（內小童念書介）

（生扮村師上）

【前腔】冬烘學問，教村童終年苦辛，儒冠遯跡傲朝紳。甚人叩門？（開見驚介）眾鄰右，扣衡門，何人面縛身軀笨，何人面縛身軀笨？你們綁來的是什麼人？

（眾）我們拿得李闖王在此，請先生審問他。

（生）不信有這等事，快取我的儒巾藍衫，待我坐在書案，好審問他。咄，闖賊，吾聞諸夫子曰：賊仁者謂之賊，賊義者謂之殘，殘賊之人，正是汝輩。且《中庸》又云：誠者自成也，言自成本是無奈，你而道自道也，言終於為盜由你自盜也。今日既被拿獲，可速寫供狀，以便申報官府。

（眾推淨跪）

（淨不伏介）咱也是一朝皇帝，你們如此無狀。

（生）且綁在柱子上，大家痛打一頓，替皇帝報仇。

（生持戒方打介）你逼死皇帝，天下文武官員沒有一個不想復仇的，今日被我一個鄉里先生打你，替朝廷出氣，也算亘古以來罕有之事矣。

【紅衲襖】打你個莽賊頭荼毒我四海民，打你個狠豺狼生逼煞蒼悟聖，打你個逞槍刀害守臣，打你個用嚴刑心酷忍，打你個敗殘兵更想何處遁，打你的皮開肉綻還氣糾糾也。打你呵，還待碓搗你屍骸抽掉了你的筋。

（衆棍棒亂打介）

【前腔】打你個混世蟲犯上民，打你個假慈悲真毒狠，打你個背天條枉費了心，打你個殺平人送盡了忠良命，打得我手麻背痛恨氣難消也。（一人舉鋤築介）倒不如一謎鋼鋤送斷了你的根。

（打死介）

（衆）完了、完了，正打得有趣，被你一下打死，怎麼好？

（末）也罷，也罷，若將活的去，恐途中有人搶劫。你們如今可將他擡到溪邊細細屠割了，到城報官去。

（衆擡下）

（末）有榜文在此，先生看看。

（生接念介）大清順治元年四月，山西巡撫邊為擒拿逆賊事，照得李自成已經敗逃，所過府州縣地方，有能獲者賞銀三千兩，容留者三族同坐，為此出示曉諭，須至告示者。

（末）原來如此，我們大家領賞去。

（衆分屍介）這是他的頭。

（生）此乃右傳之首章也。

（衆）這是他的手。

（生）這是左右手。

（衆）這是他的肚腹。

（生）這叫做盎於背，施於四體。

（衆）可惜這個頭打破了。

（生）殺人以梃與刃，有以異乎？

（衆）先生拿了這頭去罷。

（生）吾不忍見其觳觫。

（衆）先生拿了這卵去罷。

（生）豈可以二卵棄干城之將？

（衆）這真是精扯淡了。

（衆笑介）我們快去請功去，不可遲了。

【清江引】笑前朝多少才和俊，不見個抒忠藎。區區村野民，倒泄了朝廷憤。奉勸那讀書人，要帶烏紗休出磣。（下）

第四十二齣　復　官

（老旦、正旦上）

【剔銀燈】昨宵見燈花交映，（四小軍引生上）叨沐君恩，榮歸鄉井，會高堂萬分歡慶。

（見母介）母親請上，待孩兒拜見。

（老）我兒如何得此顯職？

（生）孩兒蒙大清聖主俯念忠良，就命孩兒為山西巡撫，孩兒同母親星夜上任去也。

（老）如此說，大家拜謝天地。

【排歌】十載暌違，心勞意勞，思量輾轉魂消。殘生虎口幸潛逃，今日裏得會高堂淚暗拋。（合）今生會，喜氣邀，死中得活泰重交；天心眷，帝德高，重瞻化日沐恩高。（下）

第四十三齣　錄　忠

（外扮關帝、雜周倉、關平隨上）

【點絳唇】浩氣英風，神姿威猛紅雲擁。縹緲天宮，首押仙班重。上徹重霄下九垓，威靈何處不安排？三分舊事消沉沒，又見滄桑幾度來。某乃關聖帝君是也。自膺符籙，證位天庭，統攝百神，照臨萬國，頃值下界明祚將移，真人應運，故爾降生惡煞斬伐驅除。目今紫薇大帝神返星垣，所有忠臣義士、捐軀殉國者，俱各攀躋上升，記功授職，為此特將諸臣名姓載入朝元寶錄，付與曹官按籍施行。天曹過來，可將寶錄展開者。

（末扮天曹應念介）取義成仁，雖臣子之常分；彰善癉惡，乃天道之無私。咨爾等,或宣力疆場,或竭忠廊廟,遇王家之多難,誓死忘身;值大廈之將傾,矢心報國。精誠可貫金石,忠義允格神明,宜授仙官,永登上界,諸天聖衆,咸使聞知。(雜扮忠魂上謝介)您諸臣呵,

【油葫蘆】亮節孤忠臣職重,把丹心爲世用,又誰知陽九數終窮。秦關星殞三軍痛,晉陽水浸孤城湧,周萇弘碧血藏,段司農牙笏捧,歎虞淵斜日難追控,直落得垂青史、美名同。

(衆下)
(老王承恩、貼費官人上介)
(外)曹官,可將此二人添入朝元寶錄者。

【天下樂】恁一個簪筆趨承禁苑中,離也麽宮,死相從,捧烏號痛哭鼎湖龍;恁一個弱身軀粉黛容,刺強梁何太勇,是不曾見他女裙釵忠節聳。

(二旦謝下)
(外)宣錄已畢。曹官,可將妖孽李自成等賊寇帶來行罰者。
(衆扮賊,刑具上)
(外)我把你這一班強賊呵,

【鵲踏枝】你則待逞奇凶、肆兵鋒、直弄得四海洶洶、地陷天崩。又誰知皇天不佑,還依舊惡極凶終。曹官,將孽賊帶去,發在無間地獄,永受刑苦。

(曹官應,驅賊下)
(外)發放已畢,吾當率領諸神前往北直,迎護眞主去也。(行介)

【煞尾】雲車行,風馬動,看一派靈旗接擁。萬里青霄飛玉鞚,蓬萊水淺何時御天風,長嘯白雲中,無非是助興朝開國顯神功。(下)

第四十四齣　昇　　天

(雜扮仙官五人上)
【粉孩兒】忙忙的棄人間身事了,算忠貞慷慨、古來同調,只餘

碧血恨難消。某等不幸，遭遇國家大變，聖上且忘身殉國，某等亦授命成仁。今日恭聞主上法駕上賓，復復星位，某等合當迎謁扈從者，望靈旗咫尺雲霄，盼廣颺雲水君臣，還依舊瞻仰天表。

（又扮五人上）

【福馬郎】絕脛納肝何計好，補袞慚無策，平白地薄海興妖。列位請了。來此想都是迎候帝王的麼？又誰知陷魏闕強寇兵戈擾，做不得屈膝偷生貌，因此上捐軀悄。（下）

（雜扮儀從引帝上）

【紅芍藥】十七載旰食焦勞，誰承望灰滅煙消，眼見得銅仙鉛淚早，錦江山無端輕掉。何曾縱欲漫遊遨，煞強如青衣貽笑，把英風浩氣淩霄，三百年宗社還耀。吾乃紫微星君，降生為大明崇禎皇帝，今日國運已終，神歸霄漢。侍從們，與我起駕行者。

（眾仙官上）臣等恭迎聖駕，願皇上聖壽無疆。（合）

【會河陽】月地雲階，鸞旗羽旄，王良大馴趁鞭梢。試看幾點齊州，絳煙已消。興亡事夢初覺，恨的是故國銅駝香，喜的是熒惑檿槍掃。

【縷縷金】從來沒萬年朝，古今一瞬未堅牢，便是唐虞聖也浮雲難保。君臣們青史把名標，千秋後憑弔，千秋後憑弔。

（帝）今日法駕上昇，眾卿亦送歸星位，就此起駕前行者。

（眾應介）

【紅繡鞋】鳴鸞佩玉官僚、官僚，鈞天雅奏簫韶、簫韶。騎箕尾，值斗杓，蒼龍舞，赤鳳翺，三台玉燭願長調，三台玉燭願長調。

【尾聲】星冠霞帔卿雲繞，丈五通明玉殿高，願大清朝鞏固皇圖，萬萬年常泰保。（下）

黨 人 碑

（傳奇）

清·邱 園

【作者簡介】邱園(1617—?)，字嶼雪，江蘇常熟人。明亡後，隱居塢邱山，又號塢邱山人。平生放蕩不羈，縱情詩酒，又善畫澄墨山水，雪景尤佳。與尤侗、吳偉業友善。吳偉業對邱園極為贊賞，曾為其劇作作跋云："爰有邱生，閱之累息。問弱弟之奔喪，傷心唳雁；弔孤臣而流涕，染血啼鵑。"尤侗在《邱嶼雪像贊》中說："君善顧曲，梨園樂府，吾和而歌，紅牙畫鼓。"讚美他的才情。邱園一生著有傳奇九種，今存《黨人碑》、《幻緣箱》、《百福帶》三種，《虎囊彈》全劇已佚，在《忠義璇圖》里尚存有六個單齣，其中《山門》一齣仍經常出現在今日之舞臺上。《新傳奇品》評讚他的作品風格"如薄后廟，綺麗滿身"。另與朱素臣等人合作《四大慶》傳奇，今存。

【劇情概要】《黨人碑》搬演的是宋徽宗時劉逵反對建立黨人碑的事。邱園取材於宋代，實為針對明末現實，以此劇曲折地反映明末黨爭。明代末年，魏忠賢的黨羽造《同志錄》、《東林點將錄》，又請立東林黨碑，欲將東林黨一網打盡。南明弘光朝時，馬士英、阮大鋮造《蝗蝻錄》，也想把復社文士掃滅無遺。劇寫東陽書生謝廷玉落第後，至凌煙閣痛詆閻王不公。恰遇江都俠客傳人龍，二人情投意合，結為兄弟。卜者劉打笤預測廷玉目下不但與功名無緣，還有意外之禍。時蔡京深恨司馬光等，將司馬光等人名字刻成黨人碑，立於端禮門前。戶部侍郎劉逵為此彈劾蔡京。詔逮劉逵及家屬。劉逵女麗娟為謝廷玉未婚妻，逃至京郊五柳村，為劉打笤妻及女琴兒收留。一日，廷玉酒醉經過端禮門，怒砸黨人碑，被逮至樞密大使童貫府，問成重罪，後由傅人龍救出。內官段笏感劉逵之忠，向太后面奏劉逵之冤，使劉逵在斬首之前得以緩刑。徽宗心疑黨人碑事，令蔡京與己微服私訪，見四秀才在斷碑下共罵蔡京，却盛讚碑上之人司馬光、蘇軾、文彥博、程頤等。徽宗恍然大悟，貶謫蔡京，起復劉逵職，加兵部侍郎，令其領兵征討田虎。時劉打笤為田虎軍師，出計敗劉逵。後劉打笤歸降劉逵，謝廷玉亦在此處，共助劉逵，擊殺田虎。

【版本流傳】《黨人碑》現在已經沒有完整的本子，收進《古本戲曲叢刊三集》的本子是以北京圖書館所藏舊鈔本影印的，上卷缺目次、齣名和第一、二齣,下卷缺第二十九、三十齣。清康熙年間呂士雄等編《新編南詞定律》收有《黨人碑》佚曲一支:"【金井水紅花】煙帶垂楊綠,霞烘豔杏紅。回首帝城東,五雲籠,依稀雙鳳。最是瑤仙隱隱,疑在畫圖中,好教我思無窮也羅!誰不望立勳建業,位極三公,紆紫拖朱,盡作皇家梁棟?笑我客懷無賴,憂心似沖;客懷良苦,我難適從。但願得功名,唾手打破酸韲甕。"這是第二齣謝廷玉進京考試后抒懷所唱,結合第四齣他對神像悲訴落第和毆責劉打笞算卦不準的關目,可以推測到第二齣的基本內容。據《曲海總目提要》的介紹,末後劉逵、劉打笞兩家的女兒都同謝廷玉成了親。今日易見的是中華書局1988年出版的由張樹英点校的《明清传奇选刊》本。

【演出情況】該劇問世後,即被搬演。陳維崧《湖海樓詞集》卷十七《沁園春》詞所寫的就是觀賞是劇的感受。戲曲選本《綴白裘》選錄了該劇的《打碑》、《酒樓》、《計賺》、《閉城》、《殺廟》、《賺師》、《拜師》等齣,《六也曲譜》則選錄了《打碑》、《酒樓》、《請師》、《拜師》等齣。清末,汪笑儂據此改編為同名京劇。劇情略云:宋徽宗時,蔡京專權,立黨人碑,誣陷司馬光、蘇軾等為奸黨。書生謝瓊仙酒醉路過,見後大為不平,將碑打碎。蔡京聞訊,大發雷霆,下令將謝逮捕。謝瓊仙的朋友傅人龍得到消息,扮作軍官,將差官誘至勾欄院行樂,用酒將其灌醉,取令箭救謝逃出京城。1901年,京劇《黨人碑》首演於上海天仙茶園。汪笑儂扮演謝瓊仙,演至酒醉碎碑時,慷慨激昂,痛斥當朝暴政,觀眾反應強烈,汪笑儂因此而名聲大噪。後常演是劇。1911年9月25日的《申報》評論說:"當此天荊地棘、鉗制清議之時,獨能借往事以刺當世,演悲劇以泄公憤,道人之所不能道,優孟直勝於衣冠也。"

(崔　寧)

（第一、二齣缺）

第三齣 □　□

【引】（旦上）曉寒不覺臨粧久，看日影又將晴晝。竹風輕動庭除冷，珠簾日上玲瓏影。花帶粉脂香，柳拖金線黃。迷離山遠。奴家劉氏，小字麗娟。父親劉白門，官拜戶部尚書之職。因萱親早逝，隨任京中。年方及笄，自幼許配東陽謝氏。這也不在話下。只是我爹爹立身正直，與當今蔡京、童貫等不和，奴家幾番苦諫，爹爹生成剛介性子，全不以禍福介意。今早入朝去了，不知為何此時不見回來，好生放心不下。正是：愁多消翠黛，歡少懶拈針。

（淨扮乳母持帖上）珍重鸞箋帖，為開孔雀屏。小姐為何獨坐在此？

（旦）我在這裡候老爺回朝。乳母，你手裡拿什麼東西？

（淨）這是老爺今早發下書帖，道東陽謝相公必在此會試，要差劉興到各寓所訪問他，為何不見他來？老爺只為入朝要緊，吩咐老婢叫小姐打發劉興速去。

（旦）既是老爺吩咐，你將此書喚到劉興前去便了。

（淨）曉得。劉興那裡？

（丑上）出門稱大叔，在宅喚劉興。阿娘有何吩咐？

（淨）老爺有書在此，叫你到各寓所去尋取東陽謝相公，老爺立等回話。

（丑）哪個什麼謝相公？

（淨）你倒忘了嚜？

（丑）各着裏哉，阿是小姐個對頭？

（淨）多說。快些去！

（丑）持將尺素臨魚束，去見東床坦腹人。（下）

（淨）小姐，劉興去了。

（旦）乳母，天色將晚，為何老爺還未出朝，不知是何緣故？

（淨）想有什麼朝事，故此羈留，小姐不須憂慮。（內喝道介）呀，小姐，老爺回來了。請小姐回繡閣中去罷。

（旦）乳母，快些點茶伺候。（同下）

【山花子】（三男、二旦小軍，外上）籲昏莫展回天手，忠言逆耳難投。恨奸雄毒如虎彪，壞網常疚如仇。黨人碑賢良罄收，冠裳盡列名教休，空招千載百世羞。誰向汪瀾，砥柱中流？下官，戶部侍郎劉逵是也。叵耐蔡京這奸賊，逢迎獻媚，蠱惑君心，花石綱已肇禍於前，應奉局隨招害於後，眼見烽煙四起，國事日非。今有託紹述之說，鉗制聖上，將司馬光、蘇軾、程頤、文彥博等一班正人君子，共一百二十人，盡將指為奸黨，要擬作黨人碑，立於端禮門內。如此是非顛倒，忠佞不分，成何國體？成何世界？好笑那滿朝臣子，一個個隱惡不言。我劉逵既列朝班，豈能默默？我拼將此身，與一百二十人洗滌沉冤，未為不可。不免就此抄下揭帖，遍傳六部九卿，明日會齊朝堂，連名具疏，痛劾奸雄，且看聖意便了。中軍官，

（副）有。

（外）看令箭伺候。

（副）曉得。

【太和佛】（外）具揭卑官劉逵剖，持遍叩。為蔡京岡上欺君久，回奸謀，元符一併同元祐，正人羅作黨人收，可見嫉能蠹國都紕繆。望取連章劾奏，除奸醜，國脈重培世同仇。中軍過來，

（副）有。

（外）可將我揭帖，送到吏、兵二部，傳送各科道衙門。

（副）曉得。

【舞霓裳】（外）要星火奔馳似持節，把鞭抽。檄書飛遍急回頭，莫羈留。如違限刻吾當究，務留心休得話兜兜。（副）領鈞旨。（下）（外）再着一名中軍官過來。（小生）有。（外）你再將這揭帖呈送京堂十三都御史，各衙傳遞必須周，休得要忘前失後。若遲謬，定以軍法不宥。

（小生）領鈞旨。（下）

（外）吩咐掩門。

（衆下）

（旦上）忽聽已休衙，忙慘金蓮步。爹爹萬福。

（外）我兒少禮。咳！怎麼處？

（旦）退衙休問榮枯事，觀見容顏便得知。爹爹今日回朝，有何事這等悶悶不樂？可說與孩兒知道。

（外）我有國家大事在身，非汝女子可以分得憂，替得力。你問他怎麼？

（旦）呀，爹爹，總有國家大事在心，當此權奸用事之日，豈容你得展襟懷？依孩兒愚見，爹爹還恬退為上。

（外）我的兒，我為父的正為權奸當道，必欲掃清朝宇，纔為快心。隱忍退避，豈臣子之所為？切勿再提起解紐二字。

（旦）阿呀，爹爹阿！

【榴花泣】蕭條白髮宦舍冷於秋，本來水火豈相投？爹爹，你要去奸除邪，豈非美事？只怕勢成投鼠定招尤，枉自忠肝赤膽，空付與東流。（外）兒嘎，你說哪裏話來？我做爹爹的呵，剛腸怎柔，這堅貞性秉難移舊。（旦）滿朝中狐鼠為羣，怎容那孤鴻鳳友？

（外）我的兒，你還不知道，當今聖上呵，

【漁家燈】全不想社稷金甌，信奸邪不辨薰蕕。（旦）爹爹，朝廷目下又做出何等事來？（外）不要說起。聖上聽信蔡京之言，反將司馬光、文彥博、蘇軾、程頤、呂公著等一班正人君子，共一百二十人，悉皆指為奸黨，要撰作黨人碑。我怎忍見千載貽譏，何斬着九重親叩？我方纔寫下揭帖，遍送大小各衙門，要與他樹仇，共瀆向天顏奏。（旦）爹爹，倘然聖怒，如何是好？（外）拼將我分自囊首。（旦）爹爹難道不以後事為念麼？（外）非愁，身殁葬丘，還只慮皇綱解紐。

【前腔】（旦）須及早卸却文繡，滄海上放鶴萌鷗，荒蕪徑松菊猶存，樂琴書自足消憂。（丑上）遍求覓不見文魔秀，呀，因甚的相對啾啾？劉興叩頭。（外）早上差你尋覓謝相公，可曾見麼？（丑）小人訪問謝相公寓所，書已投下了，只是不曾面會。（外）他往那裏去了？（丑）那店主人説，清晝，向山前水後，尋覓遍相逢偶。

（外）既如此，明日再去相請便了。

（丑）曉得。（下）

（外）我兒，你自幼母親早逝，將你許配謝生，所以今日要尋取他回來，完你二人姻事。今日又不遇他，他明日來，亦未可知。

【尾】我來朝封奏金階叩。（旦）早向青門做故侯。（外）報國孤忠志未酬。

（外）面折奸雄意自堅，（旦）休思埋骨在林泉。
（合）分明指與平川路，　莫把忠言當惡言。

第四齣　□　□

【引】（小生）青虹射斗光芒映，歎年來匣蓋塵增。走馬邯鄲學少年，千金覓劍出平延。相逢同調古來少，管鮑交情豈易言。自家姓傅，名桂枝，別號人龍，江都人也。千年浪跡，半世浮萍，向羨季劍之為人，常笑荊豫之亡命。為狂為俠，每多路見不平；學劍學書，耻就腐儒章句。只為厭薄時趨，懶隨俗尚，又已遊蕩長安，要尋個有義氣的漢子，與他契結同胞，生死相許。咳！怎奈世態澆漓，閱歷多人，再沒有一個同志的相遇，空負了一片熱腸。使我肝膽難陳，奇懷莫售。聞得外邊放榜，寓中不耐閒坐，不免出去散步一回，多少是好。

【普天樂】笑功名空奔競，爭魁首思僥倖，洛陽道如錦花明，怕不遇老盡啼鶯。迤邐行來，你看一座好大寺，"敕建凌煙禪寺"。街上人雜，不免到寺中消遣則個。看荒院鎖窗臺靜，我只得步入丹墀將衣冠整，向如來瞻禮恭敬。我且到那壁廂走走。只見那香消獸鼎，法堂前一憑風弄雲影。（下）

【雁過聲】（生）你看懵騰問之未醒，奚落得文章俊英。我謝瓊仙銳志文場，只道今科必定有望，豈料時乖運蹇，又落孫山之後。不信我謝瓊仙這般蹭蹬，難道窮愁骨相生來定？捱黄齏，伴青燈，賺殺人埋頭十載無成。昨日蒙岳父修書相候，只指望今日黄榜標名，方好前去拜見。如今做了下第蘇秦，怎好見江東父老？功名成畫餅，今日個不稂不莠有誰相敬？好教俺悶懷兒空自耿。行步之間，這裡有所大寺，"敕建凌煙禪寺"，且進去消遣一回，再作道理。且看殿上是什麼佛？呀，原來是幽冥教主，好個潔淨的所在。那廊下是什麼佛像？嚇，原來是十殿慈王地獄變相，倒也來得好。我謝瓊仙正有些不平之氣，還有一件不平的心事，今日就問你一個明白。閻羅天子，閻羅天子，今日若就我一人身上起見，這便是我的私了。即如盜跖壽而顏淵夭，石崇富而范丹窮，伯道無兒，屈原被放，此乃千古疑案，這也不必提。但問你，如今世上多少癡聾瘖啞，受享錦片田園，伶俐聰明，到底立錐無地。你既是一個鐵面閻羅，怎麼這等沒分曉？

【傾杯序】直恁無情，用賞罰判生死，予奪操魁柄。你既付我一個人身，就該把福祿簿上填寫停當了纔是。到今日呵，枉却我八斗才華，滿腹珠璣，氣吐虹霓，名魁羣英。（小生聽）（生白）既若不與我功名富貴，寧可目不識丁，或山而樵，或水而漁，也作完我一身之了，又要讀這幾本破書何用？博得我天涯浪跡，鍛羽垂首，怨天由命。算將來天堂地獄兩何憑？且住。你看香櫃上有筆硯在此，不免題詩一首，以洩胸中憤怒。（寫介）虛度韶華二十年，空勞搔首問青天。今朝始信黃金榜，總有文章不值錢。東陽謝廷玉題。

（小生上）妙！好奇才也。

（生見介）請。老兄何來？

（小生）小弟在此多時了，見兄訴苦冥王，大吐不平之氣，深為快心。不揣唐突，請教貴表？

（生）賤字瓊仙。老兄高姓大名，仙鄉何處？

（小生）在下姓傅，名桂枝，別號人龍，江都人也。

（生）久仰，失敬了！

（小生）豈敢。我見兄青年妙質，迥出尋常。今日如此牢騷，莫非功名有屈了麼？

（生）正是。小弟實因不第，在此神前瀆告，聊以解嘲，不期幸會。

（小生）老兄有此高才絕學，決非久於人下。三生有幸，得遂識荊。意欲同結金蘭，未識吾兄肯下交否？
（生）小弟一介寒儒，風塵困頓，但恐不堪與高賢達士并轡齊驅耳。
（小生）説那裡話來。既蒙不棄，就此殿前一拜何如？
（生）正合鄙意。
（小生）請問貴庚多少？
（生）賤齒二十歲了。
（小生）如此説，小弟叨長了。
（生）既如此，哥哥請上，小弟有一拜。

【玉芙蓉】神前共訂盟，伏望為盟證。鑒微忱生死，誓同刎頸。乘車戴笠長倚並，急難榮枯總共行。（丑接唱上）劉鐵嘴馬前筍靈，一任你嘴皮兒嚼破，從沒有人聽。走了半日，好是見鬼，今日生意又是不濟的了。且到寺裏去坐介，倘有燒香的來問筊，也不可知。等我立好了招牌。（介）
（生見丑介）這是那劉鐵嘴，待我來打這狗才！（打介）
（丑）阿呀！什麼人？好打，好打！這個利市就發得好！
（生）你這油花，慣在街坊上騙人，耽誤了多少人的大事。什麼鐵嘴，倒是一張臭嘴。
（丑）你可是那什麼謝相公麼？
（生）我正是謝相公。
（丑）反哉，反哉！你前日跌了筊卦，錢也沒有，白白的奉承了你半日，今日到謝我一頓拳頭，好個恩將仇報個哉，我這條性命就結識了你罷！（撞介）
（小生）住了！不要動手。賢弟，是為什麼而起？
（生）前日與他問了一筊，他自稱鐵嘴，無有不驗，許我功名有分，必占高魁。今日却多不應，為此打豎的大言牌。
（丑）住了。你掉了你娘的精魂了！
（小生）你怎麼斷的呢？
（丑）相公，待我告訴與你。他前日問筊，我説問什麼事，他説求取功名,拿了這兩片筶片,對他下一丢,勿道竟是白狗爻動。

（小生）是白虎爻動？

（丑）正是白虎爻動。我吃個惹了狗氣了。

（小生）且耐煩些。

（丑）多謝相公耐狗氣。我說是只怕功名今科有些不濟事。（對生）我可是這樣對你說的？你就使起性來,口裡只管"狗才,狗骨頭！哎！我謝相公十分飽學,為何不中"。那個試官竟像是我做的。相公,你道好笑不好笑？這樣的,我劉先生眼睛裏不知見了多多少少,從勿曾看見你這樣的人。

（生）走來。你的繳卦許我功名有分。

（丑）走過來,我怎麼許你的？

（生）你說什麼"叔寶相逢尉遲,凌煙壁上題詩,此去佳音有望,必定高攀桂枝"。是獨占鰲頭的意思了。

（小生）這便是先生胡亂騙人了。

（丑）又撞你這樣一位相公。這個筶訣又不是我自己做出來騙他的,又不曾拿他的銅錢銀子。

（小生）也不該亂斷。

（丑）若論起筶訣來,還說得不着,你自己詳差了。且住,我還有一句話要得罪你相公,再氣你一氣。這兩句筶訣也詳不出來,怎麼還要思量中進士,到答別人乾喉急。

（二生）依你便怎麼樣解？

（丑）我說"叔寶相逢尉遲",叔寶答子尉遲,可是不對的？遇着了就要相殺,這個可是不順溜的？

（小生）你且說第二句,可有些好意否？

（丑）你道第二句"凌煙壁上題詩",有着好意麼？

（二生）便是。

（丑）正是。在這裡我道你不中,要做個呂蒙正的身段,畢竟要伴在那裏題詩寫恨。

（小生驚介）呀,賢弟,如此說來,先生斷的不差。方纔是賢弟題詩在壁上,況且這裏是有名的凌煙寺,先生能知未來之事了。

（丑）可是不差的麼？

（二生）果然不差。

（生）先生，是我得罪了。只是後兩句實是月殿相逢之兆。

（丑）如何？可是我原許你有相逢的？且住，傍好了罷。

（二生）請教完子。

（丑）便罷，待我説完。要打，我還在這裏。

（二生）請道。

（丑）只是目下要遇個奇人，或是貴人，衙中相攀，或者是在桂花樹下相攀。為此説佳音有望，必定高攀桂枝，怎麼説就纏了中進士去？

（小生驚介）賢弟，如此説起來，這先生果然是個鐵嘴。愚兄賤字是桂枝，與賢弟在此相攀，可不是全應了？

（生）是，果然不差。先生，有罪了。果然是個神仙，幸恕粗魯。

（丑）這便是了。這兩個請喏，就扯直了那頓打罷。

（小生）先生，待學生請罪，還要求教。賢弟過來，

（生）怎麼説？

（小生）我和你結為弟兄，不知此去行藏若何。既有當世鬼谷在此，和你再問一筶，看我二人休咎如何。

（生）小弟亦有此意。

（二生）先生，今日再煩問一筶。

（丑）阿呀，我的姥爺，我是再打不起的了！

（小生）學生自當重謝。

（丑）謝不敢指望，少吃兩個嘴巴就够了。

（小生）請擲卦。

（丑）馬前問神明，閻王卦有靈，五關斬七將，

（小生）先生差了，五關六將。

（丑）如今答我，我又該死了，連我不是七個？

（小生）休得取笑。

（丑）千里顯威名。這位相公尊姓？

（小生）姓傅。

（丑）傅相公，那位謝相公，才學真正長槍手。

（小生）何以見得？

（丑）沙家打就要起。

（小生）不必提起了。

（丑）今又傅、謝二君子，對神前問卦，吉則斷其上上，凶則斷其下下。（跌箚介）那裏用的？

（小生）看我二人的行藏若何？

（丑）此卦是朱雀開口之象，"朱雀若開口，醉裏膽如斗。禍向石邊生，雁行還聚首"。

（二生）何以解詳？

（丑）若要解詳，又要"哎！哟！嘎哒！狗骨頭"哉。

（小生）說那裏話？

（丑）相公嚇，

【小桃紅】這兩句你自省，久已後終須應。雁行聚首天機定，尊前有酒休酩酊。登山過嶺須牢撐，不提防免不得遇石跌生。

（小生）承教了。卦銀三錢，請收了。

（丑）這是連打錢都在裏頭了。罷，罷！若是一卦三錢，就打到年三十夜如何？

（二生）休得取笑。

（丑）若要卦錢肥，全靠打了出。（下）

（小生）天色已晚，且到愚兄寓所去飲一壺，大家把箚訣詳解詳解。

【尾】聽嚶嚶好鳥聲相應，似向我殷勤稱慶，早不覺落日亂雲迷斷嶺。（同下）

第五齣 □　□

【引】（末扮太監，老、小旦扮小太監隨上）玉露樹搖笞篦，和風庭接龍夔。銀燭朝天紫陌長，朦朧樹色隱昭陽。君王昨夜遊明月，側道爭焚栢葉香。咱家司禮監掌筆內官段笏是也。玉陛承恩，金階得寵。口含鷄舌，長將玉旨傳宣；身近龍顏，時把綸音捧讀。叨沐聖恩，欽賜蟒玉。趨承內外，雖無調羹補袞之手；執掌文書，頗有轉日回天之力。爭耐聖上近來信任蔡京用事，滿朝議論生風，國祚頓非，民事日改。兩日議立黨人碑，實出蔡京鉗制聖上，違阻忠臣言路。聖聰蒙蔽，上天連解簪纓，仕路盡成荊棘，如何是好？今日聖上又召蔡京進宮遊御苑，賞玩紅梨，竟不視朝。又恐百官進諫，因此着咱家在端香殿收取各官奏章，封貯御案，待龍席已終，然後進呈。正是：晝漏稀聞高閣信，天顏有喜近臣知。孩子們過來。

（衆）有。

（末）你們都到午門外去，說皇爺與蔡太師賞玩紅梨，不坐朝堂，令段太府收取各官奏議。凡有大小官員本章，一應傳進，不必在午門伺候了。

（衆）曉得。

（末）且住。我昨日聞得戶部侍郎劉逵傳揭帖到六部九卿衙門，今日連章劾論黨人碑一事。我想此疏一上，聖上必發到樞密院，童貫頒行立石，況又蔡京主謀，臣下誰敢再奏？那劉逵空費一番赤心也。且看百官進議若何。

【滴溜子】（老持貼本上）封書上，封書上，未卜怒喜。午門外，午門外，官僚躋躋。啟上公公，這是六部衙門官連名具帖，共四十二疏。（末看）收了。（淨持本上）諫言安邦深計，朝臣念各同，攀盈切己，又恐畫虎難成，剔起是非。啟公公，各科道衙門官連名揭帖，共三十四疏。（末看介）

【前腔】（貼持本上）連名揚，連名揚，傳上御知。為奸雄，為奸雄，黨人碑記。啟上公公，這是六部衙門官員連名具揭，共二十四疏。（末接介）（副持本上）為君中流砥柱，史魚諫不違，簪纓可棄，只恐船到江心補漏遲。啟上公公，這是京堂都御史衙門官連名具揭，共一十九疏。

（末看驚介）呀，你看百官今日奏疏，俱劾蔡京專權，妄立黨人碑，蠱惑聖上。科部共一百五十餘揭，戶部侍郎劉逵為首。若然如此，昨日傳揭之事有之的了。怎生是好？（思介）嗄，有了。孩子們過來。

（衆）有。

（末）你們打聽皇爺賞玩已畢，快來報與我知道。（衆下）且住。我想蔡京正在炫赫之際，那劉逵乃一注之水，焉滅得巨薪之火？此揭一進，劉逵必竟抄没無疑。可惜朝堂之上，從此再無人敢言矣，豈不可歎？嗄，也罷！趁此皇爺在御苑賞玩，回鸞尚早，咱不免偷出午門，報與劉侍郎知道。莫若趁咱今日接本，不將這揭帖傳進内去，免了他一家災禍，可不是好？有理，不若就此出朝便了。

【前腔】侍郎的，侍郎的，好不度己。君王的，君王的，定言謗毁。此番必遭意，彈冠雖美言，也須要投鼠忌器。若待失火崑崗，玉石盡煨。來此已是他衙門了。有人麽？

（生長班上）門稀車馬跡，誰來栢水臺？

（末）快些通報，說段公要見。

（生）嗄。少待。

（擊雲板介）老爺有請。

【引】（外上）大帶書垂，密信不忘居位。

（生）禀老爺，段公公到門了。

（外）有請。

（生）公公有請。

（外接介）呀，老欽差，有失迎迓了！

（末）呀，劉先生，你做得好險事也。

（外）有何事情？坐了講。

（末）昨日科部傳揭，今日連名奏疏，這是誰主其事的？

（外）這是下官除殘去暴，以正國脈是非，相約相志，以盡臣節。老欽差何得驚罹如此？

（末）老先生，大抵人臣要樹節言奇行，也要察言觀色。目今權臣諸判，内入君心，外張牙爪，縱趙宣復起，不能救垂敝之晉。何況黨人碑一事，聖上已發出樞密院，童貫立石頒行。任你嘔肺腑，諒没有回天之日了。今早聖上與蔡京遊覽御苑紅梨，着咱家收納百官本章。適纔接得一百五十餘揭，為辯黨人碑一事，内係老先生為首。我想此揭若進,老先生定有夷族之禍。莫若趁咱今日接奏,按住了這些本章,免得攀藤附葛,遺禍傍枝。老先生你從此以後,把忠性兒放下些罷。

(外)老欽差,你好差矣。我劉逵呵,

【粉孩兒】一身的磔雲陽心不悔,(末)就是妄立碑,也無害於國家根本。(外)正賢愚國體,自安綱紀。(末)只是老先生尋差了對頭了。(外)那烘烘烈焰何懼伊,少不得日挽天移。(末)如今聖心迷惑,焉能準信?(外)再休提君志潛埋,衣冠士須進臣禮。

(末)阿呀,老先生嗄,

【紅芍藥】你心執矣嶽漬難移,過來,老先生,你既要尋這險路,也須安兒女棲遲。(外)我一身既以許國,那裏還顧得兒女之事麼?(末)呀,老先生,不是這樣講,就是死也要一個安逸。我聞得你有一位令愛,尚未出嫁,如今同死,甚是無益。何不使他先逃出去了,少間自咱家進此連名揭帖,少不得身家盡隨緊,怎忍見玉容同對?(外)這個,下官一定領教。(末)老先生,事不宜遲。咱家進官去了,只是與老先生相識半世,只恐今日一別,永無相見之日了。請上,受咱一拜,以作長別。(拜介)芝蘭谷隕難再馣,果然是割袍成義。阿呀,老先生嗄,頓然是當世微箕。(外)承老欽差垂念,太譽過了。(末)想音容只在雲外天際。

(末)請了。(下)

(外)我兒那裏?

【耍孩兒】(旦上)滿袖墨痕把花箋綴,強學鸞詩句,喚一聲散解閒題。爹爹,方纔段公到此,有何事故?(外)昨日相約科部連章劾奏奸黨,今日進得一百五十餘揭,是段內相接住,特來報與我知道。是我為首,若進此揭,必有籍沒之禍,故爾先來作別,然後抱本進去。(旦)阿呀,爹爹嗄,孩兒幾番勸解,只是不聽,今日果然做出事來,交孩兒置身何地?教奴,孤怯怯風逐如狂絮,影悠悠水上如萍荇,喉哽咽思欲碎。

(外)我的兒嗄,

【會河陽】我只為賢良却是非,做爹爹的若不救正黨人碑一番,後世人呵,道衣冠沐獸盡胡羝。(旦)爹爹嗄,你從上揭帖,也只該次尾附末,何必為首領衆,有犯天顏?(外)那駕班誰肯深易,剎削虎雞肉?因此上懸纓避。(旦)爹爹嗄,倘有不測,教孩兒依靠何人?(外)我的兒,我若倘有不測,你、你無生路了。為此方纔叚內相來,教我將你安置,然後可赴法曹。做爹爹的思想起來,果然與你同死無益,況且你又屬謝氏之人,終身有託。只是禍在燃眉,難以完聚。莫若就此遠逃,以避典刑。或者老天憐念,日後你夫妻二人尚有相會之日,亦未可知。你暫遲遲却了胭脂膩,暫除却了釵鈿珮。乳母那裏?(旦脫衣介)

【縷縷金】(淨上)樓玉府,伴金閨,粗衣蘭麝煖,共追陪。老爺喚乳婆,有何吩咐?

(外)乳母,朝廷即刻要來拿問我,但小姐金閨嬌艷,受不得王法森嚴。你作速收拾包裹,領了小姐逃出都城,尋個僻靜去處藏身。此事託在你身上,最要小心。待日後事平之日,慢慢打聽謝氏消息。那謝相公呵,文雅端莊士,料非薄倖夫婿。若赤繩重繫得齊眉,這三生有佳會。

(淨)曉得。

(外)我兒,事不宜遲了,就同乳母出衙去罷。

(旦)我那爹爹嗄,教孩兒怎忍割捨膝下?只是事到如此,也顧不得了。

【越恁好】只得粉抛脂棄,了粧臺且自離。吉凶未審,天涯裏何處寄棲身?(外合)生離死別在須臾,珠殘玉毀。快些去罷。乳母過來。(淨)有。(外)你眼兒裏須謹奸和細,你口兒裏須軟言和氣。

(旦哭介)

(外)我兒不要高聲,恐有人知,不當穩便。快快出去罷。

(旦)阿呀,爹爹嗄!(下)

【紅繡鞋】(末、小生、丑扮校尉上)九重飛出虹霓,虹霓。千官袖手悲啼,悲啼。誰諫奏,黨人碑,違聖旨,訕臣議,法司裏,究前罪。

（丑）聖旨下！

（外跪介）

（丑）戶部侍郎劉逵，妄糾科部道衙門等官，連章具揭，樹黨邀名，實有無君之心。著錦衣衛指揮將犯官劉逵全家拿下。法司究問。將犯官上了刑具！

（衆應介）

（丑）校尉，裏面去，看有家屬，盡行拿來。

（衆下）

（外）住了。我有什麽家屬在此？

（丑）老先生，這是聖意，與下官無干。

【尾】你何須賣得清高誼，博得個全家笑耻。（衆上）啟爺，裏面並無一個家屬。（丑）既如此，只拿正犯去回覆官裏便了。且聽重瞳會指揮。

第六齣 □ □

【引】（副、貼、正扮小軍上）金斗威雄示月氏，如虎咒民脂吸噬。承顏順志立朝班，鹿馬全憑共一鞍。博得君王綏寵重，威權獨豎鎮宸寰。下官樞密院童貫是也。獻技弄才，為聖天子之股肱；脅肩諂笑，稱蔡太師之爪牙。公道付於江洋，忌刻行之海宇。一味守祿保位，那知弊法殃民，只為利己肥家，誰顧罵名遺臭？近日蔡太師恨朝臣引類呼朋，協謀樹黨，因此將元祐司馬光、呂公著、蘇軾、文彥博等一百二十人目為奸黨，撰作碑記，頒立天下，盡行奉旨勒石，可謂一網打盡。昨日蔡太師發下碑文，命我傳諭各府州縣，欽遵聖諭。下官不免先勒石於端禮門内，然後移文到各省去便了。已曾差中軍官前去喚石工安民，怎麽還不見到來？

（丑中軍、末石工上）中軍進。

（衆應）

（丑）啟爺，石工安民喚到了。

（副）喚進來。

（丑）石工進。

（末）安民叩頭。蒙鈞牌喚安民，有何驅使？

（副）安石工，内發出碑文一紙，又奉蔡府鈞旨，要立石於端禮門内。你可小心，即日趲完。如有差訛一字，定行取究。碑文在此。

（末接碑文）

【剗鍬兒】（副）這是欽遵聖諭張明示，鐫刻元祐黨人碑。誌姓氏莫參差，頒行遠邇，關奉相師，嚴束士子，如違欽限，定當令行法司。

吩咐掩門。（下）

（丑）石工，隨我來。石碑栽道路，直道在人心。石碑在此，你可作速趲完，待我喚土工來豎立便了。

（末）曉得。

（丑下）

（末）且住。這是什麼黨人碑？待我拆開，將碑文細看一看，就明白了。（看介）元祐黨人司馬光、呂公著、蘇軾、文彥博等。阿呀，這也可笑！那司馬相公都是一班正人君子，那個不知是賢良之輩，怎麼反為黨人？正是賢愚莫辨，玉石不分了。我安民鐫刻一世碑文，並無狂傳訛跡，今日怎麼顛倒起來？此事不該應承他，待我回去，求他另行僉牌，以換別個勒石之人便了。且住！我此事是童貫，又道各部移文，又遵聖諭，我乃一個小民，焉能違拗聖旨？我若回覆，定當取罪不便，如何是好？嘆，也罷。只得權且順從，胡搊刻下，免却這場是非，再作道理。石碑，石碑，

【錦纏道】你勢空巍，怎做得千秋帝旨？是元祐什麼黨人兒，生把那賢良反作奸刺。我恨無巨斧將伊擊，拼却頭顱身裂市。咳，司馬相公，你不要在九泉之下，恨我安民不知臧否，誰知被差遣，責任難辭。好教我虧心害理，一度鑄時，一度慚忌。碑記勉強刊究，我想既為此賤業，未免後來便有不堪之事纏繞。這等時勢，長安終非可居之所。不如棄了此業，就此回去，避跡窮鄉，苟延性命。我只閑來鑿塊青山賣，不使人間造孽錢。（下）

【朱奴兒】(丑領淨、外扮雜工上)為樞密叮嚀驅使,奉聖旨立碑瞻視。安石工那裏?安石工去了,可不誤了公務大事?嘎,原來碑已刻完在此了。你們過來,將碑豎立起來。(丑)慢點,待我煞填好了個個烏龜。(介)怪你生前作孽時,燒湯馱盡碑記。不要閒話,豎將起來。(豎碑介)老爺,這個碑上是什麼字?

(淨)這是人姓氏,

(丑)人姓字,畢竟是烏龜個祖宗碑哉?

(淨)不是,奸臣一枝,

(丑)奸臣,畢竟是伯囂第一名了?

(淨)是元祐先年事。

(小生)我們去罷,不要管閒事。賢愚千載知誰是,盡與人間作話傳。

第七齣 □ □

(副)隔壁三家醉,開罎十里香。幸逢明聖主,沉醉又何妨?自家長安城外酒肆店小二便是。好笑今早絕早開了店,就撞一個秀才官人進來吃酒,獨自一個對壁噇介,半勉頭壺,竟吃了十來壺哉,還在裏面亂嚷:拿酒來!拿酒來!勿知裏身邊有什麼東西沒有?竟像要吃殺裏個娘老子哉。

(生作醉上)酒保。

(副)咦,醺朵哉。

(生)不吃了,我去了。

(副)相公算帳。十壺酒,一隻豬耳朵,一碟鹽豆。

(生搖手)這個勿曾吃,不要算。我有一個玉玦在此,留在此處,明日吃了,一總算罷。

(副)相公,就見賜些現的罷。

(生)咦,蠢才,這是"神仙留玉珮",

(副)不差。"卿相解金貂"。相公明日早些來吃。

(副下)

（生）醉眼朦朧天地小，脚跟顛倒路途遙。他年若守酒泉郡，不掛詩瓢掛酒瓢。我謝瓊仙自與傅人龍為八拜之交，真是意氣相投，可為天涯知己，在此不覺寂寞。今早他不知那裏去了，小生獨自，旅邸無聊，偶爾閑步酒肆中，沽飲一壺，不覺吃得大醉。且到寓所去，看哥哥可曾回來也未？

【端正好】豔陽天，平夷道，眼迷瞇信步遊遨。則索向醉鄉中覓幾個同調，怪眼底乾坤小。咳！我好笑那蔡京這廝，賄賂公行，白丁橫帶，使俺們擎天有志，無路請纓，好不可恨！不如我謝瓊仙今日借此村醪，用澆塊磊，好不灑落也。

【滾繡球】走荒郊脚斜，笑春風意氣饒。憑着俺那千杯美酒，盡消得萬種愁苗。休提起際風雲龍虎遭，且締那伴煙霞漁牧交。得意處披襟長嘯，放懷時趁口長嚎，俺自有山高水遠供題詠，俺自有鳥語花香破寂寥，圖什麼青紫金貂。你看這一帶溪山煙色，好難描畫也。

【叨叨令】你看那一溪紅浸霞光耀，三山黛鎖雲容罩。求魚野叟在江邊釣，鳴春好鳥在枝頭噪。兀的不暢殺人也麼哥，兀的不樂殺人也麼哥，添俺個瘋癲生，醉醺醺獨自個舞狂叫。閑步之間，早已是端禮門了。呀，老兄請了。（跌介，起介）唉！可惡！我相公好意與你作個揖，你不回我一揖也罷，反把我推上一跤，放肆！可惡之極！

【倘秀才】恁道是氣昂昂驚人儀表，直恁的將人欺藐，禁不住老拳頭狠這遭。（打碑，看介）咦，阿呀，是什麼東西，這等硬得緊？呀，啐！我道是個人，原來是一座石碑，為何打他起來？嘎，我醉了。且住！這裏我常此出入，不曾見有什麼碑在此，却緣何今日有一碑在路傍？待我看什麼碑記。"元祐黨人碑，奸黨司馬光、呂公著"，阿呀，有這等事！放屁，放屁！可笑，可笑！司馬相公，就是三歲孩童，那個不曉得是正人君子，反說他是奸黨！可惱，可恨！是那個把公評一旦兒多抹倒？這一座黨人碑分明是坑儒窖，可不是壞國根苗！且看後面還有許多名字，不知是何等樣人，待我再看。蘇軾、文彥博、程頤，呀吥！一發放屁！把一個程夫子也認做奸人，這樣敗倫傷化的事,也豎在這裏,待我磨去了石碑上的字。石碑,石碑,你須受我謝相公打幾下者。

【脫布衫】怪着你豎立都門道,只為着排陷人豪,須把黨人名蠲除早。妙,妙!好快活!這許多姓名多被俺打磨去了。這石碑如今沒用了,請你走開去罷。(作醉介)我謝相公吩咐你,你就該走開了纔是,怎麼還公然站在這裏做什麼?

(外、副上)哥,我們奉蔡府的鈞旨,看守黨人碑。如有人在碑前談論者,即許擒拿究解。(看生作拊碑介)

(生)呸!又不是曹娥墮淚,何須怪石空高?(作推碑大笑介)好了!真暢快人也。

(副、外)不好了!一座碑被這醉漢推倒了,又兼多已打碎,這個怎麼處?

(副)你這不知死活的狗頭!這一座黨人碑,是蔡府新建的,你將來打壞,又敢推倒,你有多大的膽,在此撒潑,拿了去見太師爺去。

(生)咦!你們這些小人,誰敢上前?我是謝相公,可要認認我的手段!(打介,跌介)

(副)好大膽的狗弟子,還要在此行凶。(作起介)快走,快走!

(生)你們讓我回去?好,這纔有光。

【煞尾】好笑俺玉山自倒,(外)吃了酒,在外生事。不飲從他酒價高。怪不得騎鯨跨鶴,枕麴籍糟。(外、副)你莫思着悮入桃源,管教你九泉須早。

第八齣 □ □

【引】(淨、三旦、末小軍、丑中軍)兔雉雚入罟罝,誰人撥草尋蛇。龍秘麟章閣下參,威名近已播天南。腐儒悠望奇男行,空把鬚眉燃火災。下官平章軍國重務蔡京是也。立法殃民,蹈荊公之前轍;專權罔上,步惠卿之後塵。天子以我作股肱,我以庶人作犬馬。好笑近日這班臣子,動不動就要聚朋拉黨,引類前賢,譏諷時事。

幸喜聖上不納細言，因此不察大臣瑕疵。下官就乘機進上一揭，將元祐譖臣司馬光、呂公著，共一百二十人，盡目為奸黨，撰作黨人碑，傳諭天下，盡行奉旨勒石，可謂一網無遺。只是可恨前日劉逵這廝，傳揭科道，連名交劾黨人碑。聖上大怒，先將劉逵拿下法司，後將餘黨該部議處。下官已曾拿下三十五人，已發部堂會審，以作抗旨論罪。昨日立碑於端禮門內，下官猶恐有人談論是非，因此着夜不收前去看守，如有生機隱刺等人，即便拿究。所謂只論不仁在我，誰憐公道在人。

（外、副上）報！夜不收進。禀上太師爺，有一醉漢打壞黨人碑，夜不收拿解在此，候太師爺發落。

（淨）纔立一碑，就被人打壞，這也可惱！帶進來。

（外帶生上）打碑人當面。

（生作醉介）請，請。有罪，有罪。

（淨）你這賊子！石碑乃聖上敕立，你有多大本事，擅敢打壞。嗄，我想你必定是奸黨苗裔，快快明白說上來。

（生）因為這個碑有些不明白。

（淨）你且說來，你是何等人，這等放肆。

【高陽臺】（生）我是鐵骨書生，冰心玉俠，經天緯地人傑。（淨）一派胡言，快說姓名上來。（生）我的大名你也該知道了，區區謝氏瓊仙。（淨）謝瓊仙？（生）劉侍郎坦腹非別。（淨）嗄，原來就是劉逵的女婿，為此前來，公報私仇。好狂劣窮酸魍魎，敢助紂擅壞黨人碑碣。（生）我正要問你，黨人是什麼黨人？怪無端正人君子，喪他名節。

【前腔】（淨）差迭。（生）你果然有些差處麼？（淨）聽他浪語花言，非癡非醉，不由人髮豎睛裂。（生）你實有些講我不過。請，請，謝相公去了。（淨）拿住了！（外）那裏走！（淨）那畜生，你船到江心纔思補漏成拙。（生）奇絕，羈鸞檻鳳因甚事？（看介）（淨）你看什麼？（生）我曉得，莫非誤入虎狼巢穴？（淨）本該先打一頓皮鞭纔是，這廝醉了，且不可與他鬭口，少不得死在後邊。過來。（外）有。（淨）快將他衣冠脫下，鎖禁牢截。（外捉生下）

（淨）且住。我想這小子焉敢毀壞石碑，畢竟是劉逵所使，故爾如此大膽。如今就將謝瓊仙發到樞密院去，嚴刑拷打，要他招成是劉逵所使，輕毀聖製石碑，那劉逵斬罪無疑了。中軍過來。

（丑）有。

（淨）將這打碑人連夜解到樞密院童府去，究他是何人主使，擅毀石碑。

【尾】其中自有同謀協，要把真情細切。（丑）領鈞旨。（下）（淨）畜生，畜生，也是狹路相逢前世孽。

第九齣 □　□

（小生）揮觥邀月臥秋霜，騷人俠士豈尋常？隻眼放開天地小，雙眉橫豎血腥香。我傅人龍天涯遊蕩，要尋知己，以託死生。不想得遇越水謝生，情投意合，方遂我願，舒放襟懷。只是他躭於詩酒，醉後狂言，不知天地為何物。昨日早上，我因有事他出，回來他也不在寓所，坐望一日，至晚竟不見回來。我想他又無親戚，又無知己在此，咳，往那裏去了？今早起來，好生放心不下。或者他少年性情，別戀紅樓翠館，亦未可知。我不免出城去，向那花街柳巷去處，訪問他一番，多少是好。

【新水令】劍橫秋水向垂腰，見不平便聞悲嘯。你看那煙花迷古寺，塔影臥寒濤。多少牢騷，俺心中事情誰曉？來此已是端禮門外酒肆中，不免進去沽飲一壺。酒家有麼？

（副上）陳平已愧淹軍馬，陶令何須吝酒錢。是那個？

（小生）要飲酒的。

（副）吃酒的，請到樓上去坐。夥計，取酒上樓去。

（小生）過來，昨日可有一個二十歲來的後生，在此吃酒麼？

（副）這個，相公，我這樓上，日日有多少人進來，後生的、中年的、老的、小孩子、士夫鄉宦、和尚道士，吃了酒，算了賬，就去了。那裏記得這許多？

（內亂叫介）

（副）來了，來了。夥計，拿兩壺酒到後樓去。
（內又叫介）
（副）來哉，來哉。夥計，西邊樓上要，快些拿去。
（內應介）
（小生）酒保，今日吃酒的為何多得緊？
（副）相公，這兩日吃酒的，躋也躋不開，看了一個勝會。也有三個一起，四個一堆，只為快活得緊，多來這樓上吃酒。也有吃豬頭耳朵的，也有吃蹄子的，也有吃雞的，也有吃狗肉的，多賣得二個精空。
（小生）這些人看了什麼勝會，就這等歡喜？
（副）說來話長。這個勝會，真個是一個大勝會，難得見這樣一個豪傑有手段的人。
（小生）是一個豪傑？
（副）豪傑，豪傑！大豪之傑而無比者！
（小生）酒保，你且講一講，這個人幹了何等樣事，就有許多人稱他是豪傑？
（副）我倒沒有這許多閒功夫。（走介）
（小生）走來，少停算帳，多與你幾分銀子便了。
（副）竟算些銀子與我麼？
（小生）便是。
（副）如此說，相公請坐了，等我一頭斟酒，一頭說便了。
（小生）這也有理。
（副）相公，近日端禮門內，忽然豎起一座大碑。
（小生）這座石碑便怎麼？是那一個豎的？
（副）相公聽着：

【步步嬌】這是蔡府新聞將先賢表，（小生）立碑旌表，也是好事。（副）只為公論多顛倒。（小生）顛倒公論，敢是旌表了不是賢人？（副）賢不賢，我也不曉得。碑上有一個什麼司馬光、蘇公婆在上。（小生）這是怎麼說？（副）奢個蘇公婆哉。（小生）敢是司馬光、蘇東坡麼？（副）正是，正是。（小生）這是元祐賢人，為何反說顛倒起來？（副）此碑立得是的？（小生）立得是。（副）嘎，這等，我也不說了。（小生）你怎不說了？（副）那些看的多說立得不好，打得是，打得是。獨是你說立得是，我還說他怎麼？（小生）酒保，你且說完了。（副）也罷，待我說與你聽。他把豪傑逐一標，反道助黨奸人，傳諭州司道。（小生）哎，這也可笑。為何反把賢人目為奸黨？自然人心不服了。（副）為了這個不服，弄出事來了。為何一說說到這個田地，連你也要氣起來了？（小生）是那個就肯出頭？（副）且住。方纔所言，可先賜了，再往後邊講何如？（小生）豈有此理！吃完了，算帳時自然秤與你。（副）真個？（小生）自然。（副）我這長安城裏，聽得蔡府兩字，都是讓他的，那個肯出頭？有一個下路的相公，不知怎麼吃得醉醺醺的，走到那裏看見了，他就怒氣上眉梢，把碑細細多抹掉。

　　（小生）嘎，這個漢子，竟把碑上名姓多抹壞了？

　　（副）不惟抹壞了碑，那個相公，用了四兩氣力，把那碑一肩，竟是兩段。

　　（小生）好！這便纔是一個男子。好暢快！

　　（副）這等一個相公，便是你好暢快，我那兒子吃是苦哉。

　　（小生）好，妙！快取熱酒來我吃。

　　（副）相公，你聽得這樣高興的事，越要吃酒了，可是？

　　（小生）便是。

　　（副）待我取熱酒來。（副下）

　　【折桂令】（小生）聽言來髮豎睛搖！我想那個打碑的人呵，真個是漁陽撾鼓，罵操的根苗，好助我膽氣偏豪，肝腸愈熱，磈磊旋消。惜不得買新豐蘭漿桂醑，醉中山雲液松濤。我聽了這一節事，一定要與打碑人，結個刎頸之交，生死相要，三個兒比方桃園，也不枉困守蓬蒿。且住。這個人打了石碑，難道罷了不成？畢竟還有些不了之事，待我喚酒保過來，再問個明白。酒保快來。

　　（副）來了，熱酒在此。

　　（小生）放下，待我吃。還要問你，方纔說，這個人打了碑，怎麼樣了？

（副）相公，那個人替衆人面上爭口氣，獨自苦了那個人了。

【江兒水】燕捉鷹拿去，披枷帶鎖敲。（小生）有這等事！如此凌辱，這人可曾死麼？（副）没有死，還活在裏。蔡府今早又將打碑人發到樞密究問，怎禁得三刑六問精皮拷。（小生）可有人出頭保救他麼？（副）這個相公竟是癡的。那個保的又可要性命麼，況且又是下路人，又無親戚朋友，死了一百個，只當五十雙。（小生）你可曾見這個人？怎麽樣人品？（副）我看過。這個人也來我店裏吃了酒去，就鬧出這樣無頭是非來了。（小生）是怎麽樣一個人呢？（副）是個白面書生還年少，身材短小無鬚貌。（小生驚介）嗄，是個白面書生，身材短小無鬚貌？（副）正是，正是。（小生）過來，他吃了多少酒去了？（副）十五觔清香美醪。（小生）他怎麽吃得這許多？（副）我對你説了罷，他吃了酒，酒錢還没有還，留下一個當頭在這裏。（小生）有什麽當頭在此？取來我看。（副取玉玦與小生看介）這玉玦相留，他效取神仙歡笑。（内叫酒介）（副應介）

（小生看，大驚介）呀，不好了！這玉玦是謝瓊仙腰間所繫之物，若然如此，這打碑人一定是他了。

【雁兒落帶德勝令】驚得俺倒豎着鬢髮毛，驚得俺無情火睛光曝，驚得俺不平心未肯除，驚得俺殺人心刀出鞘。呀，到如今無計上雲霄，他那裏銅垣萬仞高，怎負出泰山，怎負過漢水潮？好笑，我方纔問打碑之事，只道世間還有一個義氣的漢子，原來就是瓊仙賢弟。他如今落於虎穽，我若不去救他，非為大丈夫也。且到樞密府去打聽。且住！不可造次。方纔酒保所言，玉玦雖是謝瓊仙的，莫非打碑不是他的勾當？呵呀，我今想起來了。前日在凌煙寺與他結拜之時，曾遇劉鐵嘴，問我二人行藏。笿訣上道，是朱雀開口之象，訣語四句。是嗄，他説："朱雀若開口，醉裏膽如斗，禍向石邊生，雁行還聚首。"他如今吃得大醉，打碑成禍，這是全應了。後面這一句，説"雁行還聚首"，莫非我兄弟還有相會之日？只是如今怎生得一個法兒去救便好？我好心焦，何處覓昆侖到？監牢，怎生把鴻門輕啟敲？且不要着忙，且吃完了這壺酒，妝着膽竟闖到樞密府去，再作道理。（吃酒介）

【饒饒令】(丑上)終日來跌筶,手內咭咯敲,走盡南街並北巷,從沒有半分纏在腰。好笑,今日出來,亦見了鬼哉。走了一日,只丟得一筶,肚裏有介點餓哉。且到酒店裏,吃介一壺酒再處。小二哥。

(副上)來哉。僚人?喂,劉先生吃酒奢,今日生意如何?

(丑)好個。多謝天地,賺得十二個銅錢來裏,添五個,拿酒來吃子罷。

(副)呦哉,十二個銅錢吃僚酒?

(丑)一碗酒,撮介兩粒鹽豆,答子介答,酒就罷哉僚個。

(副)便罷哉。(下)

(丑立招牌介)

(小生)劉先生不要買,我有酒在此,這裏來吃。

(丑)阿呀,外日,外日。

(小生)來得正好,請酒。

(丑)怎麼就好擾起來了?

(小生)是現成的。

(丑)多謝了。(吃介)相公,前日那位相公可來裏?

(小生)不要說起,如今打出禍來哉。

(丑)自然有禍。後生家硬頭硬腦,惹禍的精塊。

(小生)前日先生說的多應了,果然醉裏遇石成禍。

(丑)我的筶原是不差的,說那一句,那一句就應了。

(小生)如今又要煩先生跌一筶,看這一場禍可還有救?

(丑)有心相擾,讓我吃完了酒再跌。

(小生)跌了筶再吃。

(丑)嗄,嗄,關王關王,吃得精光。

(小生)怎麼精光?

(丑)臺上、碗裏、酒壺裏多沒有了,豈不是精光?

(小生)待我叫酒保來,再取酒與你吃。酒保,取酒來。

(副)酒在此。

(小生)先生,如今請跌了筶,慢慢自吃便了。

（丑）我擾了相公一壺，連掛錢也勿要哉。關王關王，大將周倉，三請孔明，獨霸荊襄。傅姓君子，禱告穹蒼。吉凶禍福，莫誤行藏。（跌介）那用？

（小生）方纔講的，要救一位兄弟，可救得出來麼？

（丑）救得出的。兄弟爻上卦，只是扢搭火。

（小生）有什麼阻礙麼？

（丑）此是螣蛇吐舌之象。筶訣有云："螣蛇來吐舌，陰人面上接。只在戌時中，救人須救徹。過了戌時中，此人命斷與祿絕。"

（小生）天色將晚，不免就此前去打點。酒保，酒銀三錢，昨日那位相公吃的，都在裏頭了。

（副）多謝相公。

（小生）我心忙行路遠，步急覺行遲。（下）

（丑吃酒介）

（副）劉先生，你做這樣生意，一點也勿吃力個，嚼了三四句咀，二三分銀子就騙到手哉。

（丑）我單勿騙酒吃，就騙個人，也勿在我心上。天色晚了，我要借住來裏哉。

（副）便罷哉。

（丑）方纔有十二個銅錢在你處，我也勿要哉。竟做了一頓夜飯撥我吃了罷。

（副）十二個銅錢，吃什麼夜飯？呦，勿來。

（丑）竟是粥便罷哉。

（副）就是粥也勿個。

（丑）少放兩粒粥糝，竟是引湯，呷子兩口，阿使得？

（副）罷哉。主客家買賣，爽爽利利，竟吃碗炒飯罷。（下）

（淨箭衣、持令箭上）領却相府命，忙來樞密家。自家蔡府差官便是。奉爺鈞旨，着樞密院要取打碑人首級回話。來此已是他衙門，緣何悄悄的在此，想必還未開門，不免在馬臺上坐一坐，少等一回。

【收江南】（小生掛刀箭衣上）俺是個猛姜維，膽大呵把黃雀樓待輕敲,百忙裏驪宮何處覓神蛟？方纔劉鐵嘴所言,道只在今晚戌時可救,為此我回到下處,改扮作差官模樣,到樞密院前打聽動靜。你看馬臺上坐着一位差官,手持令箭,不知為什麼事情？待我上前問他一聲。尊官請了。

（淨）請了。

（小生）請問尊官是何衙門？為何坐在此間？

（淨）俺奉蔡府鈞旨,要見樞密童爺,因未開門,在此坐等。請問尊家是何衙門？

（小生）小弟就是樞密府差官,前日在蔡府曾會過一面的了。

（淨）是呢,我説有些面善。

（小生）老兄尊姓？

（淨）小弟姓高。

（小生）小弟也姓高。

（淨）正是高兄。

（小生）請問蔡府此時有何公幹,還要見我家老爺？

（淨）你是個內傳宣,我與你講得的。那日打碑的就是戶部侍郎劉逵的女婿,俺爺怪他彈劾大臣,先要絕他的宗黨,為此發下令箭一枝,要打碑人的首級回話,故此在這裏伺候開門。（小生）阿呀,這是個機密事,不可向人前説。

（淨）我曉得。我和老兄是一家,就説也不妨的。

（小生）便是呢。只是我家老爺有要緊的公務在內未完,還不能個開門,可有什麼諭單牌票,可要與兄傳進麼？

（淨）俱沒有。太師爺着小弟面稟。

（小生）俱沒有的？

（淨）是。

（小生）且住。老兄閑坐在此,我和你到對面勾欄院中李師師家去,飲一杯再來未遲。

（淨）這個怎好相擾？況又有公務在身,恐耽誤了,取罪不便。

（小生）那勾欄就在左側,開門時少不得聽見的,同老兄畧坐一會就來何妨？

（淨）我聞得李師師最是美貌，小弟也要去認他一認，只是要兄破鈔，深爲不當。

（小生）何出此言。小弟與兄，非一日之交，況同宗一高。

（淨）便是。與兄同姓，也是難得，又兼是趨承朱紫一同袍。（下）

【園林好】（外上）内中軍傳宣最勞，生殺事須臾可挑。自家樞密院一個内中軍便是。俺家老爺身子一時疲倦，不坐晚堂，着我在衙門上察聽，或有軍機重務、機密等事情，進入傳稟，早奉着森嚴敕告，看銅獸有誰敲，看銅獸有誰敲？

【沽美酒】（小生上）逞平生膽氣豪，逞平生膽氣豪，探虎穴入狼巢，待欲盜出紅綃擊犬獒，並没人知曉，賴紅裙陣圖圈套。唬死我也，唬死我也！不道瓊仙賢弟，竟有身首兩分之禍。幸喜方纔遇着那一個差官，被我言三語四，騙入勾欄院中，同幾個粉頭將他灌得大醉，不省人事，睡倒在那裏。我如今取了他的令箭，竟入樞密院中，只説蔡府要提打碑人犯，親自審鞫，倘或騙出帥府，亦未可知。不免闖入帥府中去。（進介）（外）住了！你是那衙門差官，闖進府來？（小生）我是蔡府差官，奉太師爺鈞旨，有令箭一枝，要提打碑人犯，親自審鞫，不知老爺此時可曾出堂麽？（外）我家老爺身子疲倦，今晚不坐堂了。在下就是内中軍，老爺吩咐出來，倘有機密重務，容進内堂傳稟。尊家既是蔡府差官，我與你傳令箭進去便了。（小生）如此，有勞了。只是太師爺立等要回話的。（外）稟過了，就有回文的。請在轅門少待。（外下）（小生）好了，事有幾分湊巧。方纔劉鐵嘴的笤訣道："螣蛇來吐舌，陰人面上接。"我如今借個妓者來做成圈套，不是應了他的嘴？此番若騙得出來，是縱大海神鼇脱鈎，開雕欄彩鳳鳴皐。那怕他進兵後擾，怎當俺純鈎出鞘？俺呵顧不得山遥路遥，願早離了市朝。呀，此去做林泉蹈高。

（外上）太師爺差官那裏？

（小生）在此。可有回文麽？

（外）回文有了。犯人鎖禁板房，叫你就此領去，明日老爺到相府面會。守班房的，將這打碑人犯放出來，交與蔡府差官去。

（雜）打碑人犯在此。

（外）打碑人犯在此,交與足下了。正是:犯法身無主,官差不自由。

（下）（小生扯生走介）阿呀,可憐嘎!

（小生）瓊仙賢弟,是愚兄在此。

（生）你是那個?

（小生）我是傅人龍,特來救你。

（生）不好了！哥哥嘎。

（小生）不要出聲,快些走。

【尾】潑天怪事非同小,（生）哥哥嘎,唬得我神魂蕩搖。（小生）一言難盡,且出離天羅地網巢。

第十齣 □　□

【六么令】（末）昨日令傳,樞密府緣何不繳鈞牌？自家蔡府差官便是。俺爺昨晚差高牙將到樞密府,要抓打牌人的首級,為何不見回話？為此太師爺又差俺到樞密府,問個端的。恩啣紫閣到烏臺,看銅獸冷閉衙齋,且須擊鼓轅門外,擊鼓轅門外。

（外上）是何人擊鼓？

（末）蔡府差官要見,有緊急軍事。

（外）老爺升堂了。

【引】（副上）畫鼓聲喧,驚把巫陽夢解。

（末）差官進。差官叩頭。奉相府鈞旨,昨晚差高牙將有令箭一枝,着老爺抓打碑人首級回話,如何不見繳令箭？相爺大怒,特差卑職來問個端的。

（副）昨晚傳令箭一枝,說相府要提打碑人犯,親自審鞫。我已即將人犯付與差官去了,並不曾提起首級一事。

（末）這是那個傳令的？並不曾有人犯解到,連差官也不曾回府。

（副）內中軍過來。

（外）有。

（副）昨晚是你傳進的，蔡府差官那裏去了？

（外）阿呀，老爺，蔡府差官是這等講，中軍方敢傳進令箭，又奉老爺鈞旨，將打碑人犯交與他去了。其中緣故，中軍那裏曉得？

（副）罷了，罷了！如此説，城中有了奸細。差官，你先去回覆相爺，説童爺親自追獲人犯，限今日定來回話。

（末）是。

（副）中軍過來。

（外）有。

（副）你可飛騎往各城門上，吩咐緊閉，不可擅放一人出進。如沒有令箭，放一人出進者，即刻處斬。

（外）得令。（下）

（副）衆軍士過來。

（衆）有。

（副）每人付你令箭一枝，可同捕快人等，在城內城外，不論大家小戶，盡行搜遍，必須緝獲。如今日不拿到者，定以軍法從事。

（衆）得令。（下）

【六么令】（二生上）飛天大災，未審何時，重見雲開？（外內白）守城軍士聽着！（二生躲介）（衆）怎麼説？（外）樞密府有令，將各城門緊閉。如沒有令箭，擅放一人出去者，立刻處斬！（衆）得令。（二生）阿呀，不好了！城門多已閉了，怎麼處？只聽得一聲遙喊閉城臺，想必是，奉欽差，這回何處來藏待？這回何處來藏待？

（生）哥哥，這個怎麼處？那裏去好？

（小生）兄弟，事已如此，前面去不得了。這裏有個土地神祠在，只得向裏面躲一躲再處。且躲在神廚底下，兄弟，不要着忙，縱然就死，有哥哥在此陪你。

（二生躲下）

【前腔】（丑上）閻王笤靈，又來判斷爻詞，不用疑猜。一張鐵嘴好安排，知禍福，定興衰，各各向誰向前來買？誰向前來買？哎，生意個月裏夷勿濟，偏有許多阻隔。今日東嶽廟裏賽會，論千論萬個人多去白相。我説早點吃了飯,也去趕會,今日生意自然是好個哉。鼻塌嘴鋭,趕到城門口,説是今日不開城門,要捉拿個奸細,阿是個異樣無時運個。那間那裏去嚼蛆?也罷,這裏有所土地堂,不知可有人來上廟問問答?讓我進去看看。

【前腔】(末、淨上)身充捕快,急追尋,何處藏埋?鈞牌如火鬧垓垓。過短巷,走長街,窩藏罪犯同貽害,窩藏罪犯同貽害。我們捕快的便是。奉樞密府的鈞旨,發下令箭一枝,緝獲打碑奸細。哥裏,大家小户多搜遍了,並没個影兒,莫非不在城中了?

(末)且向菴堂寺院裏去搜尋搜尋,或者隱匿在那裏,亦未可知。

(淨)説得有理。這是個土地祠。

(末)這個裏頭窄小,隱匿不得。劉打答在這裏,那個人叫做劉鐵嘴,打卦最有準的。我們進去問他打一答,看看可有處緝獲得着?

(淨)有理,有理。劉先生,與我打一答。

(丑)要現銅錢個。勿要説僐。當面要白跌,是弗對個。

(末)自然與你現錢,快些,快些!

(丑)桃園三義士,諸葛孔明賢。問禍福吉凶,斷來僐個用?

(末)緝獲奸細的。

(丑)尋得着個。此是留連卦,"留連留連,只在眼前。不在西北,便在東邊。"

(末)既是尋得着個,急早去尋。(下)

(丑)傍早去尋在東邊,中間即刻就尋着了。阿呀,卦還没有斷完,冒冒失失的去了。我説兩個㑒娘賊是白跌笞的,讓我叫他轉來,討了卦錢。轉來,轉來,尋人還在這裏來!

(小生)先生,不要喊。就是我二人,煩先生遮隱遮隱。

(丑)你們好是,這個所在躲得個?還勿快點走出去!

(小生)城中俱有尋緝之人,一步也行走不得了。再煩先生打一卦,看我二人命盡禄絶麽?快些,快些!

(丑)你們不要着忙,待我仔細替你看一卦,就曉得哉。關王

爺,關王爺,目前二人,如不該絕命,逃得出去,付其上上之筊。(跌介)

　　(二生)如何?可有生路麼?

　　(丑)阿呀,相公,此卦是白虎爻動,與朱雀相爭,一場大險之兆。

　　(二生)可以能得保性命否?

　　(丑)性命雖可保,眼前要見殺氣。筊訣有云:"白虎對朱雀,殺氣滿屋角。須防仁不仁,作事有差錯。"頭腦兜答得緊。

　　(淨、末上)哥嘎,走來尋不見,再去問劉先生一個明白。

　　(淨、末見二生,丑呆介)阿呀,阿呀!

　　(淨、末)劉先生,你方纔說在東邊,尋去不見,再煩你把筊訣來詳詳。

　　(丑)嘎,嘎。

　　(淨)哥,這個好像那打碑的人,快些拿住了他。

　　(末看介)正是奸細。

　　(生作奔介)(淨、末捉介)(丑跌倒,爬起諢介)

　　(小生)兄弟不要着忙。一不做,二不休,若有人來,見一個,殺一個便了。劉先生起來,不要驚壞了。(打殺淨、末介)

　　(丑)天那天!那神聖爺爺,怎麼這樣玩耍起來了?連我也纏在渾水裏了。

　　(小生)劉先生,是你叫我殺的。

　　(丑)放屁,放屁!我怎麼叫你殺起人來?

　　(小生)你說"白虎與朱雀相爭,眼前要見殺氣"。為此我便動起手來,可是你叫我殺的麼?

　　(丑)阿呀,我個皇帝!故是筊訣,那了就依他做起來儕。

　　(小生)你且不要多講,如今見了殺氣了,再跌一筊,看我二人性命可能保全?

　　(丑)還要跌個硬卵子筊!再有儕亦是我哉!如今倒有計策在此。

　　(二生)有何計策?

（丑）你二人不出城去，難保性命。

（二生）便是呢。

（丑）城門上有令箭，方許出城。方纔殺這兩個捕快，有一枝令箭在身邊，你如今取了這枝令箭，只說是差官，再剝下一人的青衣小帽，與謝相公穿了，只說是捕快，大着膽闖到城門上，只說奉樞密府將令箭往城外搜尋奸細的，有令箭在此為號，定然出城。可不有了生計了？

（小生）好計，好計！

（生）且剝下衣帽穿起來、劉先生，倘然脫得此難，後有相會之期，自當重謝。

【風入松】承恩一計救駑駘，（作揖介）（丑）快些走罷！唱什麼咶。（生）容犬馬報恩有待。蒼天若念寒儒輩，當脫離龍潭虎寨。還打點語言在外，說樞密府奉欽差。（下）

（丑）倒拖關王招牌走，咳，劉鐵嘴，劉鐵嘴。

【前腔】只恨語言出口應，他來把兩人殺害。阿彌陀佛，我個關王爺爺呀！啐，唬昏了頭荅腦，一個關王老爺，把他倒拖起來哉。我也不去跌這個牢笤了，等開了城門，竟往家去他娘罷。家中也有妻兒在，相拋撇已成半載。只是出來了半年，沒有一兩五錢銀子拿回家去，怎麼處？今年倒運流年，做生意頭一次就撞着兩個遭瘟的，弄得我這樣一個嘴臉，只單單原剩下草鞋，呸，從今後棄了這招牌。（下）

第十一齣　□　　□

【引】（老旦上）春去落紅飛遍，乳燕兒啁過郊原。（小旦上）寂寞孤村，遊人不到，小枕高眠。母親萬福。

（老）我兒少禮。數椽小茅屋，十畝桑麻地。娘兒倍苦辛，飯粥聊自應。老身乃扶風人氏，丈夫名喚劉直言，出外跌笤營生。因他每事判斷有驗，人稱為劉鐵嘴。五十無兒，止生一女，名喚琴兒，年方十五，尚未擇配。丈夫因在京都生理，移居在長安城外五柳村

中,聊以耕桑糊口。琴兒,

（小旦）母親。

（老旦）這幾日天氣晴和,外面桑事頗盛,恐有買葉的來,我和你持了筐籃,到桑園中去採些桑葉,以便人來貨買,多少是好。

（小旦）待孩兒提了筐子,同母親前去。

（老旦）你先走,待我閉上了門。出得門來,你看好風景也。

【桂枝香】見新鶯雛燕,柳綠花片,看遥山疊翠如屏,更遠山拖藍若練。（小旦）母親,喜桑葉正稠,（老旦）喜桑葉正稠,兒阿,和你克勤克儉,莫辭勞倦。我兒,我和你到那邊去採,那一帶桑葉又盛。（小旦）娘,你莫聲喧,（老旦）却是為何?（小旦）恐驚動林間鳥,和你分開隴上煙。（下）

【前腔】（旦、淨上）紅塵撲面,柳絲細剪。奴是去國愁人,非為尋春踏院。奴家劉氏麗娟,自從與爹爹分手,叫奴逃避出城,尋個僻靜所在,藏蹤避跡。在路行了幾日,再沒有一個可居之所。乳母,前路茫茫,走到那裏是好?（淨）這裏曠野之處,難以存身。且再勉強行走幾步,尋個歇息便了。（旦）乳母,我如今一步也走不動了,奈心懷痛苦,奈心懷痛苦,親幃難見,何時歡忭?受顛連,相悲更有枝頭鳥,離恨偏無溪上船。乳母,我再行不動了,且在桑間少坐片時,和你再走。

（淨）這也使得。（坐介）

（老旦上）琴兒,到這裏來採。

（小旦）來了。

【皂羅袍】翠蓋重重如扇,喜青枝密足自柔桑。阿呀,母親,看垂條抓去翠雲鈿,呀,啐！棘籠牢絆裙絲線。（老旦）看仔細。琴兒,桑樹下呵,有個蓬鬆繡娘,（小旦）娘親,又有腌臢老年。見他桃花有恨,娥眉帶前。小娘子,（旦、淨起介）你是誰家艷質何宅眷?

（旦）婆婆萬福。

（老旦）不消了。

【前腔】（旦）奴是劉家宅眷。（老旦）也是姓劉。（旦）為椿庭諫議,有犯權奸。（老旦）原來是一位小姐,失敬了。（見禮介）請問小姐,緣何來到此間?(旦)朝廷法責避刑陷,(老旦)如今往那裏去?(旦)逃生無處容卑賤。(淨)老親娘,小姐苦惱,走了十來日了,風吹雨打,草宿露眠。(老旦)那裏受得這等苦楚。(淨)老親娘,這裏可有所在,權借幾宵?也是人間天上,可憐受冤,啣環結草恩當念。

(老旦)琴兒,

(小旦)怎麼說?

(老旦)這等看起來,也是忠義之女兒,就留他在家去住幾日,也不妨事。

(小旦)孩兒亦有此意。

(老旦)小姐,老身也姓劉,娘兒二人,在此採桑,就住在這裏。小姐若不見棄,就在寒家暫住幾日如何?

(旦)如此,多謝婆婆。

(淨)難得老親娘這樣好心,家中還有多少路?

(老旦)不多路,隨我來。

【好姐姐】轉過五柳池塘行院,這就是寒家了,(開門介)請進去。小姐,再見禮了。奈草舍不適姣媛。(旦)深感婆婆路中相護憐。(老旦)好說。只是懷靦腆,家常茶飯隨時便。(淨)老親娘,我要撒尿,那裏去介?(老旦)那邊去,有竹裏東牆小淨園。

(淨)沒有人看見的麼?

(老旦)不妨事個。(淨下)小姐,請坐了。琴兒,先去燒茶出來。

(小旦)曉得。(下)

【光光乍】(丑上)跌筶恁無緣,撞了那冤牽,棄了蛇兒別弄犬,不去再讀閻王卷。

(老旦)老官,回來了。

(旦背介)

(老旦)琴兒,你爹爹回來了。

(小旦上,接招牌介)爹爹萬福。

(丑)我個兒子亦長成了哉。

(老旦)老官,今年生意如何?

　　(丑)好個。多謝佛天,除了飯錢、火錢,還剩一百二十個銅錢來裏。

　　(老旦)出去了五六個月,拿了幾十個銅錢回來,也虧你要養老婆孩子。

　　(丑)我一肚子氣來裏,勿要來關我八萬貫。(見旦介)這是那個?

　　(老旦)這是一位落難受冤的小姐,也是姓劉。方纔在桑間相遇,無處棲身,留他暫住幾日。小姐,這就是我家老官,在外跌笤營生的。

　　(丑)小姐,唱喏了。

　　(旦)先生萬福。奴家在此打擾不當。

　　(丑)好說。鄉里之家,粗茶淡飯,怠慢了小姐。

　　(旦)先生,奴家不知先生可肯與奴判斷一卦?

　　(丑)我做這行生意,怎麼不肯?我見拿笤來。

(小旦付笤介)

　　(丑)上馬一提金,下馬一提銀。灞橋來錢別,棄印又封金。劉氏與父,馬前問笤。(跌介)那裏用的?

　　(旦)問我爹爹祿位不絕麼?

　　(丑)不絕的。此卦勾陳入土之象,只是不在這時景上,還有一番驚唬,直待秋末冬初,那時入土還原,自有解救,還有祿位重顯之日,沒有什麼事,不絕的。

　　(旦)再煩先生繳一卦。

　　(丑)香煙未絕,神聖未回。劉氏再占,吉凶有準。這一笤那裏用?

　　(旦)看奴家一生休咎,可有禍患麼?

　　(丑)小姐,這一堂卦倒不好。白虎臨門,驚散一家骨肉;玄武持世,提防不測災危。卦爻不靜,只怕在這個月裏定有奇禍。

　　(旦)先生,可有什麼解救?再替我細詳一詳。

　　(丑)待我細看。嘎,內中青龍伏首,螣蛇纏足,這也奇

（旦）有何奇異？

（丑）小姐的有一人頂代，不至自犯，還虧青龍頭低了些，不然竟是了不得。

【一封書】青龍首下懸，更有螣蛇脚下纏，只怕哭聲有待遷。（旦）應再幾時？（丑）料多應在月邊。（三旦）早閉蓬門休自是，凶吉安危只靠天。（合）避人言，避神前，願得康寧回故園。

（丑）相逢偶爾入茅齋，未必神前有禍來。

萬事不由人計較，一生都是命安排。（下）

第十二齣　□　□

【雙勸酒】（淨、末上）官差事雜，文憑僉押，終朝兜搭。若有窩藏欽犯，拿出一體同罰。老漢乃長安城外五柳村中現年總甲便是。近日奉上司明文，要追獲犯官劉逵的女兒。此係欽犯，罪在不赦。發下告示，遍村張掛。如有人出首者，官給賞銀五百兩；窩藏者，與本犯一體同罪。這樣事情，也來纏繞鄉村，差人有要使費東道，我和你那裏經得起？

（淨）便是呢。我當了廿年總甲，屋裏搬得盡清。

（末）為什麼搬去了？

（淨）昨日我被那搜緝押碑之人趕一起臭老鼠來，唬得鬼打渾，兩個小豬，還有我家媽媽自家織的兩尺布，酒瓶裏還有幾壺酒，一起多倒了。

（末）將告示張掛在十字街口，早晚大家收管收管便了。（掛介）正是：無官不貴，無役不賤，過了總甲，方得安然。（下）

【前腔】（丑響答上）生涯只乏，全憑答法，脚兒錯踏，嘴兒若要粥湯呷呷，這其間只靠菩薩。常言道，是行莫掉，不是那行莫傲。我劉跌答前日嚼咀，殺了兩個人。我説棄行改業，算算是又沒有什麼做得，只得還出來現現世。只是不要離鄉背井，就在個近村轉轉，騙過日子也罷。那曉得倒運個人，做事務就是列抉個。這兩日村坊中，正是養蠶忙，今日家家關門下楗，我個答剛響了一響，個蕩鑽出幾個女娘家來,對了我面上一啐:"劉跌笞,我屋裏養了幾個蠶,不要來這裏嚼蛆嚼舌。"五柳村路個蕩亦鑽幾個男人出來捉我,抹頭一人道:"劉鐵嘴,我屋裏養個蠶來,勿要來個蕩胡言亂語,請五十,退三千介錯。"我也倒好笑,這兩日竟做子早鬼水怪,人面都見勿得哉,生意亦無得,怎麼處?我裏個老阿媽亦勿知死活,留個儕逃難女客來屋裏,是什麼劉侍郎的小姐,住在家裏就像吃孫子的一般。我這樣生意,可是多得兩個人吃飯的?哎,這是一家不知一家,和尚不知道家。(見告示介)唩,鄉村底頭,又是掛什麼告示的,為什麼?"長安正堂陳奉樞密院開諭,遵旨嚴緝事。照得犯官劉逵,罪擬全家,有女劉氏,違旨輕逃,着該管地方嚴行緝護。如有出首者,官給賞銀五百兩;窩藏者,與本犯同罪,不恕。"(驚介)唩,又見出佛爺爺,偏是我要做這樣有驚唬的事。想是我屋裏就是此人哉。這也奇,倘或有人曉得,被他出首拿去,減了一尺,可不又短了一尺?且住。我這樣一個矮了,再短了一尺,我道像個儕個?那處嗄,勿是介說哉,我今竟壞了肚腸子。我想一個跌笞的人,怎麼得這箇發迹呢?跌儕個牢笞,不如竟自去出首,我去叫兩個差人來捉了去,又免了是非,又得五百兩銀子,我一時就發迹起來哉,還要跌這個牢笞?有理,有理!待我揭了告示,竟往府裏去便了。

【玉抱肚】我終朝跌卦,算將來難活一家。若傾他少年嬌柔,做窩主罪犯同枷。不如出首免得被人拿,五百兩黃金定賞咱。我今且出首官司,免教貽害。若還五百黃金賞,果然是我運通時。

第十三齣　□　　□

【引】(老旦上)煙樹户生扃,竹徑窗虛冷。琴兒,今早劉小姐的病好些了麼?(小旦內白)今早好些了。(老旦)好些了,謝天謝地。琴兒,既然強健,且扶他出來吃些湯水。(小旦扶旦上)一似梨花滯雨,強托嬌妍情情。

(老旦)小姐,今日身子若何?

(旦)多謝婆婆,今日覺道好些,只是身上有些寒冷。

（老旦）身上寒冷，怎麼處？沒有什麼衣服嗄。也罷，琴兒過來。

（小旦）怎麼說？

（老旦）小姐身上寒冷，你且脫那件背心與小姐穿一穿。

（小旦）曉得。（脫）

（旦穿介）小姐穿了這件背心子。

（老旦）琴兒，你在此伴小姐坐一坐，待我燒些熱湯水來。

（小旦）曉得。

（老旦）正是：在家千日好，出外一時難。（下）

（旦）姐姐，我穿了這件背心兒，身上就覺暖和了些。

（小旦）小姐，你何不早言。還要請問，小姐今年青春幾何？慈堂在否？

【集賢賓】（旦）桃花二八萱夢零，（小旦）原來老夫人棄世了。小姐可曾偕鳳否？（旦）奈虛照三星。（小旦）敢是未曾過門？（旦）玉鵲無枝門户冷。（小旦）是何等樣人家？（旦）是東陽閥閱家聲。（小旦）既是門楣舊家，定有貴顯之日。（旦）那寒酸士領，怕盼不到玉樓春杏。（小旦）何出此言？須待等，這花誥定一朝相訂。

【黃鶯兒】（丑同末地方，淨、外軍士上）火票急如星，到官司不順情，首人一紙來為證。（丑）這裏就是了。列位住子介，讓我先進去看看介。（衆）正是。你先進去看個明白。（丑進張介，丑出介）列位來。（末）劉先生，你要認真了。官府事情，不是當耍的。（丑）兩個都坐在床邊，你們須要認了。那個着玄色背心的，是我的女兒；那一個着襖兒的，就是劉小姐。（淨、外）穿背心的是他家女兒，我們只拿穿襖的便了。（丑）正是，正是。讓我伴子裏介。（伴介）（衆拿小旦）（旦喊下）（小旦）阿呀，母親嗄！（老旦上）阿呀！為什麼拿我的女兒？（淨、末）這可是劉氏麼？（老旦）我們正是劉氏。（衆）可又來！官司密尋，朝廷罪名，你窩藏人犯還來硬。（老旦扯小旦介）這便不是他。（衆推倒老旦介）還要嘴錚錚，鈞牌奉旨不留停。（衆捉小旦下）

（老旦）阿呀，地方白日搶到人家的女兒，四鄰八舍快出來救一救！（丑進介）啐！

（老旦）阿呀，老官回來了。不好了，一個女兒被人搶去了！阿呀，好苦嗄！

（丑）阿淡介，差也不差？

（老旦）怎麼倒羞起我來？

（丑）搶了人家女兒，與你甚麼相干？橫天倒地介哭起來！

（老旦）啐！你的眼睛珠子多瞎了麼？是琴兒搶去了，什麼別人家的女兒？

（丑）倒是我瞎了眼睛？是你認差了。我對你說，不差的，正是劉氏。外面張掛榜文，嚴行緝捕，窩藏者與本犯同罪。為此我去出首了，差人來捉的。

（老旦）呀啐！老殺才，為何倒把自己的女兒拿去了？

（丑）你再去認認，看自己的女兒還在家裏頭。

（老旦）阿呀，小姐出來。

（老旦扯旦，丑看介）這是那一個？

（丑呆介）這是什麼緣故呢？

（老旦）小姐，你且進去，我與老賊刮殺了罷。

（旦下）

（老旦打丑介）阿呀，老殺才，你幹得好事！

【貓兒墮】却不道逆風點火，燒取自親身。過來，就是劉小姐，平日與你有何冤仇麼？却平地風波是你生。阿呀，老天殺的，你若不還我的女兒呵，從教恩愛變無情。（丑）且住了，且住了，我有句說話在此。那件玄色背心是我女兒穿的，為什麼今日與劉小姐穿了？（老旦）這是方纔小姐身上寒冷，琴兒脫下來與小姐穿的。這個何礙於理？（丑）嗄，是這個緣故，所以差了。（老旦）啐，罷、罷、罷！我孤另，到不如先向街頭，葬入金井。（投井介）

（丑扯介）我個娘，你勿要慌，今日自然還你一個女兒就是哉。

（老旦）不怕你不還我。

（丑）我個娘，事務勿要慌，我今飛走到地方去，說這個不是劉小姐，是我自己的女兒。那劉小姐現在我家裏，領地方來家換了去就是,何須這等大哭大氣。

(老旦)這還說得有理。快些去!

(丑)阿是有理?只是你要看緊了此人,勿要是猢猻弄。

(老旦)我曉得了。你就去,快些回來。

(丑回見老旦介)

(老旦)怎麼不去?又轉來做什麼?

(丑)我想起來了,不差的。

(老旦)怎麼不差的?

(丑)前日小姐教我跌一笤,我原說有人替他這場禍的。

(老旦)呀啐!這樣事,等待別人替代他方好,怎麼教自己的女兒代起來?

(丑)代便代差了,我的笤却準了。

(老旦)還不走!這等講,你若今晚沒有女兒回來,定把性命交付與你。有這等事!(下)

(丑)好鐵嘴!看看自家多要嚼殺起來哉。天地爺爺,認認面孔便好,偺着背心就是劉小姐,着襖是我女兒,竟呦起自家來哉。咳!

【尾】正是勸人莫作欺心行,欺心只害自家庭。這也不難,只要我自家走笤去,換了轉來就是哉。只怕五百兩黃金成畫餅。

第十四齣　□　□

【引】(副扮將官、二生家丁上)求士遠離虎穴,臥龍三請茅廬。按劍談心腹,圖王求大賢。茅廬藏智士,只在白雲間。咱家乃河北田大王帳下先鋒狄能是也。俺大王坐鎮雄州,威傾河北,帳下虎將千員,寨外兒郎十萬。將欲圖霸中原,侵分宋室。奈軍中却少一謀士,傳聞長安帝都有一個劉跌笤,渾名劉鐵嘴,此人笤卦無不應驗,俺大王要請他到山寨中為幕府,凡有興兵刼掠等事,要他占相吉凶,然後行事。為此着俺扮作商賈模樣,來到長安,探聽訪問。鄉人道他住在長安城外五柳村中,為此咱家又移船到此,未知他在家

不在家？軍士，

（二生）有！

（副）你把船兒泊在溪邊，待俺獨自上岸，探聽他的下落。你們都在船伺候，不許上岸閑走。

（二生）曉得。（下）

（副）上得岸來，

【畫眉序】你看風景又重添，綠柳枝頭颭酒簾。不須問牧童，遙指村店。見一簇把鉤溪院，有幾個歸驢茅店，謾溪上十分豔，且尋異士間閻。

（丑內嗽介）

（副）那邊有人來了，待我上前去問他一聲。

【賞宮花】（丑急上）怪咱嘴兒忒尖，我倒好笑，自家做的事，怎麼不跌一笤，就去出首？何等的大事，這好何不去占？若論這差錯，死也不開言。正是貪了蜻蜓喝子熱，賣了餛飩買銶添。

（丑走介）

（副扯住介）老兄，借問一聲。

（丑）放手，放手。我有要緊事務來裏。

（副）是問路的。這裏到五柳村還有多少路？

（丑）前面三四里就是了。

（丑走介）

（副扯住了）還要問一聲。

（丑）咳，介樣兜搭個，各人有正經。

（副）那村中有個姓劉的，住在那裏？

（丑）做甚生意？

（副）是打笤的。

（丑）問他怎的？

（副）我有一注大財送與他。

（丑）可是五百兩頭？

（副）不論什麼五百兩，若是打笤有準，再多些亦有何妨？

（丑）宅上要跌幾萬笤？

（副）只要跌一筊。
（丑）一筊就是幾百兩，若跌了十來筊，就是幾千兩了？
（副）這個自然。
（丑回身介）這一句話，對子耳朵裏一鑽，又不要聽了五百兩頭勒。你果要尋他的麼？
（副）咱家特來尋他，望老兄指引指引。
（丑）這等説，不要尋他了，區區就是。
（副）老兄就是？不要哄咱。
（丑）這樣事騙得你的？我是有名的劉鐵嘴。
（副）照，照，照！正是劉鐵嘴。
（丑）若不肯信，（響筊介）你看有此物爲證。
（副）妙！果然是劉先生，就請到船中去跌筊。
（丑）爲什麽要到船中去跌？
（副）這裏來。軍士們。
（二生上）老爺回來了。
（副）劉先生到了，快打扶手。
（丑）不消，船上是我慣的。
（副上船）
（丑）請通誠，待我好跌筊。
（副）吩咐開船。
（丑）儕個？慢點開船，快點跌了筊，我就上岸去的。
（副）劉先生，你來得，去不得了。
（丑）爲什麽？
（副笑介）

【滴溜子】咱們是，咱們是，寨北勢炎。奉將令，奉將令，遠來相賺。道先生陰陽有驗，（合）徵書一紙來，急須打點。拜將築壇，休要再謙。

（丑脱介）原來你們竟是一班強盜！阿呀，不好哉！
（副）先生休得粗魯。
（丑）劉鐵嘴只單單一個身子在此，你們來搜一搜看。

【前腔】只有單單拆,拆單單,兩片筊爿。我身上呵,粗衣布,粗衣布,又加破腌。

（副）先生此去,定有好處。

（丑）我倒不思量什麼好處,我是清清白白的一個人,為何將賊名來染？

（三生、副）先生不必多言,我奉大王之命,為此前來,不是別等之事,不必過慮。（合前）

第十五齣 □　　□

【點絳唇】（末扮頭目上）鐵騎金符,人龍虎將,分前部,疾捲軸轤,萬仞銅垣破。虎寨崢嶸神鬼驚,談兵北斗墜天門。蒼龍吸水沾兵渴,烏鵲成橋渡將行。自家河北田大王帳下頭目官是也。奉大王將令,指日要騷擾中原。因軍中缺少一員謀士,已曾着先鋒到長安,徵聘劉打筊到來,同贊軍務。大王已築下高臺,只等他到來,即拜為軍師之職。你看各營早膳已畢,大王相必升帳,只得再次伺候。

【前腔】（淨扮田虎,二生、副、末、三旦、外小軍上）地接輿圖,山連天府,雄心助,燦爛皇都,指日為民父。天與人歸意氣揚,斬將劈寨逞豪強。圖王定霸平生志,一統山河帝德彰。孤乃田虎是也。只為朝廷寵用奸邪,民不堪命,羣雄四起,爭踞一方。如今王慶坐據淮西,宋江義結山東,方臘撫有江南,俺乃稱尊河北。孤家趁此人強馬壯之日,欲打幾處州城。因軍中缺少一位參謀,贊理軍機,為此不敢輕動。聞得長安城外有一劉鐵嘴,打筊無不應驗,我已差先鋒狄能前去,徵聘他到來,一同贊參軍機,凡有破城打州之事,問他打筊而行,諒無差誤。正是：臥龍三請賢能士,扶漢安劉鼎足分。

（副上）先鋒進,狄能打恭。

（淨）徵聘之事如何？

（副）奉大王將令,劉打筊已聘到了。

（淨）聘到了？請進來。
（副）得令。請先生進去。
（丑）哎，個出事務亦勿好哉。你害得我好苦情嗄。
（衆吆喝介）
（丑）阿呀，阿呀，還吃得吆喝來。（作跌倒，衆扶進介）
（淨）先生請起。請起，作揖。
（丑）此事這勿直個哉。你們要我唱啥，你們都來抓，倒來湊了我罷。
（淨）扶了劉先生起來。
（末扶丑作揖介）大王爺爺。
（淨）看坐，過來。
（丑）跌笞是立子跌個。
（淨）坐了，有話。
（丑坐介）
（淨）先生，咱本中原武弁，殺人避跡江湖。因見蔡京設應奉局，在蘇杭採辦寶玩，我想起來，俱是民脂民膏，因此中途刼奪，遂奔河北。蒙衆軍推我為頭領，哨聚山林，養成甲士十萬，虎將千員。今欲打入宋室，以圖大業。奈孤智愚才淺，不堪掌握兵機。欲求先生鬼谷之才，濟民於水火，因此不憚千里，有屈大駕，願叨弘教，幸勿推却。
（丑笑介）（丑）你在那裏説些什麽？
（淨）我對先生講。
（丑）這也好笑個哉。等我拿了笞跌在地下，待我問你那裏用的，然後好講。怎麽先生那裏白嚌白嚼，鬧熱蓬生，真正是強盜性格哉。
（淨）還是打笞？
（丑）勿是打笞，做僖個？
（淨）請先生做一個軍師。
（丑）且住了。什麽叫做軍師？
（淨）就是劉備聘諸葛亮的故事了。

（丑）要我做一個諸葛亮麼？

（淨）正是。

（丑）這等説，門角落裏讓我登在那裏就是了。

（淨）這是怎麼説？

（丑）門角落裏諸葛亮哉。

（淨）休得太謙。

（丑）哎，大王差矣。我本生來一介小民，兩塊窮骨，目不識丁，手又不能拈筆。自幼讀得一本關王經，並非張子房的秘訣；念得兩行鬼谷數，又不是黃石公的奇謀。四片笅筶，當不得諸葛亮四輪車輻；一扇牌子，哪裏是姜太公一根釣杆？青龍白虎，朱雀勾陳，出口難消六蹈三畧；甲乙丙丁，戊己庚辛壬癸，入耳豈是五令三申？排下打卦圍場，豈堪走馬演武；討來卦錢微細，那供得行竈軍需？發令自與行人家宅不同，談兵難向求財謀望酷肖。招兵買馬，豈能即是添人進口；殺人放火，那保得大象無妨？將臺上用我介一個乾癟老老。（作跌地介）勿好哉。

（淨）這怎麼説？

（丑）天井裏讓我做子個驚殺大王罷。

（淨）不要如此，快扶起來。眾將官，軍中取金道冠、大紅八卦法衣來，與軍師穿了。

（吹打介）

（淨）如今就是軍師了。

（丑）大王，你怎麼把我這樣打扮起來？還是謝土？還是淨宅？

（淨）請軍師登壇，待孤家拜付印劍兵符。

（眾扯丑登壇介）（吹打交印介）

（眾）眾將官叩師爺的頭。

（丑）你們都在做甚麼，敢是拜節的麼？

（眾）請師爺發令。

（丑）怎麼，就要發令了？

（眾）正是。

（丑）我倒也好笑。真正活剥牛皮慢鼓打，一味生做。叫我發儜令？不要管他，我今竟把笤裏的經念答去罷。請了，列位占了嘎，來哉。叫衆將官。

（衆）有。

（丑）咦，倒也好。

【滾繡球】與我按着左青龍右白虎，（衆）得令。（丑）前朱雀後玄武，（衆）得令。（丑）那螣蛇動處休要走，朱雀臨門百事無。定國安邦，皆由子孫旺相；斬閽破隘，必定有父母爻扶。應世相生，那怕他銅垣鐵壘；日辰生尅，實主有損將亡徒。

（衆）請問師爺，先打那一處地方？

（丑）打劫今夜且罷子罷。

（淨）不是。問軍師，今日興兵，先到何處去？

（丑）我如今還請家師出來問他。（跌笤介）衆將官，

（衆）有。

（丑）馬到成功，利在西北。

（淨）利在西北，是關口山陝地方了。衆將官，師爺有令，就此發兵前去。

（衆）得令。

【沽美酒】（合）只見前營移動，不覺又是右營忙。（丑）這是那三聖聖，又是三陽陽。（衆）衆兒郎，一個個身披短甲，手挽雕弓，捱捱擠擠，都去鬧城牆。（丑）怎麽陽陽陽，以麽聖陽陽。（衆）又只見衆兒郎，打歪歪左右兩隊分，（丑）又是三聖聖，又是三陽陽。（衆）又聽得馬兒嘶嘶嘶，車兒伊伊伊，炮兒烘烘烘，鼓兒咚咚咚，奔兒奔的奔，醺兒醺的醺，都是一班歪賴軍。（丑）以麽陰陰陰，聖聖聖，以麽聖陰陰。（衆）見一座府道城池，銅垣鐵壁，金石銀磚，高似青天，堅如翠嶽，也要打破麽不留停。（丑）這是聖聖陰，陰聖聖。（衆）又只見旗門之下，相持廝殺，鞭來鐧當，槍去刀迎，一來一往，斬幾個倒運娘。（丑）以麽陽陽陰聖聖聖，以麽聖陽陽。

【醉太平】（衆）賴軍師助我威，鷹揚奮武，顯得個綸巾羽扇指謀謨。那怕他拔山舉鼎夫，那怕他陸地行舟伍，與宋家做一個新跋扈，與宋家立一個新帝都。（丑）這的是陽聖陰、陰聖陽的笤訣譜。

第十六齣 □　□

【引】(末)日近天顏,金紫御香一片。舉頭紅日近,回首白雲低。無限湘江恨,空懷義士悲。咱家司禮監段笏是也。承皇沾恩錫命,奈因豺狼當道,永無遺跡。聖上信任蔡京用事,敕立黨人碑,不知害了多少忠臣義士,猶不自省。前拿戶部侍郎劉逵下獄,那劉逵鐵骨石肝,銅目鉄面,以死為榮,以生為辱。咱家憐他是個義士,因此先指點他女兒逃生,不想又有出旨,復帶來京。不免再思量一個法兒救他纔是。嘎,有了。我在太后面前說個方便,道浣衣局少個能事的宮女,今有劉逵之罪,籍沒全家,其女劉氏堪充此職。咳,皇天,皇天,若得太后依允,即便吊進宮來,全他性命。若得親官傳懿旨,救出裙釵女烈人。(下)

【引】(小旦、衆上)梨花錯認海棠丹,一樣浮屠兩樣看。
(衆)來此已是刑部監門省。有人麼?
(淨上)誰叫門?
(衆)我們奉兵部大堂鈞旨,拿到劉逵之女,說要與劉爺會一會,就要下大理寺獄的。
(淨)待我請劉爺出來。劉爺有請。
【引】(外上)夢切攀檻檻,尸奏足堪談。(淨開門介)
(生)解子叩頭。小姐拿到了。
(外)拿到了麼?兒呀!
(淨)大哥裏面去坐。
(生)使得。(淨、生下)
(外)我兒在那裏?
(小旦)奴家不是老爺之女,請免愁煩。
(外)既不是我女兒,因甚到此?解子。
(小旦)老爺請禁聲,待我說個明白。
(外)你且說來。誰家女子?緣何錯認?出生入死,休要誤了。
(小旦)老爺聽稟:

【尾犯序】奴是桑户一裙釵。只為老爺的小姐呵，在歧路迢遙，一旦悲戚。（外）小娘子遇見我孩兒，今在那裏？（小旦）我母女潛留，在籬疎茅龕。（外）原來在宅上，何人知覺，把事情洩漏了？（小旦）淒慘，雲時裏花分雁遠，雲時裏鴛鴦錯檻。（外）住了。既有知覺來拿你，你就該分解一個明白，甘自代認到此？（小旦）小奴那時不知分曉，誤捉到此。我想老爺姓劉，小奴也姓劉，念小姐金閨弱質，正堪指鹿為馬；奴是村戶蒲姿，何妨以李代桃？因此上奴甘代，落花無主一任到天南。

【前腔】覷他輕盈任俠，敢把虎鬚探。只在枯樹傷刀，那堪桑柘摧陷。小娘子雖是俠腸，不要錯了主意。你年少青春，休誤了冰書鸞絨。（小旦）奴命緣蹇，未洽桃花。老爺不得以奴後為憂。（外）小娘子，我為權奸當道，不得不破家。今日我死為忠，女死為孝，怎忍小娘子無辜受苦？況聖上呵，昏暗，住着搜狐媚豹尾，一任着虎狼搏啖。總有木蘭婦，刻肌刺骨做不得那奇男。

（末內白）聖旨下。

（生、淨上）聖旨下了。（開門介）

【引】（末、小生、老旦上）捧懿旨恩上一緘，免多嬌泉下含冤。（外、小旦接介）（末）奉太后懿旨：犯臣劉逵之女，堪充官役。着內使押劉氏到浣衣局內應，勿得違誤。謝恩。（外、小旦）萬歲，萬萬歲！（外）老欽差，這道聖旨又來差了。（末）何差？（外）此不是……（小旦）阿呀，爹爹！孩兒願進官去服役，爹爹不必憂慮。（拜唱）休得叮嚀再三，待役金門，寂寥憑着摧殘。莫把機破露人參。（外）兒呀，這是那裏說起？（末）老先生，你也不用傷悲。況有咱家在內，自然看顧小姐。今日一番，也是為老先生算計。却不道虎在深岩，定閫內豈得又相纏？

【哭相思】（外、小旦）鴛鴦飛處拆鴛鴦，將丹桂救無雙，從此春風弄楊柳，空懸明月待君王。

第十七齣 □ □

【字字雙】(副上)我洗衣裳甚是綢,傳授。積年油膩任留,如舊。調漿用粉伴衣垢,薄厚。棒槌不用手來搓,將就。

【前腔】(丑上)我洗衣裳慢悠悠,落後。(副)為什麼慢裏?梳頭打扮畫眉頭,纔走。(副)果然齊整。(丑)速香薰得滿衣裳,直透。晚來不把腳兒收,(副)為偺不纏一纏?(丑)怕臭。

(副)果然有些鬼叫。

(丑)甚鬼叫?

(副)脚下有些啼啼能個。

(丑)勿要摟哉。我們長信宮宮女便是。自入深宮,終日拖漿帶水。每常洗襖摺衣,看看年紀老大,何日得脫官闌內地?

(副)你我前世不敬丈夫,罰在深宮孤單獨宿,受此淒慘之報。

(丑)便是,昨日聖上發下一個宮女,説是什麼劉侍郎的女兒。他是個官家之子,必然多帶些使用進來的。我和你要他些見面錢,若是有錢,大家把那些衣服均分均分,若是没有,都要叫他一個人洗了。

(副)有理。劉家姐姐快來。

【引】(小旦)腸寸斷,淚交流,深宮內院謾凝眸。二位姐姐。

(副)罷了。新來晚到,

(丑)不知坑缸井竈。

(副)若要合夥生理,

(丑)先把菩薩來獻了。

(副)你是世事上人,可曉得麽?

(小旦)二位姐姐,念奴是負屈之人,況爹爹又落陷阱,那有金銀相送?望二位姐姐照顧。(丑)照顧,照顧,無錢那有生路?

(副)贈他幾下棒槌,身邊取出寶貨。

(小旦)就打死奴家,一些也没有。望二位方便。

(丑)果然没有?也罷,今日太后娘娘發下許多衣服在此,着令

今日多要洗完，不可有誤。饒你人心似鐵，難逃官法如爐。（下）
　　（小旦）我琴兒誤入深宮，甘受網羅之災，代彼冤仇。倘日後得出，也顯婦女之俠，不愧熱心男子。我今對此浣衣池上，好不傷感人也。
　　【梁州序】梧桐葉落，長堤柳垂，觸出傷心莫剖。宮廷寂靜，強來自步階頭。只見宮廷日落，復落雲風，玉殿連霄斗。可憐宮闈，一人也自含羞，空對西風血淚流。歎厄運遭陰久，看覆盆何日容光透？焉能個獻狐裘。（副、丑引老旦上）
　　（老旦）咦！這賤人，你纔到宮中，不理正務，怨恨緣何事？悲啼為甚人？衷腸全剖露，好好說根由。
　　（小旦）賤婢該死，願太后娘娘饒恕。
　　【漁燈兒】（老旦）你莫不是怨昭陽夜靜更幽？莫不是楚腰女懷抱悲秋？（小旦）賤婢怎敢？（老旦）我曉得了，莫不是紅葉題詩出御溝？（小旦）賤婢那有此事？（老旦）莫不是君王未識，惱畫工延壽輕投？
　　（小旦）阿呀，太后娘娘呵！
　　【錦漁燈】我是那思代父餐刀閨秀，我是那女緹縈圖報親仇。（老旦）有甚麼冤情，在此悲啼？（小旦）未能够鏡外明犀悉禍由，因此上向西風偷將珠淚戰荒眸。
　　（老旦）這賤人一派胡言。官人們，與我綁起來。
　　（副、丑綁小旦介）
　　【錦上花】你不該效鸚鵡，學弄喉，一謎裏背君王訴怨由。豈知隔牆有耳立芳洲，却不是文姬女虜庭遊，又不是昭君怨絕塞投。因甚的哭聲兒偏帶別離愁，汝意欲何求？官人們，宣段常侍過來行杖。
　　（副）段公公，太后娘娘有宣。
　　（末）領旨。出入深宮內，奔馳禁院中。太后娘娘在上，奴婢段笏叩頭。願娘娘千歲，千千歲！
　　（老旦）段常侍，昨日進宮來的劉氏，不將衣服淨浣，反在此問怨恨朝廷。你將這賤人衣服剝下，取荊藤過來，問這賤人因甚事在此悲泣。

（末）太后娘娘請息雷霆之怒，容奴婢一言瀆奏。

（老旦）你有何事？奏來。

（末）娘娘在上，這劉氏呵，

【錦中拍】他只為親仇未剖，總感上眉頭。誰知道傷情淚從朝至酉，斷腸聲禁時還透，今日個望寬仁聽訴根由。他父親劉逵呵，為黨人碑飛冤結扭，中含沙險作羈囚，落得女役深宮，君門難扣，因此上對蒼冥頻搔首。

（老旦）原來如此，放了綁。

（副放介）

（小旦）願娘娘千歲，千千歲！

（老旦）劉氏，你父與蔡京有何仇恨麼？

（末）太后娘娘問你，有何冤仇，奏上來。

（小旦）我父親呵，

【錦後拍】都只為蔡平章逞奸謀，鹿馬朦朧遍搜求。只一紙黨人碑疏奏，只一紙黨人碑疏奏，驀地全家解扭，被法司究拷下羈囚，冤屈事，望着誰人掛口？阿呀，太后娘娘嗄！誰承望念無辜降旨親赦宥。

（老旦）你且起來。

（小旦）願娘娘千歲，千千歲！

（老旦）且住。我想此女為父沉冤，所以悲啼。我若不赦，誰敢擅言？段常侍過來。

（末）有。

（老旦）我想蔡京在朝中，也不知排陷了多少忠臣義士。

【罵玉郎】他悄立鴛班似虎彪，只挾君王，命密旨收，黨人碑排陷與公侯。（末）太后娘娘開天地之心，已知排陷先賢。今劉逵只為救正國脈，故爾觸權奸之怒。今早聞樞密院童貫審訣，以定罪案。（老旦）定了他何罪？（末）道縱謝子毀裂聖諭，明日五鼓法曹處斬。娘娘嗄，那童貫與蔡京呵，都是那老奸頭，模糊他不問根由，把忠良傾休，把忠良傾休，頃刻抱冤千秋。（小旦）望娘娘計周，望娘娘計周,若得個親垂聖手,猛可望顛連搭救。(老旦)恁不須哀求悲啼,恁不須哀求悲啼,兀自愁平山嶽,淚溢溪流。楚囚悲,竇娥冤,積恨多勾,少不得奏君王明明細究。段常侍聽我吩咐,今早皇爺已進寢宮問候,回駕去了,不得有言再奏。既是劉逵五鼓處斬,你可帶領孩子們至法場,留下犯人,到五軍都督府候旨。如午未二時不見敕到,方許開刀,不得有誤。

(末、小旦)願娘娘千歲,千千歲!

(老旦)劉氏,

【尾】你從今慰却眉頭。(末、小旦)仗仁慈向君王面剖,(合)管取冰山一旦休。

(小旦)浣衣池邊遇深恩,(末)又見山河國祚新。
(老旦)我今伸出拿雲手,　　提出天羅地網人。

第十八齣　□　　□

(生上)凜凜秋霜列銅臺,煌煌帝旨下金階。楊柳枝頭飄怨血,鷓鴣聲裏帶聲哀。自家劊子手便是。昨晚奉樞密院鈞旨,將犯官劉逵今日五鼓綁出市曹斬首。為此來到法場,一來禁止閑人,二來恐監斬老爺下來,只得在此伺候。哥,犯官可曾綁下?

(淨)綁下了。

(生)帶出來。

(淨押外上)劉逵,劉逵,今日完你為臣子之事了。

【粉蝶兒】(外)吐霧吞雲,俺今日吐霧吞雲,舒不了滿乾坤搜搦垂恨。聖上嘎,再不能待漏彤宸,只除是冤魂書殘鬼奏,兀自泣長門隱隱。他只為不辨個賢臣君子,可不笑殺那宋家張本。(下)

【泣顏回】(丑、旦上)懿旨降慈仁,為憫顏長庚傾殞。自家司禮監内侍是也。奉太后娘娘懿旨,令咱家到法場留取犯官劉逵,到五軍都督府候旨定奪。(淨、生、外上)聖旨昨已到下,少頃童老爺親自監斬,你們自内侍下傢,敢來傳旨麽?(旦、丑)咦,好胡說!皇太后呵,怨燕霜飄血,金閨玉旨陳情。(生、淨)且住。待聖旨到來,放去便了。(旦、丑)好胡說!(搶下)(生、淨)怎麼一個斬犯,竟是奪去了?(老旦、小旦引副上)回凶供鯨,待誅讒方把朝綱振。戮盡了雉兔狐猿,從今後虎豹橫遁。

(淨、生)啟老爺,一個犯官被內侍奪去了。

(副)奪到那裏去?

(生、淨)五軍都督府去了。

(副)一個犯官被內侍搶去了?反了!反了!

(生、淨)說奉太后懿旨,還要候旨定奪。

(副)聖旨昨已到下,太后焉能違旨?該死的!既沒有聖旨,怎被閹狗奪去?蔡府知道,連我也都不好了。快快奪回斬首!

(淨、生)嗄。(下)

(副)有這等事!鐵案如山立,龍章豈悔移。(下)

(丑、旦、外上)

(旦)劉先生,這裏是五軍都督府了,請候片時,等皇爺的聖旨。

【北石榴花】(外)俺只見漫漫長吁氣氤氳,不能夠嚼血噴頑嚚。我這餐刀飲劍一個殘魂,望什麼楊枝一點,再沾天恩。(丑、旦)太后娘娘知道你是忠臣義士了。(外)說甚麼義和忠,落得圻陵損,淚殘襟雨似杜鵑枝印。(旦、丑)午未一時,就有赦書到了。(外)捱甚麼日時辰,捱甚麼日時辰,多一刻多悲恨,哪裏是枯木又逢春?

【泣顏回】(生、淨上)鯨鯢駕海管取又遭迍,豈懼風雲作陣。你這些孩子們,快快把犯官放回樞密院處斬!這是煌煌天旨,無端橫肆強秦。(丑、旦)放屁!太后有旨,誰敢不從?你家官兒這等大的麼!(生、淨)打這閹狗!(奪外下)(末上)殷殷志懇誠,凝眸望斷重瞳信,定須教恩向日邊,必竟雨露重新。

(丑、旦)啟上公公,今早奪得劉逵,又被童府奪去了。

(末)童賊,童賊,不畏太后懿旨麼?敢來奪取犯官!難道司禮威權,反不如你那賊子麼?孩子們,隨我去搶奪劉爺。

(丑、旦)曉得。

(末)人無害虎心,虎有傷人意。(下)

（生、淨、外上）老爺有請。

（副上）可曾奪回麼？

（生）奪回了。

（副）有賞。劉逵，劉逵，你犯下大罪，又通同內侍，攪混法場，敢是你要謀為不軌麼？

（外）你休得多言！

【黃龍滾犯】我是個箕比殷民，我是個箕比殷民，不畏着敲牙絕吻。你是操莽雄狐，不省着法倫國本。少不得燭焰冰消勢當盡，豈百年獸跡在衣襟？留取俺舌劍唇槍，留取俺舌劍唇槍，道劉逵為國身殞。

（末上）孩子們，提過犯官來。

（生、旦）有。

（副）段老先，劉逵壞法亂臣，罪在不赦。下官欽奉聖旨，法曹處斬。你來搶劫，無法無君，是何道理？

（末）咱奉太后娘娘懿旨，暫停半日，如午未二時敕書不至，悉聽處斬。

【撲燈蛾犯】明湛湛青宮懿旨垂，炫赫赫子母較前因。（副）自古道：天無二日，國無二王。犯法當行，何由內官作主？（末）住了！你道我內官做不得主，難道把皇上孝道多廢了？聖上呵，端端侍親闈，律堂堂法章堯舜。倭倭的狐尾亂金門，休恨，殿中持法須綏綏，金風透露有絲綸。

（副）你欺我不是皋陶之輩，不能執法？我今偏要依律奉旨，拿過來。

（淨、生）曉得。

（末）童貫，你敢就斬麼？過來，太后何人之母，敢不遵旨麼？

（副）段老先，你與劉逵雖然是個好友，也要看朝廷體面。一個斬犯，擅自劫奪。

【上小樓犯】欺明主亂烘烘背旨來，口查查言不順。你與劉逵呵，兩下裏如臭芝蘭，兩下裏如臭芝蘭，猶如管鮑，猶如韶虞，却不道律有蕭曹，却不道律有蕭曹，人有親誼律無私，這其間再休積渾。

吩咐開刀。

（小生）聖旨下！聖上有旨：犯官劉逵疏辯黨人碑，未必有負朝廷。姑且停刑下獄，明日會同科部，實擬黨人碑上一百二十人，果係賢黨、奸黨？着該部實奏，不得有違。謝恩！（下）

（外、末、副）萬歲，萬萬歲！

（末）孩子們，把劊子手着實打！

（生、淨下）

（末）犯官在此，你帶了去。

（副）下官不敢。

（末）你道内官做不得主，這一道聖旨從那裏來的？

（副）下官是奉蔡府鈞旨。

【尾】（末）你諂諛媚寵為章本，全不願男兒鬚鬢。（合）那邪正歧途勢有分。

（外、末下）

（副）啐！還有蔡府做主，管他怎麼？各人自掃門前雪，莫管他家瓦上霜。

第十九齣　□　　□

【引】（旦上）淚沾襟，鼠牙雀角錯認是商參。（老旦上）淒涼蓬戶費沉吟，緣何一去杳無音？

（旦）自從妹妹去後，已經半載。伯伯去後，杳無音信。如何是好？

（老旦）小姐，我年已半百，只有此女，杳無消息，教我倚靠何人。

【不是路】（淨、副上）火票森森，疾至村莊茅舍村。此間已是，打進去！（二旦）列位何來？（淨）你們可是劉打笞家麼？（老旦）正是。（淨）鎖起來！（二旦）這是為何？（淨）打笞的是你什麼人？（老旦）是我家老兒。（淨）可又來，他為叛逆，（老旦）叛逆有何證見？（淨）河北有田虎行軍伍，有羽書臨，内中開載端詳審，有鐵嘴劉仙妖禍侵。(老旦)牌長哥,我家老兒只曉得幾句笤訣,那裏曉得軍伍中的事情?休要錯認了。(淨)過來,你把牌兒認,當堂發下悲冤恁,且到官聽審。

第二十齣 □ □

【八聲甘州歌】(二生)深雲落亂鴉,看遠浦牙檣,在廬汜亭槎。誰念我無家,王粲樓不了野草閑花。(小生)賢弟,不想你惹下這場空頭禍,幸得死裏逃生。如今雖只脫離虎綱,只是天涯浩蕩,無處棲身,二人窮蹙,迤邐逃避,又是廣南一帶地方。形跡飄泊,歸於何所?(生)愚弟性狂見僻,致召奇禍。今遁跡他鄉,有負哥哥,經綸莫展,困窮失壞,小弟乃千古之罪人也。今上無片瓦,下無立錐,孤鴻雙鶴,何處可為餘巢剩壘,可安危矣?(小生)賢弟,我和你大丈夫作事,何愁四海無家?只是知己難遇,同調難逢,所以遲遲道路耳。再向前途,尋個僻靜去處安歇,再作道理。煙浮陌上行徑家,霧鎖橋邊池畔蛙,嗟呀,見漁燈一點正在河沙。

(小生)賢弟,此間一個人家在此,且去借宿一宵再處。(看介)青霞觀,原來是道長所在,正堪借宿。仙長有麼?

【引】(末上)戶外有聲譁,莫非是古木棲鴉?是那個?二位請進草堂。

(二生)仙長拜揖。

(末)二位先生請坐。

(二生)有坐。

(末)請問二位,為何到此荒僻之所?

(小生)卑末從長安而來,為毀壞聖諭石碑,誤觸權奸,逃生避害,遠投山谷,天色已晚,特叩仙居,敢求借宿。

(末)二位乃忠義之士,請教大名,方好領教。

(小生)卑末傅人龍,此是我表弟謝廷玉呵,

【解三酲】赴春榜展才都下,奪標夢已成空卦。(末)原來奇才有負了。只是所觸權奸,因何而起?(小生)與他麯生暫解牢騷話,

因醉裏惹根芽。那蔡京無端建一石碑,豎立端禮門,坑儒不肖絕却賢共佳,他就抹碎其碑共誇,那蔡京呵,生叱咤,因此上牢龍計賺,奔走天涯。

(末)原來為黨人碑一事。

(二生)仙長亦聞其跡麼?

(末)不瞞二位說,我就是安民,本係石工為業,在長安城中,鐫刻名家碑記。不想那日童樞密喚進府中,發下一紙,令我鐫刻石碑。貧道不知就裏,一時應承,及至到端禮門,拆開一看,上寫着"元祐黨人"四字,却是司馬相公為首,那時貧道呵,

【前腔】待刻下恐士風傷雅,又無奈威嚴喬坐衙。只得唏噓願共千秋罵,那時強把碑文刻完,因苦恨入雲霞。自從棄了本業,來到此間,蒙青霞師長留我出家,丹爐紫府為結跏,食柏餐松非浪誇。(二生)令師在那裏?(末)他已逍遙化,(二生)嗄,原來亡過了。(末)只留石床琴冷,一鉢胡麻。(二生)仙長耻隨流俗,脫然世外,誠我輩之不知。可敬,可羨!(末)不敢。二位先生,當今時世,虎狼載道,狐鼠為羣。二位且是懷寶迷邦,莫效牛刀試宰。貧道這裏雖是石室荒蕪,聊可駐高賢之足。二位不嫌村僻,權且避跡,以待時清,且待羆夢發祥,自當幣聘,未知意下何如?(二生)卑末正有此意,恐俗子凡夫有誤清淨道德。(末)何出此言。忝在同志,正好把臂談心。

西窗剪燭論玄空,偶向天涯義氣同。
今宵賸把銀釭照,猶恐相逢是夢中。

第二十一齣　□　□

【秋夜月】(外上)出未央,雞舌猶相傍,一旨內召文宗匠。咱家內官常侍便是。奉皇爺旨意,叫咱家密召蔡學士進宮議事,來此已是。有人麼?(副上)什麼人?(外)報去,說內侍公公要見。(副)是。老爺有請。(淨上)內屏坐擁春羅賬,半閑堂虛講,金谷園效放。

(副)內侍公公要見。

（淨）道有請。公公，適纔朝罷，又召何事？

（外）皇爺退居長信宮，忽傳一旨，着咱家來召你進宮議事，皇爺立等。

（淨）就行。

（外）口傳皇帝旨，

（淨）不俟駕而行。（下）

【引】（三旦、末引小生上）富有山河錦繡壤，梨情歌有甘棠。天仗霄岩建羽旄，春風送色晚難號。金爐香動螭頭暗，玉佩聲來雉尾高。寡人大宋徽宗是也。守太祖之封疆，係黎庶之樂土。納言納奏，每以難為自警；寡尤寡悔，常將盤銘懷恩。果然物阜民安，真個豐和世泰。前因學士蔡京進黨人碑，元祐奸黨共一百二十人，教孤頒行立石，以勸臣下。又有戶部侍郎劉逵，疏辯司馬光等盡皆忠臣義士，寡人未知就裏，將劉逵逮獄，前日命部科九卿會同，實擬賢奸具奏。不想各衙門有執賢而論，也有執奸而辯，寡人難以分別，為此密召蔡京進宮，朕自與他微服改裝，私行天街，暗查人心公論，便知端的。

（淨上）臣蔡京見駕。

（衆）平身。

（淨）萬歲，萬萬歲！

（小生）學士，朕知聖人也有遊覽山川，體訪民瘼。朕今端居九五，未知民間疾苦。欲與學士微服遊行，效鄉觀之問俗，學巡狩之遺風。卿意以為何如？

（淨）皇上效聖君之遊豫，實乃萬姓之休助也。臣不敢不隨駕。

（小生）朕改裝一書生，卿改裝一隨從便了。

（淨）領旨。

（小生）內侍，取九雲巾過來，你們迴避了。

【宜春令】離金闕，叩閶闔，望雲霓空隨建章。非為舞霓，又非雲際重門訪。看雙雙鶯雁飛行，一對對蜂狂蝶攘。忽聽，書生聲聲笑語，對看同講。（下）

（生、外、副、丑上）請了。

（外）一片飛花帶恨來，
（生）幾重怨霧傍泉臺。
（副）藤蘿也解埋忠義，
（丑）附石唏噓似有哀。
（外）列位，我等俱是同學中朋友，只因蔡京專權，蒙蔽聖上，將元祐賢人盡屬奸黨，立石頒行，是非倒置，公論磨滅。總有抱負，難展奇懷，不能為先輩先生洗滌沉冤，如何是好？
（副）聖上為黨人碑一事，不知埋沒了多少公卿。我等俱是腐儒，焉能挽回天日？我們同到碑前，拜哭一回，使元祐先靈也知我等少挾公道。眾兄意下何如？
（丑）妙，妙！就請同行。
（副）信步之間，這裏是了。
（眾）你看草護殘碑，雲封姓氏，好不淒慘人也。
【太師引】恨一座錦繡碑埋荒壤，又不是杏苑鳳牆，却留着舊賢宿義，與閑花和野草流香。（小生、淨暗上，聽介）怪請纓路沒難梟逆黨，誰不泣歧路亡羊？我那司馬相公嘆，不能夠凌煙上共守着舊章，却受了冷風殘雨的惆悵。
（小生）列位請了。
（眾）請了。
（小生）適纔列位在此哭拜殘碑，為何事故？
（外、生）長兄有所不知，這碑姓名俱係元祐先賢。
（淨）怎見得就是賢人？
（小生）不許開口！
（丑）勿要插嘴！
（外、生）當今聽信蔡京之言，
（副）蔡京乃當今世上之權奸嘎。
（丑）盡沒為奸黨，
（生、外）撰作黨人碑，頒行天下。吾輩呵，
【瑣窗寒】恨衣冠牛馬同邦，把公評一旦亡。（小生）想聖上未知就裏。（眾）聖明蠱惑，把巧舌如簧。（小生）那些朝臣，緣何不

辯？（衆）封書待漏，遭冤流謗，誰肯把一身骯髒？因此流淚訴衷腸，把百年賢士安放。

（淨）諸生狂言，不可爲信。

（小生）我命你不許開口！

（丑、副）這也可笑之極。我們相公在此説話，誰要你多嘴？惹打之極，可惡，可惡！你看什麽，你不認得我相公麽？

（小生）列位，還要請教個明白。碑上第一名司馬光，有何賢德？

（外）那司馬光相公，在哲宗一十五年，身徇社稷，毫無瑕疵。至病革，不復自覺，諄諄如夢中，語皆天下事也。及卒，太后聞之大慟，哲宗親自臨喪，京師爲之罷市往弔。後移棺葬秦，送者如哭親喪。都中四方，皆圖畫像，四時以祭。苟非賢達，焉能如是乎？

（小生）蘇軾有何賢德？

（生）東坡先生身居翰院，時神宗每讀其文，讚曰：“奇才，奇才！”頗以語言切見時政。王安石居政，藐視百官，及見蘇軾在坐，不敢狂言作色。非正人君子，權相焉能畏避乎？

（小生）文彦博有何德能？

（副）文老太師逮事四朝，任相五十餘年，名聞四夷，立朝端重，臨事能斷，有大臣之風。功成退居，朝野豈得不重焉？

（小生）程頤有何賢德？

（丑）程夫子乃河南處士，力學好古，安貧守節，年逾五十，不求仕進，真儒者之高蹈，聖世之逸民。爲崇政説書，標《大學》、《論語》、《中庸》，注解而達於天下，及尊儒道之重者，不獨爲子孫所當法，而爲百世帝王所當法也，安得不賢？安得不賢？在碑一百二十名，無不名彰功勳，行制勳猷。

【三段子】却是梁材廟廊，金櫃裏簡編有香。不能够凌煙姓揚，反守着花煙草塘。（丑、副）老兄，那奸細蔡京呵，瞞天昧地心術喪，貪婪酷法生無狀，把一個國憲君權竊來自掌。

（淨）你們不要罵便好。

（副）就罵了那老狗骨頭，亦有何妨？

（丑）我相公們見了他，竟打而為者也乎哉。

【大聖樂】（小生）聽他人言語真詳，賢良關甚黨？錯教鴛鷺來惆悵，朝和野暗流謗。諸生過來，我非別人，孤是趙家之主徽宗帝，（衆）臣等不知聖駕到臨，死罪，死罪！（小生）罷了，這人呵，就是平章一蔡郎。（衆）聖上問起元祐一事，臣等敢不以言實對？今則負罪於君相，願陛下憐而赦之。（小生）朕因黨人碑一事，朝臣辯論不明，私自遊行，以察民心。今得諸生講明，始知顛末。今蔡京在此，諸生協拿，午門候旨便了。（衆）萬歲，萬萬歲！（小生）得遇玄言辟妄，救正了傷風化的一旨明黨。（下）

（丑）這個就是蔡京奸賊！

（副）等學生來認一認看，好一個相公，壞盡了他的體面，我們竟打這老烏龜便了。

（丑）把他的鬍子都拔去了他的！

（外、生）拿到午門候旨便了。

【尾】你今勢敗方悔想，好一個納言宰相，今與元祐諸君纔有光。

第二十二齣 □　　□

【引】（末上）一朝春信膺天眷，方洗盡千秋疑案。自家司禮監段笏是也。只為劉逵在獄，要保全父女性命，不知費了多少心機。喜聖上查究黨人碑賢否，百官俱怕蔡京，盡皆結舌。昨日聖上私行端禮門，暗查民心，偶遇秀士哭碑，講論司馬光等一班功勳，聖上纔悟，即時拿下蔡京。劉逵起識，加為兵部侍郎，部院保舉，領師征討河北田虎。聖上隨命擊碎黨人碑，凡有論黨人碑疏罷職者，盡行起用。此一事，人心無不為快。

（老旦、淨上）在他矮簷過，怎敢不低頭。

（老旦）啟上公公知道，聖上發下蔡京在長信宮內服役，為此來見公公。

（末）可曾見劉爺到朝謝恩麼？

（老旦）謝過恩了。隨命領師出都，欽限甚緊，已往教場點兵去了。

（末）喚蔡京過來。

（淨）蔡京見公公。

（末）怎麼不叩頭？

（淨）蔡京叩頭。

（末）蔡京，你也有今日麼？你那邊鬍子那裏去了？

（淨）被火燎去了。

（末）把那邊的一發去了。

（淨）如今再不能夠為平章大學士了。

（末）怎麼說？

（淨）無鬚不入相。

（末）帶馬過來，隨我到十里長亭，與劉爺餞行。

（淨）有何面目見他？還求公公作養。

（末）我今日偏要你去見他。嫩草怕霜霜怕日，惡人自有惡人磨。（下）

【引】（副、生、二旦、外上）雙手撥彤雲，旭日扶霄漢。孤鴿眠蒲墅，魂將泣杜鵑。春從天上至，雨露沐殘年。下官劉逵，蒙聖上赦過前愆，反加兵部侍郎之職。命我提師征剿河北田虎，今早入朝謝恩，因邊報甚急，欽命即刻出師。下官已在教場點過三軍，整頓器械。喚中軍官過來，就此發兵前去。

（副）稟爺，段公特來送行。

（外）快請進來！

【引】（淨、末上）好友去如梭，急急前來賀。

（外）下官正欲造府拜謝，只因皇命緊急，一概衙門不及面謝。多勞公公光餞，使下官負愧無地。

（末）說那裏話。看酒來，劉先生今日吉行，為何掉下淚來？

（外）我劉逵呵，

【鎖南枝】思量起，涕淚潸。下官若不是公公呵，溝渠白骨早已安。（末）老先生忠義，惟天可表，學生有何所能。（外）公公呵，愁宮闈禁紅顏,他未慣雞鳴旦。(末)令愛之事,不必愁煩。太后娘娘甚是喜歡,只等令婿一有下落,咱家奏過太后,自然賜出成親,何煩掛念?(外)只是小婿呵,況少年不能白衣紫襴,今日浪天涯,空負勞青盼。

【前腔】(末)一曲陽關岸,願三軍擊鐙還。(外)公公手下的人,好生面善。(末)劉先生,你就不認得他了?是蔡京一奸相,聖上呵,發下長信為奴,免使生民塗炭。(外)你的鬍鬚那裏去了?(淨)聖上取去,做了一個拂子。(外)做拂子何用?(淨)大人,與百官,做樣看,若要做奸雄,須索如此扮。

(外)皇命緊急,不敢飲了。
(末)請了。饒伊掬盡湘江水,難洗今朝滿面羞。(下)
(外)就此起馬!
(衆)得令。

【前腔】王師渡,走契丹,壺漿父老簞食煩。踏破賀蘭山,暗度陳倉棧。追殘寇,擒可汗,搗雄巢,絶殳蔓。

第二十三齣　□　□

【普賢樂】(丑)一張鐵嘴亂荒唐,引得名兒處處揚。妻子受淒涼,女兒遭禍殃,惧盡終身難説向。打笪打笪,説來一場好笑。跌下兩片竹根,口中一味亂道。不想事事有驗,果然椿椿湊巧。河北田虎,將我一身騙到,築起三丈高臺,拜我軍師名號。我但知天爻地靜,那曉三軍旗纛?肚中半字全無,掌起生殺征討。任你拜將封侯,到底為賊為盜。我劉鐵嘴好端端坐在家裏,出門嚼嚼蛆,賺幾個銅錢,買呷黃湯吃醉了過日脚,何等快活。勿想小小裏做點陰隲,就有大報應起來。如今雖然做了什麽軍師,吃用都是有的。單單只是驚嚇大,好端端吃頓飯,忽然報來:"禀上師爺,有賊討戰",個碗羹飯亦吃勿成哉。好端端困來忒,到半夜裏,又報來:"禀上師爺,有賊人來劫寨",一個冷尸首,莽天莽地亦僵子起來哉。不道諸葛亮,個樣難做個。哎,劉鐵嘴,劉鐵嘴,

【點絳唇】你本是俗村郎,怎做得貔貅將相?(內喊介)外頭亦勿知偺個一出來哉?聽了這軍聲莽,好叫俺暗地心慌,又不知何處兵和將?

(淨上)號令軍中出,羽書寨外來。稟上師爺,宋朝差劉兵部提兵前來對敵,請師爺定奪。

(丑)宋家既有兵將到來,你們自去相殺便了,為何又來稟我?

(淨)衆將等軍師發令。

(丑)這一遭我偏不發令。

(淨)自古蛇無頭而不行,沒有軍令,衆將焉敢出動?

(丑)蛇無頭而不行,畢竟要螣蛇爻發動了,我今打一爻,可是螣蛇爻發動了?(作跌介)咦,頭目。

(淨)有。

(丑)果然螣蛇聚首。

(淨)主何吉凶?

(丑)宋家來將,必有埋伏,將來暗算我等。傳下號令,吩咐衆將官齊集,上壇聽點。

(淨)得令。(下)

(丑)我看此爻,陰盛陽衰,螣蛇聚於坤地,必有陷坑伏兵之計。我如今命將擒拿,自然成功。(笑介)且住。我這樣嚼蛆,也不要抱穩了。在家裏跌爻是做生意,就嚼勿着,也沒人來倒臟。這個事體倘然嚼不着,必致喪師辱國之禍。

【混江龍】莫待把語言虛誑,再將那陰陽仔細謾推詳。休做得牽羊引虎,休做得攘臂螳螂。雖非是虜兵百萬東出,也擁着子弟八千河北郎。那知驅兵換斗、倒海移山,他錯認山河同似,那知麋鹿近為獐。談兵也笑說劍劍無光,也算着那推輪捧轂,也應着拜將封王。

(外、二生、淨、副、三旦、末小軍上)

(丑)左營將官聽令!

(外、副)有。

(丑)今有宋朝提兵官暗差士卒,在左營一路排掘陷坑,埋兵引戰,趁此土木未完,取我令箭前去。

【油葫蘆】他用着暗裏機關誘敵方,排軍將,鬧圍場,相對壘定有個身輕裊,恁須要啣枚倒戟休粗莽。莫使他計已成先斬那無功將,須破了錦囊,第一成虛誇,也知俺軍中有個諸葛亮。

(外、副)得令。(下)

(丑)右營將官聽令!

(二生)有。

(丑)宋兵在千里之外,山谷之中,暗埋地炮,阻絕俺的歸路。你二人帶領手下將官,衝殺前去。

【天下樂】他待做赤壁烘烘怨鬼場,陰陵道世無雙。把子母排兩行,怎知俺先天已破模糊障。當陽里殺一個風,長楊坡生一千浪,須教他黃石謀空歸仰。

(二生)得令。(下)

(丑)前營將官聽令!

(二旦)有。

(丑)今有宋兵暗從私路而來,燒俺的糧草。你二人帶領將官,暗伏在屯糧左右,待他來時,放炮殺出。

【鵲踏枝】排下木門弩機張,穿楊箭幾雙。只教他隴中割麥無些望,不提防萬竈晨炊軍色慌,又沒有馬牛木像去馱糧。

(二旦)得令。(下)

(丑)後營將官聽令!

(末、老旦)有。

(丑)你二人帶領人馬,抄出宋營,左右前後,四下埋伏。有宋兵敗殘人馬逃歸者,一概截住,奮力擒拿,今晚定要成功。

【寄生草】堪怪他陰謀奸險巧計裝,功成談笑貔貅帳。縛雞無力謀千丈,纖纖小醜生疴癢,將軍妙算定安邦,那知道今夜裏反起愁城障。

(末、老旦)得令。(下)

(丑)頭目過來。

(淨)有。

（丑）你去報與大王知道，領兵前去，四下衝殺，定教大獲全功，不可有誤。

（淨）得令。（下）

（丑）哎，劉鐵嘴，劉鐵嘴。

【煞尾】只憑笤幾行，未知可應爻尖上？俺這裏葫蘆提猜莽憨兒的想，假饒你隨俺的機彀，也不枉築高臺親來訪。

第二十四齣　□　□

【引】（三旦、末引外上）血濺龍山，潮平虎嶽，醜爾疾捲風。下官劉逵，欽命提師征討田虎，雄兵已至廣南沙陽界口前至六十里之地，那賊人扎營之所。我已打去戰書，賊將閉關不出，遲延歲月，恐糧草不繼，反墮賊人之計。我先用三條計策，管教掃蕩無遺。我今再移大營，相近賊寨，準備接應，有何不可？衆將官。

（衆）有。

（外）快移營前去，如見賊營亂動，即便衝殺。違令者斬！

（衆）得令。

（外）就此起兵前去！

【泣顏回】六出走崆峒，醜爾覷如夷種。七擒七縱，有翼自罹樊籠。雲昏霧朦，一時裏，殺氣塞羗擁。想賊人赤壁無遺，喜王師奏歸高拱。

（副上）報，報！啟爺，不好了！奉令往掘陷坑，却被賊人知覺，衝出一隊賊人前來呵，

【千秋歲】俱是髮蓬鬆赤鬼山魁，唬殺兒郎盡皆驚恐。（外）是何人走漏消息？（副）不是走漏消息，他那裏有一個劉打笤為軍師，他數演先天，數演先天，這暗裏機關一些無用。

（外）再去打聽。

（副）得令。（下）

（外）衆將官，那賊雖破我陷坑之計，還有地炮刦糧，可破賊也。再殺上前去！

（衆）得令。

【泣顏回】身膺簡，擔師衆；指謀畧，三軍奉。豈被奸人弄，管轟雷烈焰，殄滅羣雄。

（小生上）報，報！啟爺，不好了！奉令命我等暗埋地炮，却被賊人知覺，衝出一隊賊將呵，

【越恁好】俱是地妖山怪，俱是地妖山怪，赤條條走似熊。（外）那地雷可成麽？（小生）地雷功無成，三軍盡銷镕。（外）又是何人走漏消息？（小生）并沒人走漏消息，他那裏有個劉打笞為軍師，算陰陽掌中，算陰陽掌中，時諭忙忙，破機關謀事盡空。（外）再去打聽。（生）得令。（下）（外）衆將官，雖則賊人又破我地雷之計，還有一隊燒糧草人馬，他那裏定無準備，今晚定要成功。作速殺進賊巢，大營接應。（衆）得令。忙息鼓捲甲，且啣枚捲旌旗飛過寨東。軍儲釜，博望屯管取功。全誦，定鞭敲金鐙齊響雲風。

（副上）報，報！不好了！我等奉令去燒賊寨糧草，行到賊營，方欲舉火，却被兩旁賊人衝殺過來，

【紅繡鞋】巍巍虎將如龍，如龍。煌煌鏖戰如風，如風。軍兒陷，馬兒空。（外）又是何人走漏消息？（副）并無人走漏消息，他那裏軍中有個劉打笞為軍師，知禍福，測災凶。未來事，已先通。六爻準，鬼神驚。

（外）罷了，罷了，三計都被他破了！衆將官，快快退兵！

（衆）得令。

（淨殺上，副對殺，副敗下）（三旦、末先下，扮北軍暗上）

（淨）好個劉軍師，宋兵用三條計策來暗算吾軍，多被軍師參透，一計不成，殺得宋兵大敗，又教趁此追殺前去，定成大功。的！頭目，快快追殺前去便了！

（衆）得令。

【尾】長驅疾捲如蜂擁，管取東平滅宋，方顯得河北稱尊第一雄。

第二十五齣　□　□

　　【引】(生)雲室寄鶼鶼,(小生)秉燭談玄妙。兄弟,我和你自投到此,得遇安道長相留,雄心頓別,塵念俱忘。坐臥於長林豐草之間,談笑於流泉茅壑之下,何等逍遙自在。正所謂:不遇徹骨之寒,怎見梅花之香也。

　　(生)哥哥,小弟一身,扼腕蓬茅,何堪大用?只是哥哥一段灑落襟懷,為弟寒酸,不能展功名於磐石。如今避世逃名,何日得出頭日子?

　　(小生)兄弟說那裏話來?我今在此,目不覩亂臣所為,耳不聞殃民之事,煩惱盡除,好不受用!(內喊介)

　　(外白)不好了,不好了,天亡我也!

　　【引】(外上)金鼓近茅簷,那裏有援兵一殲?追兵漸漸相近,天色又晚,怎麼處?且喜有個道院在此,借宿一宵,再作道理。有人麼?

　　(二生)是那個?(開門介)

　　(外進)二位把門閉了。

　　(二生)是。

　　(外)二位拜揖。

　　(二生)看足下身披戎服,如此氣喘,莫非在何處征戰,敗績到此?

　　(外)二位不要說起。我奉朝廷敕命,征討田虎,不想師喪軍殘,被他追趕一日一夜,無處逃避,聊借寶刹,以寄窮愁。

　　(二生)請問大人尊名?

　　(外)慚愧。下官姓劉,名逵,原任戶部侍郎之職。因力劾黨人碑一事,有怒於聖上,將我逮獄。近因奸臣敗露,蒙聖上遷除兵部侍郎之職。不想誤墮賊人之計也。

　　(生)如此,是我岳丈了。

　　(外)你是何人?下官並無女兒嫁於此地。

（生）小生謝廷玉，在京會試，因酒醉打碎黨人碑，蔡賊置我死地。蒙結義哥哥傅人龍救我出城，逃難至此。又蒙青霞觀安道長相留，不想今晚得遇岳丈。

（外）呀，如此說，果是我瓊仙賢婿了。

【哭相思】憶昔風波歷遍，（生）天涯又得垂瞻。

（小生）老大人拜揖。

（外）傅兄，小婿得生，皆賴賢士。古之荊卿，世無有比。

（小生）大人，往事不必提起，請問征討之事，如何敗於田虎？

（外）賢士，下官領兵到廣南沙陽界口，離賊營六十餘里，打下戰書，賊不出戰，我就定下三條計策。

（二生）哪三條計策？

（外）第一計，賊營右邊排掘陷坑，左埋火炮，後去劫糧，誰想三計都不能成。

（二生）敢是何人走漏消息？

（外）並無人走漏消息，他軍中有一個劉打笞為軍師，不想陰陽有準，事事被他識破，為此大敗虧輸。

（生）哥哥，他那裏也有個什麼劉打笞？

【引】（末上）雲堂將半掩，何事語喧然？大人何來？請坐了。敢問尊姓大名？

（外）卑末失機到此，惶恐言名。

（小生）此位就是論劾黨人碑的劉白門老先生，是謝賢弟的令岳。奉命征討田虎，遇妖人破計，敗績到此。

（末）原來就是劉大人，貧道失瞻了。

（外）不敢。

（末）適聞妖人破計，莫非賊營中有什麼邪法，煽惑軍心了？

（外）邪法是沒有。有一個打笞之人為軍師，下官用計，都被他破了。

（末）貧道想起先師臨終之時，付以五雷請將神訣。到日後有一打笞之人，在賊營中為軍師，預知吉凶，只須如此擒拿，可滅巨寇。大人，今日雖則師殘軍喪，不必憂慮。明日再整頓人馬，扎住營場，傅、謝二兄為將佐，待貧道作起法來，拿住打筶之人，田虎不戰而自退矣。

（外）若得如此，粉身難報。表奏朝廷，自有封誥。請上，受我等一拜。

【歸朝歡】拜丹府，拜丹府道法仰瞻，天羅秘必除奸邪。望雨露，望雨露，默一梨惠沾，朝廷大籙恩典。（末）貧道乃世外之人，焉望五雲朱紫？梅妻鶴子吾相僭，餐松食栢吾求厭，一碗送風寢草眠。

五雷神訣定興亡，得遇仙家日月長。
不是一番寒徹骨，怎得梅花撲鼻香？

第二十六齣　□　□

【水底魚】（老旦、正旦小軍，丑上）巧計潛埋，全憑筶訣猜，（合）諸葛孫武，妙計總難排，妙計總難排。我劉打筶憑了筶訣，算定宋朝領兵官暗用三條計策，來陷吾軍，被我點下三枝人馬，破了他的機關，殺得大敗而去。我也好笑，這兩片筶，竟是我的祖宗一般，這樣應的！軍士們，

（二旦）有！

（丑）筶法如何？

（二旦）好筶法！如應如響，一些也不差。

（丑）也不敢欺，也將就得過。

（淨上）陰陽憑術士，攻戰任將軍。稟上師爺，宋兵大敗，逃出雁兒谷，大王追上，駐扎谷口，請師爺追究逃將下落。

（丑）要知下落，請教家師。（跌介）"勾陳入門，得遇青龍。"依此筶，宋將必竟逃入什麼庵觀寺院藏身，軍士們，隨我前去，凡遇庵堂寺院，即便搜尋，定獲主將。

（二旦）得令。（下）

【引】（老旦、副小軍，末上）我本無心世外，清風引出雲來。（外上）自愧駑駘匪將才，（小生）掃盡妖氛，（生）霓虹志吐金階。

（外、二生）道長拜揖。

（末）三位少禮。

（外）昨蒙道長吩咐，收集殘師可驅士。下官收拾敗殘人馬，畧有五千在，左右候令指揮。

（末）貧道已知劉打筶領兵來搜庵堂，捉獲主將。貧道做下一計在此，管教他定無應驗。軍士們，

（老旦、副）有！

（末）後園有一草人，擡過來。（擡上介）

（末）放在堂中。此就是大人模樣，將來坐在中堂，待那劉打筶前來，教他應筶，也不應數，以惑其心，等擒之便了。

【四邊靜】移兵暫向松林界，草人須當待。道生亂軍心，一場好疑駭。兵書難解，機謀難改，管取那妖邪筶訣全無賴。（下）

【朱奴兒】（老旦、副小軍，淨、丑上）向山寺尋求將宰，何如有堪藏夾袋。走上焰魔嶺上來，會騰雲起上天臺。（合）難遮蓋，今除禍災，逃不過筶兒在。

（淨）啟上師爺，有一個青霞觀。

（丑）趕進去，趕進去！

（淨）有主將在此。

（丑）軍士們，與我亂砍！

（淨）啟上師爺，是個草人。

（丑）這也奇了。寺院裏菩薩，只有泥塑木雕，從沒有見稻草做的。

（副、旦）師爺，筶今番不準了。

（丑）準便不準，影像原是有的。

（衆上）

（二旦下）拿住了。

（二生）老師有請。

（末、外上）拿過來。

（外）劉打筶，你也是朝廷的子民，如何助田虎謀反？教左右，拿去砍了！

（二生）刀下留人。劉先生，你可認得我二人麼？

（丑）你可是傅、謝二相公麼？

（二生）然也。

（丑）阿呀，我的皇天嘎！我為是你們兩個，逼得我上天無路，入地無門，倒要殺我！殺了我也罷了，以後你二人再闖出禍來，那個與你們打筊嘎？

（二生）劉先生，當初承你一計，救我二人，此恩難報。只是你今日犯了朝廷法律，不能以私廢公。有什麽辯，請對主帥一講，我二人在旁解勸便了。

（丑）主帥是那一個？

（二生）是戶部侍郎劉爺。

（丑）可是劉白門麼？

（生）禁聲！

（丑）劉白門，你忘恩負義！

（外）你是反賊，有何恩義與誰！敢出言無狀麼？

（丑）你倒忘了麼？你遭籍沒之禍，你的女兒反是我老婆養在家裏，我的女兒替你的女兒入官殺害，如今又要殺我，可不是忘恩負義麼？

（外）原來入官之女，就是他的女兒。放了綁！

（衆放綁介）

（外）我且問你，你既是打筊有靈，打一筊看田虎幾時可擒。擒得田虎者，奏與聖上，將功折罪便了。

（丑）筊都沒有了。

（二生）軍中可有筊筶麼？

（副）有在此。

（丑）我前世不知作了什麽孽，做這樣一椿生意起來。關王關王，十死九亡。田虎無命，也來湊綁。

（二生）筊訣如何？

（丑）此筊是箇斷橋卦，青龍入於沙地，無水不能飛騰。依我之見，要擒田虎，不用干戈。（衆）怎麽樣一個擒法？

(丑)拿他,也拿了我,一起擒殺,可是麼?
　　(外)有軍令,誰敢殺你?
　　(丑)田虎大兵駐扎雁兒谷口,主帥領兵前去,虛張聲勢,圍在山下,只放他一條歸路。傅、謝二將,你可帶領二百名軍士,多備火藥等物,扮作父老,到田虎歸路之處,有橋便拆去,砍樹木在於大河之所,假作扎簰之狀。簰上暗埋硝磺引火之物,待他上得簰時,四面火箭亂射,田虎不戰而自亡矣。
　　(衆)妙計!妙計,斬蛇須斬蛟,獵獸須獵虎。青龍掛斷橋,妖寇難歸土。

第二十七齣　□　　□

　　【引】(老旦、旦、淨上)兵稱豪雄跋扈,天心指日臨孤。孤家自從起兵,侵犯南宋,全賴軍師的靈笤,攻城掠池,無有不驗。宋家將官,俱殺得七零八落,不知敗走到何處。劉軍師領兵追襲,必獲全勝。已差軍士前去打聽,待他來時,便知分曉。
　　(副)大王,不好了!劉軍師被宋將拿在那裏,如今三路軍馬,圍住谷口,只有一條歸路。大王,怎生是好?
　　(淨)軍師被他拿住了?大事不成了!叫頭目。
　　(衆)有。
　　(淨)我今事已燃眉,暫歸河北,選將興兵,再來攻取便了。吩咐回軍!
　　(衆)得令!
　　【滴溜子】捲旗甲,捲旗甲,掩旌息羽。藏金鼓,藏金鼓,退師歸卒。軍師陰陽無據,前功盡已休,三軍無主。幸有江東,可渡兵車。
　　(淨)前隊為何不行?
　　(衆)啟上大王,來到河邊,橋多拆斷了,無船可渡。
　　(淨)如此,怎麼處?
　　(衆)河中有許多簰在此。

（淨）難得，難得。衆頭目，就此上篳，撐過河去便了。
（衆上篳介）
（二生、副射淨下）
（外）賊首殄滅，皆賴道長、劉先生之功也。
（末）貧道告醉了。
（外）下官敗勛，全賴道長妙法，正欲將功奏與朝廷，共享榮華，怎麼忽然要去？
（末）貧道已作方外之人，豈得又貪塵世之事？松栢一龕，委棄荒蕪，又不負先師之命，成就大人一段姻緣，大人幸勿垂念。
（生）老師受用，果有仙家日月，非可以朱紫相迎。岳父當以原情，適隨所欲。
（外）既如此，從命了。
（小生）大人在上，卑末傅人龍遊蕩江湖，厭薄時趨，願從老師出家，以避塵嚚。已不欲返長安故土，以隨駕鷟。
（生）哥哥所見差矣。小弟萍水，得蒙把臂，兼又濟我患難，出生入死，古人不為者。今得時靖，正堪吐志，何得即便棄我？弟也願出家也。
（小生）賢弟何出此言，自古識時務者呼為俊傑，今日與賢弟作過一番事業，已完我平生之志，何必效荊、豫諸君，致殺身而死，方表奇丈夫乎？
（外）看傅兄之志，不戀於金馬，亦難以鼎鐘相留，不如暫且相別，以圖後會便了。看酒過來。
【畫眉序】從此別仙儒，回首雲山共唏噓。論青山綠水，不讓人去。魚素泥書，空赴龍城，白麻詔從來鷟遇。果然日高僧未起，名利算來䎹絮。
（末、小生）就此拜別。
【哭相思】燈前雞承共寥，白鶴金貂西日高。回首清茅壑，不知塵世可堅牢？
（小生、末下）（外）衆將官，（衆）有！（外）就此班師。（衆）得令。

【雙聲子】三軍伍,三軍伍,錯過了陰陵路。獵虎徒,獵虎徒,錯認了田家父。江上坡,血染污,似赤壁,不煩銳利鈍鎖。

第二十八齣　□　□

（淨上）銀燭秋光冷畫屏,粧臺離恨不堪驚。皋陶法犯從無改,誰憐紅粉付青萍。自家刑部大堂劊子是也。昨日堂上審婦女二人,係叛逆劉打筊家屬。堂上道,留叛逆人犯,恐引賊人到來,為此將來立決。哥嘎,犯婦可曾綁下?

（小旦）綁下了。

（淨）犯婦走動!

【甘州歌】（二旦上）莊周夢醒,歎般桃李,錯認枝藤。前生奇數,當不得鳳攜鸞倩。正是紅顏古來多薄命,白骨偏教溝壑橫。窮酸士,作五行,幾曾貔貅帳下共談兵?遊方外,不計程,廚中釜甑久生塵。

【前腔】（末、副、外、生、丑上）蕭蕭班馬鳴,看征衣舞處,血劍猶勁。五雲帝闕,一封朝奏堪評。（淨）那來的人馬,慢行。（副）我們擒了田虎班師,劉老爺在此。（淨）我們是奉旨決人的。（外）今日朝廷決何人犯?（淨）決兩個犯女。他生叛國紅巾主,死作陽臺杜宇聲。（旦）好似我家爹爹嘎,孩兒麗娟在此!（外）阿呀,我那兒嘎!（旦）爹爹,兒不能承歡笑,趨膝庭,蝴蝶夢泣三更。（丑）果然是小姐。（老旦）呀,這是我家丈夫劉實言,你妻子在此。（丑）趙七娘,妻嘎!（老旦）你好忘恩義去虜營,我兩人身首赴幽冥。

（丑）且收了眼淚介,為何要殺起我家婆來?

（外）想必是因你投入田賊之故。

（丑）田宅原有收成的?

（生）不是。道你在田虎處作歹,故爾將你家屬典刑。

（丑）這也好笑。我算來亦要做個生意哉,讓我打一笿看。

（外）劊子過來,你且把犯女留歸本部,待我奏明聖上便了。

（净、二旦下）

（丑跌笞介）老爷,连皇帝勿用奏个哉。我看卦上天喜星爻动,杀是杀勿成哉,只怕明朝夜里,小姐倒要绞杀一遭。

（外、生）什么说话!

【尾】撇戎衣,解鞍镫,来朝待漏奏明君,管取河阳双凤鸣。